Max Aub
Theater der Hoffnung

SERIE PIPER

Zu diesem Buch

Alles könnte so schön sein – schriebe man nicht das Jahr 1936: In Valencia spielen Asunción, eine junge Krankenschwester, und der Student Vicente bei einem Laientheater und verlieben sich. Das Theater gibt Agitprop-Stücke, in Spanien tobt der Bürgerkrieg, und die beiden finden sich auf dem Schlachtfeld des Welttheaters wieder. Sie stolpern durch eine Welt der Lügen und des Verrats, und der Krieg fordert seinen Tribut. Voneinander getrennt, müssen sie sich zwischen Sehnsucht und Pflichterfüllung entscheiden. In diesem bewegenden, brillanten Roman erzählt Max Aub von der Kraft und Zärtlichkeit der Liebe und der Unerträglichkeit des Krieges.

Max Aub, am 2. Juni 1903 in Paris geboren, starb am 24. Juli 1972 in Mexico City. Als Sohn eines Deutschen und einer Französin lernte er erst mit vierzehn Jahren Spanisch, als die Familie nach Valencia emigrierte. Er war befreundet mit Ernest Hemingway, André Malraux und vor allem Pablo Picasso. Er kämpfte im Spanischen Bürgerkrieg und gab als Kulturattaché in Paris 1937 den Auftrag an Picasso für »Guernica«. 1940 bis 1942 in Konzentrationslagern, ab 1945 im Exil in Mexiko.

Max Aub
Theater der Hoffnung

Das Magische Labyrinth II
Roman

Aus dem Spanischen von
Albrecht Buschmann und Stefanie Gerhold

Herausgegeben und kommentiert von
Mercedes Figueras

Piper München Zürich

Von Max Aub liegen in der Serie Piper vor:
Die besten Absichten (2703)
Der Mann aus Stroh (2786)
Jusep Torres Campalans (2787)
Nichts geht mehr (2788)
Theater der Hoffnung (2789)
Blutiges Spiel (2790)
Die Stunde des Verrats (2791)

Ungekürzte Taschenbuchausgabe
Piper Verlag GmbH, München
1. Auflage Dezember 2001
2. Auflage August 2003
© 1951 Max Aub and Heirs of Max Aub
Titel der spanischen Originalausgabe:
»Campo abierto«
© der deutschsprachigen Ausgabe:
1999 Eichborn GmbH & Co. Verlag KG,
Frankfurt am Main
Umschlag: Büro Hamburg
Stefanie Oberbeck, Isabel Bünermann
Foto Umschlagvorderseite: Ullstein Bilderdienst
Foto Umschlagrückseite: Archivo Biblioteca Max Aub
Satz: Petra Wagner, Hamburg
Druck und Bindung: Clausen & Bosse, Leck
Printed in Germany   ISBN 3-492-22789-9

www.piper.de

INHALT

ERSTER TEIL
Valencia

Gabriel Rojas 9
Vicente Dalmases 16
Manuel Rivelles 62
Vicente Farnals 68
Jorge Mustieles 91
Der Uruguayer 164

ZWEITER TEIL
Auf der anderen Seite

Claudio Luna 183

DRITTER TEIL
Madrid

Asunción Meliá 221
3. November 238
4. November 255
5. November 283
6. November, morgens 309
6. November, abends 351
6. November, nachts, später 371
7. November 419

Anhang

Anmerkungen 473

Nachbemerkung von Max Aub 521

Nachwort 523

Max Aubs *Campo abierto* erschien erstmals 1961 unter dem Titel *Die bitteren Träume* im Piper Verlag, München, in der Übersetzung von Helmut Frielinghaus. Seine Übertragung liegt der vorliegenden Neuübersetzung zugrunde.

Eine von Mercedes Figueras eigens für die deutsche Ausgabe angefertigte Zeittafel des Spanischen Bürgerkrieges sendet der Eichborn Verlag interessierten Lesern auf Nachfrage gerne kostenlos zu. Sie gibt einen knappen Überblick über die komplizierten politischen und militärischen Vorgänge und berücksichtigt besonders die Ereignisse, die den Hintergrund zu den sechs Bänden des *Magischen Labyrinths* bilden.

Die Zeittafel kann bestellt werden bei:
Eichborn Verlag, Kaiserstraße 66, 60329 Frankfurt

ERSTER TEIL

Valencia

Gabriel Rojas

24. Juli 1936

»Wie fühlst du dich?«

Gabriel Rojas steht breitbeinig vor seiner Frau, die Hände in den Hüften.

Angela schließt die Augen und antwortet: »Gut.«

»Soll ich den Arzt holen?«

»Nein.«

Angela dreht langsam den Kopf nach vorne und sucht mit ihren halb geöffneten Augen die schon ein wenig rundliche Gestalt ihres Mannes. Sie versucht zu lächeln, sie versucht ein schwaches Lächeln, sie versucht, Gabriel verständlich zu machen, daß sie zu lächeln versucht.

»Worüber lachst du?«

»Wie du aussiehst.«

Angela liegt in einem Schaukelstuhl im Wohnzimmer, breitbeinig, mächtig, in ihrem himmelblau und rosa geblümten Morgenrock. Gabriel, hemdsärmelig, sieht sie liebevoll an. Angela läßt wieder den Kopf sinken, den sie angehoben hatte, um ihn anzulächeln.

»Schmerzen?« Die Frau nickt.

»Und deine Mutter?«

»Sie ist nach Hause gegangen. Sie mußte das Abendessen für die Kinder machen.«

»Und Adelina?«

»Ist zum Einkaufen.«

»Sie wird sich mit ihrem Freund getroffen haben.«

»Wahrscheinlich.«

Das sanfte, anmutige Gesicht der Frau verzerrt sich.

»Was kann ich tun?« fragt der Mann ein wenig hilflos.

»Los, geh Renán holen. (Sie nennt ihn nicht mehr Doktor, Arzt oder Don. Der Schmerz reißt Schranken nieder und setzt sich über Titel hinweg.)

»Aber ich kann dich doch nicht allein lassen?«

»Ruf ihn an.«

Gabriel dreht sich um, geht ins Vorzimmer hinaus und ruft beim Arzt an. Man sagt, er sei nicht im Hause, man werde es ihm ausrichten, er werde bestimmt jeden Augenblick zurückrufen:

»Das hat er so gesagt.«

»Richten Sie ihm aus, er soll so schnell wie möglich kommen.«

»Gabriel!«

Schnell läuft er ins Wohnzimmer zurück.

»Bring mich ins Bett.«

Vorsichtig legt der Mann seinen Arm um die Taille der Frau und führt sie zum Schlafzimmer. Stille auf der Straße, Stille in der Stadt, als ob die Zeit stehengeblieben wäre. Angela keucht; sie hält sich ein Taschentuch vor den Mund, beißt darauf. Nach jedem ihrer kleinen Schritte hält sie inne, vornübergebeugt stützt sie sich kurz auf den Tisch mit der Wachstuchdecke, rosa Blumen auf grünem Grund.

»Wie fühlst du dich?«

Die Frau wirft ihrem Mann einen kurzen, zornigen Blick zu. Gabriel spürt den Stich. Er zwingt seine Finger, Angelas Taille etwas fester zu umfassen.

»Komm«, sagt der Mann.

»Warte.«

Durch das Taschentuch klingt ihre Stimme heiser und gedämpft. Es vergehen drei endlose Sekunden.

»Kannst du nicht mehr?«

Wieder sieht die Frau ihren Mann mit tränenfeuchten Augen an. Gabriel Rojas weiß nicht, was er tun soll. (›Wenn es nur nicht passiert, solange ich allein bin!‹) Er kann an nichts anderes denken. (›Was mache ich nur, wenn dann noch niemand da ist?‹)

Mit einer energischen Bewegung ihres Kinns gibt Angela zu verstehen, daß sie weitergehen möchte.

(›Wenn sie wenigstens bis zum Bett kommt‹, denkt Gabriel, ›wenigstens bis zum Bett.‹) Unwillkürlich geht er schneller. Seine Frau hält ihn mit dem ganzen Gewicht ihres Körpers zurück. Er bleibt stehen.

»Kannst du nicht mehr? Tut es so weh? Was …?«

Angelas Augen würgen seine Frage ab. Sie erreichen die Tür. Nie kam ihm das Zimmer so groß vor. Jetzt müssen sie noch den Flur durchqueren.

(›Wo ist bloß meine Schwiegermutter? Wo bleibt nur das Hausmädchen?‹)

Gabriel hat keine Zeit, sich zu fürchten. Am liebsten würde er fliehen, davonrennen, schreien, seine Frau mitten in dem gewienerten, bis auf Schulterhöhe mit Stuck verzierten Flur stehenlassen. Es klopft an der Tür. Die beiden sehen sich ängstlich an.

»Ob das Renán ist?« sagt Gabriel.

Und noch bevor seine Frau zustimmen kann, läßt er sie stehen und stürzt zur Tür. Er öffnet, es ist der Portier.

»Sie sollen im Zimmer zur Straße das Licht anmachen und die Fenster öffnen. Sofort. Die Patrouille steht unten. Wie geht es Ihrer lieben Frau?«

»Schlecht. Ich warte auf den Arzt. Lassen Sie die Tür offen. Oder noch besser, kommen Sie herein und machen Sie das Licht an. Ich kann meine Frau nicht allein lassen.«

Der Portier tritt ein.

»Ja«, sagt er, »besser so, die fackeln nämlich nicht lange, und wenn Sie nicht das Licht anmachen, fangen sie gleich an zu schießen, ach wissen Sie, da kennen die nichts …«

Gabriel hört ihn schon nicht mehr, denn er ist zu Angela zurückgekehrt, die am Türrahmen zum Badezimmer lehnt.

»Es war der Portier.«

Angela deutet an, daß sie das mitbekommen hat.

»Meinst du, du hältst es aus, bis der Doktor kommt?«

Die Frau hat nicht mehr die Kraft, den Kopf zu bewegen. Sie knirscht mit den Zähnen und zerfetzt das Taschentuch. Keuchend geht sie drei Schritte weiter. Der Schmerz zerreißt sie. Sie krallt die Fingernägel in die Handflächen und preßt die Zähne zusammen, um nicht zu schreien. Niemals hat sie geschrien; auch jetzt vor Gabriel wird sie es nicht tun. Das Badezimmer glänzt, weiß, aseptisch. Das macht sie wütend. Wie ein Hafen erscheint der Eingang zum Schlafzimmer. Um alles in der Welt muß sie dorthin gelangen. Was läuft ihr da die Beine hinunter? Die Tür. Mein Gott! Die Tür! Mit einer Hand stützt sie sich am Türstock ab. Das gerichtete Bett, das umgeschlagene Laken, wie ein See. Angela spürt, wie etwas in ihr zerreißt. Mit schmerzverzerrtem Blick sieht sie ihren Mann an, als wolle sie sich mit ihren Augen an seinen Hals klammern. Als sie einen Schritt in den Raum tun, haben sie das Gefühl, den Halt verloren zu haben, den ihnen das Holz des Türpfostens gegeben hatte; so als würden sie, nachdem sie zum Anlegen gezwungen worden waren, erneut in die noch immer tobende See auslaufen. Dort ist das Bett, in zwei Metern Entfernung. Aber von der Tür, die sie gerade hinter sich gelassen haben, bis dorthin ist es unermeßlich weit, und dann ist es erst das Fußende, nur das kantige Fußteil, wie ein Riff. Man muß herumgehen, über den rechts davon lie- genden Teppich, ein Geschenk vom vorletzten Jahr, grau mit blassem orange: Der Geschmack des Gatten hatte gesiegt, denn Frau und Schwiegermutter zogen einen bräunlichen Farbton vor. Gabriel schwitzt. Die Schweißperlen rinnen ihm über die schlecht rasierten Wangen und sickern in den Hemdkragen. Angela zieht ihr rechtes Bein nach, sie sind am Fuß des Bettes angelangt. Angela klammert sich an den dicken Bettpfosten, spreizt die Beine, starrt Gabriel entsetzt an, reißt vor Schreck den Mund auf – das Taschentuch fällt zu Boden –, schreit furchterregend, mit einer aus ihrem Innern hervorbrechenden Stimme, die nicht ihre eigene zu sein scheint:

»Komm! Schnell! Du Idiot!«

Gabriel kniet sich hin. Er hebt Angelas Morgenmantel und ihr Nachthemd hoch, und sie hält sie fest, ohne zu wissen wie; Gabriel streckt seine Hände gerade zum rechten Zeitpunkt aus, um den klebrigen Kloß – wie eklig! –, um seinen Sprößling entgegenzunehmen.

Das Hausmädchen kommt herein, zusammen mit der Schwiegermutter; ihr übergibt Gabriel den Kloß. Entsetzt steht er auf und flüchtet ins Badezimmer, um sich die Hände zu waschen. Noch mit dem Handtuch in der Hand kehrt er zurück.

»Ich hole den Arzt«, ruft er den Frauen zu.

»Ruf ihn an«, schreit die Schwiegermutter.

»Er kommt sicher schneller, wenn ich ihn hole«, schreit er ungehalten zurück.

Und ohne eine Antwort abzuwarten, stürzt er auf die Straße hinaus. Er spürt den frischen Luftzug auf seinem schweißnassen Gesicht, so schnell läuft er. Er atmet tief durch. Alle Balkone der Stadt sind beleuchtet. Alle Fenster stehen offen. Nie war Valencia so hell erleuchtet, weder beim Volksfest im *Viveros*-Park, noch bei der Feria von Alameda.

›Und die Dachterrassen‹, denkt Gabriel, ›sie merken nicht, daß die Heckenschützen auf den Flachdächern bei dem vielen Licht nur umso leichteres Spiel haben.‹ Er geht mit schnellen Schritten.

Wie weit ist es bis zum Haus des Arztes? Dreihundert, vierhundert, fünfhundert Meter? Ich hab die Pistole vergessen! Gabriel tastet seine Gesäßtasche ab. Gott sei Dank! Den Gewerkschaftsausweis hat er dabei. Wenn ich gleich beim Dominikanerkloster vorbeikomme, werde ich nach dem Losungswort fragen. Ach ja, das heißt jetzt ja nicht mehr Losungswort, sondern Parole. Gabriel hält an und wischt sich den Schweiß von der Stirn. Er will rennen, so schnell wie möglich ankommen, aber gleichzeitig würde er am liebsten niemals ankommen. Gabriel liebt Angela, aber diese formlose Masse Säugling stößt ihn ab. Auf einmal hat er Angst, daß er durch seine Schuld stirbt. Er denkt an den unsanften Aufprall. Aber nein, was sonst hätte er noch tun können? Hätte er sich nicht gerade noch rechtzeitig hingekniet, das Kind wäre auf den Boden gefallen. Nicht das Kind, die Tochter. Er freut sich. Gedankenverloren geht Gabriel am Dominikanerkloster vorüber, ohne sich daran zu erinnern, daß er sich drinnen das Zauberwort zuflüstern lassen wollte. Er kommt am Kraftwerk vorbei, an der Schule, überquert die einsame Calle de Colón. Dann biegt er in die Straße von Doktor Romagosa ein. Keuchend nimmt er die Stufen zum Arzt. Das Dienstmädchen stellt sich ihm in den Weg.

»Der Doktor ist nicht da. Ich glaube, er ist zu Ihnen gefahren. Er rief vorhin an.«

Gabriel atmet auf. Mit einem Mal fühlt er sich unfähig zur kleinsten Anstrengung, als ob man ihm Arme und Beine zusammengebunden hätte. Nicht einmal die Hand kann er noch heben. Das Dienstmädchen:

»Setzen Sie sich.«

Gabriel läßt sich fallen. Er keucht und legt sich die Hand an die Stirn. Er denkt: ›Schämst du dich nicht? Das soll alles sein, was du schaffst?‹

Er steht auf und geht. Noch immer rinnt ihm der Schweiß.

›Dieser Kloß. Es war eben wirklich ein Kloß. So kommt man auf die Welt. In was für einer Zeit wirst du geboren, Mädchen! Wie hübsch die Stadt doch ist, so hell erleuchtet; wenn die Rebellen Flugzeuge hätten, was für eine Zielscheibe! Das mit den Heckenschützen sind doch alles Märchen … Die Leute schießen eben gerne.«

Die erleuchtete Stadt. Niemals hätte Gabriel Rojas geahnt, daß seine Worte bei jemand anderem einen bitterbösen Beigeschmack haben könnten.

Ein trockener Knall, ein Schlag. Schwarz. Gabriel Rojas fällt wie ein Sack zu Boden. Der Schuß hatte ihn von hinten getroffen, mitten in den Kopf, dort, wo sein Haar sich zu einer Glatze zu lichten begann.

Polizisten und Milizsoldaten laufen herbei, eine Schießerei entbrennt zwischen Gehweg und Dachgeschoß.

Leben kommt in die Straße. Überall steigen sie die Treppen hinauf, durchsuchen Wohnungen und Dachterrassen. Den Schützen finden sie nicht. Ihre Silhouetten ziehen an den geöffneten Fenstern vorbei, huschen wie Gespenster über die gegenüberliegenden Fassaden.

Vier Menschen stehen um die Leiche herum:

»Von dort oben ist der Schuß gekommen.«

»Ich habe ihn gekannt, er war Setzer bei *El Pueblo*.«

Vicente Dalmases

I

»Sie verteilen die Theater!«

Vollkommen außer sich stürzte Julián herein.

»Was?«

»Zwischen der UGT und der CNT.«

Wer nicht schon stand, sprang auf.

»Und wir?«

»Wir müssen sofort los und mit ihnen reden.«

Julián Jover – groß, hochgewachsen, mit krausem Haar und heller Stimme, langen Armen und langen Beinen, ungepflegt – war Feuer und Flamme und konnte sich kaum bremsen.

»Das *Ruzafa*-Theater!«

»Das *Apolo!*«

»Das *Principal!*«

»Das *Eslava!*«

»Und wenn es nur das *Serrano* wäre.«

Sie sahen sich schon als richtige Schauspieler auftreten.

Santiago Peñafiel – kräftig, eher groß, strahlende Augen, dunkelhäutig, lebenslustig, die langen Wimpern sein ganzer Stolz; vor allem spielte er Vaterrollen und war mal Komparse, mal Inspizient, mal Tischler – er machte Luftsprünge:

»Stell dir vor! Das *Retablo* in einem richtigen Theater, auf einer echten Bühne!«

Asunción Meliá – blond, schlank, mit riesengroßen blauen Augen, die viel zu erwachsen wirkten für ihr jugendliches Gesicht, die Lippen schmal und blaß – fiel Josefina Camargo, einem Mädchen mit unebenem, pockennarbigen Gesicht und messerscharfer Zunge –, stürmisch um den Hals. Erste Schauspielerin der Truppe, eine Kratzbürste mit einer Stimme, die durch Mark und Bein ging, Grund genug für ihren Erfolg bei den jungen Männern und ungläubiges Entsetzen bei den Mädchen. (»Was finden die bloß an ihr?«)

»Gehen wir zur Gewerkschaft.«

»Alle?«

»Nein, nicht alle: eine Delegation.«

»Wer geht?«

Luis Sanchís – gewölbte Stirn, Brille, die Stimme wie aus einem Grab, leidenschaftlicher Sänger von Zarzuelas, immer laut, unflätig, unerzogen und dabei einnehmend, Jurastudent – entscheidet:

»Julián und Josefina sollen gehen.«

»Nur zwei? Das reicht nicht. Mindestens fünf.«

»Sie werden uns eh nichts zugestehen.«

»Sowas mußte von dir ja kommen.«

Es war Manuel Rivelles – lang wie ein Telegrafenmast, daher sein Spitzname ›Leuchtturm‹ (Luis Sanchís, mit dem er unzertrennlich befreundet war, hieß ›Leuchtturmwärter‹), schüchtern, pessimistisch, bescheiden, ein miserabler Komiker, aber was für ein Feuerkopf! Hat die fixe Idee, die Leute müßten loslachen, sobald er auf der Bühne erscheint. Studiert Geschichte und leidet – fast immer – an peinlichen Krankheiten. Kein Günstling des Glücks, aber zäh.

Zusammen mit zehn anderen bilden sie *El Retablo,* die Theatergruppe der Universität. Ihr Leiter ist Santiago Peñafiel, kein Student; er würde zwar gerne studieren, kann aber nicht. In Richtung Grao führt er einen Holzhandel, mit dem er seine Familie unterhält: seine Mutter und zwei jüngere

Geschwister; dazu hat er noch literarische Ambitionen, ist Mitarbeiter einiger Zeitschriften für ›Junge Poesie‹. Ist bekannt – befreundet, sagt er – mit Federico García Lorca und Alejandro Casona. Selbstredend hat er als einziger der Truppe Aufführungen von *La Barraca* und der Theatergruppe der *Misiones Pedagógicas* gesehen.

Sie treffen sich bei Jover zu Hause – bei Jover und seinen Geschwistern, vier an der Zahl, drei Jungen und ein Mädchen, auch wenn man von letzterer nicht spricht, sie soll aus der Art geschlagen sein. Sie wohnen in einem dieser alten Häuser, wo die Schokolade noch in eigens dafür vorgesehenen Tassen gereicht wird. Voll mit alten Leuten, wohin man nur sieht, sehr freundliche, sehr zurückhaltende Rentner und Bewunderer ihrer Nichten und Neffen, die sie nach deren Eltern Tod aufgenommen haben. José, Julio, Julián – verbittert über Julieta, die mit einem Schmierenkomödianten durchgebrannt ist. Die drei vom *Retablo*: José, ein Bursche mit Pusteln, für den Briefmarken das Ein-und-alles und Sinn des Lebens sind. Dieses Jahr schließt er sein Studium ab, ohne daß irgend jemand davon Notiz nimmt, nicht einmal er selbst. Er wird die Anwaltskanzlei seines Onkels erben, bei dem er arbeitet. Ohne irgendwem davon zu erzählen, schreibt er Verse. Er ist träge, und alle halten ihn für dumm: Er unternimmt nichts, um sie vom Gegenteil zu überzeugen, vielleicht, weil er es gar nicht merkt, oder weil auch er, wer weiß, das glaubt. Er geht gerne im Garten spazieren und pflückt Blumen. Danach tut er stundenlang nichts anderes als sie anzuschauen und an ihnen zu riechen:

»Woher kommt nur ihr Duft?«

Er zupft ihre Blätter ab. Onkel und Tanten, alle unverheiratet, beten ihn an.

Das Mädchen war ein Wirbelwind. Sie lebt in Madrid, und alle denken an sie. Ausgesprochen hübsch und ungemein temperamentvoll. Sie hatte das *Retablo* gegründet und war die tragende Persönlichkeit der Truppe. Sie hatte eine richtige Schauspielerin werden wollen; doch die Sippe der Onkel und Tanten war dagegen gewesen. Sie setzte sich darüber hinweg. Im Grunde hoffen alle, daß sie eine große Schauspielerin wird. Zur Zeit hört man nicht viel von ihr.

Der Militäraufstand hat ihnen mit einemmal alle Türen geöffnet: Jetzt sind sie keine Studenten mehr, sondern Schauspieler. Vorgestern waren sie beim Gouverneur: Sie haben sich in den Dienst des Volkes gestellt. Nun schlafen sie weniger. Man hat ihnen Bezugsscheine für Holz, Leinwand, Pinsel und Farben gegeben und ihnen einen Lastwagen versprochen. Sie hatten vor, mit ihren Sainetes über die Dörfer zu ziehen, aber jetzt war Julián hereingeplatzt und hatte sie mit seiner neuen Idee begeistert: Das *Retablo* war ein Theater der Stadt Valencia! Eine Revolution!

»Wir müssen bedeutendere Stücke spielen!«

»Als erstes brauchen wir ein Theater.«

»Man wird uns keins geben.«

»Dann nehmen wir uns eins.«

»Vielleicht gehen wir am besten gleich zum *Eslava* und übernehmen es auf gut Glück; mit den Leuten von der Gewerkschaft können wir hinterher reden.«

Die Hasenfüße sind dagegen.

Luis Sanchís: »Auf geht's, mein Auto steht unten.«

Sein Vater ist von der Izquierda Republicana und wurde nicht eingezogen. Vicente Dalmases kommt herein.

»Ich bin zu spät, weil wir eine Versammlung hatten.«

Santiago Peñafiel fragt ihn spöttisch:

»Ach, und was hast du uns zu sagen?«

Vicente Dalmases ist Mitglied der Kommunistischen Jugend.

»Sie verteilen die Theater.«

»Ich weiß. Was wollt ihr tun?«

Er ist schmal, lebhaft, flink, nervös, hat eine lange Nase, und er ist intelligent. Aber für Ironie hat er keinen Sinn. Spötteleien stören ihn. Er nimmt alles so ernst, wie er selbst ist. Er studiert an der Handelsakademie, lustlos, aber mit der Pflichtschuldigkeit, die er bei allem an den Tag legt.

»Was meinst du: Sehen wir zuerst nach dem Theater und reden danach mit der Theatergewerkschaft, oder umgekehrt?«

»Wir können beides zugleich machen.«

Sofort sind alle einverstanden. Die Brüder Jover, Rivelles und Asunción gehen zum *Eslava*. Peñafiel, Josefina – es ist immer gut, wenn eine Frau dabei ist – Sanchís und Dalmases sollen mit dem Komitee für öffentliche Veranstaltungen UGT-CNT eine Übereinkunft treffen.

Das Komitee ist zu einer seiner täglichen Sitzungen zusammengetreten. Zwölf Leute. Ein Logenschließer führt den Vorsitz. Er wird ›Fallero‹ genannt. Ein alter Sozialist. Aber die Blicke richten sich, offen oder verstohlen, auf Slovak, einen Burschen mit kurzgeschorenen Haaren, von dem niemand weiß, von woher er aufgetaucht ist. Die Leute von der CNT haben ihn mitgebracht. Es heißt, er sei aus Barcelona abkommandiert worden. Gerade spricht Santiago Vilches, ein Zarzueladarsteller, Freimauerer und Republikaner: Er redet unentwegt, sie lassen ihn. Und immer stocksteif, als trüge er ein Korsett. Es heißt, seit er vor Jahren einmal El Greco gespielt habe, schlafe er mit einer Hand auf der Brust.

»Genossen, in diesen Augenblicken erlebt unser Land die tiefgreifendste revolutionäre Umwälzung, die die Geschichte des menschlichen Fortschritts je mit sich gebracht ...«

Ambrosio Villegas starrt auf eine Fliege, die die Wand entlangläuft. Wann wird sie losfliegen? Er sitzt hier als Vertreter der Autoren. Nur zähneknirschend hatte man ihn zugelassen. Die Arbeiter am Theater glauben, daß sie die Schriftsteller nicht einbeziehen müssen. Allenfalls die Musiker ...

»Ein System bricht zusammen, und uns obliegt die Verpflichtung, über den Trümmern der Vergangenheit das wirtschaftliche Leben unseres Landes neu zu gestalten und dabei die Ansprüche der Arbeiterklasse zu berücksichtigen ...«

Die Fliege fliegt jetzt. Das Theater in den Händen der Arbeiter. Villegas macht sich keine falschen Hoffnungen: Man wird über Löhne sprechen.

»... und dabei gerechte und für jedermann gleichermaßen geltende Normen des menschlichen Zusammenlebens aufstellen.«

›Klar‹, denkt Villegas, ›das Wort ›menschlich‹ mußte ja kommen. Was wollen all diese Leute, die hier am Tisch sitzen? Fallero sagt, was er denkt; der will befehlen; aber nicht direkt, eine Blockwartseele. Rigoberto Salvá, Kulissenschieber, ihm ist alles egal, außer seinem Schlaf. Luis, der Souffleur mit seinen fein gedrechselten Versen, die will er aufführen und die wird er aufführen. Und dieser Tscheche oder Jugoslawe dort? Woher kommt der? Mehr als jeder andere war er dagegen, daß ich dem Komitee angehöre.

Vorher, während sie eine kleine Stärkung zu sich nahmen, hatte Villegas mit ihm gesprochen. Weiß er mehr, als man ihm ansieht? Auf den ersten Blick macht er einen ziemlich ungehobelten Eindruck und scheint sich vor allem auf seine Pistole zu verlassen, auf Hochglanz poliert und sehr sichtbar. Immer kommt er auf dasselbe zurück:

»Man muß die Revolution machen ...«

Wie, sagt er nicht. Die Theater ihren Besitzern wegnehmen? Schon geschehen. Die Produktionsstätten vergesellschaften? Da sind wir gerade dabei. Aber, was dann? Werden wir wirklich anständiges Theater machen?

»Niemand hat das Recht, von seinem Arbeitsplatz zu desertieren«, sagt Fallero jetzt, »wir sind auf die Mitarbeit aller angewiesen. Nachdem sich alle Bühnenarbeiter in den Gewerkschaften UGT und CNT zusammengeschlossen haben, ist es wohl von euch nicht zu viel verlangt, eurer Pflicht gegenüber der Gewerkschaft nachzukommen, denn das hier betrifft uns alle ... «

Villegas hat seinen Ausweis von der UGT bekommen, nagelneu, als Mitglied der Gewerkschaft ›Verschiedene Berufe‹. Als die Angelegenheit beim Schriftstellerverband auf den Tisch kam, gab es allerlei für und wider. Einige waren mit ziemlich guten Gründen dagegen, sich einer Gewerkschaft anzuschließen. Am Ende aber überwog die Ansicht, daß man sich damit nichts vergab und daß es der Patrouillen wegen zweckmäßig sei. Jeder sollte sich der Gewerkschaft anschließen, die ihm am meisten zusagte.

»... und die Solidarität, die zwischen allen Arbeitern bestehen muß.« (Die Solidarität. Jawohl. Da haben wir das Wort: Solidarität, oder Solidargemeinschaft, wie es heißen müßte. Sagt man nicht auch Familiengemeinschaft oder Dorfgemeinschaft? Schwamm drüber! Seine ewige Pingeligkeit ... Was hatte sie ihm gebracht?)

Archivar des Museum San Carlos, jawohl, Archivar, ein in die Ecke gerücktes Möbelstück, von dem man nur äußerst selten und nebenbei Gebrauch machte. Villegas lebte allein und gab Stunden. Er hatte einen Gedichtband veröffentlicht, an den sich niemand mehr erinnerte, und die eine oder andere Komödie geschrieben, die vor vielen Jahren von irgendwelchen zweitrangigen Theatergruppen ein paarmal aufgeführt wurden. Er war fünfundvierzig, sah jedoch zehn Jahre älter aus.

Solidarität oder Solidargemeinschaft sind verhältnismäßig neue Worte, dachte er, und bis zu einem gewissen Grad mag das Gefühl, das sie ausdrücken, ebenfalls verhältnismäßig neu sein. Aufgehen in einem gemeinsamen Werk? Die Römer sagten ›in solidum‹: solidarisch. Aber sie meinen damit nicht diese Empfindung, die von der Masse ausgeht. Villegas erinnert sich an die Versammlung in Mestalla. Das Zusammengehörigkeitsgefühl, genährt und geschürt von hunderttausend Menschen. Er weinte, als er Azaña sprechen hörte. Das lag nicht an seiner Rede; sondern an dem Verlangen jener Masse, ihrer zu einem idealen Streben verdichtete Erwartung, ihrer Gewißheit, in nur wenigen Wochen durch einen Akt der Gnade eine bessere Welt geschenkt zu bekommen. Der Beistand aller, das Zusammengehörigkeitsgefühl, das unzertrennliche Ganze der Luft, die er atmete; sich als Teil eines vertrauten und geliebten Ganzen zu fühlen. Sich einbringen, sich untereinander austauschen, in der Gemeinschaft aufgehen. Genau, das war es: Gemeinschaft. Besser als Solidarität, das klang so katalanisch.

»Wir müssen die Revolution machen«, sagte Slovak, zum fünften Mal.

Villegas war ungeduldig geworden und hob die Hand, um sich zu Wort zu melden. Er hatte keine Ahnung, was er sagen würde.

»Genosse Villegas hat das Wort.«

»Meine Herren … «

»Hier gibt es keine Herren, wir sind alle Genossen«, unterbrach Slovak.

»Meinetwegen, das spielt doch keine Rolle.«

»Doch, sehr wohl.«

»Wie Sie wollen.«

»Wir sprechen uns hier alle mit du an.«

»Wie ihr wollt. Ich wollte nur anmerken, daß … wenn die Revolution darin bestehen soll, die Theater zu vergesellschaften, wird daraus nie eine richtige Theaterrevolution werden.«

Er machte eine Pause und man hörte, wie sich die Fliege auf dem geschorenen Schädel Slovaks niederließ, der sie unduldsam verscheuchte.

»Nein. Das Theater an und für sich muß vergesellschaftet werden.«

Villegas verstummte, alle sahen ihn fragend an.

»Nichts weiter.«

»Sieh mal Genosse«, sagte Fallero, »das ist ja alles schön und gut: Aber ich sehe nicht, worauf du hinauswillst.«

»Weil er es selbst nicht weiß«, bemerkte Lloréns, ein Schauspieler von der CNT.

Slovak schaltete sich ein:

»Natürlich weiß er es. Das ist das intellektuelle Gehabe eines Azaña-Anhängers.«

Den Namen Azaña sprach er mit ebensolcher Verachtung aus, als hätte er General Sanjurjo gesagt.

»So viel ich weiß, ist Don Manuel Azaña immer noch Präsident der Republik.«

»Und du hast ihm eine Artikelserie gewidmet, über Rivera und Ribalta.«

Alle sahen sich verwundert an. Daß sie selbst die Artikel nicht kannten, kein Wunder, aber daß dieser Mann sie kannte, überraschte sie.

»Ist daran irgend etwas auszusetzen?«

»Nein, nichts. Aber wie ich schon sagte: Intellektuelle wie du haben hier nichts zu suchen. Glaub' bloß nicht, daß ich dich nicht durchschaue. Genosse Villegas wünscht, daß seine Stücke aufgeführt werden.«

Villegas war kein Draufgänger, und er hatte sich schon verausgabt. Er schwieg lieber, ihm war nicht wohl in seiner Haut. Daran war vor allem der ausländische Akzent dieses Typen schuld.

Fallero stellte den Lohn der Putzfrauen zur Diskussion, und den der Toilettenfrauen, auf deren Rechnung Seife und

Handtücher gingen. In diesem Augenblick platzten Dalmases und die anderen in den schmutzigen und heruntergekommenen Raum.

»He!« sagte Fallero, »Was ist denn das für eine Art? Was wollt ihr denn hier?«

Slovak hatte die Hand an seine Pistole gelegt.

»Ein Theater.«

»He! Wer bist du überhaupt?«

Peñafiel begrüßte Villegas. Der stellte sie vor.

»Sie sind vom Theater der Universität.«

»Was haben solche Dilettanten denn hier zu suchen?« fragte Lloréns. »Das Theater ist eine ernsthafte Angelegenheit. Alle diese Laiengruppen schaden doch nur dem Gewerbe. Man muß sie abschaffen. Wenn sie Theater spielen wollen, dann sollen sie als Hospitanten zu uns kommen.«

Am Eingang des *Eslava*-Theaters war niemand. Die Türen zum Foyer waren verschlossen. Das Klopfen der jungen Leute blieb ungehört. Julián Jover ging wild gestikulierend auf den Bühneneingang zu. Er stand offen. Dann rief er seine Genossen und sie traten ein. Niemand schien dazusein.

»Herrlich.«

Die meisten von ihnen betraten zum ersten Mal eine richtige Bühne.

Nach der glühenden Augusthitze auf der Straße kam ihnen der Durchgang zur Bühne wie eine geheimnisvolle Höhle vor. Als sie immer weiter in die neue, schwerelose Welt eintraten, die sie schon seit vierzehn Tagen in ihren Bann zog, und als sie jetzt auch noch rechtmäßig in ein Theater eindrangen, fühlten sie sich auf wunderbare Weise wie Piraten. Richtige Piraten, großzügig und ritterlich, von ihrer Freude beflügelte Abenteurer auf der Suche nach dem Zauberstab, der es ihnen erlauben würde, den Beruf auszuüben, den sie sich immer gewünscht hatten. Die Kühle und die Stille – köstlich trotz des Modergeruchs – waren die reinste Wonne. Vorsichtshalber nahm Julio Jover Asunción bei der Hand. Sie lächelte dankbar. Man sah es nicht. Spärlich fiel das Licht von ganz weit oben durch die Ritzen den Schnürbodens.

José und Julián schnüffelten weiter in den Künstlergarderoben herum, während die anderen die Bühne betraten. Santiago Peñafiel rief mit gekünstelter Sicherheit in den Raum hinein:

»Hallo, ist da wer?«

Niemand antwortete. Im Halbdunkel des Zuschauerraums reihten sich endlos die Sitze, gleich lautlos aufgereihten Wellenbergen. Alle waren sie überrascht: von der Düsternis, der Temperatur und der Einsamkeit.

Fast konnten sie es nicht glauben: Sie waren in einem Theater, in einem Theater, das sie fast als ihr eigen ansehen konnten. Julio stampfte ein paarmal auf den Bretterboden, er hallte nach. Allmählich zeichneten sich an den Seiten Kulissen ab, die gegen die Wände gelehnt waren.

»Wo schaltet man denn das Licht an?«

»Ist da wirklich niemand?«

»Wo seid ihr?«

Das fragte José Jover, der gerade die Bühne betrat. Die Bühnenöffnung zeichnete sich ab wie der Eingang zu einer neuen Welt, in die sie als frisch Eingeweihte eintraten.

»Großartig …«

Sein Mund stand offen vor Staunen. Als er weiterging, wäre er fast über die Rampenlichter gestolpert. Er konnte es immer noch nicht fassen. Der schwarze Schlund der Souffleurmuschel flößte ihm einen gewissen Respekt ein. Plötzlich ertönte Juliáns Falsettstimme:

> »So auch träumt mir jetzt, ich sei
> hier gefangen und gebunden;

und einst träumte mir von Stunden,
da ich glücklich war und frei.
Was ist das Leben? Raserei!
Was ist das Leben? Hohler Schaum,
ein Gedicht, ein Schatten kaum!
Wenig kann das Glück uns geben:
denn ein Traum ist alles Leben
und die Träume selbst ein Traum.
Wenig kann das Glück uns geben:
denn ein Traum ist alles Leben
und die Träume selbst ein Traum.«

»Juhu! Träume, keine Schäume!«

Asunción ließ Julios Hand los. Sie wagte sich ein paar
Schritte nach vorne. Sie begann erst unsicher, dann mit voller und warmer Stimme:

»Ha, schimmert nicht von ferne
ein dämmernd Licht, gleich einem bleichen Sterne,
das mit ohnmächt'gem Beben,
aufflackernd, Flamm' und Strahlen läßt entschweben
und jenes Dunkels Dichte
noch dunkler macht mit zweifelhaftem Lichte?
Ja, denn bei seinem Brennen
läßt sich, obwohl in trüber Fern', erkennen
ein Kerker, zu vergleichen
schier einem Grabe von lebend'gen Leichen ...«

»Hier geht das Licht an!« schrie Rivelles.

»Mach an.«

Direkt über der leeren Bühne flammte ein Scheinwerfer
auf. Asunción stieß einen gellenden Schrei aus: Von einer der
Logen hing der Körper eines Erhängten herab.

So schnell sie konnten stiegen die Jungen von der Bühne

hinunter und rannten hoch zu der Loge. Am Ende des Gangs hing ein Spiegel, in dem sie sich selbst sehen konnten, verstört.

»Ruhe, Ruhe«, schrie Rivelles aufgeregt.

»Ziehen wir ihn hoch?«

»Vor allem müssen wir den Strick durchschneiden.«

»Dann wird er ins Parkett fallen.«

»Und wenn er noch lebt?«

Mitten auf der Bühne schluchzte Asunción.

»Ihr müßt ihn von unten hochheben. Komm schon, du, und du.«

Niemand hätte das erwartet, aber der dümmliche Dickwanst José Jover hatte das Kommando übernommen.

Manuel rannte mit Julio nach unten. Er knickte mit dem Fuß um, lief aber weiter. Von einer Parkettloge aus konnten sie die Beine des Erhängten erreichen, und mit zusammengekniffenen Lippen hievten sie ihn nach oben. Als sie zwischen ihren Fingern die fleischigen Waden spürten, überkam sie entsetzlicher Ekel.

»Los! Höher, höher! Noch ein Stückchen!«

José führte weiter das Kommando. Er lehnte sich über die Brüstung der Theaterloge und bekam so den Toten unter den Achseln zu fassen. Denn daß er tot war, daran zweifelte – trotz all der Umstände – nun niemand mehr.

Durch das Gezerre an dem Körper fiel ein Brief ins Parkett hinunter. Er segelte langsam, im Zickzack, wie einer dieser Papierflieger, den Kinder so gerne von der Galerie hinunterwerfen.

»Los! Hilf schon!«

Julián war nahe daran, in Ohnmacht zu fallen.

»Ich?«

»Ja du! Wer denn sonst! Komm schon! Pack an!«

Sie zogen den Mann hoch. Er wog Tonnen. Oben fiel er ihnen nach hinten weg.

»Ein Messer!«

Keiner hatte eins. Julio und Manuel waren schon wieder zurück.

»Legen wir ihn erstmal auf den Boden.«

»Der ist …« begann Rivelles, aber er sprach den Satz nicht zu Ende.

»Was ist er?«

»Hat denn keiner ein Messer?«

»… mausetot.«

»Was jetzt?«

»Hol die Polizei, sieh dir den doch an!«

»Hier ist eine Säge«, sagte Asunción wie aus einer anderen Welt.

Die jungen Männer hatten sie ganz vergessen. José beugte sich hinunter.

»Bring sie rauf.«

»Ich kann nicht.«

Sie traute sich nicht, von der Bühne ins Parkett zu springen.

»Ich komme schon.«

Julián lief hinunter.

»Hol die Polizei!«

»Wie denn?«

»Na wie schon? Stell dich nicht so an! Hast du dir schon mal überlegt, wozu Telefone gut sind?«

Sie säbelten den Strick mit der Säge durch. Das war weder einfach noch besonders angenehm. Der Mann war tot, da war nichts mehr zu machen.

»Wer ist er bloß?«

»Der Pförtner.«

»Woher weißt du das?«

»Ich habe ihn ein paar Mal gesehen.«

»Heb das Papier auf.«

»Mal sehen.«

Es war nur ein Probenplan, ein doppelt gefaltetes Blatt. Unter der Kopfzeile, auf der Höhe der angegebenen Uhrzeit, für die die Probe angesetzt war, stand in ungelenker Schrift:

›Machen Sie für meinen Tod die Banditen verantwortlich.‹

Die vier sahen sich an.

»Hier ist noch ein Brief.«

Er lag auf dem Boden. Bei dem Hin und Her war er heruntergefallen.

»Lesen wir ihn?«

»Wozu?«

Asunción rief ihnen von der Bühne aus zu:

»Sie kommen gleich.«

Im Komitee wurde weiter diskutiert. Die jungen Leute von *El Retablo* hatte man angewiesen, draußen zu warten, bis man ihre Angelegenheit geklärt habe und zu einer Lösung gekommen sei. Die Mehrheit machte keinen Hehl daraus, daß sie noch nicht einmal bereit war, die Angelegenheit zu besprechen. Lloréns war besonders unnachgiebig:

»Wir sollen also diesen Taugenichtsen eine Einnahmequelle verschaffen? Das hat gerade noch gefehlt! Sind wir denn Kindermädchen? Sie sollen an die Front gehen, oder in eine Fabrik, die sind doch jung. Die sind noch nicht einmal zwanzig.«

»Na und? Vielleicht taugt das, was sie machen ja was.«

»Aber haben wir uns nicht darauf geeinigt, eine Schule für Kunst und Theater zu gründen, zu der die Kinder unserer Arbeiter bevorzugt Zutritt haben?«

»Niemand bestreitet das.«

»Eben. Und dann wollen wir diesen verwöhnten Schnöseln ein Theater überlassen?«

Slovak schaltete sich in die Diskussion zwischen Villegas und Lloréns ein:

»Wir könnten ihnen das Theater ja für zwei oder drei Aufführungen zur Verfügung stellen ... für eine gewisse Zeit. Ansonsten sollen sie über die Dörfer ziehen ... Wenn sie das können.«

Alle waren einverstanden. Das Telefon klingelte: Die Nachricht vom Selbstmord des Pförtners.

»Jesses Maria!«, entfuhr es Fallero. »Den hätten wir lang suchen können! Sicher hatte er sich dort im Graben versteckt ... der war einer von der übelsten Sorte. Ein schamlos scheinheiliger Spitzel ... He du, niemand soll etwas davon mitbekommen.«

Ein Toter im Theater, und auch noch am Strick baumelnd! Die Revolution war eine Sache, aber sich in die Souffleurmuschel zu setzen, einen Stuhl umzustoßen, einen Sarg auf die Bühne zu bringen, das war etwas anderes.

Lloréns kam wieder auf *El Retablo* zu sprechen und bemerkte unsicher:

»Dann sollen sie eben anfangen«, und an Villegas gerichtet fügte er hinzu, ohne ihn anzusehen:

»Ich will nicht, daß du mich für einen Starrkopf hältst.«

»Wo?«

»Dort, im *Eslava*.

»Wenn sie schon da sind, sollen sie's auch behalten, für ein paar Tage ...« *

---

* Da jener Tote nicht mehr auftreten wird, werde ich für diejenigen, die mehr über ihn wissen wollen, im folgenden ein wenig über sein Leben erzählen:

Trübsinnig und düster, schwachbrüstig und verschnupft, mit einem dichten Bart, den er alle Schaltjahre rasierte, die Augen rot unterlaufen, und fromm. So war er schon geboren worden, im Schatten der Altäre, berufen zum Meßdiener, wenn nicht gar zum Priester, denn von seiner Umgebung war er völlig benebelt.

Nicht ganz hell im Kopf, aber so sehr den Altarkerzen, Kommunionsbänken, Leuchtern, Opferstöcken, Heiligenfiguren, Faldistorien zugetan, dem Weihrauch, den Perlmuttblumen und den bestickten Stoffen, den Votivbildern, der Stille, der Verzückung, dem Murmeln, den langen Messen, Gebeten und Rosenkränzen, daß er sein Leben auf dem Steinboden der Kirche verbrachte, eifrig hin und her laufend – schon als Kind. Ein düsteres Kind, ein Schmutzfink, starr vor Dreck. Half bei allem, wenn er nur die Kerzenflammen auf den Altären anstarren durfte.

Dreißig Jahre lang tat er keinen Schritt aus seinem Sprengel. Er kannte ihn wie kein zweiter, und auch den Gottesdienst versäumte er niemals, ein leibhaftiger Kirchenkalender und wandelnder Aschermittwoch. Er konnte jede Frage beantworten über Responsorien, Homilien, Stundengebete, Terzen, Sexten oder liturgische Farben. Niemals kam er darauf, nach dem Warum der verschiedenen Teile der Messe zu fragen, das war ihm gleich: Die Dinge waren unantastbar, und das Kirchenhandbuch regierte die Welt. Kirchendiener von San Nicolás, für alles andere mit Blindheit geschlagen.

So ging es, bis ihn Beelzebub versuchte, üppig verkörpert – wie es ihm am meisten Spaß machte – in Vicenteta. Dem Laster nicht abgeneigt und vorne gut ausstaffiert, schien sie sich abzunabeln, zwar nicht vom väterlichen Nachnamen, doch von den Mutterbrüsten – aber das eigentliche Problem lag bei der Schwiegermutter: Die ließ nicht locker bis zum Tag der Hochzeit. Bald aber verwandelte sich der allmächtige Trieb, der den Kirchendiener zu diesem Schritt veranlaßt hatte, in Ekel und in das Bewußtsein, fehl zu tun, allen voran gegen diese und jene heilige Jungfrau, und gegen seine andere Schwäche, die heilige Teresa vom Jesuskind. Und in der Überzeugung, zwei bis drei Mal pro Woche eine Todsünde zu begehen, wurde ihm sein Leben unerträglich, dagegen konnten auch die Beichtväter nichts ausrichten, die ihm die Unhaltbarkeit seiner Vorurteile vor

Augen führten. Er fühlte sich verloren, verfolgt; jeder Schatten, jeder Winkel erschien ihm wie eine Zigeunerhöhle, von der aus wahrhaftige Teufel mit Dreizack, langen Ohren und Schwänzen ihm mit dem ewigen Feuer drohten. Er bekam Magenschmerzen, und man diagnostizierte ein Geschwür. Er aber wußte, was es wirklich war: Das Blut, das er ausschied, war – wenn auch nur der Farbe wegen – ein Vorzeichen des ewigen Feuers.

Wie er sich Vicentetas entledigte, indem er sie nach und nach vergiftete, ist eine andere Geschichte. Jedenfalls starb sie und wurde kurzerhand verscharrt. Der Kirchendiener glaubte, nun wieder in den Genuß seiner Pfründe zu kommen. Doch dem war nicht so. Er legte die Beichte ab, und ohne daß die Wahrheit ans Licht kam, ließ das Kirchenkapitel es dabei bewenden, um ihn loszuwerden. Ein Stiftsherr jedoch, der seine Verbindungen hatte, brachte ihn als Pförtner beim *Eslava*-Theater unter.

Manchmal – wenn die Vorstellung vorüber war – geriet der Ex-Kirchendiener ins Träumen, und auf der leeren Bühne sah er in der Erinnerung Schiff für Schiff seine verlorene Kirche auferstehen. Er hatte keine Freunde. Er hauste in einer Nische, bei den Altären, und das Essen bekam er aus einer nahegelegenen Kneipe. Täglich ging er in die Frühmesse, und wenn er am Bühneneingang saß, folgte er zu jeder Stunde, schweigend, aus dem Gedächtnis, den Offizien.

Als einige Kirchen in Brand gesteckt wurden, verstörte ihn das zutiefst. Wie durch ein Wunder wurde er nicht gelyncht, als er sich mit gekreuzten Armen den Leuten entgegenstellte, die den erzbischöflichen Palast stürmen wollten.

Als er im Café an der Ecke aus dem Radio hörte, daß Albacete von der Republik zurückerobert worden war, erhängte er sich.

II

Ja. Er liebte sie. Und das Nachdenken über sein Gefühl umhüllte Vicente Dalmases wie der weite Umhang, den sein Onkel Santiago, der Mesner, trug.

Er liebte sie – und das Licht, der Staub, die Pflastersteine, die Schaufenster, die niedrigen Häuser an der Plaza de la Reina, die gelben Straßenbahnen mit ihren Bügeln auf den Dächern, das rote Manilatuch mit weißen und grünen Blumen, das einer alten Schneiderpuppe des *La Isla de Cuba* nachlässig um die Schultern hing, all das schien nur für ihn bestimmt, damit seine Füße ihn unbeschwert durch die Stadt trugen, schwerelos.

Er sah sie überall, ohne ihre genaue Gestalt in seiner Erinnerung zu haben: im Wandspiegel des Cafés, im von den Elektrokabeln durchkreuzten Himmel, in dem fernen Grün der Plaza Wilson – vormals Príncipe Alfonso –, auf dem grauen und glanzlosen Asphalt der Calle de la Paz – vormals Peris y Valero (denn die Benennungen ändern sich mit der Farbe der gewählten Regierung) –, in den Jugendlichen, die wie Schildkröten an ihm vorbeitrödelnd ihre Zeit verbummelten. Er blieb vor einer der Auslagen des *El Águila* stehen. Aus der Scheibe sah ihm sein Spiegelbild entgegen, durchscheinend, und den Verkehr hinter seinem Rücken auf der Straße.

›Bin ich das?‹, fragte er sich.

›Ja, das bin ich. Ich. Vicente Dalmases. Und ich liebe sie.‹

Ihn umhüllte die Antwort, die von überall her auf ihn eindrang: von den vergoldeten Lettern auf dem Wandspiegel, von den schillernden Lichtreflexen auf den abgeschrägten Bordsteinkanten, von einigen Koffern, die gelangweilt in Reih und Glied standen, in Erwartung der Neugierde eines potentiellen Käufers; von dem beharrlichen Klingeling der Straßenbahnbimmeln, mit dem offenen Anhänger im Schlepptau; denn es war Sommer und die Triebwagen fuhren in Richtung der Strände von Cabañal, hinter sich Anhänger, mit gestreiften Vorhängen, die im Fahrtwind flatterten wie die Wimpel vor dem Rekrutierungsbüro.

Fröhliche gelbe Straßenbahnen für fünfzehn Céntimo; Glorieta: null, zehn und für Fiffi fünf; mit dem säuerlichen Geruch der Arbeiterinnen aus der Tabakfabrik. Die Pappe der weißen und roten Fahrkarten. Die grau gestreiften Uniformen der Angestellten der Straßenbahngesellschaft, speckig am Kragen, an den Schultern, an den ausgefransten Ärmelstößen; und die von den Zigaretten gelben Finger, das Aneinanderschlagen der Ketten zwischen Anhänger und Triebwagen und das Schaukeln des Vehikels, wenn es mit Höchstgeschwindigkeit fährt. Klak! Die Kurbel am Anschlag, und dann das unsanfte und lautstarke Rumpeln auf den holprigen Schienen. Wie der Pfeil! Wie der Pfeil hin zum kühlen Wasser.

Einfach alles sagte ihm: ›Sie liebt mich‹. Und die Hitze, und das gleißende Licht.

›Ja. Sie liebt mich, sie liebt mich, mich und keinen anderen außer mir. Und der Krieg und die Revolution, alles nur um mir zu zeigen, daß sie mich liebt.‹

Vicente ist zwanzig Jahre alt und spürt, wie die ganze Welt seine Brust füllt: Er ist glücklich.

»Was stehst du denn da herum wie ein Idiot?«

Vicente erkennt im Schaufenster die Gestalt von Gabriel Romañá, eine halbe Handbreit größer als er. Ein Klassenkamerad.

»Willst du einen Koffer kaufen?«

»Nein.«

»Wohin gehst du?«

Vicente lügt:

»Nach Hause. Und du?«

»Ins *Ideal*, einen Kaffee trinken. Kommst du mit?«

35

»Nein.«

»Was ist eigentlich seit einer Woche mit dir los?«

»Wieso?«

»Dir hat wohl jemand den Kopf verdreht.«

»Ja genau.«

»Glückwunsch.«

Vicente läßt seinen Freund stehen und steigt in eine Straßenbahn. Den Schaffner grüßt er besonders herzlich. Eigentlich hätte er auch zu Fuß gehen können. Aber was, wenn er sich verspätet? Er ist früh dran. Aber was, wenn er sich verspätet? Lieber wartet er. Die Zeit verfliegt. In Vicentes Alter begreift man noch nicht, was die Zeit ist, und daß sie auf Gemälden mit gutem Grund als das Alter dargestellt wird. Außerdem ist sie pünktlich. Um Viertel nach drei findet er einen freien Platz. Asunción kommt zehn Minuten später, fünf Minuten vor der verabredeten Zeit.

Das Lokal ist überfüllt. Milchige Marmortischchen, der Boden schwarz und weiß gefliest, die Wände mit Spiegeln bedeckt, an der Decke Ventilatoren, die sich vergeblich um die Erfrischung der Gäste bemühen, die Eis oder kalte Getränke zu sich nehmen (weiße Horchata, mit Zimt bestäubtes Milcheis, zartgelbes Vanilleeis, tiefbrauner Kaffee). Alle schwitzen in dem blendenden Licht, das die Pflastersteine der Plaza Emilio Castelar zurückwerfen; vom Postgebäude spiegelt knallend die Sonne zurück; flirrende Hitze, die von dem staubigen, stumpfen Asphalt der Straßen und Bürgersteige aufsteigt, dringt überall hin, dringt überall durch, und das Licht des Sommers gleißt. Vicente grüßt beiläufig Jorge Mustieles, der vorüberkommt.

»Wer ist das?«

»Jorge was weiß ich wie, ein radikalsozialistischer Anwalt.« (Er weiß sehr wohl, wie er heißt, will aber ihre Aufmerksamkeit nicht ablenken.)

Sie schweigen wieder. Vicente stochert mit seinem Löffel

in dem leeren Eisbecher aus dickem Glas herum. Er weiß nicht, was er sagen soll.

Seit zwei Jahren gibt es für ihn nur noch Politik. Sein Studium leidet darunter. Er fällt zwar nicht durch und besteht seine Prüfungen, aber nicht gerade glanzvoll. Wenn er sich ein wenig dahinterklemmen würde, könnte er hervorragend sein. Er stammt aus einer sehr großen und schrulligen Familie, in der jeder seine eigenen Wege geht: allesamt intelligent und ein wenig zerstreut. Sein Vater ist Vermögensverwalter; sein älterer Bruder ist Musiker und darüber hinaus Lateinlehrer an einem der neu gegründeten Gymnasien – für deren Einrichtung sich die Republik eingesetzt hatte, und die für viele Lehrer, die an den Geist der Gelehrsamkeit glauben, ein Zuhause geworden sind –; der zweite ist Straßenbauingenieur und Dichter; der dritte studiert Tiermedizin und in seinen nicht gerade seltenen Mußestunden Griechisch; der vierte, Vicente, ist in der Handelsakademie eingeschrieben und überdies Schauspieler; auf ihn folgt ein Mädchen, das Tänzerin werden möchte und an der Lehrerbildungsanstalt studiert. Die übrigen drei haben sich noch nicht entschieden, aber natürlich will keiner Jura studieren, wie es der Vater gerne sähe: Für den Anfang üben die drei sich in Versen, und der Benjamin versichert, er wolle Pilot werden, und der Nächstältere murmelt etwas vom Ingenieurswesen, und der davor hat kategorisch zu verstehen gegeben, daß er nichts machen möchte: Er habe genügend Geschwister, um sorgenfrei leben zu können. Er möchte Komponist werden, aber ohne Musik zu studieren. Alle sind Anhänger der Liberalen, bis auf Vicente, der schon immer Kommunist gewesen ist, von Geburt an.

Die große Nase trennt zwei riesige, dunkle, unergründliche Augen. Ständig streift er sich eine widerspenstige Locke aus der Stirn. Er ist spindeldürr und raucht, ohne es zu merken, eine Zigarette nach der anderen: Mit dem Stummel der einen zündet er sich die nächste an.

Asunción ist die Tochter eines katalanischen Straßenbahners. In ihrer Familie sind alle blond, niemand aber so wie sie, deren Haar bis vor wenigen Jahren fast weiß war. Sie ist siebzehn und sieht aus wie fünfzehn. Sie spricht kaum. Jetzt ist sie bei der Kommunistischen Jugend. Vicente hat sie dorthin mitgenommen. Kennengelernt haben sie sich im *Retablo*. Nie haben sie über etwas anderes gesprochen als ihre Arbeit: Theater oder Politik. Eines Tages werden sie sich sagen müssen, daß sie sich lieben. Für alle sind sie ein Paar, nur für sie selbst nicht. Er hat sich noch nicht einmal getraut, ihre Hand länger zu halten, als es für eine herzliche Begrüßung oder zum Abschied nötig gewesen wäre. Sie sind sich ihrer sicher, aber ihre keusche Schamhaftigkeit hält sie zurück.

›Eines Tages werde ich sie küssen müssen‹, denkt Vicente, aber er traut sich nicht.

Die vollkommene Unverdorbenheit ihres Denkens verbindet sie, ihre Überzeugung, dem einen Weg zu folgen, den das Leben ihnen bietet. Ohne irgendwelche Vorbehalte widmen sie sich ihrer Arbeit, Hintergedanken sind ihnen fremd.

Bis vor zwei Wochen wußte Asunción nicht, was der Tod war. Die erste Leiche bekam sie zu Gesicht, als sie in einer Behelfskaserne im Jesús-Viertel Dienst hatte. In den letzten Julitagen hatte sie sich – wie alle Genossen – zur Überwachung der Kasernen gemeldet. Im Sturm hatte der Wille zur Pflichterfüllung sie alle gepackt, die natürliche Opferbereitschaft und die Freude am Unbekannten. Dort, in Monteolivete, hatten sie in einer Bar auf der Lauer gelegen und gemeldet, wer ein- und ausging. Und nach jeder Wachablösung war sie zum Schilderhäuschen hinübergegangen, um die Posten in ein Gespräch zu verwickeln. Mit Zweien gelang es ihr: Es passierte nichts besonderes; die Offiziere berieten sich, anscheinend unentschlossen. Die Soldaten verlangten nach Neuigkeiten:

»Es heißt, die Regierung habe allen Soldaten befohlen, zurück nach Hause zu gehen ...«

Und sie, als ginge sie das alles nichts an:

»In der Victoria Eugenia ist niemand mehr ...«

Sie wartete, aber der mit dem dunklen Gesicht sagte nichts weiter und nahm Haltung an: Ein stocksteifer Bursche ging vorüber, ein Leutnant, der wer weiß wohin entfloh. Zwei junge Männer folgten ihm.

So ging es die Nacht hindurch bis in den Morgen, ohne Schlaf.

»Ruh dich ein bißchen aus.«

»Ich bin nicht müde.«

Niemand war müde. Auf einmal schlief niemand mehr: Man lebte intensiver und hastiger, als hinge man von den neuesten Meldungen ab.

»Was gibt's?«

»Was ist los?«

»Was weißt du?«

»Was sagst du?«

Ein einziges Gewirr.

»Wir haben Albacete eingenommen.«

Und das Radio. Alle Reden schienen Gutes zu bedeuten. Es war ganz einfach: Die Stunde war gekommen. Niemand zweifelte am Sieg. Prieto hatte es gesagt: Wir haben alles – das Geld und die Marine. Mal sehen, was Aranda in Oviedo machen würde!

Als sich die Sache mit den Kasernen erledigt hatte, weil Offiziere und Soldaten sie aufgegeben hatten, die einen besiegt, die anderen zurückgeschickt zu Haus und Hof, einzeln oder zu zweit, wurde Asunción in eine Kaserne im Sagunt-Viertel versetzt, wo sie alle möglichen Rundbriefe, Genehmigungen, Bürgschaften und Bezugsscheine tippen mußte. Peñafiel persönlich mußte sich dafür einsetzen, daß sie täglich ein paar Stunden zum Proben frei bekam.

Eines Nachts, im Kasernenhof, sah sie ihren ersten Toten. Lange betrachtete sie ihn, so gebannt, daß sie wie angewurzelt vor ihm stehenblieb; die Zähne in seinem offenen Mund, das geronnene Blut in seinen Mundwinkeln verfolgten sie tagelang. Das war der Krieg.

Sie aß ihr Sahneeis auf. Wie cremig es war.

»Möchtest du noch eins?«

»Nein danke. Ich muß gehen.«

»Ich begleite dich.«

Vicente zahlte, und sie gingen auf die Straße hinaus.

›Warum sage ich nichts zu ihr‹, fragte er sich. Sie schlenderten gemächlich, gelähmt von Scham und Schwüle. Vor dem Schaufenster einer Buchhandlung blieben sie stehen. In der Scheibe sahen sie ihre Spiegelbilder. Sie lächelten sich an und gingen weiter. Bei der Brücke Puente de Madera kam ihnen eine massige Matrone entgegen, breiter als hoch, mit riesigen, glockenschwengelschweren Brüsten, die nur mit Mühe von einer Bluse in Form gehalten wurden, die so alt war wie ihre welke Trägerin.

»Endlich hab ich dich gefunden!«

»Tante, was ist denn los?«

»Heute morgen ham die deinen Vater festgenommen!«

»Meinen Vater? Aber warum denn?«

»Was weiß ich. Aber du läßt dich ja zu Hause überhaupt nich mehr blicken ...«

»Mein Wachdienst beginnt um fünf.«

Die Alte sah sie mit einem zutiefst vorwurfsvollen Blick an. Sie seufzte, drehte sich um und ging.

Vicente entschied:

»Lauf los, ich geh inzwischen und sage Bescheid. Lauf ihr hinterher und frag sie nach allen Einzelheiten. Ich gehe inzwischen zu den Jovers. Ruf mich dort an und sag mir, wie es aussieht. Was meinst du?«

»Ich weiß nicht.«

»Renn, sonst holst du sie nicht mehr ein.«

»Ich weiß überhaupt nicht mehr, was los ist.«

»Lauf.«

Asunción lief los und holte die Tante – Arbeiterin in der Zigarettenfabrik, wie auch schon ihre Mutter – mühelos ein und schloß sich ihr an.

»Was genau ist passiert, Tante Concha? Wann?«

»Halb sieben. Er ging grad aus dem Haus. Und weil du dich dort gar nich mehr blicken läßt ...«

Die gedämpfte Stimme dieser wabbeligen Masse hatte einen zutiefst vorwurfsvoller Unterton.

»Sie wissen, was ich alles zu tun habe ...«

»Zu tun haben! Zu tun haben! Das ist nur was für Männer. Was ist nur in euch gefahren? Die Frauen sollen Kinder bekommen oder arbeiten und nicht ihre Zeit mit den Angelegenheiten der Männer verplempern.«

»Ist ja gut, Tante. Aber, wer hat ihn abgeholt?«

»Was weiß ich, irgend so eine Patrouille.«

»Hat er nicht gesagt, ...«

»Nee. Der redete und redete.«

»Hat er Ihnen nicht aufgetragen, mich zu benachrichtigen?«

»Die ham ihn nicht mit mir sprechen lassen.«

»Waren die von der CNT? Polizisten?«

»Nee, Milizen.«

»Und Amparo?«

»Hat sich angezogen und ist gegangen.«

»Aber mein Vater hat ihr nicht Bescheid gegeben?«

»Ich hab doch gesagt, daß er gerade weggehn wollte, da ham die ihn ...! Bestimmt, die ham auf ihn gewartet.«

»Und sie? Hat sie dir nicht gesagt, wo sie hingeht?«

»Was ich? Soll mit der reden? Also nein!«

Asunción beschloß, bei der Kommunistischen Jugend um Hilfe zu bitten.

»Warum gehst'n nich zu Chimet?«

»Der kann doch auch nichts ... aber gut, gehen Sie, Tante, gehen Sie zu ihm, für alle Fälle. Und kommen Sie danach zur Kommunistischen Jugend. Wenn ich nicht dort bin, hinterlassen Sie mir eine Nachricht. Und Amparo soll auch vorbeischauen. Sagen Sie ihr das, wenn sie wiederkommt.«

Sie verbesserte:

»Richten Sie ihr das durch Visantet aus.«

»Und die Freunde von dir da vom Theater ...?«

»Zu denen gehe ich danach. Gehen Sie jetzt erstmal zu Chimo.«

Die Straßenbahn kam, und Asunción stieg ein. Den Gruß des Schaffners erwiderte sie teilnahmslos.

Was war bloß geschehen? Ihr Vater gehörte seit Ewigkeiten schon der Straßenbahnergewerkschaft an. Jedermann wußte, daß er ein Linker war.

Asunción dachte:

›Soll ich vielleicht auch zur UGT gehen? Nein, ich werde anrufen.‹

Als sie vor dem Schaffner stand, fragte er sie:

»Wie geht es deinem Vater?«

»Gut, danke«, antwortete sie mechanisch.

Was war bloß mit ihm geschehen?

Alfredo Meliá war Straßenbahner aus Leidenschaft, von Geburt an blond, aufgewachsen in einer Meierei, weit weg bei Lérida. Er kam nach Valencia, um dem König zu dienen, verliebte sich in die Straßenbahnen und blieb. Er redete für sein Leben gerne – ohne Punkt und Komma –, und das Leben als Schaffner gestattete es ihm, sein großes Mundwerk niemals stillstehen zu lassen. Nach einiger Zeit wollte man ihn zum

Fahrer befördern, aber er lehnte ab. Er wollte lieber seinen Spaß haben, und der kleine Gehaltsunterschied wog es nicht auf, dafür den Mund halten zu müssen, zumal ihn eine kleine Erbschaft aller Sorgen enthoben hatte und er nicht im Geringsten ehrgeizig war. So lebte er zufrieden, bis ihm eines Tages die Frau wegstarb, damals in den zwanziger Jahren, und ihn mit der gerade einmal abgestillten Asunción zurückließ. Zehn Jahre später setzte er sich in den Kopf, die Tochter des Krämers von gegenüber zu erobern. Das schien nicht schwer zu sein: Er war mit den Eltern befreundet, und in mancher freien Stunden saßen sie auf den niedrigen Stühlen vor der Tür des Kramladens beieinander, um die Kühle der Frühlings- und Sommerabende zu genießen. Er hatte Amparo heranwachsen sehen und wußte um die finanziellen Schwierigkeiten ihrer Erzeuger, die schlicht auf Unerfahrenheit und schleichende Nachlässigkeit zurückzuführen waren. Die Krämersleute merkten bald, wie ›Don Alfredo‹ sich nach dem Juwel des Hauses den Kopf verrenkte.

Amparo war ein stattliches Mädchen, vielleicht ein wenig zu üppig: von großer Statur, großer Hintern, großer Busen, der dem überzeugten Straßenbahner den Schlaf raubte und manchmal die Worte. In zwölf Jahren würde er seine Pension bekommen, die ihm, zusammen mit seinen staatlichen Rentenpapieren, einen Lebensabend garantieren würde, dem er sorglos entgegensehen konnte. Mit ihren großen Augen, der wohlgeformten und geraden Nase, ihrem kleinen Mund, dem reizenden Kinn fehlte es dem jungen Mädchen im Stadtviertel nicht an Verehrern: aber alles nur Angestellte, einer bei der Fleischerei, andere bei der Apotheke, bei der Drogerie oder bei ihren Eltern. Denn die Rede von der prekären wirtschaftlichen Lage der Besitzer der – nicht sehr edlen – Perle war gängige Münze und eine beträchtliche Hürde für die Kaufmannssöhne des Viertels.

Amparo war zweiundzwanzig, und, so weit man wußte, noch nicht verlobt. Als ihre Eltern sahen, wie groß und üppig sie geworden war, und daß sie in der Levante für eine Unverheiratete nicht mehr unbedingt jung war, begannen sie sich Sorgen zu machen und ebneten dem guten Witwer den Weg. Der hatte gerade sein Mädchen für Alles verloren, eine Person von geringem Wuchs und noch geringerem Gewicht, aber um so größerem Mundwerk, die entsprechend den damaligen und auch noch heutigen Gepflogenheiten zurück in ihr Dorf gegangen war, um dort zu heiraten; mit beachtlichen Kenntnissen in Haushaltsführung, Putzen und Kochen.

Als sie mit dem Mädchen ein ernstes Gespräch führten, reagierte sie widerspenstiger als erwartet. Ohne daß die guten Krämersleute davon etwas wußten, hatte sie einen Verlobten, einen jungen Gecken mit derselben Vorliebe wie Alfredo: Er zog die fülligen und stattlichen Frauen vor. Er hieß Luis Romero. Der Haken war, daß er keinen Weg sah, seine Begierden auszuleben, denn die gesetzliche Ehe, mit allem was dazugehörte, war nach Lage der Dinge nicht möglich. Er studierte, wenn auch nur mit mäßigem Eifer, und zwar Medizin, und lebte von dem wenigen Geld, das ihm seine Eltern aus Teruel schickten. Die beiden hielten ihre Verbindung geheim, um unbehelligt von Trauzeugen Zärtlichkeiten austauschen zu können; denn die hätten nicht lange auf sich warten lassen, wenn die Eltern Wind davon bekommen hätten. Jedenfalls weigerte sich das Mädchen rundweg, den guten Schaffner auch nur anzuhören. Da wurden die schwerer wiegenden Argumente ins Feld geführt: die Rechnungen, die Schulden, die Hauptbücher. Das Mädchen ließ sich nicht erweichen, und Alfredo glühte vor Ungeduld. Das Unerwartete geschah: Der Bursche drängte sie einzulenken, denn nur so könnten sie ohne Risiko das bekommen, wonach beiden so sehr ge-

lüstete. Zur allseitigen Zufriedenheit wurde Hochzeit gefeiert.

Amparo – das hatte sie schon unter Beweis gestellt – war
eine durchtriebene Frau, sehr selbstbeherrscht und in der
Lage, die halbe Welt mit der anderen Hälfte zu betrügen.
Alfredo kam nie auf den Gedanken, daß er die üppigen Rei-
ze seiner Frau mit jemandem teilte. Das Verhältnis zwischen
Asunción und ihrer Stiefmutter war eher kühl, aber im
großen und ganzen normal. Acht Jahre Altersunterschied
waren zu viel oder auch zu wenig für echte Vertrautheit, die
im Grunde auch keine von beiden herbeisehnte. Concha, die
Nachbarin von unten, war die einzige, die sie nicht ausstehen konnte und als Widersacherin betrachtete, denn sie war
eine Tante der ersten Frau Alfredos. Sie sprachen nicht mehr
miteinander, weil sie sich über die schwerwiegende Frage der
richtigen Zubereitung von Weinbergschnecken in die Haare
bekommen hatten; das war drei Jahre her.

Asunción stieg aus der Straßenbahn und ging ins Büro der
Kommunistischen Jugend. Niemand von denen, die sie suchte, war da. Nur Lisa, eine junge deutsche Jüdin, die seit den
ersten Tagen des Militäraufstandes dort arbeitete. Ihr erzählte sie, was geschehen war; sie telefonierten und erreichten einige Führer der Organisation, die versprachen, alles zu
tun, was sie konnten – was soviel hieß wie sich erkundigen.
Währenddessen versuchte Vicente dasselbe bei Jorge Mustieles, der ihm in den Sinn kam, weil er ihn an dem Café hatte vorbeilaufen sehen. Asunción rief im *Eslava*-Theater an,
wo das *Retablo* gerade probte, und berichtete Peñafiel von
ihrem Kummer. Der war mit Ricardo Ferrer befreundet,
dem Polizeichef, und ging unverzüglich zur Zivilregierung.
Niemand wußte etwas von der Verhaftung Alfredo Meliás.

Vicente traf Asunción im Büro der Kommunistischen
Jugend, und sie beschlossen, zu Lloréns zu gehen, dem Vertreter der CNT im Veranstaltungskomitee, und ihn zu fra-

gen, ob seine Organisation wisse, wohin man den Straßenbahner gebracht habe. Sie trafen ihn im *Apolo*-Theater an, wo er Aufführungen von Volksopern vorbereitete. Der Schauspieler betrachtete sie mißtrauisch, nicht weil sie Kommunisten, sondern vor allem, weil sie Laienschauspieler waren. Aber er versprach, sich zu erkundigen.

»Mach dir keine Sorgen«, redete Vicente auf sie ein.

»Ich mach mir ja auch keine Sorgen«, antwortete das Mädchen.

Aber keinem von beiden war wohl zumute.

Asunción rief in der Kaserne an, damit man nicht vergeblich auf sie wartete, und ging nach Hause. Dort traf sie Amparo an, die sehr gefaßt war. Auch sie war bei mehreren Stellen gewesen, und nirgendwo konnte man Auskunft über ihren Mann geben.

Am späten Abend beschloß Vicente, gegen den Rat seiner Genossen zum Büro der CNT zu gehen. Als er dort eintrat, sah man ihn mißtrauisch und verwundert an.

»Was suchst du denn hier?«

»Ich suche Lloréns.«

»Der ist nicht da.«

»Er sagte mir, ich könnte ihn um diese Uhrzeit hier antreffen.«

»Aber er ist nicht da.«

»Dann warte ich ein bißchen.«

»Ich glaube nicht, daß er kommt.«

»Es ist dringend.«

»Dann warte eben.«

Vicente setzte sich, wurde des Sitzens überdrüssig, schaute sich die Plakate an den Wänden an, trat ans Fenster und vertrieb sich die Zeit damit, dem Hin und Her der Autos auf der Plaza Emilio Castelar zuzusehen. Er hörte den Kriegsbericht, keine Veränderungen, nichts Neues. Er warf einen Blick in die Zeitung der CNT.

»Hast du schon einmal einen Parteiausweis von der Falange gesehen?«

Vicente drehte sich um. Zwei Männer unterhielten sich: der, der die Benzinbezugsscheine ausgab, und eine anderer, der gerade gekommen war, groß und griesgrämig, mit einem nagelneuen Ledermantel bekleidet. Neugierig trat Vicente näher.

»Schau her.«

Auf dem Ausweis, eine Fotografie: niemand anderes als Asuncións Vater.

»Verzeihung, darf ich mal?«

»Aber klar doch, selbstverständlich. Hast du noch nie einen gesehen?«

»Nein. Wo hast du ihn her?«

»Schau dir den an!«

»Nun, ich bin auf der Suche nach diesem ... Typ.«

»Was du nicht sagst! Na, dann kannst du deinen Genossen sagen, daß sie sich keine Sorgen mehr machen müssen.«

»Kann ich den Ausweis vielleicht mitnehmen?«

»Pah!«

»Wir würden gern eine Fotografie davon machen.«

Sie sehen ihn hämisch an.

»So? Tut uns furchtbar leid.«

Dieser Haß zwischen den Parteien ... Jetzt spürte Vicente ihn schmerzlich, wie eine unheilbare, unüberwindbare Krankheit. Und trotzdem, man durfte ihn nicht einfach hinnehmen.

»Sag deinen Leuten, sie sollen ja keine Dummheiten machen.«

Der, der hinzugekommen war, ließ Vicente stehen und fragte den anderen, der wieder Bezugsscheine abstempelte:

»Und der Uruguayer?«

»Keine Ahnung, ich hab ihn den ganzen Nachmittag über nicht gesehen.«

»Gleich ist's zappenduster«, sagte der andere, kratzte sich am Kopf und wandte sich wieder an Vicente:

»Und du? Auf was wartest du?«

»Ich? Auf Lloréns ...«

Die Beziehungen zwischen der CNT, der FAI und der Kommunistischen Partei hatten sich in den letzten Tagen sehr verschlechtert. Es hieß, die ›Eiserne Kolonne‹ – ein Panzer und zweitausend Mann – stünde kurz vor dem Einmarsch in Valencia, das damit in die Hände der Anarchisten fallen würde.

Vicente verabschiedete sich und ging. Sein Weg führte ihn hinunter bis zur Plaza de Tetuán, zur Partei. Er war zutiefst verunsichert: Asuncións Vater Falangist!

In dem Empfangsraum saßen drei Parteiführer beim Kartenspiel. Vicente berichtete ihnen alles, was er wußte. Auch dem Mädchen wollte er alles erzählen.

»Ich glaube, das wäre verkehrt.«

»Wieso? Ihr verdächtigt doch nicht etwa sie?«

»Den Vater hast du auch nicht verdächtigt ...«

»Aber ich versichere euch, sie wußte nichts, sie hat keine Ahnung.«

»Möglich. Aber du bist ein verantwortungsbewußter Genosse, und du weißt genauso wie ich, daß wir uns auf niemanden verlassen dürfen.«

Ein anderer betont:

»Wir befinden uns im Krieg, Genosse.«

Der ältere ließ nicht locker:

»Und selbst, wenn wir nicht im Krieg wären.«

Er machte eine Pause.

»Sie ist deine Freundin?«

»Nein. Bis jetzt nein.«

»Dann sei vorsichtig. Versuch, etwas aus ihr herauszubekommen.«

»Wollt ihr sie festnehmen?«

»Nein. Aber du mußt uns genaue Angaben über den Lebenswandel ihres Vaters beibringen. Mit wem er verkehrte. Wo er hingegangen ist. Wartet sie auf dich?«

»In der ›Jugend‹.«

»Na, dann geh schon.«

»Was ist mit dem Uruguayer?«

»Mach dir keine Sorgen.«

Langsam, die Hände in den Hosentaschen, schlendert Vicente durch die Anlagen, benommen von dem schweren Duft der Magnolien. Er bleibt stehen, setzt sich auf eine Bank.

Nein, sagt er sich. Sie anlügen. Er würde seine Hand dafür ins Feuer legen, daß Asunción absolut nichts weiß. Er versucht, seine Parteiführer zu rechtfertigen. Er versetzt sich in ihre Lage. Er rechtfertigt sie. Gut, na und? Er ist nicht sie. Aber sie haben ihm einen Befehl erteilt. Sie kennen sie nicht. Sie kennen nicht die Farbe ihrer Augen. Ihre Reinheit, ihre Aufrichtigkeit, ihre absolute Ehrlichkeit bei allem, was sie sagt. Ich bin verliebt. Macht die Liebe mich etwa blind? Nein. Wer könnte sie verdächtigen? Und wenn sie durch und durch falsch wäre?

Vicentes Einbildungskraft reicht nicht aus, um sich eine solch unglaubliche Geschichte weiter auszumalen. Er sträubt sich dagegen.

Nein. Das kann nicht sein. Sie ist und bleibt ein ehrlicher Mensch.

Immer stärker spürt er das eine Bedürfnis: ihr alles zu sagen. Sich ihr anzuvertrauen. Aber die Partei hat es ihm verboten. Er darf es nicht tun. Das geht nicht.

Mit der Schuhsohle drückt er einen Kiesel über den Boden und zieht einen Strich. Dahinter eine Kolonne krabbelnder Ameisen. Eine nach der anderen, unermüdlich. Es ist schon spät, Nacht, und die Ameisen laufen und laufen. Er würde sie am liebsten zertreten, sie von ihrem Weg ab-

49

bringen, damit sie sich verirren. Es wäre nicht das erste Mal, aber er weiß, daß sie selbst über die Toten hinweg erneut ihre Kette bilden würden. Sie würden die Leichen forttragen und sie ins Innere des Ameisenhügels schleppen. Ein paar Tote mehr oder weniger ...

Wer ist er eigentlich, daß er sich dem Willen der Partei widersetzen will? Nichts wird er ihr sagen. Weder jetzt noch irgendwann. Es wird für ihn ein Leichtes sein – besorgt, wie sie ist – ihr alles zu entlocken, was sie über das Leben ihres Vaters weiß. Amparo, die mußte wirklich etwas wissen. Daran hatte er aus lauter Sorge um Asunción noch nicht gedacht. Sicher, Amparo ..., sie mußte er aufsuchen.

Vicente steht auf und geht leichten Schritts zum Büro der ›Jugend‹.

Asunción schläft über den Tisch gebeugt. Lisa rät ihm im Flüsterton:

»Laß sie in Ruhe! Sie ist völlig erledigt. Hast du etwas rausbekommen?«

»Gar nichts. War sie die ganze Zeit hier?«

»Sie ist kurz nach Hause gegangen. Niemand weiß irgend etwas. Hast du schon die neue Nummer gesehen?«

Das Mädchen hält ihm die Zeitung der Kommunistischen Jugend hin – Lisa ist unberechenbar und wechselt mühelos von einem Thema zum anderen –, Vicente nimmt sie und wirft einen zerstreuten Blick hinein.

»Schön, schön.«

»Also, diese Abbildungen sollten eigentlich auf die letzte Seite kommen ... Ich weiß, wie einem in dieser Lage zumute ist. Als sie meinen Vater abgeholt haben ...« (Dort, in Deutschland, vor Ewigkeiten.)

»Hat sie denn niemanden angerufen?«

»Doch.«

»Wen?«

»Keine Ahnung.«

Vicente denkt nach: Schwachsinn! Wenn sie jemanden warnen müßte, würde sie nicht von hier aus anrufen. Asunción schreckt aus dem Schlaf, die Augen aufgerissen, die Pupillen auf einmal geweitet von dem grellen Licht einer Glühbirne über dem Tisch, an dem sie geschlafen hatte.

»Was ist? Weißt du was?«

»Nein.«

»Bist du schon lange hier?«

»Nein.«

Asunción steht auf.

»Du weißt was.«

»Ich sage doch, ich weiß nichts.«

»Wie spät ist es?«

Er schaut auf seine Uhr.

»Drei.«

»Hast du Ricardo gesehen?«

»Ja, er weiß nichts.«

»Und bei der CNT?«

»Auch nichts.«

Asunción zweifelt nicht, sie glaubt ihm. Lisa unterbricht sie:

»Kinder, ich gehe schlafen. Jetzt ist Ruiz dran, ich werde ihn wecken. Bis morgen.«

Lisa verschwindet. Verzweifelt geht Asunción auf Vicente zu.

»Was sollen wir tun?«

»Laß uns noch mal in Ruhe überlegen: Wer ist bei euch ein- und ausgegangen?«

»Bei uns?«

»Ja.«

»Das weißt du genauso wie ich: Tante Concha, wenn Amparo nicht da war. Die Mutter. Don Esteban, so gut wie nie.«

»Und sonst, außer der Familie?«

»Niemand. Vielleicht mal ein Kollege von Papa: zwei oder drei Kontrolleure, Genossen ... Hin und wieder Luis Romero, du kennst ihn.«

»Dieser Arzt aus Teruel?«

»Genau.«

»Bei welcher Partei ist er?«

»Weiß ich nicht. Ich glaube, bei keiner.«

»Hast du ihn noch einmal gesehen, seit der ganze Ärger angefangen hat?«

»Nein.«

»Er ist nicht bei euch vorbeigekommen?«

»Du weißt doch, daß ich kaum zu Hause gewesen bin.«

»Aber dieser Arzt, ist er ein Rechter oder ein Linker?«

»Ich habe dir doch gesagt, daß ich keine Ahnung habe. Ich finde ihn ziemlich unsympathisch. Wie? Du glaubst, er könnte etwas mit dem zu tun haben, was mit Vater passiert ist?«

»Weiß ich nicht.«

»Du weißt etwas.«

»Nein. Nichts.«

»Also, was glaubst du? Diese Männer, die ihn abgeholt haben ... er kann doch nicht einfach vom Erdboden verschluckt sein ...«

Asunción sieht ihm fest in die Augen, und Vicente bemerkt – das bringt ihn völlig aus der Fassung –, wie aus den Unterlidern ihrer Augen dicke Tränen anschwellen. Wie ihr Blick sich verschleiert. Noch nie hat er etwas gesehen, das mit diesem stillen Schmerz vergleichbar gewesen wäre, und es geht ihm durch Mark und Bein, zusehen zu müssen, wie ihre Beklemmung sich in Salzwasser verwandelt. Zunächst kullern die Tränen langsam über die Wangen des Mädchens. Dann wirft sie ihm die Arme um den Hals, und während sie ihn wortlos umarmt, weint sie untröstlich.

Vicente schließt die Augen. Er spürt die jugendliche Wärme von Asuncións Körper an seiner Brust, und durch das Hemd – denn er trägt keine Jacke – ihre feuchten Tränen. Langsam hebt er die Arme und drückt sanft die Schultern der Mädchens. Zum ersten Mal in seinem Leben – seit er mit zwölf Jahren in *Zwanzig Jahre danach* die Stelle über Athos' Tod gelesen hatte – spürt Vicente, wie tief in ihm die Tränen aufsteigen. Er kämpft dagegen an und siegt. Er liebt sie, er liebt sie über alles in der Welt. Er schiebt sie ein wenig von sich.

»Weine nicht. Weine nicht. Alles wird gut werden.«

Mit ihrer von Bitterkeit getränkten Stimme wehrt sie ab:

»Du weißt genau, daß das nicht wahr ist. Sie haben ihn umgebracht. Warum?«

Durch den Tränenflor sieht sie ihn fest an.

»Warum? Du weißt etwas.«

Sie sagt es schon zum dritten Mal. Vicente setzt sich über alles hinweg und sagt ihr die Wahrheit. Mehr noch als über den nun zur Gewißheit gewordenen Tod ihres Vater ist Asunción über den ›Ausweis‹ bestürzt. Trotzdem, als allererstes fragt sie nach dem Verbleib des Leichnams. Vicente weiß es nicht. Er macht sich Vorwürfe, nicht daran gedacht zu haben.

»Morgen werden wir ihn finden. Aber sag mal, war dein Vater wirklich bei der Falange?«

Asunción blickt ihn scharf an.

»Glaubst du, ich hätte es dir nicht erzählt?«

»Also?«

»Ich weiß es nicht. Bist du sicher, daß es stimmt?«

»Ohne jeden Zweifel.«

»Gehen wir nach Hause.«

Sie brachen gerade auf, als Ruiz, der Bucklige, hereinkam.

»Schlaft gut.«

Der Wächter öffnete ihnen, und sie gingen hinaus, ohne ein Wort zu sagen. Es begann zu dämmern, und alles auf den Straßen schien in Absinth getaucht. Ein Hahn krähte, und die morgendliche Brise trieb mit sanftem Rascheln ein Stück Papier auf dem Bürgersteig vor sich her.

Auf Zehenspitzen betraten sie die Wohnung. Amparo, die einen leichten Schlaf hatte, hörte sie trotzdem und rief laut:

»Bist du es, Asunción?«

»Ja.«

»Hast du etwas herausbekommen?«

Vicente machte dem Mädchen verzweifelt Zeichen, nichts zu sagen.

»Nein.«

»Wie spät ist es?«

»Fast fünf.«

Amparo erschien im Nachthemd. Als sie Vicente erblickte, schrak sie zusammen.

»Das hättest du mir doch sagen können!«

Sie zog sich wieder ins Schlafzimmer zurück. Gleich darauf erschien sie, während sie noch den Gürtel ihres Bademantels schloß.

»Hallo.«

»Guten Morgen.«

Im Eßzimmer war es kühl, an den getünchten Wänden hingen Kalenderblätter und Farbdrucke. Ein runder Tisch und Wiener Möbel.

»Ich hoffe, daß er jeden Moment kommt.«

Asunción sah sie grollend an. Vicente fürchtete, sie würde sagen, was geschehen war, aber zunächst schwieg sie für einen Augenblick. Dann fragte sie:

»Haben sie nichts durchsucht?«

»Sie sind doch gar nicht hier rein gekommen. Sie haben ihn festgenommen, als er gerade das Haus verließ.«

»Vielleicht finden wir ja etwas … «

»Er hat nie etwas aufgehoben.«

»Trotzdem.«

Sie traten ins Schlafzimmer, Asunción ging entschlossen zur Kommode und begann, die Schubladen zu durchwühlen. Amparo blieb in der Tür stehen und sah zu. Vicente stand zwischen den beiden und wußte nicht, was er tun sollte.

Alle möglichen Rechnungen kamen zum Vorschein, ein paar Briefe von Verwandten, die Beitragsquittungen von der UGT ... Nichts, was irgendwie von Belang gewesen wäre.

Amparo fragte gleichgültig:

»Was sucht ihr?«

»Keine Ahnung. Etwas, das uns einen Hinweis geben könnte.«

Asunción drehte sich abrupt um und trat entschlossen vor ihre Stiefmutter.

»Hat er nie über Politik gesprochen?«

»Mit mir?«

»Ja, mit dir.«

»Nein.«

»Hältst du es für möglich, daß er bei der Falange war?«

»Bei der Falange?«

In ihrer Nachfrage lag keine Bestürzung.

»Ja, bei der Falange.«

»Nein.«

Vicente machte sich selbst Vorwürfe. Jetzt würde alles herauskommen, und er trug die Schuld. Wie würde er sich vor der Partei rechtfertigen? Alles wegen seiner Gefühlsduselei. Aber es war nun offenkundig, daß Asunción unschuldig war. Oder log sie? Das Mißtrauen nagte ...

›Verlasse dich auf niemanden, auf niemanden.‹ Aber das ging einfach nicht.

»Wer hat euch gesagt, daß er bei der Falange war?«

Vicente überlegte rasch noch einmal: Es war unmöglich, daß diese Frau von nichts wußte.

»Also gut, Señora: Was für Leute sind hier ein- und aus-gegangen?«

»Sie.«

Diese doch ein wenig dreiste Antwort brachte den jungen Mann aus dem Konzept.

»Und wer sonst?«

»Dieses Haus hat seine Türen nie vor irgend jemandem verschlossen.«

Vicente wurde klar, daß dieser Weg zu nichts führte. Oh-ne Umschweife fragte er:

»Man hat ihn umgebracht.«

Amparos Verwunderung wandelte sich in einen Ausdruck des Entsetzens.

»Das ist nicht wahr!«

Sie ließ sich in einen Schaukelstuhl fallen und brach in Tränen aus.

Die beiden jungen Leute gingen wieder in den Wohnraum zurück.

»Sag zu niemandem etwas von der Falange. Wenn sie dich fragen, verliere kein Wort darüber, daß ich es dir gesagt habe.«

Asunción sah ihn ein wenig befremdet an.

»Ich habe versprochen, dir nichts zu sagen. Und achte darauf, daß auch sie dort nichts erzählt.«

»Keine Sorge.«

Etwas zwischen ihnen beiden war zerbrochen.

Vicente verbrachte den Vormittag in der Redaktion der Parteizeitung. Am Nachmittag ging er zur Probe, ins *Esla-va*-Theater. Als man ihn nach dem Fehlen von Asunción fragte, tat er zerstreut. Er stand neben sich. Im Schein einer einzigen Glühbirne, die mitten über der Bühne hing, und begleitet vom Wutschnauben des stets verärgerten Peñafiel probten sie den dritten Akt von *Fuenteovejuna*. Vicente spielte Esteban; Josefina Camargo die Laurencia.

»Erkennt ihr mich?«

»Heiliger Himmel!

Ist's meine Tochter nicht?«

»Du kennst

Laurencia nicht?«

»Ich komme so,

daß meine Veränderung euch

zweifeln macht, wer ich bin.«

»Meine Tochter!«

»Nenn mich nicht mehr

deine Tochter.«

»Mein liebes Kind,

warum, warum?«

»Aus guten Gründen,

und deren erste diese sind:

weil du es zuläßt, daß mich rauben

Tyrannen, ohne mich zu rächen,

Verräter, ohne sie zu strafen.

Obwohl ich Frondoso noch nicht gehörte ...«

José Jover kam herein, und in dem spärlichen Licht fielen die Pickel in seinem Gesicht noch stärker auf als sonst.

»He, Vicente, ein Anruf für dich.«

Peñafiel verzweifelte.

»Nein, nein, und nochmal nein! Ich habe schon zigtausendmal gesagt, daß während den Proben nicht telefoniert wird! So geht's nicht weiter! Schert euch zum Teufel ... Ich hab's satt!«

Niemand nahm ihn ernst.

»Sag, daß er nicht da ist!«

»Die Partei will ihn sprechen.«

»Partei, Partei, und wenn schon!«

Santiago Peñafiel gehörte keiner an.

»Ich komme«, sagte Vicente.

Während er zur Theaterkasse ging, wuchs in ihm die Befürchtung, daß ihm eine gehörige Standpauke bevorstand. Er wurde nervös.

»Ja. Ich komme sofort.«

Er bat José, ihn zu entschuldigen, und verließ das Theater.

Bonifacio Álvarez war Arbeiter in den Stahlwerken von Bilbao gewesen. Ein Streik führte ihn nach Sagunto, und in dem dortigen Stahlwerk arbeitete er jahrelang. Jetzt war er einer der Führer der Kommunistischen Partei; ziemlich klein, untersetzt, schmale Stirn, kräftige Hände, zweifelte nicht einen Augenblick an seinen Wahrheiten. Seine Gedanken gingen nicht sehr weit, und wenn sie ihm doch einmal durchgehen wollten, holte er sie gnadenlos in den Bereich des unmittelbar Greifbaren zurück. Er war stolz auf seine Härte und verstand keinen Spaß, außer in Augenblicken, in denen er Heiterkeit für angemessen hielt; das war zwar selten, aber geschah immerhin auch. Er hatte eine volle Stimme, und darum sang er gerne traditionelle Volkslieder aus seiner Heimat.

Als Vicente eintrat, sah er gerade Akten durch; er blickte nicht auf.

»Setz dich.«

Einige Minuten verstrichen. Die Unterlagen, mit denen er sich befaßt hatte, legte er in eine Mappe. Er konnte den Leuten nie ins Gesicht sehen, es sei denn, sein Gesprächspartner befand sich in einer peinlichen Lage.

»Hast du mir nichts zu sagen?«

»Nein.«

»Also! Genosse Dalmases, du kommst vom rechten Weg ab.«

Wie immer kam er direkt auf den Punkt.

»Gestern abend hat man dir nahegelegt, keinem Menschen zu sagen …«

Er hob den Kopf und sah seinen Gesprächspartner an.

»Ich hab es getan, weil es einfach nicht anders ging.«

Vicente konnte sich nicht zusammennehmen. Er fühlte sich schuldig.

»Es geht alles, wenn man will, und vor allem, wenn man an die Partei denkt. Genosse: Eine Freundin ist eine schöne Sache, aber für einen Kommunisten gehen andere Dinge vor.«

Er machte eine kurze Pause, fuhr sich mit der Hand durch die kurzgeschnittenen Haare, die ihm vom Kopf abstanden.

»Oder man ist kein Kommunist.«

Wieder blickte er zu Vicente. Der schaute auf den Fußboden: Eine einzelne Ameise lief verloren umher.

»Was hast du dazu zu sagen?«

»Nichts. Du hast recht.«

»Du hast Glück gehabt: Genossin Meliá ist unschuldig.«

Vicente blickte auf.

»Wie ich gesagt habe.«

»Ja, aber du hattest keinen Beweis.«

»Habt ihr den jetzt?«

»Ja. Aber du allein hättest ihn niemals liefern können.«

»Sie wußte nicht, daß ihr Vater bei der Falange war.«

»War er auch nicht. Man muß immer an alles denken, Genosse, immer an alles denken. Und sich nicht von den Gefühlen leiten lassen.«

»Wer steckt dahinter?«

»Ein gewisser Luis Romero. Kennst du ihn?«

»Ich glaube, ich habe ihn einmal dort gesehen.«

»Ja, der Liebhaber deiner ehemaligen künftigen Stiefschwiegermutter. Mach nicht so ein Gesicht, so schlimm ist das auch nicht. Er war Falangist, sie tauschte die Fotos der Ausweise aus, ohne daß der Straßenbahner etwas davon merkte. Und dann hat sie ihn denunziert.«

»Wie habt ihr das herausbekommen?«

»Ihn hatten wir schon seit einiger Zeit auf unserer Liste. Wir hatten seine Ausweisnummer ...«

»Was soll ich machen?«

»Das liegt bei dir.«

»Was ihr wollt. Weiß sie es schon?«

»Nehme ich an.«

Er wußte nicht, daß Asunción in der Kaserne war, als Amparo verhaftet und abgeführt wurde. Sie erfuhr es erst hinterher von ihrer Tante Concha, die die Gründe von Amparos Festnahme nicht kannte. Vicente ging zu ihnen, es war niemand da. Zurück auf der Straße lief er ihnen in die Arme.

»Wißt ihr schon?«

»Ja.«

»Warum nur?«

»Ich werde es euch sagen.«

Am Anfang wollten sie es nicht glauben. Doch die Flüche und Beschimpfungen Conchas brachten sie schnell auf den Boden der Tatsachen zurück.

Asunción sagte eine lange Weile kein Wort, und als sie wieder an ihren Vater dachte, vergoß sie bittere Tränen.

Später gab es einen kleinen Streit, als die Tante ihr vorschlug, Trauer anzulegen. Das Mädchen weigerte sich:

»Das hat man früher so gemacht.«

»Früher? Was meinst du mit früher?«, schrie die Alte, und ihr ganzes Fett schwabbelte. »Oder glaubst du etwa, daß es so etwas wie jetzt noch nie gegeben hat? Daß dein Großvater auf Rosen gebettet gestorben ist? Oder hast du etwa noch nie etwas von den Karlistenkriegen gehört?«

Eigentlich war es gar nicht ihr Großvater mütterlicherseits, sondern ein Onkel gewesen, den Cucala erschießen ließ, nachdem er ihm die Fußsohlen verbrannt hatte. Dieser heroische Umstand hatte ihn zum Großvater sämtlicher Zweige der Familie gemacht:

›Großvater Curret, der mit Cucala.‹

Schließlich einigten sie sich: Asunción würde eine Woche lang Schwarz tragen. Aber die Tonne konnte nicht erreichen, daß sie ›wenigstens zwei oder drei Tage lang‹ das Haus nicht verließ. Das Mädchen ging wieder zur Bereitschaft in die Kaserne. Vicente begleitete sie.

Er traute sich nicht, mit ihr zu sprechen. Auch dieses Mal nicht. Drei Tage später schickte man ihn an die Front.

Manuel Rivelles

»Glaubst du, ich weiß nicht, daß wir uns morgen die Schädel einschlagen lassen müssen?«

»Du sagst es: morgen. Die Frage ist nur, ob es das für uns überhaupt noch gibt.«

José Jover unterhält sich mit Manuel Rivelles, dem ›Leuchtturm‹, der sich nur der Anarchistischen Jugend angeschlossen hat, um immer widersprechen zu können. Deshalb treibt er sich, anstatt bei seinen Leuten zu sein, mit Fleiß bei jungen Männern herum, die sich für Marxisten halten (manch einer ist es und weiß auch halbwegs warum.) Alle sind zufrieden, weil das *Retablo* dank Rivelles ein Aushängeschild für die Volksfront geworden ist:

»Bei uns machen sogar welche von der CNT mit.«

Der Plural ist übertrieben. Rivelles ist glücklich, weil er auf diese Weise eine Sonderstellung genießt, die ihm erlaubt, zu allem *nein* zu sagen, auch wenn er hinterher das tut, worauf sich die anderen geeinigt haben. Er ist der Sohn eines valencianischen Journalisten und überzeugter Valencianer.

Eines Tages Mitte August erschien er sehr ernst zu einer Probe. Er baute sich mit den Händen in den Hüften vor ihnen auf und sagte betont harmlos:

»Ich gehe an die Front.«

Und fuhr sich mit der Hand durch sein widerspenstiges Haar. Alle sahen ihn an. Luis Sanchís erbleichte: Manuel hatte ihm nichts gesagt; er erfuhr es mit den anderen. Das empfand er als Verrat.

»Mit wem?«

»Mit Casas Sala.«

»Wohin?«

»Nach Teruel.«

»Gehört das uns oder den anderen?«

»Weder noch. Dort passiert das gleiche wie hier: Die Militärs können sich nicht entscheiden. Wenn wir kommen, wird Klarheit geschaffen.«

»Wann brichst du auf?«

»Heute Nachmittag.«

»Seid ihr viele?«

»Ein ganzer Haufen ...«

»Habt ihr Waffen?«

»Mit uns kommen mehr als fünfzig von der Guardia Civil. Unter dem Befehl eines Hauptmanns, Bonifayó, ein Republikaner.«

»Ein Hauptmann der Guardia Civil Republikaner?«

Gonzalo Peñafiel, der die Frage stellt, kann es nicht glauben.

»Das sind Menschen wie alle anderen auch. Es gibt auch anständige unter ihnen. Aber geführt wird die Kolonne von Casas Sala.«

»Wie kommt ihr hin?«

»Mit Lastwagen.«

Es gab nichts daran zu deuteln: Er hatte sie alle übertrumpft. Er war der erste, der wirklich in den Kampf zog. Sie schwiegen, bis Vicente Dalmases sagte:

»Alle Achtung. Ich beneide dich.«

»Komm doch mit.«

»Die gehören alle zur CNT.«

»Was macht das aus?«

Ihm natürlich nichts, dachte Vicente; mit gesenktem Blick sagte er:

»Ich gehe dann, wenn man es mir befiehlt.«

»Elender Kriecher!«

Peñafiel fuhr dazwischen:

»Ihr werdet doch nicht schon wieder anfangen.«

Einige von ihnen trugen eine Pistole am Gürtel, keiner hatte – bis jetzt – eine Mauser in Händen gehalten. Das war der eigentliche Grund für ihren ansonsten verständlichen Neid.

»Das muß gefeiert werden.«

Als sie auf die Straße traten, wehte ein leichter Wind, und die Sonne blendete sie. Sie setzten sich auf die Terrasse eines Cafés, um Horchata zu trinken, ›auf den Sieg der Confederación …‹

»Lach du nur.«

»Wer ist Casas Sala?« fragte Asunción.

»Ein Abgeordneter.«

»Ich komme mit dir«, sagte Sanchís.

»Nein«, hielt Rivelles ihn zurück, »du bist nicht von der CNT.«

Drei Autos, sechs Lastwagen, weitere Autos. Vor der Ortseinfahrt nach Sagunto biegen sie ab und folgen der Landstraße, die hoch nach Torres Torres führt. Sie übernachten in Segorbe. Rivelles sieht sich in der unverschlossenen und einsamen Kathedrale um. Hier und da fehlt ein Heiliger. Ein paar arme Leute kauern vor den Altären. Er geht hinüber ins Bischöfliche Palais. Im Bett des Seelenhirten liegt eine vollbärtige Gestalt, in der Hand eine Pistole.

»Hier kommt keiner rein.«

»Ach?«

»Das Haus ist besetzt.«

»Kann ich in dem Sessel da schlafen?«

»Von welcher Partei bist du?«

»CNT.«

»In Ordnung.«

Er streift die Schuhe ab und legt sich lang.

»Wie fühlt man sich im Bett des Bischofs?«

»Weißt du, als Kind habe ich geholfen, die Messe zu lesen …«

»Meine Mutter wollte, daß ich Erzbischof werde.«

Er lacht. Rivelles begreift, daß dem Mann, komme was da wolle, in dieser Welt nichts mehr etwas bedeutet.

Sie schlafen. Am nächsten Morgen ist der Mann, der in dem Bett gelegen hat, verschwunden. Manuel lehnt sich aus dem Fenster: Die Autos und die Lastwagen stehen schon zur Weiterfahrt bereit. Er streckt sich. Er hat Hunger.

In Viver aßen sie zu Mittag. Manuel Rivelles betrat das Haus von Rafael López Serrador. Hinter dem Haus floß das silbrige Wasser. Auf der Suche nach einer Waschgelegenheit und einem Handtuch entdeckte Manuel in dem winzigen Hof einen Autobus.

»Er fährt nicht, es fehlt ein Ersatzteil. Ich habe es in Castellón bestellt, aber die haben es nicht mehr. Heutzutage …«

Der Alte, der die Leute des Dorfs stets zum Bahnhof und zurück beförderte, fürchtete, daß man seinen Autobus beschlagnahmt.

»Wenn sie mir den wegnehmen, von was soll ich dann leben? Mein ältester Sohn ist in Barcelona. Die anderen taugen nichts und liegen mir auf der Tasche.«

Ein Stück weiter oben, auf der Hochebene, ist die Vegetation spärlicher. In der Nacht wird es kalt werden; schon jetzt pfeift der Wind. Aragón, hart und karg. Erbärmliche Berge, die kaum etwas in sich bergen: ein bißchen Kohle, armselige Erze, kalte Erde. Lavendel, Tollgerste, Kamille, Thymian, Polei, Steine, hin und wieder ein Mastixbaum. Dürre Stoppeln auf verdorrter Erde. Ein Mann, ein einzelner Mann, liest Kartoffeln auf, ein Punkt in der Ebene. Mehrere Kilometer weiter eggt ein anderer Roggenfelder.

Am Nachmittag kamen sie nach Puebla de Valverde. Bis dahin war das, was die Leute bei ihrer Ankunft in den Dörfern in Scharen herbeitrieb, vor allem Neugier gewesen. Nachdem die Vorgesetzten mit den noch seltenen Kontrollposten palavert hatten, sprachen sie mit den Männern vom Komitee. Und die Kinder, völlig aus dem Häuschen. Ihnen hatten sich so viele angeschlossen wie auf den Lastwagen Platz fanden. Man war guter Dinge. Casas Sala und der Hauptmann der Guardia Civil fuhren im zweiten Auto und planten den Einmarsch in Teruel. Auf den Lastwagen fehlte es weder an Wein in den Bechern, noch an Schinken auf dem Brot. Die seitlich an den Fahrzeugen befestigten Banner flatterten im Wind, Rot und Schwarz und darauf der weiße Schriftzug der Confederación. ›Spanien der CNT und FAI!‹

Bevor sie die ersten Häuser von Puebla erreichten, schlug der Hauptmann der Guardia Civil vor, die Truppe noch einmal zu zählen und zu inspizieren. Casas Sala pflichtete ihm bei, zumal das seiner Wichtigkeit schmeichelte. Bei einer Lehmmauer hielt die Karawane an, und alle stiegen aus. Der Hauptmann ließ seine Uniformierten antreten, mit dem Rücken zur endlos weiten Ebene des Feldes, und die Milizionäre an der Wand; jetzt standen sie einander gegenüber.

»Gewehr ab!«

Einer protestierte:

»Nein, hier darf jeder machen, zu was er Lust hat! Wir von der Confederación lassen uns von niemandem etwas befehlen.«

Casas Sala trat auf ihn zu.

»Im Krieg, Genosse ...«

»Legt an!«

Überrascht drehte sich der Führer der Kolonne um.

Die Guardias Civiles zielten auf die Männer, die an der Mauer standen.

»Was ist los, Hauptmann?«

»Feuer!«

Fast fünfzig fielen. Die übrigen flohen in alle Richtungen. Die Uniformierten schossen noch einige von ihnen ab.

Mit einer Schußwunde im Bauch krümmte sich Manuel Rivelles im Straßengraben und wollte den Verrat nicht wahrhaben. Noch bevor er es begreifen konnte, versetzten sie ihm den Gnadenschuß.

Und sofort die Fliegen. Die aufdringlichen Fliegen im August, die den Regen immer schon vorher spüren.

Der Hauptmann der Guardia Civil fordert telegrafisch neue Weisungen an und berichtet von seinem Husarenstreich. Er bekommt Glückwünsche aus Teruel.

Noch immer reckt sich der Arm eines Toten in die Höhe. Ein Dorfbewohner kommt vorsichtig näher.

Vicente Farnals

I

Vicente Farnals ist Sozialist und Fußballer. Die politische
Neigung hat er von zu Hause, die andere von der Straße: besser gesagt, von einigen unbebauten Grundstücken in der
Avenida Victoria Eugenia, schräg gegenüber der Tischlerei
seines Vaters. Er war zehn Jahre alt, als der *Valencia Fútbol
Club* erstmals auswärts, in Barcelona, gegen den Titelver-
teidiger antrat und drei Tore schoß, selbst allerdings fünf
einstecken mußte; ein ruhmreiches Ergebnis, das Montes –
dem Mittelstürmer – zu verdanken war, und dem ihm bekannten Cubells – der halbrechts spielte. Das war während
der Diktatur Primo de Riveras. Vicente spielte in der Jugend-
mannschaft des *Club Deportivo Ruzafa,* als Rechtsaußen,
um genau zu sein.

Der Schauplatz seiner Heldentaten lag ganz in der Nähe,
ohne einen einzigen Grashalm, umgeben von einem grauen
Bretterzaun, dessen Ritzen es Schaulustigen jeder Größe
erlaubten, die sonntäglichen Partien mitzuverfolgen. (Auf
einer Seite des Platzes stehen zwei Sitzreihen, deren einzig
herausragende Eigenschaft vorstehende Nägel sind. Die Tor-
latten hängen durch, was auf die Witterung, das Alter und
die finanzielle Misere des Vereins zurückzuführen ist.) Sonntag morgens kommen Vicente und sein Freund Ramón –
der Mittelläufer – vor den anderen und ziehen die weißen

Linien auf die harte Erde; abwechselnd nimmt einer den Eimer und der andere den dicken Pinsel.

Der Platz ist beinhart: nicht ein einziger Grashalm. Das Gras den Basken, hier springt dafür der Ball besser. Wir haben ihn besser unter Kontrolle. Der Torwart auch. Gut, der Torwart ist eigentlich kein richtiger Spieler. Er ist ein Fußballer am Rande. Allein, nur über die beiden Verteidiger an die Mannschaft gebunden, aber hinten, eingesperrt, eingerahmt. Der Torwart ist allein und erwartet, daß die anderen spielen. Er läuft nicht. Und wenn er läuft, sieht es aus, als wäre er mit einem Gummiband ans Tor gebunden, das ihn automatisch in den Rahmen zurückzieht. Aber den Ball richtig schießen, das tut er nicht, so richtig, mit der Spitze oder dem Spann! Ihn voll treffen. Ihn gezielt schießen, ihn anschneiden, daß er genau dort landet, wo man es sich gewünscht hat: mitten im Fünfmeterraum, damit der Kamerad nur noch richtig springen muß, um ihn in den Torwinkel zu köpfen. Was verstehen schon die Gaffer davon! Du läufst die Linie entlang, daß es aussieht, als würdest du fallen, aber du fällst nicht. Du weißt, daß der Ball von hinten kommt, daß er drei, vier, fünf Meter vor dir auftauchen wird. Das siehst du dem Gesicht des Verteidigers an, der auf dich zu rennt, um dir zuvorzukommen. Du machst einen Satz, läufst noch drei Meter weiter, den Ball dicht am Fuß, und zack, mit dem Spann und mitten rein: getroffen. Das Gewicht des Balls: abgestimmt darauf der Schwung deines Beins.

Stürmen, stürmen und draufschießen. Spüren, wie dein Blick mit den Füßen zusammenpaßt. Den genauen Winkel ausmachen. Mit der Kraft und Geschwindigkeit zustoßen, die dir der Schwung, von dem deine Brust erfüllt ist, eingibt, um den Ball außer Reichweite des gegnerischen Torwarts zu plazieren. Ein Tor, das ist wie die Enthüllung von etwas Unbekanntem. Dieser wuchtige Schuß ins Netz. Zack! Ein Fisch, ein dicker Fisch, der sich im Netz verfängt. Diese kalkulierte Bewegung des Fußes, des Willens, des Körpers, das ist ein Tor. Köpfen ist eine andere Sache. Beim Köpfen bekommst du weniger mit. Der Sprung ist mehr Glückssache, du genießt weniger.

Mit acht, zehn, fünfzehn Jahren, war das Leben – für Vicente Farnals – gleich den vier Himmelsrichtungen klar in vier Viertel unterteilt: Norden, essen. Süden, schlafen. Osten, auf dem Platz Fußball spielen, und Westen, zur Schule gehen. Das alles unter den Augen von Pablo Iglesias, dem »Großvater«, dessen Portrait im Zimmer seines Vaters hing, sogar mit Widmung: »Für Vicente Farnals, seinem Genossen, Pablo Iglesias.« An einer Ecke des schwarzen Rahmens ein verblichenes rotes Band.

Verständlicherweise hing es nicht in der Werkstatt, dort hätte es Schaden nehmen können. Die Werkstatt war nicht breiter als die Tür. Zu ihr führten zwei Treppenstufen hinunter, und der Geruch nach gutem Holz. Rechts die Hobelbank, an der linken Wand lehnten die Bretter und Furnierhölzer. In der Mitte und im Hintergrund unfertige Möbelstücke. Der Leimtopf und die Werkzeuge (Hobel, Schrothobel, Stemmeisen, Meißel. All die Feilen, Sägen aus schwarzem und grauem Stahl, Bohrer, Hämmer, Winkelmaße, Schmirgelpapier, die feinen Nutenfräser, mit deren Hilfe Zedern- und Zypressenholz zusammengefügt wurde, während Ebenholz und Eiche mit Hilfe feiner Einschnitte in Form von Keilen oder Schwalbenschwänzen ineinandergepaßt wurden. Der Geruch von Sägemehl und Hobelspänen, geringelt wie Schneckenhäuser oder Schweineschwänze.)

Vicente Farnals Senior war ein angesehener Kunsttischler, besser gesagt, er war einer gewesen. Das Handwerk warf wenig ab, und solide gearbeitete Möbel wurden in einer Zeit, in der das Serienfabrikat der Neureichen den Sieg davontrug, nicht gebührend gewürdigt. Kunstvolle Arbeit brachte nicht mehr genug für das Wohlergehen der Familie ein, denn bei Vicente Farnals wurde zu jeder Mahlzeit gut und viel gegessen; schon morgens ein Gläschen Schnaps, zur Brotzeit einen gut gefüllten Henkelmann mit einer Kartoffeltortilla oder einem Lammkotelett mit gebratenen Tomaten, oder Thunfisch und Paprikaschoten mit Pinienkernen und Tomaten garniert; mittags zum saftigen oder trockenen Reis gab es irgendeine der unzähligen Gaben der Gegend: Mangold, Artischocken, Schwein oder Barsch; zum Abendessen zarte Kartoffeln, grüne Bohnen, gutes Öl und vielleicht ein Spiegelei, gelb, weiß und goldbraun.

Sozialist wurde er aus Liebe zur Arbeit. Es tat ihm weh, seine Werke für Geld hergeben zu müssen. Und daß die Leute mit ihm feilschten. Ihm wurde bewußt, daß Holz für ihn etwas ganz anderes bedeutete als für seine Kunden. Ihnen fehlte die Liebe für das blank polierte Mahagoniholz, oder für die gemeine Pinie, die nur sein Drang nach Perfektion hatte bezwingen können. Es verletzte ihn, daß man seine Arbeit – ihn selbst – nur im Preisvergleich mit anderen Tischlern maß. Auf diese Weise begann er, das Bürgertum und den Kapitalismus zu hassen. Daß seine Tische, seine Stühle unter seinen Augen zu Reales, Pesetas und Duros wurden, zu Handelsware – diese Verwandlung überstieg seinen Verstand und weckte seine Wut. In jedem Brett sah er etwas Nützliches oder Schönes schlummern, und er begriff nicht, wie man um seine Wunderwerke feilschen konnte. Da beschloß der Kunstschreiner, sich weniger feinen und anspruchsvollen als vielmehr schnelleren und ergiebigeren Arbeiten zuzuwenden, und so wurde er zum Tischler, sehr zum Wohl seiner Brieftasche und zur besonderen Zufriedenheit seines Magens und derer seiner Nachkommenschaft. Er war Witwer, mager und ziemlich jähzornig. Er sagte, er sei nach dem Tod seiner seligen Frau, die ihn unter der Knute gehabt hatte, sauertöpfisch geworden. Als er auf einmal ohne sie dastand, wußte er nicht mehr, woran er Halt finden sollte und verlor das Gleichgewicht. Er kam nicht einmal auf den Gedanken, sie zu ersetzen. Die Verstorbene war die Tochter seines Lehrmeisters gewesen, eines der Innung angehörenden Kunstschreiners mit großem Namen und beachtlichem Dünkel. Unmittelbar nach seiner Vereinsamung entschloß er sich, eine Stufe herunterzutreten, etwas, das ihm sein Eheweib niemals gestattet hätte. Niemand redete ihm drein, und das wurmte ihn im Grunde sehr, zumal er zu seiner Erklärung zwei oder drei kleine selbstgedrechselte Reden vorbereitet hatte. Denn um Worte war er nie verlegen, und wenn er bei den Sitzungsabenden des Komitees nicht eine seiner öden Reden abgelassen hatte, konnte er nicht ruhig schlafen. Gnadenlos warf er mit verwaltungstechnischen und gewerkschaftlichen Blähformeln um sich, unerbittlich, ohne Wenn und Aber, und stets war er darauf bedacht, daß die Statuten eingehalten wurden, als wären sie unanfechtbare Gesetze, und auch auf dem letzten ›i‹ durfte kein Tüpfelchen fehlen. Seine Ausführungen waren ebenso behäbig wie wortreich, und wenn er nicht mehr weiter wußte (ja selbst wenn er es wußte), klammerte er sich an Gemeinplätze und billige Effekte. Schließlich blähte er sich auf und sagte:

»Das jedenfalls ist meine eigene, ganz persönliche und unumstößliche Meinung«, womit er seine Wortmeldungen zu beschließen pflegte.

Von allen und niemandem geliebt: eine Institution; seit jeher Kassenwart des Ortsvereins, ehrenwert, einigermaßen pünktlich im Abliefern seiner Arbeit. Mit den Kunden schwatzte er endlos, was nicht zu seinem Vorteil war. Seine Kinder erzog er nach dem gleichen Prinzip, so daß sie ihn respektierten und ein jeder auf seine Weise heranwuchs. Sie besuchten die Reformschule *Escuela Moderna*, seinerzeit die einzige Laienschule in Valencia, gegründet von einem gewissen Samuel Torner, von dem es hieß, er sei Sekretär von Francisco Ferrer gewesen.

Die Kinder gingen jeden Morgen die Calle de Ruzafa hinunter, überquerten sie vor der Stierkampfarena – der Vater haßte dieses Nationalspektakel –, gaben Obacht beim Überqueren der Bahngleise, gingen um das Gymnasium herum und dann die Calle del Arzobispo Mayoral entlang bis zur Calle de la Sangre, weiter durch die Calle de Garrigues, wo sie rechts und links verstohlen nach der Calle de Gracia schielten, in der sich die ›schlechten Häuser‹ befinden, bis zur Plaza de Pellicer. Ende der Reise und rein in die Schulbank. Manchmal bogen sie vor dem Bahnhof ab, gingen über die Plaza Emilio Castelar und setzten sich an den Brunnen, die *Fuente del Marqués de Campos,* um neugierig das lärmende und geschäftige Treiben auf der Calle de San Francisco zu beobachten, oder sie liefen weiter, um eifrig die Fotos zu kommentieren, die am Eingang des Kinos *El Cid* hingen, wo Abenteuerfilme liefen. Dort geriet Vicente 1917 zum ersten Mal in eine Schießerei. Niemals wird er vergessen, wie die beiden Guardias Civiles ihre Pferde auf den Bürgersteig lenkten. Er selbst machte sich auf und davon zum *Ateneo Mercantil,* wo man ihn wieder hinauswarf. Er schlüpfte in ein Bekleidungsgeschäft. Danach überquerte er, mutig geworden, die Calle de las Barcas, allein vorbei an den beiden Gendarmen, die mit geschulterten Karabinern nebeneinander standen und ihn musterten. Als er nach Hause kam, stand er vor verschlossener Tür. Sie hatten seinen Vater abgeholt. So kam er zum erstenmal in ein Gefängnis, wo er den Tischler besuchte, dem es gefiel, daß man ihn als Revolutionär und vor allem seine unverrückbar republikanische Einstellung so ernst nahm.

Geruch nach Sägemehl und Hobelspänen. Geruch nach Pinienharz, ein durchscheinendes Rosa. Geruch nach Orangenblüten. Wunderbar träge Schwaden von Orangenblütenduft, die mit der Dämmerung näherkommen, Mantel der Sonne und Kleid des Vollmonds. Öliger und träger Duft des mit Blüten beladenen, mit Früchten behangenen Orangenbaums. Dunkel- und immergrüner Orangenanbau. Bittere und süße Orangen, schwer wie Brüste, Frühlingsfrüchte. Sie nicht schälen: sie bis zum letzten Tropfen auspressen und aussaugen, und dann die jetzt alte, runzlige, ausgezehrte und zu Abfall gewordene Schale wegwerfen. Saftverschmierter Mund und klebrige Hände. Aufgewühlte Erde und träger Gang. Zwischen den Begrenzungssteinen wächst Unkraut mit weißlichen kleinen Blüten, ohne Zukunft.

Der Duft kommt und ertränkt wollüstig die Stadt, vorsätzlich: Gegenwart und Rache der Orangenplantagen. Die Männer begehren die in den Duft der Orangenblüte gehüllten Frauen. Sie atmen tiefer, spüren ihren Körper, sehen, was sie nie gesehen haben. Jeder Orangenbaum verlängert sich ins Unendliche, umschlingt die Stadt. Schon bedeckt er sie. Schon nimmt er sie, packt sie und wirft sie zu Boden. Valencia bedeckt vom Duft der Orangenblüte, Valencia in der Hand des Orangenbaums. Valencia weiß und weich, wie eine pralle Zitrusbrust. Die Orange zwischen Mandarine und Zitrone. Schwangeres Valencia, versunkenes Valencia, trunkenes Valencia im Duft der Orangenblüte.

Vicente bleibt stehen, er riecht, bemerkt, entdeckt – allein – zum erstenmal die Orangenblüte. Es gibt keine Luft. Es gibt keine Erde, keine Hitze, keine Kälte, kein Licht, keine Dunkelheit, kein Gewicht. Er ist allein, in dem violetten Licht einer neuen, verschleierten Nacht. Weder Tag, noch Nacht. Weder Kälte, noch Hitze. Gibt es eine Temperatur? Gibt es Vicente? Oder gibt es einzig die Orangenblüte und den Frühling? Der Frühling. Vicente entdeckt den Frühling. Bislang, in seiner Kindheit, hatte es für ihn nur die Kälte und die Hitze gegeben, den Sommer und den Winter. Auf einmal nimmt er wahr, daß es den Frühling gibt. Ein alles umströmendes Bad wohlig warmer Liebe – wohlig warm, nein! 36,8 – 36,8 – 36,8. Und zur Verwunderung einiger Passanten versucht Vicente Farnals auf dem Bürgersteig vor dem Postamt auf der Plaza Emilio Castelar ein paar Tanzschritte. Und er denkt an Teresa, die Tochter des Kräuterhändlers Barbas de Santo, drüben hinter der Werkstatt. Nie wird er den Duft der Orangenblüte von seiner Pubertät trennen können: Eins hat mit dem anderen zu tun, beide sind auf ewig miteinander verbunden.

Don Vicente Farnals Senior starb im Jahr 1931, glücklich über die lang ersehnte, endlich Wirklichkeit gewordene Republik, in der er noch Stadtrat geworden war. Er hatte das Paradies auf Erden kennengelernt, und um mehr bat er nicht.

Zwei Jahre zuvor hatte Vicente Teresa geheiratet.

Teresa war überhaupt nicht intelligent, aber sie war Frau, durch und durch Frau. Vicente erzählte ihr von seinen politischen Sorgen, von seinem Wunsch, sich am öffentlichen Leben zu beteiligen. Von seinem brennenden Verlangen nach Rebellion, von seinem festen Glauben an eine bessere, gerechtere Welt. (Seine Vorstellungen waren sehr einfach, die Mittel, die er vorschlug, sonnenklar.) Teresa hörte sich das alles an wie jemand, der dem Regen zuhört, überzeugt, daß alles, so wie es ist, gut ist, dank unbekannter Männer, die über das allgemeine Wohl und Wohlergehen wachen. Ihre Eltern hatten sich der Verlobung in keiner Weise widersetzt; die Zukunft des jungen Mannes schien gesichert, und Teresa brachte keine Aussteuer mit.

Vicente hätte sich eine stürmischere Liebe gewünscht, mehr Schwierigkeiten auf dem Weg zum glücklichen Ende, aber gefesselt von dem jungen Körper und den gutmütigen Augen des Mädchens tröstete er sich leicht damit, daß die Größe eines jeden von seiner Gesinnung und seinen Wünschen abhängt, nicht von der Abenteuerlichkeit seines Lebens. (Die Politik war etwas anderes.)

Solange sie verlobt waren, ereignete sich nichts, was die Dinge hätte bewußter machen können. Die Sehnsucht wischte unschwer alle Bedenken weg. Sie heirateten. Groß war Teresas Überraschung, als sie feststellen mußte, daß Vicente trotz Hymens Segen seinen politischen Schwärmereien nicht entsagte.

»Jetzt, wo wir verheiratet sind«, sagte sie schließlich zu ihm, »was kümmert es dich da noch, wie oder von wem die Welt gelenkt wird?«

Vicente entschloß sich – was blieb ihm übrig! – zu schweigen und sie über seine Aktivitäten völlig im Unklaren zu lassen. Manchmal, wenn er ihr eine dadurch verursachte Verspätung zu erklären versuchte, geriet er in Zorn, weil er merkte, daß sie eifersüchtig wurde. So zog er es vor zu lügen, was Teresa besser aufnahm, weil sie seit jeher daran gewohnt war, den Mann als Herrn und Gebieter anzusehen.

Ein Leben aus lauter einzelnen Geschichten: Teresa und die Schneiderin, Teresa und der Metzger, Teresa und ihre Eltern, Teresa und die Sonntage, Teresa und Vicente. Aneinandergereihte Einzelheiten, ein Leben in Form einer Kette von Angelegenheiten, eine Sache nach der anderen, ohne daß die Zusammenfügung aller eine Summe oder ein Ganzes bildete. Ein Leben ohne Grund, ohne Zusammenhang, ohne Anteilnahme. Ein Zickzack einzelner Szenen, ohne daß die hundert täglichen Sorgen eine einzige Sorge waren. Und ein Tag nach dem anderen: zuerst die Wäscherin, dann der Krämer, dann die Portiersfrau, dann das Kino, dann das Organzakleid, dann das warme Wasser, dann die Kohle, dann die Strümpfe, dann der Strumpfgürtel, dann die Uhr, dann die Zeitung, dann das Verbrechen.

Teresa war schön und lieblich und mollig. Vicente half sich schließlich mit dem Gedanken, daß die Frauen, auch wenn sie nicht so sein sollten, eben doch so waren. Und daß es so, wie es war, gut war. Teresa war blond, hatte grau schimmernde Augen, eine zarte, rosige Haut, die an den Wangen in Rot überging.

Sie errötete leicht, da sie sich von der geringsten Gemütsbewegung überwältigen ließ. Das wußte sie, und dieses Empfinden führte dazu, daß sie bisweilen barsch wirkte und jede Zärtlichkeit verweigerte. Doch sie war eher befangen, schüchtern, aber nicht zaghaft, zu scheu, um über ihre Gefühle zu sprechen, vielleicht, weil ihre Ausdrucksweise etwas ungehobelt war und sie nie Gelegenheit gehabt hatte, sie zu verfeinern; weil sie das spürte, schwieg sie lieber.

Hübsch und sogar mehr als das, aber kühl, sei es aus Selbstbeherrschung oder aus Schamhaftigkeit oder weil sie von Nonnen erzogen worden war, die ihr, da sie so hübsch war, die Hölle sicher sehr viel drastischer ausgemalt hatten als den anderen Mädchen. Ihren Glauben hatte sie wie die meisten anderen mehr oder weniger verloren, trotzdem waren ihr die Scheuklappen geblieben, eine tiefsitzende Furcht, die sie in allem hemmte, außer in ihrer Streitsucht, von der Vicente selbstverständlich ausgenommen war, Vicente war eine andere Welt, war ihr Herr und Gebieter.

Das Geschäft florierte. Inzwischen besaß er eine Möbelfabrik in Almusafes: fünfzehn Arbeiter. Deswegen war er aber nicht aus der Sozialistischen Partei ausgetreten, wo man ihm mit gewissen Vorbehalten entgegentrat, weil er zum Arbeitgeber geworden war. Wenn sie aber für dies oder jenes Geld brauchen, kamen sie auf ihn zurück, denn sie wußten, daß er klug genug war zu geben, was er konnte.

Vicente Farnals las, was er für notwendig hielt, um die Welt zu verstehen: Eliseo Reclus, Blasco Ibáñez, Max Nordau, Baroja, Vallés, die Brüder Margueritte, Barbusse, Flammarion, Insúa, Felipe Trigo, humanistisch angehauchte Literatur, die seinem philanthropischen Liberalismus entsprach. Seine größte Bewunderung galt Pérez Galdós.

Der Militäraufstand änderte nichts an seinem Leben. Weder ging man auf ihn zu, noch hatte er etwas zu bieten, was seine Genossen nicht auch gehabt hätten. Außerdem hatten in der Partei nun die Anhänger Largo Caballeros das Sagen, und er war Anhänger Prietos.

Um den 15. August herum erhielt er einen Brief von Jaime Salas. Seit Jahren hatte er nichts mehr von ihm gehört. Salas war rechter Verteidiger gewesen, in den ruhmreichen Tagen des *Club Deportivo Ruzafa*. Damals war er Lehrling in einer Färberei. Mit ihm zusammen sah Vicente *Die Geheimnisse von New York,* im *Ruzafa*-Theater, das zu einem Kino umgebaut worden war, und *Die zerbrochene Münze* im Romea; meistens in höchster Anspannung, mit angehaltenem Atem. *Graf Hugo, Die Hand des Würgers* ...

Später lebte Salas in Tarragona und heiratete dort eine reiche Witwe. Das sprach sich herum und reizte seine alten Freunde zu scherzhaften Bemerkungen und unanständigen Witzen:

»Der hat es immer schon verstanden ...«

»Keiner hat so eine gute Partie gemacht.«

Und er fiel in Vergessenheit.

Er hatte immer gut ausgesehen, groß, ziemlich dunkel, ein bißchen verdorben. Aber was für ein rechter Verteidiger! Einmal, als sie gegen den *Club Deportivo Cabañal* spielten, schoß er aus dem eigenen Strafraum heraus ein Tor.

Vicente erinnerte sich kaum noch an ihn, als plötzlich dieser Brief kam. Er bat darin um Hilfe: ein Passagierschein, um nach Valencia kommen zu können. Vicente überlegte nicht lange, ging zur Partei und erreichte ohne weiteres Nachhaken, daß man ihn kommen ließ.

Er traf ihn für einen Augenblick, auf dem Bahnhof. In der Abenddämmerung gingen sie nahe der Sperre auf und ab. Es war sehr heiß. Jaime Salas staunte, wie sich die Stadt verändert hatte. Er war vorsichtig: Nach allem, was Vicente mitbekam, gehörte er der Lliga Catalana an und hatte Feinde in der Unión de Rabassaires. Er sah immer noch gut aus, trotz des sich schon deutlich abzeichnenden Bauchs.

»Und deine Frau?«

Jaime machte eine unbestimmte Handbewegung.

»Habt ihr keine Kinder?«

»Nein.«

»Was hast du vor?«

»Ich gehe nach Alicante.«

Mehr sprachen sie nicht.

II

Vicente Farnals kam nach Hause und fand dort Gaspar Requena vor, der auf ihn wartete. Die Fenster standen offen, und in allen Räumen brannte Licht.

»Es ist ja bekannt, daß keiner daran denkt, die Stromrechnung zu bezahlen ... «

(Wie absurd, auf diese Weise ein Gespräch zu beginnen, denkt Vicente.)

»Besser, die Rechnung nicht zu bezahlen, als zwei Schüsse abzukriegen.«

Requena hatte diesen sinnlosen Satz mit einem bitteren Unterton von sich gegeben. Er hätte genausogut etwas anderes sagen können, der Ton war das, worauf es ankam. Vicente war nicht überrascht, lenkte aber erst einmal ab:

»Und Teresa?«

»Keine Ahnung. Hab sie nicht gesehen. Das Dienstmädchen hat mich reingelassen.«

»Sie wird bei ihrer Mutter sein.«

»Du wirst dir denken können, weshalb ich gekommen bin.«

»Nein.«

»Na, na! Du kannst dich verteidigen, aber leugnen kannst du nicht. Du weißt sehr wohl, worum es geht.«

Vicente und Gaspar waren Freunde gewesen, sehr enge sogar, bevor letzterer vor nun bald fünf Jahren auf Weisung der UGT zum Arbeiten nach Madrid gegangen war. Er stammte aus dem Ruzafa-Viertel, war Polier und begeisterter Anhänger des Fußballklubs. 1934 trat er in die Kommunistische Partei ein, und dort hielt man große Stücke auf ihn.

»Wir wissen, daß du alles getan hast, damit Salas in Alicante einschiffen konnte.«

»Ja. Na und?«

»Ich will die Sache nicht wichtiger machen als sie ist.«

»Allein die Tatsache, daß du hier bist, beweist das Gegenteil. Ich habe nicht vor, mich zu rechtfertigen, das sage ich dir gleich.«

»Das wäre auch schwer möglich.«

»Das ist deine Meinung.«

»Meine und die vieler anderer auch.«

»Von mir aus kannst du mich ›Verräter des spanischen Volks‹ nennen.«

»So kommen wir nicht weiter.«

»Möglich.«

»Es gibt nichts schlimmeres, als auf seinem Irrtum zu beharren.«

»Das hängt davon ab, was man als Irrtum bezeichnet. Zigarette?«

»Nein danke. Bist du nicht mehr der Ansicht, man sollte stets so handeln, als sei die jeweilige Sache die wichtigste von allen?«

»Es kommt darauf an ...«

»Und wie es darauf ankommt! Aber in einem anderen Sinn ... Alles hängt miteinander zusammen. Wenn etwas nicht mehr zusammenhängt, dann hat man ein Problem. Hast du nicht selbst früher zu mir gesagt, man müsse, um ein Fußballspiel zu gewinnen, neunzig Minuten ununterbrochen mit gleichbleibender Besessenheit spielen?«

»Ja. Aber wenn der Ball in der anderen Hälfte des Spielfelds ist, kannst du in deiner Nase bohren, ohne daß es den Trainer oder das Publikum etwas angeht.«

»Salas ist Falangist.«

»Ach was. Ihr seht überall Gespenster.«

»Wenn du gewußt hättest, daß er Falangist ist, hättest du genauso gehandelt?«

»Schon möglich.«

»Hast du dich so verändert? Glaubst du nicht mehr an den Kampf?«

»Findest du, daß ich zu wenig tue?«

»Nein, aber aus persönlicher Schwäche machst du plötzlich Fehler.«

»Meine Sache, laß das meine Sache sein.«

»Im Kampf gibt es kein Dein und Mein.«

»Warum mischst du dich dann in etwas ein, das dir egal sein kann?«

»Du machst dir was vor. Du hast etwas falsch gemacht und weißt das genau. Ich will nur eins: Daß du es einsiehst.«

»Salas ist mein Freund. Wie auch du es bist ... Wenn hier die Aufständischen gewonnen hätten und du in Gefahr gewesen wärst, hätte ich das Nötige – das Mögliche – unternommen, um dich zu retten.«

»Daran zweifle ich nicht; aber darum geht es hier nicht. Mich zu retten wäre gerecht gewesen, aber Salas zu retten ist ein Vergehen am Volk, an dir selbst.«

»Er ist mein Freund und er ist auch deiner gewesen, wenn auch kein so enger.«

»Meinst du, das reicht?«

»Ja.«

Gaspar stand auf, trat auf den Balkon; plötzlich drehte er sich um:

»Also gut: Damit bist du verloren.«

»So, findest du?«

»Wenn du es wirklich so meinst, ja. Dann haben wir uns nichts mehr zu sagen.«

Er ging zur Tür. Vicente antwortete nicht, denn er war sich sicher, daß die Angelegenheit damit noch nicht beendet war. Er hatte recht, und gegen seinen Willen entwich ihm ein Lächeln. Er setzte sich in seinem Stuhl zurecht und stützt die Ellenbogen auf den Tisch:

»Für euch steht an erster Stelle der Mensch?«

»Selbstverständlich.«

»Die Welt ist für den Menschen da, nicht wahr? Dann ...«

»Laß das. Wegen des Menschen, für den Menschen muß die gegenwärtige Gesellschaftsstruktur von Grund auf verändert werden.«

»Bis dahin wird die Politik über allem stehen, und auch alles rechtfertigen ...«

»Weiter.«

»Hast du noch nie darüber nachgedacht, daß jeder politische Sieg, jede erfolgreiche Revolution eine Bürokratie nach sich gezogen hat, an der sie schließlich erstickt ist? Ihr denkt, der Kommunismus sei eine anhaltende Bewegung, die ständig fortschreiten wird, mit Hindernissen und Purzelbäumen, aber ohne Rückschritte. Und selbst wenn es sie gäbe. Sie wird an ihr Ziel gelangen, und wenn der Sozialismus einmal die Welt regiert, braucht man nichts mehr zu tun, als sich auf die faule Haut zu legen. Ihr wollt die Leute davon überzeugen, daß es das Paradies auf Erden geben kann. In dieser Beziehung sind die Katholiken schlauer als ihr.«

»Was redest du da?«

(Vicente bemerkte, daß er versuchte, sich aus der Affaire zu ziehen. Weil er Angst hatte? Und daß Gaspar ihn durchschaut hatte. Er wurde trotzig.)

»Ich glaube an den Fortschritt. An den ständigen Fortschritt. Nach dem Kommunismus muß etwas anderes kommen. Und danach wieder etwas anderes. Man darf nicht so vernagelt sein.«

»Was redest du da? Es kommt auf die Gegenwart an. Was heute gemacht werden muß. Jetzt. Was du gemacht hast. Alles andere ... Was morgen ist, davon sprechen wir morgen. Und heute, heute hast du einem Feind zur Flucht verholfen.«

»Einem Freund ...«

»Das tut nichts zur Sache.«

»Warum denn nicht! Außerdem, wenn du dich in derselben Lage befunden hättest wie ich, hättest auch du ...«

»Nein. Da kannst du dir sicher sein. Ich habe ein anderes Verantwortungsbewußtsein als du.«

»Warum willst du unnachgiebiger wirken als du bist?«

»Wir verlieren nur Zeit. Und du weißt ja, vor Diskussionen schrecke ich sonst nicht zurück.«

»Sieh doch, Gaspar, für euch existiert nur die Politik. Für mich nicht. Für mich ist die Politik nur einer der Bestandteile des menschlichen Lebens, nicht alles.«

»Für uns genauso.«

»Wenn du meinst, aber die Politik beeinflußt und bestimmt alles andere, zum Beispiel die Gefühle. Du hast Landín, nachdem er aus der Partei ausgetreten war, nicht mehr gegrüßt.«

»Wir haben ihn ausgeschlossen.«

»Nicht zu fassen! Ihr kennt nur entweder oder. Im übrigen ist das ja richtig, das ist eure Stärke. Ihr habt den Zweifel aus eurem Wörterbuch gestrichen. Aber sieh doch wenigstens ein, daß nicht restlos alle Kommunisten sind, nicht sein können. Landín ist doch kein Verbrecher, er ist kein schlechter Mensch. Er war einfach aus ehrlicher Überzeugung – hörst du? – aus ehrlicher Überzeugung gegen die Taktik der Partei, für ihn war es ein grundlegender Irrtum, sich an der Volksfront zu beteiligen – und er denkt noch heute so, das weiß ich. Er hat die Partei verlassen. Ihr habt ihn ausgeschlossen. So weit ist nichts dagegen zu sagen. In Ordnung, trotz der üblen Bemerkungen, die ihr ihm hinterhergerufen habt. Aber du, du, sein brüderlicher Freund, grüßt ihn seitdem nicht mehr. Als wäre er gestorben.«

»So ist's richtig.«

»Nein, Gaspar, nein. Um der Politik willen erstickt ihr einen wichtigen Teil des Menschen, den Menschen, den ihr doch retten wollt. Ihr bringt es fertig, eine neue Menschheit zu schmieden, in der alle gleich sind: alle hinken.«

»Und du willst Sozialist sein?«

»Ja.«

»Daß ich nicht lache. Nicht Fisch nicht Fleisch, und fertig. Ihr schadet dem Volk mehr als der schlimmste Reaktionär.«

»Laß die Sprüche.«

Vicente bereute seine Worte: Gaspar klopfte keine Sprüche, er meinte es ehrlich.

»Entschuldige. Aber wenn ihr auf Generationen hinaus jede spontane Regung begraben wollt ...«

»Was für eine Regung bitte, Unsinn! Was du für Gefühlsregungen hältst, sind nichts weiter als bürgerliche Restbestände ...«

»Du willst mir doch nicht weismachen, es hätte dir nichts ausgemacht, Landín nicht mehr zu grüßen, nicht mehr mit ihm zu sprechen? Wenn ihr aus Pflichtbewußtsein alle Sympathie in Grund und Boden stampft und eure Gefühle nach der Partei oder euren politischen Ideen richtet, fürchtest du nicht auch, daß ihr dann einen wesentlichen Teil der

Natur des Menschen abtötet? Eines Tages werdet ihr auf-
wachen und euch als Maschinen, als Bürokraten wieder-
finden. Ohne Klassenunterschiede, aber auch ohne Lebens-
sinn. Denn wenn eines Tages ein Sozialismus eingeführt
würde, so steril, wissenschaftlich, wie ihr genießerisch zu
sagen pflegt, der perfekte Sozialismus, wenn du so willst,
und nachdem ihr all eure unüberwindlichen Neigungen
mit Füßen getreten habt – was bliebe dann noch vom Menschen übrig?«

Gaspar hörte gelassen zu, kalt und ungerührt.

»Nichts als Unterstellungen, falsch von vorne bis hinten.
Was willst du eigentlich? Im Namen dessen, was du edle Gefühle nennst, unseren Feinden helfen? Den Krieg verlieren,
um am Ende als Menschenfreund dazustehen? Auf daß man
uns bis in alle Ewigkeit als herzensgute Idioten, als Sklaven
preise?«

»Glaubst du, daß es den Lauf der Dinge beeinflussen
wird, daß ich Salas geholfen habe?«

»Selbstverständlich glaube ich das!«

»Einem Fußballer ...«

»Ja: Du hilfst einem Fußballer; und der Nachbar von gegenüber einem Hauptmann, und der Krämer von nebenan
einem Priester, und die Tante an der Ecke einem Spion ...«

»Wo bleibt eure Achtung vor dem menschlichen Leben?«

Vicente fühlte, daß Gaspar recht hatte. Und trotzdem
blieb er beharrlich, aufrichtig von dem Wunsch getrieben,
klar zu sehen. Da war irgend etwas, das ihm eingab, seinen
Standpunkt nicht aufzugeben. Es war kein falscher Stolz,
auch nicht die Scham nach einem möglichen »mea culpa«,
sondern etwas in seinem Innern, das nichts mit der Vernunft
zu tun hatte.

»Schlimm ist vor allem, daß ihr alles über einen Kamm
schert. Ihr seid blinde Technokraten und Fachidioten, mit
Scheuklappen, die euch nur einen schmalen Weg sehen las-

sen. Für die Arbeit hat das zweifelsohne seine Vorteile. Aber es gibt noch andere Dinge.«

»Ja. Zum Beispiel dein Lieblingswort von heute abend: die Freundschaft. Aber sag mal, findest du keine Freunde in deiner Partei? Hast du dort denn keine? Die Freunde sucht man sich doch aus, oder? Und der, den du aussuchst, muß der für's ganze Leben sein? Kannst du nicht auch mal irren? Bist du unfehlbar?«

»Unsere Ansichten unterscheiden sich nur darin, daß ich im Gegensatz zu dir finde, daß Freunde politisch anders denken dürfen.«

»Ganz genau.«

»Aha, und soll das auch Teil des Fortschritts sein?«

»Selbstverständlich. Ein Faschist kann nicht mein Freund sein.«

»Weil für dich die Politik die Grundlage des Menschseins ist. Es muß nur jemand deine politischen Ideen teilen, und schon ist er dein Freund.«

»Möglich.«

»Du nennst ihn Genosse, Kamerad.«

»Das ist er auch.«

»Aber kein Freund. Freundschaft ist etwas anderes. Eine lebendigere Bindung. Mehr als nur ein Mensch, mit dem du über die Gegner herziehst, über die anstehenden Probleme sprichst. Es sei denn, du hast schon keine anderen mehr. Das Herz ausschütten. Vielleicht brauchst du so etwas nicht. Ihr seid härter. Ich bin ein weicherer Mensch und brauche Freunde, um zu spüren, daß ich lebe. Ich weiß so gut wie du, was ein Kamerad ist; weil ich Fußball gespielt habe und du nicht. Ein guter oder schlechter Paß eint mehr, als du dir vorstellen kannst. Nicht umsonst spricht man von Mannschaft.«

»Ja, ja, ich weiß: Salas war zu deiner Zeit rechter Verteidiger.«

»Zu unserer Zeit.«

Gaspars Ton war ein wenig herzlicher geworden. Einen Augenblick war es still. Dann fuhr er fort:

»Denkst du wie alle, daß wir ein Haufen von Sektierern sind?«

»Nein, nicht Sektierer. Denn der Kommunismus ist keine Sekte. Nein, nicht Sektierer. Es gibt ein anderes Wort, das besser auf euch paßt, nichts für ungut.«

»Was? Welches?«

»Fanatiker. Ihr seid von eurem Ziel geblendet, und darum ist euch jedes Mittel recht. Andererseits gefällt mir an euch gerade diese Leidenschaft am besten. Die Moral ist euch keinen Pfifferling wert.«

»Hältst du uns für fähig, aus irgendeinem Grund dem Feind zu helfen, wie du es getan hast?«

»Wenn ihr einen Vorteil davon hättet, ja.«

»Wenn wir einen Vorteil davon hätten ... Hast du einen Vorteil davon gehabt, diesem Kerl zur Flucht zu verhelfen?«

»Nein, das ist ja gerade der Unterschied. Im Gegensatz zu mir kennt ihr kein moralisches Empfinden, es sei denn, ihr könnt es für eure ach so gerechte Politik ausschlachten. Aber ich kenne sie schon. Ihr seid imstande, euch mit den Faschisten zu verständigen, wenn ihr darin einen Vorteil seht.«

»Wenn die Revolution diesen Preis fordern würde, würdest du sie dann nicht gutheißen?«

»Sie gutheißen, vermutlich schon. Aber mich an ihr beteiligen, zu diesem Preis, wie du sagst, das nicht. Wenn es euch gelegen kommt, bringt ihr es fertig, alle vierundzwanzig Stunden euren Standpunkt zu ändern; ich nicht. Ich bewundere euch, aber ich kann mich an eurem Treiben nicht beteiligen.«

»Soll das dein historischer Materialismus sein?«

»Ja.«

»Prost Mahlzeit.«

»Werdet ihr mich festnehmen?«

»Nein, wo denkst du hin.«

»Du willst mir doch nicht erzählen, daß du mich nur mal eben besuchen kommen wolltest, weil du ... mein Freund bist. Wenn du wirklich konsequent sein willst, mußt du mich denunzieren. Dann mußt du mich festnehmen und ...«

Gaspar lächelte:

»Jetzt hast du mich kalt erwischt, alter Freund.«

»Fühlt ihr euch noch nicht stark genug?«

»Vielleicht.«

Gaspar hatte die Stimme gesenkt.

»Haust du ab?«

Teresa kam herein.

»Wie geht es Ihnen?«

Und hinterher:

»Was hat er gewollt?«

»Ach nichts. Er ist hier vorbeigekommen und hat reingeschaut. Hast du schon zu Abend gegessen?«

Später machte er sich Vorwürfe, Gaspar nicht seine ganze Meinung gesagt zu haben: wie sehr sie – so fand er – den Nichtigkeiten, dem Offensichtlichen viel zu viel Beachtung schenkten. Wie sehr ihn störte, daß sie alles verachteten, was ihrer Sache nicht nützlich war, und daß sie alles nur aus dem Blickwinkel ihrer Organisation sahen, daß sie nichts kümmerte, was nicht ihrem engen Gesichtskreis war. Er erinnerte sich daran, wie Juan Redondo – ein intelligenter junger Mann von der Kommunistischen Jugend – die Bücher durchgesehen hatte, als man ihm die Bibliothek des Dominikanerklosters anbot:

»Hier ist doch nichts, was wir brauchen könnten.«

Er griff ein paar Texte heraus.

»Fray Luis de Granada? Wozu? Alles in Latein ... Menéndez y Pelayo? War ein Reaktionär. Soll ich etwa die von Vázquez de Mella mitnehmen?«

Ganz und gar der Partei verschrieben, mit Haut und Haaren, verschlungen von ihr, unfertige Wesen, verschlossen; lieblos.

Aber er schätzte Gaspar wirklich, er mochte ihn gern. Mit ihm zusammen in eine Klasse gegangen zu sein – die Erinnerung an die Kindheit ist stärker als irgendeine andere – schien ihm Grund genug, nicht mit ihm zu streiten, genauso, wie drei gemeinsame Fußballjahre mit Salas gereicht hatten, ohne Zögern sein Möglichstes für ihn zu tun.

»Morgen werden sie mich festnehmen.«

Er trat auf den Balkon hinaus und blickte hinunter auf die menschenleere Straße. Früher, als die Straße allen gehörte, hatte er das oft getan. Allen und niemandem, jedem. Jetzt war es anders. Jetzt, durch den Krieg, die Revolution, fühlte er sich an die Straße gebunden – man nannte die Straßen Arterien –, fühlte sein Blut durch sie strömen, durch sie und alle anderen. Er spürte, daß Valencia ihm gehörte. Ihm und allen, allen zusammen: Weil sie es verteidigten. War er ein Verräter? Die Steine, der Asphalt, die Lichter, das Gas, die Elektrizität, das Haus gegenüber, die Lampe dort, alles gehörte ihm. Ihm und allen, und sie mußten es verteidigen. Aus Solidarität. Weil er das Volk war und das Volk er. Er fühlte sich geborgen, beschützt. Ein Mann ging vorbei, ein unbekannter Mann, er selbst. Einer von der CNT? Ein einfacher Republikaner? Sozialist oder Kommunist? Ein Mann, der zu einer Arbeit ging, die dazu beitrug, die Stadt zu verteidigen, seine Heimat, sein Land, sein Vaterland.

Vor einem Monat war es dieselbe Straße gewesen, dasselbe Spanien, und er hatte nicht so empfunden. Empfand er jetzt so, weil es Spanien war, oder war es der Kampf? Oder beides zugleich? Empfände er dasselbe, wenn der Krieg in Italien stattfände? Nein. Wenn der Krieg mich dort erwischt hätte, unter sich gegenseitig umbringenden Italienern, würde ich dann genauso empfinden? Empfinden, Empfindungen

... Was hat die Vernunft mit alledem zu tun? Ob Gaspar vielleicht recht hat? Wohin ist es mit meinem Materialismus gekommen?

Der Duft der Magnolien wehte herüber; wie immer rührte er ihn. Die Nase war sein empfindsamstes Sinnesorgan. Er sah nach oben und wunderte sich über das verlorene Licht zweier oder dreier Sterne.

»Kommst du heute denn nicht zum Abendessen?«

Er drehte sich um und lächelte Teresa zu, die verstimmt war.

»Ich komme gleich.«

»Gehst du noch fort?«

»Ja. Ich schaue kurz bei der Partei vorbei.«

Jorge Mustieles

I

Er trug eine Pistole am Gürtel. Er spürte sie schwer an seiner rechten Hüfte hängen und konnte es noch gar nicht glauben. Langsam ließ er seine Hand zum Kolben hinabgleiten, aus Furcht, es wäre nur ein Traum. Ja, dort war sie. Er trug einen Blaumann, und die Revolution war eine Tatsache. Das Gewicht des Revolvers bewies ihm, daß alles wirklich war: Daß die Stunde gekommen war. Wie vom Himmel gefallen: Ohne, daß er irgendetwas hätte dazutun müssen. Das Militär, die Reaktion, hatte es übernommen, die Welt auf den Kopf zu stellen. Wie eine in die Luft geworfene Tortilla. (Die alte Ángeles, zu Hause im Dorf, vor dem Herd, die Pfanne und alles im Griff.)

Er ging mit schnellem Schritt und zeigte schneidig die geschwollene Brust: Er war ein Revolutionär, und die Revolution hatte gesiegt. Jetzt ging er zum Komitee. In vollendeter Würde hob er die Faust, um den Pförtner der Schule zu grüßen. Es wäre unziemlich gewesen, zum Schutz vor der Sonne die Straßenseite zu wechseln. Mehr denn je fühlte er sich stark, sicher, entschlossen. Ohne Makel, aus einem Guß.

(Sein Vater. Er war sich sicher, daß sein Vater ihm Unannehmlichkeiten bereiten würde. Plötzlich wünschte er, sein Vater wäre schon vor Jahren gestorben, statt seiner Mutter. Dann müßte er sich jetzt keinen Kopf machen. Bestimmt würde ihm der Alte in die Quere kommen, das spürte er wie einen Stachel im Fleisch, dessen war er sich sicher. Für's erste würde ihn das dazu zwingen, sich noch unnachgiebiger, noch radikaler zu geben: Damit ihm keiner etwas nachsagte. Das war ihm zuwider, schmerzlich: nein, schmerzlich war zuviel: lästig: ein drückender Schuh, ein Furunkel. Mit diesem Makel behaftet mußte er noch selbstsicherer wirken, frei von Zweifeln, niemals zaudernd. Als wäre sein Vater eine Schlucht, die es auf schmalem, unsicheren Pfad zu umgehen galt. Ohne zu zögern, ohne zu schwanken: losgelöst von seiner Kindheit, von seiner Jugend. Ein anderer.

Sein Vater, und seine gesamte Familie, so rechts, so katholisch, so trauerschwarz, so sicher, so ehrbar, so verschwiegen, so gefangen im Schattendasein – zugezogene Vorhänge, Schonbezüge über den Möbeln, Schutzhüllen um die Lampen, Stille im Wohnzimmer, die wenigen Bücher sorgfältig eingebunden, der Staub von Vicentas und Asuncións helfenden Händen hinweggefegt; Señor hier, Señor dort: Don Pedro, Don Segundo, Don Jesús, alle so ernst, vor allem beim Spiel. Schwarzes Hemd, Orangenbauern durch und durch. Das gilt für zu Hause, im Kasino, aber außerhalb, wer weiß?

Jorge war sprachlos: sicher, sein Vater war ein seriöser Mann, aber seit Jahren schon Witwer ... Seine ständigen Fahrten nach Valencia: Bestimmt ließ er es dort krachen. Er machte sich Vorwürfe, so etwas zu denken. Aber eins sah er ganz deutlich: Sein Vater würde ihm Scherereien machen. Das spürte er. Es gab keinen besonderen Grund zu dieser Vermutung. Keine schlechte Nachricht. Natürlich könnte er sich aus allem raushalten, zu Hause bleiben. Wer zwang ihn schon? Aber, was würden die anderen sagen?

»Ich habe immer schon gesagt ...«

»Der Apfel fällt nicht weit vom Stamm.«

»Das Geld des Alten zählt mehr als die Ideale.«

»Ich habe immer schon gesagt …!«

»So ein Mundwerk, aber wenn es darum geht, dafür ge-
radezustehen …«

»Ich habe immer schon gesagt …!«

Sein Vater würde jetzt wütend schweigen, zu Hause im
Dorf in seinem Zimmer sitzend, die Arme ruhig auf dem
blanken Holz des Armsessels; dieses alte und abgewetzte,
dunkel glänzende Leder. Oder er würde nervös mit dem phi-
lippinischen Brieföffner klopfen, den ihm Onkel Luis mitgebracht hatte. Wenigstens der war gestorben; ein Säufer, aber
er war gestorben.)

Jorge Mustieles ist vor einigen Monaten fünfundzwanzig
Jahre alt geworden. Anwalt, und Radikalsozialist. Nicht
mehr ganz jung verheiratet. Er mag die Romane von Pío
Baroja, Meeresfrüchte, Reis mit Fisch; sonst nicht viel. Diskutiert im Café. Hat Freunde. Führt ein bescheidenes Leben.
Sein Ehrgeiz reicht – zur Zeit – nicht viel weiter als bis zu
einem Sitz im Stadtrat.

(Sein Vater lebt in Puebla Larga. Er hat Geld, ist so etwas
wie der Wortführer der Rechten und besitzt gute, sehr gute
Ländereien. Er findet es gut, daß sein Sohn sich politisch
betätigt. Und obwohl er brummelt, ist er nicht einmal richtig dagegen, daß er einer Linkspartei angehört. Er selbst hatte auch einmal so angefangen: als Republikaner; vor gut und
gern drei Jahrzehnten, zu Zeiten von Soriano und Blasco
Ibáñez. Dann wandte er sich, ohne es zu merken oder zu
bedauern, mehr und mehr den Liberalen zu und wurde Anhänger von Graf Romanones. Später fand er sich, unwillkürlich und ohne es bemerkt zu haben, in den Reihen der
Derecha Nacional Valenciana wieder, da war er bereits einer
der führenden Männer im Dorf. Das geschah unmittelbar
nach dem Tod seiner Frau, vor zehn Jahren. Doña Amparo:
eine echte Dame, die seine Entwicklung ein wenig, ein ganz
klein wenig beeinflußte. Obwohl Don Pedro damals sehr

laizistisch war, heiratete er in der Kirche – wo auch sonst? – , und seine Kinder Jorge und Asunción ließ er taufen; Don Vicente, der Pfarrer, verkehrte in seinem Haus.

Die grünen Bohnen von Don Pedro Mustieles waren die zartesten im ganzen Dorf. Seine Tomaten waren berühmt, gar nicht zu reden von seinen Navelorangen: eine wahre Pracht. Auf seine Weise trug er viel und genau das Richtige dazu bei, daß seine Kandidaten im Jahr 1933 siegten. Er wußte, wie man sich anstellen mußte, um Stimmen zu gewinnen, vor und nach der Wahl. Die Provinzabgeordneten brachten ihm Hochachtung entgegen. Er persönlich wollte nie einen Posten, noch nicht einmal den des Bürgermeisters. Er trat nicht gern in Erscheinung. Befehlen wollte er wohl, damit gemacht wurde, was er wollte; aber nicht mehr.)

Trotz seines Vorsatzes überquerte Jorge die Straße und flüchtete sich in den Schatten. Bis zum Parteibüro waren es noch mehr als zweihundert Meter, und es war unsinnig, in der Hitze zu vergehen. Valencianische Sonne, bleierner Sommer. Der weichgewordene Asphalt gab unter seinen Schuhsohlen nach. Die Autos fuhren mit ihren weiß gepinselten Kürzeln: CNT – FAI – UGT – UHP – Arzt.

Mitglied der Sicherheitskommission. Er kam sich wichtig vor. Im Studium hatte er niemals eine Eins bekommen. Stimmt nicht, einmal in Naturrecht. Dafür war er aber auch nur einmal durchgefallen, in Kirchenrecht. Und das, weil er dereinst dem Professor aus Versehen auf den Fuß getreten war, und danach wurde alles so verwickelt, daß er den Kurs nicht mehr besuchte. Es war der einzige Augenblick, in dem er eine gewisse Beliebtheit genoß, die ihn dann auch in die Arme der Radikalsozialistischen Partei trieb.

Ihm gefiel die Ideologie seiner Partei: so liberal, so wenig sozialistisch, so voller guten Absichten, so aufrührerisch, solange es beim Diskutieren blieb: Marcelino Domingo,

Álvaro de Albornoz, Fernando Valera und eine Menge Journalisten, lauter Apostel, die sich gerne reden hörten: Der Mensch ist gut, und Schuld haben immer die anderen. Man muß ehrbar und konsequent sein: Politiker sollen arm sterben und immer standhaft bleiben.

Er überquerte noch einmal die Calle de las Barcas, gegenüber der Eisenwarenhandlung von Ernesto Ferrer, warf einen Blick in das Schuhgeschäft Boston – das ebenfalls Ernesto Ferrer gehörte – (was mußte der für eine Angst haben! ... ein Freund seines Vaters ...). Er blähte die Brust, als die Sonne wieder auf ihn prallte. Die Plaza Emilio Castelar, ein gräßlicher Anblick, seitdem ein idiotischer Architekt aus dem Rathaus sie in ein Mausoleum verwandelt hatte, sie blendete vor lauter nacktem poliertem Stein, glühend im wüsten Weiß der Sonne. Neben dem Eingang zum Parteibüro erinnerte ihn das Kino *Actualidades*, verstaatlicht, an seine Kindheit – damals hieß es *El Cid* – (*El Cid*, und jetzt *Actualidades;* so ist der Gang der Welt, ein Buch mit sieben Siegeln, das könnte man sehr schön in eine Rede einbauen), damals – vor fünfzehn Jahren – gab es eine Klingel, die zwischen jeder Vorstellung anhaltend schellte. Er hatte sie noch jetzt im Ohr. Mit einem Kopfnicken begrüßte er einen Angestellten der Schneiderei auf der anderen Seite des Eingangs.

»Wir haben schon auf dich gewartet.«

Julio Reina, Alfonso Ortiz und Guillermo Segalá. Die Leute drängelten sich um einen Tisch, an dem Jaime Luque Bezugscheine für Benzin ausgab.

»Komm schon!«

Sie gingen hinein: in die Küche. Dort konnten sie sprechen. Das Haus war alt, die dunklen roten Fliesen waren an den Rändern ausgeblichen, waren grau und braun geworden. Bis auf halbe Höhe Kacheln aus Alcora, Blüten und Bordüren – blau, weiß und gelb glasiert –, die mit ihrem

Glanz angenehme Frische verbreiteten. Kommt man aus der Sonne in den Schatten, werden die Augen klein und sehen weniger.

Julio Reina zog sich die Jacke aus und kletterte auf die Arbeitsplatte der ehemaligen Küche.

»Verbrenn' dich nicht ...«

»Hier ist es kühler.«

Und er machte es sich bequem: das Hinterteil in der Öffnung für den nicht mehr vorhandenen Herd.

»Was gibt es Neues?«

Guillermo Segalá setzte sich auf den einzig verfügbaren Stuhl. In der Ecke stand ein anderer, mit den Beinen nach oben und halb zerbrochen.

»Die Sozialisten, die Kommunisten und die von der FAI haben ihre eigene Polizei. Da sollten wir nachziehen. Es ist wichtig, die Etappe sauber zu halten.«

Die Antwort war ein Schweigen.

»Wir haben ein paar Gefangene.«

»Was wollen wir mit denen anfangen?«, fragt Jorge.

»Sie aburteilen.«

Jorge verkneift sich die Frage, die ihm im Mund liegt: ›Mit welchem Recht?‹ Rasch gab er sich selbst die Antwort: ›Mit dem gleichen Recht wie die anderen. Um das Volk zu verteidigen.‹

Dennoch sagte er:

»Und die Volkstribunale, die die Regierung vor kurzem erst geschaffen hat? ...«

Die anderen sahen ihn an.

»Bis die arbeiten! ...«

Jorge machte sich Vorwürfe. Er hatte sich widersetzt, man könnte ihm unterstellen, er habe es aus Furcht getan, unter den Verhafteten könne sein Vater sein.

(Ende Juli war er in Puebla Larga gewesen. Alles war ruhig. Die Kirche sollte in ein Lagerhaus verwandelt werden.

Der Pfarrer war verschwunden. Jorge hatte den Präsidenten des Dorfkomitees besucht.

»Mach dir keine Sorgen: Deinem Vater passiert nichts.«

Es kamen die ersten Nachrichten von Massenerschießungen, die die Aufständischen in Andalusien, Kastilien, überall durchführten. Nach dem Beispiel der Katalanen bildete man Kontrollpatrouillen. Justo und Vicente Sánchez wurden tot auf der Landstraße gefunden. Das wunderte niemanden: Sie hatten in Puebla Larga für die Plantagenbesitzer das *Sindicato Blanco* organisiert.)

»Und wo?« fragte ihn Julio Reina.

»Wir haben das Colegio Notarial beschlagnahmt. Es ist groß genug. Dort sind vier Räume fur die Verhafteten und einer für uns. Ich bin heute morgen dort gewesen.«

»Wann fangen wir an?«

»Heute Nachmittag.«

»Um wieviel Uhr?«

»Um fünf, wenn euch das paßt. Wir treffen uns im Café. Anschließend gehen wir zusammen hin.«

»Müssen sie verhört werden?«

»Also ... ich glaube, die, bei denen der Fall klar ist, nein. Die anderen natürlich schon.«

»Wir müssen uns noch über ihre Vorstrafen erkundigen. Es kann doch sein ...«

»Die bekommen wir mit den Akten ...«

»Es kann sich aber auch um persönliche Racheakte handeln ...«

»Wenn man sie uns bringt, wohl kaum. Diejenigen, die für ein Vergehen gegen irgendeinen Bekannten büßen müssen, sind schon ...«

»Ich bin nicht einverstanden.«

Das sagte Alfonso Ortiz, mit fester Stimme.

»Warum?«

»Dazu sind die zuständigen ...«

»Wer?« unterbrach ihn Segalá. »Sollen wir etwa warten, bis sie uns von hinten erschießen?«

Er war der älteste: achtundzwanzig Jahre. Dann kam Jorge, die anderen beiden waren noch Milchbärte.

»Wir werden gewinnen, oder?«

»Die Gesetze ...«

»Wenn sie sie beachtet hätten ...«

»Um fünf?«

»Um fünf.«

»Gehen wir ein Bier trinken?«

II

Ganz offensichtlich hatten sich die Grenzen der Welt verändert. Er dachte, daß so, wie für ihn Schranken gefallen waren, für andere der umgekehrte Eindruck entstanden sein mußte: daß sie sich jetzt eingesperrt fühlen mußten. Aber das war ja gut so. All diejenigen, die bislang durchs Leben stolziert waren, als würde alles ihnen gehören, waren jetzt in die Enge getrieben. In einen engen Pferch: eingepfercht. Ihm stand alles offen: Er und seine Leute konnten jedes Feld betreten, das sie wollten, in jedes Haus gehen, das sie wollten, in jede Straße, die sie wollten, vom Garten auf die Straße, von draußen nach drinnen oder umgekehrt, ohne bei irgend jemanden die Erlaubnis einholen zu müssen. Es reichte, daß sie waren, wer sie waren, sie hatten Passierscheine, Parteiausweise. Und schon stand ihnen alles offen. Die Fenster mußten offenbleiben, wegen der Heckenschützen. Nur wer aufgrund seiner Vergangenheit etwas zu befürchten hatte, mußte Angst vor den Kontrollpatrouillen haben; außerdem war das nur richtig: Die Etappe mußte gesichert werden. In der Tat: Die Straßen waren breiter. Er ging sicherer.

Fernando kam ihn besuchen und bat um eine Bürgschaft für seinen Schwiegervater.

»Nein. Tut mir leid.«

Es war das erste Mal, daß er etwas verweigerte. Wirklich, wenn vor einer Woche jemand zu ihm gesagt hätte, ›Fernando wird dich um etwas bitten, und du wirst es ihm verweigern, obwohl es in deiner Macht steht, es ihm ohne die geringsten Umstände zu gewähren‹, dann hätte er nur völlig verständnislos gelacht: ›Wieso? Wie käme ich dazu?‹

Jetzt aber gehörte er der Sicherheitskommission an.

Don Luis Montesinos war ein Mann der Rechten, ganz vom alten Schlag, und er hatte ihn nie weiter beachtet. Aber Jorge schlug die Bitte nicht ab, weil er von oben auf ihn herabgesehen hätte. Woher denn! Nein: Er war einfach ein bedeutender Mann der Rechten. Ehemaliger Bürgermeister, zu Zeiten der Monarchie, um genau zu sein. Verkehrte im *Agricultura*, jenem düsteren und muffigen Kasino der sogenannten Aristokratie, wo er als Sohn seines Vaters ebenfalls Zutritt hatte, aber nie einen Fuß hineinsetzte. Inzwischen war es von irgendeiner Jugendorganisation beschlagnahmt.

Und nun kam also Fernando, Don Luis' Schwiegersohn, um ihn um eine Bürgschaft zu bitten. Nein. Er hatte keinen besonderen Grund dagegen zu sein, aber auch keinen dafür, warum hätte er sie ihm geben sollen? Erstens, warum bat er ausgerechnet ihn? Wer war er schon? War eine Bürgschaft von Jorge Mustieles überhaupt etwas wert? Fernando beteuerte das.

»Wer bin ich schon?«

»Ein Radikalsozialist.«

»Angeblich sind die guten« – die Bürgschaften waren gemeint – »die von der CNT und UGT, von unseren will niemand etwas wissen.«

»Das macht nichts.«

»Oder will er sie sammeln? Du willst mir doch nicht erzählen, daß Don Luis sich nicht hier und dort welche beschafft hätte ...«

»Das weiß ich nicht. Er bat mich, daß ich dich ...«

»Er?«

»Ja.«

Don Luis Montesinos, wer hätte das gedacht! Ihn, Jorge. Das mußte er seinem Vater erzählen. Für den war Don Luis Montero eine sehr wichtige Persönlichkeit: Er saß im Vorstand der *Electra*, der Straßenbahngesellschaft, der *Chemischen Düngemittel AG*, der *Central de Aragón*. War jeden Tag im *Agricultura,* immer schwarz gekleidet. Unter anderem, weil Schwarz Gewicht verleiht und die Reinlichkeit dessen, der es trägt, unterstreicht. Flecken sieht man sofort, und Haarschuppen. War abstinent und rauchte nur eine Zigarre am Tag, aber dann, selbstredend, eine Havanna. Zum Ausrauchen verwendete er eine Zigarrenspitze aus Bernstein. War dick und grauhaarig. Wahrhaftig, ein bedeutender Mann.

»Nein, wirklich, tut mir leid. Nein. Ich kann nicht«. (Die wiederholten Verneinungen ließen seine Unentschlossenheit schwinden.)

»Aber ... mein Schwiegervater ist doch ein vertrauenswürdiger Mann, oder? Heutzutage hat er mit der Politik doch nichts am Hut! Als die Republik gekommen ist, hat er sich zurückgezogen. Er geht nur noch seinen Geschäften nach.«

»Aber er ist doch nicht einmal Republikaner.«

»Natürlich ist er das! Hast du nicht die Erklärungen von Luis Lucía gelesen?«

»Wer soll die glauben?«

Fernando merkte, daß er nichts erreichen würde, und ging.

»Danke. Ich werde schon jemanden finden, der für ihn bürgt.«

»Daran zweifle ich nicht. Und ... nimm es mir nicht übel. Aber es geht einfach nicht.«

»Schon gut. Wir sind doch Freunde.«

»Sag mal, warum machst du es eigentlich nicht?«

»Ich?«

»Bist du nicht bei der UGT?«

»Doch, seit ein paar Tagen. Aber ... und der Stempel?«

»Den gibt dir schon jemand.«

»Also dann, warum sträubst du dich?«

»Aus Prinzip. Ich bürge für niemanden.«

(Das stimmte nicht. Aber von nun an würde er es so halten. Sein Vater: keine Frage. Wenn sein Vater ihn um eine Bürgschaft bäte, würde er sie bekommen? Ja. Selbstverständlich. Warum also verweigerte er sie Don Luis Montesinos? Weil sein Vater sein Vater war, aber andererseits war er auch einer jener bedeutenderen Männer, die ihr Fähnchen nicht in den Wind gehängt hatten. Der Präsident des Komitees hatte ihm versichert, sie würden ihn nicht belästigen. Jorge war sich darüber im Klaren, daß dieses Versprechen nicht viel wert war, und dennoch klammerte er sich daran, um seine rege Phantasie im Zaum zu halten. Und dennoch bahnte sie sich überall ihren Weg.

Sollte er verhaftet werden, würde er natürlich alles tun, um ihn freizubekommen. Überall. Er sah sich mit López reden, oder mit Cerrillo. Er würde sie herumkriegen. Wenn die staatliche Polizei ihn festnahm, war das schon was anderes. Wohin würden sie ihn bringen? Er würde von Pontius zu Pilatus laufen müssen. Sie würden alles bestreiten. Eventuell würden ihm ein paar der führenden Köpfe seiner Partei helfen: Einige von ihnen waren Freunde von Don Pedro. Sie hatten in seinem Haus verkehrt. Diese Paella damals 1935! Das war ein Essen! Dort draußen, auf der Plantage. Aber wenn man ihn bringen würde, damit sie über sein Schicksal entschieden? Sie, das heißt er. Ein absurder Gedanke. Warum? Das beste wäre, sein Vater würde verschwinden. Die Leute im Dorf würden ihn nicht gehen lassen. Daran war nicht zu denken. Fliehen. Er mußte nach Valencia kommen, mit irgendeinem Passierschein. Sich einschiffen. Samper war es gelungen. Sicher, das hat ihn eine Stange Geld gekostet. Die CNT kontrollierte den Hafen. Um bei ihnen etwas zu erreichen, brauchte man Geld; den anderen, die keine Anarchisten waren, waren solche Geschäfte zu schmutzig. Ihnen aber nicht: Mit dem, was sie einem Faschisten abknöpften, konnten sie Waffen kaufen in Frankreich, Belgien, wo auch immer, um gegen Hunderte zu kämpfen.

Wenn er selbst über ihn zu richten hätte, was würde er tun? Der Gedanke daran war völlig unsinnig.)

»Du machst dir Sorgen.«

»Ich?«

Emilia sah ihn an.

»Möchtest du noch Reis?«

»Nein danke. Gibt es Salat?«

»Sie werden ihn gleich bringen. Adela!«

Das Dienstmädchen brachte den Salat. Krauser Endiviensalat, schwülstiges Schnörkelwerk, gelb, grünlich, ermordet vom Knallrot der Tomaten. Blutrot.

Er erinnerte sich an den Friedhof. Die im Leichenhaus aufgereihten Toten. Vor ein paar Tagen, als er auf der Suche nach der Leiche eines ermordeten Parteigenossen war, getötet, keiner wußte warum, vielleicht aufgrund eines Irrtums. Der Mund offen, aschfahl, zwischen den farblosen, von geronnenem Blut zerfressenen Wangen.

Er aber verteidigte die Wahrheit, die Treue, die Erziehung des Volkes, die Freiheit.

Er tat sich Salat auf. Der leicht bittere Geschmack, die harten Blätter mit glitzernden Öltropfen; ein Salzkorn, das sich nicht aufgelöst hatte. Die weichen, schmackhaften Tomatenstückchen.

»Hervorragend.«

»Genau das, worauf man im Sommer Appetit hat. Glaubst du, es wird noch lange so weitergehen?«

»Du hast die Rede von Prieto doch gehört.«

»Mein Bruder ist hier gewesen. Sie spielen jetzt im *Eslava*-Theater.«

»Ja. Ich habe ihn gestern getroffen, hat er dir das nicht erzählt? In Santa Catalina auch.«

»Sowas, in den Kirchen Theater spielen!«

»Die CNT läßt ihnen keine Wahl.«

»Ich finde das jedenfalls nicht gut.«

»Warum nicht? Das Theater kehrt dorthin zurück, woher es gekommen ist.«

»Vielleicht zu Zeiten von Adam und Eva. Was aber, wenn die anderen gewinnen?«

»Die und siegen? Nie! Du hast Prieto doch gehört. Wir haben das Geld, die Armee, das Volk. Sie: die maurischen Truppen und die Fremdenlegion.«

»Und die Italiener.«

»Ja und? Glaubst du, wir lassen uns von ein paar Faschisten mehr oder weniger besiegen? Wir sind Millionen. Frankreich wird uns helfen. Es kann nicht zulassen, daß die Deutschen über die Pyrenäen kommen. Sie werden Waffen, Flugzeuge, Truppen schicken, wenn es nötig ist.«

»Paß nur auf.«

»Was meinst du denn, was ich tun soll?«

»Nichts.«

Er betrat das Café. Es war schwül, höllisch heiß. Die Ventilatoren rotierten ins Leere. Am Stammtisch sammelte sich alles um einen Mann, den er nicht kannte.

»Pedro Carratalá.«

Sie gaben sich die Hand. Er sprach katalanisch.

»Er ist von der Acció Catalana.«

Er war ein grämlicher Junge, mit viel Haar und wenig Stirn. Kräftig, und schon damit zufrieden, geboren zu sein. Er erzählte, was alle erzählten:

»Wir sind um drei Uhr morgens aufgebrochen und nach Pedralbes gefahren. (Sein 18. Juli, sein Ruhm, sein Einzug in die Neue Welt.) Sämtliche Parteien hatten Stellung bezogen. Um halb fünf fielen die ersten Schüsse. (Die Schüsse, eine unbekannte Menschheit, gleichgerichtet, in Reih und Glied, eine unerwartete Wirklichkeit, an die man sich aber auf der Stelle gewöhnt. Niemand fragt sich: ›Wann wird das ein Ende haben?‹ Wer so fragt, zählt heute nicht.) Wir hatten Leute in der Kaserne und wußten, was die erwarteten. Unser Verbindungsmann war der Sohn des Marqués de Fornís, vom Estat Catalá ... (Ein Separatist. Als guter Valencianer ärgert Jorge die Überheblichkeit, mit der die Katalanen, ob absichtlich oder nicht, ihre Nachbarn behandeln und auf sie herabsehen.) Wir hatten eine Winchester und Pistolen. (Die anderen, die Aufständischen in Uniform, mit ihren Maschinengewehren, ihren Mausern und Kanonen.) Die Winchester hatte ich seit dem 6. Oktober im Kofferraum ... Dann haben wir den Wachtposten und Nachtwächtern in der Umgebung die Pistolen abgenommen. Ein grandioser Handstreich. Sie wehrten sich nicht. Und was für Gesichter die gemacht haben! Da standen sie nun, mit ihren Spießen in der Hand. Einigen haben wir sie weggenommen. Gleich darauf haben sich von den Soldaten ungefähr vierhundert Mann ergeben. Unter dem Kommando von Llovet, einem Freund von mir ... Ein Teil von ihnen ist zum Sitz der Zivilregierung gefahren, und anschließend haben sie die Kasernen in Pueblo Nuevo gestürmt. Hauptmann Romagosa hat die Kaserne in San Andrés eingenommmen und dabei ein Maschinengewehr erbeutet, das er dann auf der Plaza de Cataluña aufgestellt hat, in unserem Büro ...«

»Was für ein Büro?«, fragt Julio Reina, der gerade dazukommmt.

»Das von der Acció Catalana. Um neun hatten die Faschisten ihn gefangengenommen, um elf haben sie ihn wieder laufenlassen.«

»Wen?«

»Romagosa. Er hat ihnen ein Ammenmärchen aufgetischt. Ein Oberst, der nicht recht auf dem Laufenden war, hat es ihm abgenommen. Außerdem ist Romagosa gewieft. Der stammt aus Arenys de Mar.«

»Und woher kommst du?«

»Aus Arenys de Mar.«

Der junge Mann lacht. Fast alle lachen. Alle, außer Jorge. Er hat nichts getan. Beim Kampf um die Kasernen war er nicht dabei. Im übrigen erzählen alle dasselbe.

»Denselben Oberst haben wir acht Tage später zusammen mit seinem Sohn festgenommen, er war der Falangeführer von Horta. Der Alte ist sehr tapfer gestorben. Aber der Sohn! Das hättet ihr sehen müssen! Er sagte, er verstehe vollkommen, daß wir seinen Vater umbringen – so ein Schwein! –, aber ihn doch nicht!«

»Blutsbande.«

»Blutsbande? Was soll das heißen? Du glaubst doch nicht etwa auch, daß die Söhne für die Verbrechen ihrer Väter verantwortlich sind? Wenn schon, dann umgekehrt.«

»Erzähl weiter.«

»Sie saßen in zwei verschiedenen Wagen. Der Sohnemann ließ nicht locker: ›Ich bin viel zu jung zum Sterben.‹ So ging es, bis sie beide an der Mauer des neuen Friedhofs standen. Der Alte schämte sich. ›Mein Sohn‹, sagte er, ›ich vergebe dir.‹«

»Manche haben schon Schneid.«

»Um drei habe ich mich denen von der Partei angeschlossen. Um vier war ich schon in der Generalität. Dort habe ich ein paar Stunden lang gesessen, während die Parteien gemeinsam beschlossen haben, das Zentralkomitee der Antifaschistischen Milizen Kataloniens zu gründen. Dort traf ich auch Tomás Fábregas, ich kannte ihn aus der Partei, hatte aber nie viel mit ihm zu tun. (Ihn, Jorge, was interessiert ihn das alles? Warum vergeudet er seine Zeit im Café? Dieser Schwätzer ist ihm unsympathisch: Er kann Leute mit so starkem Haarwuchs nicht ausstehen, die dicht behaarten Hände, zusammengewachsene Augenbrauen, niedrige Stirn.) Fábregas kam aus San Cugat, ging zum Parteibüro, und als er es verschlossen vorfand, kam er zur Generalität: um zu sehen was los war. Mit Torrens, von der Unión de Rabassaires, gingen wir zur Zivilregierung. Man drückte uns irgendeinen Schein in die Hand, und da haben wir dann in einer Ecke gesessen und gewartet. Bis irgendwann García Oliver herauskam:

›Was macht ihr denn hier?‹

›Naja, also wir hier sind von der Acció Catalana und der hier von den Rabassaires.‹

›In Ordnung, wartet.‹«

Jorge muß plötzlich noch einmal an die Geschichte von dem Oberst und seinem Sohn denken. Er stellt sich den Militär in der Gestalt seines Vaters vor. Er sieht ihn im Wandspiegel des Cafés und wendet den Blick ab. Mit einem Taschentuch trocknet er sich die Stirn. Sein Vater an der Mauer: ›Mein Sohn, ich vergebe dir.‹

»So war das«, fuhr Carratalá fort. »Sie besprachen, wo wir eingesetzt werden könnten.«

(Was hat er gesagt? Woran habe ich gerade gedacht?)

»Kommandant Guarner schickte uns in die Seefahrtsschule, wir dorthin auf die Plaza del Palacio. Die Schüsse krachten nur so ... Durruti hätte es um ein Haar erwischt, wenn er nicht gerade ein bißchen zur Seite getreten wäre. Wir ernannten verschiedene Ausschüsse. (›Wir ernannten‹, man merkt, wie eingebildet er ist, der ›Stellvertretende Delegierte der Acció Catalana für …‹) Und wir wurden den Kontrollpatrouillen zugeteilt: Fábregas für die republikanischen Parteien, Asens für die CNT und Salvador González für die UGT. Die Schule haben wir als erstes mal in ein Gefängnis verwandelt.«

(Er ist gekommen, um nach dem Rechten zu sehen, sagt sich Jorge.)

»Die Komitees der umliegenden Viertel schleppten zuerst die Nonnen an. Unser Auftrag war klar – wie eurer vermutlich auch: Eine Truppe aufzubauen, die dem Komitee zur Verfügung steht, und die Unkontrollierbaren zu kontrollieren.«

(Wer ist unkontrollierbar? Jorge erinnert sich an Villegas, diesen Puristen, der über die ›Kontrollen‹ so außer sich gerät. Aber das Volk war stärker. Das Wort Kontrolle war in aller Munde. Kontrolle, kontrollieren.)

»Auf der Straße eine revolutionäre Ordnung herstellen. Am Anfang waren wir siebenhundertelf Mann, später tausendachthundert, unterteilt in elf Gruppen. Wir mußten ein anderes Büro einrichten, auf dem Paseo de San Juan, wir nannten es Casa Central. Aurelio Fernández und Portela haben unabhängig davon einen Untersuchungsausschuß gegründet, der ausgezeichnet arbeitet: Jede Organisation hat ihren eigenen.«

»Wir auch«, fügte Reina hinzu.

»Das wußte ich gar nicht, freut mich.«

»Wieviel kassiert ihr?«

»Zwölf Peseten. Jetzt heißt es, alle sollen sich zu einer gemeinsamen Junta für Öffentliche Sicherheit zusammenschließen. Wir sind eigentlich dagegen. Die Autonomie geht vor. Was dem einen entgeht, entgeht dem anderen nicht.

Man sollte jeden in seiner Eigenständigkeit respektieren.«

(Der ist gekommen, damit wir uns der Zusammenlegung der Sicherheitsdienste entgegenstellen ...)

»Am Anfang war das ein einziges Chaos. Da keiner keinen kannte, konnte jeder frei herumlaufen. Die Faschos haben sich nicht lange bitten lassen. Einige haben wir geschnappt. Einer von ihnen fing an, in das Gewehr des Patrouillenführers zu beißen, der Mann, der den Scharfrichter von Barcelona umgebracht hat. Dort war immer alles voller Menschen. Eine tolle Sache.«

(Dort, Sache, jemand ... Die Sprache war unbestimmt, und trotzdem in diesem Mund so klar.)

»Eines Tages erschien Salvador mit drei Nonnen und vierzehntausend Duros. Er war völlig erschöpft. Seit drei Tagen hatte er nichts gegessen, aber er wollte nicht eine Pesete annehmen.«

(Unruhe, Aufregung, nervöse Anspannung, Gedränge, wartende Arbeit, Konkurrenz, Verwirrung, Durcheinander, Drunter und Drüber, finstere Ungewißheit, Dädalus und das Labyrinth, Aufruhr. Die Gänge voller Menschen. Kommen und Gehen. Anrufe, Hektik, Klingeln, wird alles heute erledigt. Wir haben Krieg. Die Revolution. Wie wichtig ist es, dieser hier oder der andere zu sein. Neue Arbeit und neues Leben. Unbekannt die Stadt, die Autos mit Höchstgeschwindigkeit. CNT UGT UHP.)

»Die Nonnen brachte man immer in unser Zimmer. Einige von ihnen schäkerten mit den Männern vom Zentralkomitee. Ehrenwort! Wir verteilten sie dann auf zuverlässige Familien. Was habt ihr mit ihnen gemacht?«

»Da bei uns mehr Zeit war, haben sie das selbst in die Hand genommen, ohne jemand um Erlaubnis zu fragen.«

»Salvador ist ein toller Kerl.«

»Ich kenne ihn«, sagte ein Mannsbild mit blankem Schädel.

Pedro Carratalá war Taxichauffeur. Bei der Acció Catalana, aber deshalb nicht minder Anarchist. Er war Falschmünzer aus Überzeugung gewesen. Dazu hatte ihn ein gewisser Aguayo verleitet, der große Theoretiker der Gruppe, damals um 1930. Er hielt das für den direkten Weg, dem Kapitalismus den Garaus zu machen.

»Begreifst du, was passieren würde, wenn sich plötzlich herausstellte, daß alles Geld in der Welt falsch wäre?«

Immer wieder hatte er sich von Frauen aushalten lassen. Jetzt war er glücklich. Um sich an den Aktionen des harten Kerns zu beteiligen, war er nicht kaltblütig genug. (Niemals würde er erzählen, wie er eines Morgens Segundo Durán getroffen hatte, einen ehemaligen Schulkameraden, erzkatholisch, Lehrer am Gymnasium in Manresa – denn er hatte Abitur gemacht, obwohl er aus einer bescheidenen, wenn auch nicht armen Familie kam –, den hatte er mit Faustschlägen und Ohrfeigen zugerichtet, um ihm gewaltsam eine Lektion zu erteilen:

»Um den kümmere ich mich selbst.«

Er schleifte ihn bis zur Vía Layetana, und dort ließ er ihn frei:

»Lauf, und laß dich nicht mehr blicken.«)

Er erzählte weiter von Salvador:

»Er und Mahón suchten immer stimmungsvolle Plätze für die Exekutionen: wo Blumen wachsen. Zuerst im Paseo de Pedralbes, oben, wo die Linden stehen. Später auf dem neuen Friedhof. Feierlich pflegte er zu sagen:

»Ich vergebe euch im Namen der Revolution.« Dann knallte er sie ab.

(Wieder: der Oberst und sein Sohn: ›Ich vergebe dir ...‹)

»Macht ihr hier Trauungen?«

»Nein.«

»In Barcelona muß das Zentralkomitee die Trauung vollziehen, sonst ist sie so gut wie ungültig. Das ist schon lästig.

Und die ganzen Bürgschaften, ihr könnt mir glauben, manchmal steht da eine Schlange von tausend oder zweitausend Leuten.«

»Und ihr stellt Bürgschaften aus?«

»Warum nicht? Bei denen, die helfen wollen und ein Einsehen haben, muß man auch mal ein Auge zudrücken.«

»He du, es ist schon fünf.«

»Also los.«

Sie verabschiedeten sich.

»Wohin geht ihr?«

»Wenn dich jemand fragt, sagst du, du weißt es nicht«, entgegnete Guillermo Segalá kurz angebunden.

Sie stiegen in Ortiz' Auto und fuhren zum Colegio Notarial.

»Es sind drei.«

»Ja«, sagte Segalá und wandte sich zu Jorge, »einer von ihnen ist dein Vater.«

Sie hatten es von Anfang an gewußt und ihm nichts gesagt.

»Er wurde heute mittag gebracht.«

(Ich hatte es geahnt, jetzt bin ich dran. Meine schlimmsten Ahnungen haben sich schon immer erfüllt. Was mache ich? Trete ich zurück? Gehe ich? Was werden sie sagen?)

»Du mußt sagen ...«

»Ich?«

(Vielleicht stimmt es gar nicht, und sie wollen mich nur auf die Probe stellen.)

»Wer hat ihn gebracht?«

»Drei Mann vom Komitee aus Puebla Larga.«

»Was werfen sie ihm vor?«

»In seinem Keller haben sie ein Waffenversteck gefunden.«

»Das kann nicht sein.«

»Drei Gewehre.«

»Jagdflinten ...«

»Nein, Mauser, und zwölf Astra neun Millimeter lang.«

»Und Munition.«

(Sie belügen mich, locken mich in die Falle. Was mache ich?)

»Wo ist er?«

»Drüben, in Einzelhaft.«

»Und er, was sagt er?«

»Daß er von nichts weiß. Ein Freund hätte sie bei ihm gelassen, in einer Kiste. Das Übliche.«

(Ob es stimmt? Oder rächen sie sich, weil sie wissen, daß ich sein Sohn bin?)

»Als Witz nicht schlecht.«

»Witz? Traust du uns zu ...? Komm und sieh selbst.«

(Was mache ich? Gott! Was mache ich?)

Ihm zitterten die Beine, er spürte, wie ihm die Knie weich wurden.

»Sieh.«

Sie hatten eine kleine Öffnung in die Wand gebohrt. Er blickte durch. Dort saß sein Vater, auf einem kleinen Schemel. Unauffällig stützte sich Jorge an der Wand ab.

»Ich bin bereit.«

(Mit was für einer Stimme habe ich das gesagt? Woher ist sie gekommen? Was werde ich machen? Was soll ich machen?)

Sie setzten sich um einen Tisch. Es war ein riesiger Raum, mit sechs neuen, hohen, gotischen Stühlen aus dunklem Holz. Dahinter hing ein Wandteppich aus rotem Damast mit Verzierungen in leuchtenden Farben. Das Licht trat durch die modernen Glasmalereien der drei Fenster hinein, die zur Straße gingen. Die in Blei gefaßten Scheiben – rot, grün, gelb – bildeten eine Art Wappen und spiegelten sich auf dem Mosaik des Parkettfußbodens wider. Die unterschiedlich dunkle Maserung des Holzes wurden von den roten, grünen und gelben Lichtflecken überstrahlt, je nach Farbe der Scheiben.

»Der erste ist ein Hauptmann«, sagte Segalá, der ungefragt den Vorsitz des Ausschusses übernommen hatte.

»Wie heißt er?«

»Pedro González Ramos. Kennt ihn jemand von euch?«

»Nein.«

»Welche Waffengattung?«

»Kavallerie. Vom Regiment Victoria Eugenia.«

»Also ein feiner Herr.«

Sie stellten sich ihn in himmelblauer Uniform und mit Federbusch vor.

»Man hat ihn uns aus El Grao gebracht. Er hatte sich bei Chávez, dem Direktor der Düngemittelfabrik, versteckt.«

»Es genügt schon, daß er ein Militär ist«, sagte Julio Reina.

»Nein«, erwiderte Segalá trocken, »wo würden wir denn da hinkommen?«

»Pfaffen und Militärs ... Wenn wir sie laufen lassen, werden sie uns erledigen.«

»Und mit welcher Armee wollen wir gegen die Aufständischen kämpfen?«

»Das Volk reicht aus, die Milizen. Wer kommt dagegen schon an?«

Segalá sah Julio Reina mitleidig an. Ortiz warf ein:

»Wenn wir anfangen, über sowas zu diskutieren, kommen wir nie zu einem Ende.«

»Sollen wir sie denn einfach so verurteilen ...?«

»Nein, nicht einfach so, Segalá. Wer hat sich gegen die Republik erhoben? Die Militärs, oder?«

»Ja, aber nicht alle.«

»Möglich. Aber einer von ihnen zu sein, das genügt. Wir sind im Krieg.«

»Dann stimmst du also dafür, daß er beseitigt wird?«

»Ja.«

»Und du?«, richtet Segalá die Frage an Ortiz.

(Jetzt wird er mich fragen. Was antworte ich? Wenn ich für Freispruch stimme, denken sie, daß ich damit schon meinen Vater schützen will.)

»Ich glaube«, sagt Ortiz, »wir könnten uns erst noch einmal über ihn erkundigen.«

»Daumen nach unten, Tod. Nach oben, Freiheit.«

(Wie die Römer. Sie haben Angst vor Worten, aber nicht vor Taten. Was würden sie sagen, wenn sie exekutieren müßten? Es wäre gut, wenn Richter auch einmal als Scharfrichter ihres Amtes walten müßten. Die Augen würden ihnen aufgehen.)

»Nur Freiheit oder Tod?«

»Sonst müßten wir Kautionen verlangen oder dieses Gebäude in ein Gefängnis verwandeln.«

»Und du?«

(Er meint mich. Was hat Ortiz gesagt?)

Jorge hebt den Daumen seiner rechten Hand und deutet mit ihm nach unten. Da geht die Tür auf, und der Pförtner tritt ein.

»Was gibt's? Wir wollen von niemandem gestört werden.«

»Sie sagen, es sei dringend.«

Drei Männer kommen herein.

»Salud.«

»Salud.«

»Wir sind vom Komitee der CNT. Ist bei euch ein gewisser Santiago Carceller?«

»Nein.«

Man hat uns das aber versichert. Er ist der Sekretär des Katholischen Gewerkschaft in Requena. Den wollen wir nämlich selber haben.«

»Nein. Kennt ihr einen Hauptmann namens Pedro González Ramos?«

»Pedro González? Nein. Also dann, Salud.«

»Salud.«

»Salud.«

»Zwei Stimmen für ihn, zwei Stimmen gegen ihn.«

»Wer hat ihn hergebracht?«

»Wenn er sich versteckt hielt, wird er schon irgendetwas angestellt haben.«

»Warum verhören wir ihn nicht?«

»Wozu? Er wird sagen, daß er nicht zu den Aufständischen gehört, daß er hinter der Republik steht.«

»Dann soll er es beweisen.«

»Wie?«

»Du bist es doch, der Jura studiert.«

»Ich schlage vor ...«, sagt Jorge und verstummt.

»Was schlägst du vor?«

»Daß wir ihn ins Generalkapitanat bringen, oder ins Gefängnis. Dort wird man schon mit ihm fertigwerden.«

»Willst du denn nicht begreifen, worum es geht?«, unterbricht ihn Reina. »Wozu sitzen wir denn hier? Wir sind ein Sicherheitskomitee. Wir sind da, um die Regierung zu retten. Wenn wir uns noch lange in Betrachtungen ergehen, werden sie uns erledigen.«

»Wer führt den Vorsitz?«

»Du, Segalá.«

»Dann ist bei Stimmengleichheit meine Stimme entscheidend.«

»Was tun wir? Lassen wir ihn frei?«

»Ja.«

»So kommen wir nicht weiter.«

»Das meinst auch nur Du.«

»Erkundigen wir uns erst einmal.«

Darauf einigten sie sich schließlich. Jorge atmete auf. Unbewußt beobachtete er, wie die Sonne über den Parkettfußboden wanderte.

»Jetzt sein Vater.«

»Nein. Den lieber zum Schluß.«

»Wie ihr wollt. Luis Romaguera.«

»Der ist hier?«

»Scheint so.«

»Dann brauchen wir gar nicht zu diskutieren.«

»Einverstanden?«

»Einverstanden.«

»Wie haben sie ihn geschnappt?«

»Offenbar hielt er sich für besonders schlau. Er ging ohne Schlips und mit Sonnenbrille.«

(Jetzt werden sie über meinen Vater verhandeln. Was mache ich? Soll ich aufstehen und gehen, sagen, daß ich nicht unparteiisch sein kann?)

»Hör zu, Mustieles. Wir verstehen, daß du in diesem Fall … Wenn du lieber nicht dabeisein willst …«

»Ich finde, er muß bleiben«, sagt Reina und blickt ihn fest an.

»Du entscheidest.«

»Ich bleibe.« (Ich hätte gehen sollen. Aber, wenn ich das gemacht hätte, wie hätte ich erfahren, was sie beschließen?)

»Uns liegt ein Bericht vor.«

Der war ziemlich gut gemacht: mit der politischen Laufbahn Don Pedros, seine Verbindungen zur Reaktion, seine Haltung während der ›Zwei schwarzen Jahre‹, wie er bei einem Streik Arbeiter aus Carcagente herangeschafft hatte. Offensichtlich war er dazu bestimmt, Bürgermeister oder Abgeordneter zu werden, wenn der Aufstand gesiegt hätte, sofern er nicht wieder jemanden von seinen Leuten vorgeschoben hätte. Und dann die Waffen, die man bei ihm gefunden hatte. Dem Bericht zufolge mußte es noch mehr geben, gut verteilt, denn im Haus des Apothekers hatte man ein Gewehr vom gleichen Typ gefunden.

Jorge hörte aufmerksam zu, jetzt kam es ihm so vor, als ginge es um jemand anderen. Er mußte alle seine Gedanken zusammennehmen, um sich zu sagen: Sie sprechen über meinen Vater ... über meinen Vater.

Segalá: »Der Fall ist klar. Was meinst du?«

Ortiz war angesprochen.

»Ja.«

»Und du?«

Reina drehte seinen Daumen nach unten.

Jorge, ganz benommen, tat es ihm gleich. Du bist ein Schwein, dachte er. Die anderen mußten das gleiche denken.

Er ging in die Toilette und übergab sich, immer wieder.

III

»Kommst du mit uns?«

»Nein.«

Sie drängten nicht weiter und ließen ihn gehen, allein, die Straße hinunter.

»Du hättest ihn begleiten sollen.«

»Laß ihn nur.«

»Er hat sich gut gehalten.«

»Was blieb ihm anderes übrig? Was hättest du an seiner Stelle getan?«

»Ich weiß nicht.«

Jorge ging, die Hände in den Hosentaschen, die Calle Pascual y Genís hinunter. Als er zu sich kam, schlenderte er zwischen den hohen Eukalyptusbäumen am Ufer entlang. Dort drüben lag das Militärkrankenhaus, schon in der Dämmerung versunken. Das breite Bett des Turia, fast nur aus Sand, mit einer schmalen Wasserader, von Grasbüscheln

gesäumt. Im Hintergrund die Puente del Real, mit ihren drei-
eckigen Brückenpfeilern. Er setzte sich, um den Tag sterben
zu sehen. Ein müder Nachmittag, weich vor Hitze, ohne
Kanten, gleichförmig. Er fühlte sich wie gehäutet, ohne Nerven, ohne Epidermis. Ein Schauder durchfuhr ihn. Ein paar
trockene Blätter lagen lanzenförmig auf dem Boden, braun
und grün, schmutzig. Das Rosa schillerte bläulich. Von Zeit
zu Zeit fuhr hinter ihm eine Straßenbahn vorbei, quälte ihn
mit dem Kreischen des Eisens und der Bremsen. Und mit
dem Klingeln beim Halten und Anfahren. Hinter seinem
Rücken die Zivilregierung, immer noch mit Sandsäcken in
den Fenstern: Wenn ein Lüftchen aufkommt, werde ich vor
Schmerz schreien.

Die Stämme der Eukalyptusbäume, gehäutet, die Rinde
in langen Streifen abgerissen. Da kommt schon eine leichte
Brise auf, er erschauderte: Er hatte keine Epidermis; er war
rohes Fleisch, aber ohne zu bluten. Er besah seine Hände.
Sie kamen ihm fremd vor; so voller Falten. Er rieb sie aneinander, preßte sie zusammen, überkreuzte die Finger und
begann nachzudenken. Heute nacht, spätestens im Morgengrauen, würden sie seinen Vater mit einem Auto abholen –
mit dem anderen zusammen, oder allein –, dort drüben,
hinter den Palast des Conde de Ripalda würden sie ihn hin-
bringen: Dort, wo die Felder begannen und die Nacht, dort
würden sie ihn aussteigen lassen und ihm einen Genickschuß
verpassen. Er würde liegenbleiben, bis sie ihn holten und
zum Friedhof brachten.

Bleiche Lippen, aschfarben, ein schwarzes Auge, wo die
Kugel ausgetreten ist.

Er spürte das Gewicht seiner Pistole. Sie störte ihn. Er
wagte nicht, sie weiter nach hinten zu drehen, sonst hätte er
sie berühren müssen.

Was hätte sein Vater an seiner Stelle getan? Sicher hätte er ihn gerettet. Er nicht, er hatte seinen Vater verurteilt.

Was hätte er tun können? Jedenfalls hätte sein Einwand nichts genützt. Sicher? Hätten sich seine Kameraden wirklich geweigert, ihn zu verschonen? Er war sein Vater. Wer war eigentlich sein Vater? Er schien ihm ein fernes Wesen. Vielleicht war immer noch Zeit, etwas zu unternehmen. Hierhin und dorthin zu gehen. Sie würden ihm entgegnen, die Kommission sei allmächtig. Mit Julio sollte er reden, mit den anderen. Mit ihm selbst. Er sah sich von einem zum anderen gehen. Wer würde das Urteil vollstrecken? El Grauero und seine Leute. Er konnte zu Grauero gehen und ihm sagen, daß sie beschlossen hätten, die Hinrichtung aufzuschieben. Ja. Das war möglich. Und dann? Wie sollte er es erklären? Wo sie jetzt wohl waren, Alfonso, Guillermo und Julio? Im Parteibüro? Guillermo wird bei seiner Freundin sein. Julio war verabredet, um wegen irgendeiner Sache nach Almusafes zu fahren. Was hatte Julio wohl in Almusafes zu tun? Die Farben veränderten sich immer noch, und ein Lüftchen ließ nun die dolchförmigen Blätter mit einem sanften Rascheln erzittern. Rote, grüne, silberne und gelbe Blätter. »Ich muß etwas tun.«

Er stand auf und stützte sich mit dem Ellenbogen auf das Geländer. Durch die Bögen der Glockentürme hindurch wirkte der Himmel noch lichter. Die Kuppel von San Pío V glänzte dank der wundersamen Kraft ihrer Kacheln in der untergehenden Sonne.

Was lähmte ihn plötzlich so? Welche dunkle Macht hielt ihn gefangen? Ich habe meinen Vater getötet! Alles, bloß keine Gewissensbisse. Es am liebsten herausschreien. Damit die anderen ihn bewunderten? Nein, und nochmal nein. Frei sein! Frei in einer neuen Welt, ohne Grenzen. Eine schöne Sorge, da liegt sie im Dreck! Was zuckt da bei meinen Füßen? Der gekrümmte Dolch eines Eukalyptusblattes, tot. Alles bewegt sich. Wind, Windhauch der Dämmerung. Das schmutzige Wasser, das dort fließt. Ein Frosch – nein, eine

Kröte, die quakt. Was bewegt sich, was stirbt? Die Kröten quaken nicht, sie zischen.

Was werden die anderen sagen, wenn sie es erfahren? Einige werden es richtig finden, andere falsch. Daß bloß niemand etwas erfährt! Die drei haben es versprochen. Sie werden sich daran halten. Soll ich es Emilia erzählen? Nein, lieber nicht. Ich werde den Mund halten. Er biß sich auf die Lippen, bis sie weh taten.

Die Republik vor allem anderen. Ich bin ein Schwein. Ein gräßliches, abscheuliches Schwein. Ein widerliches und dreckiges Schwein, das mit seiner scheußlichen Schnauze im Schlamm wühlt und sich darin herumsuhlt. Voller Dreck. Meine Hände sind von Schmutz besudelt.

Vom Fluß steigt mit der Dämmerung ein Geruch nach aufgewühlter Erde auf, nach hellem Schlamm. Je spärlicher das Licht, desto breiter erscheint das Flußbett.

Mein Vater wartet darauf, daß ich ihn rette. Mein Vater ist davon überzeugt, daß ich alles tue, was in meiner Macht steht, um ihn zu retten. Mein Vater wartet, gegenüber der Tür, daß diese sich öffnet, daß er gerufen wird, und daß ich dort stehe und ihn erwarte.

Er hat Waffen besessen. Was würde er tun, was hätte er getan, wenn man ihn gelassen hätte? Er hätte mit allen aufgeräumt und der Reaktion zum Sieg verholfen.

Was will ich? Was erwarte ich vom Leben? Die Revolution wird siegen. Neue Welt. Er muß sterben. Aber, merkst du, Jorge, wie schrecklich es ist, daß du ihn verurteilst, daß du es bist, der ihn verurteilt hat? Sieh doch ein, überleg doch noch einmal, denk nicht an das, was du tun wirst, sondern erinnere dich, denk nach: Ordne, was geschehen ist. Beginne beim Anfang. Eine Straßenbahn fährt vorbei, ein klingender gelber Wirbel.

Es wird Nacht. Alles bleiern. Du kannst dich nicht bewegen. Die Dunkelheit bindet dich fest. Läßt dich zerfließen.

Höhlt dich aus. Es wird Nacht, der Tag geht. Stell dir vor, Jorge, er geht, um niemals wiederzukommen. Dein Vater ist eingesperrt, vielleicht hat er Hunger. Was wirst du tun?

Die großen enthäuteten Bäume beginnen zu flüstern. Vom Meer her weht der Wind, vom Meer, über die weite Mündung des Flusses. Hinter dir, über der Stadt, schimmert noch das Licht. Dächermeer. Die Lichter gehen an. Und wenn ich sterben würde? Steh auf, lauf, schrei! Willst du zulassen, daß sie ihn abschlachten wie ein Kaninchen? Sie werden ihm einen Genickschuß verpassen, und, zack! fällt er tot um. Überwältigt. Wie ein Frosch, nein, nicht wie ein Frosch, wie eine Kröte. Jetzt quaken sie zu Hunderten. Und binden die Nacht über dem Fluß fest.

Die Revolution. Die Familie ist nichts mehr wert.

Steh auf. Sprich mit dem Gouverneur.

»Was sage ich zu ihm?«

Er sprach mit lauter Stimme und erschrak.

›Herr Gouverneur, wir haben meinen Vater zum Tode verurteilt, weil er ein Anführer der Rechten war. Er ist jetzt im Colegio Notarial. Heute nacht wird man ihn abholen und ihm einen Genickschuß verpassen. Sie als Gouverneur haben verboten, daß die Leute die Rechtsprechung selbst in die Hand nehmen, schicken Sie Ihre Polizei und verhindern sie diese Schandtat. Bringen Sie ihn vor Gericht, ins *Modelo*-Gefängnis, wohin auch immer.‹

Ja. Das war der kürzeste Weg. Er brauchte nur den Platz zu überqueren.

Wieder fuhr eine Straßenbahn vorüber, innen bereits beleuchtet, ihren Glanz mit sich fortziehend. Der Lärm brachte ihn zu einem Entschluß. Er ging zur Zivilregierung.

Er fand ohne Schwierigkeiten Einlaß und stieg in den ersten Stock des mächtigen Gebäudes hinauf. Holztreppe, gekachelte Wände. Im Vorzimmer viele Leute.

»Hallo.«

»Hallo.«

»Hallo.«

»Der Gouverneur ist nicht da.«

»Kommt er bald wieder?«

»Glaube ich nicht. Er mußte nach Játiva.«

»Was ist los?«

»Weiß ich nicht. Wollen Sie etwas von ihm? Wenn Sie möchten, richte ich ihm etwas aus.«

»Nein. Nichts.«

Er durchquerte den einen Flügel des Gebäudes und suchte den Polizeichef auf.

»Salud. Willst du zu Luis?«

»Ja.«

»Er hat zu tun.«

»Es ist dringend.«

»Warte einen Augenblick.«

Der Flur ist voller Menschen, ein ständiges Kommen und Gehen.

»Er kann jetzt nicht. Du sollst morgen kommen.«

»Er muß aber jetzt sein. Sag ihm, daß es sehr wichtig ist.«

Die Leute kommen und gehen. Lederjacken, obwohl es August ist.

»Herein.«

»Was gibt's?«

»Man hat meinen Vater verhaftet.«

»Weshalb?«

»Weiß ich nicht. Er ist bei den Rechten.«

»Wo ist er jetzt?«

»In der Calle Pascual y Genís.«

»Dort ist euer Haus, nicht wahr?«

»Ja.«

»Warum redest du dann nicht mit deinen Leuten?«

»Es wäre mir lieber, wenn du ihn heute Nacht rausholen würdest.«

»Heute nacht?«

»Ja.«

»Morgen.«

»Dann wird es zu spät sein.«

»Ich kann dir ein Schreiben mitgeben.«

»Nein. Ich möchte, daß du ihn dort rausholst.«

»Wer ist dein Vater? Lebte er hier?«

»Nein. In Puebla Larga.«

»War er sehr bekannt?«

»Ziemlich.«

»Ich werde sehen, was sich machen läßt.«

»Ich komm mit dir.«

»Im Augenblick ist das unmöglich. Ich habe zu tun.«

»Um wieviel Uhr kannst du gehen?«

»Ich? Ich kann nicht. Ich werde Alcocer schicken.«

»Und wenn sie nicht auf ihn hören?«

»Soll er sich denn den Weg freischießen?«

»Deshalb ist es besser, wenn du selber gehst.«

»Komm um zehn nochmal wieder.«

»Einverstanden. Und danke.«

Es ist acht Uhr. Ich werde nach Hause gehen. Plötzlich steht er vor der Haustür. Woran hat er die ganze Zeit gedacht, auf seinem Weg von der Zivilregierung bis zur Molino de la Robella? So sehr er auch überlegt, er kann sich nicht erinnern. Was werden die anderen sagen? Emilia sieht ihn beunruhigt an.

»Geht es dir nicht gut?«

»Nein.«

»Ist etwas passiert?«

»Nein.«

»Machst du dir Sorgen?«

»Laß mich in Ruhe. Frag nicht soviel.«

»Aber …«

»Quäl mich nicht. Ich werd's dir schon erzählen.«

»Möchtest du zu Abend essen?«

»Gib mir ein Glas Wasser.«

»Gehst du nochmal weg?«

»Ja.«

»Habt ihr Versammlung?«

»Ja.«

»Guillermo war da.«

»Was wollte er?«

»Weiß nicht. Er hat dir eine Nachricht dagelassen. Dort auf dem Tisch.«

»Wieder eine Bürgschaft! Zum Teufel damit!«

Viertel vor neun. Viertel vor neun. Viertel vor neun. Viertel vor neun. Noch immer, viertel vor neun.

An der Tür klopft es. Die Lichter! Die Lichter müssen angemacht werden!

»Wer sind Sie?«

Er zeigt seinen Ausweis vor.

»In Ordnung, Genosse. Aber vergessen Sie nicht, die Lichter anzumachen und die Balkontür zu öffnen.«

»Gibt es immer noch Heckenschützen?«

»Ja, ziemlich viele.«

»Salud.«

»Salud.«

»Josefina war da.«

»Bitte, laß mich in Ruhe.«

»Was ist denn bloß in dich gefahren?«

Zwölf Minuten vor neun, zwölf Minuten vor neun.

»Mach dir keine Sorgen, wenn es spät wird.«

Wieder unterwegs. Die Lonja. Der Markt. Die Calle de San Fernando. Die Calle de San Vicente, die Plaza de la Reina, die Calle del Mar, die Calle del Gobernador Viejo, die Zivilregierung.

Zehn nach neun.

»Er ist nicht da.«

»Er hat mich für zehn Uhr bestellt.«

»Ich glaube nicht, daß er nochmal kommt.«

»Er hat mich für zehn Uhr bestellt.«

»Wenn du warten willst, warte. Aber er ist mit Manco weggefahren.«

»Und?«

»Wer weiß, ob er nochmal wiederkommt. Drinnen ist Ricardo, falls du ihn sprechen willst.«

»Ja.«

»Geh rein.«

»Wer bist du eigentlich?«

»Jorge Mustieles. Er sagte mir, daß er um zehn kommen würde. Wir müssen los und gemeinsam etwas erledigen. Wird er wiederkommen?«

»Es ist gerade einmal viertel nach neun.«

»Der dort draußen hat mir gesagt ...«

»Was weiß der schon. Warte. Setz dich draußen hin. Und entschuldige mich, ich habe zu tun. Zigarette?«

»Nein danke, ich rauche nicht.«

Ein großer Raum. Schlechtes Licht. An der Wand ein Historienschinken. Könige und Königinnen, Pagen, Verbeugungen, samtene Ruhekissen in der Farbe geronnenen Blutes, ein vergoldeter gotischer Thron. Von José Benlliure? Keine Ahnung ... Auf einem Sofa wälzt sich ein Mann im Schlaf. Was tun? Zwanzig nach neun. Zwanzig nach neun. Was soll er den anderen sagen? Wie soll er es ihnen erklären? Werden sie ihn überhaupt zu Wort kommen lassen? Er verrät die Sache. Er verrät die Republik. Er möchte rauchen: Er tut es nicht gern, ihm brennt dabei die Zunge, es kratzt im Hals, aber trotz allem, jetzt würde er gerne rauchen. Wird er kommen? Nein. Bestimmt kommt er nicht. Daß ich um zehn kommen soll, hat er nur gesagt, um mich loszuwerden. Ich habe Hunger.

Die anderen werden Verständnis haben. Ihnen wird nichts

anderes übrigbleiben. Wer bin ich? Ein verachtungswürdiges Wesen. Eben, was lasse ich auch zu, daß sie ihn töten? Warum habe ich zugestimmt? Warum habe ich mit dem Daumen nach unten gezeigt? Das war der Augenblick. Da hätte ich sprechen müssen. Ich bin ein Feigling. Immer mache ich alles zehn Minuten zu spät. Mir fallen die passenden Antworten immer erst ein, wenn sie nicht mehr passen. Hätte ich dies getan, hätte ich jenes getan. Ich bin ein Mensch, der immer zu spät kommt. Ein Vollidiot, ein Taugenichts, das Letzte. Und jetzt beginne ich ein neues Leben. Jetzt kann ich ein anderer werden. Ich bin ein anderer. Ich muß mich bloß dazu entschließen. Den Schritt tun. Die Gelegenheit ist günstig. Wenn hier wenigstens mehr Licht wäre. Treu sein. Sich selbst treu sein: trotz allem. Allen zum Trotz. Mir selbst zum Trotz. Sich beherrschen; meine Gefühle unter Kontrolle haben. Treu sein, aber bin ich wirklich ein Revolutionär? Will ich, daß die Arbeiter befehlen? Nein. Ich will, daß es mehr Gerechtigkeit gibt, mehr Bildung, mehr Gleichheit. Ist irgendetwas dafür gewonnen, wenn sie meinen Vater umbringen? Nein, natürlich nicht. Höchstens, wenn sie alle umbringen würden, die wie mein Vater sind. Aber lohnt sich das, um diesen Preis? Wenn sie alle umbringen würden, würden sie vielleicht nicht erfahren, daß ich bei Luis gewesen bin. Wahrscheinlich denkt er nicht einmal mehr daran. Er hat anderes zu tun. Alle haben anderes zu tun, außer mir.

Er schaute auf die Uhr: zwanzig vor zehn. Im Hof des Palasts fuhren Autos vor und wieder weg. Die Geräusche kamen wie aus weiter Ferne.

Was ist das? Ein Telefon klingelte. Warum hebt keiner ab? Vielleicht ist es etwas Wichtiges. Wenn er nicht kommt, was mache ich? Mich dem Zufall in die Arme werfen? Feigheit. Ich bin ein Feigling. Ich muß ihn retten. Wie? Hingehen. Das wäre das beste. Luis wird nicht kommen, er wollte mich nur abwimmeln. Und dieser schlafende Mann dort, wer der wohl ist? Ein Agent? Ein Spitzel?

Jorge ging wieder auf den Flur hinaus.

»Na?«

»Man sagte mir, daß er kommt.«

»Dann warte eben. Aber ich glaube es nicht. Zigarette gefällig?«

»Nein danke.«

Er ballte die Hände zu Fäusten, grub die Fingernägel in die Handflächen. Was tun? Ratlos, unentschlossen, sich selbst verachtend, voller Schmerz, wankend trat er ans Fenster, das zum Hof hinausging. Autos kamen, fuhren fort, Leute stiegen ein und aus, Getuschel, Dunkelheit. Gefoltert von seiner Ratlosigkeit flüchtete er sich mit einem Mal in die Vorstellung, er schlafe, er träume. Polternd kamen fünf Männer.

»Wir wollen zu Luis.«

»Der ist nicht da.«

»Wo kann man ihn antreffen?«

»Ich weiß es nicht.«

»Wer ist dort drinnen?«

»Ricardo.«

»Los.«

Sie gingen hinein. Fünf vor zehn. Was tun? Weggehen? Und wenn er kommt? Hierbleiben? Und wenn es vergeblich ist?

Allmählich stieg heißer Zorn in ihm auf, schnürte ihm die Kehle zu. Er murmelte einen Fluch.

»Hören Sie …«

»Es ist schon zehn.«

»Was soll ich denn machen?«

»Ob er noch kommt?«

»Warte, und du wirst es sehen.«

Dreimal ging er den Flur auf und ab. Zehn nach zehn.

Wieder sprach ihn der Mann von der Tür an.

»Ich hab's dir gesagt. Er wird nicht kommen. Komm morgen wieder.«

Erneut klingelte das Telefon. Eine Tür ging auf, und man hörte das Klappern einer Schreibmaschine. Jorge trat auf die Straße.

Die Nacht war lau; dort, gegenüber, grün im elektrischen Licht, die Eukalyptusbäume. Und ein leichter Wind. Die Plaza de Tetuán. Das Büro der Kommunistischen Partei. Das Generalkapitanat. Die Glorieta. Die Palmen. Das Parterre. Der zähe, schwere, ölige Duft der Magnolien. Er nahm ihn durch den Mund auf, durch die Nase, durch die Poren; er machte ihn rasend, darum ging er schneller. Aber der samtene, ölige Duft verfolgte ihn weiter und hüllte ihn ein, unerträglich, unvereinbar mit seiner Unruhe. Er kämpfte gegen seinen eigenen Geruch an, seine eigenen Ausdünstungen. Plötzlich richtete sich die Wut, die in ihm hochkochte, gegen ihn selbst.

Die weiße Magnolie, fleischig, üppig, schrecklich wie eine glitzernde Schlange. Fett, ihren Duft verströmend wie eine billige Hure. Ein abscheulicher Geschmack kam ihm hoch, wie dreckige Gedärme, scharf, bitter, sauer. Schnell, schneller: Ich komme zu spät.

In der Calle de las Barcas alle Fenster offen, erleuchtet. Der Asphalt noch immer warm, von dem gestorbenen Sommertag.

Zwanzig nach zehn erreichte er das Colegio Notarial. Der Hauptmann war gerade abgeholt worden.

»Wer hat ihn geholt?«

»Sie kamen mit einer Anweisung vom Zentralkomitee.«

»Hat Grauero ihn geholt?«

»Nein.«

»Wo ist er?«

»Wer?«

»Grauero.«

»Ich glaube, er ist auf einen Sprung ins *Ruzafa*-Theater gefahren. Er wollte nach zwölf wiederkommen.«

Er wäre gerne hinaufgegangen, um seinen Vater zu sehen. Aber, wozu? Was würde er ihm sagen? Alles schien ins Wanken geraten zu sein. Woran sich halten? Ans Komitee? Ob sie Bescheid wußten? Das beste war, selbst nachzusehen, was dort los war. Er rief zu Hause an. Es dauerte lange, bis Emilia ans Telefon ging, er stellte sich schon vor, sie wäre abgeholt und verhaftet worden:

»Nein. Niemand hat angerufen. Nein, niemand ist gekommen. Ich habe schon geschlafen. Dafür holst du mich aus dem Bett? Kommst du bald?«

Er ging zum Parteibüro. Jaime Luque verteilte immer noch Benzingutscheine und trank dabei Kaffee.

»Hallo. Ist jemand da?«

»Keiner, alle sind gegangen.«

Es kam ihm vor, als läge ein besonderer Nachdruck in seiner Stimme.

»Hat jemand nach mir gefragt?«

»Nicht daß ich wüßte.«

Die Unsicherheit, der Zweifel, nicht wissen was tun. Sollte er ihm alles erzählen? Schließlich gehörte Jaime zur Partei. Nein, es war besser zu schweigen. Er machte sich wieder auf den Weg. Hatten andere Organisationen etwas erfahren und seine Auslieferung verlangt? Dort drüben das Rathaus und das *Gran Teatro*, in einem Neubau der Sitz der CNT. Sollte er dorthin gehen? Mit López sprechen? Unsinn. Sie würden sich einen Dreck um ihn kümmern.

Grauero. Ja. Er mußte ihn suchen, ihn finden. Er mußte etwas wissen. Außerdem ... Er eilte zur Calle de Ruzafa. Die Cafés waren voll: Barrichina, Laruia, Martí. Viel Licht und viel Horchata, viel Sahneeis, und natürlich Kaffee. Milchkaffee. Einen Milchkaffee, einen russischen Kaffee. Ob ich vielleicht etwas essen soll? Außerdem, jetzt merkte er es, hatte er schrecklich Durst. Aber wenn er beim Essen und Trinken zuviel Zeit verlieren würde? Hoffentlich war er nicht sogar schon aufgebrochen. Nein: Er würde später etwas zu sich nehmen. Ein paar Leute grüßten ihn von weitem. Er gelangte zum Eingang des Theaters. Es gab nur noch Logenplätze. Er zahlte und ging hinein.

Das Theater war überfüllt und stickig. Schweiß und Musik, Mief und gebannte Stille. Alles abgedunkelt, außer der Bühne. Papier, aber bemaltes Papier, und alle davon in Bann gezogen. Die Schauspieler angepinselt: Das ist Dingsda und das ist Soundso. Er kannte sie nur allzu gut, die Truppe arbeitete hier schon seit Monaten, und trotzdem, das war Julián, das war der Wirt und das die Señora Rita.

»*Getränke, wir verdursten!*«

Jorge drängelte sich mühsam durch den ersten Rang nach vorne – die Leute standen dichtgedrängt –, denn er wollte möglichst nah an der Bühne sein, um die Gesichter der Schauspieler sehen zu können. Wo wird wohl Grauero sein? Wo wird er Platz genommen haben? Im Parkett? Das ist unwahrscheinlich. Dann hätte er sich die Karte vorher kaufen müssen. Es sei denn, er kennt einen Zwischenhändler. Das war möglich. In den oberen Rängen? Jetzt machten sich seine fünfzehn Peseten bezahlt. Seitenloge. Ja, er mußte in der Seitenloge sein. Außerdem konnte er dort jederzeit rausund reingehen. Aber dort war er am schwierigsten zu entdecken.

»*Bringen Sie mich nicht zur Raserei, Señora Rita! Sie wissen ja gar nicht, was ich dieser Gaunerin heute, gerade erst heute nachmittag gesagt habe ...*«

Was habe ich gesagt? Nichts habe ich gesagt. Nur zugestimmt, indem ich mit dem Daumen nach unten gehalten habe. Ich glaube, sie fanden das gut. Aber es ist eine Schande, ein Versagen, das mich immer und ewig verfolgen wird.

Guzmán der Gute. Oh ... es ist und bleibt eine Schande, aber da es nun mal geschehen ist, ist da nicht das, was ich jetzt versuche, noch schlimmer?

Ein Bursche stieß ihn grob zur Seite.

»Stehen Sie nicht im Weg rum.«

»Verzeihung.«

»Aber, wo bleiben denn die Getränke?«

(Getränke. Ich habe Durst. Es wäre vielleicht nicht das schlechteste, wenn ich mich betrinken würde, um mich endgültig zugrundezurichten. Das Theater. Ein altes Theater, Volkstheater, Schmierentheater, und der Krieg, und die Revolution, und alle sind gebannt, obwohl sie im voraus wissen, wie es weitergehen wird. Gleich wird Don Hilarión singen, und dann das Lied vom *Schultertuch der China-na.* Nein, das kommt vorher. Ist schon vorbei. Sie kennen *La Verbena* auswendig, und trotzdem sitzen sie mit großen Augen da.)

»Sehen Sie, Señora Rita, ich wollte Ihnen nicht sagen, was ich heute morgen gesehen habe, verstehen Sie? Denn ich wollte, ich hätte es nicht gesehen, und ich möchte mich am liebsten nicht daran erinnern: deshalb! Kurzum, ich wollte, ich hätte es nicht gesehen.« (Ich auch, auch ich wollte, ich hätte es nicht gesehen. Grauero hingegen, den muß ich sehen, den muß ich unbedingt sehen.)

Jorge hält Ausschau, sucht langsam die gegenüberliegende Reihe ab. Zwischen all den Köpfen kein einziges bekanntes Gesicht. Keiner von denen dort hat seinen Vater verurteilt. Grauero ist nicht da.

»Ich mache das, um das Pferd zu zügeln, denn wie ärgerlich, das Tier scheut ...«

(Wie schlecht der spielt! Ich werde auf die andere Seite gehen, vielleicht treibt er sich ja dort herum)

Wieder der Geruch, während er sich durch das Gedränge nach draußen zwängt, denn erst durch die frischere Luft am

Eingang merkt man, wie sehr die Luft dort drinnen verpestet ist.

»Erdnüsse, Sonnenblumenkerne!«

Durst. Ich werde ein Bier trinken. Von hier aus kann er mir nicht entkommen.

Direkt neben dem Eingang ist eine Bar.

Das Glas beschlägt von der Kälte des klaren Getränks, die Finger zeichnen sich auf dem Glas ab. Herrlich! Prickelnd, erfrischend, herbe Linderung.

»*Gesehen habe ich ihn nicht, aber ich fühlte es hier, hier drinnen. Die Brust hat es mir eingezwängt, und mir die Luft zum Atmen abgeschnürt. Ja, Señora Rita.*« (In allem findet man Bezüge zu sich selbst. Auch dort, wo man es am wenigsten erwartet hätte. Wer hätte gedacht, daß in *La Verbena* …! Jeder greift sich aus der Welt heraus, was ihn selbst angeht. Der Rest fällt unter den Tisch.)

Er zahlte und ging zum linken Aufgang. Dort waren weniger Leute. Grauero, oh Gott, Grauero! Wo steckt er bloß? Vielleicht ist er ja schon zu *La Revoltosa* gegangen. Nein. Nein.

»*Sagen Sie mir also, ob ich nicht recht habe, mich zu grämen und zu schämen, und damit dieses Jahr noch die Verbena de la Paloma erklingt!*«

Applaus. Julián verbeugte sich. Die Señora Rita ging einen Schritt vor.

»*Julián.*«

Da ist er! Was für ein Glück! Da ist er!

Gegenüber, mit seinem Zahnstocher, Grauero. Jorge wühlte sich durch die Leute, die ihn umringten, und rannte den Gang entlang bis zu der Stelle, wo er seinen Mann gesehen hatte. Mit Hilfe seiner Ellenbogen gelang es ihm, bis zu ihm vorzustoßen.

»Hallo.«

»Hallo. Volies alguna cosa? Willst du was von mir?«

»Ja.«

»Tens molta pressa? Hast du's sehr eilig?«

»Ja.«

»Ché, gut Mann, warte, bis es aus ist.«

»Hast du nichts mehr vor?«

»Mes tard. Später.«

»Wieviele?«

»M'han dit que dos. Zwei haben sie gesagt.«

»Um wieviel Uhr gehst du hin?«

»A les dotze. Um zwölf.«

»Bleibst du bis dahin hier?«

»Quina hora es. Wie spät isses?«

»Halb zwölf.«

»Espera, warte, bis die Szene aus ist.«

»Com vollgues. Na gut.«

»Warum redest du nicht Valencianisch, wenn du's doch kannst?«

»Zu Hause haben wir immer Kastilisch gesprochen.«

»Du feiner Pinkel.«

Grauero sieht ihn über die Schulter an, während er auf seinem Zahnstocher kaut.

Die Musik setzte wieder ein.

Don Sebastián hat recht,
Don Sebastián hat ja so recht.

»Gehn wir, dieser Typ ist nicht mein Ding. Wenn du Valeriano León gesehen hättst …! Aquell si que feia ruire. Der hat einem echt zum Lachen gebracht.«

Sie gingen hinaus, drehten sich noch ein paarmal wehmütig um.

Was für eine köstliche Spazierfahrt haben wir heute morgen gemacht, meine Töchter und ich in der Kutsche …«

Grauero begann zu lachen.

132

»Schöne Spazierfahrt ...«

Die Leute zischten, und er war wieder ruhig.

(Spazierfahrt, die zum Tode Verurteilten ›spazierenfahren‹. Auch er hat etwas herausgehört, was mit ihm zu tun
hat.)

»Gehn wir einen Kaffee trinken. Tinc temps. Ich hab noch
Zeit.«

Sie gingen ins Café Colón. Es waren viele Leute da, und
sie fanden nur mit Mühe einen Tisch.

Wieso wirkte bloß alles so fremd? Sogar die Spiegel ...
Alles lebte im Ausnahmezustand. Der Krieg ... Alle aufgeregt, überspannt.

»Schieß los.«

»Einer von den beiden geht mich was an.«

»El vols pasetjar tú mateix? Willst du ihn selbst umle-
gen?«

»Ja ... und nein.«

»Qui es? Wer ist es?«

»U del meu poble. Einer aus meinem Dorf.«

»Aus Puebla Larga?«

»Ja.«

(Da sitzt er nun vor dir, den du so sehr gesucht hast. Und
was wirst du ihm jetzt sagen? Wie wirst du es anstellen? Es
scheint so einfach. Hast du eine Ahnung, wie man einen
Mann von dieser Sorte besticht? Er sieht mich an, sieht mich
durchdringend an, mit seinen schlauen kleinen Äuglein. Ob
er weiß, was Sache ist? Ob sie es ihm schon gesagt haben?
Das kann nicht sein ... Oder doch ...?)

»Angeblich läßt die CNT einige gegen Geld laufen.«

Der Mann braust auf:

»Escolta, sag mal, schickt dich das Komitee?«

»Nein, warum?«

»Wenn sie kein Vertrauen haben ... Ich bin nicht scharf
darauf. So schnell werden sie keinen finden, der ...«

133

»Nein, Mensch, nein. Ich hab nur so dahergeredet.«

Er war Hafenarbeiter, hatte seinen Sohn verloren – seinen einzigen –, am 18. Juli in Barcelona. Sie haben ihn auf der Plaza de Cataluña umgebracht. Er hat geschworen, so viele Faschisten wie nur möglich umzulegen. Und er tat, was er konnte. Kaltblütig.

»Wenn dein Sohn Faschist gewesen wäre, was hättest du mit ihm gemacht?«

(Ich sage nichts als Dummheiten. Ich bin ein Nichtsnutz.)

»He, du bist besoffen. Was is los?«

»Gehen wir?«

Nach wenigen Schritten waren sie beim Colegio Notarial. Sie klingelten.

»Gibt's was Neues?«

»Ja. Man hat den Alten abgeholt.«

»Welchen?«

»Den aus Puebla Larga.«

»Wer denn?«

»Santiago Segura und noch einer von der Parteiführung.« Grauero lachte.

»No tens sort. Du hast kein Glück.«

(Die Parteiführung ... Was wollen die bloß? Ihn verhören? Ihn ausquetschen ...)

»Bis morgen.«

(Wohin gehe ich jetzt? Zur Partei? Ja.)

Niemand war mehr da. Wo könnte sich Segura jetzt herumtreiben? Der Zweifel, das Schwanken, nicht wissen was tun, wohin sich wenden. Die Ungewißheit ist ein Kreis ohne Ausgang, Strudel ohne Grund. An wen sich wenden? Nach oben, nach unten? An die Zivilregierung? (Noch einmal?) An das Gericht? (Ob ihn Leute von einer anderen Organisation abgeholt haben?) Der Riego-Marsch: zwölf Uhr. Sendeschluß. Gehen wir nach Hause. Ja, das ist das Vernünftigste. Schluß. Wir werden schon sehen. Noch ein

Versuch? Versuche und noch mal Versuche. Verflucht! Ich
bin ein Trottel, ein Dummkopf, ein elender Taugenichts.
Nach Hause! Nach Hause! Und kein Wort zu Emilia. Wird
sie es mir nicht ansehen? Sie schläft. Schlafen. Nicht wissen.

IV

Unterwegs traf er Vicente Farnals. Sie waren befreundet,
wenn auch nicht sehr eng. Jetzt wurde ihm bewußt, was
ihn von allen anderen trennte. Seine Sorgen, wen interessierten die? Für die anderen hatte er im Augenblick kein Ohr.
Farnals strahlte.

»Gehst du nach Hause?«

»Ja.«

»Ich begleite dich.«

Und Vicente nahm ihm beim Arm.

»Morgen gehe ich an die Front.«

»Du Glücklicher.«

»Warum kommst du nicht mit?«

»Die von der Partei lassen mich nicht. Wohin geht ihr?«

»Ich weiß es nicht.«

Er ist glücklich. Warum nicht an die Front gehen? Das ist
eine Lösung, und zum ersten Mal in diesen beklemmenden
Stunden atmet Jorge Mustieles auf, spürt etwas klare Luft.
Er fühlt sich ein wenig reiner, ohne diese Schmutzschicht, die
ihn während der endlosen Nacht zu zerfressen droht.

»Juhu, das ist Leben.«

Er strotzt vor Leben, es dringt aus allen Poren, aus dem
Mund, und den Augen, und sein Schritt ist beschwingt.

»Jetzt werden sie sehen, was das Volk ist. Jetzt werden
sie sehen, was Spanien ist.«

Verstohlen mustert Jorge Mustieles seinen Begleiter. Er ist seine Sorgen los. Welche Sorgen? Alle, welcher Art auch immer sie gewesen sind. Er weiß nichts darüber, aber er hat den Eindruck, daß Vicente Farnals schweren Ballast abgeworfen hat. (In Wirklichkeit wird er nicht an die Front geschickt, sondern nach Madrid, wo er mit Pascual Tomás sprechen soll.)

Die Cafés schließen. Plötzlich stehen sie vor Segura und seinen ergebenen Adlaten.

Der radikalsozialistische Volksredner hat eine mächtige Mähne, und wenn er es aufgegeben hatte, Sandalen zu tragen, so nur aus Rücksicht auf seine wachsende Macht über die Massen: Denn auch ein modischer Auftritt verfehlt nicht seine Wirkung, und sei es nur, daß er die Bauern blendet, die noch nie vom »Gewölbe der Welt und den golden glänzenden Nägeln, die es zusammenhalten« hatten reden hören, oder von der »roten und violetten Dämmerung, die die Felder mit ihrem blutigen Hermelinpelz bedeckt«, noch von den »ewigen Freiheiten der Französischen Revolution« oder gar von der »wunderbaren Kraft des fruchtbaren valencianischen Ackerbodens«. Das alles garniert mit einem pantheistischen Salat, serviert mit warmer Stimme und ausladenden Gesten, gesalzen mit Ahs! und gepfeffert mit Pausen. Es dauerte nicht lange, und schon hatte Santiago Segura ein mit offenem Mund staunendes, hellauf begeistertes Auditorium, das ihn als neuen Castelar der neuen Republik feierte. Später, als er in den Cortes saß, ging ihm die Luft aus, denn es war nicht die Zeit für pantheistische Phantasien, und er bekam Angst, sich lächerlich zu machen; sein Redefluß versiegte, und seine enttäuschten Anhänger vergaßen ihn allmählich, außer einer Handvoll Theosophen, die sich in das Geheimnis eingeweiht glaubten, und dieses Geheimnis war das Entscheidende: Die theosophische Herrschaft über die ganze Welt, mit Santiago Segura als ihrem spanischen Propheten. Deshalb vielleicht lernte er jetzt Arabisch.

Jorge nimmt ihn beiseite.

»Und mein Vater?«

»Dein Vater?«

Der Volksredner spielt den Ahnungslosen, denn es gehört zu einem guten Politiker, so zu tun, als wüßte er von nichts, und erst einmal abzuwarten.

»Ihr habt ihn doch heute nacht geholt.«

»Da weißt du mehr als ich.«

»Aber ...«

»Ruhe, Mann, immer mit der Ruhe«, der Volksredner lächelt mephistophelisch. »Bis morgen.«

Sie gingen fort. Jorge ist wie versteinert. Was hat er damit sagen wollen? Hatte Segalá sich eingeschaltet? Hatten sie ihn freigelassen?

»Dieser Kerl widert mich an, du weißt gar nicht, wie der mich anwidert ... ein eitler Geck.«

»Segura?«

»Ja.«

»Er redet sehr gut.«

»Ohne etwas zu sagen.«

»Er hat Talent.«

»Was sollst du auch anderes sagen, wo er doch zu deiner Partei gehört! Aber Kerle wie er haben uns diese Suppe eingebrockt.«

»Was hätten sie denn deiner Meinung nach tun sollen?«

Jorge antwortet nur noch träge. Am liebsten würde er fortlaufen. Vicente Farnals redet weiter auf ihn ein:

»Den Verrätern den Garaus machen. Wer hatte denn die Idee, Generäle, Monarchisten und Reaktionäre auf ihren Posten zu lassen, ihnen Befehlsgewalt zu geben? 1931 wollten sie die Revolution nicht machen, jetzt wird sie uns mehr Blutvergießen kosten. Aber wenn diese Leute – deine

Leute – sich einbilden, sie könnten weiterhin den Ton angeben, haben sie sich geirrt: Prieto wird mit ihnen aufräumen.«

Vicente redet und redet, fabuliert drauflos. Ein wenig
schämt er sich dabei, weil er sich genauso aufspielt, wie er
es vor Gaspar Requena tun würde. Im Grunde spricht er genau wie er. Aus dem gleichen Grund hat er sich auch bereit-
erklärt, nach Madrid zu gehen. Er fühlt sich selbst nicht
wohl mit seiner Unaufrichtigkeit.

Sie überqueren die Calle de San Vicente. Während Jorge
ihn reden hört, kommt es ihm vor, als würden hundert Mei-
len und hundert Jahre zwischen ihnen liegen. Wo ist nur sein
Vater?

»Heute Nachmittag war ich in Sagunto. Die Macht ist
jetzt tatsächlich in den Händen des Volkes. Jetzt wird es
Gleichheit für alle geben. Und meine Söhne können Ingenieure werden ...«

»Warum Ingenieure?«

»Weil ich es selbst gern geworden wäre.«

»Vielleicht wollen sie etwas ganz anderes werden.«

»Das können sie ja auch. Wie herrlich es riecht heute
nacht!«

(Der Mief im *Ruzafa*-Theater, die Pappkulissen. Und
wirklich, die Nacht duftet von fern nach Magnolien – jetzt
stört ihn ihr Geruch nicht mehr –, duftet süßlich, weich,
mild, duftet nach Sternenzelt; nach Immortellen, wenn Immortellen duften; nach Unendlichkeit. Sein Vater muß in
Sicherheit sein, und er selbst auch. Ohne eigenes Zutun. Einsame, erleuchtete Straßen. Lange, hallende Schritte.)

»Bis jetzt hat noch niemand richtig gemerkt, daß er lebt.
Eine Knarre in der Hand ist für vieles gut, und sei es nur, um
sie zu streicheln.«

(Mein Vater denkt wohl anders darüber. Mußte es nicht
zum Krieg kommen, wenn alle so unterschiedlich denken?)

Sie lügen beide, oder nicht einmal das: Sie versuchen, sich etwas vorzumachen. Sie verstecken sich hinter mehr oder weniger hohlen Phrasen, in denen auch die Wahrheit Platz fände. Diese Schuld spüren sie, sie ist es, die sie eint. Keiner von beiden hat den Mut, sich vom anderen zu trennen.

»Nach Hause mußt du jetzt hier entlang.«

»Nein, ich begleite dich noch ein Stück. Ein bißchen Bewegung tut mir gut.«

Die Lonja und San Juan. Die isabellinische Gotik des Palastes zeichnete sich mit ihrer gezackten Zinnenkrone gegen den klaren Nachthimmel ab. Optimismus. Warum sollen wir nicht siegen?

»Also dann, viel Glück.«

»Wer wird das jetzt nicht haben?«

Obwohl Vicente ihm rundum sympathisch war, hätte er ihm eine reinschlagen können.

»Gute Nacht.«

»Salud.«

Ja. Segura war ein eitler Geck, aber was war dann erst er? Er sieht ihm nach, wie er um die Ecke biegt.

Auf seinem Balkon erkannte er Schatten und rannte nach oben. Dort war sein Vater und erwartete ihn. Sie fielen sich in die Arme. Emilia warf ihm vor:

»Du hättest mir etwas sagen können.«

»Wozu?«

»Wann haben Sie dich freigelassen?«

»Vor ein paar Stunden.«

»Und wer?«

»Segura und noch einer, den ich nicht kenne. Ich nehme an, du hast Himmel und Hölle in Bewegung gesetzt. Sie haben mir natürlich nichts davon gesagt. Als ich erfuhr, daß die Leute, die mich festgenommen hatten, von deiner Partei waren, atmete ich ein wenig auf. Arschlöcher!«

Jorge und Emilia blieb der Mund offen stehen. Zum ersten Mal hörten sie aus Don Pedros Mund ein Schimpfwort.

»Starrt mich nicht so an. Das werden die mir büßen. Mir, und all den anderen, denen es wie mir ergangen ist. Da brauchen sie nicht lange zu warten. In Barcelona haben sie gesiegt und hier, und in Madrid. Aber sie werden schon noch sehen, mit wem sie es zu tun haben. Calvo Sotelo haben sie umgebracht, Sanjurjo ist umgekommen. Aber wir sind noch Tausende, und wir werden diese Brut schon zur Raison bringen. Was bilden die sich denn ein? Daß ihre große Stunde gekommen sei? Da haben sie sich aber in den Finger geschnitten! Wir sind viele, mehr als die glauben. Gibt es *einen* anständigen Menschen unter ihnen? Diese paar elenden Gestalten, die mal eine anständige Ohrfeige bekommen müßten! Wo kommen wir denn da hin! Die Republik! Zum Teufel mit deiner Scheißrepublik! Aber ich nehme ja an, daß du inzwischen deine Meinung geändert hast. Saukerle. Eine Handvoll Angeber und massenhaft Schurken ... Sie werden es mir büßen, und wie sie es mir büßen werden! Und früher als sie denken. Dieses anmaßende Gehabe von so einem Typen wie Segura. Was der sich einbildet? Nur weil ich dein Vater bin ... Den hättet ihr sehen sollen! Ob ich Waffen hätte ... Natürlich hatte ich Waffen, und zwar viel mehr, als sie gefunden haben, und die werden sie auch nicht finden, es sei denn auf sich selbst gerichtet ... Einfaltspinsel. Das ist hier jetzt wohl das Reich der Hungerleider, des Lumpenproletariats, der Habenichtse, die noch nicht einmal einen Platz zum Sterben haben, und die bilden sich ein, sie könnten befehlen! Sollen sie es schnell ausnutzen, solange sie noch können! Ganoven. Bald werden sie sehen, was Ordnung ist, wenn erst einmal halb Spanien abgemurkst ist. Bald werden sie sehen, mit wem sie es zu tun haben! Halunken! Stell dir vor, ausgerechnet Onkel Candela hat die Dreistigkeit besessen, mich, ja mich! im Dorf festzunehmen. Und kein Schwein hat den

Mund aufgemacht. Auch darum werde ich mich noch kümmern. Feiglinge. Schurken. Schweine.«

»Psst!«, zischelte Emila. »Man kann Sie hören!«

»Na und? Bin ich hier etwa nicht bei einem Radikal-Sozialisten? Schufte! Die werden schon noch früh genug etwas von mir zu hören bekommen, keine Sorge. Und dann können sie sich umsehen nach einer Amnestie ... Du weißt doch, wie sie das Dorf zugerichtet haben? Aus der Kirche haben sie ein Krankenhaus gemacht und aus der Kapelle eine Lagerhalle! Aber wozu sage ich dir das! Sie haben Don Crisanto und Don Luis Moya verhaftet. Aber dafür werden sie büßen, büßen werden sie das! Die Gemälde haben sie für das Museum mitgenommen ... denen werden wir schon noch ihr Museum bauen, darauf können sie sich verlassen ...«

Er verschluckte sich beim Reden. Rot vor Zorn. Völlig außer sich lief er auf und ab.

»Wir waren drauf und dran, sie uns schon vorzuknöpfen. Es hat nur nicht geklappt, weil das Militär in den Kasernen gekniffen hat ... Auch das wird man klären müssen. Nicht jeder, der Soldat ist, hat auch Mumm.«

Tief gebräunt, sein Bart sehr dicht und weiß gesprenkelt, schwarzer Anzug, keine Krawatte, weißes Hemd, an Kragen und Manschetten schmutzig; ansehnlicher Bauch, kurzes und immer noch volles Haar. Als er die Zigarettenschachtel zückte, zitterten ihm die Hände. Kurze und breite Hände, vom Nikotin verfärbte braune Finger.

»Die werden noch sehen, mit wem sie es zu tun haben ... sie werden nicht lange warten müssen und wir zeigen ihnen, was Revolution ist! Ich versichere euch, der Spaß wird ihnen gründlich vergehen.«

»Aber Vater, sie haben Sie immerhin freigelassen ...«

»Mich? Und? Wir wären schön blöd, wenn wir darauf Rücksicht nehmen würden ...! Aber, begreifst du denn nicht, was hier vor sich geht? Aus dem Häuschen sind sie.

Hervorgekrochen aus ihren miesen, stinkenden Löchern und bilden sich ein, die Welt würde ihnen gehören, ungehöriges Pack! Seit wann sind die überhaupt Menschen? Alles, weil man ihnen freien Lauf gelassen hat. Deinen Azaña werden wir schon kriegen. Wir werden ihm beibringen, was Gesetze sind, so einfach die Vierzigstundenwoche einführen und den Lohn für achtundvierzig geben, und dazu bezahlter Urlaub.«

Wütend fuhr er herum und stellte ein für alle Mal fest:

»Romanones ist an allem schuld.«

Eigenartig: Seit dem Tag, an dem sich der alte und hinkende liberale Politiker vor Jahren einer noch nicht einmal wichtigen Petition von ihm widersetzt hatte, ging für Don Pedro alles Übel auf diesen abgefeimten Politiker aus Zeiten der Monarchie zurück.

»Glauben Sie, daß es bald vorbei sein wird?«

»Aber natürlich, meine Tochter. In acht Tagen wird Mola in Madrid einziehen, wenn Queipo und Franco ihm nicht zuvorkommen.«

»Und hier?«

»Mach dir keine Sorgen. Spätestens in vierzehn Tagen ... haben wir die Armee beisammen, und Jorges Kumpanen werden noch nicht einmal ... « – er zögerte einen Augenblick und wiederholte einen Satz von vorher – »einen Platz zum Sterben haben.« – Er lachte: »Aber sie können unbesorgt sein, wir werden schon ein Plätzchen für sie finden: An Erde soll es nicht fehlen.«

(Was sage ich ihm? Was antworte ich? Ich bin nicht mit ihm einverstanden. Aber, lohnt es sich? Am besten schweige ich und lasse ihn reden: Er soll bloß fortgehen.)

»Was wollen Sie tun?«

»Auf die andere Seite gehen, so schnell wie möglich. Weggehen. Wir alle zusammen. Du wirst verstehen, daß ich nicht nach Puebla Larga zurück will.«

»Das wird vielleicht nicht so einfach sein.«

»Ach was, mein Junge! Du wirst schon sehen. Ich habe da meine Kanäle. Wir Alten wissen viel, und noch gebe ich mich nicht geschlagen. Morgen wirst du Don Saturnino besuchen.«

(Wie soll ich morgen Don Saturnino unter die Augen treten?)

»Gut, und jetzt gehe ich schlafen. Ihr seid bestimmt auch müde. Bis morgen. Sag mal, liebe Tochter. Habt ihr Leinsamen? Und ein Glas Wasser.«

Don Pedro leidet nämlich an Darmträgheit.

Jorge und Emilia ziehen sich schweigend aus, sie dreht sich ihre Lockenwickler ein. Nur mit Mühen bekommt er seine Schuhe von den Füßen. Vom vielen Laufen ist ihm der rechte Socken zerrissen, und sein großer Zeh schaut weiß und lächerlich heraus. Zum Schlafen behält er Unterhemd und Unterhose an. Sie trägt einen Pyjama, unerhört modern. Er fürchtet sich vor der Frage. Aber er weiß, daß er nicht um sie herumkommen wird. Er wird sich nicht festlegen lassen: Schließlich ist er müde. Da kommt sie schon, schon platzt sie zwischen den Lippen der Gattin hervor:

»Was willst du tun?«

»Ich weiß es nicht. Wir werden schon sehen.«

»Denkst du, daß wir mit ihm gehen sollen?«

»Nein.«

»Was wirst du ihm sagen?«

»Ich weiß es nicht.«

»Wären wir auf der anderen Seite nicht sicherer?«

»Und wenn sie verlieren?«

»Das stimmt auch wieder. Das beste wäre …«

»Was?«

»Abwarten und sehen, was kommt.«

(Wie sage ich ihm, daß ich an den Sieg der Republik glaube, daß ich ihn herbeiwünsche? Ich hätte dem Alten etwas entgegnen müssen … Ich hätte sagen müssen … Ach ja, wie immer: zwei Stunden zu spät.)

»Laß mich schlafen. Ich bin todmüde.«

Er streichelt sie am Po. Sie geben sich einen Kuß und drehen einander den Rücken zu. Er löscht das Licht.

»Gute Nacht.«

(Jetzt wird Grauero mit dem Faschisten ins Auto steigen. Wohin werden sie fahren? Er wird ihm einen Genickschuß verpassen. Ebensogut hätte es mein Vater sein können. Es wäre gerecht gewesen. Der Mond scheint. Vielleicht fahren sie nach El Palmar. Die Pappeln werden sich gegen den Himmel abheben, die silbrigen Blätter und die Sterne. Das gurgelnde Wasser in den Gräben entlang der Straße. Die Hütten, die Unterstände, die kleinen Brücken. In der Nacht sehen die Geranien schwarz aus. Die Hunde. Totenstille und das Quaken der Frösche. Sie werden zu jenem Pinienhain gelangen, und am Strand werden ihre Füße im Sand einsinken …)

Zu Tode erschöpft schläft er ein.

Don Saturnino ist mit dem französischen Konsul befreundet. An seiner Wohnungstür hängt eine amtliche Bescheinigung, die besagt, daß diese Wohnung unter dem Schutz der französischen Regierung steht.

»Es wäre besser, er würde sich in Alicante einschiffen. Dort ist es einfacher.«

»Mein Vater möchte lieber von hier abreisen.«

»In acht Tagen geht ein Schiff nach Sète. Das wäre also nicht das Problem, aber die FAI kontrolliert den Hafen. Möglich, daß sich mit Geld eine Lösung findet.«

Don Saturnino hat sieben Töchter, alle im heiratsfähigen Alter. Fünf von ihnen haben die Revolution mit Freuden begrüßt. Die anderen beiden wollten Nonnen werden und sind jetzt wieder zu Hause. Don Saturnino spricht ziemlich gut

Französisch, er lebte fünf Jahre lang als Orangenhändler in Paris. Jetzt arbeitet er als Übersetzer und schreibt Fortsetzungsromane. Er wird verhältnismäßig gut bezahlt, weil er mit Don Luis de Val befreundet ist. (Jorge kennt diesen berühmten Verfasser von Fortsetzungsromanen, der im obersten Stockwerk eines Hauses in der Calle de Garrigues wohnt. Er ist um die fünfzig und lebt mit einem jungen Mädchen zusammen. Er hält sich für ebenso bedeutend wie Cervantes: Das sagt er nur im Scherz, aber im Grunde zweifelt er nicht daran.) Don Saturnino, der im Ausland gelebt hatte, war ein Verehrer Voltaires. Jetzt ist er sehr fromm und schreibt sogar für *La Hoja Parroquial,* das Blättchen der Kirchengemeinde. Zuweilen verdammt er seine eigenen Werke.

»Man muß schließlich leben.«

Und er lebt, aber schlecht. In letzter Zeit verschafft ihm seine Freundschaft zu dem französischen Konsul ein kleines Zubrot. Man vertraut ihm Dokumente, Wertsachen, Juwelen an. Im Grunde begrüßt er seine derzeitige Lage. Er wünscht sich nur, sie möge auch anhalten. Der französische Konsul bedient sich seiner diplomatischen Kuriere, um Vermögen ins Ausland zu schaffen, und seines Einflusses, um dem einen oder anderen Feind der Republik das Einschiffen zu ermöglichen. Vor allem, wenn er reich ist. Der französische Konsul ist nur noch in der Erinnerung Franzose. Seit fünfzig Jahren lebt er in Valencia.

»Wenn sie wollen, kann ich das Nötige veranlassen. Selbstverständlich wird sie das einiges kosten.«

»Gibt es denn auf dem Schiff überhaupt noch einen Platz für meinen Vater?«

»Für ihn allein?«

(Der Augenblick war gekommen. Was mache ich? Was sage ich? Gut, ich werde für Emilia und mich Plätze reservieren, und in letzter Sekunde gehe ich einfach nicht an Bord.)

»Für drei. Was wird das kosten?«

»Das weiß ich nicht. Aber … besser noch, als alles zu verlieren. Oder nicht?«

»Und die Hafenkontrolle?«

»Kommen Sie übermorgen wieder.«

Don Saturnino ist glücklich: Ihm flattern die fertigen Fortsetzungsepisoden ins Haus. Er kommt sich wichtig vor: wie eine Figur aus seinen Romanen. Im Empfangszimmer zeigen sich zwei von Don Saturninos Töchtern.

»Wie geht es, Jorge?«

»Und Emilia?«

»Keine Neuigkeiten?«

(Eine andere Geschichte: ein Jahr verheiratet, und noch keine Kinder. In der Provinz und unter Katholiken – so radikalsozialistisch man auch sein mag – ist das eine Schande.)

Als Jorge wieder auf der Straße ist, zögert er einen Augenblick. Es ist zehn Uhr vormittags. Rechts die Torres de Cuarte, links der Tros Alt. Was tun? Warum nicht im Büro vorbeischauen? Schließlich ist er Anwalt, er arbeitet mit Don Celestino Cruz zusammen, einem namhaften Strafrechtler, zur Zeit in San Sebastián. Nicht von ungefähr, sondern weil er, geflohen vor den Volksfesten im Juli, in seiner Sommerfrische vom Aufstand überrascht worden ist. Seither hat man nichts von ihm gehört, aber niemand ist darüber beunruhigt, er kommt schon allein zurecht.

(Kann ja sein, daß ich im Büro einen Brief vorfinde.) Mandanten gibt es allerdings keine, die Gefängnisse sind geleert worden, Zivilprozesse führt zur Zeit kein Mensch. Die Justiz hat andere Wege eingeschlagen. Die Gesetzbücher bleiben geschlossen.

(Das Schlimmste daran, meinem Vater zu folgen, ist doch, daß dann Gott und die Welt Recht behalten werden. Aber, warum muß ich überhaupt gehen? Soll mein Vater doch gehen … und Emilia. Als Strohwitwer werde ich schon zurechtkommen.) Er schmunzelt. Der Markt, als ob nichts wäre. Die Erde läßt sich nicht erschüttern: Da gibt es Salat, Kohl, Kraut, Tomaten, Auberginen. Die Leute drängen sich, feilschen, kaufen Rüben, kaufen Fleisch, kaufen Fisch. Vor dem Portal von San Juan glänzen die aufgereihten Zinkeimer. Die Planen schützen vor der Sonne und stauen die Hitze. Alles ist weiß, gelb und grün. Gießkannen, Eismaschinen, Vogelkäfige, Kuchenformen, Brat- und Paellapfannen, gußeiserne Feuergestelle. Die dunkelroten Ziegel der neuen Markthalle scheinen nur dem Kontrast zu dienen. Die Treppen der Lonja, flüchtig nimmt er ihre zierlich gewundenen Säulen wahr. Die Börse liegt verlassen da, die Makler haben anderes zu tun, auf die Ernte haben die Gewerkschaften ihre Hand gelegt. Aus den geöffneten Drogerien riecht es nach frischer Farbe. Die Leute drängen sich um die Stände mit getrockneten Früchten und Marmeladen; Haselnüsse, Erdnüsse ... Jeden Tag, wenn er bei seinem Gang über den Markt an dieser Drogerie vorbeikommt, erinnert er sich an *Arroz y Tartana;* jedenfalls im Frühling und im Sommer. Sobald er in die Calle de San Fernando einbiegt, sind seine Gedanken wieder woanders.

»Wohin gehts? ... « – »Weißt schon ... « – »Gehn wir? ... «

Alle dunkel gegerbt, um besser zu der Tönung zu passen, die die Sonne allen Dingen verleiht, jedem Stein, jedem Stück Eisen. Die Straßenbahnschienen glänzen. Und das Fett, Frucht der nahrhaften Erde: füllige Frauen, die stolz sind auf ihre Polster. Sorolla: Das ruft ihm das schwere Tuch der Segel in Erinnerung, die rosig beschienenen Segel der Schleppnetzfischer, aufgebläht wie die Blusen der gestandenen Matronen, die sich um deren ausladenden Busen wölben.

Nichts Neues im Büro von Don Celestino. Das Telefon, eine Versuchung. Er ruft Segalá an, er ist gerade in der Redaktion des *Mercantil Valenciano,* passender Name, denn Valencia ist vor allem merkantil, eine Handelsstadt. Hier wird produziert und verkauft, die Kultur bleibt unscheinbar, der rechte Ort für schweigsame und mäßig bedeutende Gelehrte. Für den prahlerischen, darum jedoch nicht weniger gerechtfertigten Ruhm gibt es die Maler und Blasco Ibáñez. Valencia, üppig, überbordend überall, strahlend und duftend, marktschreierisch. Grün und mit seinen schwarz gekleideten Menschen, die weder Trauer noch Winter kennen. (Warum denke ich jetzt daran? Werde ich fortgehen?)

»Warten Sie, ich hole ihn an den Apparat.«

Was werde ich ihm sagen? Warum werde ich mit ihm sprechen? Immer mische ich mich in Angelegenheiten, die mich nichts angehen.

»Was willst du?«

»Nach allem, was geschehen ist, wirst du verstehen, daß ich nicht länger Mitglied der Sicherheitskommission sein kann.

»Warum denn nicht? Du hast deinen Mann gestanden.«

»Nein. Es wäre nicht gut.«

»Und warum eröffnest du gerade mir das?«

»Mann, weil du …«

»Sprich mit der Parteileitung.«

»Mach lieber du das.«

»Wie du willst, aber du machst einen Fehler.«

(Warum trete ich zurück? Bin ich in Gedanken schon draußen, halb auf der Reise? Aber ich fahre doch nicht …)

»Er darf nichts mitnehmen. Ihr müßt bis zum Hafen mit der Straßenbahn fahren, um möglichst wenig Aufsehen zu wecken. Ich nehme an, du wirst sie begleiten.«

»Ja, selbstverständlich: falls etwas passiert. Und dort angekommen, nach wem soll ich fragen?«

»Nach Santiago Piferrer.«

»Kennen Sie ihn?«

»Ja.«

»Ist er einverstanden.«

Don Saturnino sieht Jorge ein wenig ironisch an.

»Hast du Geld dabei?«

Jorge zögert einen Augenblick. Ihm ist nicht ganz wohl dabei. Irgend etwas bedrückt ihn.

»Gebe ich es Ihnen?«

»Wie du willst ...«

»Ich dachte ...«

»Wenn du kein Vertrauen hast, brauchst du nur zurückzutreten, und die Sache ist erledigt.«

»Weiß er, daß es um meinen Vater geht?«

»Nein.«

»Also?«

»Mach dir keine Sorgen. Es wird alles gutgehen.«

»Ich würde vorher gerne noch einmal mit meinem Vater sprechen.«

»Ganz wie du willst.«

Der Alte ist glücklich. Nie im Leben hätte er gedacht, daß er einmal eine so wichtige Rolle spielen würde. Man zählt auf ihn, jetzt ist er mit Zählen dran; von den zehntausend Peseten bleiben eine Menge Scheine für ihn.

Don Pedro hält seinem Sohn eine Philippika: Wenn man schon spielt, muß man sauber spielen.

»Bring auf der Stelle das Geld hin!«

»Aber was, wenn sie das Geld behalten und uns nicht aufs Schiff lassen?«

»Keine Sorge. Das würde sich sofort herumsprechen, und ihre Goldgrube wäre versiegt. Es handelt sich um einen französischer Frachter, der Zwiebeln laden wird.«

»Dürfen wir es niemandem sagen?«

»Keinem Menschen. Na schön, Emilias Mutter.«

»Kann ich meinen Schmuck mitnehmen?«

»Besser nicht.«

»Ich könnte ihn zwischen Büstenhalter und Korsett verstecken.«

»Und wenn sie dich durchsuchen?«

»Laß ihn bei deiner Mutter.«

»Und wenn sie ihn ihr wegnehmen?«

»Deine Mutter werden sie nicht belästigen.«

»Da bin ich nicht so sicher.«

»Wir lassen ihn uns von ihr nachschicken.«

»Wie denn?«

»Laß das nur meine Sorge sein.«

Don Pedro ist seiner Sache sehr sicher. Emilia zittert.
Jorge ist entschlossen zu bleiben. Sein Vater, seine Frau, sie
glauben, daß er mit ihnen gehen wird, aber er hat schon
einen Plan: Er wird sie bis aufs Schiff begleiten und im letzten Augenblick wieder von Bord gehen. Sie werden keine
Zeit haben, auf ihn einzureden. Er hat bereits überlegt, daß
er eins der beiden Dienstmädchen entlassen und nicht mehr
zu Hause essen wird. Er fühlt sich frei und glücklich. Die
Partei wird ihm eine wichtige Aufgabe zuweisen. Im Nu wird
er aufsteigen. Vielleicht bringt er es zum Generaldirektor. Er
wird alle Bewegungsfreiheit haben. Sein Schwiegervater ist
auf der anderen Seite. Durch Zufall, aber auf der anderen
Seite: Er war damals gerade zur Überprüfung eines Berg-
werks nach León gefahren. Emilias Abreise ließe sich damit
mühelos begründen. Die halbe Nacht wird er im Café verbringen. Erst um drei Uhr früh wird er zum Schlafen nach
Hause kommen. Niemand kann ihn mehr schief ansehen,
niemand wird ihn fragen:

»Woher kommst du? Bei wem bist du gewesen?«

Ganz entspannt wird er bei Lola vorbeischauen können,
in der Villa am Weg nach El Grao.

»Gehen wir?«

Emilia wirft einen letzten Blick auf die Wohnung, durch
den feuchten Schleier aufsteigender Tränen.

»Stell dich nicht so an.«

»Sei unbesorgt«, sagt der Schwiegervater, »spätestens in einem Monat sind wir wieder zurück. Sie sind schon in Talavera.«

(Ja. Sie sind schon in Talavera. Was ist passiert? Und die Milizen? Und die Armee? Warum halten sie sie nicht auf? Warum schneiden sie ihnen nicht nördlich oder südlich von Badajoz den Weg ab? Sie brauchen doch nur bis an die portugiesische Grenze vorzustoßen, damit ist alles getan. Vermutlich haben sie sich das auch überlegt. Das drängt sich einem doch beim ersten Blick auf die Landkarte auf. Ein kräftiger Stoß, und fertig.)

»Und was machen wir, wenn wir in Frankreich sind?«

»Du sei unbesorgt. Laß das meine Sorge sein.«

Er machte eine Pause.

»Wir sind in Irún einmarschiert.«

»Woher weißt du das?«

»Stell dich nicht so blöd an.«

»Aus dem Radio?«

»Und, weiter?«

(Irún ... ob das stimmt? Sollten uns die Franzosen wirklich nicht zur Hilfe kommen? Aber das Volk. Das Volk ...)

Er konnte sich nicht vorstellen, wie sie die Stadt Valencia dem Volk entreißen wollten. Eines Tages würden sie kommen, ganz plötzlich, und dann würden die Faschisten durch die Straßen marschieren, und die Menschen würden ihnen zujubeln, und der Gouverneur würde wieder der Gouverneur sein, in Amt und Würden ... Das war undenkbar. Das konnte einfach nicht sein ... Das überstieg seine Vorstellungskraft.

(Alle die Milizionäre, die, wie Machado sagt, Eroberern ähneln ... Soll ich sie im Stich lassen? Soll ich diese Hoffnung aufgeben, diese vorwärts stürmende Welt, um meinem Vater zu folgen, wozu mich nichts zwingt, und meiner Frau, die tun wird, was ich sage? Bin ich so nichtswürdig? Ich weiß, auf der anderen Seite werde ich in Ruhe und Frieden leben, im Windschatten meines Vaters. Hier hingegen, wer weiß, was alles passieren kann! Wenn man nur wüßte, ob die Begeisterung es mit der Disziplin aufnehmen kann. Ob guter Wille allein genügt, einen Krieg zu gewinnen. Ob die Überzeugung ausreichend ist … Ob die Entschlossenheit eines ganzen Volkes mit einem Haufen von Reaktionären fertig werden kann. Aber das wäre doch gelacht!)

Jorge wollte sich überzeugen und überzeugte sich auch.

(Aber, wie soll ich meinem Vater sagen, daß ich bleibe? Ja, im letzten Augenblick, auf der Laufplanke, werde ich ihm meinen Entschluß mitteilen und loslaufen.)

Sie stiegen in verschiedene Straßenbahnen ein. Es war zehn Uhr abends, und nur wenige Menschen waren unterwegs. Don Pedro setzte sich mit dem Rücken zu den anderen Fahrgästen. Er hatte ein schwarzes Bauernhemd angezogen. Ohne daß er darum bitten mußte, hatte man es ihm aus Puebla Larga gebracht. Sein Haus dort hatte der Verwalter übernommen, nach ihm fragte dort keiner mehr.

Es duftete nach Magnolien. Die Straßenbahn überquerte die Brücke über das ausgetrockneten Bett des Turia. Die Nacht war mit Lichtern übersät, und die Stille schaukelte im gleichmäßigen Geräusch der Straßenbahn.

(Sie schlingerte, wie in wenigen Augenblicken das Schiff. Der Weg nach El Grao. Gleich dort das Bordell. Die Bäume. Klock-Klock, Klock … Sie werden zuerst an Bord gehen. Ich bleibe … Das Gaswerk. Der Bahnübergang. Sind wir schon da? Wie leicht sich alles sagen und planen läßt! Aber dann, wenn es darum geht, es zu machen … Traust du dich etwa nicht? Natürlich traust du dich … Was ist schon dabei? Sie werden schon nicht hinter mir herlaufen. Ich kann das hier nicht einfach im Stich lassen; ohne meinen Vater wird alles einfacher sein. Ich werde Karriere machen … einfach Karriere machen. Natürlich. Der Bahnübergang. Aber, hatten wir den nicht schon überquert? El Grao. Die breite Straße. Die Kinos. Der Hafen. Ich muß aussteigen.)

Sie wollten sich im Café am Hafen wieder treffen und dort warten. Don Pedro und Emilia waren schon da.

»Setz dich.«

(Und wenn sie uns jetzt festnehmen?)

Ein kleiner dicker Mann, dessen Gesicht von einer roten Ätznarbe schrecklich entstellt war, kam herein.

»Kommen Sie.«

Sie gingen zu Caro und traten in einen engen Raum: das Büro der Schiffahrtsgesellschaft.

»Ihre Tickets bitte.«

Plötzlich, eine Sirene. Eine Schiffssirene, die durch und durch geht. Ihm begannen die Knie zu zittern, er versuchte vergeblich, die Gewalt über seine weichen Beine zu behalten.

»Gehen wir.«

Sie überquerten die Straße und gingen das Eisengitter entlang, das den Hafen umgab. Auf der anderen Seite, in der Ferne bei den Lagerschuppen, liefen Leute auf dem Kai hin und her, tauchten in dem Lichtkegel der hohen Schiffslaternen auf und verschwanden wieder. Und wieder diese beklemmende, den Atem abschnürende Sirene.

»Werden wir nicht das Schiff verpassen?«

(Wir? Nein: sie.)

Ohne Schwierigkeiten gelangen sie auf das Hafengelände. Sie überqueren die Gleise.

(Hoffentlich bleibt Emilia nicht mit den Absätzen hängen. Es wäre verrückt, mit nur noch einem Schuh das Schiff zu betreten, hinkend.) Sie nähern sich den Schuppen. Der dicke Mann mit dem monströsen Gesicht geht voran. Alle schweigen. Kettengerassel. Das Tuckern eines Motorbootes. Zwiebelkisten. Kisten, Berge von Kisten. Fauliger Gestank. Das dunkle Meer, das an den glatten, von Menschen behauenen Stein schwappt. Posten, Milizsoldaten der FAI. Was wird geschehen? Und plötzlich Carratalá. Carratalá, der ihn ansieht, der ihn noch immer ansieht, als würde er ihn nicht kennen, und der ihn, trotz allem, unpersönlich grüßt:

»Hallo.«

Jorge erwidert den Gruß so leise, daß nur er selbst es hört. Der Dicke mit der Ätznarbe – nein, keine Narbe, mit Weintrauben beschmiert, als wäre sie ein violetter Furunkel, das ganze mit noch dunkleren Punkten besprenkelt – redet mit Carratalá, zeigt ihm die Papiere. Sie gehen weiter. Carratalá sieht ihn an:

»Gute Reise.«

Jorge will ihm sagen, daß er gar nicht mitfährt, daß er gleich wiederkommt, daß er die beiden – ja, auch er so unpersönlich – daß er die beiden an Bord des Schiffes bringt, das dort drüben am Kai liegt, schwarz, riesig, mit sechs oder sieben Laternen, die vom Himmel herunterhängen; aber er bekommt den Mund nicht auf, weil ihm noch immer die Knie zittern.

(Nachher wird er es ihm erklären.)

Sie gehen weiter, hintereinander, denn zwischen den Ballen und Kisten bleibt kaum noch Platz. Das Meer riecht nach Meer und nach dem Unbekannten, ein mächtiger, modriger Geruch. Und das Plätschern des schaukelnden Wassers.

»Vorsicht.«

Ein loses Tau. Die Poller.

(Wenn ich stolpern und ins Wasser fallen würde ... ich kann nicht schwimmen. Hier, in Valencia, können die Leute nicht schwimmen. Valencia ist eine Stadt, die dem Inland zugewandt ist, keine Stadt der Seeleute, sondern der Händler: merkantil. Danach sind auch das Ateneo und die meistgelesene Zeitung benannt. Was würde Segalá sagen, wenn er mich jetzt hier sehen würde?)

Die Leute laufen hin und her, gleichgültig. Die Gleichgültigkeit der anderen Welt, des Meeres. Die Laufplanke, Brücke zwischen hier und jenseits, schaukelt gemächlich auf und ab, gibt so ihre Unsicherheit zu verstehen. Vor ihr zwei Posten. Und noch einer. Wieder ist es Carratalá. Einige Kisten werden noch aufgeladen. Der Motor, der Kran und sein Kreischen. Dort, auf der Brücke, der Kapitän, es muß der Kapitän sein. Wasser rinnt am Rumpf des Schiffes hinab wie Blut aus einer Wunde, als ob ein Stier ihm sein Horn in die Flanke gerammt hätte. Das Rauschen des herabfließenden Wassers, es übertönt alles. Die Nacht ist ein großer schwarzer Stier, der das Schiff auf seinen Hörnern trägt. Wieso steht Carratalá jetzt dort? Wie ist er dorthin gekommen?

(Die beiden, die dort aus der Luke steigen und jetzt auf die Brücke kommen: Ich kenne sie. Wer sind sie? Nein, ich kenne sie doch nicht. So ein Unsinn. Was ist los mit mir? Warum bin ich so nervös? Das Gesicht, das dort drüben in der Tür zu sehen ist, das hingegen sieht französisch aus. Warum achte ich auf Dinge, auf die ich gar nicht achten will, die mir gar nichts bedeuten?)

Jorge will nicht daran denken, daß er in zwanzig Sekunden seinem Vater wird eröffnen müssen, daß er bleibt. Schon stehen sie vor der Laufplanke. Gelbes Licht aus den hohen Scheinwerfern. (Wir haben alle gelbe Gesichter. Carratalá dort drüben, er weicht nicht vom Fleck. Wie werde ich es ihm sagen? Soll ich einfach an Land bleiben? Der dicke Mann mit dem Weintraubenmal im Gesicht spricht wieder mit Carratalá. Sie schauen uns an, die beiden Posten schauen uns an.)

Emilia kommt zu ihm, schmiegt sich an ihn.

»Sag nichts …«

»Sie können an Bord gehen.«

Don Pedro betritt die Laufplanke.

»Geh schon.«

Emilia löst sich von ihm und setzt unsicher einen Fuß auf die schräge Brücke. Don Pedro hat das Deck erreicht. Er spricht mit einem französischen Offizier. Er dreht sich um. Emilia ist schon fast oben, der Franzose reicht ihr die Hand.

(Jetzt. Jetzt.)

»Auf was wartest du?«

Es ist Carratalá.

»Ich bleibe hier.« (Fast flüstert er.)

»Wo?«

»Hier.«

»Ist das dein Ernst?«

(Er sieht aus, als müßte er lachen, so ernst ist er. Gelächter überall. Er wird es allen erzählen. Wie werde ich mich rechtfertigen? Mit welchen Worten? Die Zunge schwillt ihm ganz fürchterlich an. Er kann sie nicht mehr bewegen. Er kann sich nicht mehr bewegen. Alle klagen ihn an.

Du hast ihnen zur Flucht verholfen. Und er kann nichts sagen, tatsächlich: Er kann nicht. Aber auch wenn er könnte: Was würde er sagen?)

Don Pedro:

»Worauf wartest du?«

Emilia sieht ihn an. Sanft wippen die Geländer der Laufplanke, heben sich und senken sich, gewiegt vom ungerührten, schwarzen Meer. Und mit einemmal erbebt alles, bricht alles auf, zerreißt: Die Sirene heult.

Carratalás Arm stößt ihn nach vorne. Schon ist er an Bord.

»Los ...«

Sein Vater sieht ihn kalt an, durchdringend.

»Was wollte der?«

»Nichts.«

Sie gehen zwischen den grünen und roten Positionslichtern hindurch.

(Was bin ich? Ein Feigling. Ein Widerling. Ein Nichtsnutz. Nichts. Ich tauge zu gar nichts, sollen sie mich als Putzlappen benützen.)

Er weint, er findet Trost in seinen Tränen, sie fließen in
seinen Mund, sie sind salzig. Mund. Mündung und Meer.
Die kalte Luft peitscht ihm ins Gesicht.

(Komm. Du wirst dich erkälten.)

Er kann sich nicht bewegen. Seine Muskeln gehorchen
ihm nicht.

V

Sie blieben drei Tage in Bayonne, um sich auszuruhen. Es
war noch angenehm warm. Der September hatte mit wun-
derbarem Wetter begonnen. Die Ufer des Adour in herbstli-
chem Glanz.

»Du machst einen ziemlich niedergeschlagenen Eindruck«, sagt Don Pedro zu seinem Sohn.

»Ach was.«

»Warum leugnest du, man sieht es dir doch an.«

»Wann wollen Sie rüberfahren?«

»Nach Spanien?«

»Ja.«

»Morgen. Aber warum sagst du, ›wann wollen Sie‹?«

»Ich möchte hierbleiben.«

»Mit welchem Geld?«

»Weiß ich nicht.«

»Aha! Immer das gleiche mit dir. Und wie kommst du auf
diese Schnapsidee, wenn man fragen darf?«

»Um die Wahrheit zu sagen, ich bin nur mitgefahren, um
Sie zu begleiten, ich habe, glaube ich, bei den Nationalen
nichts verloren.«

Don Pedro fällt aus allen Wolken, er gehört zu den Menschen, die nie auf den Gedanken kämen, daß jemand aus ihrer Familie anders denken könnte als sie.

»Was sagst du da?«

»Die Wahrheit.«

»Das hättest du früher sagen sollen. Du bist also mit allem einverstanden, was die Roten machen?«

»Nein, nicht mit allem. Aber die legale …«

»Du wirst mir doch jetzt nicht etwa mit diesen Spitzfindigkeiten kommen? Na schön, mein Junge, schön. Wenn du bleiben willst, dann bleibst du eben. Ich fahre jedenfalls morgen nach Irún, dann wird sich zeigen, wie du allein unter lauter Franzosen zurechtkommst. Zumindest wirst du lernen, wie sie zu reden. Hast du Geld? Vielleicht kannst du ja als Sandwich-Mann arbeiten und Werbung für Aperitifs machen. Willst du einen? Keine Angst. Ich lade dich ein.«

Jorge konnte diese billige Ironie seines Vaters nicht ertragen. Außerdem fühlte er sich schuldig und unwürdig. Der Alte, durch und durch kaltblütig, sah ihn mit einem Anflug von Verachtung an.

»Möchtest du noch einen Wermut? Den zahle ich dir auch noch. Von dieser Seite habe ich dich noch gar nicht gekannt. Also rot angehaucht, was? Wer hätte das gedacht? Ich hätte dich für klüger gehalten. Und du willst mein Sohn sein? Es ist nicht zu fassen. Aus dir wird nie etwas Vernünftiges werden.«

»Sie sind auch Republikaner gewesen.«

»Oh weh, glaubst du etwa, die Republik, die ich anno dazumal wollte, hätte mit eurer auch nur das geringste gemeinsam? Glaubst du allen Ernstes, daß dieses Inferno, das ihr da ausgebrütet habt, auch nur einen Monat länger bestehen bleiben kann? Ich kann es einfach nicht glauben: Daß du mir das antust!«

Don Pedro steigerte sich immer mehr in seinen Zorn hinein, und so goß er selbst Wasser auf seine Mühlen.

»Weiß Emilia davon?«

»Nein.«

»Das habe ich mir doch gedacht. Na schön, mach doch, was du willst: Von mir aus fahr zurück nach Valencia ... zu deinen Freunden. Für mich bist du damit gestorben. An deiner Stelle würde ich lieber deiner Frau ein Kind machen.«

(Gestorben sein: Nicht leben! Nicht hören! Nie mehr wieder sehen! Ich bin ein Feigling, ein Feigling, ein Feigling. Ein verdammter Nichtsnutz bin ich. Ich werde mein Haupt senken und im Staub kriechen. Ich werde im Staub kriechen, bis ich zu nichts geworden bin!)

In San Sebastián wohnten sie in einem zweitklassigen Hotel. Don Pedro traf allerlei Freunde seines Schlages und vertrieb sich die Zeit im Café. Jorge ging viel spazieren, allein, denn Emilia fühlte sich nicht wohl. Er machte lange Wanderungen, um die Bucht herum oder ins Hinterland. Er fühlte sich niedergeschlagen. Er sah den Frauen nach und bekam Lust, sich zu verlieben, um überhaupt etwas zu tun. Tagelang folgte er einem Mädchen, das ihm nicht die geringste Beachtung schenkte. Nach acht Tagen wurde er verhaftet. Man brachte ihn zur Zivilregierung und anschließend ins Gefängnis von Ondarreta. Er fühlte sich ruhiger. Er bezahlte. Sie fragten ihn, ob er es tatsächlich sei. Sie waren über alles, was er gemacht hatte, genau unterrichtet. Er machte aus seiner Vergangenheit keinen Hehl. Er lehnte sich zurück, ohne sich über sein Schicksal Gedanken zu machen. Ganz hinten, in den Tiefen seines Herzens, vertraute er seinem Vater. Im übrigen war ihm alles gleichgültig. Zumindest, solange er in Einzelhaft saß. Am dritten Tag steckten sie ihn in eine Zelle mit sechs anderen zusammen. Eigentlich war das Loch nur für einen. Die anderen waren ein Franzose, drei Basken, einer aus Valladolid und ein Junge aus Melilla.

»Und du, woher kommst du?«

»Aus Valencia.«

»Wann haben sie dich geschnappt?«

»Vor drei Tagen.«

»Wo?«

»Hier.«

Sie sahen ihn mißtrauisch an, seine Gleichgültigkeit kränkte sie. Er sonderte sich ab, ohne jeden Antrieb.

»Gestern haben sie achtzehn abgeholt.«

»Wozu?«

Die Frage war ihm in seiner Sorglosigkeit so herausgerutscht; gerne spielte er den Ahnungslosen. Wenn man sich am Fenstergitter hochzog, sah man die Bucht und die Insel Santa Clara.

Die drei Basken waren Brüder, aus einem nahegelegenen Dorf. Katholiken und baskische Nationalisten. Der Franzose, aus Nordfrankreich, hatte in Irún gekämpft; in dem Glauben, schon wieder jenseits der Grenze in Frankreich zu sein, legte er sich in der Nacht, als die Rebellen einmarschierten, erschöpft auf die Erde und schlief ein. Da nahmen sie ihn gefangen. Noch immer tobte er vor Zorn. Der aus Valladolid redete nichts, und der Junge aus Melilla lechzte nach einer Zigarette.

»Wo hat dich die Bewegung erwischt?«

»Mich?«

»Wenn du es nicht sagen willst, laß es bleiben.«

Jorge log, weil er sich schämte.

»In Segovia.«

»In Segovia?«

»Und du konntest nicht entkommen?«

»Ich dachte, es wäre eine Sache von ein paar Tagen.«

»Eine Sache von ein paar Tagen ist es auch, und zwar für uns.«

Jorge ließ den Blick nicht von dem runden Klosett, das in der Ecke stand.

»Was guckst du?«

»Lassen sie euch nicht raus zum ...«

Die drei Brüder brachen in herzliches Gelächter aus.

Alle hatten sich zwei Wochen lang nicht mehr rasiert. Es wurde Nacht.

»Bekommt man hier nichts zu essen?«

»Um fünf. Als sie dich gebracht haben, hatten wir uns gerade den Bauch vollgeschlagen ...«

»Bekommt man genug?«

Wieder sahen sie ihn verwundert an. Diese Nacht durften der aus Valladolid und der Junge aus Melilla auf der Pritsche schlafen. Die anderen streckten sich auf dem Fußboden aus. Jorge ertrug seine Darmkrämpfe, er brachte es noch nicht fertig, sich vor anderen Leuten zu erleichtern. Um drei Uhr morgens hörte man Schritte.

»Da kommen sie.«

»Wer?«

Ein Falangist in Uniform trat ein. Zwei weitere blieben als Posten im Gang.

»Belaustegoitia.«

»Hier.«

Alle drei meldeten sich.

»Nur einer! Belaustegoitia Goiri.«

Der mit der Namensliste machte eine Pause. Er amüsierte sich. Der Gedanke, jeder der drei großen und stämmigen Burschen vor ihm dächte jetzt, nicht er, sondern seine Brüder seien gemeint, machte ihm Laune. Er sah sie an, einen nach dem anderen, und strich sich dabei über sein fliehendes Kinn. Dann hielt er das Blatt Papier in seiner Hand weit von sich, als ob er aus der Entfernung besser sehen könnte.

»Juan«, sagte er gedehnt.

»Ich möchte beichten.«

»Du?«

»Ja ich.«

»Sieh mal einer an, bedaure.«

»Ich möchte einen Beichtvater.«

»He du, ich hab hier einen, der will einen Pfarrer.«

Das sagte er zu einem, der im Flur wartete. Man hörte ein Lachen.

»Das hättest du dir eher überlegen sollen. Trotzdem, die Idee ist nicht schlecht, dort drüben, in der achtundzwanzig, muß einer sein, hol ihn raus.«

»Ramírez.«

»Sie können ruhig den ganzen Namen lesen: Julio Ramírez Prendes.«

»Von Prendes steht hier nichts. Doch, Tatsächlich, Prendes. Raus!«

Es war der aus Valladolid. Der Falangist drehte sich um, als wollte er hinausgehen. Einer der baskischen Brüder fragte:

»Wir nicht?«

»Wer hat dir erlaubt, mit mir zu reden? Halt die Fresse, sonst schlag ich sie dir ein.«

Er tat, als ginge er hinaus, machte aber wieder kehrt.

»Ach! Einen hab ich vergessen: Jorge Mustieles Tarbó.«

»Ich? Das ist unmöglich. Ich heiße nicht Tarbó, sondern Carbó. Das kann nicht sein, vor acht Tagen bin ich aus der roten Zone gekommen, mein Vater ...«

»Raus!«

Der Falangist sprach jetzt leise, zufrieden mit seinem Spiel.

»Aber wenn ich doch freiwillig hierher gekommen bin! Mein Vater ist ein Erzreaktionär. Ich bin aus Valencia geflohen ...«

»Man merkt schon, daß du ein Feigling bist. Willst du vielleicht auch beichten?«

»Lassen Sie mich telefonieren.«

Der Falangist lachte.

»Mensch du, das ist richtig gut heute nacht. Der eine will beichten, der nächste telefonieren. Raus, hab ich gesagt!«

Jorge ging hinaus. Der junge Mann aus Valladolid sprach mit einem der Posten im Gang und kam wieder in die Zelle. Der mit der Liste stellte sich ihm in den Weg.

»Laß ihn«, sagten die anderen.

Der Bauer ging in eine Ecke der Zelle und zog ein Stück Brot hervor.

»Hoffentlich habt ihr mehr Glück als ich«, sagte er zu denen, die zurückblieben.

Der Franzose fluchte in seiner Sprache. Der Bauer reihte sich, mit vollem Mund kauend, wieder in die Gruppe ein, die im Flur auf ihn wartete. Jorge flehte noch immer. Mit einem Gewehrkolben zerschlugen sie ihm das Gesicht. Er sah den Kastilier an. Aber dessen Blick war so verachtungsvoll, daß er nicht einmal den Schmerz der vier ausgeschlagenen Zähnen spürte. Man erschoß sie in der Nähe des Friedhofs. Es war noch nicht einmal Tag. Nur die Sterne leuchteten.

Die beiden Brüder des Basken wurden eine Woche darauf erschossen. Der Franzose starb bei einem Verhör, Arme und Beine gebrochen. Der Junge aus Melilla beging Selbstmord, mit einem Löffel, den er sich in die Kehle bohrte. Sein Schwager hatte ihn denunziert, ein Erzkatholik, der ihn nicht riechen konnte. Seine Schwester hatte fast schon seine Freilassung erreicht. In Wirklichkeit nämlich hatte der Junge nie in irgendeiner Form Partei ergriffen.

Der Uruguayer

Der Uruguayer schnarchte friedlich im Haus des Schweinehirten. (Es wurde ›Haus des Schweinehirten‹ genannt, weil sein Besitzer dank dieser sympathischen und einträglichen Tiere reich geworden war; ein mehrstöckiges Gebäude an der Ecke Calle de San Vicente und Calle María Cristina, mitten im Stadtzentrum.) Die Burschen seiner Bande saßen beim Kartenspiel. Die Nacht war anstrengend: Drei Einsätze sind eine ganze Menge. Zum Glück haben sich zwei davon gelohnt.

Die Wohnung ist geräumig und luxuriös, bescheidener Luxus, aber doch Luxus: elektrischer Kühlschrank, geschliffene Spiegel, fingerdicke Teppiche, breite Sessel, die eher für zwei bestimmt zu sein scheinen als für einen; große Porzellanfiguren, eine mit Statuetten verzierte Uhr, ein Radio mit zwölf Röhren, Damastvorhänge. Die Kruzifixe aus Elfenbein sind verschwunden. Alles neu und schmutzig.

Der Uruguayer, der kein Uruguayer ist, aber in seiner weit zurückliegenden Jugend in Amerika unterwegs war, ist ein Mann der FAI. Im Jahr 1932 überfiel er die *Banco de Castellón* und konnte entkommen. Anschließend versuchte er sich als Betrüger, kam aber über kleine Gaunereien nicht hinaus; es reichte aber, um ihn in Windeseile in San Miguel de los Reyes hinter Gitter zu bringen, von wo ihn das Militär befreite, besser gesagt, der Verrat des Militärs. Da stand ihm nun die Welt offen, und er organisierte eine Bande, auf eigene Rechnung. Sie waren gut bewaffnet, denn beim Sturm auf die Paterna-Kaserne hatten sie in der ersten Reihe gestanden. Man muß zwar zugeben, daß es nicht sehr gefährlich gewesen war, aber wenn, dann wären sie auch dabeigewesen. Er bemächtigte sich der Wohnung, in der er jetzt lebte und in der auch seine Kumpanen schichtweise nächtigten, in irgendeiner Ecke, die ihnen gerade am bequemsten erschien. Einzig das Schlafgemach des Anführers und das angrenzende Badezimmer waren verbotenes Terrain. Dort drinnen fehlte es nie an zwei oder drei Frauen. Er besaß drei Autos, genug für seine Raubzüge: Er plünderte, mordete und handelte mit Freibriefen. Insgesamt waren sie fünfzehn oder sechzehn Mann. Er zog niemals mit weniger als zehn oder zwölf von ihnen los, alle mit Maschinengewehren bewaffnet. Für Denunziationen zahlte er gut, obwohl er sich inzwischen das Protokollbuch eines Notars beschafft hatte, das ihm dabei half, seine Opfer treffsicher auszuwählen.

»Habt ihr gesehen?«

Bekleidet mit einem Pyjama aus Naturseide kam er, mit einer nagelneuen Maschinenpistole in der Hand, aus dem Schlafzimmer. Er war ein düsterer Mensch, im besten Falschspieleralter, also um die vierzig.

»Amerikanisch.«

Die Männer traten näher, um die Waffe zu bewundern.

»Wo hast du die her?«

»Was geht denn dich das an?«

Sie lachten.

»Ich will jetzt essen.«

Alle stürzten davon, während zwei Frauen aus dem Schlafgemach traten.

»Rein mit euch …!«

Es waren zwei bleiche Dirnen.

»Wir haben auch Hunger.«

»Nachher. Und jetzt hinein mit euch. Könnt ihr nicht hören?«

Mit der Pistole in der Hand drehte er sich zu ihnen. Die beiden Flittchen gehorchten. Der Uruguayer forderte einen seiner Männer auf:

»Geh zur Zivilregierung und frag, was es zu tun gibt.«

Ein anderer, klein und pummelig, kam mit einem Maschinengewehr über der Schulter herein.

»Da ist eine Nachricht für dich von Juan López.«

»Wenn er was von mir will, soll er kommen.«

Und er zwinkerte mit einem Auge. López war einer der leitenden Männer der Confederación. Ein toller Kerl, dachten die anderen. Das ist ein Mann, wenn der so mit López umspringt ... Aber der kleine Dicke ließ nicht locker:

»Wie es aussieht, sind sie mit uns nicht sehr zufrieden.«

Der Uruguayer, in einen Sessel geflätzt, sieht ihn argwöhnisch an.

»Von mir aus kann López mich am ...«

Er ersetzte die Worte durch eine unfeine Geste.

»Hör mal, auf alle Fälle ...«

»Halt den Mund. Wer hat die Liste von heute? Unsere, meine ich.«

Es gab nämlich zwei Listen: die offizielle, die von der Zivilregierung für ihn zusammengestellt wurde und über die er Rechenschaft abzulegen hatte, und seine eigene.

»Der da hat sie.«

»Laß sehen. Diese alten Weiber haben nichts als alte Möbel und Bilder. Die kenne ich schon. Diese da, heute nacht. Ich habe gesagt, daß ich Hunger habe...«

»Der Kleine macht dir ein paar Spiegeleier. Hier hast du Schinken und Wurst.«

Der Uruguayer wollte Juwelen und Geld.

In der Zivilregierung unterhält sich Ricardo mit González Cantos, der noch heute nach Barcelona zurückfahren
möchte.

»Weißt du übrigens, daß der Uruguayer einen Reisepaß
beantragt hat?«

»Das glaube ich nicht.«

»Frag oben.«

»Ihr könnt ihn nur nicht leiden.«

»Und du, warum willst du nicht zugeben, daß er ein ganz
gemeiner Räuber ist, ein Mörder? Mit solchen Leuten in der
Confederación, wo soll das enden?«

»Die sind immer noch besser als die Kommunisten.«

González Cantos ist mit einer Kommission gekommen
und fährt jetzt wieder ab. Er ist ziemlich brutal, und er gefällt sich in dieser Rolle. Dumm ist er keineswegs. Als alter
Gewerkschaftsaktivist ist er überall herumgekommen, und
in Bata war er auch. Fettwanst, hemdsärmelig, trägt seine Pistole in einem Halfter. Er ist ein Verfechter der reinen Lehre
und kämpft wirklich für das Volk. Das Volk ist für ihn natürlich die CNT, und selbst wenn er einsähe, daß Ricardo recht
hat, würde er es um nichts in der Welt zugegeben: Der Uruguayer gehört zur Organisation. Und wenn er kaltgestellt
werden muß, werden sie das selbst in die Hand nehmen. Eine andere Autorität gibt es für sie nicht.

»Und laß die Finger davon.«

»Ich kann ja eh nicht anders.«

»Jedenfalls ist er kein Feigling.«

»Er hat Samper rausgeholt.«

»Na und? Ist dieser alte unbrauchbare Idiot etwa wichtiger als das Geld, das er ihm dafür abgeknöpft haben wird?«

»Hat er es bei euch abgeliefert?«

»Ja.«

Er log. Aber was blieb ihm anderes übrig? Er nahm
sich vor, der Sache auf den Grund zu gehen, und wenn der

Kerl – der ihm widerwärtig war – sie tatsächlich betrog, würde sich schon ein Weg finden, ihn zur Vernunft zu bringen. Was aber nur Eingeweihte wußten: Ricardo war Sozialist.

»Schon gut, aber die Organisation ...«

Der Uruguayer schneidet ihm wie immer das Wort ab, weil er sich einbildet, die Weisheit mit Löffeln gefressen zu haben und daß niemand ihm etwas zu erzählen braucht:

»Die Organisation bin ich.«

Er weiß, daß diese prahlerische Wichtigtuerei bei den andern Eindruck schindet und den Mut seiner Bande stärkt, zumal er nicht gerade als Maulheld oder Drückeberger bekannt ist. Er genießt seine Angeberei, ohne sich etwas vorzumachen. Die Sache mit dem Reisepaß stimmt: Er weiß, daß man ihn satt hat und daß seine Tage gezählt sind. Die Revolution, so wie er sie versteht, liegt in den letzten Zügen. Es wird Zeit, sich aus dem Staub zu machen.

Juanete kommt herein, sein zweiter Mann an Bord, der eine Zeitlang Picador bei Stierkämpfen gewesen ist.

»Ja?«, fragt ihn unser Mann.

»Wie? Die schwule Sau von Segura hat ihn vor zwei oder drei Tagen rausgelassen.«

Dem Uruguayer kocht das Blut, denn er hatte es selbst auf Don Ramón Mustieles abgesehen.

»Das soll uns dieser radikalsozialistische Kastrat büßen! Wie wollen sie so das Spiel gewinnen?«

Doblado mischt sich ein:

»Legen wir ihn um?«

Der Uruguayer sieht ihn mit seinen kleinen Luchsaugen an:

»Was gewinnen wir damit?« *(Immer dieses Wort, gewinnen.)*

»Wenn nicht Segura, dann hätte sich irgendeine andere

mitleidige Seele gefunden, die uns die Sache versaut. Kümmern wir uns um unsere Angelegenheiten.«

Der Uruguayer versteht nämlich, rechtzeitig einzulenken, und sein Zorn ist nie von langer Dauer: Er kann einen in einer Aufwallung umbringen, aber wenn er sich im Griff hat, vergibt er schnell; darum hält er soviel auf seinen guten Kern.

Ricardo begleitete González Cantos bis zum Vorzimmer und ging anschließend hoch ins Paßbüro. In der Tat, der Uruguayer hatte unter falschem Namen einen Reisepaß beantragt: angeblich, um in Belgien Waffen zu kaufen.

Ricardo unterbreitete der höchsten Autorität der Provinz seinen Verdacht, dieser Bandenchef werde mit der Beute seiner Raubzüge das Weite suchen. Der Herr Gouverneur wollte nichts davon wissen. Schließlich und endlich sei das doch Sache von Apellanis und ihm, Ricardo.

»Überlassen Sie mir die Sache?«

Der Gouverneur blickte unentschlossen und antwortete nicht. Ricardo verabschiedete sich. Zurück in seinem Büro, setzte er sich sofort mit Juan López in Verbindung, um ihn zu fragen, ob die CNT oder die FAI die Reise des Uruguayers denn genehmige. López konnte das nicht sagen, vermutete aber, das sei wohl nicht der Fall. Er wollte genaueres wissen, aber Ricardo ging nicht darauf ein. Schließlich lag die Angelegenheit nun in seinen Händen, und er hatte sie bereits geklärt. Außerdem kam gerade in diesem Augenblick einer von der Bande in sein Büro, um nach Aufträgen zu fragen.

»He du, sag dem Uruguayer, er soll mal vorbeikommen. Oben liegen irgendwelche Papiere für ihn.«

»Kannst du die nicht mir geben?«

»Nein, das muß er persönlich erledigen. Ich habe auch nichts damit zu tun, Ruano macht das.«

Als die Nachricht dem Uruguayer überbracht wurde, überlegte er einen Augenblick. Dann kam er zu dem Schluß, daß es ganz normal war: Sicher brauchten sie seine Fingerabdrücke. Es wäre für ihn kein Problem gewesen, mit dem Passierschein der Confederación bis an die Grenze zu gelangen, doch nach Frankreich wollte er mit einwandfreien Papieren einreisen: Damit man ihn, wenn er sich erst einmal dort niedergelassen hätte, nicht belästigte. Er beschloß, zur Zivilregierung zu fahren und nur einen seiner Männer mitzunehmen. Alle wunderten sich darüber, aber niemand sagte etwas.

Man führte ihn in einen Raum, und plötzlich sah er sich von sechs Guardias de Asalto umzingelt. Sie sperrten ihn in eine Zelle, während andere seinen Begleiter abfertigten, der im Wagen geblieben war:

»Er läßt dir sagen, daß es noch ein Weilchen dauert, daß er dir dann wieder Bescheid gibt.«

Der Uruguayer hatte ihn absichtlich nicht mit hinauf genommen: Seine Flucht war allein seine Sache.

Obwohl Ricardo wußte, wie zwecklos eine Unterredung war, und obwohl er sich Vorwürfe machte, wollte er doch nicht darauf verzichten. Die Nacht brach an, als er seine Zelle betrat. Als erster sprach der Uruguayer.

»Du bist jetzt wohl sehr zufrieden, wie? Du weißt ja gar nicht, was dich erwartet.«

»Mich?«

»Ja dich, und diesen Hurensohn Ruano. Ich hab ihm fünftausend Peseten gegeben, damit er den Mund hält. Das wird er mir büßen.«

»Möglich.«

Großartig, diese Sicherheit, wenn man eine Pistole griffbereit hat, dachte Ricardo. Das also ist der Uruguayer: Ein Mann wie jeder andere.

»Bestimmt suchen sie mich schon.«

»Wir werden ihnen nicht verheimlichen, daß du hier bist, verhaftet. Und sie werden schon wissen, warum.«

»Sie werden es nicht glauben.«

»Möglich.«

»Niemand kennt meinen echten Namen, der dort steht, in diesem Paß. Wenn ich ihnen sage, daß du das alles nur erfunden hast, werden sie mir glauben.«

»Und du würdest sogar so weit gehen, mir Geld anzubieten.«

Ricardo fragt sich, warum er hergekommen ist. Nur, um seinen Triumph auszukosten?

»Wenn du welches brauchst, warum nicht? Also, warum läßt du mich nicht frei? Ich versichere dir, daß dir nichts passiert. Wir sind doch Freunde.«

»Begreifst du denn nicht, daß du unsere Sache in Mißkredit bringst?«

Der Uruguayer sieht ihn ehrlich erstaunt an. Dann lacht er.

»Bist du etwa gekommen, um mich das zu fragen? Und ich dachte, du wolltest herausbekommen, wo ich meine Sachen aufbewahre.«

»Die werden wir schon finden.«

»Da wäre ich mir nicht so sicher.«

»Im Augenblick hast du sie in einem Koffer, in einem deiner Kleiderschränke.«

Der Uruguayer stieß einen Fluch aus: Es stimmte. Und wo wären sie besser aufgehoben gewesen?

»Wer von meinen Leuten arbeitet für euch?«

»Kann dir das nicht egal sein?«

»Mensch, das gibt's doch nicht; vielleicht eine von diesen Nutten ...«

»Schwer zu sagen ...«

Das war gar nicht nötig gewesen. Der Uruguayer selbst hatte es bei einem seiner Saufgelage ausgeplaudert, er hatte ihn sogar einigen seiner Männer gezeigt und ihnen vorgegaukelt, die Sachen wären für alle gemeinsam bestimmt. Ricardos Worte ließen in dem Banditen den vagen Verdacht aufkommen, diesmal könnte es nicht nur schlecht, sondern ein für allemal zu Ende gehen. Bis zu diesem Augenblick hatte er fest darauf vertraut, daß die FAI ihn nicht im Stich lassen würde. Jetzt, mit einem Mal, fing er an zu glauben, seine eigenen Männer hätten ihn ausgeliefert, um sich die Beute zu teilen. Er verwarf den Gedanken, aber ein Zweifel blieb auf alle Fälle zurück. Und er fragte geradeheraus:

»Was gedenkt ihr mit mir zu machen?«

»Schlag was vor.«

»Wieviel willst du?«

»Ich? Keinen Fünfer.«

»Du willst mir doch nicht etwa ein paar Kugeln in den Kopf jagen?«

»Eine reicht.«

»Ist dir klar, was dann los wäre?«

»Mehr oder weniger, ja. Aber nicht so viel, wie du dir einbildest. Abgesehen davon, daß viele sich freuen würden.«

»Ja, natürlich: Alle Faschisten in Valencia.«

»Und Umgebung ... «

»Und bin ich nicht ein Kämpfer wie jeder andere auch?«

»Hast du mir nicht mehr zu sagen?«

»Ich dir? Ist das alles, warum du hergekommen bist? Kann ich jemanden benachrichtigen, daß ich hier bin?«

»Nein.«

Dann ging Ricardo hinaus und fluchte auf sich selbst. In seinem Büro warteten bereits drei Männer von der Confederación auf ihn: Der Gouverneur könne nichts sagen. Ricardo spielte den Ahnungslosen. Die Männer wußten, daß der Uruguayer ein paar Stunden zuvor dagewesen war.

»Ich habe ihn nicht gesehen.«

Sie glaubten ihm nicht, aber weil sie einsahen, daß jede Bemühung vergeblich war, machten sie sich davon.

»Überlegt euch gut, was ihr tut.«

Ricardo sah sie einen Augenblick an, dann verzog er die Lippen zu einem Lächeln und fuhr ganz beiläufig fort:

»Das wollte ich euch nur nochmal gesagt haben, Genossen.«

In seinem dunklen Verlies spürte der Uruguayer, wie ihm die Galle hochkam. Er stellte sich an die Tür und hämmerte mit Händen und Füßen dagegen. Doch niemand kam. Er raste vor Wut, versuchte aber, sich zu beherrschen. Daß sie ihn eingesperrt hatten, störte ihn nicht so sehr, das war er schon gewohnt, sondern daß er immer mehr fürchtete, sie würden ihn umbringen wie einen Hund. Ausgerechnet jetzt, wo seine Leute das Sagen hatten, unter einem Regime, wie er es herbeigesehnt hatte, und mit einem Koffer voller Gold und Juwelen. Die Scheine teilte er mit seinen Leuten.

Er war in Almansa als Sohn eines Eisenbahners auf die Welt gekommen. Seine Kindheit hatte er zwischen Eisenbahnschienen und Lokomotiven verbracht. Ständig sah er die Züge vorbeifahren, in denen – das gab es sonst nirgends – die Klassen (ja, so heißt das) nicht nur voneinander getrennt sind, sondern in denen auch noch Nummern an die Waggontüren gemalt sind, damit ja keine Verwechslung oder gar ein Irrtum möglich ist. Sogar bis zum Aufseher hatte es sein Vater gebracht, zum Schutzengel der Vorschriften und der Achtung vor dem Risikokapital. (Risikokapital, auch das ließ ihn aufmerken, als er es zum ersten Mal hörte – riskante Welt des Geldes, das Risiko der Armen für das Kapital der Reichen.) Menschen erster, zweiter, dritter Klasse ... Sein Vater wollte ihn unterbringen: Er war Eisenbahner, also sollte auch sein Sohn Eisenbahner werden, aber Saturnino González hatte so viele Züge kommen und gehen sehen, daß ihm das Reisen im Blut lag. Vom einen Tag auf den anderen fuhr er nach Barcelona, kurz vor Ausbruch des ersten Weltkriegs, doch dort blieb er nur kurz: Er schiffte sich nach Argentinien ein, von dort fuhr er weiter nach Paraguay. Er arbeitete sechs Monate im Bergwerk und ging dann an den Río de la Plata, um sich dort umzusehen. Die Sache mit den Eisenbahnklassen hatte sich ihm eingegraben, und so widmete er sich kurzerhand dem Diebstahl. In seinem ersten Gefängnis lernte er ein paar Anarchisten kennen; ihre Theorie begriff er als Rechtfertigung seiner Grundhaltung. Während der Diktatur Primo de Riveras kehrte er nach Spanien zurück und schloß sich den Aktionsgruppen der FAI an. Aber das gefiel ihm nicht recht: Kopf und Kragen riskieren für Geld, daß man dann für die gemeinsame Sache verwendete, das kam ihm idiotisch vor. Er glaubte nicht daran, daß das Proletariat jemals an die Macht gelangen könnte. So begann er, auf eigene Rechnung zu arbeiten und beging kleine Betrügereien, ohne seine Beziehungen zu den Anarchisten abzubrechen. Er versuchte sich im Mädchenhandel, ohne großen Erfolg, denn es fehlte ihm am nötigen Kapital. Als es dann ganz schlecht um ihn stand, lebte er eine Zeitlang auf Kosten seiner Eltern. Der Hunger trieb ihn von neuem zur Organisation, und er überfiel zwei Banken: Mit Glück, denn es ging alles glatt, er aber bekam es mit der Angst zu tun und machte sich aus dem Staub. Er wurde Trödler in Valencia, fing aber bald wieder mit seinen Gaunereien an und wurde erwischt. Aus dem Gefängnis befreite ihn das Volk, und die Welt stand ihm offen. An Wagemut fehlte es ihm nie, solange es nicht gefährlich war. Er trug seine Beute zusammen, und als er schon davon träumte, den Rest seine Lebens nur noch erster Klasse zu reisen, fand er sich eingelocht und hatte den Tod im Nacken. Töten, nein, er hatte nicht viele getötet, dafür waren seine Leute da, aber sterben sehen, ja, sterben sehen hatte er schon einige. Und diese Bilder türmten sich plötzlich vor ihm auf und raubten ihm den Verstand. Jetzt half ihm kein Fluchen mehr. Krepieren, das machte ihm nicht allzu viel aus, aber die Sache mit seinem Koffer, seinem Schatz, brachte ihn auf die Palme. Jetzt, da er glücklichen Zeiten entgegensah! Und das erträumte Paradies fiel kläglich in sich zusammen. Und jetzt hier, hinter Gittern! Tod und Teufel über diesen Hurensohn Ricardo. Man sollte ihm alle Knochen brechen, ihn massakrieren ... Und dieser verfluchte Ruano. Warum bloß ist er nicht kurzerhand nach Barcelona gefahren, um sich dort den Paß zu besorgen? Oder wäre er doch gleich über die Grenze gegangen. Dabei hatte er einmal im Leben alles so machen wollen, wie es sich gehört! Offenbar hatte ihn das Geld dazu verleitet, sich als Ehrenmann zu fühlen ... Beschissene Welt!

Als er noch einmal über seine Lage nachdachte und sie von allen Seiten beleuchtete, beruhigte er sich ein wenig: Seine Kameraden würden nicht zulassen, daß man ihn umlegte. Schließlich war er doch einer von ihnen. Gut, er hatte in die eigene Tasche gewirtschaftet, aber das ist kein Verbrechen. Alle, die er abgemurkst hatte, waren von der Rechten. Selbst diesen Straßenbahner, Alfredo Meliá, hatte er in dem festen Glauben ins Jenseits befördert, es handle sich um einen Falangisten. Anscheinend war das ein Irrtum gewesen. Aber das war nicht seine Schuld. Niemand hatte ihm einen Vorwurf daraus gemacht. Natürlich waren unter den Verschollenen auch einige von der Izquierda Republicana, aber warum mußten die auch immerzu aufmucken oder reich sein? Die Rechten stellten sich wenigsten nicht so an und blechten: So retteten sie sich. War das jetzt die Revolution oder nicht? Wenn man ihn nur machen ließe ... scheiß Sozialisten. Die waren imstande, ihn beiseite zu schaffen. Die FAI wußte das. Und das gab ihm eine gewisse Hoffnung. Und wenn sie ihn schließlich doch töteten, na und? Was, na und! Mit vollen Taschen in Paris leben ... die Französinnen.

Wenn sie mich umbringen, hat der Spaß ein Ende. So eine Sauerei. Was könnte ich tun? Nicht einmal den Sehschlitz öffnen sie. Wenn ich die kriege, knalle ich sie allesamt ab. Nicht einen werde ich übriglassen. Auf jeden Fall, auch wenn sie mich laufenlassen, übel mitgespielt haben sie mir trotzdem. Das mit dem Koffer wird auffliegen, und ich werde ihn abliefern müssen. Oder, vielleicht auch nicht. Bestimmt ist López mittlerweile bei Doporto gewesen. Und Ricardo wird nichts anderes übrigbleiben, als mich freizulassen. Morgen, wenn er aus dem Haus geht, werde ich ihn mir schnappen. Es gehört schon einiger Mut dazu, mich zu verhaften ... Vielleicht sollte ich Valencia verlassen, ich könnte eine Zeitlang mit Ortiz an die Front in Aragón gehen. Wie spät es wohl ist? Nichtmal ein beschissenes Streichholz haben sie mir gelassen. Denen wird ich's zeigen ...

Und wieder beginnt er, gegen die Tür zu treten. Um drei Uhr morgens holten sie ihn zu viert aus der Zelle.

»Das wurde ja allmählich Zeit!«

Die anderen sagten kein Wort.

»Jetzt können sie was erleben. Ich bin wieder frei.«

Sie kamen in den Hof. Dort war ein Posten der Guardia de Asalto.

»Steig ein.«

Es war ein schwarzes Auto.

»Nein.«

Er wehrte sich, ließ sich auf den Boden fallen.

»Nein!«

Zu mehreren hoben sie ihn hoch und stießen ihn in den Wagen.

»Wohin bringt ihr mich?«

Schweigen. Der Wagen fuhr an. Der Uruguayer kannte keinen seiner Begleiter.

»Wohin bringt ihr mich, Genossen? Wißt ihr nicht, wer ich bin?«

Schon überquerten sie die Puente del Real, er sah die Baumkronen der Alameda.

»Ich will mit Ricardo sprechen. Ich muß ihm etwas wichtiges sagen. Wohin fahren wir?«

Einer der Männer verlor die Geduld:

»Halt die Fresse!«

»Denkt ihr, ihr könnt mich einfach so um die Ecke bringen?«

Sie fuhren an der Alameda vorbei und bogen in Richtung Palacio de Ripalda ab. Dem Uruguayer blieb kein Zweifel mehr. Es war nur noch eine Frage von fünf Minuten: Sobald sie die Landstraße erreichen würden, bei den ersten Feldern.

»Ich gebe jedem von euch zehntausend Peseten. Einverstanden? Wißt ihr überhaupt, was zehntausend Peseten sind? Und alles, was ich habe. Ihr werdet doch keinen Antifaschisten umbringen …! Sehr gut, daß ihr unsere Feinde zu einem Spaziergang abholt. Aber mich …«

Ein Schlag mit dem Gewehrkolben mitten ins Gesicht, und er schwieg. Er spürte nicht den Schmerz, sondern sein Versagen, das ihn zerfraß und alles schwarz werden ließ.

»Steig aus.«

Der Uruguayer bewegte sich nicht.

»Bist du taub? Steig aus! Oder wir holen dich mit Gewalt! Zeig, daß zu ein Mann bist!«

Er zeigte es nicht. Sie erschossen ihn mit dem Kopf nach unten, über dem Trittbrett. Dann ließen sie ihn dort liegen.

Bevor man ihn wegschaffen konnte, entdeckten ihn die jungen Leute von *El Retablo*, zusammengedrängt auf dem Lastwagen, den sie sich nach vielem Hin und Her besorgt hatten; so gut es ging, stützten sie ein paar Requisiten, die sie für die Vorführung am Nachmittag in Sagunto brauchten. Das alte Monstrum machte einen rüden Schlenker, um nicht die Beine der Leiche zu überrollen, und fuhr weiter, in Richtung der Landstraße nach Barcelona. Es wurde Tag.

Santiago Peñafiel hatte Asuncións Gesicht weggedreht, um zu verhindern, daß sie sich aus natürlicher Neugierde nach der Ursache des unsanften Manövers umdrehte.

»Sieh nicht hin.«

Sie fahren durch Tabernes Blanques. Alles noch Umland, die Dörfer sind über ihr Brachland miteinander verbunden, aber überall tauchen schon Olivenhaine auf. Noch immer hängt der Morgendunst über dem Land. Ein Arbeiter harkt sein Ackerstück, ein anderer eggt sein Saatfeld. In dem Bewässerungsgraben neben der Landstraße fließt das zahme und schlammige Wasser, ein träger Strom. In der Ferne ahnt man das Meer. Rosen, Jasmin, Geranien, Geißblatt, Heliotrop, vereinzelt Bartnelken, Wunderblumen – in Blumentöpfen, Pflanzschalen und Blumenbeeten, selbst an den Rändern und Böschungen der Kanäle. Alle sind mitgekommen, Vicente Dalmases und Manuel Rivelles sind durch zwei Studenten der staatlichen Lehrerbildungsanstalt ersetzt worden, beide aus Murcia. Sie singen im Chor, die Brüder Jover führen die Stimme:

Ich hab vier Taschentücher,

olé, olá.

die sind alle aus Seide

denn sie sind ein Geschenk

olé, olá,

von einem schönen Mädchen.

Was ist daran so besonders?

Was ist daran so verrückt?

Denn wenn sie mich auch liebt,

so lieb ich sie noch viel mehr.

Albalat dels Sorells. Die Kontrollposten wollen noch nicht einmal ihre Passierscheine sehen. Fabriken, Gehöfte, weite

Straßen, weiße Häuser, und die Leute laufen umher, als sei
nichts geschehen.

> Drei Blättlein, liebe Mutter
> Drei Blättlein hat dieser Baum,
> eines davon am Ast dort,
> die anderen beiden am Fuß,
> die anderen beiden am Fuß,
> die anderen beiden am Fuß.

> Inés, Inés, meine Inés
> öffne mir die Tür,
> dann komm ich zu dir,
> dann komm ich zu dir,
> dann komm ich zu dir.

Das Grün der Orangenplantagen auf der rötlichen Erde,
Erdnüsse und Lupinen, Luzerne, Kohl, Kartoffelfelder. Die
Luft erheitert das Gemüt. Schon schwärmen die Fliegen aus.
Josefina Camargo stimmt mit ihrer tiefen Stimme an:

> Die Hirten gehen schon wieder,
> sie gehen schon wieder fort,
> mehr als vier junge Mädchen
> bleiben weinend dort.

Die Jovers fühlen sich in ihrer Heimatliebe angesprochen
und singen auf valencianisch und aus vollem Hals:

> Visanteta, meine Tochter
> Gieß nicht Wasser auf die Straße,
> gieß nicht Wasser auf die Straße,
> denn wenn heut dein Liebster kommt,
> macht er sich die Schuhe naß.

Ein Mann steht gebückt an einem Bewässerungsgraben und hebt ein Schleusenbrett. Masamagrell, Puebla de Farnals. Sie singen immer weiter.

> An dem Tor zu Bethlehem
> klingeling, klingeling,
> flickte ich vor mich hin,
> flickte ich immer weiter,
> hab einen Flicken gemacht,
> und hab ihn fortgeworfen.
> Und dann sind die Räuber gekommen,
> haben dem heiligen Joseph
> die Hosen weggenommen.

Sie lachten vergnügt.

> Die Garne, die du mir gabst,
> die warn nicht aus Seide und nicht aus Wolle,
> die warn nicht aus Wolle und nicht aus Seide.
> Alle sagen, ich soll dich nicht lieben
> ich soll dich nicht lieben,
> dich jugendlichen Stenz,
> und so schlägt mein Herz
> für einen Bergmann nun.

> Du bist ein hübsches Mädchen,
> wenn ich dich in den Straßen seh.
> Du bist ein hübsches Mädchen,
> aber heiraten wirst du nie,
> aber heiraten wirst du nie,
> engelgleiche Frau,
> aber heiraten wirst du nie,
> denn das, das weiß ich genau.

Santiago sieht mehr zu Asunción hinüber, als es Josefina lieb
ist. Darum setzt sie wieder an, mit ihrer ernsten kastilischen
Stimme, mit einem Anflug von Eifersucht:

> Vor den Toren von León
> da liegt ein riesiger See,
> wo die Schönen badengehn,
> denn Häßliche hat hier noch keiner gesehn …

Sie sind schon durch El Puig gefahren und nähern sich jetzt
Puzol. In der Ferne zeichnet sich, violett, die Anhöhe von
Sagunto ab.

»Was ist, warum singt ihr nicht?«, fragt Julián Jover die
beiden Neuen in der Gruppe.

Die beiden Murcianer sehen sich an, lächeln und stimmen das Lied an, das die Bauern beim Sammeln der Maul-
beerblätter singen:

> Sagen Sie nicht schönes Mädchen,
> sonst nenne ich Sie Räuber.
> Ein Räuber, das ist eine Schande,
> ein schönes Mädchen aber nicht,
> ein schönes Mädchen aber nicht.
> Sagen Sie nicht schönes Mädchen.
>
> Gestern abend sah ich die Schöne,
> sie hatte sich frisch gekämmt,
> oh Gott, wie schön sie war …

Sofort wollen es alle lernen, schon singen sie im Chor. Was
ist an dieser Musik, daß sie sie so verbindet? Die Hitze wird
drückend, als sie die Steigung nach Sagunto hinauffahren.

ZWEITER TEIL

Auf der anderen Seite

Claudio Luna

I

»Sie legen ihn um, und kein Wort mehr über die Sache.«

Dann fing er an, irgendwelche Unterlagen durchzusehen. Claudio Luna salutierte, drehte sich um, zögerte kurz, verkniff es sich, etwas zu sagen und ging hinaus.

... Und kein Wort mehr über die Sache ... Es war zwölf Uhr, er hatte noch ein paar Stunden Zeit und überhaupt keine Lust, sich auf seiner Pritsche in der Kaserne aufs Ohr zu legen. Die Nacht war lau, und er wäre am liebsten eine Runde spazieren gegangen, aber man ließ ihn nicht hinaus. Er ging in den Fahnenraum und setzte sich zu Gracián und Sindulfo zum Kartenspielen.

»Na?«

»Nichts.«

»Bist du heute dran?«

»Ja.«

»Maño?«

Claudio antwortete nicht und konzentrierte sich darauf, die Karten zu mischen.

»Gestern Nacht war ich dran.«

»Wo wart ihr?«

»Drüben beim Cerro de San Miguel.«

Claudio Luna, Sohn aus guter Familie, bei der Falange,

weil er mit Luisillo Nenclares befreundet war, der ihn eines Nachts in Madrid José Antonio vorgestellt hatte, zusammen mit den Brüdern Peláez. In Burgos waren sie insgesamt zwölf, besser gesagt, waren sie zwölf gewesen, denn jetzt, ein Monat nach der Erhebung, sind sie schon fast eine Hundertschaft, die sich eifrig darum verdient macht, die Etappe von Republikanern, Marxisten, Freimaurern und ähnlichem Gesindel zu säubern. Die Listen waren im voraus erstellt worden, und so war es nicht schwierig, sie festzunehmen und jeden Morgen zehn, zwölf oder fünfzehn von ihnen wieder herauszuholen und ohne große Umstände von den dazu eingeteilten Kommandos erschießen zu lassen.

Daß Claudio das alles gefallen hätte, wäre zu viel gesagt, aber er sagte auch nichts dagegen. Er hörte die Begeisterung der anderen, ohne sie zu teilen. Sie sagten, das sei notwendig. Gut. Gracián und Sindulfo lachten, noch nie hatten sie sich so wichtig gefühlt. Es berauschte sie, Waffen in der Hand zu halten. Außerdem waren sie dabei zu gewinnen, beim Kartenspiel, versteht sich, aber sie gewannen. Alle drei studierten Jura und hatten zur Zeit Ferien, aber was für Ferien! Gracián hatte schon achtundzwanzig umgelegt, was damals noch eine Heldentat war. Vor ihnen schien eine Welt voller Ruhm zu liegen: Keinerlei Zweifel plagte sie. Ihre Eltern sahen mit Respekt zu ihnen auf. Helden: Ihre Pistole legten sie noch nicht einmal zum Schlafen fort, sondern hielten sie stets griffbereit.

»So so, ausgerechnet du bist mit Maño dran ... «

Sindulfo biß sich auf die Unterlippe und grinste. Sie rauchten mindestens dreimal so viel wie sonst.

Der Maño war Gehilfe von Claudios Vater, der in der Calle de la Paloma eine Kanzlei hatte.

»Daß man bis zum Cerro de San Miguel hinauffahren muß, wenn man den Friedhof vor der Tür hat ... «

Der Gottesacker liegt dem Gefängnis fast genau gegenüber.

»Wenn wir doch ein wenig über den Paseo del Espolón spazieren könnten ...«, sagte Sindulfo.

»Wir sind auf Wache.«

»Wache, was soll das heißen, ist mir doch schnurz! Ich habe Rosario versprochen ... Fünfundsechzig.«

»Achzig.«

»Ich spiele nicht mehr mit.«

Claudio stand auf.

»Was ist denn in dich gefahren?«

»Mir ist zu heiß. Ich schau mal, ob uns nicht jemand ein Bier holen kann.«

»Um diese Uhrzeit?«

»Ich bin gespannt, wer dir was holt ...«

»Drüben, beim San-Nicolás-Tor.«

»Du träumst wohl.«

Claudio ging in den Hof hinaus und setzte sich auf eine Bank. Die Nacht war klar, überall zwinkerten die Sterne.

(Der Maño, das hatte ja so kommen müssen. Unausweichlich. Sein Vater hatte ihn immer wieder gewarnt. Er hatte ihn behalten, weil er wie ein Besessener arbeitete. Das ist es: wie ein Besessener. Wer sonst käme auf die Idee, in Burgos Radikalsozialist zu sein? Er legt ihn um, und kein Wort mehr über die Sache.)

Wenigstens war er zum Hauptmann gegangen und hatte ihn gebeten, ihn durch einen anderen zu ersetzen.

»Luna, das ist nicht das erste Mal, daß Sie sich zu drücken versuchen.«

»Nicht doch, Herr Hauptmann ...«

»Ich weiß.«

»Jeden anderen Dienst ...«

»Sie legen ihn um, und kein Wort mehr über die Sache.«

Er konnte jemanden bitten, für ihn einzuspringen: An Freiwilligen würde es nicht fehlen; aber auch nicht an Klatschmäulern, die mit der Geschichte hausieren gehen würden. Und Disziplin war Disziplin. Sie standen schließlich unter militärischem Befehl. Es war zum Verrücktwerden.

(Na schön, aber was schert mich das? Wenn die Roten gewonnen hätten, dann hätten sie mich ... Als sie vor einem Monat noch das Sagen hatten, konnte ich allerdings in aller Ruhe durch die Straßen spazieren. Also, mir macht es nichts aus, dem Maño eine Kugel durch den Kopf zu jagen. Wenn das so ist, warum und worüber zerbreche ich mir dann den Kopf? Genau, sprich es aus: Du kennst ihn. Nein, du kennst ihn kaum. Ach was: Du kennst ihn seit ewigen Zeiten. Oft bist du nicht in der Kanzlei deines Vaters gewesen, aber der Maño war immer da. Was mein Vater wohl über das alles denkt? Mein Gott! Du wirst doch jetzt nicht sentimental werden!)

Ein paar Gefangene, traurige Gestalten, gingen vorüber. Er kannte keinen von ihnen, Leute aus der Unterschicht, Arbeiter und Herumtreiber.

(Jetzt endlich wird es mit Spanien aufwärts gehen, und überall wird man die Augen auf uns richten. Es ist zwar nicht ganz so gelaufen wie erhofft, aber sie werden schon sehen. Die Italiener waren bereits in Marokko, und auch in Andalusien. Die Deutschen würden kommen. So konnte es einfach nicht mehr weitergehen. Azaña, diese falsche Schlange. »Spanien hat aufgehört, ein katholisches Land zu sein.« Das werden wir jetzt ja sehen. Freilich, hier war der Maño, und »kein Wort mehr über die Sache«. Er war selbst schuld, warum mischte er sich auch in Sachen ein, die ihn nichts angingen?)

Der Maño war dreißig Jahre alt, in Claudios Augen bereits ein alter Mann. Er war grauenerregend häßlich, hatte ein Knollennase, schielte, war mager, schmalbrüstig, mit klobigen Pranken und großen Füßen, ein Riese. Das Haar immer zerzaust, stets ein leichtes Grinsen auf den dicken Lippen, so groß wie die Portionen, die er verdrückte. Was seine gastronomischen Vorlieben anlangte, war er hingegen denkbar unkompliziert: Er verschlang Schweinefleisch ebenso wie Fisch, gedünstetes wie rohes Gemüse, das Obst frisch oder eingemacht; seine besondere Schwäche für Lammbraten war bekannt: Angeblich blieb er wegen dieser Spezialität in Burgos, das zumindest behaupteten böse Zungen – an denen es in der Provinz nie fehlt, wo sich alle mit einem einzigen Thema befassen, anders als die Leute in der Hauptstadt, wo es mehr zu sehen gibt.

Die Witzeleien liefen immer auf das gleiche hinaus:

»Wo steckst du denn das ganze Essen hin ...?«

»Das geht doch nicht mit rechten Dingen zu.«

»Maño, wie du schon wieder schlingst!«

Das verhalf ihm – man mag es kaum glauben – zu gewissem Ansehen.

»Gestern hat der Maño zwei Dutzend Lammkoteletts verdrückt.«

Er war in der Kanzlei von Don Claudio Luna y Alcocer angestellt, dem Notar der Stadt. Zwei Jahre lang hatte er an der juristischen Fakultät in Zaragoza studiert, dann konnte er nicht mehr: Sein knurrender Magen besiegte ihn. Ihm genügte nicht, was er in Nachtarbeit in einer Bäckerei verdiente, eine Arbeit, die er für den Fall angenommen hatte, daß seine anderen Einkünfte ausblieben. Zwar war er nicht verwöhnt, aber zu einem ordentlichen Brot aß er gerne eine ordentliche Chorizo-Wurst, oder ordentlichen Schinken, purpurrot, steinhart und durchscheinend wie manche der roten Glasfenster der Kathedrale; öligen Manchego-Käse und Obst aus der Ribera, Pfirsiche und Pflaumen, wie es sie ausschließlich in Rioja gab. Darüber ließ sich stundenlang reden, und das verschob er nie auf den nächsten Tag.

Nach Burgos hatte ihn der reine Zufall, und die allgemeine Beliebtheit und Wundertätigkeit der Nuestra Señora del Pilar geführt: Doña Juana Bolaños de Luna, Don Claudio Seniors Angetraute, reiste in Begleitung ihres Ehemanns nach Zaragoza, um ein Gelübde zu erfüllen, das im Verlauf einer beidseitigen Lungenentzündung Juanitas abgelegt worden war, der Tochter der beiden und älteren Schwester desjenigen, der uns hier beschäftigt. Darüber hinaus sollte die Reise dazu dienen, ein paar Tage lang ins Seebad Panticosa zu fahren, wo das Mädchen, wie der Hausarzt meinte, vollständig genesen müßte. Das war ein Irrtum, aber Juanita kommt in unserer Geschichte nicht vor, weder ihre Bedeutungslosigkeit noch ihre Blässe, weder ihre Liebe zu Sindulfo noch ihr Tod, der sie 1934 ereilte. Wohingegen es wichtig ist zu sagen, daß Jaime Oliete – Vor- und Nachname desjenigen, der später als ›der Maño‹ bekannt wurde – damals vor einem Jahr aus der Bäckerei trat, am Ende der Calle del Coso nahe der Universität, wo er seine guten Dienste leistete, anschließend die Calle de Palafox in Richtung Kathedrale entlangschlenderte, auf dem Weg zu der Pension, in der er wohnte. Auf der Plaza, gegenüber dem Priesterseminar, kam gerade Juana vom Beichten und knickte mit dem Fuß um, dem rechten, um genau zu sein – was im Grunde unser einziger Wunsch ist –, und stolperte ihm in die Arme. Jaime nahm sich ihrer an und brachte sie ins Hotel Arana, wo die Familie logierte, denn eine andere Art der Hilfe wollte die untadelige Señora partout nicht annehmen. Selbstverständlich bedankte sich Don Claudio bei ihm, und sie wechselten ein paar Worte. Die Señora rühmte die Liebenswürdigkeit des jungen Mannes in den höchsten Tönen. Das Mädchen sah so bleich aus, daß der Maño zutiefst beeindruckt war. Unter dem Vorwand, sich nach dem verstauchten Fuß erkundigen zu wollen, kam er wieder. Und auf diese Weise ergab sich seine Übersiedlung in die Hauptstadt Kastiliens, nach Burgos. Ohne Schwierigkeiten lebte er sich ein.

Claudio junior suchte ihn mehr als einmal auf, wenn er in Examensnöten war oder kleine Sünden zu vertuschen hatte, die er meist in einem Haus beging, das sich durch schlechten Ruf und gute Aussicht auszeichnete, denn egal welches der Flittchen man im Arm hatte, immer hatte man die Türme der Kathedrale im Blick.

Jaime Oliete war als Assistent äußerst nützlich und stellte keinerlei Ansprüche. Er wußte nicht mehr und nicht weniger als jeder andere auch und stellte keine Konkurrenz dar. Einzige Krux: Er war Radikalsozialist.

Der Gerechtigkeit zuliebe sei gesagt, daß Doña Juana stets, wenn sie mit aller Inbrunst für den Waffensieg der Heiligen Militärerhebung und für die Seele des General Sanjurjo betete, Gott auch darum anrief, daß dem Maño nichts zustoßen möge. Sie flehte sämtliche Heilige darum an, die in der Kathedrale ihren Altar hatten: San Juan de Sahagún, San Enrique, San Gregorio, San Nicolás, nicht zu vergessen den hochheiligen Christus selbst. Und wenn sie sich nicht an Santa Tecla und Santa Ana wandte, dann nur, weil es sich hier um Männersache handelte.

Unterdessen, zumindest in dieser einen Nacht, wußte ihr Sohn Claudio nicht, welchem Heiligen er sich empfehlen sollte.

Da der Maño für einen bedeutenden Politiker gehalten wurde – die Zentralperspektive ist eine Erfindung der Renaissancemaler, die weder die Krümmung des Raums bedachten, noch die Tatsache, daß alles vom Standpunkt des Betrachters abhängt –, da er außerdem mit dem republikanischen Gouverneur bekannt war und er gerne Gefälligkeiten erwiesen hatte, konnte er keine Nachsicht für seine liberalen Überzeugungen erwarten. Tagelang schon wartete er auf den Nackenschuß und ihn wunderte lediglich, daß

so lange nichts geschehen war. Zehn Tage nach seiner Festnahme keimte in ihm die vollkommen abwegige Hoffnung
auf, daß sein Brotgeber, der beim Erzbischof genauso gerne
gesehen war wie bei den Militärs, seine Begnadigung beantragt habe. Womit er sich, selbstredend, gründlich im Irrtum
befand. Jetzt wehte ein anderer Wind, und ein jeder tat, was
er konnte, um den neuen Machthabern, die so neu auch wieder nicht waren, um den Bart zu streichen.

So schreckte er nicht sonderlich zusammen, als sie ihn am
21. August um drei Uhr morgens abholten und ihn in einen
stattlich anzusehenden Chevrolet einsteigen ließen.

Neugierig sah er sich seine Begleiter an, und er war hoch
erstaunt, als er trotz der Dunkelheit Claudio erkannte. Die
Familie Luna fabrizierte ihr eigenes Kölnisch Wasser, und
sein Gestank war unverwechselbar. Der Notarssprößling
grüßte ihn nicht, teils weil er einen trockenen Mund hatte,
teils weil er es nicht für angebracht hielt. Der Maño aber
hatte keine Hemmungen, abgesehen von den Handschellen,
die ihm lästig fielen.

»Könnte man hier vielleicht eine Zigarette rauchen?«

Claudio zog seinen Eins-zehner-Tabak hervor.

»Wären Sie so freundlich, sie mir zu drehen?«

Der junge Falangist rollte das Papier.

»Kleben Sie sie zu, wenn Sie so freundlich wären.«

Von einer Zigarette konnte kaum die Rede sein: Der
Tabak war zur Hälfte herausgefallen.

Claudio schob sie ihm in den Mund und reichte ihm Feuer. Im Schein des Streichholzes erschien ihm Maños Gesicht,
der sich zwei Wochen lang nicht rasiert hatte, wie das eines
Toten. Die Hand des jungen Mannes zitterte, was zusammen
mit dem Holpern des Wagens dazu führte, daß die Flamme
das Ende der Zigarette immer wieder verfehlte.

»Seien Sie unbesorgt. Letzten Endes ist es mir lieber,
wenn es jemand tut, den ich kenne. Andererseits begreife

ich sehr wohl, wie Ihnen zumute ist. Wenn ich es wäre, der sie dorthin brächte, wohin wir jetzt fahren ... wäre das noch verständlich. Ein Angestellter, ein Untergebener, der seinen Vorgesetzten um die Ecke bringt. Oder den Sohn des Vorgesetzten. Das paßt in das normale Bild ... von abnormalen Situationen. So hingegen muß einem ziemlich unbehaglich zumute sein ...«

»Halt die Fresse!«

»Wieso? Oder habt ihr noch mehr vor als mir eine Kugel in den Kopf zu jagen?«

Claudio Lunas Kopf war leer.

»Hören Sie, Claudio. Sollten Sie zufällig einmal nach Madrid kommen, wenn Sie und Ihre Leute verloren haben ...«

Derjenige, der rechts neben dem Gefangenen saß, versetzte ihm einen Schlag mit dem Handrücken, daß es ihm die Zigarette gegen die Backe schlug und seine Nase zu bluten begann, was man in der Dunkelheit nicht sah, da nur die Landstraße von den Scheinwerfern schwach beleuchtet wurde. Nur ein paar Funken der glimmenden, zerbröselnden Zigarette fielen dem Verurteilten und Claudio, der auf der anderen Seite neben ihm saß, auf die Knie, wie ein kleines Feuerwerk. Der Maño sprach weiter, als wäre nichts geschehen.

»Dann gehen Sie in die Calle de Don Ramón de la Cruz, Nummer 18, und fragen nach Enrique Guzmán, dort ist meine Schwester Pepita Dienstmädchen.«

Zum ersten Mal sprach Jaime Oliete von seiner Familie.

»Sagen Sie ihr ... was auch immer. Und daß sie die Alten benachrichtigen soll.«

Claudio glaubte, in Ohnmacht fallen zu müssen. Fast wünschte er das. Den Maño erschießen, nun ja: Er war gewissermaßen ein Findelkind. Es würde aus sein mit ihm, und damit hatte es sich. Jetzt aber kam heraus, daß es in seinem

Leben sehr wohl familiäre Bande gab, daß er keineswegs allein war. Freundschaftliche oder politische Beziehungen zählten nicht viel in den Augen des jungen Mannes aus Burgos, Familienbande aber sehr wohl. Denn das war seine Welt. Er raunte:

»In Ordnung.«

»Und bestelle deinen Eltern herzliche Grüße.«

Dieser letzte Satz entbehrte nicht einer gewissen Boshaftigkeit. Aber niemand erwiderte etwas: Claudio nicht, weil er nicht konnte, die anderen nicht, weil sie diese Form, einen Kameraden in Verlegenheit zu bringen, gar nicht übel fanden.

Und alles lief ab wie immer. Maño stürzte der Länge nach zu Boden, die Arme gekreuzt, das Gesicht zur Erde.

II

Die Geschichte lief von Mund zu Mund, aber anscheinend nahm niemand Anstoß an ihr, denn die Bekannten grüßten den jungen Herrn weiterhin, als ob nichts wäre. Es fehlte nicht an lieben Freunden, die den Klatsch – wenn das Wort hier überhaupt noch angemessen ist – zu Doña Juana trugen. Sie glaubte kein Wort, doch um auf Nummer sicher zu gehen und sich der Böswilligkeit dessen zu versichern, der ihr die Geschichte gesteckt hatte, fragte sie ihren Sohn, ob an der Sache etwas dran sei. Der Junge leugnete nicht. Ohne ein weiteres Wort ging die Mutter fort zum Gebet. Etwas in ihr war zerbrochen. Acht Tage später war sie tot, ohne darüber mit jemandem geredet zu haben. Außer mit ihrem Beichtvater, der am Ende nur noch Kreuze schlug und sie für völlig umnachtet hielt: Die gute Frau lästerte Gott.

»Dafür habe ich meine Kinder großgezogen? Die eine starb an Lungenentzündung. Warum? Der andere ist ein Mörder, warum? Pater, sagen Sie, warum? Warum nur bestraft mich Gott? Was haben Claudio und ich nur getan? Antworten Sie mir!«

Der Beichtvater versuchte, sie zu beruhigen, aber es war alles vergebens.

»Gelten die Gebote denn noch, ja oder nein? Ich habe nie einen anderen Mann angesehen, ich habe nie gestohlen, ich habe nie getötet. Warum hat mein Sohn getötet?«

»Die besonderen Umstände, der Krieg … «

»Sollen doch die anderen töten! Schöne Welt, die unser Herr da hervorgebracht hat!«

»Gott steht über diesen Dingen.«

»Dann soll er gefälligst herunterkommen.« Und von da an spie Doña Juana, die in ihrem Leben nie auch nur ein derbes Wort gesagt hatte, Gift und Galle.

»Sie fiebert, sie fiebert«, stöhnte der arme Geistliche, dem angst und bange war. Er erteilte ihr die Absolution, denn was hätten sonst die Leute gesagt?

Die Beerdigung wurde mit großem Pomp begangen. Claudio, in Uniform, sah hinter dem Familiengrab das Massengrab, den riesigen Schlund, mit Würmern so groß wie Schlangen.

Er meldete sich freiwillig an die Front, und seinem Gesuch wurde dankend entsprochen. Er kam in die Sierra de Guadarrama, und obwohl er Todesängste ausstand, hielten alle ihn für einen Ausbund an Tapferkeit. Er berauschte sich an der Vorstellung, der Tod sei nichts, er besäße keinerlei Bedeutung. Einer mehr oder weniger, was machte das schon aus. Es würden so viele sterben, daß Maños Tod gar nicht weiter auffiele.

Es gab keinen Einsatz, zu dem er sich nicht freiwillig gemeldet hätte. Eine ganze Nacht lang kauerte er in einem

Graben neben einem Toten, unter dem unvorhergesehenen Schein des Mondes. Er war bei bedecktem Himmel auf Patrouille gegangen, doch mit einem Mal brachen die Wolken auf und unser Mann sah sich außerstande, sein Loch zu verlassen. Über seinen Kopf pfiffen kreuz und quer die Kugeln. Der Tote begann schon zu riechen. Nicht besonders schlimm, aber der Geruch war penetrant, nicht stark, aber durchdringend.

Im Grunde war es lachhaft, aber Claudio begann, sich vor dem Toten zu fürchten. Nicht die pfeifenden Kugeln erschreckten ihn – wer tötet, wird getötet –, sondern die Leiche. Er konnte es sich beim besten Willen nicht erklären: »Der ist mausetot. Ein Toter.« Der Geruch allein war kein ausreichender Grund für das, was er empfand. Er begann, sich das Leben des Verstorbenen auszumalen. Er war jung, schlecht rasiert, dürr. Dürr. Genau. Maño. Das war es.

Und das Blut sickerte ihm aus dem Hinterkopf. Gnadenschuß. Oh, Mann! Den mußte es erwischt haben, als er zurückgeblickt hatte. Wer er wohl war? Er könnte ohne Gefahr bis zu ihm hinüber robben und nach seinen Papieren sehen. Nichts hinderte ihn daran, nur seine Angst. Der Ekel. Eben: Maño.

Dieser Geruch. Wie lange er wohl dort ausharren müßte? Würde es sich noch einmal zuziehen? Der Mond schien die Wolken in die Flucht zu schlagen. Ein Karnickel. Er war ein Karnickel. Sie hatten ihn gejagt wie ein Karnickel. Und dieser junge Mann dort, neben ihm, tot. Bestimmt war er am Vortag gefallen. Wo wohl seine Seele war? Der Himmel, das Fegefeuer, die Hölle. Glaubte er wirklich an das alles? Pater Rigoberto hatte ihm die Absolution erteilt. Außerdem hatte er am Vortag, in Segovia, die heilige Kommunion empfangen. Wenn er starb, würde er in den Himmel kommen, schlimmstenfalls ins Fegefeuer. Maños Seele hingegen war vermutlich in die Hölle gekommen. Er wußte, daß das nicht

stimmte. Er versuchte, sich von dieser Vorstellung loszuma-
chen und nur noch an den Toten zu denken, der neben ihm
lag. Wie alt er wohl war? Zwanzig? Fünfundzwanzig? An-
dalusier, Gallicier? Er entschied, daß er aus Bilbao stammte, wegen der Mütze. Er war als Verteidiger von Ordnung
und Religion gefallen. Plötzlich überfiel ihn ein Zweifel:
Und wenn er ein Roter war?

Er fühlte sich erbärmlich, elend, klein. Er würde sterben
und es machte ihm nichts aus. Aber wenn dem so war, warum hatte er dann die Angst? Er würde in den Himmel kommen. Nein, er würde nicht in den Himmel kommen, auch
nicht in die Hölle, nirgendwohin. Er würde sterben, das war
alles. Genau wie dieser hier würde er daliegen und riechen.
Und es würde regnen, es würde schneien und er würde
verwesen. Das war alles. Darum hatte er Angst. Er sah seine Hand vor sich, seine riesige Hand, am Abzug, um dem
Maño das Hirn wegzupusten, den kreisförmigen Lichtschein
der Laterne, die plötzlich erlosch. Das Krachen und dann,
nichts. Jetzt pfiffen wenigstens die Kugeln. Von wegen, schon
seit einer Weile war kein Schuß mehr abgefeuert worden.
Einsam der Mond dort oben, und in der Ferne die Wolken
wie ein weißer Schleier. Die Stille. Die Erde, die Steine, die
ihn drückten. Er wagte es, sich ein wenig zu rühren. Ein Kiesel, der sich gelöst hatte, ließ ihn ängstlich zusammenzucken.
Er duckte sich, umklammerte das Gewehr. »Zu Tode er-
schrocken.« Todesangst. »Starr vor Entsetzen.« Vor Angst
machte er in die Hose. Er konnte nicht mehr und zog sich
zitternd die Hosen runter. So wurde er gefangengenommen.

»Ich bin immer ein Linker gewesen.«

»Wolltest du überlaufen?«

»Ja.«

Hauptmann Calvo musterte ihn, die Nase zwischen Daumen und Zeigefinger, seine Lieblingsgeste, auf der Suche

nach einem Haar, das ihm aus einem seiner Nasenlöcher herauswuchs.

»Das behaupten alle.«

»Ich war in Burgos, um dort meine Semesterferien zu verbringen. Aber Sie können Studienkameraden von mir fragen.«

»Keine gute Idee.«

»Dann fragen Sie Don Nicasio Gómez de Urganda.«

Der Name des berühmten Zivilrechtlers beeindruckte den Hauptmann, denn auch als Laie hatte er schon häufig von dem namhaften Professor, dem sozialistischen Abgeordneten und Stolz des Madrider Gerichtshofs, gehört.

»Ich bin ein Schüler von ihm.«

Das stimmte, und Claudio Luna merkte, daß er das Spiel gewonnen hatte. Das lag drei Jahre zurück, und obwohl er sich damals in keiner Weise hervorgetan hatte, war er auch kein Erzreaktionär gewesen. Der Kreise wegen, in denen er sich bewegte, wechselte er ums Jahr 34 herum den Professor, ohne groß Aufhebens davon zu machen.

Der Hauptmann bekam ein Haar zwischen die Finger, riß es aus, das Ziepen verschaffte ihm Befriedigung. Im übrigen war er jung und Optimist. Er beschloß, den Gefangenen nach Madrid überführen zu lassen. Sollten es die dort regeln. Claudio hob voller Begeisterung die geballte Faust.

»Hoch lebe die Republik, Genosse.«

»Hoch lebe die Republik.«

»Salud.«

»Salud.«

Mit einem Nachschubkonvoi kam er in die Hauptstadt, nachdem er dem Hauptmann und einem dazugerufenen Leutnant alle Auskünfte erteilt hatte, die sie von ihm verlangt hatten, und einige mehr, die er freiwillig hinzufügte. Der Maño würde es ihm danken, das zumindest stellte er sich vor, wenn auch nicht sehr deutlich.

Don Nicasio Gómez de Urganda lebte, versteckt hinter seinem Bart, in der Calle de Velázquez. Er war in jeglicher Hinsicht eine gewichtige Persönlichkeit, ein guter Redner, wie man sich denken kann, und ziemlich zufrieden mit sich und seiner Wissenschaft. Er geriet nicht so schnell ins Zweifeln, am wenigsten über seine politischen Fähigkeiten, ganz einfach, weil er keine hatte, obwohl man zugestehen mußte, daß er zum Provinzmatador hervorragend befähigt war. Das führte dann zu falschen Schlüssen.

Er verließ sich vor allem auf die Ergebenheit seiner Schüler, die ihn wie ein Hofstaat umgaben, und unter denen vom Speichellecker bis zum Hanswurst alles vorhanden war; seit der Ausrufung der Republik, für deren Kommen der berühmte Tribun sich so tüchtig eingesetzt hatte, hatte jeder von ihnen einen guten Posten bei der Regierung abbekommen. Er selbst hingegen nahm selbstverständlich kein öffentliches Amt an. Er war Intellektueller, und Punkt. Vielleicht noch ein Aufsichtsratsposten – wie er sie auch unter dem unheilvollen Diktat der Monarchie nicht verschmäht hatte –, oder ein gut dotiertes Amt in einem so ganz seinen Kompetenzen entsprechenden Unternehmen wie dem Tabakmonopol, den Petroleumgesellschaften oder der Nationalbank *Banco de España,* das wohl, jedoch keinen Ministersessel, kein Staatssekretariat – und nicht, weil man sie ihm in den zahlreichen sich überstürzenden Krisen nicht angeboten hätte. Um zu kritisieren, hatte er seinen Stammtisch; und im Stillen schmunzelte er.

Als der Krieg ausbrach, stellte er sich in den Dienst der Regierung, und in jenen Tagen munkelte man, er werde ins Ausland gehen und an die Spitze einer Gesandtschaft treten. Er dementierte: Mein Platz ist in Madrid, an der Seite der Regierung.

Es bedurfte umständlicher Nachforschungen, bis sie ihn ans Telefon bekamen.

»Claudio Luna? Ja. Aber natürlich. Nein. Soweit ich weiß, ist er nie bei den Rechten gewesen. Bringen sie ihn her. Ja, ich bürge für ihn.«

Das genügte, und Claudio Luna sah sich frei in den Straßen von Madrid.

III

Als erstes ging er zu einem Friseur und ließ sich den Schnauzbart abnehmen. Die Uniform brauchte er nur ein wenig umzumodeln. Madrid war natürlich noch immer Madrid, aber verändert. Die meisten Autos fuhren schneller als ein paar Monate zuvor und hatten in weißen Lettern die Abkürzungen der Gewerkschaften, Parteien und politischen Gruppen aufgemalt, der sie gehörten. Milizionäre in Blaumännern. Gewehre. Oberflächlich jedoch schienen die Dinge weiter ihren gewohnten Gang zu gehen: Die Geschäfte waren geöffnet, die Leute saßen in der Sonne. Patrouillen zogen durch die Straßen. Manchmal hörte man Schüsse. Die Einsamkeit bemächtigte sich ganzer Straßenzüge.

Claudio, der nicht gerade ein Ausbund an Intelligenz war, hielt es für das Beste, seinen Freunden der letzten Monate aus dem Weg zu gehen und sich mehr an die Kreise von früher zu halten, als er noch nicht die Cafés besuchte, in denen sich all die Sánchez Mazas, Alfaros, Mourlanes, Peláez und noch andere Sánchez' trafen, die geistigen Köpfe der Falange. Andererseits, dachte er, dürften sie kaum frei herumlaufen. Kurzzeitig spielte er mit dem Gedanken, einfach bei einer Botschaft um Asyl nachzusuchen. Aber das hieße, offen Partei zu ergreifen, dabei wollte er sich doch von allem lossagen, was er auch für möglich hielt, und in Ruhe gelassen werden. Dafür brauchte er Geld, und das hatte er nicht. Er würde sich etwas von einem der Freunde seines Vaters borgen müssen. Und er mußte seine Familie benachrichtigen, die inzwischen mit Sicherheit um ihn trauerte.

Bei seiner Entlassung hatte man ihm die fünfundzwanzig Peseten zurückgegeben, die er bei sich gehabt hatte. Er betrat ein Café in der Calle de Alcalá, um sich in aller Ruhe zu überlegen, an wen er sich wenden konnte.

An die Cifuentes war nicht zu denken. Der Alte war bestimmt in Paris. Mit der Familie von Rigoberto Martínez würde es sich genauso verhalten. Das waren die beiden Familien, die am engsten mit seiner befreundet waren. Vielleicht könnte er versuchen, bei ihnen anzurufen ... Aber wenn sie abgehört würden – und das war mit Sicherheit der Fall? Leute von der Linken! schoß es ihm durch den Kopf. Er brauchte Leute von der Linken! Die Torners? Ja, warum nicht? Don José Torner war ein angesehener Maler, alter Liberaler mit republikanischen Anwandlungen, seiner valencianischen Herkunft wegen. Und selbstredend: Blasco Ibáñez, Sorolla, selbst Benlliure, sie alle behielten in den Augen der Leute – warum auch immer – einen gewissen demokratischen Anstrich, der vielleicht von den bescheidenen Verhältnissen herrührte, aus denen sie ursprünglich stammten.

Er ging in die Calle de Valverde, wo sie zu Hause waren. Ein altes Hausmädchen, an das er sich vage erinnern konnte, öffnete ihm. Don José war verstorben, und seine Familie hielt sich in Valencia auf.

Er ging die Gran Vía hinauf, und als er zur Telefonzentrale kam, fiel ihm Dorita Quintana ein. Warum war er nicht eher auf sie gekommen?

Sie besaß alle Vorzüge: Sie war Argentinierin und mit allen möglichen Politikern der Linken intim befreundet. Am liebsten hätte er auf der Stelle losgetanzt. Ob sie wohl in Madrid war? Oder war sie am 18. Juli bereits in San

Sebastián in den Ferien? Er stürzte in ein Café, suchte im Telefonbuch und wählte die Nummer. Er keuchte. Es klingelte eine Ewigkeit. Das Tuten in der Leitung schien sein Schicksal zu bestimmen.

»Ist Señorita Dora zu sprechen?«

»Sie ist gerade weggegangen.«

»Wird sie bald wiederkommen?«

»Das weiß ich nicht. Soll ich ihr etwas ausrichten?«

»Nein danke. Wann wird sie zurücksein?«

»Wer spricht dort?«

»Claudio Luna.«

Als er seinen Namen gesagt hatte, bereute er es auch schon, als hätte er eine Dummheit begangen.

»Señorita Dora hat nichts gesagt.«

»Wird sie zum Mittagessen zurück sein? Es ist dringend.«

(Was habe ich da Dummes gesagt? Wieso denn dringend? Wie soll ich ihr das später erklären?)

»Ich glaube nicht, daß sie vor Abend zurückkommt. Sie hat nichts gesagt. Soll ich ihr etwas ausrichten?«

»Nein, danke. Ich rufe später nochmal an.«

Es geht niemals so, wie man es gerade will. Immerhin ist sie in Madrid. Ich bin gerettet. Was mache ich bis zum Abend? An wen kann ich mich noch wenden? Am besten gehe ich an einen Ort, wo mich niemand sieht. In ein Hotel. Ich habe aber kein Geld.

Claudio Luna gehört zu den Leuten, die nicht imstande sind, sich ein Zimmer zu nehmen, wenn sie nicht genug in der Tasche haben, um gleich für eine Woche zu bezahlen. Er trat auf die Straße. Die Sonne knallte auf die Fassaden. Kaum tat er ein paar Schritte, lief ihm Dorita Quintana in die Arme.

Sie Dorita zu nennen, ist nur so eine Redensart, denn die junge Dame ist groß und füllig und bringt ihre Figur auch gerne zur Geltung, ein Mauerblümchen will sie nämlich ganz und gar nicht sein. Stattliche Beine, stattlicher Busen, üppige Waden, üppige, ausladende Hüften. Die Männer drehen sich nach ihr um, worüber sie sich entzückt beklagt. Dorita schreibt, malt, bildhauert, lernt Griechisch, studiert Philosophie, Psychoanalyse, Medizin, sie spielt Klavier, kocht, tanzt wie keine zweite, kommt, geht, versäumte keinen Vortrag, keinen Cocktail, als es noch Cocktails gab, läßt keinen Empfang aus, wie es sich für eine Diplomatentochter gehört, deren Vater zwar verstorben, aber allen in guter Erinnerung ist. Sie lebt von einer kleinen Pension, die sie immer gleich in den ersten Tagen des Monats aufbraucht, danach – irgendwie. Sie hat ihre unglücklichen Lieben und wird von Don Ceferino angebetet, einem verheirateten Mann in guter Position, der sich alles gefallen läßt und für alles aufkommt. Dora ist rührig, gutmütig und zu allem fähig. Sie interessiert sich für alles und redet überall mit, egal ob sie etwas davon versteht oder nicht. Sie lügt, ohne es zu merken und ohne daß es ihr etwas ausmacht. Hervorspringende Augen, breiter und feuchter Mund. Zwanzig Jahre und ein paar zerquetschte, nicht so alt, wie man ihr nachsagt. Ihr großes Herz ist immer offen für die Kümmernisse anderer Leute. Sie opfert sich auf, um anderen zu helfen. Immer auf den Beinen, erledigt dies, erledigt das. Und Herr Soundso, und Frau Soundso, und Don Pepitos Theaterstück, und das Portrait, das Gabrielito gerade von ihr angefertigt hat. Alle redet sie mit Kosenamen an, alle sind ihre Kinder, alle ihre Engelchen.

»Dora!«

»Mensch, Claudio. Wir haben uns ja Ewigkeiten nicht gesehen! Wo hast du die ganze Zeit gesteckt? Nach der Geschichte mit Anita habe ich nichts mehr von dir gehört. Was ist aus Anita geworden? Siehst du sie noch? Wo wohnst du? Was machst du? Beim Militär? Gut siehst du aus in der Uniform. Bei wem bist du? Wußtest du, daß Luis bei Oberstleutnant Mangada und Alfonso bei Oberst Sarabia ist? Eine schöne Geschicht hat man uns da eingebrockt! Aber sie wissen nicht, was sie erwartet. Ich arbeite im Marineministerium. Bei Prieto. Als Übersetzerin. Es ist wunderbar. Das ist das Leben, und nicht das, das wir vorher gemacht haben. Aber, mein Junge, erzähl schon. Lädst du mich auf ein Gläschen ein? Gehst du nie zur Allianz Antifaschistischer Schriftsteller?«

»Ich bin gerade erst angekommen.«

»Du wirst sehen, es ist einfach wunderbar. Wir sind alle dabei. Alle arbeiten. Bergamín, Gustavo Durán, Díez-Canedo, und jetzt sind auch noch die Albertis dazugekommen. Prieto, Chabás, Farías, du hast keine Vorstellung. Es macht großen Spaß. Und du, wo bist du gewesen?«

»In Burgos.«

»Was du nicht sagst! Ich faß es nicht! Du bist also durchgekommen? Heldenhaft!«

»Ich habe keinen Céntimo in der Tasche, und keine Bleibe.«

»Keine Sorge. Die Welt gehört uns. Einfach wunderbar! Sie werden dir ein Zimmer in einem der beschlagnahmten Häuser zuteilen. Was hast du vor?«

»Keine Ahnung.«

»Willst du in der Volksbildung mitarbeiten? Da werden jetzt mehrere Ensembles zusammengestellt, die auf dem Land Theater spielen sollen. Oder würde es dir besser bei dieser Stelle zum Schutz der Kunstschätze gefallen? Sprichst du Englisch oder Deutsch? Dann kämst du gerade zur rechten Zeit. Sie brauchen Übersetzer. Stell dir vor, im *Palace* sitzt eine sowjetische Mission. Gustavo will dort arbeiten.«

»Du weißt, ich kann nur ein bißchen Französisch und das war's dann.«

»Zu dumm. Aber ruhig Blut. Du warst bei der Izquierda Republicana, nicht wahr?«

»Nein. Ich bin nie in einer Partei gewesen.«

»Macht nichts. Wir können zu Rosales gehen. Er wird dich im Finanzministerium unterbringen. Ingenieure werden immer gebraucht.«

»Ich habe aber Jura studiert.«

»Noch besser. Die Banken suchen Leute. Sollen wir mal zu ihm gehen? Vielleicht ist es besser, ich rufe ihn an. Nein, bleib nur. Ich spreche mit ihm. Mir kann er nichts abschlagen. Und erst recht nicht, wo du als Flüchtling von der anderen Seite kommst.«

Dorita stand auf und schritt, majästetisch wie immer, zum Telefon, um Damián Rosales anzurufen. Claudio konnte es einfach nicht fassen. Er dankte Gott, mit dem er sich, ermuntert vom dritten Glas Manzanilla, an dem er inzwischen schlürfte, wieder versöhnte. Er fühlte sich wie neugeboren. Die Welt erschien ihm in neuem Licht.

»Erledigt. Habe ich es nicht gesagt? Morgen um elf gehst du zu ihm. Heute hat er keine Zeit. Er hat ich weiß nicht wieviele Sitzungen.

Rosales hatte sie gefragt, ob sie für Claudio bürgen könne. Die Großzügigkeit der üppigen und überschwenglichen Argentinierin kannte keine Grenzen.

»Die Regierung hat großartige Pläne! Du wirst sehen! Die Agrarreform, neue Schulen, neue Lehrer, neues Theater, erweiterte Museen, öffentliche Bibliotheken, die Kunst für das Volk …«

Dora Quintanas Begeisterung war aufrichtig und überzeugend. Claudio ließ sich mitreißen, vor allem, weil er vergessen wollte. Um sich zu verstecken, kam es hauptsächlich darauf an, die äußere Erscheinung zu verändern. Sein Kostümwechsel gelang ihm mit Leichtigkeit. Überzeugt, daß ihn niemand wiedererkennen würde, wurde ihm nicht bewußt, daß er sich vor allem vor sich selbst verstecken wollte.

»Und wie steht es auf der anderen Seite? Sehen sie denn nicht ein, daß sie verloren sind? Die Marine, das Geld, alles haben doch wir. Was wir von drüben hören, ist entsetzlich. Sie haben wer weiß wie viele Leute erschossen. Na ja, das wirst du besser wissen als wir.«

Für einen Augenblick dachte Claudio, diese Frau spiele mit ihm, wisse alles. Ihm wurde heiß und kalt, er war drauf und dran, davonzurennen.

»Erinnerst du dich an Adela? Sie hat den dritten Gesandtschaftsrat der Brasilianischen Botschaft geheiratet. Stell dir vor, der Arme! Gehen wir doch zusammen zum Schriftstellerverband. Du mußt unbedingt die Bibliothek sehen! Sie hatten sie schon vollständig dicht gemacht. Aber soviel auch zerstört wird, mit den ganzen Büchern und Bildern, die jetzt entstehen, gewinnen wir nur. Gehen wir.«

Claudio schob irgend etwas vor. Er wollte sich lieber nicht unter Studenten und Intellektuelle begeben, da diese mit Sicherheit von seiner Verbindung zu den Falangisten wußten, von seiner Teilnahme an ihren Stammtischen und möglicherweise sogar von seinem Eintritt in die Partei, auch wenn das weniger wahrscheinlich war. Solange sein Umgang auf Dora und ihre engsten Freunde beschränkt bliebe, würde alles gutgehen: Er hatte seit drei Jahren nicht mehr in ihren Kreisen verkehrt und gehörte nicht zu der Sorte Leute, über die man sprach. Und schließlich hatte damals niemand die Falange sonderlich ernst genommen.

Dorita verschwand die Gran Vía hinunter und schwenkte dabei ihre wertesten Teile, mit denen Gott sie so verschwenderisch versehen hatte.

Sie hatten sich für den späten Nachmittag verabredet, in der Wohnung der jungen Frau.

»Du wirst sehen, mein Lieber, ich werde dich einer Kubanerin vorstellen, die ... du wirst's ja sehen.«

Madrid. Er war in Madrid. Die rechteckigen Fenster kamen ihm vor wie die Seiten eines riesenhaften Buches. Er konnte es nicht glauben. Madrid und Maño. Aber, war wirklich er es gewesen, der ihn umgelegt hatte? Er begann, daran zu zweifeln.

Der runde Lichtschein der Taschenlampe. Der Maño zu Boden gestreckt, um die Ecke gebracht, verreckt, und er, mit ausgestrecktem Arm, die Knarre in der Hand, der Lauf wie sein verlängerter Zeigefinger, gräßlich, Feuer speiend, anklagend. Nein, es gab kein Zweifel. Die Sonne drückte, bleiern. Er ließ sich in einen Stuhl fallen, und jemand putzte ihm die Schuhe.

Was sollte er bis zum Abend tun? Denen aus dem Weg gehen, die ihn wiedererkennen konnten, bis er sich orientiert und einen sicheren Unterschlupf gefunden hatte. Und dann, wenn möglich, nach Barcelona oder sonstwohin, wo man ihn nicht kannte. Aber was sollte er bis sechs Uhr tun? Wie konnte er vermeiden, daß ihn jemand sah, der wußte, was er in der letzten Zeit getrieben hatte?

Er ging in ein *Cine Actualidades*. Dreimal sah er sich das Programm an, dann hielt er es nicht mehr aus und stand um drei Uhr nachmittags wieder auf der Straße.

Ja, sicher, er konnte bei Maños Schwester vorbeischauen. Das hatte er sich von Anfang an überlegt. Aber jetzt wollte er nicht mehr. Warum sollte er bei ihr vorbeischauen, aus welchem Grund? Was sollte er ihr erzählen? Wozu überhaupt? Er hatte es sich vorgenommen, ohne überhaupt darüber nachgedacht zu haben. Denn warum sollte er sich in die Höhle des Löwen begeben? Das war doch verrückt. Was hatte er im Kino gesehen? Richtig, einen Kurzfilm über Island. Zwei Zeichentrickfilme von Walt Disney. Berichte aus Amerika. Irgendeine neue Methode, Fenster zu putzen, und einen Herrn aus Kentucky, der Muscheln aus Holz herstellte. Und Bilder aus Barcelona, lange Schlangen von

Lastwagen, auf denen sich Kämpfer drängten, unterwegs Richtung Aragón. Präsident Roosevelt, die neueste Bademode. Diese Schenkel, diese zynischen, zylindrischen Busen, makellos, dieses Lächeln, ohne Unterbrechung. Kurz und gut, warum sollte er eigentlich nicht bei Maños Schwester vorbeischauen?

Er war bereits bei der Plaza de las Salesas angelangt und ging unweigerlich weiter hinunter bis zur Castellana. Dieser weiße, schimmernde Badeanzug … Er überquerte die Castellana und, ohne es zu bemerken, schlenderte er auch schon zum Haus Nummer 18 in der Calle Ramón de la Cruz.

»Oben, erster Stock rechts.«

Die Portiersfrau musterte ihn mißtrauisch. Es dauerte ewig, bis man ihm aufmachte, dreimal mußte er klingeln, dazwischen zählte er bis zwanzig. Als er schon gehen wollte, öffnete die Tür sich einen Spalt.

»Was wünschen Sie?«

»Arbeitet hier eine gewisse Pepita Oliete?«

Die Alte sah ihn neugierig an.

»Arbeiten?«

»Ich habe Nachrichten von ihrer Familie für sie.«

»Von ihrer Familie?«

Die Alte kniff die Augen zusammen, um besser sehen zu können. Einen Augenblick zögerte sie. Dann trat sie zur Seite und sagte ein wenig verschmitzt:

»Treten Sie ein.«

Der Empfangsraum, etwas überladen, war ein Paradebeispiel bürgerlicher Prachtentfaltung von vor fünfzig Jahren: ein Garderobenständer, gewundene Säulen mit kleinen Statuen venezianischer Mohren, künstliche Palmen, karmesinrote Samtvorhänge.

»Treten Sie ein.«

Zur Rechten der Salon. Vergoldete Luis-XV-Stühle mit durchgescheuerten Bezügen, Wandspiegel mit üppig verschnörkelten Goldrahmen, Tischchen, Teppiche, Zierkissen.

Die Alte schaut in ein anderes Zimmer.

»Diana, hier ist ein Herr, der nach dir fragt.«

Und zu Claudio gerichtet:

»Wer hat Ihnen die Adresse gegeben?«

»Ihr Bruder.«

»Wirklich?«

Claudio war verwirrt. Die Alte – klein, unscheinbar, mit Damenbart – empfing ihn mit einem maliziösen Blick.

»Wir wußten gar nicht, daß Pepita einen Bruder hat ... Hier wird sie Diana genannt. Ich weiß durch Zufall, daß sie Pepita heißt.«

»Mit wem habe ich das Vergnügen?«

»Teresa Revilla, ganz zu Ihren Diensten.«

Es entstand eine kleine Pause, dann fuhr die Alte fort, in schmeichelndem Ton.

»Sie sind nicht von hier?«

»Nein, gnädige Frau.«

»Sind sie noch nie hier im Haus gewesen?«

Eine Dantebüste aus weißem Marmor, große Blumenstilleben in ausladenden Goldrahmen. Schwere Übervorhänge, weiße Tüllgardinen mit blauen Kordeln. Schmeichelndes Licht, angenehme Temperatur.

»Bitte, nehmen Sie Platz. Sie wird gleich kommen.«

Ein Seufzer.

»Was für Zeiten, mein Gott, was für Zeiten! Sind Sie beim Militär?«

»Nein.«

»Bei der Polizei?«

»Auch nicht.«

»Wann, meinen Sie, wird das alles aufhören?«

»Ich weiß es nicht.«

»Bald?«

»Das sollte man annehmen.«

Claudio sah, trotz aller Zweifel, allmählich etwas klarer und beruhigte sich. Er setzte sich.

»Sie gestatten.«

»Bitte, fühlen Sie sich wie zu Hause. Sie müssen entschuldigen: Hier ist alles nur ein schwacher Abglanz dessen, was es einmal war. Glauben Sie, daß die guten Zeiten wiederkommen? Früher war das hier eine Pracht. Jetzt gibt es keine anständigen Leute mehr.«

»Was interessieren diesen Herren deine Gedanken? Wie oft muß ich dir denn noch sagen, daß du den Mund halten sollst?«

»Der Herr hier macht eben einen sehr anständigen Eindruck auf mich.«

Eingetreten war eine große, dunkelhaarige Frau, die Stirn ein wenig flach, buschige Augenbrauen, Adlernase, schön geformter Mund, die Mundwinkel von zwei reizenden Falten durchzogen, die ihre Wangen abgrenzten, ihr energisches Kinn.

»Entschuldigen Sie bitte. Sie weiß nicht, was sie sagt.«

»Ich soll nicht wissen, was ich sage? Viele wären froh ... «

Sie ging hinaus.

»Sie kommen wegen Pepita? Sie ist sofort soweit, sie macht sich nur noch kurz zurecht. Ist ihr Bruder noch in Burgos?«

»Nun ja. Er war ... «

»Wo ist er jetzt?«

»Er ist gestorben.«

»Ach ... «

»Bevor er starb, trug er mir auf, seine Schwester zu benachrichtigen, damit sie ihrerseits ihren Eltern Bescheid sagen kann.«

Eine junge Frau trat ein.

»Guten Tag.«

»Einen Augenblick. Würdest du bitte einen Moment warten? Ich möchte dem Herrn noch kurz etwas sagen.«

»Sie entschuldigen.«

Das Mädchen zog sich zurück, und Claudio sah ihr fragend nach.

»Ist sie es?«

»Nein. Ich bin Jaimes Schwester. Er hat nie erfahren ... wie ich lebe. Ich hoffe, Sie haben Verständnis für diese Maßnahme, heutzutage weiß man nie. Wo ist er gestorben?«

»In Burgos.«

»Und woran?«

»An einer beidseitigen Lungenentzündung, die er ganz plötzlich bekommen hat.«

»Und Sie kommen jetzt aus Burgos?«

»Ja.«

»Wie ist das möglich?«

»Ja, ich ...«

»Entschuldigen Sie meine neugierige Frage.«

»Selbstverständlich.«

»Ging es ihm gut? Ich meine, war er glücklich? War er verheiratet?«

»Nein.«

»Ich hatte schon lange nichts mehr von ihm gehört.«

Der Tod ihres Bruders schien dieser Frau nicht allzu viel zu bedeuten.

»Hat er etwas hinterlassen?«

»Ich glaube nicht. Er war Sekretär bei ...«

»Ja, das war mir bekannt.«

Das Gespräch versiegte. Die Frau fuhr sich mit der Hand über die Stirn.

»Tja, da ist nichts zu machen. So ist das Leben.«

So ist das Leben, dachte Claudio. Komisch: Man sagt, so ist das Leben, wenn es sich um den Tod handelt.

»Hat Ihnen die kleine Valencianerin gefallen?«

»Wer?«

»Das Mädchen, das vorhin hereingekommen ist.«

»Ja.«

»Ich schicke sie Ihnen gleich.«

»Ich habe aber kein Geld, im Augenblick.«

»Macht nichts. Sie können ein andermal bezahlen. Das ist das wenigste, was ich tun kann, um Ihnen für Ihre Mühe zu danken.«

»Vielen Dank.«

Claudio spürte, wie ihn ein Gefühl der Glückseligkeit durchströmte. Was wollte er mehr? Um viertel vor sechs würde er gehen. Und das beste war, daß Dora auch noch in der Nähe wohnte.

»Julieta!«

Das Mädchen trat ein.

»Heiße ich jetzt wieder Julieta?«

»Ja. Der Herr ist ein Freund. Wir haben ein kleines Quidproquo vorbereitet«, sagte die Oliete, um zu zeigen, wie gebildet sie war, und weil sie gerochen hatte, daß ihr Besucher ein kleiner Schnösel war. »Ihr könnt ins blaue Zimmer gehen. Der Herr ist mein Gast.«

Julieta ist jung und füllig. Große Augen mit violetten Ringen, zierliche Stupsnase, kleiner Mund, ein sanft geschwungenes, niedliches Doppelkinn, das auf einen kurzen Hals und einen vollen Busen wies, der straff über einer erregend schmalen Taille saß, die man mit zwei Händen umfassen konnte. Kurze Beine, kleine Füße. Einfach süß. Die Haut samtig wie ein Pfirsich, weich wie eine reife Pflaume.

»Du gefällst mir.«

»Du mir auch.«

Na, wer sagt's denn.

»Kommst du wieder?«

»Sooft ich kann.«

Schweigen und das langsame Gleiten der Hand über die sanften Kurven ihres Körpers, vom großen Zeh bis an die Stirn.

»Können wir uns nicht woanders treffen?«

»Wozu? Zur Zeit kommt hier niemand vorbei. Ich weiß nicht, wieso sie dir überhaupt aufgemacht haben. Woher kennst du Doña Josefina?«

»Pepita? Ich kenne sie gar nicht.«

»Wie kommst du dann hierher?«

»Wie das Leben so spielt.«

Bei diesem Satz gab ihm sein Gewissen wieder einen Stich: Der Maño, wie das Leben so spielt.

Alles lief wie am Schnürchen. Damián Rosales brachte ihn in einer Zweigstelle der Nationalbank unter. Nach dem Vorbild einiger Leute von der CNT, in die er inzwischen eingetreten war, ließ sich Claudio Luna einen Bart wachsen.

Er überlegte, ob er seine Familie benachrichtigen solle, aber er hatte Angst. Einstweilen ließ er es bleiben, es würde sich schon eine Gelegenheit bieten. Hauptsache, er hatte seine Ruhe. Außerdem hatte er das Gefühl, mit seiner Vergangenheit gebrochen zu haben, ein neuer Mensch zu sein. Er dachte ernsthaft daran, einen anderen Nachnamen anzunehmen. Er tat es nur deshalb nicht, weil Dora ihn unter dem richtigen vorgestellte hatte. Täglich ging er in die Calle de Ramón de la Cruz, unterhielt sich – ohne eine Spur von Gewissensbissen – mit Pepita und schlief mit Julieta. Sie verstanden sich bestens. Julieta hatte Schauspielerin werden wollen und es nicht geschafft. Wenn sie laut sprechen mußte, überschlug sich ihre Stimme. Sie hatte sich bald getröstet, und aufs Theaterspielen verlegte sie sich immer nur dann, wenn sie flüstern konnte, und das mit größtem Erfolg.

Eines Abends, als es schon dunkel geworden war und Claudio gerade gehen wollte, hielt ihn Pepita zurück.

»Da ist ein Freund, der dich sprechen möchte.«

»Ein Freund?«

»Ja, komm.«

Er trat in den Salon und sah sich einem Unbekannten mit dunkler Brille gegenüber. Jung, groß, plattgedrückte Nase, und wie alle: ohne Krawatte.

»Rafael Sánchez.«

»Sie wünschen.«

Der junge Mann bedeutete Pepita zu gehen, und sie verschwand.

»Herzlichen Glückwunsch. Alle haben dich schon für tot gehalten. Hast du etwas unternommen, um deinen Eltern mitzuteilen, daß du lebst?«

»Nein.«

»Ausgezeichnet. Jetzt erzähl mir mal, wie es dir ergangen ist.«

Claudio versuchte, sich aus der Patsche zu ziehen, indem er die Hauptsache verschwieg. Aber selbst das trug ihm nur Glückwünsche ein.

»Ich verstehe, aber sei ganz beruhigt. Du kannst Vertrauen haben. Ich habe zuverlässige Informationen. Ich weiß von deinem beispielhaften Verhalten sowohl in Burgos als auch an der Front. Und dann natürlich, wie du dich hier angestellt hast, das war verblüffend geschickt. Du wirst uns noch ungeheuer nützlich sein. Mola wird, wie du dir ausrechnen kannst, vor Ablauf eines Monats in Madrid einmarschieren. Diese armen Schweine wissen nicht, was sie erwartet. Vorläufig wirst du nur mit mir in Verbindung stehen, und zwar über Pepita. Dein Posten in der Bank ist zu gut, als daß wir ihn durch eine Unvorsichtigkeit aufs Spiel setzen dürften.«

»Aber, ich will nirgendwo mehr mitmachen.«

»Ist das dein Ernst?«

»Mein voller Ernst.«

»Ich kann's nicht glauben.«

»Glaub es nur. Meine Zeit ist vorüber, aus, vorbei.«

Claudio wurde sich bewußt, in was für einer Zwick-
mühle er steckte, sofort bemerkte er, daß sein Gegenüber
genug wußte, um ihn erpressen zu können, aber er spielte die
Karte, man weiß ja nie. Wie erwartet, nützte ihm das nichts.
Er ärgerte sich über sich selbst und versuchte ohne großen
Erfolg, sich herauszureden: Er behauptete, er habe seinen
Gesprächspartner nur auf die Probe stellen wollen. Dieser
hatte inzwischen unverblümt erklärt:

»Eins von beiden: Entweder wir denunzieren dich, oder
wir erzählen Pepita die Sache mit ihrem Bruder, du kannst
es dir aussuchen. Oder auch nicht. Wir verlangen nicht zuviel: Du sollst uns über alles unterrichten, was du in der
Bank erfahren kannst, und das wird nicht wenig sein. Außerdem wirst du nachts ein paar Stunden in einem Sender von
uns arbeiten.«

»Wo ist der?«

»Hier.«

»Sie werden ihn finden.«

»Pah! Dazu haben sie gar nicht die Mittel.«

Das stimmte.

Dora hatte ihm ein Zimmer in der Wohnung eines Freundes
vermittelt, dessen Familie nahezu vollzählig nach Frankreich
geflohen war, nur eine alte Jungfer und einen jungen Neffen
hatten sie zurückgelassen, um nicht ins Gerede zu kommen.
Dort wohnte auch der Unterstaatssekretär vom Marineministerium mit seiner Frau. Auf diese Weise konnte das
Haus nicht beschlagnahmt werden. Sie pflegten gemeinsam
zu frühstücken.

Am nächsten Morgen bemerkten sie, daß unser junger
Freund sehr schlecht aussah. Claudio erklärte, er habe mi-
serabel geschlafen, was auch stimmte.

Was tun? Er konnte Pepita denunzieren, gemeinsame
Sache mit der Regierung machen. Zweifellos würde man es

ihm dort danken. Was aber war mit Julieta? Und mit seinen Eltern? Außerdem gehörte er schließlich zur Falange. Sie würden Nachforschungen anstellen und herausbekommen, welche politische Einstellung er unmittelbar vor der Rebellion gehabt hatte. Sicher, mit einem ordentlichen Verrat läßt sich allerhand ausbügeln. Aber … Und schließlich hatte jener Mann doch prophezeit, daß seine Leute bald in Madrid sein würden. Die Militärberichte sprachen dafür. Vielleicht könnte er sich aus der Affäre ziehen, verraten, aber nur ein bißchen: nicht alles sagen, was er wußte, sondern nur so viel, wie nötig war, um sich gut zu stellen. Ihm wurde klar, daß das auch nichts nützen würde, wenn man ihn ertappen sollte. Aber, immerhin konnte er so vor sich selbst bestehen, halbwegs, wie immer.

Offenbar war die Operation gegen Mallorca gescheitert, General Mola stand mit seinen Truppen in der Sierra de Gredos, Yagüe in Talavera de la Reina. Am 10. September erfuhr er, daß sie tags zuvor in Arenas de San Pedro angelangt waren, wo sich die Divisionen aus dem Norden und die aus dem Süden vereint hatten. Diese Umstände bestärkten ihn in seinem ruchlosen Entschluß: Wer würde an seiner Stelle anders handeln?

Abends von acht bis neun sendete er verschlüsselte Meldungen, deren Inhalt ihm selbst unbekannt war. Das Gerät stand in der Speisekammer der Wohnung, ziemlich gut verborgen hinter mehreren Stößen Bettwäsche, die hier einmal das täglich Brot eingebracht hatten. Zudem wurden Schinken, Konserven, Kartoffeln – obwohl noch nicht knapp – allmählich wie Schätze versteckt, und somit konnte ihr Fehlen in der Speisekammer nicht überraschen.

Am 3. September holten Álvarez del Vayo und Araquistáin Largo Caballero aus dem Bett und überzeugten ihn, daß er die Macht ergreifen müsse.

»Jetzt ist es soweit!«

Madrid begann, sein Gesicht zu verändern, es hatte den Anschein, als nähme der Stein eine andere Färbung an, nicht mehr so golden, grauer, ernster. Auf den Straßen fuhren weniger Autos.

Am 20. nahmen die aufständischen Militärs Santa Olalla ein, am 21. Maqueda, Torrijos am 22., am 26. standen sie zehn Kilometer vor Toledo. Am 13. war Mola in San Sebastián einmarschiert, am 22. stand er in Zumaya. In Asturien hatten sie am 14. Grado besetzt. In Andalusien fiel am 15. Ronda, am 21. Jeréz de los Caballeros und am 22. Torres Cabrera und Arjinarrojo. Am 29. wurde Franco in Burgos zum Staatschef und Generalissimus ernannt.

Im zentralen Fernmeldeamt wußte man natürlich von dem Sender der Faschisten, doch man konnte ihn nicht orten: Dafür fehlten die Mittel. Gustavo Gómez Arredondo, der zuständige Sachbearbeiter, stocherte im Dunkeln.

Die Zusammenkünfte bei Dora Quintana hatten sich beträchtlich verändert. Es fing damit an, daß immer weniger kamen. Zuerst hatten ein paar kubanische Gesandtschaftssekretäre, dann der Kanzler der Kolumbianischen Botschaft und später der Generalkonsul von Brasilien, Leute, die sonst immer gern auf einen Daiquiri gekommen waren, abgesagt oder sich unentschuldigt nicht mehr blicken lassen. Dora versuchte, die Lücken mit anderen Personen aus ihrem Freundeskreis zu schließen. Diese gaben den Treffen ein neues Gepräge.

Es kamen mehrere Journalisten von *El Sol* und *La Voz,* deren Redaktionen in der Nähe waren, Gustavo Gómez Arredondo und ein buckliger Dichter mit großen sanften Augen, der für Kriminalromane schwärmte. Claudio Luna stieß immer erst später zu ihnen. Anschließend aßen sie in irgendeinem Lokal zu Abend und landeten dann noch im Martín oder einem der Kabaretts.

Der Ton ihrer Unterhaltung war unbeschwert, man sprach so wenig wie möglich über den Krieg, es sei denn, um sich nach den offiziellen Meldungen zu erkundigen. Die Pessimisten schwiegen.

Eines Abends entschlüpften Gómez Arredondo ein paar Worte über eine Angelegenheit, die ihn voller Sorge beschäftigte. Alle hörten ihm aufmerksam zu, während Claudio bleich wurde und ihm der Schweiß ausbrach. Der Bucklige behauptete, den Sender zu finden sei die leichteste Sache der Welt. Er wollte gerade erklären, wie das gehen sollte, als der Mann vom Fernmeldeamt ihn unterbrach.

»Wenn du wirklich eine Idee hast, komm morgen zu mir.«

»Abgemacht.«

Von diesem Gespräch berichtete Claudio, als er sich mit Rafael Sánchez in der Nationalbibliothek traf. Der redete beruhigend auf ihn ein.

»Keine Sorge. Es ist nur noch eine Frage von wenigen Tagen, du wirst schon sehen. Übrigens habe ich deine Familie benachrichtigt. Sie trugen schon Trauer. Sie sind stolz auf dich.«

Und dennoch war der junge Mann weit davon entfernt, sich wieder zu beruhigen. Er nahm ab, hatte Magenschmerzen.

»Du hast eben Angst«, meinte Julieta zu ihm.

»Würde es dir an meiner Stelle nicht auch so gehen?«

»Sicher doch.«

»Warum hauen wir nicht ab?«

»Wohin denn?«

»Nach Valencia. Hast du nicht Verwandte dort?«

»Und die Passierscheine? Dir dürfte es doch nicht allzu schwer fallen, welche zu besorgen.«

»Und was soll ich als Grund angeben?«

»Irgendwas. Daß dein Vater im Sterben liegt.«

»Sie wissen, daß er in Burgos ist.«

»Dir wird schon was einfallen.«

»Das ist leicht gesagt.«

»In diesen Tagen werden viele Regierungsstellen aus der Stadt verlegt. Sie gehen nach Albacete und Valencia.«

»Stimmt, nach Albacete, und ich weiß nicht, warum zum Teufel. Das ist ein gräßliches Kaff.«

»Hauptsache, raus hier.«

Raus hier ... Wenn Claudio irgendwo raus wollte, dann aus seiner Haut, in der er sich sehr unwohl fühlte. Man müßte sich in eine Fliege verwandeln können. Das war es, was er wollte, wonach er sich sehnte. Er hatte sich das ganz genau ausgemalt: Wenn er erst eine Fliege wäre, würde er in ein Auto schlüpfen, sich am Bahnhof Atocha wieder absetzen, hinüberfliegen zum Schnellzug nach Valencia, in einem Schlafwagen verschwinden, wobei er vielleicht in den Genuß käme, einer Frau seines Geschmacks beim Ausziehen zusehen zu können. In Valencia dann flöge er zum Hafen El Grao, von wo aus er sich nach Frankreich einschiffen würde.

Sicher, es wäre auch nicht schlecht, sich in eine Sitzung des Ministerrats zu stehlen, um auf diese Weise zu erfahren, wie die Dinge wirklich standen.

Gómez Arredondo empfing den Buckligen in seinem Büro im Fernmeldeamt.

»Schieß los.«

»Es ist das Ei des Kolumbus: Vielleicht keine Sache von einem Tag, aber absolut sicher. Der Strom kann doch bezirksweise abgestellt werden, nicht wahr?«

»Selbstverständlich.«

»Ihr hört doch die Übertragungen des Senders?«

»Ja.«

»In Ordnung. Also stellt ihr, zum Beispiel im Salamanca-Viertel, den Strom ab. Wenn die Übertragung dann unterbrochen ist, weiß man, daß er dort sein muß, daß sich in diesem Bezirk der Sender befinden muß, und anschließend macht ihr dasselbe straßenweise, wenn das möglich ist: und dann, Haus für Haus. Das muß funktionieren.«

Gómez Arredondo saß baßerstaunt da.

»Was bin ich für ein Idiot!« rief er.

»Oder wie hell bin ich«, sagte der Dichter mit einem Lächeln.

»Möchtest du uns helfen?«

»Liebend gern.«

Drei Tage darauf schnappten sie Claudio Luna.

Claudio Lunas Verhaftung und sein sofortiges Geständnis, das er bereitwillig und mit Angabe aller erdenklicher Einzelheiten, nötigen wie unnötigen, ablegte, führte die Polizei zu Dora Quintana, die einen mächtigen Schrecken bekam. Ihre offenkundige Gutgläubigkeit bewahrte sie vor Schlimmerem, ersparte ihr jedoch nicht eine Nacht auf dem Polizeipräsidium. Das genügte, damit sie am folgenden Tag ihre Ausreisegenehmigung beantragte, die sie auch anstandslos innerhalb weniger Stunden erhielt. Kaum war sie in Paris angekommen, gab sie sich als Opfer aus und schimpfte wie ein Rohrspatz auf die Republik.

Zufälligerweise war Julieta gerade nicht in der Wohnung, als die Polizei in der Calle de Ramón de la Cruz aufkreuzte. Sie befand sich auf dem Heimweg aus dem Kino. Die zusammengelaufenen Schaulustigen vor dem Gebäude warnten sie, daß etwas nicht stimmte. Sie tat ganz unbeteiligt und sah, wie Pepita und Claudio unter Bewachung herausgeführt wurden. Es war für sie nicht schwer, in einem anderen Haus unterzukommen. Als das geschafft war, begann sie nachzudenken. (Julieta Jover war nun einmal so, sie beschloß alles im voraus: Ich werde mich jetzt amüsieren gehen, jetzt werde ich schlafen, jetzt werde ich nachdenken, jetzt werde ich essen, und dann amüsierte sie sich, schlief, dachte nach und aß, ohne zwischendurch etwas anderes zu tun. Wahrscheinlich waren ihre Entscheidungen deshalb so klar und unwiderruflich.)

Die Politik machte Julieta kein Kopfzerbrechen, sie war ihr schnurzpiepegal. Sie war von zu Hause abgehauen und hatte Schauspielerin werden wollen. Das versuchte sie auch, aber sie schaffte es nicht. Sie wurde sich ihrer mangelnden Gaben bewußt und entschloß eines Abends, die armseligen Bretter, die ihr die Welt bedeutet hatten, aufzugeben und lieber als Nutte reich zu werden. Gerade war sie auf dem rechten Weg dahin, als der Militäraufstand dazwischenkam. In Anbetracht ihres Lebenswandels dachte sie, daß ihr die Aufständischen besser lägen, und fand nichts dabei, Pepitas und Claudios Machenschaften mit anzusehen, auch wenn sie sich selbst nicht daran beteiligte. Sie verliebte sich in den jungen Mann, eben aufgrund seiner besonderen und bedeutenden Rolle. Jetzt hingegen lagen die Dinge anders. Sie würde sich auf nichts mehr einlassen; am besten würde sie nach Hause zurückkehren und auf bessere Zeiten warten. Man mußte die Lage gut überdenken. Wenn die Republikaner siegten, würde das Gewerbe, das sie kürzlich erwählt hatte, in unmittelbarer Zukunft wohl keine Blüte mehr erleben. Siegten die anderen, wäre es etwas anderes, aber dann war immer noch Zeit. Also war es für sie das Vernünftigste, eine Pause einzulegen. Um sie auszufüllen, eignete sich nichts besser als die Familie.

Doch es kam anders. Als sie ihren Passierschein abholen wollte, um nach Valencia zu reisen, traf sie Lola Cifuentes. Sie kannte sie aus der Zeit, als sie Schauspielerin werden wollte. Einen Monat später waren sie beide in Barcelona.

Claudio und Pepita wurden vor eines der neu geschaffenen Volkstribunale gestellt. Sie wurden nach Recht und Gesetz zum Tod verurteilt. Pepitas Strafe wurde – kein Mensch, nur Rivadavia wußte warum – umgewandelt. Don Nicasio Gómez de Urganda schaltete sich ein, um seinem ehemaligen Schüler das Leben zu retten.

»Um Gottes willen!«, sagte er und zupfte sich an seinem mickrigen Bärtchen, »er ist doch ein Schüler von mir ...«

Es wollte ihm nicht in den Kopf, daß ein junger Mann, der seine Vorlesungen gehört hatte, ein Reaktionär sein sollte.

»Er ist ein guter Junge. Ihn zu erschießen, ist ein Verbrechen.«

Er erreichte, daß die Hinrichtung aufgeschoben wurde.

DRITTER TEIL

Madrid

Asunción Meliá

I

Wie immer werde ich zu spät in die Probe kommen. Ich wüßte zu gern, warum mir das ständig passiert. Es ist hoffnungslos. Ich habe meine Uhr eine halbe Stunde vorgestellt, aber ich habe es gewußt, und es ist nur noch schlimmer geworden. Was hat mich mein Vater immer dafür gescholten! Mein Vater ... jetzt ist er tot. Was wohl aus Amparo geworden ist? Niemand weiß etwas. Oder man will es mir nicht sagen. Was würde ich mit ihr machen, wenn sie auf einmal hier vor meiner Tür stünde? Ich würde sie umbringen. Aber wie? Ich habe keine Pistole. Vicente wollte mir eine schenken, eine kleine. Aber ich wollte nicht ... Wenn ich so ein Ding hätte, und sie hier auftauchen würde, was würde ich tun? Würde ich sie umbringen? Hätte ich den Mut dazu? Nein. Ich würde schreien, schreien, damit jemand käme, sie fortzuschleifen. An den Haaren durch die Straßen schleifen würde ich sie, bis sie tot wäre. Das schon. Könnte ich das? Könnte ich jemanden umbringen? Erschießen schon. Könnte ich jemanden erschießen, den ich nicht kenne? Vielleicht. Aber ohne genau hinzusehen. Von einem Schützengraben aus schon. Draußen, auf freiem Feld, schon. Von einem Fenster aus. Aber so, von Angesicht zu Angesicht, nein. Das ist was für Männer. Die Männer, diese Rohlinge ... Vicente.

Vicente liebt mich. Er liebt mich, er hat es mir nur noch nicht gesagt. Aber er wird es mir sagen. Er wird es mir sagen, wenn sie ihn nicht umbringen, jetzt an der Front. Er wird mich küssen. Was spürt man, wenn ein Mann einen küßt? Gonzalo hat es kürzlich versucht, aber ich bin seinem Mund ausgewichen. Schwein. Und dann sagte er auch noch, ein Kuß würde nichts weiter bedeuten. Dabei ist ein Kuß doch etwas so Bedeutendes. Es muß einfach etwas sehr Bedeutendes sein. Die Lippen eines anderen auf meinen zu spüren. Wie seltsam. Warum drückt man eigentlich die Liebe auf diese Weise aus? Mir würde es besser gefallen, er würde mich ganz fest, ganz lang umarmen; und wir würden ganz still sein, still, und mein Kopf läge an seiner Schulter. Dann würde er meinen Kopf zwischen seine Hände nehmen und ihn behutsam zu sich hin wenden, bis wir uns in die Augen sähen, und er würde mich küssen. Wenn Vicente jetzt hereinkäme und mich küssen würde … Ich bin allein zu Hause. Was würde er tun? Würde er hereinkommen? Vielleicht würde er sich nicht trauen. Doch, warum nicht? Wir sind nicht verlobt, oder so. Trotzdem … Wie seltsam es ist, er hat nie etwas zu mir gesagt, aber ich bin seine Braut. Wie sehr ich mir wünsche, daß er mich küßt. In seinen Armen zu liegen. Er ist nicht eigentlich schön. Er hat nichts von einem schönen Mann. Und trotzdem werde ich niemals einen anderen lieben. Er ist so gut, so aufrecht, seiner selbst so sicher. Der Krieg jetzt, naja … Ob er eine andere Frau geküßt hat? Mein Vater hat ein zweites Mal geheiratet. Bestimmt hat er schon andere Freundinnen gehabt. Niemand weiß etwas darüber. Josefina hat mir gegenüber trotz ihrer spitzen Zunge nie etwas derartiges gesagt. Wenn er schon andere Freundinnen gehabt hätte, hätte er mir schon eine Liebeserklärung gemacht. Er ist schüchtern, er traut sich nicht, weil er nicht weiß, wie er es anstellen soll. Vielleicht sollte ich ihm den Weg ebnen. Aber wie? Wenn wir uns unterhalten, sprechen wir über andere Dinge. Ich würde so gerne mit meiner Hand über sein Haar streichen. Über seinen Wuschelkopf, den kein Kamm bändigen kann. Wie gerne täte ich das! Was würden die anderen sagen, wenn sie erführen, daß wir ein Paar sind? Nichts würden sie sagen. Aber jetzt ist Krieg. Außerdem könnten wir in nächster Zeit gar nicht heiraten. Ich, verheiratet? Tante Concha würde ein ganz schönes Theater machen. Ich sehe sie vor mir. *Du bist doch ein Kind! Du bist doch irre ... In deinem Alter ...!* Aber ich bin schon fast achtzehn. Auch wenn alle finden, daß man mir das nicht ansieht. Trotzdem bin ich fast achtzehn. Wir könnten hier wohnen, jetzt, da Vater nicht mehr lebt. Sie haben ihn umgebracht. Was würde er denken? Vater! Vater! Bestimmt warst du in deinen Gedanken bei mir, bei mir allein. Hast daran gedacht, wie allein du mich zurücklassen würdest, was aus mir werden sollte. Vater! Ich schwöre dir, daß ich gut sein will, immer gut. Dir zuliebe, und für mich. Bestimmt wirst du einverstanden sein, daß ich Vicente heirate. Du mochtest ihn. Auch er konnte dich gut leiden. Du hast ja gesehen, was er alles unternommen hat, um dich zu retten. Er konnte eben wenig ausrichten. Er ist gut, weißt du. Heute bin ich den ganzen Tag bei der Kommunistischen Jugend gewesen. Wir haben viel zu tun. Das *Retablo* soll weiter über die Dörfer ziehen, und anschließend werden wir an der Front spielen. Ich darf mitkommen. Tante Concha sieht das nicht gerne, aber das ist mir egal. Ich bin schon achtzehn Jahre alt, naja fast, und ich werde tun, was ich will, so sehr sie auch zetert. Wenn wir an die Front fahren, spielen wir vielleicht auch vor Vicentes Einheit. Und dann, wenn wir erst gesiegt haben, wird alles wunderbar! Sicher, sie können ihn töten. Aber das wäre gemein: Sie haben schon dich getötet, aus Versehen zwar, aber sie haben dich getötet. Vater! Uribes hat heute zu mir gesagt, wir sollten dich als einen Helden sehen. Richtig, als Helden. Ich weiß, das klingt in deinen Ohren etwas befremdlich. Aber es ist die Wahrheit: Das hat er zu mir gesagt. Du hast sie auf die Spur von ein paar Spionen gebracht, von der Falange. Er hat mir gesagt, ich soll stolz auf dich sein, und das bin ich, Papa. Das bin ich. Darum versuche ich, nicht zu weinen. Und du wirst sehen, ich weine nicht. Und das, obwohl ich allein im Haus bin. Wir werden nach Puebla Larga fahren, nach Carcagente, nach Alcira und in andere Dörfer. Und anschließend werden wir an der Front Theater spielen. Ich glaube, daß ich meine Rollen einigermaßen gut spiele. Aber ich möchte nicht Schauspielerin werden. Was will ich werden? Wenn ich Vicente heirate, werde ich das *Retablo* sein lassen und mich ganz der Kommunistischen Jugend widmen. Du wirst schon sehen, was für ein Spanien wir schaffen werden! Vielleicht werde ich Lehrerin, es wird ja überall neue Schulen geben und an Lehrerinnen fehlen. Ich würde gerne Lehrerin werden. Und ich bin mir sicher, daß du das auch gutgefunden hättest. Und Vicente ... Nun ja, ob ich Lehrerin werde, hängt dann natürlich davon ab, was Vicente werden wird. Kannst du dir mich als verheiratete Frau vorstellen? Ich nicht. Oder doch. Ich weiß nicht. Amparo Gracia hat gestern Luis Galván geheiratet. Du hast sie nicht gekannt. Sie ist neunzehn Jahre alt. Er zwanzig. Sie haben geheiratet, obwohl ihre Eltern dagegen waren, und nachdem die Feier beendet war, sind beide wieder an ihre Arbeit gegangen. Luis ist für die Salesianer zuständig. Vicente sieht kein anderes Mädchen an, er ist immer nur mit mir zusammen. Er erzählt mir alles. Bei ihm zu Hause geht es drunter und drüber. So viele Brüder und Schwestern! Und alle tun, was ihnen gerade einfällt. Sie verstehen sich nicht besonders gut. Vicente möchte nicht mehr weiter studieren. Ich weiß nicht, wozu ich ihm raten soll. Es stimmt schon, wenn wir gewinnen, wozu soll er dann die Handelsakademie abschließen? Wenn wir gewinnen ... Kannst du dir vorstellen, Vater, wie Spanien sein wird? Alles wird allen gehören. Und alle werden wir für die anderen arbeiten, und die anderen für uns. Alle werden lesen lernen, und es wird keine Ungerechtigkeiten mehr geben. So, wie du arbeitest, wirst du auch bezahlt werden. Wer wird da nicht sein Bestes geben wollen? Spanien wird mit Rußland an der Spitze der Nationen stehen. Und es wird weder Arm noch Reich geben. Niemand wird mehr hungern. Du wirst es nicht selbst erleben, aber es ist das, was du gewollt hast. Und du wirst es von dort, wo du jetzt bist, mit Freuden beobachten. Wenn Mama noch leben würde, dann wäre das alles nicht passiert. Du hast wieder geheiratet. Warum nur? Du mußt denken, ich bin dumm. Ich weiß schon, ihr Männer braucht die Frauen ... Glaubst du, daß Vicente ...? Nein, Vicente nicht. Vicente liebt mich, und ich lebe, bin hier. Du hingegen ..., alles ist passiert, weil Mama gestorben ist. Hättest du bloß eine gute Frau geheiratet ... Du hattest keine Schuld. Die Schuld liegt bei ihr. Warum schicken sie Vicente an die Front, wenn die Jovers noch hier sind? Ob er sich freiwillig gemeldet hat? Er ist wirklich ein Mann, mehr als alle anderen, und er kann nicht anders, als alles zu geben. Aber er hätte mir sagen können, daß er mich liebt. Er hätte mich küssen können. Ein Kuß. Was werde ich fühlen, wenn er mich küßt? Ein Schauer muß einem über den Rücken laufen, vor Hingabe: fühlen, dem anderen zu gehören, versunken, vergessen von allem, mit geschlossenen Augen, nachts, dahingeschmolzen ... Wahrscheinlich wird das eine ganz schöne Ernüchterung. Enriqueta sagt, ich sei ein Dummerchen, es sei gar nichts Besonderes dabei.

Ich muß aufbrechen, noch bei Santiago vorbeischauen, damit ich mich nicht noch mehr verspäte.

II

Josefina Camargo und Santiago Peñafiel machten einen Spaziergang aus dem Dorf hinaus. Bis zum Beginn der Vorstellung blieben ihnen ein paar freie Stunden. Vor ihnen lagen die Weite der Felder, in der Ferne die Berge, schon blau in der Dämmerung. Sie schlugen einen schmalen, von kleinen Bewässerungsgräben gesäumten Weg ein. Das Gluckern des plätschernden Wasser klang besänftigend. Einige Vögel zwitscherten. Die letzten Fliegen des Tages irrten ihnen sirrend um die Ohren, bevor sie zwischen den Blüten unterschlüpften. Über allem lag tiefer Frieden. In der Nähe einige Baracken, die verlassen schienen. Ihre Kreuze hoben sich vom Himmel ab, die dunklen Strohdächer und die weiß verputzten Ziegelwände stachen aus dem Grün und dem leichten Dunst über der Ebene hervor. Santiago nahm Josefinas Hand. Sie gingen weiter, ohne ein Wort zu sagen. Die Stille war zu groß, hielt zu lange an, als daß sie versucht hätten, sie zu brechen.

Josefina, häßlich wie sie war, aber ›mit Persönlichkeit‹, wie man so sagt, wußte genau, was Männer wollten. Mit ihren zweiundzwanzig Jahren und der schmerzlichen Bürde eines Lebens als Waise war sie außerdem kein Kind mehr.

(»Sag mal, was findest du eigentlich an Josefina?«

»Meine Liebe, was weiß ich. Sie hat etwas.«

»Sie ist häßlich.«

»Schon. Aber sie hat etwas.«

»Weil sie keinen Vater und keine Mutter mehr hat, denkt ihr, an sie kommt ihr leichter heran.«

»Quatsch.«

»Über und über pockennarbig.«

»Aber sie hat etwas.«

»Über und über pockennarbig und mit einen Mund, in

den paßt das Portal der Kathedrale und dazu das ganze *Tribunal de las Aguas.*«

»Ist ja gut. Aber sie hat etwas.«)

Santiago liebte sie, wie er jede Frau liebte, deren Hand er gerade hielt oder die er in Erinnerung hatte. Seine Neigungen waren frei von böser Absicht. Er war achtzehn Jahre alt, maß einen Meter achtzig, und ihm gefielen die Frauen. Alle, ohne Unterschied. Er war kräftig und benötigte sie, seitdem er zwölf war. In der Tat wirkte er immer drei bis vier Jahre älter. Gutmütig, etwas einfältig, arglos, so schön wie die Valencianische Ebene fruchtbar ist. Sohn eines Klempners in der Calle de Gracia. Die Flittchen aus dem Umkreis seines väterlichen Hauses waren ihm für manche Gefälligkeiten dankbar, worauf er sich nicht das geringste einbildete. Das ging so, bis sein Vater starb und er die Geschäftsführung einer Holzhandlung übernahm. Im *Retablo* machte er alles: Tischler, Inspizient, Souffleur, Bühnenbildner, Kulissenschieber, Verwalter, Schauspieler, der mit jeder Rolle zufrieden war. Daneben stellte er den Spielplan auf und leitete die Gruppe. Sein Vater war Republikaner gewesen, und er war es auch. Die Mutter, klein und fromm, mischte sich nie in solche ›Männersachen‹ ein, und so lebten sie in Frieden.

Josefina fühlte sich von der Männlichkeit des Burschen angezogen, aber bis dahin hatten sie nie Gelegenheit gehabt, allein zusammen zu sein. Heute hatte es nur der Zufall ergeben, zumal José Jover stets auf der Hut war. An diesem Nachmittag aber hatte er nach Alcira fahren müssen, um dort die Vorstellung des nächsten Tages vorzubereiten. Die Gelegenheit kosteten sie weidlich aus.

Sie setzten sich an einer Böschung ins Gras, ließen die Beine baumeln, ihre Füße berührten fast das klare, bedächtig fließende Wasser. Ohne Umschweife küßte er sie, und Josefina gab sich ihm hin. Sie lagen auf der Erde und sahen zwischen den hohen Halmen hindurch in den wolkenlosen

Himmel. Als er etwas sagen wollte, legte sie ihm den Finger auf die Lippen. Hinterher sagte sie:

»Ich dachte, du wärst in Asunción verliebt.«

»Asunción?«

Er kam aus einer anderen Welt zurück.

»Du hast recht: ich war in sie verliebt.«

»Gestern noch.«

»Wie soll ich es dir erklären, Fina. Ich war in Asunción verliebt, in Manola, in Visanteta. Aber in allen wollte ich immer nur dich.«

Wieder küßte er sie.

»Ich glaube dir kein Wort, aber das ist mir gleich.«

Der Krieg hatte viele Dämme eingerissen.

Sie bauten ihre Bretterbühne auf dem Dorfplatz auf, zwischen vier Roßkastanienbäumen. Von allen Seiten strömten Leute herbei. Sie führten drei Entremeses auf, eines von Cervantes, eines von Torres Villarroel und ein letztes von Alberti. Die Leute lachten viel. Peñafiel konnte sich niemals sattsehen am Lachen der Leute. Die meisten hatten noch nie eine Theateraufführung erlebt. Sie kannten das Theater nur vom Hörensagen. Viele von ihnen waren noch nie in Valencia gewesen.

Am späten Abend in der Herberge, wo es streng nach Stallmist stank, unterrichtete José Jover sie über die Lage: Die Rebellen standen – nach allem, was man hörte – vor den Toren Madrids, auch wenn in den Meldungen der Regierung immer noch von Talavera die Rede war. Sie wollten es nicht glauben.

»Wenn das so ist, was machen wir dann hier?«, wollte Peñafiel wissen.

»Kommt, wir gehen nach Madrid. Wer will, soll mit dem ganzen Krempel nach Valencia zurückkehren, wir anderen fahren nach Madrid, mit dem Wagen.«

»Wer, wir anderen?« fragte Josefina.

»Pepe, Santiago, Julián, Julio, Luis und ich. Ihr könnt mit dem Laster zurückfahren.«

»Ich komme auch mit.«

»Zuerst müssen wir morgen in Alcira auftreten.«

»Findest du es angebracht, daß wir hier ganz artig unser Theater spielen, wenn die kurz vor Madrid stehen?«

»Warum nicht?«

»Darum. Ganz einfach, darum.«

»Glaubst du denn, wenn du nach Madrid gehst, wird alles gut?«

»Das weiß ich nicht. Auf alle Fälle werde ich hinfahren«.

»Ich auch«, sagte Asunción.

Alle drehten sich zu ihr hin, die etwas abseits in der düsteren Küche stand.

»Ja, meine Kleine, du auch ...«

»Und warum fahren wir nicht alle?«

»Mitsamt den Kulissen und allem drum und dran?«

»Mit allem drum und dran.«

»Auf jeden Fall können wir an der Front spielen.«

»Wenn sie es uns erlauben.«

»Auch wenn sie es uns nicht erlauben.«

Alle überkam eine große Begeisterung. Selbst Peñafiel, den sein gesunder Menschenverstand zwang, dagegen zu sein.

»He, hau'n wir uns erstmal aufs Ohr, morgen ist ein andrer Tag. Mal sehn.«

Josefina und Asunción schliefen im selben Bett. In den Nächten kühlte es ab, und die Bettlaken fühlten sich feucht an. Das Zimmer war groß, der Boden gefliest, und die Fensterläden aus Holz schlossen schlecht. Durch die Ritze unter der Balkontür drang ein tückischer Luftzug ins Zimmer. Als einzige Einrichtung ein schiefer Schrank, ein angestoßenes Waschbecken und ein wackliger Tisch. Das Kruzifix war abgenommen, aber sein Umriß war auf der schmutzigen Wand zu erkennen. Ein buntes Bild mit einer sich Luft zufächernden Schönheit, sehr à la Romero Torres, wurde offensichtlich häufiger von den umherschwirrenden Fliegen besucht als vom Staubtuch.

»Gefällt dir eigentlich Santiago?«

»Mir?« fragte Asunción überrascht nach. »Nein, warum denn?«

Sie verteidigte sich, wie immer. Nie, niemals würde sie erzählen, was geschehen war. Und außerdem, mit welchen Worten hätte sie es überhaupt tun können? Es war fast einen Monat her. Sie war bei Santiago vorbeigegangen, um ihm etwas auszurichten; dort, in der Calle de Guillén de Castro, bei den Torres de Serranos, auf ihrem Weg in die Probe. Sie klingelte, Santiago öffnete und bat sie herein. Er war allein zu Haus, seine Mutter und seine Geschwister waren fortgegangen.

»Um fünf ist Versammlung. Ist deine Mutter nicht da?«

»Nein. Sie macht noch Besorgungen.«

»Also, ich geh dann mal.«

»Wohin so eilig? Du hast doch Zeit. Setz dich. Hast du Nachricht von Vicente?«

»Er ist bei Talavera.«

»Was schreibt er?«

»Nichts besonderes. Er hat mir nur zwei Postkarten geschrieben.«

»Kommst du nach der Probe mit ins Kino?«

»Nein.«

»Wenn du willst, gehen wir zusammen.«

»In Ordnung.«

Santiago setzte sich neben sie und küßte sie. Was war mit ihr geschehen? Asunción weiß es nicht, sie kann sich nicht erklären, warum sie sich plötzlich gehen ließ, ihr die Knie weich wurden. Sie ließ es einfach geschehen. Nie hat sie begriffen, warum sie nicht geschrien hat, warum sie sich nicht gewehrt hat. Dann rannte sie weg. Später vermied sie, mit ihm zu sprechen. Er drängte sie nicht. Aber seitdem lebt sie nicht mehr, fühlt sich beschämt, gepeinigt von einem Schmerz, der sie nicht mehr losläßt. Sie wird dünner.

»Aber in Vicente warst du doch verliebt.«

»Ich?«

»Du. Aber wenn du nicht darüber reden willst, gute Nacht.«

»Gute Nacht.«

Die feuchten Bettücher, die so unbehaglich waren, und der Abscheu, versehentlich Josefinas Bein zu berühren.

(Aus der ist nichts rauszubekommen. Was in der wohl vorgeht? Pah! Die ist so mager, die denkt doch nicht einmal an Männer. Aber Santiago kann mir nichts erzählen, so, wie er sie gestern im Auto angeglotzt hat. Ein Unschuldslamm ist sie. Aber Santiago, den werde ich mir angeln. Er ist zwar ein bißchen jung, aber er sieht älter aus. Wir werden heiraten. Dafür werden wir zur Partei gehen, und González, der Richter, soll uns trauen.)

(Vicente. Du bist sicher gerade an der Front, vielleicht bist du zu dieser Stunde schon tot. Und ich bin hier, und ich bin dein, denn ich liebe dich. Vielleicht bist du tot. Vicente. Wir werden jetzt nach Madrid gehen. Vielleicht sehen wir uns. Wie soll ich es dir bloß sagen? Du bist nämlich der einzige, der es wissen muß. Ich muß es dir sagen. Wozu? Ich weiß nicht, ich muß es dir einfach sagen. Du wirst sehen, es wird mir nicht schwerfallen. Ich werde es dir einfach sagen, offen und ehrlich, wie die natürlichste Sache der Welt. Schließlich hast du mir auch nie gesagt, daß du mich liebst. Wenn du es mir gesagt hättest, wenn du mich geküßt hättest, wenigstens einmal ...)

Welche Farbe hat die Erde? Die Steine sind grau und weiß, aber die Erde? Sie liegt versteckt unter dürrem Gestrüpp, zerschnitten von spitzem Geröll, unter verstreuten Felsbrocken und Sträuchern begraben. Die Berge in der Ferne haben je nach Tageszeit und Klarheit der Luft eine andere Farbe.

Vicente Dalmases hat sich die Füße in den klobigen Stiefeln wundgelaufen, sie schmerzen am stärksten, und das, obwohl seine Schultern wie Blei sind und er rechts einen Bluterguß hat, der bei jedem Schuß, den er abgibt, von neuem einen Stoß abbekommt, daß es ihm durch und durch geht.

Er liegt in einem Graben, ziemlich gut geschützt, neben Esteban Arriaza, einem jungen Mann aus Epila, den der 18. Juli bei seinem Militärdienst in Madrid überrascht hat.

In der Ferne Parla, und dort drüben Valdemoro. Heute ist der letzte Tag des Oktober. Seit zwei Wochen befinden sie sich auf dem Rückzug. Zwei Wochen: am 14. Torre de Esteban, am 15. Chapinería, am 16. Valmojado, am 17. Azaña, am 18. Illescas, am 22. Navalcarnero, am 24. Esquivias, am 26. Torrejón de la Calzada und vorgestern Batres.

Vicente kommt das Kotzen, wenn er an diese berühmten Namen der spanischen Geschichte denkt. Eigentlich sind sie nicht viel anders als die Namenlosen. Aber sie müssen diese Orte aufgeben. Man redet jetzt viel von einem Gegenangriff. Caballero habe verkündet, »wir haben jetzt Flugzeuge und Panzer«. Aber wo sind sie?

Zwei Wochen Rückzug: Seitdem er an der Front ist. Und man kann nichts anderes tun, ob man will oder nicht: wieder und wieder die Anordnung zum Rückzug. Zurück, zurück. Sonst kesseln sie uns ein. Da liegt der Hase im Pfeffer: Wenn wir nicht zurückweichen, kesseln sie uns ein. Also zurück, zurück, zurück. Hinlegen, schießen und zurück. Im Augenblick nicht. Im Augenblick haben sie eine gute Stellung. Einen eigens ausgehobenen Schützengraben, von dem aus sie die Landstraße kontrollierten.

Wie sind sie bis hierher gekommen? Warum konnten sie nicht Toledo befreien? Haben wir denn gar nichts? Und Prietos Reden? Das Geld, die Marine ... Nicht einmal ein mieses Maschinengewehr. Und die Flugzeuge, die Panzer? Allein auf uns gestellt verteidigen wir Spanien. Sicher sterben wir. Gut, dann sterben wir eben. Die Erinnerung an Asunción. Ich habe ihr nichts gesagt, habe sie nicht geküßt. Besser so.

Werden sie wirklich in Madrid einmarschieren? Werden sie wirklich gewinnen? Wenn das so ist, bleiben wir lieber hier und düngen die Erde, damit sie wieder fruchtbar wird.

»Guck mal, wic kumisch, ein Sputz!«

Ein Spatz. Was kümmert es ihn, ob die Faschos gewinnen oder wir? Aber doch, auch ihn muß es kümmern. Die Saatkörner würden bestimmt ganz anders schmecken. Alles hängt zusammen. Auch die Steine würden anders sein. Meinetwegen nicht der Spatz selbst, nicht die Steine, aber die Art, wie die Leute sie betrachten. Und darauf kommt es an.

»Schlaf ein bißchen. Ich wecke dich dann.«

»Is' nur schlimmer, nachher.«

»Ach was. Im Augenblick ist niemand weit und breit.«

»Nu gut.«

Dann schläft er wie ein Toter.

Der Spatz pfeift in der Einsamkeit der kastilischen Landschaft. Wie müde ich bin! Wo steckt der Feind? Und wenn sie uns einkesseln? Vicente lugt über den Schutzwall aus Steinen. Dort hinten rechts muß eine Gruppe sein, er ahnt es, und hinter der Böschung dort noch eine.

Vicente läßt sein Gewehr sinken, seine verkrampfte Hand gibt langsam nach, gegen seinen Willen. Er legt sich auf den Rücken. Durch einen Mastixstrauch hindurch sieht er den Himmel, am Stamm glänzt ein angetrockneter Harztropfen, aufgehalten von einem Astknoten. Wenn er könnte, würde er ihn zwischen den Fingern zerreiben, um das Harz zu riechen und sich an Porta Coeli zu erinnern. Aber er kann nicht. Porta Coeli, die Pinienbäume und in der Ferne das Meer. Das Mittelmeer, blau, ähnelt einer Orangenschale. Blau und Orange. Asunción, deine tiefblauen Augen, dein goldenes Haar.

Scheiß Flöhe, verdammte Zecken. Laßt mich in Ruhe! Ich will ruhig daliegen, nicht mich kratzen! Es wird nur schlimmer.

Dort drüben ziehen dicke Wolken auf. Parla und Valdemoro … Vorgestern Batres, und davor Torrejón, Esquivias, Illescas. Die Landschaft, die Cervantes geprägt hat. Der Quijote. Ich werde sterben, ohne den Don Quijote ganz gelesen zu haben; ganz, in einem Zug. Hinter uns die Mancha, endlos weit, eben, und weiter, dort unten, Valencia, grün und rot. Porta Coeli, und das Meer. Asunción. Angebetete, Dulcinea. El Toboso. Ein Dorf wie dieses hier. Ein Stück weiter in der Ebene.

Und wenn wir verlieren, was dann? Wir? Verlieren? Wie wollen die anderen das schaffen? Die Arbeiter aus der ganzen Welt würden aufstehen, geschlossen wie ein Mann. Wie ein Mann …

Heute für dich, morgen für mich, wie Esteban sagt. Wenn wir gewinnen … Was wir dann aus Spanien machen werden! Ein freies Spanien, in dem überall gearbeitet wird, ein neues Spanien, in dem jeder hat, was er braucht. Ein Spanien, in dem die Bauern Herren sind über die Erde, die sie bebauen, ein Spanien, in dem alle lesen können, ein Spanien, in dem es genügend Wasser gibt. Jawohl, wir schaffen ein Spanien, in dem es genügend Wasser gibt. Und das wird zu schaffen sein, wenn wir alle uns dafür einsetzen! Dieses ausgedörrte Land … Und ohne es zu sehen, das Gesicht in den Himmel gerichtet, sieht Vicente, wie das umliegende Land, in dem er gekämpft und durch das ihn der Rückzug geführt hat, wie dieses trockene Land zu dem Land wird, das er am besten kennt, die fruchtbare Ebene von Valencia. Weiche, rote Erde, lehmig und feucht, und nicht dieser Staub, der alles mit einer gelblich-braunen Schicht überzieht. Reicher, Leben in sich tragender Boden, der, wenn man ihn sorgfältig bearbeitet, ein Vielfaches dessen zurückgibt, was man in ihn hineinsteckt. Spanien, mit Ähren bedeckt. Goldgelber Blätterteig.

Er bekommt Hunger. In der Ferne lebt das Geschützfeuer wieder auf. Die Luft bebt.

Hoffentlich erwischen sie uns jetzt nicht. Habe ich Angst? Ja, ich habe Angst.

Er dreht sich um, auf den Bauch, und nimmt sein Gewehr. Er lugt durch die Steine hindurch. Nichts hat sich bewegt. Der Spatz ist weggeflogen. Die trockene, staubige Erde, bleich vor Durst. An einer Pflanze, die er nicht kennt, hängen vertrocknete Schoten. Die ebenfalls trockenen Kerne zeichnen sich auf der Hülse ab, rund und etwas dunkler, als wären sie Linsen. Ob es Linsen sind? Bestimmt nicht. Schoten von Erbsen, von Wicken. Und wieder Valencia. Wicken, purpurne, karmesinrote, maulbeerfarbene, weiße Schmetterlinge, mit ihrem sanften, köstlichen Duft und den gekringelten Trieben in frischem Grün, der großen, fächerförmigen Blütenkrone und dem weißen Schiffchen darauf. Und dieser kaum wahrnehmbare Duft, frisch, pflanzlich, mit einer zarten grünen Note, einer Note nach guter und feuchter Erde. Balsam. Asunción. Wärest du doch hier, neben mir liegend, und könnte ich nur deine geschlossenen Augen küssen, die wie zwei Tauben unter deinen zarten Lidern zittern. Und wenn du sie dann aufschlagen würdest, wie flöge dein Blick zu mir auf!

Aufs Geratewohl bombardieren sie den öden Hügel dort. Wie es den Staub aufwirbelt! Sie zerfetzen die Erde, die Steine. Esteban wacht auf.

»Was ist los?«

»Nichts. Sie rücken vor, von rechts.«

»Was machen wir?«

»Abwarten.«

»Ich habe Hunger.«

»Sie müssen bald kommen.«

Drüben verlängern sie die Schußweite. Jetzt liegen sie unter dem Feuerbogen.

Warum greifen wir nicht an? Warum rollen wir die Front nicht bis zur portugiesischen Grenze auf? Warum werfen wir sie nicht ins Meer? Wenn wir alle mit Geschrei losstürzten ... Ja, sie würden uns mit ihren Maschinengewehren niedermähen. Zum Teufel! Wenn ich doch im Recht bin ... Wenn ich es doch bin, der Volk und Gesetz verteidigt! Warum hilft uns niemand, die Aufständischen niederzuschlagen? Hat denn nicht das Volk die Republik gewählt? Haben sie denn nicht wie Banditen die Waffen auf die Republik gerichtet? Haben sie denn nicht ihr Wort gebrochen? Habe ich etwa nicht vor ein paar Tagen gelesen, was Franco an den Kriegsminister geschrieben hat, und zwar in den letzten Junitagen! *Lügner sind es, die behaupten, das Heer sei gegen die Republik. Die hier in ihrer Erregung so tun, als gäbe es eine Verschwörung, täuschen Sie.* Verräter, gemeine, wortbrüchige, lügnerische, ehrlose, hinterhältige, fahnenflüchtige Verräter. Und die ganze Welt weiß es. Und läßt zu, daß sie uns unter die Erde bringen.

Er packt sein Gewehr und schießt, und schießt. Die Schmerzen in der Schulter sind fürchterlich.

»Siehst du was?«, fragt Esteban.

Die Stimme holt ihn in die Wirklichkeit zurück. Erde, soweit das Auge reicht, und über ihnen pfeifen die Granaten.

Von drüben, von rechts, kommt der Befehl:

»Zurück. Zurück.«

Richtung Alcorcón. In der Ferne erahnt man Madrid. Es ist nichts mehr zu machen. Einen Augenblick denkt Vicente Dalmases daran, aufzugeben, fortzugehen, ein für allemal, nach Valencia, nach Hause und die Decke über den Kopf zu ziehen und von nichts mehr etwas wissen zu wollen. Wozu weitermachen? Man hat uns allein gelassen. Allein, jeden einzelnen von uns, mutterseelenallein.

3. November

In Valencia wollte man ihnen für den Lastwagen kein Benzin geben, und so beschlossen sie, mit Sanchís' Auto nach Madrid zu fahren, um Renau aufzusuchen, den Direktor der Abteilung ›Schöne Künste‹ im Unterrichtsministerium, und sich ihm direkt zu unterstellen, damit man sie an der Front Theater spielen ließ. Alle wollten mitkommen. Schließlich fanden in dem Auto Asunción, Josefina, Santiago Peñafiel und José Jover Platz, neben dem Fahrer. Mehr paßten nicht hinein. Es war der 3. November. In Minglanilla aßen sie zu Mittag. Es wurde langsam kühl, und keiner von ihnen hatte große Lust, sich zu unterhalten. Sanchís hatte sich seit dem Tod von Manuel Rivelles von Grund auf verändert. Er machte sich Vorwürfe, nicht mit ihm gegangen zu sein. Er war fest davon überzeugt, daß man ihn in die Kolonne aufgenommen hätte, wenn er darauf bestanden hätte. Er hatte Angst gehabt, jetzt war sie verflogen. Josefina versuchte, sich ein wenig um Santiago zu kümmern. Dieser aber war damit beschäftigt, über die letzten Kriegsberichte nachzudenken. Asunción war eingenickt und träumte, daß jeder zurückgelegte Kilometer sie Vicente näherbrächte. Es war recht wenig Verkehr. Als sie in Tarancón ankamen, wurde es dunkel. Ein furchtbares Durcheinander herrschte, die Straßen waren verstopft. Der Ort befand sich in Händen der

CNT, die allen, die nicht ihrer Organisation angehörten, die größten Schwierigkeiten machte, indem sie alle Passierscheine für ungültig erklärte, sofern sie nicht von einem Komitee der Confederación gegengezeichnet waren, selbst wenn die Regierung sie ausgestellt hatte. Außerdem war die Landstraße nach Andalusien gesperrt, und der gesamte Verkehr zwischen Albacete und Ocaña wurde über Tarancón umgeleitet.

Da kein Durchkommen war, blieben sie in Tarancón und übernachteten im Wagen. Peñafiel ergatterte irgendwo einen Schinken, Brot gab es nicht. Sie aßen eine Scheibe nach der anderen und bekamen furchtbaren Durst. Sämtliche Häuser waren verrammelt. Nirgendwo brannte Licht, auch der Mond schien nicht. Sobald ein Auto die Scheinwerfer einschaltete, ertönte ein Pfiff, und einige Male fiel sogar ein Schuß. Von Zeit zu Zeit trat ein Milizionär mit Cape und geschultertem Gewehr an eines der Wagenfenster und musterte sie. Der eine oder andere leuchtete ihnen mit einer Taschenlampe ins Gesicht. Schritte und Schweigen. Die Kälte ließ sie noch dichter zusammenrücken. Gegen drei Uhr morgens leerte sich die Straße ein wenig, und sie konnten weiterfahren. Hinter Fuentidueña begann es allmählich zu dämmern. Im Schein der Sterne hatte der Tajo den weichen Ton polierten Stahls. Der Tajuña schimmerte silbern, und der Jarama glänzte golden im violetten Frühnebel eines langen Morgengrauens. Ein Flugzeug, das über der Landstraße kreiste, beunruhigte sie einen Augenblick, aber als sie sahen, daß es sich um ein völlig veraltetes Modell handelte, verflüchtigte sich ihre Furcht:

»Es ist von uns.«

Schon fuhren sie durch Arganda. Sämtliche Brücken waren bewacht. Das waren die einzigen Soldaten weit und breit. In Vallecas waren Barrikaden errichtet worden – Mauern aus Stein und Zement –, an denen je zwei Wachtposten standen. Diese Ruhe überall gab ihnen neuen Mut. Ohne Schwierigkeiten gelangten sie zum Unterrichtsministerium.

Renau empfing sie sofort:

»Na sowas, was gibt's?«

Alle waren sie miteinander befreundet. Als erstes wollten sie von ihm wissen, wie es wirklich stand. Renau erlöste sie nicht aus ihren Zweifeln.

«Ich kann euch nur eines sagen, in Madrid werden sie nicht einmarschieren.«

Von weit weg drang ein dumpfes, anhaltendes Grollen zu ihnen, in jenen fünften Stock des Gebäudes in der Calle de Alcalá.

»Was ist das?«

»Kanonendonner.«

Sie sahen sich alle an, aber dann sagte Renau mit rosig strahlendem Gesicht:

»Ja. Aber sie werden nicht einmarschieren. Gut, was wollt ihr eigentlich?«

»Theater spielen.«

»Tut ihr das nicht schon? Ist was passiert?«

»Nein. Aber wir wollen an der Front spielen. Hier.«

Renau sieht sie überrascht an, erheitert.

»Schauspieler sind jetzt eigentlich am wenigsten gefragt.«

»Steht es so schlecht?«

»Das nicht. Wenn ihr wollt, rede ich mit Roces. Aber ich fürchte, der hat jetzt für so etwas kein Ohr.«

»Versuch es einfach.«

»Schauen wir mal. Wo seid ihr?«

»Hier. Vor deiner Nase.«

»Habt ihr keine Unterkunft?«

»Nein. Wir wollten mit dir sprechen und dann gleich die anderen holen.«

»Geht am besten zur *Alianza de Intelectuales*. Richtet Farías oder Bergamín aus, daß ich euch geschickt habe. Sie sollen euch irgendwo unterbringen. Ich werde in der Zwischenzeit mit dem zweiten Staatssekretär reden. Dann sehen wir, wie er entscheidet.«

Asunción wandte sich an ihn.

»Hast du zufällig etwas von Vicente Dalmases gehört?«

»Nein. Wo ist er?«

»An der Front?«

»In welcher Einheit?«

»Das weiß ich nicht. Ich habe nur gehört, er sei im mittleren Frontabschnitt.«

»Ja, mein Kind, dann ...«

Peñafiel mischte sich ein:

»Sag uns wenigstens, wo die Faschos stehen.«

»Hörst du sie nicht?«

»Ja, aber wo?«

»Was weiß ich wieviel Kilometer von hier.«

Luis Sanchís hatte in Madrid einen Verwandten, einen Vetter seiner Mutter. Er hieß Jacinto Bonifaz und war Friseur, in der Nähe der Calle de Embajadores. Die Wohnung befand sich über seinem Salon im Hochparterre, hatte die üblichen niedrigen Decken und bestand aus zwei stockdunklen Zimmern, in denen man immer Licht brennen haben mußte, und einem Wohnzimmer zur Straße hin, in dem sich so gut wie nie jemand aufhielt. Im hinteren Teil der Wohnung lag die Küche, durch die man hinunter in den Frisiersalon gelangte. Jacinto Bonifaz, geborener Galicier, hielt sich für einen waschechten Madrilenen und hängte beim Sprechen jedem Wort, das es nur halbwegs erlaubte, kurzerhand ein z an, womit er glaubte, ein echtes Original zu sein. Recht klein von Wuchs, aber mit einem um so prächtigeren Schnauzbart, war er rundum zufrieden mit sich. In seinem Viertel eine Institution. Señor Jacinto hier, Señor Jacinto dort. Ein Meister im Kartenspiel. Schien weniger der Sohn seiner ehrbaren

Eltern denn Kind von Don Carlos Arniches zu sein. Doch der Gedanke war ganz abwegig, der Saineteschreiber aus Alicante hatte zum Zeitpunkt seiner Zeugung nicht in seiner Heimat El Ferrol geweilt. Für Señor Jacinto beginnt Madrid auf der Plaza del Cascorro und endet auf dem Paseo de las Acacias, bei einer Anlage, die eine runde Insel und gute Einnahmequelle darstellte: der Stierkampfarena. Sein Eheweib, Doña Romualda, stammte vom anderen Ende der Stadt, aus dem Viertel Cuatro Caminos, wo ihre Eltern, Portiers in der Calle de Ríos Rosas, immer noch lebten. Señor Jacinto verstand von allem etwas, besonders aber vom Stierkampf, zumal er persönlich mit Vicente Pastor befreundet war, dem ernsthaftesten und aufrichtigsten Torero aller Zeiten. Mit den heutigen Hasenfüßen brauchte man ihm gar nicht zu kommen: Seit dem Rückzug seines Idols hat er sich nie wieder einen Stierkampf angesehen, was ihn nicht daran hinderte, von Montag bis Samstag die sonntägliche Corrida zu zerpflücken. Jacinto Bonifaz war um die fünfzig und hatte von seiner Angetrauten keine Nachkommen bekommen können, was ihm einen gewissen Kummer bereitete, den er – in unregelmäßigen Abständen – in der Pinte seines Freundes Paco Suárez zu ertränken versuchte. Der war Wirt der *Quito-Bar,* eines überall bekannten, höchst modernen Etablissements in der Nähe des Waisenhauses. Anfangs war die *Quito-Bar* Gegenstand unzähliger Witze gewesen, die aber dazu beigetragen hatten, das nicht gerade glänzende Geschäft ein wenig zu beleben. Bis auf kleine Unannehmlichkeiten, die daher rührten, daß Jacinto Bonifaz sich mehr als die meisten zu den Frauen hingezogen fühlte, hatte er immer nur ein ganz normales, wohlanständiges Leben gekannt, bis es ihm eines Tages in den Sinn kam, eine Spezialpomade zu erfinden, die das Haar lockig machte. Seine Erfindung stieg ihm zu Kopf, und er begann zu prahlen, bis ihn eines Tages ein Herr mit einer Pistole bedrohte, weil die Salbe bei seiner Gattin angeblich böse Triebe ausgelöst hatte, eine Folge des Geruchs, der laut Don Bernardo, dem Geschädigten, unweigerlich an gewisse unaussprechliche Frauen denken ließ. Doña Romualda gab dem Beleidigten recht, und so hatte es mit den eitlen Hoffnungen des Señor Jacinto auf wirtschaftliche Unabhängigkeit ein Ende.

Seinen großen Triumph feierte er Monate später, als er die Abschaffung der Trinkgelder durchsetzte. Trinkgelder brachten ihn zur Weißglut. Schon vor Jahren hatte er in einem Frisiersalon in der Calle de Atocha damit angefangen, auf den Spiegel vor dem bescheidenen Sessel, für den er zuständig war, zu schreiben: »Trinkgelder werden nicht angenommen.« Das kostete ihn die Stellung, denn der Besitzer, ein ziemlich ungehobelter Asturianer, teilte seine Meinung nicht. Jacinto Bonifaz wurde zum eifrigen Verfechter seiner Sache, mit der er beim Verband der Kellner auf große Resonanz stieß. Daher rührte sein Ansehen in der Gewerkschaft, und auch seine Verbundenheit zu Don Julián Besteiro, der ihn nach einer Versammlung beglückwünscht hatte:

»Geht's darum, wer zu sein, oder nicht? Sind wir was oder sind wir nichts? Na, wenn wir was sind, müssen wir Würde wahren. Vollkommene Würde.«

Und an Würde übertraf ihn niemand. Es sei denn, es ging um Frauen.

›Denn wenn niemand Trinkgelder annehmen würde, wäre die Welt schon lange anders als sie ist. Die Trinkgelder erniedrigen nicht nur die, die sie annehmen, sondern sie bewirken auch, daß der, der sie gibt, den, der sie empfängt, verachtet.‹ Diesen Satz, den ihm Salvador García, ein pfiffiger Mechaniker, aufgeschrieben hatte, lernte der gute Bonifaz auswendig und gab ihn in passenden Augenblicken zum besten. Dazu donnerte er seine geballte Faust mit aller Wucht auf die nächstbeste Unterlage und erweckte stets große Begeisterung.

Jedesmal wenn der Laufbursche des Ladens, in dem seine Frau die nötigen Dinge für den Frisiersalon kaufte, die Ware brachte (Puder, Brillantine, Gel, Chinarinde, Kämme, Seife, Kölnisch Wasser und so weiter und so fort), sah Señor Jacinto die Rechnung an, nahm einen Bleistift, berechnete auf dem gleichen Blatt mit energischen Strichen zwei Prozent von der Summe und händigte ihm das Geld großspurig aus:

»Da nimm, mein Junge: zwei Prozent für dich. Und beachte: Das ist kein Trinkgeld, sondern eine Gewinnbeteiligung.«

Was den Krieg anging, gab es für Jacinto Bonifaz keinerlei Zweifel: Auf der einen Seite kämpften die Befürworter der Trinkgelder, auf der anderen Seite die, die sie ein für allemal abschaffen wollten.

Und das war die Wahrheit.

Das einzige, was die Eheleute trennt, ist die Lotterie. Señor Jacinto, der sich als Rationalisten betrachtet, ist dagegen, daß seine ehrwürdige Frau von jeder Serie ein Zehntellos kauft, wie es an jeder Straßenecke mit lautem Geschrei von den Leuten angeboten wird, die sich mit diesem staatlich organisierten Betrug über Wasser halten:

»Heute noch, heute noch Verlosung!«

»Für wen hält man unz denn? Die republikanische Regierung bekleckert sich nicht gerade mit Ruhm, wenn sie mit diesem unwürdigen Geschachere nicht für allemal Schluß macht ... «

Señora Romualda ist da anderer Meinung, sie glaubt an das Glück, soviel der Friseur auch dagegen anredet. Sie glaubt an das Glück und an den glücklichen Zufall. Wiederholt hat Jacinto versucht, ihr die irrationalen Hintergründe ihrer Vorliebe vor Augen zu führen, und auch, wie unanständig es sei, so einfach mir nichts, dir nichts Geld zu gewinnen:

»Ist's nicht so? Sag mal, ihr wollt doch nicht etwa dumm rumstehen und warten, bis das Manna vom Himmel fällt, als gäbe es noch Hellebardiere? Das ist doch Quatsch.«

»Willst du mir etwa weismachen, daß es sowas wie Pechvögel nicht gibt?«

»Und wenn schon?«

»Na, wenn's Leute gibt, die nie Glück haben, muß es auch welche geben, die's haben. Das ist doch ganz normal. Und was normal ist, kannst auch du nicht abstreiten. Denn was normal ist, ist eben normal ...«

»Aber Herrgott noch mal! Zwei und zwei sind vier. Hier, in Chamartín, in Las Vistillas und sogar noch in Burgos.«

»Niemand behauptet das Gegenteil.«

»In der Lotterie wird die Gesellschaft zum Hanswurst gemacht ... Der perfekt organisierte Schwindel.«

Aber wozu weitererzählen: Wenn das Gespräch erst einmal auf dieses Gleis geraten ist, endet es nicht vor dem Einschlafen. Und trotzdem träumt Romualda Tag für Tag und auch bei Nacht davon, den dicken Treffer zu landen. Für die Lotterie zwackt sie überall etwas ab:

»Soviel wie dieser Kohlkopf wiegt, hätte er mich glatt zwanzig Céntimos mehr kosten müssen. Diese Strümpfe taugen nichts mehr, aber wenn ich sie stopfe, spar ich drei Peseten. Ich müßte einen neuen Putzlappen kaufen, aber der hier tut es auch noch einen Monat. Der zweite Kaffeeaufguß ... ist zwar kein richtiger Kaffee, schmeckt aber genauso.«

Gegen den protestiert zwar ihr guter Mann, doch das durchtriebene Weib schiebt die Schuld Don Evaristo zu:

»Willst du ihn sehn? Es ist der von immer. Du wirst einfach immer pingeliger.«

Wie auch immer, Zehntellose, und sei es nur eins, hat sie bei jeder Ziehung. Ebenso das Pech. Aber wenn's jetzt kein Treffer war, dann eben das nächste Mal.

»Heute, heute noch Verlosung!«

»Roma, komm runter! Sieh her, wer da ist!«

Es sprach einiges dafür und einiges dagegen, die Señora Romualda Roma zu nennen, aber die Macht der Gewohnheit ist stärker und der armen Frau blieb nichts anderes übrig, als diese Last zu tragen; das fiel ihr nicht so schwer, war sie doch, mit ihrem stattlichen Vorbau, an viel Gewicht gewöhnt; über die Schwelle des Frisiersalons jedoch war der Spitzname nie hinausgedrungen. In der Nachbarschaft hatte sie einen anderen, auf den wir noch zu sprechen kommen werden.

Die Reaktion des Barbiers beim Anblick des Sohnes seiner Cousine Lucía muß nicht beschrieben werden, weil sie nichts zur Sache tut. Sie war jedenfalls nicht gerade weltbewegend.

»Und was willst du hier in Madrid, he?«

Luis Sanchís erklärt es ihm. Die Sache mit dem Theater leuchtete dem Friseur ein, denn er hatte große Achtung vor jeder Art öffentlicher Veranstaltung, und die Stierkampfarena von Valencia schätzte er sehr.

Romualdas Gesichtszüge hatten noch immer die Vollkommenheit bewahrt, die sie mit fünfzehn berühmt gemacht hatte. Die vollendete gerade Nase trennte zwei große, schwarze Augen und die buschigen Augenbrauen, die sich wunderbar in ihre Züge einfügten. Ein kleiner voller Mund und das nie verblassende gleichmäßige Rosa ihrer Wangen. Eine unerschütterliche Gesundheit und ein Haar – Herrgott – was für ein Haar. Es war ihr größter Stolz und der ihrer ganzen Familie. Schön zu einem herrlichen Knoten gewunden, war es das Aufsehenerregendste an dieser aufsehenerregenden Frau, deren Wesen aber im Grunde nicht dafür geschaffen war, die Aufmerksamkeit so sehr auf sich zu lenken. Wie und warum sie dazu kam, sich mit Jacinto Bonifaz zu verheiraten, darüber könnte man einen Roman schreiben. Was sie am meisten dazu trieb, war vielleicht der Widerstand ihrer Familie, die an Starrköpfigkeit nicht zu überbieten war.

Romualda war mächtig in jeglicher Hinsicht. Ihre Größe und ihr Umfang, ihre Stimme und ihre Kraft waren überwältigend, und was für ein Mundwerk. Señora Romualda redete mehr als Cicero, und nicht von ungefähr führe ich hier den Römer an, denn wenn ihr Ehemann sie zärtlich Roma nannte, was letzten Endes nichts mit diesen unseren Vorfahren zu tun hatte, so pflegten die Nachbarn sie Cicerona zu nennen, ohne daß das viel mit dem Beinamen des berühmten Redners zu tun gehabt hätte; vielmehr dachten sie dabei an die Cicerone, von denen sie einiges wußten, vor allem durch Anselmo Muñoz, den Sohn des Stukkateurs in der Nummer 22, der im *Prado* eine Anstellung hatte. Selbstverständlich hatte Romualda nicht die geringste Ahnung von ihrer doppelten Verbindung zur römischen Antike. Der Name Cicerona hing ihr an, weil sie so viel redete, und zwar nicht etwa im Schlaf, denn in das breite, weiche Ehebett fiel sie wie ein Stein und schnarchte wie ein Holzfäller, sondern weil sie, sobald sie erwachte, ihr Mundwerk in Bewegung setzte und keinen Augenblick innehielt, bis sie am Abend wieder in tiefen Schlaf versank. So etwas hatte man noch nicht erlebt: Sie schwatzte ohne Punkt und Komma drauflos, brummte, murmelte und plapperte vor sich hin, ganz davon zu schweigen, was geschah, wenn sie einen Gesprächspartner vor sich hatte, wer immer es war, jung oder alt, Mann oder Frau: Dann regte sie sich auf, und es blubberte in einem solchen Wortschwall aus ihr heraus, daß der Zuhörer überhaupt nicht zu Wort kam, und wenn er dennoch ansetzte, etwas zu sagen, so hörte die Plappertasche gar nicht erst zu und schnatterte unbekümmert weiter. Nichts, das sie nicht mitteilte: was sie getan hatte, was sie gerade tat und was sie zu tun gedachte, und das nicht nur einmal, sondern zweimal oder gar dreimal. Sie wiederholte es ohne

Unterlaß, um es am Ende dann doch nicht zu tun. Ihr Redefluß überschwemmte alles, was in seiner Reichweite lag, und
walzte es rettungslos nieder.

»Jetzt werde ich mal ein bißchen Petersilie hacken«,
redete sie laut mit sich selbst, während sie in der Küche
stand, »denn wenn ich es nicht gleich mache, vergesse ich es
noch. Und wenn ich es vergesse, erinnere ich mich nicht
mehr daran. Wo habe ich nur das scharfe Messer hingelegt?
Ich glaube, ich muß es mal schleifen lassen. Nein. Besser
nicht, Agustín ist glatt imstande, mir dafür den vollen Preis
abzuknöpfen, für ein kleines Küchenmesser, das nichts mehr
wert ist. Es gibt doch undankbare Menschen! Wie er allein
schon mit seiner armen Angustias umspringt. Wo hab ich
nochmal die Schüssel gelassen?«

Sie geht zur Treppe und schreit hinunter:

»He, Jacinto, hast du vielleicht die kleine Aluminium-
schüssel gesehen? Ach, schon gut. Ich hab sie im Schlafzimmer stehengelassen. Es ist nicht zu fassen, wie man das Gedächtnis verliert. Und dann heißt es immer … Die Petersilie
ist schon halb verwelkt, das muß ich Doña Gloria sagen,
sonst hält sie mich noch für blöd. Mich! Jetzt werde ich die
Kartoffeln schälen. Sieh mal, wie viele Augen die haben! Wo
habe ich denn schon wieder das Messer gelassen? Grade
eben hatte ich es doch noch. Das wird doch nicht so gehen
wie mit dem Schraubenzieher. Es ist einfach unbegreiflich,
wie die Sachen verschwinden, einfach so! Jetzt fangen sie
nebenan wieder an zu hämmern. Was nageln die da bloß
dauernd? Gestern hat es mehr als zwei Stunden gedauert.
Wahrscheinlich ist es Eugenio, sicher baut er so eine Kiste,
sein eigener Sarg wird es wohl noch nicht sein. Der hat auch
Nerven, der Alte. Sich die Mühe zu machen, allen seinen
Freunden die Särge zu zimmern. Eine schöne Trauermusik!
Herrgott, was es in Madrid nicht alles gibt! Wenn die Faschisten einmarschieren, wird er mit der Sargerei gar nicht

mehr nachkommen. Unglaublich, daß man sie so weit hat
kommen lassen, wie sie gekommen sind. Aber wenn sie
glauben, daß Madrid genauso ist wie die anderen Städte,
dann haben sie sich geschnitten, jawohl. Was uns jetzt be-
vorsteht, wird auch nicht schlimmer sein als das Hungerjahr,
und so viele Murates diese Elenden auch anschleppen werden, jetzt werden den Leuten von Daoíz und Velardes schon
die Augen aufgehen.

Señora Romualda gehört der Gewerkschaft für ›Ver-
schiedene Berufe‹ an, denn sie geht keiner qualifizierten
Tätigkeit nach. Ihre Eltern besitzen ein Bildnis von Pablo
Iglesias, »mit Überschrift«, wie sie immer dazusagen.

»Also, wie stellen die sich das vor?«, sagt sie immer wieder, »daß wir alles gratis rausrücken? Jetzt, wo Don Paco
sogar Ministerpräsident ist. Das hätten sie sich früher überlegen sollen.«

Jacinto ist ganz versessen auf Julián Besteiro. Was will
man machen, die Geschmäcker sind verschieden! Ihr hingegen gefällt Don Julián überhaupt nicht, ebensowenig Prieto.
Sie wissen viel, na und? Wissen allein verhilft den Menschen
nicht zu Brot. Gelehrter noch als die Pfaffen ... Ihr werdet
schon noch sehen! Je gelehrter, desto ergebener gegenüber
den Reichen.

Señora Romualda verachtet die Herrschaften aus dem Sa-
lamanca-Viertel, sowas von eingebildet, worauf eigentlich?
Sie hat nicht viele Überzeugungen, aber die, die sie sich einmal in den Kopf gesetzt hat, kann ihr auch niemand mehr
austreiben. Zum Beispiel: Mit welcher Berechtigung sind die
Kinder der Armen arm, während die Kinder der Reichen,
nur weil sie es eben sind, in Samt und Seide gebettet sind?
Das kann auch kein Gott rechtfertigen, und solange keine
Änderung in Aussicht ist, ist die Welt nicht eigentlich die
Welt. Die einzige Ausnahme macht sie bei der Infantin Isa-
bel, denn für ›die Stupsnase‹ schwärmt sie. Doch die hat

bereits das Zeitliche gesegnet. Und die Soldaten kommen nur, um dem Volk zu nehmen, was es sich mit Blut und Schweiß erarbeitet hat. Alle sollen arbeiten, zum Teufel, wozu haben wir denn zwei Hände und kommen nackt zur Welt! Romualda spürt, wie ihr das Blut in Wallung gerät, wenn sie an die soziale Ungleichheit denkt. Und als ob das nicht genug wäre, ist gleich gegenüber auch noch das Waisenhaus. Das soll mir mal einer erklären! Für wen halten die uns eigentlich? Wenn ich Señora Gloria wäre, würde ich Eugenio morgen den Auftrag geben, viele Särge zu machen … Sollen die Männer Schützengräben ausheben, verdammt! Aber meinen, den werde ich mir schon vorknöpfen. Heute Nachmittag erwisch' ich ihn schon noch.

Das alles denkt sie nicht, sie sagt es. Niemand hört ihr zu, aber sie selbst hört sich, und das tröstet sie. Auf diese Weise langweilt sie sich nie, und sie sparen das Kino, in das sie ohnehin nicht gern geht, weil die Zuschauer in ihrer Nähe sich ihre ständigen Kommentare verbitten. Außerdem bekommt man dort nichts als Schweinereien zu sehen. Denn was die Moral angeht, da versteht sie keinen Spaß.

Jacintos Bariton ertönte:

»Roma, komm runter! Sieh mal wer da ist!«

Weder schüchtern – denn das war sie beileibe nicht –, noch träge – denn auch diese Tugend war ihr unbekannt – kam die mächtige Frau, deren Leib die ganze Breite der kleinen Treppe einnahm, in den Frisiersalon herunter.

»Was ist? Wer ist denn da?«

Jetzt blieb ihr keine andere Wahl, als die Antwort ihres Gatten abzuwarten, der auf Luis Sanchís deutete.

»Das ist Luis, Lucías Sohn.«

»Von deiner Cousine? Junge, Junge, wie groß du geworden bist!«

Davon konnte zwar nicht die Rede sein, aber Señora Romualda fand, das sei das vornehmste Kompliment, das man jemandem machen konnte, vielleicht, um ihren eigenen Umfang zu entschuldigen.

»Und deine Mutter? Wie steht's in Valencia? Bleibst du länger hier? Was treibst du so? Hast du dich freiwillig gemeldet? Du kannst bei uns wohnen, denn die Leute in den Hotels sind alle Gauner, und das Essen schmeckt bei uns wie zu Haus, dir wird das Wasser im Mund zusammenlaufen, wenn du's nicht glaubst, frag ihn. Er sieht dir sogar ein wenig ähnlich, Jacinto. Sag nicht nein: Es gibt Ähnlichkeiten in einer Familie, die schlagen immer durch. Deine Mutter habe ich schon fast zehn Jahre nicht mehr gesehen. Bestimmt sieht sie immer noch so umwerfend aus. Dieser hier verspricht seit fünfzehn Jahren, mit mir nach Alicante zum Baden zu fahren, und was sonst nicht alles. Er selbst ist natürlich im Juli zum Stierkampf nach Valencia gefahren. Und hat bei euch gewohnt. Also keine Widerrede, du bleibst bei uns, solange du in Madrid bist. Warst du noch nie hier? Wie findest du's hier? Natürlich, jetzt ist's kein Vergleich. Wegen der Scheißmilitärs. Madrid muß man erleben, wenn die Straßen beleuchtet sind, nachts, die Calle de Alcalá und die Gran Vía, eine wahre Pracht.«

Das Köstliche daran ist, wenn ich mich recht erinnere: Die Señora Romualda hat nie Madrid bei Nacht gesehen. Und auch tagsüber kommt sie bestenfalls bis zur Plaza Mayor oder zur Calle de Postas, zu einem Laden für Friseurartikel. Dort besorgt sie, was im Geschäft benötigt wird. Auf diese Weise bekommt sie nämlich Gelegenheit, die Reichweite ihrer Tratschereien zu erweitern. Einmal im Monat fährt sie nach Cuatro Caminos, um ihre Eltern zu besuchen, meistens mit der Straßenbahn, in der sie köstliche Gespräche führt. Sie könnte die Metro nehmen, aber dann wäre die Fahrt kürzer, und sie hätte nicht so viel davon.

Dem armen Luis fiel keine Ausrede ein, und so mußte er wohl oder übel bei den Figaros Quartier nehmen.

»Sie sind in Getafe einmarschiert!«

»He, verdammt, das kann nicht sein«, versicherte Romualda.

»Was heißt, das kann nicht sein, Romualda?« fragte Federico Álvaro, ein Bursche aus dem Gemischtwarenladen zwei Türen weiter, verwundert nach.

»Eben das! Jetzt wird noch der letzte Krüppel zur Waffe greifen! Oder wollen wir etwa hinter denen aus Zaragoza oder Gerona zurückstehen, he?«

Als sie klein war, hatte ihr Vater ihr aus den *Episodios Nacionales* von Don Benito vorgelesen, und als junges Mädchen hatte sie für Salvador Monsalud geschwärmt, den sie entdeckt hatte, als sie schon etwas reifer war, anders als Gabriel Araceli, von dessen Abenteuern sie reden hörte, als sie noch zu klein für so etwas war. Jahre später hatte sie Don Benito einmal gesehen. Er war der einzige Mensch, den sie anzusprechen nicht gewagt hatte. Ihren Mann aber, den kreischt sie jetzt an.

»Sollen sie etwa in Madrid einmarschieren? Das hätte gerade noch gefehlt! Wär ja noch schöner! Hast wohl keinen Mumm! Oder willst du lieber den Mauren die Nacken rasieren?«

Obwohl das nicht auf ihn gemünzt war, nutzte der gute Federico die kurze Pause nach dieser Frage, um sich zu rechtfertigen:

»Ich gehe jeden Morgen zum Casa de Campo zum Exerzieren.«

Die Matrone strich sich mit dem Zeigefinger unter der Nase entlang, Zeichen ihrer tiefsten Besorgnis, sah ihren Gatten an und fragte ihn:

»Und du, was machst du?«

»Ich, liebe Frau ... Nun, ich habe mich ja nie getraut, es dir zu sagen, aber in der Gewerkschaft haben wir ein Bataillon aufgestellt.«

»Ein Bataillon aus Friseuren?« Ihre Frage hatte einen spöttischen Unterton.

»Naja, sind wir nicht Männer wie alle anderen auch? Und mich haben sie zum Verantwortlichen ernannt.«

Der Mann strich sich, um würdevoll zu erscheinen, mit dem linken Zeigefinger um seinem kunstvoll gezwirbelten Schnurrbart.

»Vergiz nicht, daß ich ein Marokko-Veteran bin.«

»Ja, verdammt« entfuhr es der Señora Romualda, die wie aus allen Wolken fiel. »Das hatte ich ganz vergessen. Warum hast du mir nichts davon gesagt? Aber so ist's, als Frau kann man nicht mitreden, zählt man nicht, ist man in den eigenen vier Wänden ein Niemand! Bist also verantwortlich, he? Und was tust du dann noch hier, Herr Oberbefehlshaber?«

»Hör auf damit! Sie werden mich schon holen, wenn'z soweit ist! Für'z erste, sieh her.«

Und der Barbier zeigte ihr stolz ein Schild, auf dem zu lesen war: »Für alle Volkssoldaten von Madriz: Rasieren gratiz.«

»Dann bist du also in den letzten Tagen nicht beim Stammtisch gewesen?«

»Nein.«

Der Stammtisch kam regelmäßig im Haus des Apothekers zusammen. Die Frau warf dem Mann einen ihrer vielsagenden Blicke zu, und er schwieg. Das geschah sonst nur, wenn sie einer neuen Liebschaft ihres Ehemanns auf die Schliche kam. Zehn Minuten später pflegte sie dann dermaßen loszufluchen, daß es die gesamte Nachbarschaft in Aufruhr versetzte. Denn die Tonne liebte ihren Mann nicht einfach so, wie eine normale Frau ihren Mann liebt: Sie betete ihn an.

Jacinto Bonifaz war in den letzten Julitagen in die Sierra gefahren. Er feuerte ein paar Schüsse ab, aber da es sehr heiß war und an Munition fehlte, kehrte er selbstzufrieden in die Calle de Embajadores zurück, fest davon überzeugt, der Aufstand sei mit seiner Hilfe niedergeschlagen worden. Später dann hatte er seinen Optimismus nicht aufgeben wollen, bis ihn die Flüchtlinge, die über die Puente de Toledo in die Stadt kamen, davon überzeugten, daß die Dinge nicht so standen, wie es die offiziellen Nachrichten behaupteten. Seiner Frau sagte er nichts davon, denn vom Frauenwahlrecht hielt er nichts, er hatte sich das alte Überlegenheitsgefühl gegenüber dem schwachen Geschlecht bewahrt, womit er sich selbst gegenüber auch rechtfertigte, daß er ein Schürzenjäger war, unter anderem hatte er es auf die Frau mit der Pomade abgesehen; und wenn er ihrem Gatten die schlechten Manieren durchgehen ließ, so nur deshalb, weil an den Verdächtigungen dieses Herrn ihm gegenüber etwas Wahres dran war, und sogar noch etwas mehr als nur etwas.

4. November

»Was machst du denn hier? Ich dachte, du wärst in Barcelona!«

»Ich bin hier, um meinen Vater zu holen. Aber er will nicht mitkommen ... Den bringen keine zehn Pferde aus seinem Haus heraus. Lieber stirbt er morgen in seinem Zimmer als übermorgen irgendwo anders. So sind die Alten.«

»Nicht nur die.«

»Bleibst du etwa auch hier?«

»Gott sei Dank habe ich nicht die Wahl, ich mache, was man mir befiehlt.«

Der Mittag ist herrlich. Straßenbahnen fahren vorbei. Alles ist ruhig.

»Sie stehen in Móstoles und in Fuenlabrada.«

»Du lebst wohl auf dem Mond. Das war vorgestern.«

José Rivadavia, groß, dick, behäbig, bleibt einen Augenblick stehen und blickt seinen Gesprächspartner an.

»Ist das auch kein Gerücht?«

In seinen Worten, mehr Überlegung als Frage, liegt ein stichelnder Unterton, über den Templado lächeln muß. Sie kennen sich, und Rivadavia weiß, daß er nicht dicht halten kann.«

»Weißt du schon ...?« und so weiter.

Julián Templado kann einfach nicht den Mund halten. Er leidet Todesqualen, wenn er etwas nicht erzählen darf. Was auch immer. Er will es wissen, um es weiterzusagen. Neuigkeiten zu verbreiten ist ihm ein Genuß. Manchmal schwört er, etwas für sich zu behalten – er schafft es nicht. Kaum hat er fünf Minuten mit einem Freund gesprochen:

»Weißt du schon, daß ... «

Er macht sich Vorwürfe, er verwünscht sich. Es hilft nichts – spätestens am Abend verwirft er alle guten Vorsätze. Einerlei ob verbürgte Nachricht, Gerücht oder Falschmeldung, er trägt alles weiter. Manch einer wittert das und mißtraut ihm. Er beschwert sich: ›Ich, wie kommst du darauf? Ah, einfach so, darum!‹ Und er streitet ab: ›Was soll das? Was hab ich davon? Sei froh, daß du's jetzt weißt. Schon gut ...‹ Er redet um des Redens willen. Wenn er verspricht, den Mund zu halten, zwingt ihn etwas, das stärker ist als sein Wille (hat er den?), eine Andeutung zu machen, und dann ist er nicht mehr zu bremsen. Solange er nicht alles erzählt, was er weiß, ist er bedrückt und unruhig, regt sich auf und wird mißmutig, und erst wenn er damit herauskann, kommt er zur Ruhe. Unentwegt fragt er: ›Was gibt's? Was hört man Neues? Hast du den und den gesehen? Was hat er gesagt?‹

Wenn ihm bisweilen jemand seine Schwatzhaftigkeit vorwirft, kommt er mit seiner alten Leier:

»Es macht mir eben Spaß.«

Die anderen stellen sich darauf ein. Nichts kann er für sich behalten, schon gar nicht den Klatsch. Etwas wissen und nicht ausplappern macht ihm keinen Spaß. Er ist neugierig und schließt – wie jedermann – von sich auf andere: Wenn einer nicht erzählt, was er weiß, ist er nicht glücklich. Liest er ein gutes Buch, ist er nicht froh, bis er davon erzählt und es empfiehlt. Treibt er ein Gemälde auf, ein Musikstück, ein Mädchen, gibt er keine Ruhe, bis er den Erstbesten, der ihm über den Weg läuft, teilhaben läßt an dem, was er darüber denkt oder meint. Seine größte Freude ist es, die anderen zu Teilhabern seiner Vorlieben zu machen, und wenn er ihnen damit etwas Neues bieten kann, kitzelt das seine Eitelkeit. Freigiebig wirft er mit seinen Eindrücken und Neuigkeiten um sich. Wenn er nicht anbringen kann, was er weiß, vor allem das Brandneue, wird er trübselig. Er haßt alle, die ihm nicht erzählen, was sie wissen. Er schwatzt mit der gleichen Selbstverständlichkeit, mit der Wasser fließt, der Wind weht oder der Körper der Schwerkraft unterliegt. Er rügt und ermahnt sich unentwegt, ohne Erfolg. ›Jetzt halte ich aber den Mund.‹ Und er redet weiter.

Sie waren vor dem Eingang des Justizministeriums angelangt. Mit der ihm eigenen Schwerfälligkeit fragte Rivadavia:

»Kommst du nicht mit rein?«

»Ich? Wozu?«

»Zur Amtsübernahme von García Oliver. Einen Anarchisten auf dem Sessel des Justizministers bekommt man nicht alle Tage zu sehen.«

»Na gut.«

Rivadavia war mit einigen überzeugten Anarchisten befreundet, seit er, es war lange her, in Paris studiert hatte, so um 1923, 1924, mit einem Stipendium, das er aufgrund seiner besonderen Begabung ergattert hatte und wegen seiner guten Beziehungen, wie man solche Dinge eben bekommt.

Außer ihnen war noch niemand da.

»Die Anarchisten muß man sehr ernst nehmen. Mich wundert, daß sie überhaupt Regierungsposten angenommen haben. Nach dem, was ich gehört habe, ist die FAI dagegen.«

Lärm drang von der Straße zu ihnen herauf, und sie traten ans Fenster. Mehrere augenscheinlich hocherfreute Passanten starrten in den Himmel. Sie gingen hinaus auf den

Balkon. Über den bleiernen Himmel schossen Flugzeuge, die merkwürdig und völlig ungewohnt aussahen.

»Unsere?«

»Ja. Russische Jäger. Fünf.«

»Haben sie nicht mehr?«

»Bestimmt.«

»Sicher?«

»Hast du nicht gesagt, daß Móstoles schon ein alter Hut ist?«

Bei José Rivadavia weiß man nie, woran man ist. Anscheinend genießt er es, die Begeisterung der Leute zu dämpfen, oder umgekehrt, Optimismus zu versprühen, wenn alle niedergeschlagen sind.

Sie setzten sich und warteten. Der Salonlöwe Rivadavia redete drauflos und verbreitete sich über das Wesen der Falschmeldungen und der Anarchisten.

»Die Dinge sind wie sie sind, und nicht so, wie wir sie gerne hätten. Ihr meßt dem Unmittelbaren alle viel zuviel Bedeutung bei. Was wirklich geschieht, ist stets ganz einfach, und die Zeitungen haben so großen Erfolg, weil sie alles aufbauschen, um bei den Leuten Gefallen zu finden. Alles auf dieser Welt greift ineinander, ohne daß dabei der Teufel die Hand im Spiel hätte; der Mensch allein reicht. Einbildungskraft und Wunschdenken sorgen dafür, daß sich die ausgeklügeltsten Pläne von selbst zerschlagen. Dreißig Männer, die sich einig sind, meinen, sie könnten die ganze Welt umkrempeln. Sie sind von ihrer Sache felsenfest überzeugt. Erst recht, wenn sie Pistolen haben oder irgendwo etwas gelesen haben, was auch immer ihnen gerade unter die Linse kam. Sie brauchen nichts weiter als eine Zeitschrift oder ein Attentat. Und ein Gerücht. Das Gerücht ist das einzige, was im Krieg Hand und Fuß hat, was der Beachtung wert ist. Nichts spiegelt die Stimmungslage der Leute besser wieder. Ihr versteift euch darauf, die Wirtschaft sei … Ihr übersehr die

Einbildungskraft. Wenn ihr stark seid, werdet ihr das noch irgendwann einsehen. Man glaubt an das, woran man glauben will. Die Welt ist nichts anderes als unser Wunschbild von ihr. Nichts hilft der Polizei so sehr wie die Einbildungskraft der anderen.«

»Und die Angst.«

»Einverstanden: Aber auch die Angst ist Einbildung. Beide Seiten kochen nur mit Wasser und sehen nur Gespenster: Die Fanatiker sehen Siege, die Soldaten Hinterhalte. Der gesunde Menschenverstand, die Vernunft, hört da auf, wo die Annahmen beginnen, die perfekten Modelle: Buhlknaben, die alles scheuen, was nach dem Vorspiel kommt. Die Menschen werden von ihren Vorüberlegungen erdrückt und sterben wie Schildkröten, mit eingezogenem Kopf. Das Schlimmste am Menschen ist der Glaube: der tötet die Vorstellungskraft.«

›Inwieweit meint er das ernst?‹ fragt sich Templado. Er hört eine Bitterkeit heraus, die er bei dem abgebrühten Juristen nicht vermutet hätte.

»In ihrem Glauben an falsche Meldungen fühlen sie sich siegessicher. Niemals fühlt sich der Kopf stärker, als wenn sich in ihm alles dreht. Statt Vernunft, Einbildung: Ein schöner Spaß, den sich der Schöpfer da erlaubt.«

Niemand wußte Genaueres über Rivadavia. Geboren in Murcia, weil sein Vater dort zufällig ein Amt innehatte; eigentlich entstammte er jedoch einer altehrwürdigen Familie von Marquisen und sogar Grafen, wenn auch verarmten, die sich in ein Bergdorf bei Burgos zurückgezogen hatten. Da er über sich selbst nichts preisgab, konnte sich keiner seiner Bekannten erinnern, von ihm je ein Wort über sich gehört zu haben. Abweisend und unnahbar, außer für die fünf oder sechs auserwählten Freunde. Man sagte ihm nach, einen hohen Rang bei den Freimauern einzunehmen. Seit Ende Juli hatte er zehn hohe Posten bei Gericht ausgeschlagen. Muskulös, und zugleich eigenartig schlaff und verbraucht. Seine Fettleibigkeit trat mehr durch seine Größe denn durch seinen Leibesumfang hervor.

»Eine Falschmeldung stirbt niemals plötzlich, und – wie bei ihrer Schwester, der Verleumdung – es bleibt immer etwas zurück.«

Ein großer Weltverächter und Glücksspieler, alle möglichen Arten von Lotterie inbegriffen; von einer Frau oder einer Geliebten wußte man nichts. Wer über sein früheres Leben im Bilde war, erinnerte sich an ein Verlöbnis, das im letzten Augenblick und ohne irgendeine Erklärung gelöst worden war. Hinter seiner verächtlichen Haltung verbarg sich die Haltlosigkeit von Treibsand, geschützt hinter den Mauern hartnäckiger Verschwiegenheit.

»Und wie kommt es, daß du mit García Oliver so eng befreundet bist?«

»Die berühmte Geschichte in Vera de Bidasoa hatte ich aus der Ferne miterlebt. War es 1924? Baroja hat sich damit aufgespielt, ein schlechtes Buch darüber schreiben zu wollen. Die Sache ging, wie alles, auf eine Falschmeldung zurück. Wenn die Leute eine Waffe in der Hand haben, glauben sie, sie könnten nach Gutdünken über das Universum verfügen; und das, obwohl sie doch höchstens Herr über ihr Leben sind. Und über das, was sie sagen. Um zu ihrem Wort zu stehen, begehen sie lieber ein Verbrechen, ich habe das oft gesehen. Dazu kommt, daß der Besitz eines Gewehres, und wenn's nur eine Jagdflinte ist, das Urteilsvermögen trübt. Kaum hat der Mensch eine Waffe, spielt er verrückt, hätte er zwanzig, würde er sich auch nicht wichtiger fühlen. Alles ist auf die Anzahl Hände zurückzuführen, die Gott uns gegeben hat. Die Geschichte beginnt in der näheren Umgebung von Paris, um genau zu sein, in Villeneuve Saint Georges im Haus eines sehr bekannten französischen Anarchisten. Ihm kam es in den Sinn, einigen Spaniern, die auf bessere

Zeiten warteten, vorzuschlagen, eine Gruppe zu bilden, die auf die Anzahl der vorhandenen Gewehre beschränkt bleiben sollte. Auf diese Weise entstand die mehr oder weniger berühmte *Gruppe der Dreißig*. Nicht willkürlich also, sondern mit Rücksicht auf das begrenzte Waffenarsenal. Auch die Ziele waren nicht sonderlich klar. Die Anarchisten bilden immer zuerst die Gruppe, dann reden sie über das Warum. In diesem Fall fand die Gruppe großen Anklang, und jedermann wollte zu den *Dreißig* gehören. Ein reiner Titelerfolg: ›Ich gehöre zu den *Dreißig*.‹ Das klingt gut. Das verschafft den Eindruck, auserwählt zu sein, und man fühlt sich als Auserwählter. Stolz und Auszeichnungen veranlassen die Menschen zu Dingen, die man niemals für möglich gehalten hätte. Die Eitelkeit ist eine dunkle Macht, die für eine Vielzahl kleiner Verbrechen verantwortlich ist. Nach drei Monaten waren sie viertausend und hielten ihre Zusammenkünfte in der Grange aux Belles ab. Zur gleichen Zeit arbeitete in Paris das damals berühmte Revolutionskomitee von Marcelino Domingo und Ortega y Gasset, dem ›Guten‹ – wie Unamuno zu sagen pflegte. Die CNT wurde von Carbó vertreten. Ihm vertrauten die *Dreißig* sich an. Das Problem war, ihnen allen Waffen zu verschaffen. Also zogen sie los, denn Primo de Rivera mußte weg. Überall bat man um Geld, in erster Linie in Amerika: heilige Kuh, immer bereit, sich melken zu lassen. Einer von den *Dreißig* hatte die großartige Idee, die alten Schlachtfelder abzusuchen: Reims, Laon, an der Somme. Und tatsächlich, bei den Schrotthändlern trieben sie haufenweise, ja Tausende von Gewehren auf, wenn auch nicht unbedingt in bestem Zustand. Aber es waren Gewehre. Im Schnitt bezahlten sie dreißig Francs – immer wieder die Zahl dreißig. Zwei Francs pro Kilo Munition, irgendein Mischmasch, aber immerhin Munition, ach ja, und ebenfalls zwei Francs pro Handgranate. Somit schrieb man allen Mitgliedern einen Brief, in dem man sie um vierunddreißig Francs bat. Alle antworteten. Im letzten Augenblick ermäßigte man die erbetene Summe um zwei Francs, denn die Organisation hatte beschlossen, die Handgranaten lieber zu behalten, für alle Fälle. Für zweiunddreißig Francs erhielt ein jeder seinen *flingau* und sein Kilo Patronen. Die Verbindungsleute waren ständig unterwegs. Der Erfolg schien garantiert. Der Aufstand mußte, selbstverständlich, von Barcelona ausgehen. Und dort war, wie immer, die Leitungsgruppe eigenmächtig am Werk, und neben ihr werkelten die anderen Gruppen, ohne sich viel um das Komitee zu scheren. Wie dem auch sei, wieder einmal wurde beschlossen, daß der Augenblick für die Revolution gekommen sei. Sie leben so gefangen in ihren Träumen, so blind für das, was nicht die Welt in ihnen, sondern der tatsächliche Zustand Spaniens ist, daß sie schon tausendmal, nur bewaffnet mit ihren Fäusten, geglaubt hatten, der Augenblick ihres Triumphes sei gekommen. Wie immer sollte der Aufstand mit dem Sturm auf die Atarazanas-Kaserne beginnen; von dort aus würde sie sich ausbreiten. Wie? Das war schon nicht mehr der Rede wert. Dann würden die *Dreißig*, die Viertausend, die Pyrenäen überqueren. Aber das war nebensächlich: Wenn man erst einmal Atarazanas in der Hand hätte, würden sich alle Schwierigkeiten wie von selbst erledigen. Waffen? In Atarazanas würden sie welche erbeuten. Man bereitete bereits fünfhundert Männer darauf vor, sich im Morgengrauen in der Umgebung der Kaserne einzufinden. Der Plan konnte nicht einfacher sein. Ein paar ihnen ergebene Soldaten – drei oder vier – und fünf oder sechs von ihren eigenen Leuten in Uniform sollten so tun, als wollten sie den Proviantwagen hereinlassen, und die Kasernentore öffnen. Waren sie erst einmal drinnen, wäre der Rest ein Kinderspiel. Wichtig war das Überraschungsmoment und der beherzte Einsatz der Pistolen. Derjenige, der mir das erzählt hat – inzwischen hat er es bereits zum Oberstleunant der

Miliz gebracht –, behauptet, er habe mit nur zwei Handgranaten einmal sechs oder siebentausend Mann in Schach
gehalten. Und das glaube ich ihm. Doch zur Sache: In jener
Nacht schickte der Verbindungsmann ein Telegramm an
das Komitee der *Dreißig* in Paris: ›Heute nacht kommt das
Kind zur Welt.‹ Es war elf Uhr nachts und sie hatten gerade
Versammlung, als sie das Telegramm entgegennahmen. Man
besprach die Sache und einigte sich darauf – mißtrauisch
wie sie nun einmal sind, und das nicht ganz zu Unrecht –,
die Nachricht zunächst geheim zu halten und abzuwarten,
bis am folgenden Tag zusätzliche Berichte eintreffen würden. Außerdem konnten sie ohne Weisung der Organisation
nichts unternehmen, und die FAI hatte nichts verlauten
lassen – das nennt man Disziplin. Unter den Anwesenden
war auch ein sehr eifriger, mutiger, aber in diesen Dingen
unerfahrener junger Mann. Als die Versammlung sich auf-
löste, lastete die Nachricht so sehr auf dem Jungen, daß
er nicht schlafen konnte. Unter dem Siegel vollkommener
Verschwiegenheit wanderte die großartige Neuigkeit von
einem Freund zum nächsten: Heute nacht geht's los in Barcelona.

Um sieben Uhr morgens weckt ein Trio alter Haudegen
meinen heutigen Oberstleutnant:

»Die Leute müssen zusammengerufen werden! Wir wissen was, und noch etwas und noch etwas! Heute nacht ist
in Barcelona die Revolution ausgebrochen!«

»Ich weiß von nichts.«

»Aber doch, aber doch. Auf jeden Fall. Die Verbindungen
sind unterbrochen.«

»Wir haben keinerlei Hinweis erhalten, weder von der
Organisation, noch von der Spezialgruppe.«

»Weil man hier nichts weiß. Die Zeitungen schweigen. Ein
Beweis mehr, daß die Verbindungen unterbrochen sind!
Willst du noch mehr Beweise, daß es dort heiß hergeht?«

Sie zu überzeugen, war hoffnungslos, und so mußte man die Leute zusammenrufen, für den Nachmittag, in La Grange aux Belles. Dort versuchte das Komitee, seine Haltung zu rechtfertigen und erst einmal abzuwarten. Das gab einen ungeheuerlichen Tumult. Schließlich bat das Komitee um einige Minuten Bedenkzeit.

»Ihr Feiglinge!«

»Eure Brüder wollt ihr im Stich lassen ...!«, usw.

Sie waren nicht mehr zu halten. Und denkt nicht, daß das Provokateure gewesen wären. Nein. Es waren Kameraden, auf die Verlaß war: Ascasos Bruder und zehn weitere von der gleichen Sorte. Sie hatten Lunte gerochen und wollten nicht, daß das, was dort im Gange war, ohne sie geschähe. Barcelona gehörte bereits ihnen. Valencia ein einziges Blutbad. Man wartete nur noch darauf, daß sie an der Grenze auftauchten, um die letzte Schlacht zu schlagen.

Das Komitee trat zusammen und beschloß abzudanken. Das war das Ende der ersten *Gruppe der Dreißig*. Sie kehrten in den Saal zurück und gaben ihren Beschluß bekannt. So weit so gut. Um aber zu zeigen, daß ihre Worte nicht leeres Geschwätz gewesen waren und daß sie den Vorwurf der Feigheit weder auf sich sitzen lassen wollten noch konnten, kündigten sie an, als erste über die Grenze zu gehen. Anschließend ernannten sie die Kommissionen zur Verteilung der Waffen, und in der gleichen Nacht fuhren sie los, die einen ins Baskenland, andere nach Canfranc und die meisten nach Puigcerdá. Als die Dreißig mit ihren dreißig Gewehren und ihrem kleinen Vorrat an Handgranaten in Perpignan ankamen, erfuhren sie, was in Atarazanas geschehen war: Von den fünfhundert Männern, die man benachrichtigt hatte, waren vierhundertachtundachtzig zu spät gekommen. Die Kameraden drinnen erfüllten ihre Pflicht, das Tor wurde geöffnet, und fünf oder sechs drangen ein, aber der Wachtposten bemerkte es, schloß das Tor und

schlug Alarm. Das war alles. Trotzdem, um sich nichts nach-
sagen zu lassen, überquerte die Expedition die Grenze und
ärgerte zwei Tage lang die Grenzsoldaten und Guardia
Civil. Was in Vera geschah, ist dir ja bekannt. Soweit die
Ereignisse. Was nun das Wunschdenken angeht, sind alle
gleich, ob Kommunisten, Anarchisten oder sogar, wenn du's
genau wissen willst, die Republikaner. Ein Nichts genügt,
und alle fangen an zu spinnen. Beim kleinsten Anstoß
sprengt die Einbildungskraft davon, und niemand holt sie
mehr ein. Dann stirbt sie wie ein Ballon, aus dem man die
Luft läßt. Wenn man die *Gruppe der Dreißig* sich hätte entwickeln lassen, hätte sie zu einer ernstzunehmenden Angelegenheit auswachsen können. So starb sie, als sie noch in
den Kinderschuhen steckte; um sie zur Strecke zu bringen,
war lediglich der Einsatz der Polizei notwendig, die vielleicht
– selbst das ist durchaus denkbar – die Gruppen in Barcelona zum Überfall auf die Kaserne angestiftet hatte. Aber
diejenigen, die verspätet eingetroffen waren, störte das noch
nicht einmal, da sie auf diese Weise nicht einzugreifen
brauchten. Als würdigen Abschluß händigten sie ihre Waffen dem großen französischen Anarchisten in Villeneuve
Saint Georges aus. Das war die Glanzzeit der Herren Herriot und Briand. So geht es seit eh und je. Alles erledigt sich
eigentlich von selbst. Auf die Welt ist voll und ganz Verlaß,
und nur Dumme bilden sich ein, sie regieren zu müssen. All
diese Lackaffen, die sich für weiß Gott was halten und glauben, sie könnten das ganze Weltall umkrempeln ... Wenn ich
dies täte, oder wenn ich es nicht täte ... Wenn ich zurücktrete, oder wenn ich nicht zurücktrete ... Diese Schwach-
köpfe glauben allen Ernstes, sie seien in der Lage, den Lauf
der Sonne aufzuhalten, in die Fußstapfen Joshuas zu treten,
diese Würmer, diese elenden Würmer. Der Zufall ist immer
eine faule Ausrede.«

»Schön und gut, gegen wen schießt du jetzt gerade?«

Rivadavia blickte ihn mit seinen Kuhaugen scharf an.

»Völlig gleich! Gegen dich, meinetwegen.«

Templado sprang gekränkt auf.

»Wieso sagst du so etwas?«

»Einfach so. Ich ärgere mich über die ganze Menschheit, und darüber, daß wir hier solange warten müssen. Los, gehen wir.«

Rivadavia stand auf und lief, ohne noch etwas zu sagen, mit über dem Rücken verschränkten Händen die Treppen hinunter.

Auf der Straße sahen sie Gruppen bewaffneter Männer, die in Richtung Stadtrand zogen.

»Die Geschichte mit den *Dreißig* hatte noch ein Nachspiel. Pestaña und Peyró griffen sie auf. Sie machten mit ihr große Politik, denn in die wollten sie. Am liebsten als Abgeordnete. Aber die Masse ist ihnen nicht gefolgt, sie ist der FAI treu geblieben.«

»Von Ascaso und seinem Regiment in Aragón hört man schauerliche Geschichten.«

»Na und? Eine Waffe macht aus einem Mann noch keinen Soldaten. Das ist nunmal so. Da diese Welt durch und durch verdorben ist, sehe ich nicht ein, warum überhaupt an ihr herumgedoktert werden soll. Man sollte mit ihr Schluß machen und von vorne anfangen. Allerdings möchte ich auch mit niemandem tauschen, und am wenigsten mit dir.«

Er sagte das mit solcher Verbitterung, daß Templado darauf schwieg. Er verabschiedete sich unter einem Vorwand und machte kehrt, und als er kurz innehielt, sah er Rivadavia weggehen. Er konnte den Groll seines Freundes einfach nicht verstehen. Dann zuckte er die Achseln und machte sich auf den Heimweg. ›Irgend etwas in seinem Leben, was ich nicht durchschaue, hat ihn gezeichnet‹, dachte er. ›Die Frauen? Er spricht nie von ihnen. Als ob sie für ihn keine Rolle spielten. Das muß es sein. Jawohl. Eine Null.‹ Julián Templado blieb stehen. ›Was soll ich jetzt eigentlich zu Hause? Ich schaue lieber im *Pidoux* vorbei, vielleicht treffe ich dort ja diese Valencianerin von vor ein paar Monaten.‹ Er machte sich auf den Weg. Das *Pidoux* aber hatte geschlossen, die Kellner waren alle zum Exerzieren gegangen.

Und du? Warum gehst du nicht auch? So schlimm war sein Hinken auch wieder nicht. Untauglich hatten sie ihn erklärt, aber jetzt handelte es sich ja nicht um die Armee. Immerhin, er ist Arzt, aber seine Stelle hat er in Barcelona. Hier in Madrid nichts dergleichen. Was also war seine Pflicht? Jetzt auf der Stelle ins *Vallcarca*-Krankenhaus zurückzukehren, oder seine Dienste in der Hauptstadt anzubieten? Sollte er zum Gewehr greifen? Sie hatten ihm acht Tage frei gegeben, damit er seinen Vater abholte. Fünf Tage hat er noch. Soll er sie etwa vertrödeln?

Er geht die Caballero de Gracia hinunter, in Richtung Calle de Alcalá. Als er an der Nummer 28 vorbeikommt, erinnert er sich, daß dort Roberto Braña wohnt. Er geht hinauf, um zu sehen, ob er zufällig zu Hause ist und Lust hat, mit ihm zusammen Mittagessen zu gehen. Der Empfang überrumpelt ihn:

»Aber weißt du denn nicht, daß sie meinen Bruder umgebracht haben?«

Seinen Bruder Ismael, den Zahnbürstenfabrikanten.

»Wer?«

»Unsere Leute.«

»Wie, unsere Leute?«

»Ja, mein Lieber: ein Irrtum. Das ist alles, was sie gesagt haben: ein bedauerlicher Irrtum. An einem verdammten Morgen wurde er tot aufgefunden, in der Nähe der Puerta de Hierro.«

Er war Republikaner gewesen, aber auch Besitzer einer Fabrik, mit lebhaftem Temperament.

»Wo soll das enden!«

»Das weiß ich nicht, aber zu unserer Beruhigung können wir immerhin sagen, daß nicht wir angefangen haben ...«

»Für dich ist wohl mit dem Verschreiben von Beruhigungspillen alles nötige getan.«

»Dafür sind einem die Kranken besonders dankbar.«

Roberto Braña ist Schriftsteller. Er hat alles außer Persönlichkeit, deshalb will ihm auch keiner etwas Böses. Sieben oder acht Bücher hat er veröffentlicht: feingeistig, langweilig, rühmlich. Ist Mitarbeiter der *Revista de Occidente,* und von *El Sol.* Übersetzt auch. In Navarra hat er Ländereien, Frau und zwei Kinder.

»Verbrecherbande!«

Templado wundert sich über die Heftigkeit des sonst so zurückhaltenden Schriftstellers. Und er läßt sich drauf ein:

»Na gut, dieser ist ein Verräter und jener ein Mörder, na und? Dieser ein Hurensohn und jener ein Hochstapler, ein Betrüger, na und? Und auch wenn es doppelt so viele Drecksäcke gäbe, ja was? Geben sie etwa den Ton an? Bestimmen sie denn den Lauf der Welt? Seit wann denn? Was siehst du von den Bergen – die Gipfel oder die Schluchten? An was erinnerst du dich – an den Schmerz oder an die Freuden? Was macht die Größe eines Schriftstellers aus – seine schlechten Bücher oder die guten? Was zählt für dich, wenn du mit deiner geliebten Frau das tust, was ... wir alle tun müssen, um weiterzuleben? Glaubst du wirklich, Michelangelo ist groß, weil es heißt, er sei andersrum gewesen? Sicher, viel Blut, viele Morde, viele Tote kleben an der Revolution, wie widerliche Schmeißfliegen, na und? Wird das morgen noch zählen, wenn man alles mit mehr Abstand sieht? Also? Oder glaubst du etwa, die Männer von 1793 sind alle Engel gewesen? Oder die vom 2. Mai? Dreck und Abschaum wird es immer geben, ohne das geht es nicht in der Welt. Es sei denn, du willst bewußt die Augen verschließen, aber das fände ich idiotisch. Genauso wie zu glauben, die Schweinereien seien das einzige, das zählt. Man spürt, daß wir in einer großen Zeit leben, aber das bewahrt uns nicht davor, Darmkrämpfe zu haben. Aber aus ihnen die Hauptsache zu machen, wäre krank. Und die Krankheit an sich ist schon unnormal. Sieh dir die Leute an und vergiß für einen Augenblick, wie sie heißen. Oder denk an die Helden der Vergangenheit, denn das ist es, was zu guter Letzt auch die Zeit tut.«

Braña hört nicht auf zu wettern.

»Die Sache mit deinem Bruder ist schmerzlich. Mein Beileid. Aber es ist nicht zu ändern. Hör auf, die Welt für deine persönlichen Bauchschmerzen verantwortlich zu machen. Oder fühlst du etwa nicht, was uns bewegt? Hast du nie gefühlt, was das Leben ist? Hast du nie darauf geachtet, wie sich eine Laterne im Wind wiegt, und bist du bei ihrem Anblick nie stehengeblieben, um über den Rhythmus der Welt nachzudenken? Daran, wie großartig es ist zu leben. Wie viele Samenfäden hat ein Samen, wie viele Eier ein Eierstock? Der Welt – dem Glück, dem Schicksal und dem Zufall – hast du es zu verdanken, daß du weitergekommen bist; und nun bist du, wer du bist. Mit allen deinen Schwächen, allen deinen Sünden, deinem großen Kopf, den Glubschaugen, deiner Griesgrämigkeit. Und weiter? Ganz einfach: Du bist. Genügt das nicht? Und wenn einem ein Drecksack über den Weg läuft? Na und? Man stirbt eh, was im übrigen nichts daran ändert, daß man gelebt hat. Und das Leben, die Kraft des Lebens, ist stärker als alles andere. Das Meer tobt, verursacht Unglücke, und dennoch dient es der Welt und ihrem Fortschritt wie kaum etwas anderes, trägt die Menschen auf seinem Rücken. Wollen wir es Tag für Tag verfluchen, nur wegen seiner Septemberstürme? Natürlich können wir sein Toben nicht vergessen, aber, wo wir schon einmal dabei sind, rechne es einmal nach. Es wird noch viele September geben, und an Faschisten haben wir mehr als genug. Na und? Am Ende behält die Sonne über allem Unrat recht. Heute ist nicht heute, sondern die Keimzelle von morgen.«

»Phrasen, nichts als Phrasen. Als ob du hier der Schriftsteller wärst. Seit wann so tapfer? Sie töten dich, na und?«

»Danach ist ein anderer an der Reihe.«

»Sie töten ihn, und dann?«

»Schlag was anderes vor, du Witzbold.«

»Zurückgezogen leben.«

»Ist das dein Ernst?«

»Ja. Ich bin nicht zum Helden geboren. Das Gefängnis, die Niederlage, die Folter schrecken mich ab. Wir sind verloren.«

»Woher weißt du das?«

»Das sehe ich.«

»Schämst du dich nicht?«

»Doch. Aber ich sehe für mich keinen anderen Ausweg. Und letzten Endes: Ich bin ich. Niemand verbietet dir, mich zu verachten.«

»Warum bist du dann eigentlich in Madrid?«

»Was soll ich deiner Meinung nach tun?«

»Weggehen.«

»Wohin? Nach Valencia? Zusammen mit diesen von den Kommunisten ausgewählten Intellektuellen? Sie sind schon bei mir gewesen. Ich will nicht. Ich bleibe.«

»Aber warum?«

»Wenn sie an einem Tag wie diesem in Madrid einmarschieren – und das werden sie –, wie lange wird es dann dauern, bis sie Valencia erreichen? Nur, daß man sich dann noch deutlicher zu erkennen gegeben hat ...«

Templado sieht Braña mitleidig an.

»Meinst du das im Ernst?«

»Voll und ganz. Ich bin Schriftsteller. Ein großer Schriftsteller! Ob ihr's glaubt oder nicht, und die Politik interessiert mich nicht, keine Spur. Laßt mich doch einfach in Ruhe! Ich schreibe um zu überleben, und um zu überleben, muß man leben. Ich kämpfe nicht für andere. Wenn ich schreibe, kämpfe ich gegen die anderen Schriftsteller: um sie zu besiegen; um es besser zu machen als sie. Um der Beste zu sein.«

Er machte eine Pause.

»Und alle machen dasselbe. In der Kunst ist die Bescheidenheit ein Zeichen von Unterlegenheit. Ein Schriftsteller, der sich nicht für fähig hält, es besser zu machen als alle anderen, wird nie etwas werden. Ich spreche von Schriftstellern, nicht von Journalisten. Auch nicht von den Toten. Gegen die kämpft man nicht, die führen ihr Dasein in Karteien, in der Geschichte. Die anderen interessieren sich für sie sehr wohl, sie gehören den anderen. Mir aber kommt es darauf an, besser zu schreiben als dieser und besser als jener, als meine Freunde, auf die ich herabsehe. Glaube aber nicht, das wäre Neid. Da ich überzeugt bin, daß meine Werke den ihren überlegen sind, kann ich gar keinen Neid verspüren ...«

»... Auf ihre Erfolge?«

»Ach was!«

»Auf etwas, was sie gemacht haben und was du selbst gerne gemacht hättest. Dummerweise ist die Welt nicht für so etwas geschaffen. Den Frieden muß man sich erkämpfen, Alter. Den inneren und den äußeren Frieden. Und selbst, wenn morgen die Faschisten hier wären und mit ihnen der Frieden der Friedhöfe, und auch, wenn du nicht betroffen wärst – was ich bezweifle –, welchen inneren Frieden hättest du dann?«

»Laß mich mit deinem dummen Geschwätz in Ruh! Hau ab. Ich will niemanden sehen. Und schon gar nicht solche Knallköpfe wie dich.«

Templado ließ sich nicht lange bitten. Gleich darauf, nahe der Calle de Molinero, traf er Don Servando Aguilar mit seinem Pascal unterm Arm. Sie gingen in ein Lokal in der Calle de Arlabán zum Mittagessen.

»Gut. Einverstanden. Hier Sozialisten, dort Faschisten, na und? Sind sie deswegen keine Menschen? Aber sicher. Also gut, was ist ein Mensch? Im Grunde habt ihr doch nie wirklich darüber nachgedacht. Aus was sind wir gemacht? Was sind wir? Warum sind wir so und nicht anders? Dann würdet ihr verstehen, warum es mich völlig kalt läßt, daß und warum ihr euch gegenseitig abschlachtet.«

»Und wenn sie auch dich umbringen?«

»Für mich hat sich dann alles erledigt. Aber ich sehe keinen Sinn darin, nachzudenken, mit wem oder unter wem ich lieber leben würde, es ist mir egal. Mich bringt nichts von meinen Studien ab, außer Zerstörung oder Tod.«

»Aber genau das sind sie, die Faschisten, Zerstörung und Tod.«

»Ich habe keine Zeit zu kämpfen, mir geht es darum, keine Zeit zu verlieren. Sonst antworte mir doch: Was ist der Mensch? Ich will nicht Partei ergreifen, das ist doch einleuchtend, oder? Ich will nicht. Mich geht das alles nichts an, es beschäftigt mich nicht. Für mich zählt einzig und allein herauszubekommen, was der Mensch ist.«

»Und wie willst du das herausfinden?«

»Indem ich Pascal studiere.«

»Und Kant?«

»Ach was! Die Gedanken des Franzosen reichen mir völlig. Sie sind meine Grundlage. Von ihnen komme ich nicht los, und zu ihnen kehre ich immer wieder zurück.«

Don Servando Aguilar y Béistegui ist ein großer und dürrer Mann, und das nicht, weil er kein guter Esser wäre, sondern weil er ständig auf den Beinen ist. Ein umherirrender Philosoph. Um elf Uhr Vormittags verläßt er das Haus (schließlich ist er ein Herr), und kehrt nicht bis zum nächsten Tag zurück, um zwei oder drei Uhr in der Früh.

»Für mich ist es gleich, ob ein Mensch König oder Sklave ist. Seinem Wesen nach bleibt er dasselbe, ein Mensch. Die Geschichte kümmert mich nicht, das Reich von Dschingis Khan so wenig wie die Republik Andorra. Soll ich mich etwa mit Alcalá Zamora oder mit Alfonso XIII. befassen? Laß die Geschichte Geschichte sein und denk lieber darüber nach, was der Mensch ist, seine Rolle in der Welt, im All, in der Unendlichkeit.«

Don Servando geht weiterhin seinem gewohnten Leben nach. Er hat seine bescheidenen Rentenpapiere, schneidet Coupons, bezahlt seine Miete – für ein grottenhäßliches Loch in der Calle de Canillejas – und irrt durch Madrid und seine ältesten Cafés, mit den *Pensées* von Pascal unterm Arm.

›Heute laufen mir ja die Richtigen über den Weg!‹ denkt Templado, während er die Calle de Cedaceros entlanggeht. Wohin will ich eigentlich? Er ruft Paulino Cuartero an. Man sagt ihm, er sei im *Prado*. Templado macht sich auf den Weg.

Santiago Peñafiel und Josefina Camargo begegneten ihm am Eingang. Sie hatten Ambrosio Villegas besucht, den Archivar des *San Carlos*-Museums, der jetzt dem ›Ausschuß für Schutz und Erhaltung der Kunstschätze‹ angehört.

In den unteren Sälen, vor den Teppichentwürfen Goyas, gehen Villegas und Cuartero auf und ab und sprechen über die jungen Leute vom *Retablo*, die gerade bei ihnen gewesen sind.

»Ich beneide sie«, sagt Villegas. »Mit ihren zwanzig Jahren wissen sie genau, was sie wollen.«

»So etwas widerspricht der Ordnung der Dinge. Einstweilen verlieren sie das Semester.«

»Das meinen Sie doch nicht ernst?«

»Und wie ernst ich das meine.«

»In diesem Herbst werden sie mehr lernen als ich in meinen über vierzig Lebensjahren.«

»Was wird es ihnen nützen?«

»Warten Sie es ab, Sie werden schon sehen; das wird eine großartige Generation.«

»Wenn nur einer von ihnen übrigbleibt, um es zu erzählen ... Und noch etwas, keine Generation, die in der Blüte ihrer Jugend vom Krieg gezeichnet worden ist, hat es wirklich zu etwas gebracht.«

»Sie reden doch Unsinn.«

»Möglich.«

»Aber haben Sie nicht gesehen, was für eine Begeisterung sie antreibt?«

»Doch. Schwänzen mit Erlaubnis. Mit welchen Augen werden sie die Welt von morgen sehen? Selbst wenn das nur kurze Zeit so geht, obwohl ich glaube, daß es lange dauern wird, was soll aus ihnen werden? Vorausgesetzt, sie kommen mit dem Leben davon.«

»Sie werden mehr aus Spanien machen, als wir uns überhaupt vorstellen können.«

»Nur wenn wir gewinnen.«

»Zweifeln Sie daran?«

»Das liegt im Bereich des Möglichen. Sie stehen in Retamares.«

»Und Sie, was gedenken Sie zu tun?«

»Was man mir sagt.«

»Ist morgen Sitzung?«

»Ja.«

»Und?«

»Keine Ahnung. Vorläufig müssen wir einfach alles, was in den oberen Stockwerken hängt, nach unten schaffen.«

»Und wenn sie einmarschieren?«

»Dann werden wir ihnen die Sachen im bestmöglichen Zustand übergeben.«

»Glauben Sie, die würden es wagen, das Museum zu bombardieren?«

»Alles ist möglich.«

Sie sahen sich an.

»Was scheren die sich denn darum? Die haben doch geschrien ›Es lebe der Tod und nieder mit der Intelligenz!‹, und dabei wußten sie genau, was sie taten. Außerdem ist das nichts Neues. In Spanien schon gar nicht. Diese Verbeugung vor der Intelligenz ist eine nordische Eigenart, die wenig mit uns gemein hat. Bei uns zählt der Mut. Da darf man sich nichts vormachen. Das Wort ›Intellektueller‹ ist hier verrufen. Man wird uns immer als Pseudofranzosen, als Weichlinge ansehen. Und vielleicht liegen sie damit gar nicht so falsch. Unsere nationale Symbolfigur ist der Don Juan. Ich mache mir so meine Gedanken darüber. Im Grunde sollten wir zum Gewehr greifen. Wie auch Barral es getan hat, ohne darüber nachzudenken, ob er weiter Skulpturen schaffen würde oder nicht.«

»Und, was ist damit?«

Er deutete auf *Die Weinlese*.

»Deswegen habe ich es nur im Konditional gesagt.«

Sie setzten sich. Sie hatten noch Zeit, bis die Burschen, die ihnen halfen, vom Mittagessen zurück sein würden.

»Manche vertreten die Auffassung« sagte Cuartero, »daß die Figur des Don Juan arabischen Ursprungs sei.«

»Unsinn. Sofern es überhaupt einen arabischen Einfluß auf den Mythos gibt, ist er anderer Art. Wie soll ein Volk, in dem Polygamie erlaubt ist, einen Don Juan hervorbringen? Nein Villegas, nein. Don Juan verkörpert die Kraft. Darum ist er so durch und durch spanisch. Es heißt, die Deutschen verehrten die Kraft. Das stimmt nicht, sie verehren die Intelligenz; außerdem setzen sie sie verkehrt ein, im Dienst der Macht, oder der teuflischen Macht, wie Sie als Oberkathole sagen würden. Aber das ist ein anderes Lied. Für uns sind nicht die Ergebnisse von Bedeutung – um die geht es den Deutschen – sondern der Kraftakt an und für sich. Die Franzosen nennen ihr bedeutendstes Epos ›Chanson‹ – ein Wort im Femininum –, wir hingegen ›Cantar‹, ein Wort im Maskulinum. Die *Chanson de Roland,* der *Cantar de Mío Cid.*«

»Und was hat das mit Don Juan zu tun?«

»Nichts, oder sehr viel. Ich fasse mich kurz: In meinen Augen ist Don Juan Herkules. Er ist die spanische Fortführung des Herkules-Mythos, direkt nach dem arabischen Intermezzo. Nirgendwo anders im Römischen Reich wurde dieser Halbgott so verehrt wie hier. Davon erzählen die Steine und die Namen.«

Templado stieß nach langem Suchen zu ihnen. Er umarmte Cuartero, der ihn Villegas vorstellte.

»Hier haben Sie unseren Don Juan. Hinkend und mit allem drum und dran, à la Byron. Welchem Wunder haben wir es zu verdanken, daß du in Madrid bist?«

Der Arzt erklärte es noch einmal.

»Mensch, sagte Cuartero, »ich freue mich, daß du hier bist. Komm, wir gehen kurz in mein Büro. Ich erwarte ein paar Engländer, die wollen sich ansehen, was wir hier machen. Man hat mich gebeten, ihnen etwas über unseren Krieg zu erzählen. Aber es gelingt mir nicht recht. Ich habe geschrieben und geschrieben und bereits zehn Seiten zerrissen. Ich weiß wirklich nicht, was ich ihnen sagen soll. Besser gesagt, ich weiß es sehr wohl, aber ich bin mir sicher, daß ich ihnen sagen würde, was ich ihnen nicht sagen darf. Mein einziger Berater ist meine Empörung.«

»Zeig her.«

Templado nimmt das Blatt Papier, das sein Freund ihm hinhält, und liest die Notizen darauf.

»Alle die nichts haben, verteidigen eben dies, was sie nicht haben, gegen die, die etwas haben und bislang nichts zu verlieren hatten. Die Armen kämpfen gegen die Angst ihrer verräterischen Feinde, etwas zu verlieren. Die Reichen wiederum wollen nur das nicht verlieren, was einzig und allein ihre eigene Furcht ihnen weggenommen hat. Die Armen kämpfen gegen die Verachtung. Gegen die Schmach. Würden sich die Spießbürger und die feinen Herrn selbst den Milizen entgegenstellen, dann würde man ja sehen! Aber nein, ihnen fällt nichts besseres ein, als sich hinter anderen armen Schluckern zu verstecken und ihnen Karnevalskostüme anzuziehen, allen die gleichen. Diese Feiglinge, sie kämpfen nicht selbst, sondern machen mit der Macht ihres Geldes andere Arbeiter zu ihren Söldnern und zwingen sie, gegen uns anzutreten; denn sie besitzen keine andere Macht als die der Lüge, und wir, wir sind die Wahrheit. Das ist so wahr, so wahrhaftig wie diese Unglückseligen, die sie zwingen, gegen uns, gegen das, was sie sind, zu kämpfen. Was für eine bestialische Farce! Hätten sie den Mut, sich selbst uns entgegenzustellen, wir würden sie anspucken und ihnen Beine machen! Jawohl, nur mit anspucken!

Wie nennt man jemanden, der den Stein wirft und die Hand verbirgt? Wie nennt man jemanden, der Menschen gegen Menschen aufhetzt, damit er verteidigt, was noch nicht einmal ihm gehört? Wollt ihr wissen, was wir mit Madrid verteidigen? Die Würde, meine Herren Engländer, die Würde des Menschen. Auf uns richten sich Schmähungen von allen Seiten. Und uns verweigert ihr die Waffen, die ihr den anderen schenkt. Und uns verbietet ihr, die Waffen zu erwerben – zu kaufen, zu bezahlen –, auf die wir ein Anrecht haben, als rechtmäßige Regierung, die wir nun einmal sind, um die Würde des Menschen verteidigen zu können. Wir bezahlen einen hohen Preis für eure Geringschätzung. Hohn und Verachtung für uns, und Kanonen für die Verräter. Ist es nicht so?

Hinterher werdet ihr es unweigerlich mit der Angst zu tun bekommen. Seht euch vor, ihr Verächter der Wahrheit! Seht euch vor, für die Zukunft kann niemand garantieren, am wenigsten ihr.«

Templado grinst:

»So natürlich nicht.«

»Warum schreibst du es nicht für mich?«

»Mensch, ich bin doch Arzt, du bist hier der Schriftsteller.«

»Na und? Du pflegst mehr Umgang mit Literaten als ich. Seitdem diese scheußliche Geschichte angefangen hat, habe ich keine zwei Zeilen mehr geschrieben. Mir fallen nur noch Schimpftiraden ein ...«

»Vielleicht kommen sie gar nicht.«

»Wie kommst du darauf?«

»Ich nehme an, sie sind längst auf dem Weg nach Valencia, wie so viele.«

Doch da irrte er. Die ehrwürdige Komission, Angehörige der Liberalen und der Labour Party, besichtigte in diesem Augenblick gerade die bei dem Bombenangriff vom 30. Oktober zerstörten Häuser. Fünf Herren und eine Dame, etwas verdrießlich zwischen den Trümmern umherstapfend. Margarita Nelken, ihre Begleiterin, hat den Eindruck, die respektablen Vertreter des englischen Parlaments unterstellen der republikanischen Regierung, sie habe die Fassaden niedergerissen, als Touristenattraktion und greifbaren Beweis für die Barbarei der Rebellen.

Ins Museum werden sie allerdings nicht mehr gehen. Dazu reicht es nicht mehr; es ist Essenszeit, und sie kehren ins Hotel *Gran Vía* zurück.

Die jungen Leute vom *Retablo* gehen zum Büro der Kommunistischen Jugend. Als sie eintreten, hören sie:

»Sie haben sie geschoren und dann mit Honig beschmiert, sie durchs Dorf getrieben und ins Gefängnis geschafft, und dort an Ort und Stelle in der Nacht erschossen.«

»Wen?« fragt Asunción.

»Ihre Schwester.«

»Wer ist sie?«

»Die Tochter von Ramalleda, einem sozialistischen Abgeordneten.«

»Wo ist es passiert?«

»In einem Dorf in der Provinz León, wo sie die Sommerferien verbrachten. Man hat sie alle nach Palencia geschafft. Von dort stammte der Vater. Sie selbst konnte fliehen, durchs Gebirge.«

Dolores Ramalleda war ein großes Mädchen mit hellen Augen und kurzem, gekräuselten Haar. Sie saß in der Mitte eines Kreises von ungefähr zwanzig Jugendlichen.

»Wann ist es passiert?«

»Am zwanzigsten Juli.«

»Und dein Vater?«

Dolores murmelt abwesend:

»Sie haben sie mit Honig beschmiert ... Aber ich weiß, wer es war.«

Allen glühte die Rache in den Augen.

»Das machen sie immer so, sie scheren ihnen den Kopf und schleppen sie dann durch die Straßen.«

Lisa schaltete sich ein:

»Das mußt du aufschreiben, wir werden es in der Zeitung veröffentlichen.«

Die Antwort war trocken, entschieden.

»Nein. Das sollen andere erzählen.«

Lisa besaß die Gabe, alles zur falschen Zeit zu sagen oder zu tun, obwohl sie immer nur das Beste wollte. Jesús Herrera kam herein, groß und mit sehr weit abstehenden Ohren. Er war nach Madrid geschickt worden, um bei der Vereinigung der kommunistischen und sozialistischen Jugendorganisationen mitzuhelfen. Jetzt wurde er als Dolmetscher für ausländische Journalisten eingesetzt. Lisa ging mit dem ihr eigenen Drang, sich überall einzumischen, auf ihn zu.

»Hast du sie schon getroffen?«

»Ja. Versammlung hier, heute um vier.«

Er nahm sie ein wenig beiseite.

»Wo ißt du zu Mittag?«

»Bei Pepita zu Hause.«

»Willst du mit mir essen?«

»Einverstanden.«

»In Valladolid« fuhr Dolores Ramalleda mit ihrem Bericht fort, »haben sie Felipe Sánchez Colorado festgenommen. Kennt ihr ihn? Nein? Von der FUE. Er studierte Jura, hier in Madrid. Er machte gerade Ferien bei seinen Großeltern. Sie haben ihn in die Kaserne gebracht. Die von der Falange. Es gab dort ziemlich viele, und sie waren gut organisiert, ich weiß nicht, ob ihr von ihnen gehört habt: Es sind die Leute von Onésimo Redondo … Und wenn man bedenkt, daß Saliquet wenige Tage zuvor meinem Vater versichert hatte, die Armee stehe treu zur Republik …«

Sie schweigt einen Augenblick.

»Ich erzähle es genau so, wie man es mir erzählt hat.«

Wieder hält sie inne. Niemand bricht die Stille. Der Lärm einer vorbeifahrenden Straßenbahn entfernt sich.

»Ich hab es von einem von ihnen, der nicht wußte, wer ich bin. Auf der Wache dort, in einer Turnhalle, hatten sie ein paar Florette. Sie waren alle Studenten, siebzehn, achtzehn Jahre alt. Felipe war neunzehn. Sie nahmen die Florette und drängten ihn immer dichter an die Wand. Sie kannten sich. Nach dem, was man mir erzählt hat, ist er bleich geworden und flehte sie verstört an:

›He, du da … Bring mich nicht um. Wir kennen uns doch.‹

Natürlich kannten sie sich. Sie stachen ihm die Augen aus, versetzten ihm Stiche, überallhin, bevor sie ihn ganz aufspießten. Die Großeltern haben die Leiche abgeholt. Ich habe ihn gesehen.«

Sie steht auf und schreit:

»Ich habe ihn gesehen! Und da glaubt ihr noch, ich bleibe

hier, um für die Zeitung zu arbeiten! Nein! Wenn ihr nicht wollt, daß ich an die Front gehe, gehe ich eben ohne eure Erlaubnis.«

»Gar keine Frage«, sagt Julio Ríos, der Sekretär der Organisation. »Du kommst in die Kolonne von Galán.«

Dann bemerkt er Asunción, Peñalver, Josefina, Jover und Sanchís.

»Und ihr?«

»Also wir ...«, sagt Peñalver und hält inne.

»Wir sind gekommen, um uns freiwillig zu melden«, führt Sanchís zu Ende.

Eigentlich hatten sie über das *Retablo* sprechen wollen, aber sie alle fanden den Entschluß ihres Kameraden richtig.

»Außerdem habe ich ein Auto.«

»Woher kommt ihr?«

»Aus Valencia.«

»Was macht ihr hier?«

Sie erzählen von ihrem Theater.

»Nun, vielleicht können Alberti und María Teresa euch brauchen.«

»Wir haben schon mit ihnen gesprochen. Wir wollen zu den Proben von *Numancia* gehen.«

»Ihr könnt in der Zeitung mitarbeiten.«

»Schon, aber ...«

»Immer mit der Ruhe, alles zu seiner Zeit.«

Asunción erkundigt sich nach Vicente.

»Er war hier, vor ein paar Monaten. Ich glaube, er ist bei Líster.«

Lisa mischt sich ein.

»Ich kenne ihn. Ich bin mit ihm zusammen gewesen.«

Asunción sieht das Mädchen überrascht an.

»Wann?«

»Vor einem Monat oder so.«

Lisa spricht mit ausländischem Akzent.

»Er hat mir von eurem Theater erzählt. Wir werden einen Artikel schreiben. Ihr braucht mir nur Angaben zu machen. Ich schreibe nämlich für eine Zeitung in Wien.«

»Und sie hilft an allen Ecken und Enden« sagt Ríos.

Zu viel, denken einige, denen der mitteleuropäische Aktivismus der jungen Frau auf die Nerven geht.

»Und, ging es ihm gut?«

»Ausgezeichnet.«

Asunción entdeckt die Eifersucht.

5. November

Sie stehen in Alcorcón.

Auf einem unbebauten Grundstück haben Santiago Peñafiel und José Jover gerade ihr erstes Exerzieren hinter sich
gebracht. Sie kennen niemanden. Allesamt junge Leute, der
Ausbilder nicht älter als zwanzig.

»Rührt euch.«

Am frühen Morgen waren sie in die Miliz eingetreten und
haben schon drei Stunden exerziert.

»Ihr habt zwei Stunden frei.«

Jover zog los, um nach seiner Schwester zu suchen. Peñafiel, der sich ein wenig verloren vorkam, kehrte zu dem in
eine Kaserne verwandelten Kloster zurück. Er hatte nichts
zu tun und machte sich deswegen Vorwürfe. Da hieß es abwarten. Er betrat einen großen Saal, der einmal das Refek-
torium gewesen war. Dort näherte er sich einer Gruppe, in
der er Jesús Herrera zu erkennen glaubte, dem er tags zuvor
bei der Kommunistischen Jugend begegnet war. Er war es.

»Hallo, setz dich zu uns.«

»Ein Panzer ist wie eine Schildkröte. Du wirfst ihn um
und fertig.«

»Und wie willst du ihn umwerfen?«

»Mit Handgranaten. Man darf sich nur keinen Schrecken
einjagen lassen.«

»Ein umwerfendes Grab«, sagte Roberto Ferrer, der einzige in der Gruppe, dem bereits graue Haare sprossen.

Einer mit zerzaustem Haar kommt herein, er ruft:

»Zwanzig Freiwillige.«

Alle drängen sich vor.

»Erwartet euch nicht zuviel. Ich brauche sie für den Friedhof. Wir müssen sämtliche Särge ausgraben, die aus Zink und Bronze sind, so viele wie möglich.«

»Wozu das?«

»Wir brauchen das Metall.«

Die Begeisterung sinkt. Es werden die ausgewählt, die mit Spitzhacke und Schaufel umgehen können.

»Gehen wir einen trinken«, schlägt Ferrer vor.

Sie stehen in Alcorcón.

Gegenüber war eine Bar. Sie setzten sich an zwei Tische. An einem anderen waren vier Männer in eine Partie Domino vertieft. Herrera verabschiedete sich gleich wieder, er mußte einen sowjetischen Journalisten zum Interview mit einem Minister begleiten.

Villegas und Cuartero betraten die Hauptsäle des *Prado* im ersten Stock, die Wände nackt. Auf der ockergelben und grünen Bespannung zeichneten sich die Umrisse der abgehängten Bilder ab, ein wenig hellere Rechtecke, wie blinde Fenster oder Nischen, riesige Grabnischen. Cuartero ging in Gedanken die einzelnen Stellen durch ... ›Hier, was war hier? Ach ja. Murillos *Der Traum des Patriziers* ...‹ Das eine oder andere Bild hing noch wie ein Musterknopf an seinem Platz. Cuartero konnte sich nicht erinnern, jemals etwas so Abscheuliches gesehen zu haben. Er fühlte sich wie gelähmt. ›Es ist zum Verzweifeln.‹ Er empfand Ekel und Brechreiz.

Villegas indessen sagte mit leiser Stimme zu ihm:

»Und wenn man bedenkt, daß das alles nicht passiert wäre, wenn wir die Agrarreform durchgeführt hätten ...«

Sie stehen in Alcorcón.

Sebastián Ricardo stürmte in den Saal, in dem die Goyas gehangen hatten, und blieb, als er zwei ihm unbekannte Personen erblickte, unvermittelt stehen: Ein Mittelamerikaner, klein und gescheit, der mit dem Namen Laparra angeredet wurde, und ein Freund von ihm, Servando Santángel, Universalgenie, wie er prahlte, und das zurecht: schrieb für Zeitschriften, war Zeichner, Musiker, Freimaurer und immer gut gelaunt, sehr darauf bedacht, den Dingen – angeblich genau – auf den Grund zu gehen. Anselmo Muñoz, der Verantwortliche für die Evakuierung der Kunstschätze, stand bei ihnen und hörte zu.

»Du, Anselmo«, sagte Ricardo, »du fährst am besten mit Menéndez nach Alcalá de Henares. Dort müssen ein paar Heilige abgeholt werden, die ein Trupp Bauern angeschleppt hat, für's Museum ... Sie behaupten, sie seien sehr wertvoll, von oben bis unten vergoldet. Anscheinend sind sie ein wenig kaputt dort angekommen.«

»Die Skulpturen?«

Sebastián zuckte die Achseln.

»Einer hat sie gefragt, warum sie sie nicht verbrannt hätten. ›Sie gehören dem Volk‹, haben sie geantwortet. Also nehmt euch ein Beispiel!«

Anselmo erhob sich schwerfällig.

»Also los ...« Er legte sich den Pistolengürtel an, rückte die Waffe zurecht. »Adieu.«

Sie stehen in Alcorcón.

Als er den Raum verlassen hatte, kam das Gespräch auf die Heiligenfiguren zurück.

»Ich erzähle euch wirklich keine Märchen«, sagte Santángel, der den Faden verloren hatte, als Ricardo hereingeplatzt war, »ich bin unter anderem Arzt. Der Aufstand hat mich hier überrascht, als ich mich gerade um einen Lehrstuhl für Zeichnen bewarb und darauf wartete, mein neues Amt an-

285

treten zu können. Wie immer. Um mich unbesorgt auf der Straße bewegen zu können, mußte ich auf den Ausweis meines vernachlässigten Berufs zurückgreifen. Ich verdanke ihn den Faschos, genauso wie die Tatsache, daß ich der Republikanischen Linken angehöre. An dem einzigen Morgen, an dem ich im Büro ›meiner Partei‹ war – Puerta del Sol, Ecke Calle Mayor –, hatte ich das Pech, gleichzeitig mit einem Bauern einzutreffen, der mit lautem Geschrei um einen Arzt für einen Freund Manuel Azañas bat. Don Manuel hier und Don Manuel da, der Arzt des Dorfes sei verschwunden und so weiter. Ich fühlte mich nicht angesprochen, Gott bewahre, bis einer der Schreiber, der gerade meinen Ausweis in der Hand hielt, meinen ursprünglichen Beruf entdeckte. ›Sie können sich nicht verweigern.‹ Und wie wäre ich dazu gekommen, in jenen Tagen etwas zu verweigern? Kurz und gut, sie haben mich gleich mitgenommen.«

»Der arme Patient.«

»Noch ärmer war ich dran. Da war ich nun unterwegs nach Navalcarnero; an den Namen des Dorfes erinnere ich mich nicht mehr – kurz vor Almorox. An der Plaza stiegen wir aus. Ich fragte im Komitee nach ihm. Aber anstatt der erwarteten Dankbarkeit begegnete ich säuerlichen Mienen; anstatt Vertrauen, Argwohn:

›Wer schickt dich? Zeig mal deinen Ausweis.‹

Überall Sonne, Hitze, Fliegen. Drei Uhr Nachmittags. Menschenleere Straßen. Staub.

Ich, ein Häufchen Elend. Warum hatte ich mich bloß auf diese Geschichte eingelassen? Am Ende, nichts: großes Pispern und Palavern, dann zeigten sie mir das Haus. Das prächtigste am Ort. Ich gehe hin. Ehrlich, ich rechnete damit, eine Leiche vorzufinden. So schlimm war's dann nicht.

Man öffnete mir mißtrauisch, und ich schlüpfte durch die kleine Tür in den Hof. Aufgang, Vestibül, Fässer, Kippwagen, Katze, Jagdhund. Der Salon dunkel und kühl, der Fliesenboden glänzt im Dämmerlicht, und mein Kranker in einem Sessel, matt und keuchend. Er hob den Kopf: Ein Übergeschnappter!

›Sind Sie der Arzt, den mir Don Manuel schickt? Sie sind von der Repubikanischen Linken, nicht wahr? Der Arzt von hier ist bei der CNT. Sie können doch auch nicht gutheißen, was diese Leute tun, nicht wahr?‹

›Papa, Klappe.‹

Das sagte eine unscheinbare Frau, die ebenso alt aussah wie dieser Mann.

›Ich bin Anhänger von Azaña, Doktor. Ich bin auf Azañas Seite, aber ich kann nicht glauben, daß Don Manuel mit dem, was hier passiert, einverstanden ist.‹

Er zitterte am ganzen labbrigen Leib, weiß vor Zorn.

›Ich habe in einem Monat zwanzig Kilo verloren.‹

In genau einem Monat; die Geschichte muß sich um den zwanzigsten August herum abgespielt haben.

›Sie haben den ganzen Wein meiner Kellerei beschlagnahmt, den ich gerade am Bahnhof verladen wollte; bis zum letzten Fäßchen ... Das Auto und den Lastwagen. Und dann wollen sie auch noch eine freiwillige Abgabe von zwanzigtausend Peseten von mir!‹

Der Mann hätte grotesk wirken können, aber das weiße Haar, die eitergelben Tränensäcke, die mit blauvioletten Blattern besetzten Krähenfüße, das Doppelkinn, wie der Lappen am Schnabel eines Puters, über einem Hals, der eine einzige Anhäufung schlabbriger Fältchen war, wie halb geschmolzene Butter, und dann zitterte noch alles wie kräftig geschlagenes Eiweiß – das verlieh ihm einen gewissen tragischen Zug.

›Was glauben die eigentlich? Daß ich mit der Ernte beginne? Das wäre ja noch schöner! Damit sie hinterher zum Speicher kommen und ... Die ganze Ernte wird verfaulen,

Herr Doktor, verfaulen! Weil ich will, daß sie verfault, jawohl, verfault! Glauben Sie, daß das hier die Republik ist, unsere Republik?‹

Im Grunde plagte ihn Angst, eine höllische Angst vor dem Bruder der Portiersfrau eines der Häuser, die er in der Calle de Serranos besaß. Es mußte Ärger mit der Gewerkschaft gegeben haben, denn jener Bruder, ein Guardia de Asalto, hatte vor Monaten schon etwas von Rache gebrummt. Später habe ich ihn hier in Madrid getroffen, und er hatte ganz andere Rechnungen zu begleichen.

›Don Pascual?‹, fragte er nach. ›Ach der!‹

Die ganze Zeit über krakeelte der Alte: ›Verfaulen wird sie.‹ Dabei war er es, der verfaulen würde. Ich verschrieb ihm ein Beruhigungsmittel, Aspirin, und noch anderes Zeug dieser Art. Und ich verordnete ihm Ruhe und ordentliches Essen.

›Nun, er ißt ja ordentlich‹, sagte mir die Familie.

›Aber er gibt alles sofort wieder von sich.‹

›Nein, aber er verbringt die meiste Zeit, mit Verlaub, auf dem Klo. Das Klo liegt neben der Tür zum Garten, und er denkt, auf diese Weise könnte er im Notfall immer noch entkommen‹...‹

Bevor ich abfuhr, kehrte ich noch in die Kneipe ein. Ihr kennt diese Etablissements. Ein altes Stierkampfplakat an der gekalkten Wand. In einer Ecke ein Herd, die Theke aus weißem Marmor. Ein Becken mit schmierigem Wasser, durch das die Gläser gezogen werden, ein Krug mit kühlem Wasser für alle. Auf einem Regalbrett ein halbes Dutzend Flaschen. Ein paar Tische, ein paar Schemel.«

»Danke für die Ausführung«, sagte Villegas; »du hast die Fliegen vergessen.«

»Sie kämpften als dunkle Flecken an einem gelblichen Band, das von der Decke herunterhing. Und Lorbeer über der Eingangstür.«

»Deine Phantasie täuscht dich«, unterbricht ihn Villegas erneut, »Es war nicht Lorbeer, Pinie war's.«

»Hinten war ein Hühnerstall. Die Tür stand offen. Ein halb umgekippter Sack. Und auf dem Boden die Überreste eines oder mehrerer Altäre, vergoldete Holzteile, die in der Sonne glänzten, wunderbar als Brennholz geeignet, zwischen Gras und Scherben. Ein Wetterhahn. Ich fragte die Alte hinter der Theke:

›Sagen Sie, hat dieses Dorf zur Rechten oder zur Linken gehört?‹

›Ph, je nachdem.‹

Schlechte Stimmung. Ich tue wie ein Unschuldslamm.

›Warum haben sie die Kirche niedergebrannt?‹

›Ph, (mit schneidender Verachtung). Die Schutzheilige war aus Pappe, nicht einmal aus Holz, eine Schande. So wird man betrogen. Es war schon recht, daß ich seit drei Jahren nicht mehr zur Messe gegangen bin.‹

Und ein Alter, der dort saß und gaffte – ein Frömmler mit uraltem, napfförmigen Hut, unrasiert, kraftloses Barthaar, halb herunter hängende Kinnlade, das nackte Zahnfleisch grau vom Eiterfluß, abgewetzter Anzug, mit einem Hosenzwickel in drei Farben, von Sonne und Wasser gegerbt – sagte verschlagen zu mir:

›Der erstbeste, der kommt und die Heilige Jungfrau aus meinem Dorf verbrennen will, den werde ich windelweich prügeln. Sehen Sie, Genosse, das hier sind arme Teufel. Sie haben schon immer den kürzeren gezogen. Sie durften noch nicht einmal die Stinkreichen hier erschießen, sie waren nämlich Freunde von Azaña. Und das alles, weil ihre Maria aus Pappmaché war ...‹

Er glaubte das wirklich.«

Laparra, der stehengeblieben war, ließ ein Lächeln über sein unerschütterliches Gesicht huschen.

»Was hast du, mein Lieber?«

»Ich muß einfach lachen über diese Heiligenfiguren aus Pappmaché. Sollen sie die Altäre nur anzünden, wenn sie glauben, daß sie zu nichts nützen. Spaßig wird's dann, wenn sie es aus dem umgekehrten Grund machen … Das muß ich euch gleich erzählen. Die Sache geschah, als ich in Oaxaca, im Süden Mexikos, war. In den Gebirgszügen, die die Stadt umgeben, leben nur Indios – von dort stammte Benito Juárez. Fromm wie sie sind, verbringen sie ihre freien Stunden in den ärmlichen Kirchen und beten. Dort kann man sie beobachten, wie sie auf Knien mit ausgebreiteten Armen die Heiligenbilder anstarren, stumm, ohne sich zu rühren. Herunterhängendes Haar, schwarze, kohlrabenschwarze Augen, weißes, über der Hose hängendes Hemd, auf dem Boden der Strohhut.

In La Nopalera – einem der Dörfer dort – brachte man eine großartige Ernte ein, übrigens vor gar nicht langer Zeit, vor höchstens drei oder vier Jahren. Die Maisfelder dort, im Distrikt Putla, waren eine wahre Pracht. Nicht weit entfernt, im Verwaltungsgebiet von Tlaxíaco, liegen zwei Dörfer, eines heißt Santiago soundso, das andere San Pedro Yosatato. Frommer geht's gar nicht. Die Bewohner der beiden Dörfer haßten die aus La Nopalera bis aufs Blut.«

»Das ist nichts Außergewöhnliches, weder hier noch in Mexiko.«

»Warten Sie ab. In jenem Jahr gab es in Santiago und San Pedro überhaupt keine Ernte. Eine Würmerplage hatte sie völlig zerstört. Das machte das Maß voll. Eine Beleidigung, die man nicht auf sich sitzen lassen konnte. Der Haß rührte vor allem daher, daß der Christus von La Nopalera weit wundertätiger war als die Schutzheiligen der anderen beiden Dörfer. Und die überreiche Ernte dort, im Vergleich zu der Verwüstung in ihren eigenen Tälern, setzte ihrer Geduld ein Ende.

Und so suchten die Bewohner von Santiago und San

Pedro all ihre Waffen zusammen – Buschmesser, alte Gewehre, ein paar Karabiner und eine Menge Pistolen – und
zogen bei Nacht und Nebel nach La Nopalera. Sie überfie-
len das Dorf. Dann schleppten sie den Christus aus der Kirche, lehnten ihn an einen riesigen Lorbeerbaum, an einer
Ecke des Zócalo, des Dorfplatzes, und erschossen ihn stand-
rechtlich. Schließlich verpaßten sie ihm, wie es sich für gott-
gefällige Christen gehört, den Gnadenschuß. Dann zogen
die glücklichen Indios in einer Art Prozession in ihre Dörfer
zurück, um zu ihren Heiligen zu beten und deren Segen zu
erflehen, dafür, daß sie ein für allemal mit ihrem heiligen und
verhaßten Rivalen Schluß gemacht hatten.«

»Und die Priester?«

»Die Priester? Was hätten sie tun sollen? Vielleicht fanden sie es im Grunde gar nicht so schlecht. Außerdem, wenn
der aus La Nopalera auch nur gewagt hätte, sich zu widersetzen ...«

Sie stehen in Alcorcón.

Das Büro Seiner Exzellenz ist perfekt eingerichtet: Vor-
hänge, Wandteppiche, Möbel im Empirestil, Gemälde der
Römischen Schule, Bücherschränke, Sessel, Kronleuchter,
Kälte und wenig Licht.

»Lügen ist das Schlimmste. Und selbst zu verschweigen,
was man weiß, ist immer noch schlimmer als die Wahrheit
zu verdrehen.«

»Aber Herr Minister, was wollen Sie eigentlich? Den
Krieg gewinnen oder verlieren?«

»Sehen Sie, lieber Gorov: Am Ende gewinnt die Wahrheit
immer.«

Der Schriftsteller sah den Minister an, sein Mitleid konnte man ihm nicht ansehen; seine Gesichtszüge waren versteinert. Don Guillermo de los Santos, klein, aufrecht, mit
weißem, schütterem Haar, hatte hinter seinem Schreibtisch

eine heroische Haltung angenommen, die ihm wie auf den Leib geschneidert war.

»Sollte es ihr Ziel sein, von den Faschisten an die Wand gestellt zu werden, habe ich nichts hinzuzufügen«, bemerkte der sowjetische Journalist.

»Nicht doch. Keinesfalls, im Gegenteil. Aber warum soll man nicht siegen können, wenn man die Wahrheit auf seine Fahnen schreibt?«

»Auf den ersten Blick gibt es keinen vernünftigen Grund … es ist nur unvernünftig.«

Allmählich erstarb der Nachmittag, die Dämmerung setzte ein, und das imposante Büro des Ministers, überbordend vor Damast und Gold, schien in eine unwirkliche Sphäre zu entschwinden, getragen von dem fernen Klang einiger Autohupen. In einer Ecke langweilte sich Jesús Herrera.

Sie stehen in Alcorcón.

»Daß es die Republik überhaupt gibt«, fuhr der kleine vornehme Herr fort, »und daß ich, so weit es in meiner Kraft stand, zu ihrer Gründung beigetragen habe, geschah zum höheren Ruhm des Geistes, der Vernunft, der Wahrheit, der Kultur. Wozu sonst? Jahrhundertelang haben sich die Menschen umgebracht und immer wieder umgebracht, um ihrer Religion zum Sieg zu verhelfen, ohne sich dabei um Eltern, Vaterland oder irgend etwas anderes zu kümmern. Die Wahrheit stand an vorderster Stelle. Später, zu Zeiten des Kapitalismus, haben sich die Völker abgeschlachtet, ebenfalls ohne etwas anderes im Kopfe als ihren neuen Gott, das Geld. Heute, an der Schwelle eines neuen Zeitalters … Sehen Sie sich Ihre Glaubensbrüder an, die Kommunisten, die ihre Eltern genauso ablehnen – Carillo ist das jüngste Beispiel –, und die bereit wären, ihr Vaterland im Stich zu lassen, wenn die Partei es von ihnen verlangte, obwohl sie das natürlich nicht tut. Ich bewundere sie, denn noch haben sie keinen anderen Gott als die soziale Gerechtigkeit, das heißt, etwas ganz und gar Ungreifbares, ähnlich dem Gott des Vatikan – im Jenseits – und dem der Banken. Jedoch hat es zu allen Zeiten einzelne Menschen gegeben, die allein die Wahrheit gesucht haben, die Versöhnlichkeit, die Achtung vor dem andern, den Anstand, die Ehrenhaftigkeit. Zu ihnen gehöre ich, und ich gedenke nicht, davon abzurücken.«

Herrera betrachtete den kleinen Mann aus einiger Entfernung. Für ihn sah er noch kleiner aus und er empfand ein gewisses Bedauern. Als ob er mit seinen wenigen Jahren sehr alt wäre und jener so berühmte und so oft zitierte Mann noch immer ein Kind. Es fiel ihm nicht schwer zu schweigen. Er lächelte still in sich hinein, weil ihm gerade die Sendung von Radio Burgos einfiel, deren Text ihm Llopis am Abend zuvor gegeben hatte und in der man den Minister als eine blutrünstige Bestie geschildert hatte, als einen Pfaffenfresser, Bolschewiken, Klösterschänder, Kulturzerstörer, als Totengräber der Tradition.

»Sehen Sie doch, Herr Minister, ihre Worte über die Wahrheit und Lüge in der Politik und, wenn ich ehrlich sein soll, auch außerhalb der Politik, habe ich noch nicht ganz verstanden«, sagte Gorov.

Selbst jemand, der ein Meister in der Deutung gewisser Schwankungen im Tonfall gewesen wäre, hätte nicht mit Sicherheit sagen können, ob jener Mann mit dem viereckigen, harten Gesicht, der stumpfen Nase, dem schmalen, breiten Mund und seinem undefinierbaren Alter, im Ernst oder im Scherz gesprochen hatte.

»Die Lüge ist uns gleichzeitig mit der Wahrheit gegeben worden, und so ist eins so ursprünglich, so menschlich wie das andere, nicht wahr?«

Der Herr Minister sah seinen Besucher mit einem Ausdruck größter Verwunderung an.

»Warum sollen wir nicht von allen Waffen, die uns zur Verfügung stehen, Gebrauch machen? In der Politik die

Wahrheit zu sagen heißt, sich dem Gegner auszuliefern. Wenn dieser nicht weiß, was wir denken, ist schon viel gewonnen.«

»Ja, ja, ich weiß. Machiavelli. Alles Literatur. Und Italien ist die gar nicht gut bekommen ...«

»Und gar nicht so schlecht, Herr Minister. Spanien, Frankreich, Deutschland haben den Boden der ganzen Welt mit dem Moder ihrer Leichen gedüngt. Italien nicht. Und Rom erst recht nicht. Die Engländer haben die Lektion im Laufe der Zeit gelernt. Dahin führt unsere Zivilisation: sich die Barbaren zunutze zu machen. Vielleicht ist Zivilisation nichts anderes.«

»Aber die Kultur doch nicht!«

Der kleine Mann richtete sich auf, schwellte stolz die Brust:

»Wir werden siegen, weil wir auf die Vernunft bauen, unerschütterlich, genauso wie 1793 unsere französischen Brüder ...!«

»Welche Brüder?«

Der Russe tadelte sich selbst für seine Zwischenbemerkung, obwohl er seine Frage in höchst respektvollem Ton gestellt hatte, unter anderem deshalb, weil der berühmte Redner, dem er gegenüber saß, einen hohen Rang in der Freimaurerloge innehatte. Aber der große Republikaner merkte nichts, nahm seine Frage ernst und fuhr in scharfem Ton fort:

»Alle Menschen, die guten Willen an den Tag legen. Diese unüberschaubar riesige Menge, die in der ganzen Welt die Elite bildet. Alle Freunde der Freiheit ...«

Gorov hörte Don Guillermo nicht mehr zu, er vernahm nur den Rhythmus, den Tonfall seiner hochtrabenden, triefenden Phrasen, die er sich aus dem Mund zog wie jener Zauberkünstler, den er vor vielen Jahren einmal in seiner Heimatstadt – Kiev – gesehen hatte, der zwischen seinen Lip-

pen Meter um Meter bunter Papierschlangen hervorquellen
ließ. Grüne, blaue, weiße, gelbe ... nur daß das Männchen
hier sie in den Farben seiner Flagge ausspuckte: rot, gelb und
dunkelviolett.

Sie stehen in Alcorcón.

»Madrid verlassen? Niemals! Eher werden sie unsere
Asche in den Wind streuen! Wir werden siegen, mein lieber
Gorov, wir werden siegen! No pasarán! Sie werden nicht
durchkommen! Madrid weicht keinen Millimeter.«

Gorov, der eingeweiht war, dachte mit Bitterkeit an den
Spruch, der bereits in der Stadt im Umlauf war: »Und wenn
sie durchkommen, ist es auch egal.«

Im Grunde, dachte er, ist das richtig. Auch wenn die Aufständischen siegten, wer wäre schon in der Lage, so viele An-
dersdenkende zu unterdrücken?

Am nächsten Tag würde Don Guillermo de los Santos mit
der Regierung nach Valencia oder Barcelona gehen. Aber
Madrid, wie er gesagt hatte, ohne zu wissen, was er damit
sagte, wich keinen Millimeter.

Während sie die Treppen im Ministerium hinuntergingen,
sagte Gorov zu Herrera:

»Wenn man zwischen dem senilen Gewäsch dieses guten
Herrn und dem der Aufständischen wählen müßte, wäre das,
was wir gerade über uns haben ergehen lassen, immer noch
vorzuziehen.«

Herrera wußte nie, wann Gorov etwas ernst meinte oder
nicht.

»Hast du noch nie eine von Queipos Radioansprachen
aus Sevilla gehört?«

»Nein.«

»Das lohnt sich. Hier lies. Oder warte, ich lese es dir vor.«

Sie stiegen ins Auto, und Gorov zog ein Blatt Papier aus
seiner Aktentasche.

»Die Rede ist von vorgestern. Ich muß dazusagen, daß sie

wortwörtlich mitstenographiert ist, also kein Betrug. Hör zu: ›Die Roten – ach Mama, wie köstlich – behaupten, weil sie mich an der Seite der Männer der Ordnung kämpfen sehen, sie behaupten, ich wäre ein Pa … Pa … Pa … warte kurz bitte, das Wort ist so komisch, daß es nicht über die Lippen kommen will und ich muß es ablesen … Ein Pa-ra-no-i-der. Sagen wir mal, ein Bekloppter, ein Verrückter, ein Unamuno, der heute Monarchist ist, morgen CNT-Mitglied und übermorgen Anhänger von Gil Robles. Wer will, soll diesem Luftikus hinterherrennen! Aber ich antworte den Roten: mitnichten! Als ich damals bei der Gründung der Republik geholfen habe, denn allerdings hatte mich Don Alfonso, also der König, ganz schön übers Ohr gehauen – wie er es jetzt bereut, ha! – genauso Alcalá Zamora, Miguel Maura und noch andere, da habe ich also gedacht, wir würden die althergebrachte Ordnung wieder herstellen, nämlich die Unterwerfung der Armen unter die Gesetze, die die Reichen beschließen, wie wir es gesehen haben seit Adams Kummer mit Kain, der ein Glaubensgenosse der *Pasionaria* war – und nicht diese marxistische Republik schaffen, die dabei herausgekommen ist … Und wenn sie sich auf den Kopf stellen, ich bin Monarchist … «

Gorov faltete das Blatt sorgfältig zusammen.

»Ist dir klar, was aus Spanien wird, wenn sie siegen?«

Herrera gab ihm keine Antwort. Er dachte an Unamuno.

Sie stehen in Alcorcón.

Er setzte Gorov am Hotel *Palace* ab und kehrte zurück zur Kaserne der Miliz. In Madrid ging alles seinen Gang, die Geschäfte hatten geöffnet, die Leute wirkten unbesorgt. Seine Kameraden saßen schon wieder in der Bar. Unter ihnen Bernardo Santos, ein junger Mann aus Orihuela, der ihm sympathisch war. Mit Anbruch des Abends begann willkürlich das Warten auf den offiziellen Kriegsbericht. Es gab nichts zu tun, außer zu warten.

»›Ob es regnet oder auch nicht, Orihuela es an Getreide
nie gebricht.‹ Ob an Getreide, weiß ich nicht, aber sonst an
allem, was man will.«

(Schilfrohr an den Ufern des Segura, rötlichbraunes Wasser, langsam, gemächlich vom vielen Schlamm, riesengro
ßer, natürlicher Bewässerungsgraben, wenn es geregnet hat,
manchmal wild und überschäumend. Glocken schlagen
dann, Trompeten tönen. Die Leute, deren Häuser nah am
Fluß liegen, flüchten. ›Überschwemmungen sind wie Revolutionen: Sie treiben alles vor sich her, und wenn das Wasser
in sein Bett zurückkehrt, ist alles Schlamm und Verwüstung‹,
wie Don Benito Clareses zu sagen pflegte, der erzkonservative Apotheker; der andere, Don Jerónimo Carcel, war
Liberaler, was ihm allerhand Unannehmlichkeiten eintrug
und viele Kunden kostete, denn das Städtchen ist – wie jeder
weiß – sehr kirchentreu und gottergeben. Was jedoch nichts
daran änderte, daß auch die Republikaner ihr Auskommen
hatten.

Sonnenblumen und Oleander. Ein Landstrich, in dem
man gut ißt. Kleine ergiebige Felder. Und der Himmel in so
reinem Blau, als ob die Frauen in ihm die Wäsche waschen
würden, bevor sie sie zum Trocknen aufhängen, so sauber
und weiß, daß sie die Augen blendet. Die Straßen nichts
als Staub, die Karren, die Esel, die Maultiere und die Tomaten, rot und grün. Letzte rötliche Gebirgsausläufer, und gen
Süden und Osten das Land, so niedrig und flach, daß man
denkt, es sei das Meer.)

»Du kennst sicher auch Hernández; einer, der Gedichte
schreibt und jetzt irgendwas mit Kultur macht.«

»Jesús Hernández? Der Unterrichtsminister?«

»Nein. Er heißt Miguel. Einer mit großen Ohren, der immer mit kahlgeschorenem Kopf und Kordanzug herumläuft.
Aus Orihuela, meinem Dorf.«

»Nein.«

»Nun, er ist ziemlich bekannt. Es sind sogar schon Bücher und sowas von ihm veröffentlicht worden. Wir kennen uns gut. Als wir kleine Jungen waren, sind wir viel zusammen draußen gewesen. Später war ich dann in Murcia und habe ihn nicht wiedergesehen, bis ich ihn vor ein paar Tagen traf. Er hat mich wiedererkannt.«

(Orihuela, sauber, zudringlich die langen Schatten der Kirchen. Stadt der Siesta, der kleinen Geschäfte unter den Arkaden. Und des Kasinos.)

»In Orihuela hat man für alles Zeit.«

(Reglos die Palmen vor dem reglosen Himmel. Dazu die Hitze. Und das Gluckern des Segura.)

»Es heißt, wir seien dort selbst unter den Mauren Christen geblieben.«

»Wohl Byzantiner«, sagt Herrera.

»Komm uns jetzt nicht mit Geschichte, er soll uns lieber seine eigene erzählen.«

Sie stehen schon in Leganés.

Der junge Mann scheint dazu nicht aufgelegt zu sein, also erzählt sie Herrera, der sie ihm bei anderer Gelegenheit entlockt hatte. Der Junge blickt zu Boden, steckt den linken Zeigefinger ins linke Ohr und schüttelt ihn tüchtig, dann kratzt er sich am Kopf und fährt sich mit den Fingern unter der Nase entlang. Offensichtlich stört es ihn, daß sich die anderen mit ihm befassen. Hin und wieder berichtigt er etwas, vor allem, um den Vorfällen die Wichtigkeit zu nehmen, die sie in der Tat auch gar nicht haben. Herrera unterstreicht:

»Es ist nichts Besonderes daran, außer daß es ein wenig verdeutlicht, worüber wir gestern debattiert haben: den Sinn unseres Volkes für Moral. Bernardo, so wie er hier vor euch steht, ist ein Eroberer, ganz im Ernst.«

»Es war doch erst die dritte ...«

(Bernardo Santos denkt an die beiden vorhergehenden: An diese Schlampe von der Spelunke des Alten aus Antequera, dort in Mula, am Dorfausgang; an den Tag, als er das lange Jagdmesser verkaufte, das ihm der Murcianer geschenkt hatte. Wirklich, das war wirklich das erste Mal, denn die Male davor zählten nicht, weil's nie richtig zur Sache gekommen war, sondern mitten im Eifer des Gefechts immer durch irgendwas unterbrochen worden waren – durch einen Hund, einen Knecht, einen Schrei, weil jemand ihnen aufspürte oder weil sie nicht wollte. Und diese andere, Remedios, häßlich wie die Nacht, die unaufhörlich hinter ihm her war und ihm keine ruhige Minute ließ, mit ihrem Mundgeruch und ihrem baumelnden Busen, der in einer versauten, früher einmal schwarzen Bluse über ihrer Wampe wabbelte. Dazu der schwere Rock, das Unterkleid aus Sackleinen. Ein bißchen auch, weil er sie loswerden wollte, kehrte er nach Murcia zurück und trat in Benijaján in den Dienst von Don Cayetano.)

»Also gut«, fuhr Herrera fort, »er ist bescheiden. Wie alt bist du?«

»Einundzwanzig.«

Er hat den Eindruck, sie machten sich über ihn lustig. Am liebsten würde er weggehen, aber er traut sich nicht.

»Sie war aus Crevillente, oder aus Fortuna.«

»Nein, Mann: aus Alcantarilla.«

»Na schön. Das tut nichts zur Sache.«

(Wieso tut das nichts zur Sache? Dieser Herrera ... und dabei ist er kein schlechter Kerl, bestimmt nicht. Warum erzählt er es ihnen wohl? Was geht das die anderen an? Was geschehen ist, ist geschehen. Die Fuensanta lebt mit mir zusammen, und man sieht schon ihren Bauch. Wir leben ganz in Frieden. Wozu die alten Geschichten auftischen?)

»Jedenfalls mußte unser Kamerad in den ersten Tagen nach dem Aufstand mit einem Auftrag seines Brotherrn, der zu der Gruppe um La Cierva gehörte, nach Alcantarilla fahren. Noch war alles ruhig. Ich hab keine Ahnung, wie er an das Mädchen geraten ist.«

»Beim Fuhrmann.«

»Ein Blick, und sie finden aneinander Gefallen. Dann verabreden sie sich für den Abend am Bahnhof, um die Züge vorbeifahren zu sehen, wie es sich gehört.«

»Gut, komm zur Sache.«

»Nur ruhig, Kameraden, es ist noch früh und bis zu den Nachrichten dauert es noch.«

(Aber sie sind da, stehen in Alcorcón. Wer hätte das gedacht! Und das jetzt, im Krieg, wo das Gestern nichts zählt, nur die Front von heute und morgen. Sie werden nicht einmarschieren, und wenn doch, werde ich nicht da sein.)

»Sie war – besser gesagt, sie ist die Tochter eines Mannes von der CNT, der – aber das tut nun wirklich nichts zur Sache – Wegewärter ist, ein guter Mensch und liebender Vater von zehn Sprößlingen. Sie – die von dem hier – war die älteste. Der Krieg und die Revolution brachten mit sich, daß alles viel schneller ging als gewöhnlich. Kurz und gut, die Turteltäubchen setzten sich in einen Zug, und eine Viertelstunde später findet ihr sie glücklich und zufrieden in Murcia wieder. Und was sie dort trieben, darüber wollen wir den Schleier der Verschwiegenheit breiten.«

»Ist ja gut, jetzt reicht's aber.«

Bernardo steht gekränkt auf, mit Recht. Die anderen besänftigen ihn.

Sie stehen schon in Leganés.

»Hör mal, ich will mich doch nicht mit dir anlegen, im Gegenteil.«

»Erzähl es doch, wenn er nicht dabei ist.«

»Das will ich auch nicht. Tut nicht so, als wärt ihr alle Musterknaben.«

»Nimm, Murcianer«, unterbricht Herrera und bietet ihm eine Zigarette an.

»Nein danke«, antwortet der Angesprochene. »Und außerdem, falls du's noch nicht weißt, Orihuela gehört zu Alicante und nicht zu Murcia.«

Daß er einem Mann von Bildung diese Lektion erteilen konnte, scheint ihn zu beruhigen.

»Gib her.«

Er greift nach der Fluppe.

»Also, erzählst du weiter oder nicht?«

»Jaja.«

In Wirklichkeit interessiert sich niemand dafür, die Geschichte zu hören, sondern sie wollen endlich erfahren, ob die Sache mit den Panzern und der Verstärkung stimmt. Die Flugzeuge hatten sie schon gesehen, und die Faschisten stehen in Alcorcón und in Leganés.

»Als der Vater dahinterkam, ging er zum Komitee und zeigte den Vorfall an. Die beiden waren zusammen gesehen worden, man wußte, weshalb der Junge gekommen war, bei wem er arbeitete und so weiter.«

(Wie kann er das so schnell abtun? Denkt Bernardo. Die Ankunft in Murcia, die vielen wartenden Wagen. Und er mit der Angst, ein Bekannter könnte ihn sehen und fragen, wer Fuensanta sei. Und dann der Gedanke, sie würde einen Rückzieher machen. Aber das Biest wollte unbedingt erfahren, was es damit nun eigentlich auf sich hatte. Und außerdem waren neun jüngere Geschwister einfach zu viel, so daß sich ihre Mutter immer nur um das letzte kümmern konnte, weil das nächste schon wieder unterwegs war: Der Vater nämlich ließ keine Gelegenheit aus.)

»Kurz und gut, es war nicht schwer, sie zu finden, in einem Zimmer, das sie gemietet hatten.«

(Lüge. Ich habe es gar nicht gemietet. Aber wozu soll ich das sagen? Was soll's? In dem Haus Don Cayetanos, hinter der Calle de la Platería, wohnten nur der Verwalter und seine Mutter. Da ich sie kaum kannte, habe ich ihnen erzählt, sie sei meine Schwester. Ich weiß nicht, ob sie es geglaubt haben. Wahrscheinlich nicht. Dann haben wir uns in ein Zimmer eingeschlossen. Und zwar in dem Zimmer, das sie mir für die Tage gegeben hatten, die ich in Murcia bleiben mußte, bis der Brunnenmotor des Landguts repariert war, denn deswegen war ich hauptsächlich hingefahren.)

»Dann verhafteten sie den unvorsichtigen jungen Mann und brachten ihn zurück nach Alcantarilla. Sie steckten ihn ins Gefängnis und stellten ihn zu gegebener Zeit vors Schwurgericht.«

»He, tisch uns keinen Unsinn auf.«

»Stimmt es, oder stimmt es nicht, Bernardo?«

»So wie zwei und zwei vier ist. Ich dachte, es wäre wegen etwas anderem: wegen Don Cayetano, der bis in die Knochen Reaktionär war. Aber nein.«

»Die Rede des Anklägers war das Beste. Er sprach von der Moral, dem guten Beispiel, das man geben muß, und so weiter. Kurz, er beantragte die Todesstrafe.«

»Mehr nicht?«

»Und alle stimmten zu. Und wie, felsenfest überzeugt und besten Gewissens. Entweder oder. Oder ist das Theater Calderóns nicht erst von gestern? Man ändert sich nicht von heute auf morgen.«

»Und dann haben sie ihn erschossen, wie?« fragte Peñafiel scherzend.

»Nein, denn sie stellten ihn vor eine Alternative.«

»Welche?«

»Das Mädchen zu heiraten, mit allem Brimborium. Auf der Stelle.«

»Was unser Kamerad auch ohne zu zögern tat.«

»Das versteht sich von selbst. Sie schickten nach dem Bürgermeister, und die Geschworenen waren alle Trauzeugen. Dann mußten sie das, was den ganzen Ärger ausgelöst hatte, nochmal tun. Und so geschah es.«

»Mir ist nicht ganz klar, was ihr an diesem Fall so verwunderlich findet«, sagt Peñafiel. »Herreras Anspielung auf
Calderón ist vollkommen berechtigt. So enden viele unserer
Dramen, mit dem erschwerenden Umstand, daß der Liebhaber seine Dame sitzen läßt. Mich wundert nur, wie erstaunt ihr seid, daß die Literatur so aus Fleisch und Blut ist.
Und was die Bedeutung der Ehre angeht, wozu darüber sprechen? Bestimmt sind die meisten von euch hier, um ihre
Sache zu verteidigen: die Sozialisten den Sozialismus, die Republikaner die Republik und so weiter. Aber ich, warum bin
ich hier? Der verdammten Ehre wegen, Kameraden, wegen
der verdammten Scheißehre.«

»Gut so«, sagt Planelles, »die Faschos kennen keine
Ehre.«

»Mir kann Azaña den Buckel runterrutschen.«

»He, he, etwas mehr Respekt vor dem Präsidenten.«

»Na gut, vor wem du willst.«

»Habt ihr nicht noch eine Flasche Wein?«

»Der da hat noch eine.«

»Her damit. Es ist ganz schön frisch.«

Ruckzuck war die Flasche leer. Santiago Peñafiel sprach
weiter. Eigentlich wollte er gar nicht, aber das Schweigen
trieb ihn an. Und die Sache mit der Ehre, die ihm sehr am
Herzen lag. Seine eigene Ehre und die der anderen. Abgesehen von der natürlichen Neigung, die nichts mit dem zu tun
hat, was er verteidigt. Was er jetzt sagen würde, hat ihm sein
Onkel Francisco erzählt. (In Valencia, alles ruhig und friedlich. Die Kommunistische Jugend, Josefina. Und jetzt in
Madrid, mitten in der Nacht, dem Feind gegenüber.) Das
war nicht mehr nur sein Leben, das war Geschichte. Deshalb
paßte diese alte Begebenheit so gut.

»Die Ehre! Soll ich laut lachen? Ehre ist Rache. Das ist
alles. Mit dem Adel und dem Bürgertum ist die Angeberei
aufgekommen. Als ob das Blut dessen, der beleidigt hat, das

303

Blut des Beleidigten .... reinigen würde? Völliger Blödsinn!
... Nein. Das taugte für eine bestimmte Klasse, im Mittelalter und in der Romantik. Aber das ist oberflächliches dummes Zeug, oder hat es im Volk etwa nicht auch so etwas wie
Rache gegeben? Und angenommen, es gab Rache, beruhte
sie nicht auf demselben Empfinden, das die edlen Ritter aufeinander losgehen ließ? Die Ehre rächt sich mit der Bestra-
fung des Schuldigen, und es kommt nicht darauf an, wie man
es, sondern daß man es erreicht. Und wenn man ihm in der
Dämmerung auflauert, von einem Versteck im Gebüsch oder
Kornfeld aus, ist es das gleiche, Hauptsache, die Kugel trifft.
Und Frauen – und Liebhaber – pflegt man im Schlaf zu er-
stechen. Zu allseitiger Zufriedenheit. So rächt man die be-
fleckte Ehre. Davon unberührt bleibt die Ehre sich selbst
gegenüber, die mit den anderen nichts zu tun hat: das ist das
Entscheidende, doch kommen noch andere Elemente dazu,
und manchmal entstehen auf diese Weise Helden. Bedau-
ernswerte Länder, wo man keinen Unterschied zwischen der
Ehre vor den anderen und der Ehre sich selbst gegenüber
kennt. Noch heute erzählt man sich in meinem Dorf die Geschichte von den Bernárdez. Du, José, schreibst doch ab und
zu für den Film: Hier hast du eine wahre Begebenheit. Die
Bernárdez waren drei, zwei Brüder und ein Cousin. Damals,
zur Zeit der Karlistenkriege.«

»In welchem?«

»Das weiß ich nicht. Ich habe es immer nur so gehört:
›Zur Zeit der Karlistenkriege ...‹ und habe nicht weiter gefragt, ob es im ersten oder im zweiten war. Außerdem hätten sie es vermutlich nicht gewußt.«

Sie stehen in Alcorcón, in Leganés, in der Umgebung von
Getafe.

Er steckte sich mit einer betont genießerischen Geste eine
Zigarette an und blies, solange er konnte, den Rauch aus, bevor er fortfuhr, als hätte er den, der ihn unterbrochen hatte,

bestrafen wollen. In der Ferne fielen ein paar Schüsse und sie horchten auf, doch gleich darauf war wieder alles ruhig. Hunderte von Männern kamen in die Kaserne, Arbeiter über Arbeiter. Es war der Augenblick gekommen, die Fabrik Fabrik sein zu lassen. Peñafiel fuhr fort.

»Sie sollen gutaussehende junge Männer gewesen sein; Leandro und Julián waren Brüder, der Cousin hieß Miguel. Die beiden Brüder waren Karlisten, der andere Liberaler. Sie lebten in Soria. Eines Tages brach nun der Krieg aus. Mal siegten die einen, mal siegten die anderen, und sie kämpften und töteten. Bis Miguel im Grenzgebiet der Provinz Rioja von einer Truppe gefangengenommen wurde, die ein gewisser Don Gonzalo Arzoz befehligte, ein guter Soldat und ein guter Trinker. Die beiden anderen Bernárdez standen unter seinem Kommando, Leandro als Hauptmann, Julián als Fähnrich. Da erblickten sie ihren Cousin, den sie wie einen Bruder liebten, und konnten nichts tun, um ihn vor der Erschießung zu bewahren, denn in jenen Monaten ging es hart zur Sache, und von den Gefangenen hörte man nie wieder etwas. Es war November, und die beiden Brüder erwirkten bei dem Obersten die Erlaubnis, daß ihr Cousin sich von seiner Frau verabschieden durfte, die wenige Kilometer entfernt, jenseits des Flusses lebte. Sie wollten nicht mehr als das Ehrenwort des Verurteilten, und sie bürgten mit ihrem Leben für seine Rückkehr. Miguel machte sich auf den Weg zu seiner Frau und seinem Sohn, der einige Tage zuvor geboren war und den er noch nicht gesehen hatte. Unterwegs begann es in Strömen zu regnen, aber er erreichte sein Ziel. Und er nahm Abschied, ohne etwas über seine Lage zu sagen. Doch auf dem Rückweg konnte er den Fluß nicht mehr überqueren. Die Fluten hatten die Brücke fortgeschwemmt. Er stürzte sich ins Wasser. Angeblich war er ein guter Schwimmer. Aber der Fluß war zu einem reißenden Strom geworden, und der Mann kam gegen die Strudel und den Schlamm nicht an und ertrank. Seine Leiche muß sich an irgendwelchen tiefen Wurzeln verfangen haben, jedenfalls wurde sie erst vierzehn Tage später gefunden, und ihr könnt euch ja vorstellen, in welchem Zustand. Bemerkenswert an der Geschichte ist natürlich das, was mit seinen Vettern geschah. Am folgenden Morgen war von dem Verurteilten selbstverständlich weit und breit nichts zu sehen, und der Oberst, völlig besoffen, tobte vor Wut – er war ein Mann von Ehre, sofern es selbige gab – und befahl, einen der beiden Bürgen zu erschießen. Die beiden Brüder wollten auslosen, an wem jenes Exempel statuiert werden sollte, als der rechtschaffene Mann seinen Befehl ergänzte: Der andere sollte das Peloton kommandieren. So war er eben. Und da die Zeit verging und beide sich als Opfer anboten, verfügte Don Gonzalo, der noch einen langen Tag vor sich hatte, der Hinzurichtende solle der Fähnrich sein, den er, wie es von seinem Standpunkt aus verständlich war, eher opfern wollte als den Hauptmann. Sie gingen wie üblich zur Friedhofsmauer, wo diesseitige und jenseitige Vorbereitungen aufeinander folgten. Anstandslos ebnete der Priester dem Todeskandidaten den Weg zur ewigen Seligkeit, aber auch dem anderen – wenn auch murrend –, der das Peloton kommandieren sollte und der ihn auf Knien um die gleiche Gnade bat. Man bezog Position, und die ersten Befehle wurden abgegeben, als der Hauptmann sich plötzlich neben seinen Bruder stellte, unerschrocken, und bei dem Kommando ›Legt an‹ auf seine eigene Brust deutete. Die Soldaten wußten nicht, was sie tun sollten, als der Hauptmann seine Pistole zückte und seinen Männern drohend zuschrie, endlich zu schießen. Aber anstatt zu schießen, drehten sie sich um. Der Hauptmann fluchte, bis er heiser war. Dann erschoß er in aller Ruhe seinen Bruder und anschließend – mit einer zweiten Kugel, denn mit der gleichen war es unmöglich – sich selbst.«

»Ist das jetzt Ehre vor den anderen oder sich selbst gegenüber?«

»Sich selbst gegenüber natürlich. Oder hast du nicht begriffen?«

»Im Grunde war er ein Idiot: Es ging doch nur um sie beide. Jetzt muß man an die anderen denken.«

Da ist der Kriegsbericht:

›*Nord- und Nordostfront.* Der östliche und der mittlere Frontabschnitt melden Ruhe. Unsere Artillerie hat eine kleinere Truppenkonzentration der Aufständischen im Gebiet von Mondragón zerstreut. In Asturien haben unsere Truppen einen starken Flankenangriff gegen die faschistische Heeressäule bei Grado gerichtet und dabei mehr als dreißig Gefangene gemacht und große Mengen Kriegsmaterial erbeutet. Zahlreiche Soldaten und Guardias de Asalto sind zu den Regierungstruppen übergelaufen.

Front in Aragonien. Im Abschnitt von Tardienta haben unsere Einheiten eine Schwadron marokkanischer Kavallerie und zwei Kompanien Infanterie aufgerieben, die auf dem Schlachtfeld 30 Tote und 18 Gefangene zurückließen.

Unsere Artillerie bei Alcubierre hat die faschistischen Stellungen dieses Abschnitts wirksam beschossen.

Südfront. Die aufständischen Truppenverbände, die bei Priego operieren, haben einen Angriff auf unserer Stellungen bei Fuente-Téjar unternommen, konnten jedoch unter schweren Verlusten energisch zurückgeschlagen werden.

Die faschistische Luftwaffe hat El Carpio und Bujalance bombardiert.

Mittlere Front. In Somosierra haben die Faschisten, nach dem heftigen Gegenangriff treuer Heereseinheiten am gestrigen Tage, unsere Stellungen nicht mehr beschossen.

In dem Abschnitt südlich von Madrid hält trotz heroischen Widerstandes des republikanischen Heeres der verzweifelte Ansturm der aufständischen Truppen unvermindert an. Heute hat unsere Artillerie die feindlichen Linien erfolgreich beschossen, und zwei Gegenangriffe unserer Infanterie konnten den Vorstoß der faschistischen Söldnertruppen auffangen.‹

Das war alles. Es war unfaßlich, aber in ganz Spanien wurde gekämpft: Mondragón, Grado, Tardienta, Alcubierre, Fuente-Téjar, Priego, El Carpio, Bujalance ... Und trotzdem, nur Madrid zählte. Weil sie in Madrid waren, und weil Madrid alles war. Und über die Front bei Madrid wurde nichts gesagt, oder doch so gut wie nichts: Artilleriegefechte, Gegenangriffe. Wo?

Der Kanonendonner antwortete ihnen.

Sie hatten das Recht auf ihrer Seite, und der Feind stand vor den Toren Madrids. Peñafiel fühlte, wie die Wut in ihm kochte.

6. November, morgens

Ein Motorrad setzt Vicente Dalmases am Kriegsministerium ab. Er klettert aus dem Beiwagen und verabschiedet sich von seinem Kameraden:

»Morgen früh um acht, hier.«

Dann tritt er durch das eiserne Gittertor und geht auf das große Gebäude zu. Neben dem Portal gähnt noch immer der Krater einer Bombe, die im Oktober dort eingeschlagen hat. Ohne Umstände kommt er in das Ministerium hinein. Ein Kommen und Gehen von Ordonnanzen und Soldaten, jeder ist mit sich selbst beschäftigt, keiner kümmert sich um die anderen. Vicente fragt nach dem Staatssekretär: Er hat einen Brief für ihn, von seinem Bataillonskommandeur. Man antwortet ihm schulterzuckend:

»Oben.«

Der junge Mann geht die Treppen hinauf, verwundert über so viel Gleichgültigkeit.

»General Asensio?«

»Der ist nicht da.«

»Wann kommt er?«

»Keine Ahnung.«

»Ich habe ein dringendes Schreiben für ihn.«

»Lassen sie es hier.«

»Nein. Ich habe Befehl, es persönlich einem seiner Adjudanten zu überbringen.«

»Es ist niemand da.«

Ein geschäftiges Kommen und Gehen, Leute mit Akten, mit Paketen. Vicente fühlt sich verloren. Er weiß nicht, was er tun soll. Er fragt einen anderen.

»Warten Sie.«

Er tritt ans Fenster. An diesem kalten Morgen sieht die Cibeles auf dem halb verwaisten Platz, umgeben von Sandsäcken, kleiner aus, einsamer. Vor der Nationalbank einige Lastwagen, bewacht von Guardias de Asalto; ein paar Angestellte laufen hin und her, beladen sie. Der Paseo del Prado wie ausgestorben. Die Stille, und auf einmal, in der Ferne, Kanonendonner.

Vicente begreift, was hier vor sich geht: Die Leute verlassen Madrid, man evakuiert die Hauptstadt. Niemand soll zurückbleiben. Sie werden die Stadt übergeben. Er dreht sich um und versucht, in den Augen der eifrig umhereilenden Leute zu lesen. Er kennt diesen Ausdruck. Sie gehen fort, geben den Boden auf, auf dem sie stehen. Sie begreifen nicht warum, aber sie fühlen die unmittelbar bevorstehende Gefahr, in die Hände des Feindes zu fallen, und alles andere ist besser als das. Fliehen, zurückweichen, fortlaufen vor dem heranrückenden Bösen, angesichts des unaufhaltsamen Wundfraßes zurücklassen, was es auch sein mag. Er muß den Brief übergeben.

»Der Staatssekretär?«

»Keine Ahnung.«

»Wann kommt er?«

»Keine Ahnung.«

Niemand weiß etwas.

»Ich habe einen dringenden Brief für ihn.«

Schulterzucken. Ein General kommt herein und fragt nach dem Staatssekretär. Niemand weiß auch nur irgend etwas.

»Wer ist das?« fragt Vicente.

»General Pozas.«

»Wenn er kommt«, gibt der General Weisung, »sagen Sie ihm, daß ich zum Regierungssitz gefahren bin.«

Auf einmal sieht man auf der Straße, vom Retiro-Park kommend, eine Kolonne in Richtung Puerta del Sol marschieren. Eine lange Kolonne von Männern, alle in Zivil. Die meisten mit Kappe oder Baskenmütze, manche ohne Kopfbedeckung. In Dreierreihen, unbewaffnet. Alte und junge. Sie bemühen sich, im Marschschritt zu gehen, berichtigen hin und wieder ihren Rhythmus, um im Tritt zu bleiben. Eine Straßenbahn hält an, um sie passieren zu lassen. Die wenigen Passanten auf den Bürgersteigen bleiben entlang des Bordsteins stehen und schauen zu. Wer sind sie? Wohin wollen sie?

»Es sind die Männer vom Baugewerbe, und sie ziehen nach Carabanchel.«

»Ohne Waffen?«

Sie gehen, die Gefallenen abzulösen. Man hört nur ihre Schritte. Von dort, wo Vicente sie sieht, kann er nicht in ihren Augen lesen. Sobald sie den Panzern oder den maurischen Truppen gegenüberstehen – so denkt er –, werden sie die Flucht ergreifen. Das ist das Ende. Wenn Madrid den Kolonnen Varelas nichts anderes entgegenzusetzen hat, sind wir erledigt, und ... und was dann? Vicente lehnt sich an den Rahmen des großen Fensters. Was dann?

Der Bauer dort mit seinem breitkrempigen Hut und seinem Stock, der Arbeiter dort mit seiner windschiefen, hellen Mütze, und der da mit seiner Decke über der Schulter ... Mehr als an alles andere erinnern sie an eine Gefangenenkolonne. Sie werden sterben; aber nicht, wie sie vielleicht denken, im Kampf gegen den Feind, sondern auf der Flucht, scharenweise niedergemäht von den Maschinengewehren, an eine riesige Mauer gestellt, oder gleich dort oben, in der Stierkampfarena, wie in Badajoz. Und jetzt bekommt er wirklich Angst, eine beklemmende Angst, wie er sie auf freiem Feld nie gespürt hat. Wohin gehen? Was tun?

»Ist er immer noch nicht gekommen?«

»Nein.«

»Was mache ich bloß mit dem Brief?«

»Laß ihn hier, wenn du willst. Wenn einer von seinen Adjudanten kommt, gebe ich ihn weiter.«

Vicente übergibt den Umschlag und stürzt eilends auf die Straße hinaus.

Er bleibt stehen und lehnt sich erst einmal an das schmiedeeiserne Gitter des Palacio de Buenavista.

Was soll er tun? Die Kolonne zieht noch immer vorbei, endlos. Sein Blick fällt auf das Unterrichtsministerium. Vicente beschließt, Renau zu besuchen. Mal sehen, was er sagt. Er wartet, bis die Männer vorbeimarschiert sind, überquert die Alcalá, in der weißen und traurigen Morgensonne, und geht die leichte Steigung hinauf zum Ministerium. Er fragt nach dem Direktor der Abteilung ›Schöne Künste‹ und geht in den vierten Stock hinauf. Renau ist nicht da. Was soll er tun? Er verläßt das Gebäude und geht weiter. Verloren. Er betritt das Café *El Henar,* um etwas zu trinken und wieder zu sich zu kommen.

Kein einziges bekanntes Gesicht. Die Gespräche, leidenschaftlich erhitzt, mischen sich mit dem Geklapper der Kaffeelöffel. Die Luft ist zum schneiden. Alle rauchen.

»Gestatten Sie?«

Er setzt sich drinnen, im Salon, auf eine gepolsterte Bank.

»Hier kommen sie nicht rein.«

»Das können weder Frankreich noch England zulassen.«

»Wir auch nicht.«

Wildes Stimmengewirr. Leute kommen, gehen, kreuzen vor seinen Augen umher, ohne daß es Vicente gelingt, sich eines der Gesichter genauer anzusehen. Jetzt merkt er, wie müde er ist. Es ist mollig warm, die Polster weich. Er sitzt zwischen zwei Tischen. Wer ihm den Kaffee hingestellt hat, weiß er nicht. Doch er trinkt in der Tat Kaffee. Rechts und links von ihm drängen sich die Leute, diskutieren, schreien, fuchteln herum. Vicente hört zu, ohne es zu wollen, ohne darauf zu achten. Er ist an der Front, auf dem Schlachtfeld, auf dem Rückzug. Rechts und links von ihm fallen die Bomben der feindlichen Flugzeuge. Er schießt, die Schulter tut ihm weh.

»Du mußt nach Madrid fahren.«

Der Befehlsstand, in einem Bauernhäuschen. Zurück. Zurück. Unaufhörlich. Dort kommen schon die Panzer! Gegen die Panzer kann man nichts ausrichten. Wenn er schlafen könnte. Aber der Krawall läßt ihn nicht.

»Wenn ich dir sage, daß sich die Regierung aus dem Staub gemacht hat.«

»Alles Geschwätz. Ich habe doch eben mit Ruiz Funes gesprochen.«

»Nun, ich habe aber gehört ...«

»Blödsinn! Wieso soll sich die Regierung aus dem Staub machen? Mußten dafür etwa die Männer von der CNT kommen?«

»Und Panzer, jetzt bekommt ihr auch noch Panzer zu sehen. Du wolltest ja auch nicht glauben, daß wir Flugzeuge bekämen, und jetzt, sieh her.«

»Ich sehe vor allem ...«

»Und du wirst sehen, auch die Franzosen ...«

»Was wir nicht selbst tun ...«

»He, du da. Wo kommst du denn her?«

»Aus der Sierra.«

Es kommen immer mehr, sie setzen sich und drängen ihn. Sie denken wohl, er gehöre zu denen am Nebentisch. Und die, die denken das wohl auch.

»Glaubst du etwa, alle, die jetzt um Madrid herum Schützengräben ziehen oder in den Straßen Barrikaden errichten,
tun das, weil es ihnen die Regierung befiehlt? Pah! Im übrigen befiehlt die Regierung überhaupt nichts ... die denken
doch nur daran, ihre eigene Haut zu retten. Die Gewerkschaften, mein Freund, die Gewerkschaften! Und zwar, weil
ihre Leute mit dem Herzen dabei sind. Und nicht, weil sie
Mitglieder, sondern weil sie Menschen sind, Menschen, die
genau wissen, was sie nicht wollen. Weil sie gegen etwas
ganz Konkretes sind, das an unser aller Türen klopft. Nichts
eint so sehr wie ein gemeinsamer Gegner. Und wenn du's
nicht glaubst, sieh dich um. Ganz gleich, ob Anarchisten, Sozialisten oder Kommunisten. Wenn sie darum kämpfen müßten, ihre eigenen Beschlüsse durchzusetzen, würden sie sich
gegenseitig die Köpfe einschlagen, ohne Gnade. Das einzige,
was eint, das Dagegensein, die Opposition. Jeder hat etwas
anderes vor Augen, aber sobald es darum geht, dagegenzu-
sein, schließen sich alle zusammen. Oder glaubst du etwa,
die Madrilenen wären bereit, sich massakrieren zu lassen,
um die Republik zu verteidigen? Aber nein! Sie sind bereit
zu sterben, weil sie nicht wollen, daß die Faschisten kommen. Die Regierung zählt dabei nichts, man braucht sie nicht
einmal. Von mir aus soll sie abhauen. Ganz zu schweigen
von diesem ›Völkerbund‹, oder wie immer sich das schimpft.
Du weißt doch, was ich von denen halte, oder? Dann
brauch' ich dir's ja nicht mehr zu sagen ... «

»Ach ihr Anarchisten ... «

»Ich bin kein Anarchist!«

»Was denn dann?«

»Nichts. Kapiert? Ein Mensch, ganz einfach. Immer müßt
ihr die Menschen in Schubladen stecken. Aber dahinter
steckt etwas ganz anderes ... «

»Bravo, junger Mann! Ich bin Ihrer Meinung!«

Das sagte ein Alter mit langem Bart.

»Was heißt hier, Sie sind meiner Meinung! Dagegen müssen Sie sein, gegen das, wogegen auch ich bin. Weil es Ihnen stinkt, daß die regieren, die immer regiert haben. Und daß sie uns die Ausländer auf den Hals hetzen, um uns zu regieren. Das ist schon 1808 so gewesen. Ganz zu schweigen von den Maurentruppen. Und dabei geht es uns gar nicht um Moral oder Politik oder Gerechtigkeit oder Macht, sondern einfach um uns selbst: Um Felipe, Joaquín, um José und den anderen José, um Julián und Alberto, um Don Veilchen, wenn es ihn gäbe.«

»Es gibt ihn doch.«

»Sie müssen's ja wissen. Es stinkt uns. Und sie werden nicht durchkommen, no pasarán! Und wenn sie durchkommen, ist's auch egal, denn aus meinem Mund wird es niemand mehr erfahren.«

Er stand auf.

»Ihr Lieben, ich geh zurück nach Usera. Wer will, soll mitkommen, wir brauchen dort noch Leute.«

»Und wozu bist du hergekommen?«

»Zum Kaffee trinken. Was dagegen?«

»Nein, mein Junge. Schon gut.«

Sieben oder acht gingen mit ihm. Der Bärtige ergriff das Wort:

»Schämt ihr euch nicht, so zu sprechen? Wollt ihr denn nicht begreifen, was hier vor sich geht? Wollt ihr es zerreden? Seht ihr denn nicht, daß es ihre Träume sind, die diese Leute verteidigen?«

Ihre Träume, nichts weiter als ihre Träume.

»Du träumst.«

»Schön wär's! Oder glaubt ihr etwa, diese Menschen verteidigen das wenige, das sie errungen haben? Nein. Sie sind bereit zu sterben, um etwas zu erreichen, von dem sie träumen. Nennt es, wie ihr wollt. Sicher, euch ist das egal. Ihr steckt mittendrin, blind wie Maulwürfe. Ihr habt euer Sehvermögen gegen den Geruchsinn eingetauscht, darum könnt ihr nichts anderes, als an den Mauersockeln entlangzuschnüffeln, an den Stämmen der Bäume, um dann unerbittliche Gutachten abzugeben: ›Die Pisse hier stammt von einem Erzbischof, die dort von einem Nuntius, die von einem Bankier.‹ Diese Menschen verteidigen nicht ihr gegenwärtiges Leben, sondern ihre Zukunft. Ihr Leben in der Zukunft, ein Leben, wie sie es sich erträumen. Aber das nehmt ihr überhaupt nicht wahr, dazu fehlen euch die Sinne …«

»Oho! Vielen Dank …«

Der Dichter, in grober Wolljacke, mit Pfeife, Kappe und Bart, wettert gegen eine Gruppe von zehn oder zwölf jungen Männern, die ihm respektvoll zuhören.

»Was kann ich denn tun? Soll ich mir etwas ausdenken, nur, um euch zu beeindrucken und dafür meine Vorstellungen zum Teufel schicken? Nein? Wirklich nicht? Also? Euch geht es nicht um meine Meinung, sondern um meinen klingenden Namen. Aber ich bin nun einmal mehr als mein Name.«

Der älteste von ihnen, klein, dicklich, Brillenträger, vor Selbstbewußtsein strotzend, sagt ihm mit der Überzeugung seiner dreißig Jahre frech ins Gesicht:

»Vor allem solltest du schleunigst in die Partei eintreten.«

»Für wen hältst du mich? Für einen dieser Namenlosen, die um einen Ausweis verlegen sind?«

»Ich meine das ganz im Ernst.«

»Ich auch, auch wenn du es nicht glaubst.«

»Nenn mir die Gründe, warum du es nicht tust.«

»Es gibt nur einen einzigen: Ich will meine Freiheit nicht verlieren.«

»Wie willst du etwas verlieren, das du gar nicht besitzt?«

»Kann ich denn, so wie ich hier sitze, nicht veröffentlichen, was ich will?«

»Nein. Das verbietet dir …«

»Meine Prägung. Ich weiß schon. Aber ich möchte nicht theoretisieren: Bleiben wir bei den Tatsachen. Ich, so wie ich jetzt hier sitze, schreibe meinen Artikel, bringe ihn in die Zeitung ...«

»... Und er erscheint. Wenn du in der Partei wärst, müßte er vorher besprochen werden. Findest du das denn schlecht?«

»Nein. Aber es fällt mir lästig, mir persönlich. Und ich sehe nicht ein, mich durch irgendeinen Fleischwolf drehen zu lassen. Und auch nicht, daß man mir sagt: Heute schreibst du ein Arbeitergedicht über die Verteidigung von Irún.«

»Also du und nur du allein.«

»Ich allein, mit allen in Verbindung, aber nur meiner Meinung gehorchend, meiner Art und meinen Vorstellungen.«

»Ist es aber nicht einfach bequemer, sich der Kunst zu verschreiben statt dem Krieg? Vor allem, wenn diese ›Kunst‹ reiner Subjektivismus ist.«

»Neulich habe ich in einer deiner großspurigen Abhandlungen über deine Auffassung von Materialismus gelesen, daß die Welt so ist, wie man sie uns vorsetzt.«

»Etwa nicht?«

»Nein, mein Lieber. Nein. Sie ist so, wie wir sie machen, oder wie man uns zwingt, sie zu machen, oder wie wir zulassen, daß man sie macht. Ob es dir paßt oder nicht, ob du mitmachst oder nicht, egal ob du applaudierst, schweigst oder protestierst.«

»Das habe ich nicht gemeint, das steht außer Frage. Nein. Ich bezog mich vielmehr darauf, wie wir die Welt vorfinden, wenn wir geboren werden. Noch suchen wir uns unsere Eltern nicht aus.«

»Verzweifle nicht darüber.«

»Ich verzweifle auch nicht.«

»Natürlich nicht, du bringst mich ja auch nicht zur Verzweiflung.«

»Das heißt, in gewisser Weise vertraust du trotz allem darauf, daß ich am Ende doch in die Partei eintrete.«

»Selbstverständlich, denn dort gehörst du hin, die Partei ist der einzige Ort, der dir entspricht, dir und überhaupt jedem Intellektuellen, der findet, er sei dazu bestimmt, andere zu führen, zu beraten, in die Zukunft zu sehen.«

»Du wirst doch nachgeben? Bleib hartnäckig. Solltest du recht behalten, wirst du am Ende die anderen überzeugen«, sagt einer aus der Runde.

»Und wenn du sie nicht überzeugst, und auch sie dich nicht überzeugen, mußt du dich dann grämen und dir alles gefallen lassen?«

»Ist dir nicht bewußt, daß du andernfalls immer Zaungast bleiben wirst? Ein Beobachter, der bezahlt« – er betonte das Wort –, »um zusehen zu dürfen, wenn es nicht sogar soweit kommt, daß du um einen Blindenführer bettelst oder zu einem erbärmlichen Puppenspieler wirst. Oder willst du einfach nicht sehen, was heute hier gespielt wird, zwanzig Kilometer weiter? Möchtest du etwa die berühmte Anekdote aus den *Persern* wiederholen? Möchtest du schreien: ›Die Faschisten!‹, und dann von ihren Pfeilen durchbohrt zu Boden stürzen? Alles geben für einen unsterblichen Satz? Das sähe dir ähnlich.«

»Wer weiß!«

»Ich weiß schon. Das einzige, was dich wirklich beschäftigt, ist die Unsterblichkeit. Nur zu dumm, daß du dazu einfach nicht den Schneid hast. Du bist zu schwach.«

»Und du kommst daher und willst mir Verstärkung durch die Partei anbieten.«

»Nicht durch die Partei, und so schlecht wäre das auch nicht, sondern durch eine solide Weltanschauung.«

»Ja, schon gut. Ihr seid imstande, Anschauung frei Haus zu liefern (er betonte das letzte Wort). Und wehe, jemand wendet sich davon ab!«

»Nein! Verdammt noch mal, nein! Das laß ich dir jetzt aber nicht durchgehen. Wenn ein Schriftsteller Kommunist ist, ist er nicht darauf angewiesen, daß die Partei ihm, so wie du es ausdrückst, irgendeine Auffassung liefert. Er hat sie schon. Eben darum, weil er eine hat, ist er Kommunist. Die Partei kann ihre Auffassung denen liefern, die von sich sagen, oder glauben, sie seien Kommunisten, die es aber in Wirklichkeit nicht sind.«

Er machte eine Pause.

»Und hinterher kommt dann heraus, daß er gar kein Kommunist war. Alle diese Männer, die sich zum Fünften Regiment melden, glaubst du, man hat ihnen eine wissenschaftliche oder sonst eine Weltanschauung geliefert? Nein, mein Junge. Nein. Sie glauben an eine bessere Welt. Sie glauben fest daran, daß es sie gibt, und setzen ihr Leben nicht etwa für ihr Vaterland aufs Spiel, also für etwas, das der Vergangenheit angehört, sondern für die Zukunft, an die sie absolut glauben, verstehst du mich? Absolut. Die ganze Verzweiflung derer, die auf der anderen Seite stehen – und ich denke jetzt nicht ausschließlich an die Faschisten –, beruht darauf, daß die UdSSR nicht in die alte Falle getappt ist: ›Ich darf dies tun, weil ich Konservativer bin, Sie dürfen das nicht tun, weil Sie Liberaler sind …‹ Euer Skeptizismus ist ein Verbrechen. Ihr werdet noch teuer dafür bezahlen.«

Vicente hörte sie wie durch eine Nebelwand. Er kannte diese Unterhaltungen allzu gut, er hatte sie bis zum Überdruß gehört. Sie interessierten ihn nicht mehr. All diese Probleme hatte er schon vor langer Zeit geklärt.

»In Wirklichkeit, in Wahrheit ist es doch so: Wenn man Gleichheit möchte, kann man keine Freiheit haben. Nun, Freiheit, wie ihr sie versteht.«

»Aber damit wird die Revolution unmenschlich, und um diesen Preis lohnt sie sich nicht.«

»Finde du mal eine andere Lösung.«

Eine andere Lösung, der Schlaf: Vicente ist eingenickt. Er ist abgeschnitten. Keine Hoffnung. In einem Erdloch, das Gewehr in der Hand. Die Faschos kommen heran, wie Nebel. So tief er sich auch duckt, so dicht er sich auch an die Erde kauert, sie werden ihn sehen. Die Erde. Der Geruch der Erde. Zu ihr zurückzukehren. Er fühlt sie, sanft und schweigend, in Erwartung dessen, was kommt. In Erwartung seines Todes. Seiner Gefangennahme und seiner Erschießung.

Gut. So ist es. Sie werden uns hetzen. Wir werden ihnen als Gefangene in die Hände fallen. Sie werden uns erschießen. Daran besteht kein Zweifel. Wir werden sterben. Ich werde sterben. Sie werden uns erschießen. Begreifst du? Du wirst sterben. Nicht mehr sein. In dem Moment, in dem sie das wollen, in dem einer von ihnen es will. Verschwinden. Einfach so. Verstehst du? Einfach so. Als ob nichts wäre. Zu Abfall geworden, zu blutigem Fleisch, zerfetzt, ein Klumpen. Leichenblaß: die Augenhöhlen der Toten, die Zähne der Toten, die fahlen Lippen der Toten. Zu nichts geworden. Stinkende, schwarze Flüssigkeit rinnt über die fahlen Lippen. Unausweichlich. Dafür verlieren wir den Krieg. Dafür rennen wir in unser Verderben. Alle, die uns ins Verderben geschickt haben, werden ihre Hände in Unschuld waschen … Staub, Klumpen, schlaffes Fleisch. Zu zweit werden sie uns anpacken, einer an den Füßen, einer unter den Armen, der herunterhängende Kopf schleift auf der Erde, und dann werden sie uns übereinanderstapeln. Das hier sind die letzten Stunden meines Lebens. Wie viele? Zehn, zwölf, zwanzig? Vielleicht fünfzig. Und das war's. Nehmen wir einen Mittelwert: dreißig. ›Dreißig Stunden oder Das Leben eines Spielers.‹ Ja, so hieß ein Buch, das mein Vater hatte. Im Bücherregal, neben dem Portrait des Großvaters. Unweigerlich wird man sein Leben an sich vorüberziehen sehen, auch wenn man nicht will, auch wenn es das nicht wert ist. Die Erinnerungen werden sich überstürzen, wozu? Am besten wäre es, an nichts zu denken. Zu guter Letzt werden sie den Krieg schon noch verlieren, auch wenn wir jetzt die Verlierer sind. Schluß mit dem Nichteinmischungsausschuß, sie werden sich glücklich schätzen. Wie werden sie uns erschießen? Nachts oder tagsüber? In Gruppen zu fünfzehn oder zwanzig, oder zu drei oder vier? Mit dem Maschinengewehr, wie in der Stierkampfarena in Badajoz? Ich werde weich fallen, meine Knie werden einknicken, meine Stirn wird auf der Erde aufschlagen, dann wird mein Körper langsam eine halbe Drehung vollziehen. Das Gesicht nach oben. Offener Mund. Blutverschmiert. Einfach so. Einfach so. Sie werden keine Zeit darauf verschwenden, uns den Gnadenschuß zu geben. Und wenn sie mich bloß verwunden? Und wenn ich mit dem Leben davonkomme? Wenn ich den Schüssen ausweichen kann. Das ist schon vorgekommen. Dann werde ich mich über den Boden schleppen, nachts. In der Ferne schimmert ein Licht. Ich bin verwundet. Pah! Es wird alles viel einfacher sein. Keine Sorge. Ich werde nicht allein sein. All die anderen, die hier sitzen. Wie grün die Palmen sind! Wie das Wasser am Hafen in der Sonne glitzert! Goldene Blätter. Wie sie schimmern, Feuer! Das war's. Feuer! Und in die Hölle mit denen, die an sie glauben. Die Unsterblichkeit nützt nichts. Ich lebe, und auf einmal bin ich tot. Einfach so, wie ein ausgeknipster Lichtschalter. Du bist da, und auf einmal, nichts mehr. Auch wenn ich es nicht wahr haben will, irgendwie bin ich neugierig. Mir werden die Beine schlottern. Ganz bestimmt. Mir werden die Beine schlottern. Besser gesagt, die Waden. Was werde ich schreien? Es lebe die Republik? Schließlich und endlich kümmert mich die Republik einen feuchten Dreck. Tolle Republik! Da stehen sie nun alle wie Zaungäste und schauen zu. Noch nicht. Ich bin im Café. In Valencia? Nein. Was für ein Traum! Was für ein Lärm! Was für eine bleierne Müdigkeit! Wie viele Tage habe ich nicht geschlafen? Wenige, zwei.

»Franco ist ermordet worden! Mein Wort, ich hab es gerade im Polizeipräsidium erfahren ...«

»Gerüchte.«

»Wenn ich es dir sage ...«

»Gerüchte. Jiménez wollte mir diese Geschichte auch schon auftischen. Der Redaktion ist nichts darüber bekannt. Auch der Regierung nicht.«

»Sie geben es nicht zu ...«

»Und warum? Um dem Volk den Schmerz zu ersparen? Das kannst du deiner Großmutter erzählen!«

»Ihr habt die schreckliche Unart, euch die Welt zurecht zu stutzen, natürlich ohne es zu merken. Alles setzt ihr mit der Politik in Verbindung, alles wird von ihr durchdrungen: die Freundschaft, das Essen, die Literatur, die Malerei, die Liebe. Nichts ist mehr einfach so. Nichts ist mehr so, weil es eben so ist. Alles muß eine Absicht haben, einen bestimmten Grund. Ihr tötet die Spontanität.«

Vicente Dalmases wird sich wieder bewußt, daß er im Café sitzt. Wie spät ist es? Elf. Was tut er? Was hat er zu tun? Soll er zurück ins Kriegsministerium gehen? Wozu? Er hätte den Umschlag nicht einfach dort abgeben sollen. Ob er bis zu Asensio gelangt ist? Er ist müde. Er sitzt im Café *El Henar*.

Er war schon einmal hier gewesen, vor drei Monaten, auf dem Weg zur Front. Damals schien das Leben seinen gewohnten Gang zu gehen. Alle Geschäfte hatten geöffnet, niemand trug Krawatte, aber es herrschte reges Treiben auf den Straßen. Völlige Sorglosigkeit, so lautete wohl damals die Losung. Die Cafés waren gut besucht und die Kellner waren dieselben Kellner wie immer. Abends verliehen die erleuchteten Fenster der ganzen Stadt eine festliche Stimmung. Jetzt sah es auch so aus, und doch war es anders. Was sich verändert hatte, war er selbst, und der Verlauf der Front.

Der Rauch, die Leute, die kommen und gehen. Wer sind sie? Die Regierung soll die Stadt verlassen haben, oder auch nicht. Flugzeuge sollen gekommen sein, Panzer, die Franzosen hätten eine Armee geschickt. Niemand schien daran zu zweifeln, daß die Faschisten aufgehalten und geschlagen werden würden. Wenn sie von Talavera nach Madrid vorgerückt waren, warum sollten sie nicht die Hauptstadt stürmen und bis zum Mittelmeer durchstoßen? Aber Madrid war unumstößlich, eine Tatsache. Eine Stadt. Das war nicht mehr das freie Feld, das war kein Dorf mehr: es war Madrid, die Hauptstadt. Eine riesige Anhäufung von Häusern. Das Zentrum Spaniens. Die Daseinsberechtigung der Republik. Und all die Arbeiter, und die Partei. Etwas, an das man sich wirklich halten konnte, ein Grund, nicht zurückzuweichen. Und die Geschichte: das Gespenst des 2. Mai. Und viele Menschen, fast eine Million Menschen. Und die UGT. Außerdem hatte Largo Caballero gesagt, daß wir jetzt Waffen hätten. Jawohl: jetzt oder nie. Nie kommt gar nicht in Frage, also jetzt!

Aber im Ministerium war niemand gewesen. Und dann die Lastwagen vor der Nationalbank. Waren sie blind? Er könnte aufstehen und rufen: ›Es kann zwei Tage dauern, oder drei, oder acht. Aber spätestens in acht Tagen werden die Faschisten hier sein! Dann würden sie hier sitzen, wie die, die jetzt hier aufgeregt redeten, gestikulierten und Kaffee tranken, und alle, wie sie hier saßen, würden dann tot sein, mausetot.

Vicente erinnert sich an den Friedhof in Valencia, an das Grab seiner Großeltern. An die breiten Straßen, an die Umgebung, sonnig und staubig. Er geht nach Monteolivete hinauf, folgt dem Lauf des Flusses, den Alleen und dem Wind, der die Blätter an den hohen Bäumen erzittern läßt. Das Meer. Die Playa del Cabañal im Winter, weit, grenzenlos – dort, in der Ferne, Sagunto; die Schlote der großen Fabrik. Der salzige Wind, die Berge dunklen Seetangs, Salpeter, die Kanäle führen kupferbraunes Wasser, das sich ins Meer ergießt und einen schmutzigen Fächer auf die grüne Wasseroberfläche zeichnet. Die seitlich aufgelaufenen Fischerboote, die Ochsenpaare, rot und leuchtend, die langsam zurück zum Stall trotten. Die niedrigen Häuschen, die Palmen – hier und dort – die sich im kalten Winterwind beugen. Die Möwen. Die Einsamkeit. Neben ihm Asunción. Unvermittelt nimmt er sie in seine Arme, und sie läßt es geschehen. Er faßt ihre Hände und zieht sie nach oben an seine Schultern. Er hält sie, sie ist schwerelos. Sie sieht ihn mit großen, strahlend hellen Augen an, die jetzt von salzigem Wasser feucht sind.

»Macht es dir wirklich nichts aus, wenn ich dich küsse?«

Während Vicente die Antwort aus ihren Augen trank, die noch blauer wurden, spürte er nichts als die federnde Leichtigkeit ihres Körpers und die Liebesbande zwischen ihnen. Das war nicht er selbst, sondern sein Verlangen, eben so zu sein, mit Asunción in den Armen; für immer so. Und er fühlte, daß auch sie so empfand, daß sie sich nichts anderes wünschte als eben so zu bleiben wie sie war, in Vicentes Armen, von ihm gehalten, innerlich leer, nach außen gekehrt, ganz und gar Erscheinung, ohne ein Innen; ganz Verbindung mit Vicente, verschmolzen, hingegeben. Weder er noch sie existierten, nur das, was sie vereinte, ohne in Ekstase aufgegangen zu sein; im Gegenteil, nie waren sie sich ihrer Existenz so sicher gewesen, ihrer eigenen und der der anderen; sie fühlten sich so stark, als sie selbst und zugleich als Teil der anderen, frei von Verlangen.

Asunción hob Stück für Stück die Arme und legte sie Vicente um den Hals.

»Ich liebe dich.«

Sie wußte nicht, was sie sagte, und er hörte sie auch nicht, denn alle seine Sinne richteten sich auf das Gefühl, zu sein, auf ein überraschend einfach erreichtes Ziel, siegreich, ohne Erinnerung, ohne Versprechungen. Er fühlte sich leer und von Jubel durchdrungen, aufgegangen in Verschmelzung. Immer weiter fiel er in seinen Traum, endlos. Und dann erwachte er.

»Was soll das? Soll ich es dir sagen? Du wirst es ja doch nicht verstehen! Du hast keine Ahnung, was es heißt, keine Arbeit zu haben. Du Schnösel, du. Weißt du, was ein Schnösel ist? Das ist ein Mensch – was sonst? – ein Mensch, der Arbeit hat, ohne es zu wollen, ein Mensch, der Arbeit hat und nicht arbeitet. Ich hingegen, ich war drei Jahre lang ›erwerbslos.‹ Du kannst dir das nicht vorstellen. Wie solltest du auch! Du bist ein Mensch wie jeder andere. Du hast Arme, Hände und einen Kopf. Du kannst arbeiten, du bist genauso gut in der Lage zu arbeiten wie jeder andere auch. Du kannst so schweißen wie jeder andere. Aber du hast keine Arbeit. Du findest keine Arbeit. Obwohl du könntest, kannst du nicht arbeiten. Du rutschst auf Knien, aber es gibt keine Arbeit, und du mußt zusehen, wie Tausende anderer Arbeiter arbeiten. Und sie bekommen Geld und können essen. Aber du, du nicht. Wenn es nur dir so ginge, in Ordnung, dann könntest du das Unglück dafür verantwortlich machen, oder meinetwegen Gott. Aber nein: hunderte ... arbeitslos ... Du zuckst die Achseln, redest dir ein, Krebs zu haben sei schlimmer, oder Tuberkulose, du redest dir ein ... (Ramírez wußte nicht, daß Torrents Tuberkulose hatte, und verstand darum den Sinn seines Lächelns nicht). Gut. Schon möglich. Aber nein. Denn gegen Krebs oder Tuberkulose kannst du nichts ausrichten; aber von Pontius zu Pilatus rennen, betteln und wissen, daß sie dir keine Arbeit geben, weil sie nicht können ... Wenn du wüßtest, sie würden dich anlügen, dann könntest du wenigstens ... Aber nein, es ist

325

wahr, es gibt tatsächlich keine Arbeit für dich; die Fabrik kann dich nicht brauchen, sie hat genügend Arbeiter. Und du, der du Arbeiter bist, was nun? Nur, weil die verwöhnten Schnösel keine Lust mehr haben, mehr Betten zu kaufen, oder mehr Grammophone, muß ich die Hände in den Schoß legen und das vorwurfsvolle Gesicht meiner Frau ertragen, weil wir von dem leben, was sie verdient. Ich hätte glücklich werden können. Sieh mal, Kleiner, das ganze Gerede, daß ihr diejenigen wärt, die die Revolution machen, ist ja schön und gut, aber mit der Wahrheit hat das nichts zu tun. Du kannst über die Revolution nachdenken, sie gerecht finden, aber sie machen? Das können nur wir, die Arbeiter. Ihr könnt schlechte Geschäfte machen. Aber es sind immer noch Geschäfte, und letzten Endes habt ihr die Schuld. Bei euch kommt es auf Gewandtheit an, darauf, ob man flink oder dumm ist und wer die Sache am besten ausknobelt. Bei uns nicht. Bei der handfesten Arbeit gibt es keinen Betrug. Manchmal, das ja, gibt es keine Arbeit: weil eure ›Geschäfte‹ schlecht gegangen sind. Bist du nicht Schriftsteller? Was schreibst du? Warum schreibst du nicht ein Buch über die Arbeitslosen?«

»Vielleicht, weil ich noch nie auf die Idee gekommen bin.«

»Nein. Ich weiß schon: zuviel Statistik, zu viele Erklärungen. Aber das meine ich nicht, sondern ein Buch über die Wut derjenigen, die arbeiten können, arbeiten möchten und zum Arbeiten in der Lage sind, und die dennoch daran gehindert werden ...«

»Darum sind wir auf eurer Seite.«

»Darauf verlasse ich mich aber nicht. Um ein richtiger Revolutionär zu sein, muß man Schwielen an den Händen haben.«

»Und Gorki?« warf ein anderer ein.

»Pahh! Das wird immer behauptet, aber wer will das prüfen? Ich spreche von den Spaniern.«

»Und was ist mit Sénder, Alberti, Bergamín? Hast du nicht die Zeitschrift *El Mono Azul,* den *Blaumann,* gesehen?«

»Die sind Kommunisten«, sagte er mit abgrundtiefer Verachtung, »verwöhnte Schnösel ...«

»Und Barral.«

»Du meinst diesen Maler, nicht? Mit den Malern ist das etwas anderes. Die machen sich wenigstens die Hände schmutzig. Wenn wir an der Macht sind – denn eines Tages, früher oder später, werden wir an die Macht kommen –, soll die Welt von Literatur verschont bleiben. Sollen sie Filme machen, wenn sie wollen, um uns zu unterhalten.«

Vicente stellte sich plötzlich eine Kinoleinwand wie einen großen Käfig vor, in dem sich Menschen zur Schau stellten, um die Zuschauer zu unterhalten, wie Affen in einem zoologischen Garten.

»Hauptsache, du hast Arbeit und weißt, daß die Welt dank deiner Anstrengung vorwärts kommt und daß du essen und ruhig schlafen kannst.«

»Und daß du Samstags deine Frau abends ins Kino ausführen kannst, bevor ihr etwas anderes tut.«

»Warum nicht? Findest du etwas dabei?«

»Überhaupt nicht, Genosse.«

Vicente kannte Torrents, der hinzugestoßen sein mußte, während er schlief. Er begrüßte ihn mit einem schwachen Kopfnicken.

»Hallo!«

Er war noch immer zu verschlafen, um seine Arme weiter als eine Handbreit heben zu können. Sie hatten sich seit zwei Jahren nicht mehr gesehen, aber keinem von beiden kam es in den Sinn, den anderen zu fragen, warum er hier sei. Alles war selbstverständlich.

»›Spanien wird zu einer Republik aller Arbeiter erklärt.‹ Diesen ersten Artikel der Verfassung hätte man nur in die

Tat umzusetzen brauchen. Nichts weiter. Damit wären alle Probleme Spaniens gelöst. Damit allein. Eine halbe Million Nichtstuer zum Arbeiten zu bringen. Nichts weiter. Spanien braucht nichts weiter, als daß einmal alle Spanier ein Jahrhundert lang wirklich arbeiten. Keine verwöhnten Bürschchen mehr, keine Militärs, kein beschauliches Klosterleben. Keine Plaudereien in Tertulias, keine Kasinos, keine Stierkämpfe, keine Bücher mehr. Für ein Jahrhundert könnten wir es wirklich wunderbar ohne einen neuen San Juan de la Cruz aushalten.«

»Keine Fußballspiele mehr«, fügte Torrents hinzu.

»Wieso? Fußballspiele sind ein gesundes Vergnügen.«

»Dann kann ich aber nicht verstehen, warum die Stierkämpfe ...«

»Weil Stierkämpfer die Spanier in der Auffassung bestärken, daß man auch ohne zu arbeiten reich werden kann. Schluß mit dem Stierkampf! Schluß mit den literarischen Tertulias, diesem Keim aller spanischen Bummelei!«

Templado, der schweigend dabeisaß, grinste, daß er so etwas ausgerechnet im Café *Henar* zu hören bekam, und während die Faschisten Getafe erreichten.

»An die Arbeit! Auf die Felder!«

»Dafür bräuchtest du aber viel Guardia Civil.«

»Was heißt hier Guardia Civil! Blödsinn! Die Arbeiter würden schon selbst aufpassen.«

»Das möchte ich sehen, was du mit dem Sevillaner machen würdest, den ich einmal kennengelernt habe – übrigens ein Bekannter von dir«, sagte Pedro Guillén, ein ebenso kleiner wie unhöflicher Mann. »Ein schwerreicher Großgrundbesitzer, der mich im Casino de Labradores aus vollem Hals angeschrien hat: ›Ihr könnt mit mir anstellen, was ihr wollt; mir mein Land wegnehmen, mein Geld, meine Häuser, meinen Wein, was ihr wollt, aber zum Arbeiten bringt ihr mich nicht, niemals!‹«

»Wir würden ja sehen«, sagte Francisco Remírez, der die erste Geige spielte. »Sie sagen doch immer, wer nicht hören will, muß fühlen. Man bräuchte ihm nur die Rute unter die Nase zu halten.«

»Damit bin ich nicht einverstanden! Mich stört es, daß man arbeiten muß, um leben zu können, das sage ich dir ganz im Ernst. Warum soll der Mensch seine Intelligenz nicht dazu einsetzen, nur noch das machen zu müssen, wozu er Lust hat? Ich weiß nicht, ob du dir einmal klargemacht hast, zu welcher Ungeheuerlichkeit die Arbeit geführt hat. Dieser gedankliche Überbau, dieser Deckmantel, hat die Welt in eine riesenhafte Schildkröte verwandelt, die nur noch über einen winzig kleinen Kopf Luft zum Atmen bekommt, eine winzige Öffnung, die immer die Millionäre besetzt halten – oder von Untergangspropheten, was aufs selbe rauskommt – und wir japsen kläglich nach Luft. Die Arbeit hat den Menschen abgestumpft, sie stumpft ihn ab und wird ihn immer weiter abstumpfen, denn sie ist vom Mittel zum Zweck geworden. Der Mensch lebt nur noch, um zu arbeiten – er denkt an seine Arbeit, träumt von seiner Arbeit, ernährt seine Kinder mit seiner Arbeit. Man arbeitet, um zu essen – heißt es –, für alles arbeitet man. Man arbeitet, um sich zu vergnügen. Man arbeitet, um zu sterben. Die Leute vergöttern die Arbeit. Wo arbeitest du jetzt? Was machst du? Niemand antwortet: Nichts. Der Mensch ist ein Tier, das arbeitet und andere zur Arbeit anhält. ›Jedem nach seiner Leistung.‹ Auf diesem absurden Leitsatz wird eine ganze Welt geschaffen.«

»Warum machst du nicht bei den anderen mit, bei den Verfechtern der Bummelei?« warf Templado ein, den die Unterhaltung eigentlich gar nicht interessierte und der sich gerade eine Zigarette drehte.

Gustavo Rico zögerte einen Augenblick, er wußte nicht, ob er auf die Provokation antworten sollte.

»Die wollen die anderen für sich arbeiten lassen und davon leben, und das ist auch wieder Arbeit. Nein. Ich wünsche mir eine Welt, in der wirklich nicht gearbeitet wird.«

»Das Paradies auf Erden.«

»Wenn du so willst. Und das ›Paradies‹ beweist auch, daß ich recht habe: es ist das erste, was die Menschen erfunden haben, und das wird schon seinen Grund haben. Wir tun doch den lieben langen Tag nichts, als einen Vorwand für neue Arbeiten zu suchen, und das mit Erfolg.«

»Was würdest du denn tun, wenn du nicht arbeiten müßtest?«

»Ich weiß es nicht, das ist es ja. Es geht nicht darum, zu schlafen, sich auf die faule Haut zu legen. Nein. Das tut man, um von der Arbeit auszuruhen.«

»Das heißt dann … erklär schon.«

»Es gibt keine Erklärung.«

»›Du sollst dir dein Brot im Schweiße deines Angesichts verdienen.‹ Wenn's bloß das Angesicht wäre … Die Arbeit ist das einzige, was dem Menschen Würde verleiht.«

»Glaubst du allen Ernstes, Abortgruben sauberzumachen zum Beispiel, verleihe dem Menschen Würde?«

»Im selben Maße, wie im Kolonialwarenladen an der Ecke die Bücher zu führen.«

»Das alles ist Zeitverschwendung, wie gewonnen, so zerronnen.«

»Damit bin ich nicht einverstanden.«

»Das wäre auch ein Wunder …«

So war Gustavo Rico: niemals und mit niemandem einer Meinung.

»Ich bin dagegen.«

So nannten sie ihn bisweilen. Gegen die Kommunisten, gegen die Anarchisten, gegen die Republikaner. Alles fand er schlecht, alle lagen falsch: eine Herde von Irrenden, von Sektierern. Und natürlich sehr links:

»Sag mal, hast du den letzten Bericht von Pepe Díaz gelesen?«

»Nein, das habe ich auch nicht vor.«

»Weißt du, was Azaña gesagt hat?«

»Ich nehme an, wieder irgendeine Dummheit.«

»Aber, weißt du denn, worum es geht?«

»Ich habe keine Lust, meine Zeit zu vergeuden.«

»Du bist ein Anarchist.«

»Ich, ein Anarchist? Ich bitte dich! Von denen weiß doch keiner, was er will.«

»Und du, weißt du etwa, was du willst?«

Gustavo sah in die Runde:

»Nein.«

In seinem Eingeständnis lag eine gewisse Ironie.

»Warum reißt du dann das Maul so auf?«

»Weil es mein gutes Recht ist.«

»Wie sollte man deiner Meinung nach die Welt in Ordnung bringen?«

»Anständig.«

»Womit? Wie?«

»Jeder Mensch ist eine Welt für sich. Das werdet ihr doch wohl nicht bestreiten? Warum wollt ihr die Leute dann um jeden Preis in eine Schublade stecken, und, was noch schlimmer ist, darauf bestehen, daß der, der nicht zu euch gehört, gegen euch ist? Was habe ich euch getan, daß ihr mich unbedingt festnageln wollt? Laßt mich zufrieden! Jeder weiß, daß man, wenn Not am Mann ist, auf mich zählen kann. Was wollt ihr mehr?«

Er lebte allein, in einer Dachkammer, und verdiente sein Geld mit Übersetzungen aller Art. Auf diese Weise hatte er gelernt, anderer Leute Ansichten zu respektieren, wenngleich er sie alle für verkehrt hielt. Seine Grundhaltung war die Ablehnung.

Er war eine Seele von Mensch und konnte niemandem

etwas abschlagen. Er liebte die Tiere, und in seiner Dachkammer wimmelte es von Hunden, Katzen und Vögeln – gar nicht zu reden von den Hausgrillen und weißen Mäusen –, die dort hausten, ohne ihn groß zu stören.

»Das Wohl der anderen«, sagt er, »sollte immer vorgehen.«

»Geh doch ins Kloster.«

»Ich glaube nicht an Gott.«

»Dann werde Freimaurer.«

»Das habe ich versucht. Aber bei denen wirkt alles gleich lächerlich. Ich bin einmal dagewesen und mußte lachen. Darauf haben sie mich rausgeschmissen, ganz ernst, mit Pauken und Trompeten.«

Trieb sich dauernd bei den Nutten herum, und die mochten ihn leiden, weil er ihnen aufmerksam zuhörte und ihnen half, wo er konnte. In der Regel erzählten sie ihm die Wahrheit. Nächtelang ging er von einem Haus zum anderen und ließ sich die Neuigkeiten erzählen. Er hatte für alles ein offenes Ohr, und sie öffneten sich ihm umso bereitwilliger.

Wegen seiner eigenen Offenherzigkeit war die Welt um ihn herum rein. Nicht, daß er sich einen Bären hätte aufbinden lassen, doch wenn er merkte, daß ihm jemand ins Gesicht log, machte er ihm keine Vorwürfe, sondern nahm es großmütig zur Kenntnis.

»Was bringt es zu lügen?«

Auch Aufdringlichkeit war nicht seine Sache, dazu fehlte es ihm an Stolz oder Neid.

»Ich bin dagegen.«

Und dabei war er durch nichts aus der Ruhe zu bringen.

»Die Sache ist viel einfacher, als man annehmen könnte. Oder viel komplizierter, wie man will. Der Mensch hat die Fähigkeit zu denken verloren, die Fähigkeit, sich eine eigene Vorstellung von dem zu machen, was ihn umgibt. Alles wird ihm fertig vorgesetzt: in der Zeitung, im Radio. Alles ist schon Zusammenfassung. Man braucht nicht mehr selbst zu denken, alles wird einem vorgekaut, in Pillen vorgesetzt. Die Ärzte stellen keine eigenen Rezepturen mehr zusammen, verabreichen nur noch fertige Heilmittel. Alle Welt nimmt Aspirin. Niemand leidet mehr unter Kopfschmerzen. Die Zivilisation ist nur darauf aus, den Schmerz zu unterdrücken. Und nichts ist dazu so förderlich wie nicht zu denken. Dem Ideal des Sozialismus gemäß lebt der Mensch, ohne zu denken, mit elektrischen Bediensteten und Unterhaltung frei Haus. Alles läuft darauf hinaus, die eigene Vorstellungskraft zu beschneiden. Denn ob du es glaubst oder nicht: Die Vorstellungskraft entsteht aus dem Schmerz. Das Ideal von heute ist eine Welt ohne Einbildungskraft. Da kann ich nur sagen: Ich bin dagegen.«

»Wann wärst du auch schon dafür?«

»Dir ist vielleicht alles recht. Aber ich will eine Welt, die dem Menschen dient, und du willst umgekehrt, daß der Mensch der Welt dient.«

»Logisch: weil ich an den Menschen glaube und du nur an den Künstler.«

»An den zum Künstler gewordenen Menschen.«

»Das kommt aufs selbe hinaus.«

»Von wegen! Und erst recht nicht in der herabsetzenden Bedeutung, die du ihm gibst. In deinen Augen ist ein Künstler ein wirklichkeitsfremdes Wesen, das sich nur um seine persönlichen Empfindungen kümmert. Für dich ist der Künstler ein Romantiker: der Mensch, der sich nur um sein Innenleben und sein Unglück kümmert, und darum, es hingebungsvoll zu besingen. Für dich zählt nicht der Ausdruck, nicht die Geschichte – nur die Zukunft. Und das einzige, worüber sich nachzudenken lohnt, sind die Produktionsmittel … Was aber wird in deiner großartigen kommunistischen Welt geschehen, wenn alle glücklich sind? Wenn alle den lieben langen Tag auf der faulen Haut liegen, in diesem

Abklatsch eines Paradieses auf Erden? Glaubst du, es wird wert sein, darin zu leben? Pahh! Dafür zu kämpfen, daß es eines Tages Wirklichkeit wird, meinetwegen. Aber in diesem überdimensionalen Kloster der Güte zu leben, in dem ich keine andere Beschäftigung hätte als den lieben langen Tag darüber zu brüten, wie ich meine Freunde betrügen könnte ...«

»Du bist ein Schwein.«

»Jeder denkt über die anderen, was ihm paßt.«

Worüber reden sie? Warum streiten sie? Denkt Vicente. Sie glauben, daß alles so weiterläuft wie noch vor fünf oder sechs Monaten. Sie bemerken überhaupt nicht, was vor sich geht. Sie sitzen im Café. Sie wissen nicht, was Kugeln sind, was es heißt, wenn die Füße vom vielen Gehen wund sind. Fehlt nur noch Don Ramón. Wo würde er wohl zu dieser Stunde sein, Don Ramón del Valle Inclán? Dort drüben saß er gerne. Auf wessen Seite würde er stehen? Auf unserer oder auf ihrer? Auf unserer. Bestimmt. Sie wissen nicht, was ein Tornister wiegt, eine Maschinenpistole, ein Gewehr.

Er dreht sich nach rechts. Vielleicht kann er noch ein bißchen schlafen. Zu Asunción zurückkehren, nach Valencia. Die Leute rechts von ihm sind schon älter.

»Was bedeutet denn die breite Masse für all die berühmten Spanier, vom fünfzehnten Jahrhundert bis in unsere Tage haben sie nur verächtlich auf sie hinabgeschaut? Sind sie für das Volk? Das ist für sie überhaupt nicht der Rede wert, auch nicht der Handwerker, und schon gar nicht der Bauer. Nein, für sie zählt, wer lesen kann, wer ins Theater geht, wer spielt, wer in Versammlungen und Tertulias seine Meinung kundtut: das Publikum. Das, was heute noch das Publikum ist: die Studenten, die Kaufleute, die Beamten, die Angestellten, die Arbeiter in den großen Städten. Man kann und sollte das Volk nicht unterteilen in Minderheiten auf der einen und das Volk, die Masse, auf der anderen Seite, sondern beachten, daß es drei Klassen gibt: die Auserwählten, ihr Publikum und das Volk. Letzteres hat bis jetzt noch nicht den Mund aufgetan. Es ist zu nichts anderem imstande gewesen, als geboren zu werden und zu sterben, und sich zuweilen auf Zerstörung und Brandschatzung zu verlegen, weil bis in die jüngste Zeit niemand – hörst du? – aber auch gar niemand ihm etwas beigebracht hat. Für Leute wie Ortega sind die Handlungsgehilfen das Volk. Schluß und Punkt. Alles darüber hinaus ist Ballast und wird nicht beachtet. Wo treten im spanischen Theater oder im Roman schon Leute aus dem Volk – dem wahren Volk – auf? Du wirst mir sagen, daß das in der französischen oder italienischen Literatur genauso der Fall ist. Und ich werde dir sagen, daß du recht hast. Der *Vulgo* bei Lope de Vega, das sind die Männer und Frauen, die Theatervorstellungen besuchen. Gut, über Lope wäre noch manches zu sagen. Das Volk, also die Bauern, Bettler, Landstreicher, die Bettelarmen ... Wie klingt das in deinen Ohren, ›bettelarm‹? Die Armen, die man auswählte, damit ihnen ihre Majestäten anläßlich der großen Festlichkeiten deiner Religion die Füße wuschen, die eh schon sauber waren. Was soll das Volk in einem katholischen Land auch schon zählen? Aber es wird der Tag kommen, an dem das Volk, das wirkliche, das mißachtete Volk, das Volk, das nichts kann, weil niemand ihm etwas beigebracht hat, an dem eben dieses Volk der Ungerechtigkeit und der Willkür auf die Schliche kommt. Wie willst du von ihnen verlangen, daß sie achten, was zu achten sie niemand gelehrt hat? Was ist ein Greco für einen armen Teufel mehr als ein völlig überflüssiges Erzeugnis einer Welt, die ihn die ganze Zeit über als Abschaum behandelt hat? Er wird Brände legen, wird rauben, wird töten. Und er hat recht, sein gutes Recht. In deinen Augen nicht, versteht sich. Dich bringen diese ›Gewalttaten‹ auf, aber du kommst nicht auf den Gedanken, daß du selbst dafür verantwortlich bist.«

»So kommen wir nicht weiter.«

»Es ist die einzige Möglichkeit, weiterzukommen, Cuartero. Die einzige, alles andere sind Tropfen auf den heißen Stein. So leid es uns tut.«

»Man kann doch Schritt für Schritt daran arbeiten!«

»Ist das dein Ernst? Seit fünf Jahren leben wir in einer vermeintlich liberalen und sogar sozialistischen Republik. Und was hat man erreicht? Sieh dir die Banken an, die Häuser, die Universitäten. Hat sich etwas geändert? Ja, Kleinigkeiten, so wie du bei dir zu Hause etwas verändern kannst, indem du zum Beispiel das Sofa dorthin rückst, wo vorher das Klavier stand.«

»Die Welt wurde nicht an einem Tag erschaffen.«

»Ich weiß schon, deiner Auffassung nach in sechs Tagen. Aber wenn dein lieber Gott Sozialist gewesen wäre, hätte er bis heute noch nicht die Protozoen erfunden ...«

»Komm, lassen wir das. Ich werde im Museum erwartet.«

Die Leute links von ihm reden weiter:

»Ich verstehe nicht, warum du dich so darüber aufregst, daß Roces León Felipe gebeten hat, ein Arbeitergedicht zu schreiben. Warum? Sieh dich doch nur einmal um. Was haben denn die Maler getan? Wurden sie etwa nicht dafür bezahlt, so gut wie möglich und entsprechend der kirchlichen Propaganda die göttlichen Bewohner ihres Himmels darzustellen? Oder ihre Könige? Ist es schlimmer, heute eine Ode an Stalin zu schreiben, als damals für Velázquez, die Karls oder Philipps zu porträtieren? Stalin ist ein Mann mit sehr viel größeren Verdiensten. Warum also schlägst du die Hände über dem Kopf zusammen? Hast du einmal einen muselmanischen Dichter gelesen, oder die Zueignungen von Cervantes oder Lope? Die Kunst hat schon immer gedient, der herrschenden Ordnung oder wem auch immer. Da sie nie viel abgeworfen hat, ist sie billig zu haben. Erst seit kurzem können die Künstler, zumindest einige, von ihrer Arbeit leben, weil es unbekannte Wesen gibt, die ihre Werke kaufen.

Dem haben wir das *l'art pour l'art* zu verdanken. Solange die Maler Wände bemalen oder Kirchen ausschmücken mußten, war alles in Ordnung, aber seit die Bürger auf den Geschmack gekommen sind, ihre Häuser aufzuputzen, die viel zahlreicher sind als die Paläste, seitdem haben wir den Salat, mein Lieber. Der Maler war sein eigener Herr und konnte tun und lassen, was ihm gefiel ... Und wir übrigen mußten es ertragen. Was haben wir dabei gewonnen? Ist Sorolla besser als Velázquez? Picasso besser als Ribera? Wir alle arbeiten auf Bestellung und tun unser Bestes. Es spielt keine Rolle, ob man P. oder Z. beauftragt, ein Marienbild oder das Porträt der Frau des Paketboten in der Straße um die Ecke, Hausnummer 26, zu malen. Hauptsache er kann etwas. Du wirst mir jetzt mit der Aufrichtigkeit kommen. Da sähen wir schön blöd aus! Was macht man mit der Aufrichtigkeit, der Ehrlichkeit, der Tugend? Vieles, aber keine Kunst. Bei der Kunst kommt es darauf an, das, was man macht, gekonnt zu machen, die Sache selbst ist nicht so wichtig. Die tritt bei anderen Gelegenheiten auf den Plan.«

»Du willst mir doch nicht erzählen, daß für den Künstler nicht gilt, was für den Menschen gilt!«

»In der Tat wenig, mein Lieber, wenig. Unter ihnen hat es so manchen Scheißkerl, so manche Schwuchtel gegeben, vor denen wir ehrerbietig den Hut gezogen haben.«

»Du wirst doch nicht behaupten ...«

»Das Gegenteil? Das auch wieder nicht. Eine Bestätigung mehr für das, was ich sage.«

Vicente trinkt noch einen Kaffee und erwacht aus seiner Benommenheit. Durch das Gespräch über Malerei bekommt er Lust, Villegas zu besuchen. Er beschließt, ihn erst einmal anzurufen. Als er durch den großen Salon geht, entdeckt er Renau in der Gesellschaft eines Mexikaners, den er schon einmal bei General Lister gesehen hat. Er begrüßt sie, aber zu mehr reicht es nicht, ein anderer kommt dazwischen.

Oscar Lugones, der Mexikaner, war ein großer, dunkler Mann mit markanten Zügen und wirrem Haar; sehr selbstsicher. Er trug die Bürde eines vollendeten Werkes und den Glauben, er stehe für die einzig richtige Richtung. Wie ein Kämpfer gekleidet und an Herzlichkeit nicht zu übertreffen.

Der Neuankömmling war ein mürrischer Kerl mit äußerst lebhaften Augen und einem Schnauzer, der so klein war wie seine gesamte Gestalt. Als Lugones ihn erblickte, war er für einen Augenblick sprachlos.

»Du hier?«

Francisco Laparra stammte aus Honduras, und obwohl er ein gutes Stück jünger war als Lugones, hatte er mit ihm zusammen die glorreiche Zeit von Vasconcelos erlebt, damals um 1922, und der gleichen Gruppe von Wandmalern angehört. Später emigrierte er nach New York, wechselte Namen und Stil, da man in den Vereinigten Staaten von realistischer Malerei nicht leben konnte. Einige wenige hielten ihn für einen großen Maler. Daran, daß er es war, konnten seiner Ansicht nach nur seine persönlichen Feinde zweifeln – die waren Legion –, und die, die nie ein Werk von ihm gesehen hatten.

»Wie du siehst. Wie geht's, mein Guter?«

Lugones' Theorien waren allen Anwesenden bekannt, er verkündete sie seit etwa zwanzig Jahren. Er war Verfechter einer neorealistischen amerikanischen Kunst, die sich etwas darauf einbildete, Atl, Orozco, Siqueiros und Rivera zu ihren Stammvätern zu zählen. Eine höhere Kunst.

»Es ist doch so«, sagte Renau, »daß die neue mexikanische Malerei und die mexikanische Revolution zusammenfallen.«

»Sie ist ihr Ausdruck.«

»Nein. Die Französische, oder die Russische Revolution sind, von einem universellen Standpunkt aus betrachtet, wichtiger, aber keine hat eine vergleichbare Malerei hervorgebracht. Anders als ihr haben sie keine neuen Techniken gefunden, keine neue Sprache und auch keinen neuen, ungeahnten Raum.«

Lugones beachtete den Spanier nicht und fragte seinen Beinahe-Landsmann:

»Und du, was machst du?«

»Hier … Dasselbe wie du.«

In seiner Stimme lag keinerlei Herzlichkeit.

»Man muß die Malerei ins Volk tragen«, sagte Renau.

»Welche Malerei meinst du?«

»Die Malerei, die ihre Wahrheit herausschreit.«

Die Leute von den Nebentischen mischten sich ein, und es wurde laut.

»Ja, daß man meinen könnte, sie würde den Mund aufmachen und sprechen! Das ist Sache des Tonfilms!«, sagt Laparra.

»Der Journalismus und das Kino sind die zukünftigen Ausdrucksformen der Kunst.«

»Eine sterbliche Kunst.«

»Zeitgemäß.«

»Dann können wir ja Plakate malen und Schluß machen mit Gemälden und Wandmalereien.«

»Was tun wir hier eigentlich die ganze Zeit?«

»Das ist das Gebot der Stunde!«

»Das einzige, worauf es ankommt. Heute tarnen wir Lastwagen, morgen werden wir Wandfresken und Portraits malen: was gerade gebraucht wird. Verstehst du? Das und nichts anderes: was gerade gebraucht wird.«

»Was gerade gebraucht wird, und von wem?«

»Vom Volk.«

(Morgen, falls wir die Faschisten schlagen.)

»Das kannst du mir nicht weismachen.«

»Und wie ich dir das weismachen kann. Wenn Frieden herrscht, was malst du?«

»Was ich kann.«

»Keine Ausflüchte! Du hast gesagt, das, was gerade gebraucht wird. Das heißt, was von Nutzen ist. Welche Malerei gefällt deiner Ansicht nach dem Volk? Meine? Die proletarische Malerei von Lugones, von Orozco, von Rivera? Pahh, mein Lieber! Die kaufen doch bloß die Gringos, die Händler, um sie in die Salons und Galerien der Millionäre zu hängen! Außerdem kann sich deine Porträts nicht jeder leisten.«

»Ich habe Hunderte von Quadratmetern Wand für das Volk bemalt ...«

»Und für die nordamerikanischen Universitäten. Machen wir uns nichts vor. Dem Volk gefallen doch im Grunde die hübschen bunten Bilder: mit Grafen, die Gräfinnen die Hand küssen ... Im Wohnzimmer an der Wand ständig Bergarbeiter oder Tagelöhner zu sehen, mag allen möglichen Leuten gefallen, nur nicht den Bergarbeitern und Tagelöhnern. Ich bestreite nicht, daß es in Zukunft eine proletarische Malerei geben mag, aber ehrlich gesagt weiß ich nicht, wie sie aussehen soll. Sieh dir doch die Sowjets an: Du wirst doch nicht behaupten, daß ihre Malerei gut ist. Sie stecken in einer Sackgasse. Jetzt verlegen sie sich wieder auf Historienschinken, auf gut Glück und in der Hoffnung, daß die Arbeiter wissen, wo sie sie hinhängen sollen. Statt Iwan malen sie jetzt Stalin. Nicht besser und nicht schlechter. Aber ich sage dir, auch das bringt die Menschheit nicht vorwärts. Es ist nebensächlich, es beschäftigt nur die Maler.«

Lugones ließ Laparra ausreden.

»Darf ich jetzt auch mal was sagen?«

Niemand verwehrte es ihm, obwohl alle wußten, was er sagen würde.

»Die Malerei ist fest eingebunden in eine umfassende Bewegung, die sich im Einklang mit einem politischen Streben von universellem Charakter fortentwickelt. Wenn die

Malerei nicht auf allgemeinen Vorstellungen beruht, ist sie schlichtweg nichts.«

»Moment mal.«

»Was?«

»Hat die Malerei sich dem Geschmack der Käufer anzupassen?«

»Selbstverständlich.«

»Und wer hat dich dazu gebracht, auch nur für einen Augenblick zu glauben, das Volk hätte einen guten Geschmack? Das geht nun wirklich zu weit. Nicht, daß das Volk, wenn es einmal eine Erziehung genossen haben wird, unbedingt weniger von Kunst versteht als der Bourgeois, aber es besteht auch kein Anlaß zu glauben, sein Geschmack würde besser. Das Verhältnis wird immer gleich bleiben. Und die schlechten Theaterstücke werden auch weiterhin mehr Anklang finden als die guten. Und die Romane des Proletariers Pedro Mata werden auch weiterhin besser ankommen als die von ...«

»Als die von wem?«

»Völlig egal. Nimm Pérez de Ayala. Die meisten mögen es sentimental und melodramatisch, das war bei den Bourgeois so und ebenso bei den Aristokraten. Bleibt ein kleiner Kreis von Auserwählten.«

»Da haben wir's.«

»Ja, das stimmt doch. Aber nicht so, wie du meinst. Was ist die Kunst, die Literatur, für einen Kommunisten? Nein, antworte mir nicht. Ich werde für dich Lenin zitieren. Halt dich fest: › ... sie ist ein geringfügiges Teilchen, ein Rädchen, eine kleine Schraube im großen Getriebe der Partei, ein zugehöriger Teil der von der Partei organisierten, geplanten Arbeit.‹ Sag nicht nein, sonst sage ich dir, in welchem Band, und sogar, auf welcher Seite es steht. Siehst du, das finde ich richtig, absolut richtig, wenn du es wissen willst ...«

»Aber dann ...«

»Allerdings nur für einen Kommunisten; für einen Arbeiter, einen Ingenieur. Ein Schriftsteller, ein Maler oder ein Musiker kann sich damit natürlich nicht zufriedengeben, es sei denn, er wird zum Kommunisten. Und das bedeutet, daß er entscheidet, sein bisheriges Selbstverständnis dem Aufbau einer neuen Welt zu opfern. Alles andere ist Heuchelei, doppeltes Spiel: das, was du treibst.«

Lugones stand auf und sagte:

»Ich diskutiere nicht mit Trotzkisten.«

Er wandte sich zu Renau und verabredete sich mit ihm für später. Laparra – ausgemergelt, mit seinem Chaplinschnurrbärtchen – hatte nichts von einem Trotzkisten. Eher wirkte er wie ein Araber. Das ist nicht nur so dahergesagt, der Mittelamerikaner sah eher wie ein fatalistischer Teppichverkäufer aus. Er war alles andere als dumm.

»Trotzkist«, stammelte er, »das macht mich ...«

Renau, der ihn kannte, versuchte ihn zu besänftigen.

»Ihr Kommunisten«, blähte sich der kleine Mann, »wollt immer alles zugleich. Und das geht nicht. Für euch zählt nur das, was nützlich ist.« Wieder fing er an, in seiner aufdringlichen Art auf die anderen einzureden. »Egal, ob es gut oder schlecht ist. Natürlich ist es euch lieber, wenn es gut ist, aber darüber macht ihr euch keine Gedanken. Hauptsache, es ist nützlich. Und wenn es nicht nützlich ist, taugt es nichts. Der Kunst und dem Künstler ist es zuwider, mit allem anderen über einen Kamm geschoren zu werden. Zwischen einem schlechten Gedicht von Antonio Machado auf Stalin, um ein Beispiel zu nennen, und einem meisterhaften über eine Abenddämmerung, entscheidet ihr euch für das erste und druckt ein paar Millionen Stück davon. Das gleiche gilt für die Maler. Sie urteilen« – er sprach in der dritten Person, denn vor lauter Entrüstung fiel er in die Ausdrucksweise seiner Kindheit zurück – »einzig und allein nach politischen Gesichtspunkten. Und das Schlimme ist,

342

ich finde das sogar gut. Nur möchte ich nicht in ihrer Haut stecken.«

»Man müßte allmählich, aber das ist ein anderes Problem, die Sozialisierung der Kunst erreichen.«

»Erreichen? Nein, zu ihr zurückkehren. Oder glaubst du, die Pyramiden oder Kathedralen seien nicht das Ergebnis einer sozialisierten Kunst? Es ist gut möglich, daß wir auf eine derartige Epoche zusteuern. Aber nur vorübergehend. Denn wenn du an den Fortschritt glaubst, wirst du nicht daran zweifeln, daß nach dem Kommunismus etwas anderes kommen wird. Sieh mal, auch in primitiven Epochen gibt es Kunst – und das meine ich keineswegs abwertend –, in denen der Name des Kunstlers verschwindet, im Werk der Allgemeinheit aufgeht, und dann gibt es wieder Epochen individueller und natürlich weniger bedeutender Kunst, wie zum Beispiel die Zeitspanne von der Renaissance bis heute, die allem Anschein nach ihrem Ende zugeht. Die großen Kunstwerke – ähnlich wie die Meisterwerke der Technik – werden nicht den Namen ihres Urhebers tragen, sondern den der Regierung, unter der sie entstanden sind: die soundsovielte Dynastie oder die Regierung des dritten, vierten oder zehnten Generalsekretärs der Partei.«

»Was verkündest du da für Neuigkeiten? Waren die Altarbilder denn etwas anderes als Propagandakunst im Dienst der Heiligen Katholischen Kirche?«

»Wir dachten, wir hätten uns davon befreit – dank des Protestantismus –, aber nein. Die Kirche bekommt schon wieder Aufwind, und ihr mit ihr. Wie ärgerlich nur, daß sie euch überlegen ist. Niemand weiß, wie Paulus oder die elftausend Jungfrauen ausgesehen haben. Das ist ein großer Vorteil. Die Kirche verfügt über ein überlegenes Stimulans der Phantasie: das Jenseits. Glaub mir, die Malerei hat keine Zukunft, widme dich etwas anderem, der Dekoration, zum Beispiel dem Illustrieren. Kannst du damit nichts an-

343

fangen? Denk nicht, um die Literatur sei es besser bestellt. Den sozialistischen Realismus gibt es bereits: in der *Prawda*. Da hast du ein Beispiel für die kommende Literatur. Als Lyrik oder als Prosa. Der Dichter, der sie in Verse gießt, wird mehr Medaillen gewinnen als jeder andere. Glaub nicht, ich mache Spaß. Nein. Genau so ist es. Es ist alles schon einmal dagewesen. Was sonst sind die Chroniken des Mittelalters gewesen? Noch dazu auf lateinisch, zur größten Klarheit. Später tauchten die verschiedenen Sprachen auf, und die Autoren unter ihrem Namen.«

»Warum malst du dann so, wie du malst?«

Laparra sah Renau an, senkte die Stimme und antwortete ernst:

»Um zu leben.«

»Wir haben die Front in der Sierra durchbrochen! Wir haben den Paß am Alto-del-León eingenommen und ...«

Alle starren den Hinzugekommenen an, der sich vor Begeisterung nicht wieder einbekommt. Er ist noch ganz außer Atem. Zwei Journalisten stürzen ans Telefon. Von den meisten wird die Nachricht eher skeptisch aufgenommen. Unterdessen spricht Renau mit Vicente.

»Sag mal, du heißt doch Dalmases, nicht?«

»Ja.«

»Heute morgen haben welche nach dir gefragt.«

»Wer?«

»Ein paar Freunde von dir, vom Universitätstheater.«

»Sind sie hier?«

»Einige, nicht alle.«

»Und was wollen sie hier?«

»Theater spielen. Sie spinnen.«

»Wo sind sie jetzt?«

»Ich habe sie zur Alianza de Intelectuales geschickt.«

»Wer genau hat nach mir gefragt?«

»Ein Mädchen.«

»Weißt du, wie sie heißt?«

»Nein.«

Asunción. Vicente rennt zum Telefon. Er kehrt zurück.

»Hast du die Nummer der Alianza de Intelectuales?«

»Nicht hier. Aber wenn du mit mir ins Ministerium kommst, kann ich sie dir geben.«

»Hat keiner von euch die Nummer da?«

Laparra gibt sie ihm. Bei der Alianza de Intelectuales ist niemand zu erreichen. Die einen seien an der Front, die anderen in der Druckerei. Heute abend könne er sie im *Zarzuela*-Theater antreffen, wo sie *Numancia* von Cervantes einstudierten. Vicente verabschiedet sich. Er möchte allein sein.

»He, wo gehst du hin?«

»Mir die Zeit vertreiben, bis ich sie treffe.«

»Bleib doch noch ein bißchen.«

»Nein, vielen Dank. Bis später.«

Er geht hinein, um seinen Tornister zu holen, den er dort liegen gelassen hat. Die Gesellschaft am linken Tisch hat gewechselt. Er setzt sich, um seinen kalt gewordenen Kaffee auszutrinken. Asunción in Madrid. Ein paar Häuserblöcke weiter. Wo? Er bleibt still sitzen und spürt, wie aufgewühlt er ist. Das Café, der Lärm, die Faschisten vor den Toren der Stadt.

»Weißt du schon, daß sie ihn zum Botschafter ernannt haben?«

»Ich wußte es nicht, aber das war ja zu erwarten. Und er wird die Republik im Stich lassen, wie er alles aufgeben wird, getrieben von seinem Pessimismus, wie immer, weil es ihm an Glauben mangelt. Man kann nicht einfach sagen, ›ich glaube an dies‹ oder ›ich glaube das‹; Glaube muß von innen kommen, und wer nicht an sich selbst glaubt, glaubt an nichts. Mangelnder Glauben an sich selbst, und an Spanien. Er glaubt, der Islam hätte uns geschadet; wie blind und dumm, nicht zu sehen, daß dort der Ursprung unserer Größe liegt. Was für ein Glück, daß wir keine Lombarden oder Flamen gewesen sind. Genau genommen ist ihm nur an der Wirtschaft gelegen, weil ihm der Geist nichts gilt und nur das leibliche Wohlergehen für ihn zählt. Er kommt überhaupt nicht auf den Gedanken, in Betracht zu ziehen, daß wir unsere Mannhaftigkeit und Menschlichkeit dem dauernden Kampf gegen die Araber verdanken könnten. Zum Teufel mit diesem industriellen Unternehmergeist! ... Wenn es ihm zweckmäßig erscheint, vergißt er einfach mir nichts, dir nichts unsere geographische Lage, um am Islam kein gutes Haar zu lassen. Und sein Haß gegen den Klerus unserer Tage macht ihn blind gegenüber dem von gestern, der aus Spanien das einzige Land gemacht hat, das imstande war, in der Wüste Kirchen zu errichten. Ein Wunder, das noch darauf wartet, besungen zu werden, heute sind es nur noch von Vipern und Ameisen zerfressene Ruinen, und dennoch zauberhafte, unzerstörbare Monumente. Denn die französischen und englischen Koloniegründungen, alle aus merkantilen Interessen erwachsen, werden mit dem Indien oder Afrika von morgen nicht mehr viel zu tun haben: Diese Länder werden sich die Sprache der Eroberer ausreißen wie einen giftigen Stachel. Soll mal einer versuchen, den Amerikanern ihr Spanisch auszutreiben! Das vergißt dieser Dickwanst in seinem Eifer, mit dem er sich als Europäer und Ortega-Anhänger gebärdet, damit man ihn zu internationalen Kongressen und Banketten einlädt, von denen er klugscheißend und vollgefressen zurückkehrt. Botschafter! Botschafter wovon?«

»Wißt ihr was, Freunde? Ihr kotzt mich an. Ich gehe wieder an die Front. Wenn man da über jemanden herzieht, klingt das anders.«

»Spiel dich nicht so auf. Warte bis morgen, dann kannst du mit der Straßenbahn an die Front fahren.«

Das kam von einem kleinen und nervösen Mann. Jetzt brachen am rechten Tisch die Streitereien los, ohne daß diejenigen, die ein paar Tische weiter in ihre Auseinandersetzung vertieft waren, davon Notiz genommen hätten. Nur Vicente, der wieder von seiner Schläfrigkeit eingelullt wurde, folgte mal den einen, mal den anderen, je nach Lautstärke.

Sechs Männer, unrasiert, in Blaumännern und mit Gewehren, stritten besonders laut und schlugen mit den Fäusten auf den Tisch.

»Aber die Macht hat die Regierung!«

»Wer hat die Waffen?«

»Das Volk.«

»Dann laß doch den Unsinn. Die Macht hat das Volk, und solange die Regierung anordnet, was dem Volk richtig erscheint, wird es gehorchen und mitmachen, sonst nicht. Die Regierung muß tun, was das Volk will, und ihr bleibt gar nichts anderes übrig, als das, was das Volk tut, zu legalisieren.«

»Aber das heißt doch, die Anarchie gesetzlich abzusegnen!«

»Allein durch die Tatsache, daß die Regierung sie billigt, ist die Anarchie nicht mehr Anarchie.«

»Leeres Gerede!«

»Das streite ich gar nicht ab. Du lebst in Anarchie, ohne es zu wissen …«

»Und wie sollen wir aus dieser Zwickmühle rauskommen?«

»Das Volk selbst wird bestimmen, wie. Entweder über die Gewerkschaften oder über die Parteien. Dann wird, vielleicht, die Regierung ihre Macht zurückgewinnen.«

»Damit gibst du also den Aufständischen recht, die behaupten, die Regierung hätte ihre Autorität verspielt, zum Fenster hinausgeworfen!«

»Na und? Sie ist doch dadurch nicht verloren, sondern nur auf der Straße gelandet. Ist es nicht gut, daß sie von Zeit zu Zeit frische Luft schnappen geht? Merkst du das nicht? Siehst du's nicht an den Gesichtern der Leute?«

»Macht muß immer organisiert sein. Wie willst du ohne Macht regieren?«

»Wir wollen gar nicht regieren«

»Aber befehlen, was?« unterbrach einer verschmitzt. »Wie kommt es dann aber zu so viel ›Organisation‹ überall? Ihr könnt doch nicht einfach die Augen vor der Realität verschließen und euch gleichzeitig verzweifelt an sie klammern. Euer Antrieb ist allein der Haß ...«

»Hör mal, ich hab den Eindruck, du willst dich mit uns anlegen.«

»Scheint mir auch so.«

»Um Mensch zu sein, braucht man nicht lesen und schreiben zu können.«

»Darin sind wir uns einig.«

»Nur weil du besser diskutieren kannst, hast du noch lange nicht recht.«

»Das können wir ja diskutieren.«

»Nein.«

»Warum nicht?«

»Wenn wir diskutieren, hast du doch nur wieder die Oberhand, und das ist nicht gerecht.«

»Was willst du dann? Daß ich warte, bis du so viel gelesen haben wirst wie ich, und daß ich mich währenddessen bemühe, das wenige, was ich weiß, zu vergessen?«

»Du glaubst wohl, ich mache nur Witze. Aber so Belesene wie du können uns mal am Arsch lecken.«

»Sei nicht so primitiv«, sagte ein anderer, der zwischen ihnen vermitteln wollte.

»Ich bleibe, was ich bin. Und ich weiß, was die anderen wollen. Was ist dabei?«

»Es kommt nicht darauf an zu wissen, was die anderen wollen, sondern darauf, was du beitragen kannst.«

»Alles. Und dann werden wir schon weitersehen.«

»Eigentlich wollt ihr doch nichts anderes als eine Freiheit, wie die Tiere sie haben.«

»Vorsicht mit solchen Behauptungen«, warnte einer, der noch aufgebrachter war als die anderen.

»Der Mensch ist Mensch, weil er nicht nur mit den Fäusten argumentiert.«

»Deswegen sind die Fäuste noch lange nicht weniger wichtig.«

»Einverstanden, aber sie werden von Ideen gelenkt.«

»Vom Hunger etwa nicht?«

»Auch Hunger ist eine Idee.«

»Red' keinen Unsinn.«

»Ganze Generationen und ganze Völker haben gehungert und hungern immer noch, ohne daß ihnen das bewußt wäre. Zu Bewußtsein gelangt man immer erst durch Vergleiche.«

»Unglaublich, mit was ihr die Zeit verplempert!«

»Was ist in Cádiz los?«, fragt einer, der gerade hinzukommt.

»In Cádiz, keine Ahnung: Ich nehme an, sie schiffen dort weiter Italiener aus, aber hier geht es auch hoch her. Wo hast du gesteckt?«

»Ich war beim Exerzieren, von sechs bis neun. Laßt mich erst mal ausruhen, ich bin fix und fertig.«

Der Neuankömmling setzt sich, und das Gespräch geht weiter.

»In seinem Furor gründet der Spanier ganze Königreiche: Ob nun El Cid, Cortés, oder dieser Abtrünnige, der den Senegal für den König von Marokko erobert hat – es ist der Eroberergeist des Islam, oder der kastilische Geist der Reconquista, ein Sohn Allahs, der Spanien nach Amerika drängt. Hätten die Spanier in Amerika eine ähnlich überlebensfähige Zivilisation vorgefunden wie die römische, hätten wir kulturelle Zentren wie Córdoba und Granada entstehen sehen. Die Conquista ist kein Kind des Mittelalters, wie dieser Idiot von Sánchez Albornoz behauptet, sondern ein Kind Spaniens. Eines Landes ohne Bürgertum, ohne Handel und ohne Industrie. Warum das Gejammer? Fragt die Lateinamerikaner, ob sie die Yankees lieben oder beneiden … Das Mittelalter müßte eigentlich Spanisches Zeitalter heißen. Denn ohne Spanien sähe die Welt anders aus. Und nicht, weil Spanien die Araber aufgehalten hat, sondern weil es sie behalten hat. Alles, was zur modernen Welt gehört, gelangt über Spanien – über Muslime wie Christen – nach Europa.«

»Und Byzanz?«

»Ach was! Über welche Wege denn? Über den Balkan? Die gesamte Seefahrt ging über Spanien und nur über Spanien. Spanien ist vom 9. bis ins 12. Jahrhundert die Amme der Welt und nährt mit allem, was es selbst in sich aufgenommen hat, die Renaissance. Später drängt die islamische Expansionskraft – im spanischen Blut – Spanien nach Amerika. Ein nahtloser Übergang. Und die stückweise Reconquista der Amerikaner ähnelt bis zu einem gewissen Punkt der spanischen Rückeroberung: Kuba, ein neues Granada.«

»General Weyler alias Sultan Boabdil, oder was? Komm, hör auf damit!«

»Das kann uns doch alles scheißegal sein!« sagt ein junger Mann, der zu ihnen an den Tisch getreten ist:

»Sie stehen in Carabanchel!«

Und ein anderer, der gerade hereingekommen ist:

»Sie stehen in Retamares.«

Mit einemmal ist es still. Hundert Männer stehen auf und gehen.

»Bis morgen.«

»Bis später.«

Vicente geht mit ihnen hinaus.

6. November, abends

Unzählige Male ist Vicente die nächtlichen Straßen abge-
gangen, ohne einer Menschenseele zu begegnen. Unzählige
Male hat er nur ausgestorbene Straßen gesehen. Was ist?
Was führt diese kalte Nacht im Schilde, was hält sie bereit?
Die Schritte in der Ferne? Die Stimme von weit her? Das
Zuschlagen eines Eisentores? Seine eigenen Schritte? Nein.
Noch etwas. Noch etwas, von dem er nicht weiß, was es ist.
Angst? Ist es die Angst? Für einen Augenblick glaubt Vicen-
te, daß es die Angst sein könnte. Nein. Angst, richtig Angst
hatte er in den letzten Wochen gehabt: Er weiß, was Angst
ist. Und das, was diese traurige Madrider Nacht erfüllt, ist
keine Angst.

Als er das *Zarzuela*-Theater betrat, war er verblüfft.

Nach der Dunkelheit der Straßen und des Vorplatzes – irgendwo ein abgedunkelter bläulicher Lichtschein –, blenden
ihn die nackten Glühbirnen, trotz des Qualms; und auf einmal sind da gut dreihundert Menschen, die durcheinander-
reden und debattieren. Man hatte ihn hereinkommen sehen,
und ein junger Mann mit Armbinde stellt sich ihm in den
Weg und fragt:

»Woher kommst du?«

»Aus Valencia.«

»Wo arbeitest du?«

»Ich bin bei Líster.«

»Wo hast du vorher gearbeitet?«

»Im *Retablo*.«

»Wo ist das?«

»Das ist das Studententheater der Universität Valencia. Was probt ihr?«

Der junge Mann bricht in Gelächter aus.

»Wir? Proben? Goldig! Ein schönes Theater! Wenn du nicht Friseur bist, hast du hier nichts zu suchen. Die vom Theater sind, glaub ich, im *La Latina*. Wozu bist du gekommen?«

»Ich wollte die Probe zu *Numancia* sehen.«

»Warum hast du das nicht gleich gesagt! Dort drinnen, hier lang.«

Vicente bahnt sich mühsam seinen Weg durch die Menge, während der junge Mann zu einem anderen sagt:

»Hast du den Idioten gesehn? Von wegen was wir proben? Höhö! Ich sag's doch immer, wir sollten … proben!!«

»Das wär nicht schlecht, ich hab das Gefühl, wir stürzen uns hinein ins Geschehen, ohne zu wissen, wo vorn und hinten ist. Und ohne, daß uns jemand was vorsagt.«

»Wir lassen ja die Waffen sprechen. Nur ruhig Blut …«

»Glauben die denn, wir überlassen ihnen Madrid einfach so? Für was halten sie sich eigentlich?«

Jacinto Bonifaz zeigt einem Friseur aus der Calle de la Princesa, der um 1910 vom Wehrdienst freigestellt worden war, wie man ein Gewehr bedient.

»Guck: so öffnet man das Schloß.«

»Mal probieren.«

»Genau, ein bißchen fester. Siehst du, nochmal.«

»In Ordnung.«

»Und um zu zielen …«

»Das brauchst du mir nicht zu zeigen. Da kenn ich mich aus.«

Dann der nächste.

In allen Theatern Madrids.

Dann Fidel Alvarado, der es im Marokko-Krieg zu Höherem gebracht hatte, erster Geselle bei einem Friseur aus der Calle de Preciados, ein Mann mit blauen Augen und weißem Haar:

»Fähnrich? Na, na! Hauptmann!«

Mit ihren Gewehren fühlen sie sich unbesiegbar. Und diejenigen, die Angst haben, also fast alle, halten sich tapfer.

Aber es gibt keine Gewehre. Ganze fünf für dreihundert Mann. Sie geben sie von Hand zu Hand weiter.

»Nein verdammte Scheiße: nicht so!«

»Und die Patronen?«

»Das braucht dich jetzt nicht zu kümmern. Achte auf das Schloß.«

Das ist der Haken an der Sache.

Fast dreihundert ihres Gewerbes sind hier, unter ihnen Meister, Gesellen und Lehrlinge. Es fehlen ungefähr hundert. Einige sind in Kommissionen abdelegiert worden, andere sind für die Wache in der Casa del Pueblo eingeteilt, acht sitzen im Vorzimmer des Kriegsministeriums. Andere haben verschlafen, die restlichen trudeln nach und nach ein.

Alle Altersstufen sind vertreten: von fünfzehn bis achtundsechzig. So alt sind nämlich Narciso Pérez und Señor Ramón, der Innungspräsident.

Jacinto Bonifaz hat sich auf eine mit rotem Plüsch bezogene Bank gestellt und geht eine Liste durch. Aus einem Frisiersalon an der Puerta del Sol melden sich: Juan Pajares, aus Argamasilla, vierundzwanzig Jahre, ledig und gutaussehend, dunkler Typ, Pickel; Juan Miguel González, aus Madrid, sechsunddreißig Jahre, verheiratet, drei Kinder, leidet unter Sodbrennen und erträgt es, denn er verachtet Bikarbonat; Adrián Costa, aus Calaceite, runde aber schlecht gelebte fünfzig, zweimal verwitwet, zwei Söhne, von denen einer hier ist: Miguel, Geselle bei einem Friseur in der Calle de la Montera. Drei Jahre schon sprechen sie nicht mehr miteinander, wegen einer gewissen Manuela, aber jetzt zählt der Augenblick. Aus dem Frisiersalon von Peligros: Santiago Pérez, aus Guadalajara, so gut gelaunt wie immer; Fernando Sánchez, aus Logroño, mit seiner Erkältung, von der ihn niemand erlösen kann; Evaristo Alonso, aus Getafe, stumm, in Gedanken bei seiner Familie, die ihr Dorf nicht verlassen wollte, und Marcos Pérez, aus Escalona, mit dichtem Vollbart. Aus einem Salon in der Calle de Fuencarral, der Meister: Gabriel Prado, von der Unión de Cartagena, ganze sechzig, zieht seit einem Hornstoß ein Bein nach, widerspenstig und mürrisch, vor allem am Montagmorgen, denn sonntags fährt er immer nach Leganés, seine Tochter besuchen, die in einer Irrenanstalt sitzt. Seine Gesellen: Manuel Torres, aus Zaragoza, dessen jüngerer Bruder Opfer einer Erschießung wurde; Ignacio Ibáñez, aus Oliva, Gesicht wie ein Maure und Zahnstocher im Mund; Enrique Azuara, aus Madrid, und Jorge Carranza, aus Gergal, der sich um seine Angetraute sorgt und um den Bäcker aus der Hausnummer sechs. Aus einem Salon von der Plaza del Callao: Benjamín Ortega, aus Santa Olalla, der quietschvergnügt ist, weil es jetzt richtig losgeht; Luis Selva, aus Carcagente, mit seinem Furunkel, das ihm an seinem edlen Teil gewachsen ist und von dem er allen erzählt; José Balcells, aus Camprodón; Antonio Guzmán, aus Segovia, ziemlich verkorkst, sorgt sich um einen seiner Onkel, einen Pfarrer, den er in sein Haus aufgenommen hat. Aus einem Barbiersalon in der Calle Ancha: Francisco Reyes, aus Badajoz, flaumbärtig und ein guter Sänger, der sich vorwirft, seine Gitarre nicht mitgebracht zu haben; Ricardo Núñez, aus Cadalso de los Vidrios, einäugig, schlank, groß; Arturo Sainz, aus Albacete, flucht wegen seiner Frostbeulen, daß die Wände wackeln; Santiago Arellano, aus Alba de Tormes, immer verschlafen, wenn er nicht eh schläft; José Acevedo, aus Vicaira, der gerne Schauspieler wäre und über den Ort der Versammlung entzückt ist. Aus einem Salon in der Hortaleza: Félix Amador, aus Cádiz, dessen Frau mit Fieber zu Hause liegt; Joaquín Rodríguez, aus Utrera, und Faustino Romero, aus Madrid, Feinde: der eine Fan von *Real Madrid*, der andere von *Atlético*. Aus einem weiteren Salon in der Hortaleza: Juan und José Pérez, ein Herz und eine Seele, so daß sie lieber nicht heiraten möchten, aus Madrid; Enrique Salazar, aus Puebla de Sanabria, fett und ausgeglichen, mehrfacher Vater, Theosoph, Vegetarier und Kämpfer für den Weltfrieden, haßt die Kirche, weil sie Fegefeuer und Hölle erfunden hat. Sein Spitzname ist ›Limbo‹. Glücklich und zufrieden.

Habe ich auch das Gas abgestellt? Gregorio kennt keine andere Sorge. Seine Frau und seine Schwägerin sind ins Heimatdorf gefahren – in die Mancha –, und nun wohnt er allein mit seinem Bruder, einem Klempner aus Las Ventas. Sie kochen eigenhändig für sich. Als er die Tür hinter sich schloß: Habe ich das Gas angelassen? Er kann an nichts anderes denken. Aber er traut sich nicht, die Versammlung zu verlassen. Ihm fehlt es an Erfindungsgeist, sich eine akzeptable Ausrede einfallen zu lassen, und er schämt sich, die Wahrheit zuzugeben, unter anderem, weil er keinem der Genossen erzählt hat, daß seine Frau aus Madrid fortgegangen ist. Carlos Alcaraz, aus Albacete, der einsilbig auf die Fragen von Rafael Garcuño antwortete, seinem Arbeitskollegen in einem Frisiersalon am Ende der Gran Vía; bedrückt wegen des Gesundheitszustandes seines Sohnes Estanislao; er hatte nach dem Essen auf einmal Fieber bekommen, und der Arzt war noch nicht dagewesen. Sicher, Pascasia weiß, was sie zu tun hat, aber für alle Fälle ... Alvaro Beristáin, aus Vitoria, kann seine Lebensgefährtin nicht dazu bewegen, nach Hause zu gehen: Laurita Mora, eigensinnig und aus Maravillas. Wo ihr Mann ist, dort geht auch sie hin. Da hilft kein gutes Zureden, auch nicht ihre Schwangerschaft.

»Señor Luis, sagen Sie mal ... «

»Was hat dein Chef denn mit mir zu tun?«

Señor Luis Navarro, von der Plaza del Progreso, lacht, als er das hört:

»Ich habe dir doch gesagt, was dich erwartet, ein verheirateter Mann hat immer einen Klotz am Bein.«

»Was fällt Ihnen ein, eine Frau, die in der Fabrik ranklotzt, einen Klotz am Bein zu nennen?«

»Aber nein, meine Liebe, der Klotz ist doch er.«

»Das ist aber auch nicht ... «

Vicente Goyeneche, aus Bilbao; Sergio Vieira, aus Villafranca del Bierzo, beides Spaßvögel, finden überall einen Aufhänger für einen Witz, den sie dann auch bringen, um es den Madrilenen zu zeigen. Von einem Salon an der Glorieta de Quevedo: Antonio Iturbe, aus Bermeo: Quadratschädel, roter Bart, immer hungrig; Jesús Ruiz, aus Viana, mit hochschwangerer Frau, was ihn nicht allzusehr kümmert: es ist das sechste Mal; Alfonso González, aus Torrelaguna, todmüde: hat drei Tage lang kein Auge zugetan, ununterbrochen auf Achse. Alberto Garrido, aus Sueca. Aus einem Salon in der Calle del Prado: Néstor Ramírez, aus Alcalá de Guadaira: leidet unter Magenschmerzen; Luis Palma, Nicasio Ortega und Valentín García, alle drei aus Sevilla; alle drei traurig. Nicasio hat bei einer Erschießung seine ganze Familie verloren. Nicht besonders auskunftsfreudig, aber vorlaut, das schon. Aus dem Salon in Cuatro Calles sind alle gekommen: José Ortigosa, aus Astorga; Francisco Cantó, aus Liria; Alejandro und José Perea – blutsverwandte Cousins –, aus Vinaroz, exzellente Kartenspieler; Cayetano Olivares, Társilo Vergara und Juan Fernández, aus Madrid. Verstehen sich ausgezeichnet wegen ihrer gemeinsamen Leidenschaften: Zocken, Poussieren, Zechen. Aus zwei Salons in der Calle de Fuencarral: Epifanio Salcedo und Valeriano Martínez, aus Chamberí, junge Männer mit Eroberungsdrang und in ständiger Konkurrenz; Enrique Ruiz, aus Pamplona, ausgeprägtes Doppelkinn und redselig; José Jaramillo; Felipe López, aus Piedrabuena in der Provinz Ciudad Real, bösen Zungen zufolge mit zwei Schwestern verheiratet und glücklich; Federico Romero, Vater von Faustino, der in der Calle de Hortaleza arbeitet. Aus der Calle Mayor: Fernando Escudero, so kleinwüchsig, daß er sich zum Rasieren manchmal auf die Zehenspitzen stellen muß; Tomás Gálvez, ebenfalls aus Madrid, Albino, worüber er gar nicht glücklich ist. Aus einem Salon in der Gran Vía: Luis González, geschniegelt, aus Llerena; José González, Briefmarkensammler, aus Torre Don Jimeno; Eduardo Montero, aus Morón de la Frontera, sehr naturverbunden; Luis Durán, aus Barcelona, in die Oper und zweitrangige Sopranistinnen vernarrt; Rafael Valero, der eine Abendschule besucht und davon träumt, Buchhalter zu werden, aus Vélez Rubio. Aus einem Salon in der Calle de Atocha ist Don Agustín López anwesend, mit weißem Haar und stattlichem Schnurrbart, des weiteren seine Gesellen, vollzählig: Antonio Guzmán, aus Cambroneras, versucht sich ohne Glück im Stierkampf; Prudencio Gómez, aus Injurias, halbrechter Läufer auf der Ersatzbank der Mannschaft seines Stadtteils; Balbino Méndez, aus Chamberí, Schriftführer in der Gewerkschaft; Ramiro Hinojosa, aus Vistillas, gutaussehender Föderalist; Javier García, hinkend und boshaft, aus Cuatro Caminos. Mit ihnen, Carlos de la Peña, aus Lavapiés, der mit dem ehrwürdigen Beruf des Barbiers nichts zu tun hatte, aber dem Betrieb so sehr verbunden war, daß dem nichts anderes übrigblieb, als ihn mitzunehmen. Aus der Calle del Arenal sind anwesend: Carlos Castillo, aus Belmonte, mit wild gelocktem Haar; Luis Carmona, aus Consuegra, zieht den Menschen die Kanarienvögel vor;

Sabastián Carrasco, aus Segovia, der es nicht weit bringen wird: Er schert mehr als daß er schneidet. Juan José Santander, aus Madrid; Euardo Zapater, aus Valencia; Epifanio Ruiz, aus Ávila, die alle wissen, worauf sie sich einlassen: Sie waren von '34 bis '36 im Gefängnis. Juan Durán, aus Lérida, mit einem Akzent, den er auch nach zwanzig Jahren Madrid nicht abgelegt hat, arbeitet bei einem Friseur an der Puerta del Sol. Aus einem anderen Salon dort melden sich: José Fernández, aus Santander, mager, ein alter Lüstling mit gefärbtem Haar; Ramón Guillén, glücklich, für einige Nächte seine Schwiegermutter nicht ertragen zu müssen, aus Burgos; Salvador Gómez, aus Navalmoral de la Mata, und Eusebio Mora, von der Plaza de la Cebada, geschniegelt und fesch. Aus einem Barbiersalon in Mesón de Paredes: Rafael Ortega – kein unbedeutender Name – und Joaquín Soler, beide aus Mequinenza, gute Jota-Sänger, außerdem verschwägert. Aus einem anderen Salon in Cava Baja: Evaristo Pereda, in der selben Straße zwei Türen weiter geboren, lässig wie kein zweiter, mit seinem Vater, der sich dazu verleiten ließ, ihn zu begleiten, Totengräber vom Ostfriedhof. Sie sind mit ihrem Lehrling gekommen, Gabriel Herrera, aus der Calle de la Fuente del Berro, mit handtellergroßen Ohren und ebensolchem Mund. Von einem neu eröffneten Salon in der Calle del Barquillo meldet sich der Meister, Justo Ruiz, aus Burgo de Osma, der seine ganzen Ersparnisse in sein Geschäft steckte, und dazu das Erbe eines Onkel, eines Rentiers aus Logroño; ebenfalls anwesend sind seine Angestellten: José Ibarra, aus Mallorca, und Fernando Rueda, aus Iznájar. Don Fabián Lapena, berühmt für seine Toupets, aus der Calle del Príncipe, mit seinen beiden Söhnen Julián und Jesús. Don Carlos Díaz, Fabrikant von Haarnetzen, Pechvogel in der Liebe und Glückspilz im Spiel; der Lotterie hat er es zu verdanken, daß er sein eigener Herr werden konnte, dennoch ist er weiter bei der UGT. José Tardienta, bekannt für seine Haarbänder und Fixiermittel, mit seinem Lehrjungen, Guillermo Gómez, aus Cangas de Tineo, halb taub, aber mit donnernder Stimme. Víctor Marco, spezialisiert auf Lockenwickler, der gut lebt in der Calle de la Prosperidad. Marcelo Salazar und Raúl Lezama, Damenfriseure in einem eleganten Salon in der Calle del Carmen; ihre Anwesenheit erregt gewisses Aufsehen, weil man sie nicht gerade für Musterexemplare an Mannhaftigkeit hält, aber augenscheinlich dämpft das nicht ihren Mut. Ernesto Argumedo, aus Mieres, und sein Landsmann Wenceslao González; Rogelio Pérez, aus Alcantarilla, mit einem Riesenzinken, an dem abzulesen ist, was er am liebsten tut und wovon er nicht lassen kann, zum Leidwesen seiner Frau, die ihn nicht aus den Augen läßt, noch nicht einmal jetzt: Ihr Name Paloma, Täubchen, ist der offenkundige Beweis, daß der Name nichts zu sagen hat; mit der sicheren Urteilskraft, die Rogelio zu eigen ist, ruft er sie mit dem zärtlichen Beinamen ›Doña Urraca‹, Frau Krähe. Felipe Garcés, aus Navalmoral de la Mata, macht mit Tomás Córdoba und Gustavo Ortiz, beide aus Palencia – Gustavo stammt sogar aus Venta de Baños – die Gegend um die Calle Pacífico unsicher. Dort drüben Felipe García und Mauricio Sigüenza, die in der Calle de Serrano elegante Kunden rasieren. Fernando Villatoro, ein schwindsüchtiger Witwer aus Madrid, der still in einem Loch in der Ribera de Curtidores dahinsiecht und seine ungezählten leeren Stunden damit verbringt, Bakunin und Max Nordau zu lesen. Agustín Carnicero, aus Liérganes, ein guter Jäger mit wenig Zeit zur Jagd. Carlos López, Carlos Noriega, beide aus Alcalá de Henares, arbeiten für einen Frisiersalon in der Calle de Preciados, bei Don Narciso Campos, dem Vegetarier und Theosoph, dem Erfinder einer neuen Methode zum Haaretrocknen. Jaime Valencia, aus Ciudad Rodrigo; Francisco Alpuente und Abilio Cucho, beide aus Madrid, schwingen in einem preiswerten Laden beim Rastro die Rasierpinsel; Alpuente hat einen Hang zur Quacksalberei, und noch immer hält er Blutegel im Hinterraum des Ladens, der ihm auch als Stube dient. Don Ramón López, mit seiner schlaffen, gut gescheitelten graumelierten Perücke, aus Valladolid, Vorsitzender der Versammlung, mit seinem Neffen, den er aus Rache kahlgeschoren hat. Carlos Prados, aus Málaga, der König des Toupets. Don Juan Sóstenes, kahlköpfig und stolz, schon mit zwanzig eine Glatze bekommen zu haben, mit seinem Bruder José und seinem Neffen Vicente, alle drei gebürtig aus der Ortschaft Egea de los Caballeros, an die sie sich zwar nicht erinnern, der sie sich aber sehr verbunden fühlen. Álvaro Fernández, niedrige Stirn, aus Torrelavega, der nur für seine hinfällige Mutter lebt, und für seine Briefmarkensammlung; Ignacio Ulloa, aus Alsasua, sowie José Peláez, aus Torrejón de Ardoz, die einem Salon in der Calle de Arlabán ihre hervorragenden Dienste leisten. Enrique Casahonda, aus Madrid; Federico Lacarra; Manuel Hoyos, Vorzeigeangestellter in einem eleganten Frisiersalon in der Avenida del Conde de Peñalver, mit der Maniküre des Etablissements Händchen haltend; sie heißt Carmen Beltrán, ist zwanzig Jahre alt, aus der Arganzuela, vielleicht nicht ganz so schön wie sie selbst glaubt, aber hübsch anzusehen und allzeit zu allem bereit. Gregorio Galindo, Hersteller einer Haarkur, die er selbst erfunden hat und der niemand trauen mag, trotz der vielen Jahre, die er sie bereits zu verwenden behauptet; Friseur mit Hingabe, aus der Inclusa. Genauso wie Tomás Expósito, der, zusammen mit Hipólito Méndez, in Cuatro Caminos sein Barbierhandwerk ausübt, beide eingefleischte Radfahrer, die sogar einmal an der Katalonienrundfahrt teilgenommen haben. Aus einem Salon in der Calle de Carretas: Arturo Guerrico, aus dem Norden, zugeknöpft, teilt sich seine Arbeit mit Rafael Agulló, heimlicher Sonntagsmaler, aus Reus, und Luis Henríquez, aus Colmenar Viejo.

Die Friseure aus einem Salon an der Ronda de Toledo: Luis
Núñez, Ramón Cordero, Santiago Soria, Carlos Millán, Vicente Santos, Eusebio Álvarez, Alfonso Mayo, Julio Blanco
– führt gerne das große Wort –, Carlos Portillo, Manuel
Pozo, Gabriel García, Alfredo Olid, Jacinto Rosales. Die
aus der Calle de Segovia, die aus der Ribera de Curtidores,
die aus der Calle de San Francisco, die aus der Calle de las
Vistillas, Calle de Embajadores, Calle del Ave María, die, die
Hausbesuche machen: Jacinto Botella, José Vega – verdient
sich abends als Geiger ein Zubrot –, Alberto Viento, Her-
mógenes Zurbano, Blas Jordán, Carlos Castro, Doroteo
Cortés, Fermín Lagasca, Manuel Martínez, Silvio Vizcaíno
– Stotterer –, Señor Simón Varela, Práxedes Ferrer, Balbino
Pérez, Máximo García, Quintín Saavedra – Amateurboxer
und Meister im Fliegengewicht im Jahr 1900 –, Señor Sabi-
no Torres, José Castillo, Mariano Asín – der Französisch
spricht –, Vicente Tortosa, José Fuentes mit Bruder Antonio,
José de la Casa, Trifón Expósito, Eusebio Rojas, Ramón Fru-
tos, Epifanio Jiménez, Matías Haro, Señor Francisco Teruel
– nebenbei Antiquar und Autor von Zarzuelas –, Eulogio
Salcedo, Servando García – Matrose, durch eine Jugendlie-
be zum Friseurhandwerk gekommen –, Ismael Bustamante,
Casto Revilla, Prudencio de la Mora, Sabino Rodríguez,
Valeriano Monzón, Gil López, Casimiro Paniagua, Bernabé
Escohotado – als Redner nicht sehr beliebt –, Elías Pérez,
Crisanto Ramírez, Ubaldo Aguilera. Sie alle wollen bleiben,
fast alle aus Madrid, aus den Armeleutevierteln, die sie –
Weltverächter, die sie mit Ausnahme Servandos alle sind –
nicht verlassen wollen. In einer Gruppe zusammen stehen
zwölf Damenfriseure, die mit Salazar und Lezama, den Da-
menfriseuren aus der Calle del Carmen, kein Wort wechseln;
sechs von ihnen Katalanen, und zwar: zwei aus Sitges, drei
aus Barcelona – einer aus Call, der andere aus Poble Sec,
der dritte aus Gracia –, und der sechste schließlich aus Tor-

tosa: Ignacio Carbonell, Luis Mataró, Agustín Sanz, José Estelrich, Francisco Monsell und José María Cortich. Die übrigen, Arturo Burgos, Epifanio Ordóñez, Blas Méndez, Rafael García, Delfín Torregrosa und Gustavo Gómez, stammen aus Minglanilla, Toledo, Almodóvar del Campo, die restlichen aus Madrid. Im hintersten Winkel stehen die Lehrlinge beisammen und ein paar halbwüchsige Schuhputzer, in der Mehrzahl aus der Hauptstadt: Manuel Orellana, Emilio Pidal, Marcelino Picavea, Valeriano Posada, Hilario de la Fuente, José María Real, Saturnino Barajas, Antonio Rosado, Társilo Arenal, José Junco, Abilio Barrios, Vicente Marina, Antonio Aleixandre. Einige unter ihnen wären am liebsten Toreros, andere Fußballer, einer Ingenieur, ein anderer Anwalt. Pidal und Picavea sind aus San Sebastían; sie arbeiten bei einem Landsmann von ihnen, Don Cayetano Goyeneche, überzeugter Monarchist, zumal er der Friseur des Infanten Don Alfonso gewesen war; war bei den ersten Anzeichen des politischen Wechsels verschwunden. Seinen Salon in der Calle de Sevilla übernahm die Gewerkschaft; die vier dort arbeitenden Meister sind Sebastián López, Juan García, Evaristo Doble und José Cantavieja; aus Lorca, Valencia, Madrid und der Puebla de Valverde, in dieser Reihenfolge. Zwei aus dem Casino de Madrid, die aus Bellas Artes, drei aus dem Alcázar. Pedro Hermosilla, der in der Calle de la Montera arbeitet, sucht seinen Brötchengeber, Don Teodoro Lafuente, und geht damit allen auf den Senkel.

Fünf von denen, die im Kriegsministerium gewesen sind, kommen hinzu: Narciso Velázquez, Ángel Povedaño, Amado Castro, Enrique Olivera und Guillermo Lacalle; die drei ersten sind Madrilenen, von den übrigen stammen zwei aus der Provinz Valencia – der eine aus Alcoy, der andere aus Castellón. Mit ernstem Gesicht bahnen sie sich den Weg durch die Umstehenden und treten an Jacinto Bonifaz heran. In die Stille hinein, die sich mit ihrem Eintreten auf einmal breitgemacht hat, wechseln sie ein paar Worte. Señor Jacinto zwirbelt seinen Schnurrbart, steigt wieder auf die Bank und spricht zu der Menge:

»Genossen: die Stunde ist gekommen. Diese faschistische Kanaille steht vor den Toren Madrids (mitgerissen von seinen eigenen Gefühlen vergißt er ganz, alles mit »z« auszusprechen, und sagt »Madrid«). General … (er hält inne, beugt sich hinunter, fragt Ángel Povedano etwas und fährt fort) General Miaja, der die Verteidigung Madrids übernommen hat, erwartet, daß unsere Gewerkschaft ihre Mission erfüllt, genau wie die anderen, die sich zu dieser Stunde, wie ihr wißt, an verschiedenen Orten der Stadt versammeln. Die Losung heißt schlicht und einfach: nicht zurückweichen. Wohin man uns schickt, dort bleiben wir: tot oder lebendig.«

Epifanio Salcedo erhebt die Stimme:

»Mit was sollen wir losziehen? Mit unseren Rasiermessern?«

»Das wäre gar nicht so schlecht«, erwidert José Cantavieja.

»Halt die Fresse!«

»Wir haben für drei Mann je ein Gewehr«, spricht Jacinto Bonifaz weiter. »Das genügt. Auf alle Fälle werden immer hundertfünfzig von uns parat sein und dafür sorgen, daß sie nicht durchkommen. Und sie werden nicht durchkommen, no pasarán! Und wenn sie doch durchkommen, wird es keinem von uns mehr etwas ausmachen. Falls einer es sich anders überlegt, soll er's jetzt sagen. Bildet jetzt zu zehnt immer eine Gruppe, nach Belieben, und ernennt jeweils einen zum Anführer, und zwar einen, von dem ihr meint, daß er starke Nerven hat; und dann einen, der ihn, wenn er fällt, ersetzen soll. Und für den wieder einen, und so weiter.«

»Wie viele Patronen werden wir bekommen?«

Cantavieja antwortet:

»Einhundertfünfzig pro Waffe. Jeder nimmt davon fünfzig, für alle Fälle.«

»Wohin gehen wir?« fragt Marcos Pérez, der an seine
Frau denkt.

»Das werden sie uns schon noch sagen.«

»Aber wohin?«

»Das siehst du noch früh genug, nerv nicht.«

»Jetzt gleich?«

»Blöde Frage.«

»Ich bin müde«, sagt Evaristo Pereda zu seinem Vater.

»Wozu willst du schlafen? Heute nacht schläft niemand.
Wenn sie uns morgen umbringen, lohnt es sich gar nicht
mehr. Jede Minute, die du wach bist, ist eine gewonnene
Minute.«

»Da hast du auch wieder recht.«

»Hat noch jemand eine Frage?« erkundigt sich Bonifaz,
bevor er von der Bank heruntersteigt.

Niemand achtet auf ihn, denn sie sind bereits dabei, ihre
Gruppen zu bilden.

»So, dann tretet jetzt bitte in Dreierreihen an. Gleich werden die Mauser gebracht.«

Ungefähr ein Drittel von ihnen hat noch nie eine Waffe in
der Hand gehabt.

»Bis fünf Uhr habt ihr Zeit genug zum Üben.«

»Sag mal, wen sagst du, haben sie zum Verteidiger von
Madrid ernannt?«

»General Miaja.«

»Und wer ist das?«

Sie begegneten sich wie aus heiterem Himmel, an der Saal-
tür zum Parkett. Asunción kam gerade heraus, da lief Vicente ihr in die Arme.

Sie brachten kein Wort über ihre Lippen, nicht einmal
ihre Namen, blickten sich nur sprachlos an, überwältigt, im

letzten Augenblick, mit letzter Kraft ans Ziel gekommen zu sein. Dann nahmen sie sich bei der Hand und setzten sich im Parkett in die letzte Reihe.

> »Sagt, was wollt ihr tun, ihr Männer?
> Wie, besteht ihr immer noch
> auf dem schrecklichen Entschluß,
> zu entflieh'n, uns zu verlassen?
> Wollt ihr wohl dem röm'schen Stolze,
> zur Vollendung uns'rer Schmach,
> und zu eurem eignen Spott,
> die Numantinschen Jungfrau'n lassen?
> Wollt ihr uns're freien Söhne
> lassen in dem Sklavenjoch?
> Wär's nicht besser, wenn ihr sie
> mit der eig'nen Hand erwürgtet?«

›Mit der eig'nen Hand‹, Asuncións Hand in der seinen, seine Hand in der ihren. Beide sehen auf die nackte Bühne. Mit angstvollem Herzen. Der Schmerz, ihm die Wahrheit sagen zu müssen, schnürt ihr die Kehle zu. Und Vicente versagt die Stimme, weil er an das Blut denken muß, an den Tod, der sie überall umringt, an die Flucht, den Rückzug. Wie soll er sich rechtfertigen, bei all den Niederlagen? Denn jetzt ist er, Vicente Dalmases, der Verantwortliche.

Dann sprechen sie ihre Namen aus und sehen sich in die Augen, entwaffnet. Voller Tränen die ihren, seine trocken vor Schmerz und Verlangen.

»Wußtest du, daß ich hier bin?«

»Renau hat es mir gesagt.«

»Wir sind vorgestern angekommen.«

»Wann fahrt ihr wieder?«

»Gar nicht, wir bleiben. Sollen andere für uns einspringen, es sind genug Leute da.«

»Aber du ... «

»Carmela Guzmán kann meine Rollen übernehmen. Ich bleibe in Madrid.«

»Aber ... «

Vicente sieht ihr fest und verzweifelt in die Augen:

»Sie werden einmarschieren.«

»Und das sagst du?«

»Ja, du hast ja keine Ahnung, wieviel besser ihr Material ist.«

»Von wegen, sie werden einmarschieren.«

»Was weißt du schon!«

»Alle haben es uns gesagt. Wir haben uns alle freiwillig gemeldet, bei der Kommunistischen Jugend. Sie haben uns für morgen früh um fünf bestellt. Es sind schon alle dort und warten.«

»Und was hat man euch gegeben? Gewehre?«

»Schaufeln und Spitzhacken.«

»Wozu?«

»Um Schützengräben auszuheben.«

Vicente lächelte mitleidig. Sein eigener Pessimismus verursachte ihm Brechreiz. Der schlechte Geschmack, den dieser Tag des endlosen Wartens in ihm hinterlassen hat.

»Schützengräben von einem halben Meter Tiefe! Damit sie in ihren Flugzeugen genau wissen, wohin sie zielen müssen ... Oder diese Barrikaden aus Pflastersteinen, die sie überall errichten: damit es beim ersten Kanonenschuß durch die Splitter mehr Verluste gibt als durch zehn 7,5 cm-Geschütze zusammmen ... «

Asunción sieht ihn verwundert an:

»Das heißt also, du siehst keine Rettung?«

»Ich will nur, daß du schleunigst nach Valencia zurückkehrst.«

Das also war das Gespräch, das sie so herbeigesehnt hatten!

»Du siehst sehr schlecht aus«, sagte Asunción und versuchte, das Gespräch in eine andere Richtung zu lenken.

»Was willst du? Hier hat man andere Sorgen, als immer ordentlich rasiert zu sein!«

In allem, was er sagte, lag Bitterkeit.

»Weißt du, wer sich da draußen im Foyer versammelt hat? Vierhundert Friseure, die gegen Varela kämpfen wollen! Wir werden ja sehen, wer hier wem den Kopf waschen wird, wenn die afrikanischen Einheiten vor ihnen stehen. Die werden ihnen schon zeigen, was ein sauberer Schnitt ist, aber unter'm Kinn. Denen wird noch Hören und Sehen vergehen. Heute morgen war ich im Kriegsministerium, um eine Nachricht zu überbringen. Niemand war da. Hörst du? Kein Schwein. Während ihr nach Madrid gekommen seid, hat sich die Regierung dünnegemacht. Soll ich dir meine Füße zeigen? An ihnen klebt der Staub von halb Spanien: Von Talavera bis hier.«

Vicente stützt sich mit den Armen auf die Sitzlehne vor ihm und legt seinen Kopf darauf. Er kann sich nicht länger zusammennehmen, und zum ersten Mal in seinem Leben weint er, voller Verzweiflung. Die ganze Angst, die ganze Wut, die ganze Ungerechtigkeit der Welt stürzt auf ihn ein, erdrückt ihn, erschlägt ihn, bricht ihn auseinander. Die Gegenwart der Frau, die er so sehr herbeisehnte, hat ihm den Rest gegeben.

Asunción war auf alles gefaßt gewesen, nur darauf nicht. Wie konnte sie ihm helfen? Sie fühlte körperlich, wie sich der Schmerz dieses Mannes, der völlig aufgelöst neben ihr saß, in ihr Herz bohrte: bittere Tränen, die nun auch ihr aus den Augen traten, als ihr bewußt wurde, wie elend Vicente zumute war. Der Schmerz überwältigte sie, und die Tränen rannen über ihre Wangen, während sie sich – zum ersten Mal – traute, mit der Hand durch das zerzauste Haar des Geliebten zu fahren. Sie flüsterte seinen Namen:

»Vicente! Vicente, ach komm schon!«

Der Schmerz überkam ihn so heftig, daß sie, so sehr sie auch überrascht war, davon mitgerissen wurde.

Langsam hob Vicente den Kopf und sah sie an, durch den Schleier seiner bitteren Tränen, wie er sie nie in seinen Träumen gesehen hatte, neben sich, ganz und gar, lebendig, heiß geliebt, und er umarmte sie und küßte sie, stürmisch, bedeckte ihr ganzes Gesicht mit Küssen, und seine Tränen mischten sich mit ihren. Und der herbe Geschmack ihrer Lippen fühlte sich für ihn an wie etwas von jenseits dieser Welt, und darum wußte er im selben Augenblick, er würde sich, wieviel Zeit auch vergehen mochte, noch im Tod, für immer und ewig daran erinnern, mehr als an alles andere auf der Welt.

Asunción ließ sich von ihm küssen, traute sich aber nicht, seine Küsse zu erwidern. Sie schaute auf die Bühne: Von oben herab hing eine einzelne Lampe, in deren nacktem Licht alles unwirklich und gespenstisch aussah. Das Bühnenbild, tot, mit den Stieren Guisandos auf der rechten Seite, und dem Zelt des Scipio auf der linken. Numancia aus Pappe und Stoff. Dazwischen die Schauspieler verstreut, die sich, so gut sie konnten, gegen die Kälte wehrten.

> »Erhabener Himmel, weit gespannt,
>   der du mit günstigem Einfluß immer waltest
>   ob meinem Land in seinen meisten Teilen,
>   und es erhebst über so manch anderes Land,
>   laß meinen Schmerz zum Mitleid dich bewegen,
>   und weil du den Betrübten gern erhörst,
>   so hör auch mich in meiner großen Not,
>   denn Spanien bin ich, glücklos und ohne Segen.
>   Ist es wirklich möglich? Muß ich auf immer
>   die Sklavin sein von fremden Völkern,
>   und soll ich auch auf kurze Zeit nicht sehen,
>   in Freiheit wehen meine Fahnen nimmer?«

María Teresa León unterbrach:

»Nein, Gloria, nein und nochmals nein. Mehr Ergriffen-
heit! Du mußt stärker betonen:

>denn Spanien bin ich, glücklos und ohne Segen.‹

Leg die Betonung mehr auf ›glücklos‹ und ›ohne Segen‹ ... «
Die Schauspielerin nickte und wiederholte:

»denn Spanien bin ich, glücklos und ohne Segen.«

Als sie das Theater verließen, beschlossen sie, zuerst zur Alianza de Intelectuales zu gehen. Alle sieben hakten sich unter,
und während sie ausgelassen durch die Nacht streiften, sangen sie auf der Calle de Jovellanos und der Carrera de San
Jerónimo *Die junge Garde*:

»Wir sind die junge Garde,
die Schmiede einer neuen Zeit;
das Elend ist unser Barde,
es geht um Sieg oder Tod ... «

Als sie in den Paseo del Prado einbogen, winkte Peñafiel in
freundschaftlichem Gruß zu dem Denkmal auf der Plaza de
la Lealtad hinüber.

»Salud, Genossen!«
Sie stimmten die *Internationale* an:

»Wacht auf, Verdammte dieser Erde,
die stets man noch zum Hungern zwingt!
Das Recht, wie Glut im Kraterherde,
nun mit Macht zum Durchbruch dringt!«

Auf der Plaza de la Cibeles und dem Paseo de Recoletos sangen sie im Chor die *Marseillaise:*

>»Allons, enfants de la Patrie,
>le jour de gloire est arrivé.
>Contre nous de la tyrannie
>l'étandard sanglant est levé ... «

Für Vicente sieht die Welt wieder anders aus, ist von innen nach außen gestülpt, ist auf den Kopf gestellt. Er sieht sein Leben, wie es gerade noch gewesen war, wie er selbst noch vor kaum zwei Stunden gewesen war, und es erscheint ihm wie etwas weit Entferntes, das nichts oder kaum etwas mit ihm zu tun hat. Sein Traum im Café *Henar* kommt ihm wie der Traum eines Traums vor, wie etwas Unwirkliches und für immer Vergangenes. Das war nicht er, das war ein anderer. Jetzt, wieder inmitten seiner Freunde, spürt er, daß seine Einsamkeit Lüge war, Betrug, eine Falle, aus der er sich mühelos befreit hatte, einfach, indem er aufgewacht war. Er ist ausgeruht, frisch, vor Kraft strotzend, und voller Tatendrang singt er aus vollem Hals, glücklich zwischen Asunción und José Jover. Und er schmettert, so laut er kann, und am liebsten würde er losrennen und tanzen. Wir müssen kämpfen! Wir müssen schießen! Die anderen werden nicht durchkommen! No pasarán! Sie sind im Recht, sie sind die Kraft. Niemand kann es mit ihnen aufnehmen. Niemand! Und in der Dunkelheit sucht er Asuncións Blick, damit sie ihn in seiner Siegesgewißheit bestärkt. Aber das Mädchen schaut geradeaus. Vicente drückt zärtlich ihren Unterarm. Und sie dreht sich zu ihm hin und lächelt ihn an.

Der hinkende Julián Templado, der plattfüßige José Rivadavia und Paulino Cuartero begegneten ihnen, als sie um die Ecke der Calle del Marqués del Duero bogen.

6. November, nachts, später

»Eigenartig, dieser menschliche Drang, sich zum Singen zu versammeln. Sobald die Menschen etwas herbeisehnen, tun sie sich zusammen und erfüllen alles mit ihrem Geschrei. Ob Christen oder Mohammedaner, Marxisten oder Calvinisten: Hauptsache, man ist zusammen und grölt aus voller Kehle: die einen ihre Psalmen, die anderen ihre Hymnen; gleich ob von David, Paulus oder Rouget de l'Isle. Solange sie nicht singen, sind sie nicht glücklich; und je inbrünstiger sie das tun, desto zufriedener sind sie. Für viele besteht die Revolution darin, auf der Straße die *Internationale* zu singen.«

»Sie singen zu können«, unterbrach Cuartero.

»Das hat nichts mit dem zu tun, was ich meine. Mir geht es um das Singen von Psalmen und Hymnen an sich. Plakate und Parolen, Preislieder und Plakate: Das ist für die jungen Leute die Revolution. Wenn sie ein Plakat geklebt haben, wenn sie in der Stadt oder auf dem Land die *Marseillaise,* die *Hijos del Pueblo,* oder die *Internationale* gegrölt haben, dann sind sie glücklich und zufrieden.«

»Jede Bewegung hat ihre eigene Musik«, bemerkte Templado. »Und jede Revolution kann man an der Güte ihrer Lieder messen. Die Französische Revolution ist die *Marseillaise,* eine großartige Sache. Unsere Musik (die Lieder der

Milizionäre) ist so weit über das erhaben, was die Aufständischen da anstimmen, daß kein Zweifel daran bestehen
kann, wer das Recht auf seiner Seite hat.«

»Sehr richtig«, fuhr Rivadavia fort, »ich verstehe nur
nicht, was die Menschen antreibt, gemeinsam zu singen.«

»Es ist eine Art der Verständigung.«

»Du meinst also, ohne Musik kann es keine Revolution
geben.«

»Ja. Wenn die Musik aufhört, ist die Vorstellung zu Ende. Die Musik dauert so lange wie das Programm; bisweilen
wird eine neue Nummer aufgeführt, aber das ändert nichts
an der Aufmachung des Ganzen.«

»Die Basken und Asturier werden mit dir einverstanden
sein, und die Katalanen, aber die übrigen Spanier ...«

»Da irrst du dich; sie singen immer solo: die Jota, und vor
allem der Cante jondo sind Sologesänge – allerdings vor
Publikum. Die Sardana, die Zorcicos und die Volkslieder aus
den Bergen singt man in der Gruppe. Da haben wir's wieder:
Die Spaltung Spaniens kommt, wie man hört und sieht, allen gelegen ...«

Sie überqueren die Straße, gehen in Richtung Hauptpost.

»Sogar die Cibeles verbarrikadieren sie ... Der Krieg. Und
im *Prado* hat man die Gemälde abgehängt. Nur noch nackte Wände. Velázquez muß sich verstecken, El Greco in einem
Gewölbe, Goya im Keller ... Das Beste, was der Mensch hervorgebracht hat. Sicher, dir macht das nichts aus: Dich trägt
die Begeisterung der anderen, du schwimmst mit dem Strom,
dich reißt es mit, die zum Kampf entschlossenen Männer zu
sehen, die bereit sind, für ein theoretisches Modell ihr Leben
aufs Spiel zu setzen ...«

»Bezeichnest du die Freiheit als theoretisches Modell?«
murmelte Templado.

»An die Freiheit habe ich nicht einmal gedacht. Glaubst
du wirklich an die Freiheit? An welche Freiheit?«

»An die Freiheit von Velázquez, von El Greco. Oder glaubst du, wenn die anderen siegen, bestünde die geringste Chance, daß die Kultur ...?«

Die Worte erstickten in seiner Entrüstung. Er fuhr fort:

»Warum müssen ihre Werke versteckt werden, wenn nicht aus dem einzigen Grund, daß Waffen auf sie gerichtet werden? Oder kümmert dich das nicht? Kommt es dir nur auf die Tatsachen an und nicht auf ihre Hintergründe?«

»Die Gründe ... was ich anfassen kann.«

»Dich selbst etwa nicht?«

»Du willst nur sehen, was du vor dir siehst.«

»Das reicht mir.«

»Dann gibt es für dich den Palacio de la Moncloa nicht, weil ihn diese Gebäude hier vor dir verbergen?«

»Sieh mal«, antwortete ihm Rivadavia und kehrte damit zu dem Thema zurück, das ihn so leidenschaftlich bewegte, »auf der einen Seite gibt es Leute – sowohl bei uns als auch bei den anderen – die glauben, es lohne sich, die halbe Menschheit umzubringen, nur, damit der Rest geschlossen unter ihrer Fahne marschiert. Die einen würden am liebsten keinen Anarchisten und keinen Faschisten am Leben lassen, die anderen würden am liebsten die Welt von Anarchisten und Marxisten befreien. Ich dagegen glaube, daß es sich, auch wegen des vielen Leids, nicht lohnt. Ich weiß, daß ich mich damit überall unbeliebt mache, bei euch und bei denen. Aber was will man machen?«

»Und wenn du vor die Wahl gestellt würdest?«

»Ich stehe doch hier, oder?«

»Wie lange noch? Warum beantragst du nicht einen Paß und gehst nach Frankreich oder Portugal und wartest ab, wer gewinnt?«

»Weil ich trotz allem lieber auf der Seite der Armen stehe.«

Am Neptunbrunnen verabschiedete sich Rivadavia von Templado und Cuartero.

»Wohin willst du so früh?«

»Es ist elf.«

»Komm schon, wir drehn noch eine Runde. Vielleicht ist es die letzte.«

»Was hast du denn noch vor?«

Rivadavia traut sich nicht, ihnen zu sagen, daß er auf Nachricht vom Justizminister wartet.

»Bis morgen.«

»Bis morgen.«

Der Mann der Gesetze geht, die Hände auf dem Rücken verschränkt, die Calle de la Lealtad hinauf, seine Freunde die Calle del Prado. Am *Palace*-Hotel herrscht Durcheinander. Motorräder und Autos. Ein ständiges Kommen und Gehen.

General Miaja wirkt durch seine kräftige Statur und seinen rosigen Teint größer als er ist. Immer strahlend, immer mit leicht erhöhtem Blutdruck. Stattliche Brille, stattliches Lächeln, stattlicher Bauch. Stattliche Erscheinung eines properen Bauern. Seine einzige Stärke ist sein gesunder Menschenverstand. Großzügiger Charakter, denn aufgewachsen ist er auf dem Land. Um sechs Uhr abends hat man ihm die Ortskommandatur übergeben. Er denkt, daß man ihn auf diesen Posten gestellt hat, damit er scheitert, damit der Verlust oder die Übergabe der Stadt nicht an irgendeinem anderen General kleben bleibt.

»Wer ist es gewesen?«

»General Miaja.«

»Ach der! General Miaja, ein General wie alle anderen.«

»Republikaner? Ja. Zuverlässig? Wer weiß! Er war in Valencia, in Córdoba. Was hat er getan? Seine Pflicht.«

Miaja wird Madrid übergeben und sich über Cuenca absetzen.

Da ist nichts zu wollen. Es gibt keine richtigen Truppen. Sie stürmen dem Feind entgegen, und dann lassen sie sich abschlachten, um nicht zurückzuweichen. Wer soll und kann da schon Pläne machen?

»Wer hat auf der anderen Seite das Kommando?«

»Varela.«

»Wie viele Divisionen?«

»Nicht bekannt.«

»Und wir? Wo stehen wir? Was für Truppen stehen uns zur Verfügung?«

»Nicht bekannt.«

»Wie viele Batterien?«

»Nicht bekannt.«

»Wo sind sie in Stellung gegangen?«

»Nicht bekannt.«

Der General versammelt die Kommandeure der einzelnen Frontabschnitte. Worauf bauen sie? Auf die Moral. Ja. Die Stadt steht hinter ihnen, und sie wollen Madrid nicht übergeben. Warum? Weil Madrid Madrid ist. Weil Madrid, zu dieser Stunde, ganz Spanien ist. Weil Madrid zu übergeben gleichzeitig bedeutet, sich für besiegt zu erklären, punktum. Und wenn Madrid verloren ist, ist alles verloren. Madrid verlieren heißt den Verstand verlieren, den Kopf verlieren. Und sie hängen an der Stadt, sie ist ihre.

Da stehen sie alle zusammen: Mena, Alvarez Coque, Prada, Alzugaray, Escobar, Bueno, Barceló, Romero, Peral, Líster. Die Kommandeure.

»Was sollen wir tun?«

»Widerstand leisten. Keinen Schritt zurückweichen.«

Was sonst.

Warum? Darum. Weil es Madrid ist. Weil alle bereit sind zu sterben. Die Regierung hat die Stadt verlassen, jetzt sind sie es, auf die es ankommt. Jetzt tragen sie allein die Verantwortung.

»Die Gewerkschaften und die Parteien sollen alle ihre Leute schicken.«

»Waffen?«

»Was da ist.«

»Munition?«

»Was da ist.«

»Das reicht nicht einmal für ...«

»Haben wir Munitionskisten?«

»Ja.«

»Dann soll man sie mit Steinen füllen. So werden sie glauben, wir hätten mehr. Auf jede Munitionskiste zwei Kisten mit Steinen.«

Die Lüge. Sie müssen siegen, und sei es mit Hilfe von Lügen. Sie dürfen nicht einmarschieren. Sie dürfen nicht durchkommen. Sie dürfen Madrid nicht einnehmen. Und sie werden es nicht einnehmen.

Und jede Gewerkschaft in einem Theater. Dort stellen sie ihre Kolonnen auf. Die ›Roten Löwen‹ im Theater *Calderón*. Die ›Fígaros‹ im *Zarzuela*. Die Straßenkehrer im *Español*. Die Grafiker im *Comedia*. Wer sind die ›Roten Löwen‹? Die Angestellten der Kolonialwarenhandlungen. Wer sind die ›Fígaros‹? Die Friseure. Die Handlungsgehilfen werden Madrid retten oder sterben. Oder sterben und Madrid retten. Madrid gehört den Handlungsgehilfen. Die Handlungsgehilfen, diese Madrilenen, die mehr Madrilenen sind als die Madrilenen selbst. Dieser aus Cuenca, der dort aus Guadalajara, der aus Oviedo, dieser ein Galizier, jener ein Sevillaner, der dort aus Extremadura.

Schon donnert der ›Großvater‹. Wer ist der ›Großvater‹? Die Kanone Madrids! Die einzige Kanone Madrids! Aber wie sie bellt! Eine Kanone mit einem Namen ist mehr wert als hundert anonyme Geschütze. Der ›Großvater‹ bellt und bellt und bellt. Er ist der große Wachhund von Madrid.

»Ihr spinnt!«

»Und wie wir spinnen! Und wir sind stolz darauf. Aber vielleicht spinnen wir gar nicht so sehr. Man hat nicht verloren, bevor das Spiel aus ist«.

Templado und Cuartero spazieren immer noch und schlendern nun über die Plaza del Ángel. Templado:

»Nein. Reden wir Klartext, soweit das geht. Der Mensch kann sich nicht allein fühlen, weil er nicht allein ist. Schau mich nicht so an, denn allein dadurch, daß du mich so ungläubig anstarrst, gibst du mir recht. Du bist nicht du, sondern das, was du für mich bist, und für den dort, und für den dort drüben, und ich wiederum bin – für dich –, der, als den du mich siehst.«

»Und für dich, was bist du für dich?«

»Das, was von mir in der Welt sichtbar ist.«

»Und innen, in deinem Innern, nichts?«

»Was andere in mir zurückgelassen haben, im Vorbeigehen. An erster Stelle meine Eltern.«

»Weißt du nicht, was Einsamkeit ist?«

»Doch. Und, daß es sie nicht gibt. Einsam können sich nur die fühlen, die wie du an Gott glauben. Die Verlassenen.«

»Hast du dich noch nie allein gefühlt? Nachts, unter den Sternen?«

»Gefühlt vielleicht. Man hat so viele falsche Gefühle! Die Gefühle, mein alter Freund, so sagt ihr doch immer, trügen. Man kann sich allein fühlen, wenn man vor etwas Maßlosem steht, vor etwas, das man nicht begreift. Zum Beispiel dem Schmerz. Der Mensch ist mehr als seine Gedanken.«

»Dann gibst du mir also recht?«

»Wie soll ich dir recht geben, nur aufgrund eines Gefühls?« sagte Templado und grinste.

»Bis jetzt haben wir uns ernsthaft unterhalten.«

Templado antwortete ihm nicht. Sie hörten nur ihre Schritte.

»Der Mensch, das ist seine Beziehung zu anderen Menschen.«

»Sag mir, mit wem du gehst, und ich sag dir, wer du bist. Du glaubst, allein mit Gott zu gehen.«

»Mehr oder weniger, ja.«

Paulino Cuartero blieb stehen:

»Also bist du, du persönlich, der authentische Templado, nichts anderes als eine Anzahl von Eigenschaften, eine beliebige Anhäufung, die nur aus dem gebildet ist, was die anderen sind, die dir in deinem Leben zufällig über den Weg gelaufen sind.«

»Man denkt, was man kann.«

»Begreifst du denn nicht, daß dich das in einen willenlosen Fatalismus treibt, in dem du selbst gar keine Aufgabe mehr hast?«

»Das würdest du daraus schließen, wenn du für dich so denken würdest wie ich. Aber dieses Gemisch, dieses ständige Zusammenfügen, diese stete lebendige Verbindung, die immer im Fluß ist, kommt und geht und denkt und lenkt: das bin ich.«

»Eingebunden.«

»An alle gebunden, Paulino, und an jeden einzelnen. An dich und an diesen heraufziehenden 7. November, und an Gott.«

Sie blieben stehen. Cuartero legte die Hände auf die Schultern seines Freundes; zwei Schatten. Aber es war Templado, der das Gespräch wieder aufnahm.

»Das alte Problem der Rechtfertigung. Durch den Glauben, wie die Lutheraner gesagt haben, durch die Werke, wie die Katholiken sagen. Alles ist ein und dasselbe. Sie wußten nicht, wie sie die Zeit totschlagen sollen. Es gibt keine andere Rechtfertigung als diejenige sich selbst gegenüber. Die

Frage ist nur, ob man weiß, wer man ist, wenn man jemand ist, oder wer die anderen sind – oder man selbst und die anderen. Und deswegen nehmen die Menschen Irrwege. Sie erfinden Theorien. Aber die Wahrheit befindet sich in uns drinnen. Was ist in uns drinnen? Was ich sehe und was mich umgibt, oder was ich fühle? So irren wir von einer Sache zur anderen. Ohne zu wissen, woran wir uns halten können. Und wir verfolgen uns, eine Gruppe die andere.«

»Auf welcher Seite stehst du?«

»Auf der Seite derer, die die Welt ändern möchten. Gegen die, die wollen, daß sie so bleibt, wie sie ist.«

»Nicht, weil sie vielleicht recht haben?«

»Nein. Sondern weil ich, solange ich lebe, noch möglichst viel sehen will.«

»Du bist ein Schwein.«

»Es gibt schlimmere.«

Nach einigen Schritten berichtigte sich Cuartero:

»Ich beneide dich.«

»Denn wenn alles Einsamkeit wäre«, fuhr Templado fort, ohne auf ihn einzugehen, »gäbe es keine Einsamkeit.«

Sie überquerten die Calle de Atocha. Paulino Cuartero mußte an Carlos Riquelme denken.

»Wie geht es ihm?«

»Er kommt aus dem *San Carlos*-Krankenhaus gar nicht mehr heraus. Ich werde in den nächsten Tagen einmal mit ihm essen gehen.«

Templado erinnert sich an seinen Studienkameraden, den kleinen, dicken und schon glatzköpfigen Carlos. So ehrgeizig und so verliebt in die Medizin. Als er seinen Abschluß machte, war er schon berühmt.

»Und Fajardo?«

»Keine Ahnung. Er ist in den ersten Tagen nach dem Aufstand in die Sierra gefahren. Seitdem habe ich nichts mehr von ihm gehört.«

Cuartero, Fajardo, Templado und Riquelme waren unzertrennlich gewesen. Seitdem waren zehn Jahre vergangen, wie von einer Flutwelle überspült; jetzt – in der Nacht – schien das Wasser sich zurückgezogen zu haben, und sie sahen sich wieder, aufgetaucht, als ob die Zeit sich verflüchtigt hätte.

Ein paar hundert Meter weiter, im *San Carlos*-Krankenhaus, in einem von abgedunkelten blauen Lampen nur spärlich beleuchteten Gang, unterhält sich Carlos Riquelme mit Ramón Balandrán de los Céspedes.

»Für jemanden, der von der Straße kommt, ist alles nur Jodoform.«

»Aber von was reden Sie da eigentlich?«

Seit vier Monaten nimmt Carlos Riquelme nichts anderes mehr wahr als das, was in dem Krankenhaus vor sich geht, kümmert er sich um nichts anderes mehr als um das, was für das Krankenhaus wichtig ist, er denkt und er kann an nichts anderes denken als an die Probleme, die sich ihm im Krankenhaus stellen. Er versteht nichts anderes und will sich mit nichts anderem beschäftigen. So hat er sich seine Welt geschaffen, denn er hatte erkannt, daß dies der einzige Weg war, wie er sich nützlich machen konnte. Er schlief wenig und aß achtlos, was man ihm vorsetzte. Er operierte und operierte, in einem fort. Es war ihm gleich, ob die Verwundeten aus der Nähe oder von weither kamen. Man hatte ihm gesagt, man verlasse sich auf ihn, und er hatte alles, was nicht unmittelbar zu seiner Arbeit gehörte, aus seinem Blickfeld verbannt. Er hatte sein Zeitgefühl verloren und sein Gespür für Entfernungen. Den Rückzug hatte er anhand der Krankenblätter der Schwerverwundeten miterlebt: verwundet in Badajoz, verwundet in Talavera, verwundet in Oropesa, verwundet in Toledo, verwundet in Parla. Und jetzt, in Carabanchel.

»Wollen Sie nicht lieber fortgehen?«

»Ich?«

»Die sind imstande und werden Sie erschießen.«

»Und, was soll ich tun? Alles stehen und liegen lassen? Und wer soll an meine Stelle treten?«

»Sie werden ein Blutbad anrichten.«

»Darum schleppen sie die maurischen Truppen an.«

Carlos Riquelme ist Sozialist, aus Verbundenheit zu den Freunden seiner früheren Tertulia. Einer ist Botschafter in Paris, ein anderer Minister, ein dritter sitzt irgendwo in der Tschechoslowakei. Alle drei haben ihm zugeredet, Madrid zu verlassen. Aber der Chirurg hat ihnen nicht einmal geantwortet.

»Man wird das Krankenhaus evakuieren.«

»Aber nicht die Verwundeten. Die meisten würden einen Transport nicht überstehen.«

»Man wird Sie an die Wand stellen.«

»Übertreib nicht. Aber gut, wenn Sie sich weiter mit mir unterhalten wollen, kommen Sie mit in den Operationssaal.«

»Nein, vielen Dank. Aber sagen Sie hinterher nicht, ich hätte Sie nicht gewarnt.«

»Gewarnt? Sie mich? In wessen Auftrag?«

»Ich weiß schon, was ich sage.«

»Trotzdem, ich verstehe Sie nicht.«

Señor de los Céspedes geht beschämt weg. Riquelme ist ein Freund von ihm, noch aus der Zeit des Ateneo, vor allem, weil er nie etwas dafür bezahlt haben wollte, daß er ihm ein bösartiges Geschwür aus dem Nacken entfernt hatte.

So ein Idiot, geht es ihm durch den Kopf, während er die Treppen hinuntergeht – ein Idiot. Ein Vollidiot, man kann's nicht anders sagen. Ich aber habe mir nichts vorzuwerfen. Soll er selbst sehen. Ich glaube, ich habe nichts gesagt, woraus man mir einen Strick drehen könnte. Aber, was für ein

Idiot! Schön und gut, requiescat in pace, das wäre erledigt. Sechs Kisten Zigarren, wo soll ich die bloß auftreiben?

Don Ramón Balandrán de las Céspedes Alcoriza war ein Mann von schmächtigem Körperbau und um so größerem Kopf, was ihn, vor allem in seinen eigenen Augen, zumindest teilweise rettete, dank der Spiegel, die nicht den ganzen Körper erfassen und es ihm erlauben, sich einer Illusionen hinzugeben.

Volles dunkles Haar, zu dem die Drogerie ihren Beitrag leistete, – aber nur bei der Farbe, denn die Fülle war gottgegeben –, glänzte in seinem üppigen, hochgezwirbelten Schnauzbart, seinem ganzen Stolz.

Die Gutmütigkeit war ohne jeden Zweifel der Charakterzug von Don Ramón de las Céspedes, für den er rundum am meisten geschätzt wurde, weitaus mehr – und das drang nicht an seine Ohren – als für seine Gaben als Redner und Dichter, die vor allem er selbst hochschätzte und für die er sich bewunderte.

Der vornehme, durch die verdammte Mißwirtschaft mit der Peseta etwas heruntergekommene Herr, war in einer mittelamerikanischen Republik geboren worden und lebte seit über dreißig Jahren in Madrid. Wie es mit seinen Papieren stand, wußte vermutlich nicht einmal er selbst mit Gewißheit. Jedenfalls wurde er, nach unerforschlichen Ratschlüssen der Regierungen seines Landes, Konsul, Gesandtschaftssekretär oder bevollmächtigter Gesandter, und als die Spanische Republik ausgerufen wurde, sah er sich eines schönen Tages aus heiterem Himmel zum liberalen Gouverneur einer drittklassigen Provinz ernannt. Nicht umsonst war er Freund des Liberalen Don Alejandro Lerroux.

Niemandem wäre es eingefallen, das zu monieren oder die Frage seiner Nationalität genauer zu untersuchen. Vielmehr konnte Don Ramón unter der republikanischen Regierung,

im Zeichen der allgemeinen Menschenliebe und des Welt-
bürgertums, zumindest was die hispanische Welt betraf, un-
gehindert walten, unter dem Beifall seiner zahlreichen Freunde und unbeachtet von den anderen.

Don Ramón war mit Rubén Darío befreundet gewesen,
mit Gómez Carrillo, Icaza, González Martínez, Alfonso
Reyes und mit mehr oder weniger jedem namhaften Süd-
amerikaner, der sonst noch nach Madrid gekommen war.
Er selbst hatte die Neue Welt abgeschrieben, und nichts
vermochte ihn aus dem Herzen der spanischen Hauptstadt
zu vertreiben: nicht einmal die Hitze im August.

Er lebte allein, als Untermieter in der Calle Espoz y Mina,
und wenn ihn seine Freunde – vor allem Diplomaten – zu
sich einluden, in ihre Häuser an der Castellana oder im Salamanca-Viertel, fand Don Ramón jedesmal eine ehrenhafte
Ausrede, um nicht hingehen zu müssen. Seine Welt war das
Ateneo. Niemals ersparte er einem Neuling die hohe Ehre,
ihn durch seine Salons zu führen. Die Bibliothek gehörte
ihm. Er war zwar kein leidenschaftlicher Leser, wohl aber ein
andächtiger Bewunderer der Buchrücken. Er sagte es nicht
laut, doch in seinem tiefsten Inneren war er überzeugt, die
bloße Nähe sei – wenigstens in seinem Fall – ausreichend, um
sich über den Inhalt all der vielen Bücher zu unterrichten, um
deren Unterbringung er sich mit aller Hingabe kümmerte.
Täglich sah er die Liste der Neuerwerbungen durch und ging
stolz vor der Vitrine auf und ab, in der sie ausgestellt waren.
Er pflegte den Brauch, sie der Reihe nach in die Hand zu
nehmen, die Einbände zu betasten und – zuweilen – einen
flüchtigen Blick in das Inhaltsverzeichnis zu werfen.

»Das neue Buch von ...«

»Das neue Werk von ...«

Don Ramón war der geborene Redner – und er redete. Er
ließ sich bitten, nicht lange, dann aber redete er: lang. In der
Regel mit Erfolg, denn er griff auf lyrische Naturbeschrei-

bungen zurück. Die Sonnenuntergänge hatten ihm schon aus mancher Verlegenheit geholfen.

»Ich komme gerade aus dem Schoß der Natur. Das blaue Leuchten der Sierra de Guadarrama ... Die Reinheit ... Die Erhabenheit ... Das Kastilische und Velázquez. Das Kastilische und El Greco. Die fruchtbare Mutter ...«

Die Kunst natürlich, aber auch die Geschichte, Rom von vorne bis hinten, allem voran das Kapitol, der Tarpejische Felsen, die Gracchen und Seneca, Nero und Caracalla, Sagunt und Karthago. Alles gut verrührt und warm serviert.

Selbstverständlich verhaspelte er sich ständig, und auch wenn es ihm nicht gelang, sich wieder herauszuwinden, machte das nichts. Er war feste Stütze aller ›Gesellschaften für freundschaftliche Beziehungen‹, ob zwischen Guatemala und Spanien, Venezuela und Spanien, Chile und Spanien, Nicaragua und Spanien oder was auch immer, und von noch zwei anderen Gesellschaften, die nicht nur die offizielle Regierung, sondern gleichzeitig auch das alte Regime hochhielten. Und so verging keine Woche, in der Don Ramón B. de las Céspedes nicht seine kleine Rede gehalten hätte.

Daß er Dichter sei, munkelte man nur. Ein Buch von ihm hatte keiner je gesehen. Er begnügte sich mit seinem Ruf als unerschöpflicher lyrischer Redner. Und mit der einen oder anderen Anspielung auf seine ›Jugendsünden‹.

Er war Junggeselle, und nie sah man ihn in Begleitung einer Frau, weder einer aufrechten noch einer gefallenen. Ein Vorteil für seine Gastgeber, die Legion waren. Von anderen Neigungen war früher ab und an gemauschelt worden. Aber er war grundanständig und ein sparsamer Mann, der sich nie auch nur einen Duro pumpte, und das, obwohl es Zeiten gab – vor allem zwischen 1917 und 1924 –, in denen die Regierung seines Landes die Zügel anzog – zu seinem Leidwesen saßen seine Feinde im Sattel – und ihm jede Unterstützung vorenthielten. Damals verlegte er sich aufs Übersetzen, und aus jenen Jahren stammen einige Bücher, in denen steht: »Direkt aus dem Französischen übertragen von Don R.B. de las C.y.A.«, und in denen man einige sehr köstliche Fehler entdecken kann, wie zum Beispiel die Übersetzungen von »bonne et heureuse« mit »die glückliche Dienstmagd«.

Mit dem Militäraufstand sah Don Ramón Balandrán de las Céspedes das Manna vom Himmel fallen. Plötzlich entsann er sich seiner mittelamerikanischen Staatsangehörigkeit und schützte das Haus seiner Wirtin – die ebenso erzreaktionär wie häßlich war, und das wollte schon etwas heißen – mit einem Schriftstück seines Botschafters, das er gut sichtbar an die Tür heftete. Und von da an verlegte er sich auf die lukrative Nebenbeschäftigung, den rechten Familien, denen die Republik gestattete, in den Gesandschaften und Konsulaten Schutz zu suchen, als Bote zu dienen.

Mit einemmal war er ein reicher Mann. Es war nicht weiter verwunderlich, daß ihn die Nähe der faschistischen Truppen in eine äußerst schlechte Laune versetzte, die er nur zu verbergen suchte, wenn er die Flüchtlinge in jenen seltsamen, neu entstanden ›Hotels‹ besuchte. Aber auf der Straße und im Ateneo ließ er seinem Ärger freien Lauf:

»Was macht die Regierung? Warum hält sie sie nicht auf?«

Seine Freunde im Ateneo faßten sich angesichts des plötzlichen Sinneswandels eines radikalen Lerrouxanhängers an den Kopf.

»Es gibt doch noch anständige Leute«, kommentierten sie.

Die Flüchtlinge dagegen tanzten vor Freude, sie jauchzten und frohlockten im Verein mit den faschistischen Rundfunksendern, und die Welt schien Freude und Wohlgefallen – außer bei denen, die um ihre Macht und ihren nächsten Gesandschaftsposten bangten und deshalb ziemlich ernste Gesichter machten. Sie empfingen den Großkopf höchst zuvorkommend und stellten ihm tausend Fragen über die Angst ihrer Feinde. Die Bombenangriffe bereiteten ihnen keine Sorgen, denn sie wußten, daß ihre Zufluchtsstätten den Faschisten genau bekannt waren.

»Warum sind sie heute nicht einmarschiert?«

»Wahrscheinlich wollten sie sich ein paar Stunden ausruhen. Bedenken Sie, der Weg von Oropesa nach Madrid ist weit. Und wenn sie einmarschieren, wollen sie sicher frisch rasiert und gewaschen sein, um einen guten Eindruck zu machen. In Alcorcón sind bereits die Amtspersonen zusammengekommen, die die Verwaltung der Hauptstadt übernehmen werden.«

»Glauben Sie, daß ernsthaft Widerstand geleistet werden wird?«

»Womit? Wenn sie Toledo nicht verteidigen konnten, wo die Bedingungen noch sehr viel günstiger waren, was will man dann hier schon erwarten? Vielleicht werden sie ein paar Stunden in Carabanchel, an der Puente de Segovia und an der Landstraße nach La Coruña kämpfen, aber mehr auch nicht. Sie haben weder Waffen noch Munition. Sie dachten immer, der Sieg würde ihnen in den Schoß fallen, und innerhalb einer Woche mußten sie plötzlich feststellen, daß sie verloren waren. Hätten sie nur, wie ich, einen Blick ins Kriegsministerium oder ins Polizeipräsidium werfen können! Sie haben ja keine Vorstellung davon, was dort für ein Durcheinander herrscht. Wie die aufgescheuchten Hühner flüchten sie alle nach Valencia. Nur Margarita Nelken läuft noch herum und wünscht sie alle zum Teufel. Sie tobt vor Wut, aber damit macht sie die allgemeine Verwirrung nur noch größer. Wenn sie könnten, würden sie sie umbringen.«

»Sie wird im letzten Augenblick fliehen.«

»Wenn man sie fliehen läßt.«

»Aber sie ist wenigstens hier.«

»Und wie sieht es mit den Bombenangriffen aus?«

»Naja, in diesem Punkt haben wir uns wohl geirrt. Sie lassen sich nicht einschüchtern. Im Gegenteil, die Angriffe scheinen ihren Zorn eher zu vergrößern. Statt sich zu verstecken, verfluchen und beschimpfen sie uns.«

»Und wenn schon. Sie werden schon noch sehen, mit wem sie es zu tun haben.«

Sie sind im siebten Himmel. Einige wagen sich auf die Straße, ohne Krawatte, versteht sich, aber mit Pistole. Sie fühlen sich ermutigt und suchen sich bereits ihre Opfer aus:

»Der entkommt mir nicht.«

Man verhaftete den hochgestellten, vornehmen Mann, als er nach Hause kam. Er wehrte sich unter großem Gezeter:

»Mich? Das muß ein Irrtum sein. Wißt ihr, wen ihr vor euch habt?«

»Jetzt aber! Sie selbst haben es uns doch gerade bestätigt ...«

»Fragen Sie, fragen Sie, wen Sie wollen. Die gesamte Regierung, alle Minister werden für mich bürgen.«

»Und Sie für die Minister, wie? Tja, nach allem, was man hört, ist in Madrid kein einziger mehr ...«

»Das kann nicht sein.«

Im Círculo de Bellas Artes, wohin sie ihn brachten, machte er dermaßen Ärger, daß Sigfrido Millán, ein Mann von der CNT, mit dem nicht zu spaßen war und dem leicht der Geduldsfaden riß, anordnete, ihn sofort abzuführen. Die Anzeige ließ keinen Zweifel zu. Als Don Ramón B. merkte, daß nichts mehr zu machen war, bot er seinen Bewachern das Geld an, das er in den letzte Monaten gescheffelt hatte.

»Wo hast du es?«

»Zu Hause.«

»In Scheinen?«

»In Dollar- und Pfundnoten.«

»Gut.«

»Gehen wir?«

»Wozu? Wir werden es schon finden. Mach dir keine Sorgen.«

Sigfrido Millán hatte nicht leichtfertig gehandelt. Bevor sie ihn abführten, hatte Doña Blanca ihn durch ein Guckloch identifiziert.

»Ist es der?«

»Ja, er ist es.«

Und Doña Blanca Pérez de Orvando, in Trauer, mit von Tränen verquollenen Augen und einem neuen Witwenschleier auf dem Kopf, ging nach Hause, nachdem sie sich bei dem gerechtigkeitsliebenden Mann bedankt hatte.

»Danke?« fragte dieser mißtrauisch nach. »Wofür?«

Die würdevolle Dame nahm den Vorbehalt nicht zur Kenntnis, und hörte auch nicht die angewiderte Bemerkung von Sigfrido:

»Man sollte dieses Weib ...«

»Sollen wir sie verhaften?«

»Nein, laß sie. Schließlich hat sie uns einen guten Dienst erwiesen.«

Folgendes war geschehen: Don Antonio Orvando Villacrosa, Bankier aus der Familie der Villacrosa in Sabadell und der Orvando in Oviedo, wurde in den letzen Oktobertagen verhaftet. An Gründen fehlte es nicht. Das wußte Señor de las Céspedes, den Doña Blanca sofort aufsuchte, nur zu gut. Der vornehme Mittelamerikaner unterhielt enge Finanz- und Handelsbeziehungen zu dem Betroffenen, der hervorragende Verbindungen hatte, um die Summen ins Ausland zu verfrachten, die die Schutzsuchenden in den Botschaften Don Ramón B. mit glänzenden Kommissionen anvertrauten. Don Ramón beteuerte, auf dem schnellsten Weg die erforderlichen Schritte einzuleiten, um die Freiheit ihres Mannes zu erwirken, woran auch ihm aus mancherlei gewichtigen Gründen gelegen war. Tatsächlich bekam er heraus, wo er sich befand, und man versicherte ihm, der wohlhabende Geschäftsmann werde so bald als möglich freigelassen. So ließ er es auch Doña Blanca wissen. Diese aber verhielt sich alles andere als besonnen, wobei noch hinzukam, daß dieser Señor de las Céspedes ihr gar nicht sympathisch war. Das sind Dinge, die sich nicht begründen lassen. Vier, fünf Tage vergingen. Die würdige Gemahlin verzehrte sich vor Sehnsucht nach dem Bankier, denn in ihrer Verbindung zu ihm bestand ihre eigentliche Würde. Er hatte sie nach dem Tod ihres Vaters, eines finsteren Militärs und Gewohnheitstrinkers, aus einer schwierigen Lage befreit, und erst vor kurzen war die wenig würdige Verbindung, in der sie seit Jahren lebten, legalisiert worden. Ihre Unruhe trieb sie zum Polizeipräsidium und dort in ein Büro, in dem zahlreiche Kästen mit Fotografien nicht identifizierter Toter aufgestellt waren. Ein unangenehmes Schauspiel: Die einen fielen in Ohnmacht, wenn sie den Gesuchten erkannten, die anderen fanden ihn nicht und klagten, am folgenden Tag wiederkommen zu müssen.

»Ich habe es ihm ja gesagt, ich habe es ihm immer wieder gesagt. Wer schreibt dir vor, dich in diese Dinge einzumischen? Und hinterher werden sie es dir nicht einmal danken. Hätten sie den Aufstand sein lassen, würdest du ruhig und zufrieden leben. Wer hat es ihm vorgeschrieben, wer?«

Man sah Augen, in denen der Haß brannte. Schweigen, voller Entsetzen. Zerbissene Lippen. Doña Blanca glaubte, ihren Mann zu erkennen, notierte sich die Nummer, und machte sich unerschrocken auf den Weg ins Leichenschauhaus. Sie gab ihren Identifikationsschein ab, doch nachdem sie eine Stunde lang gewartet hatte, wurde ihr mitgeteilt, diese Leiche sei bereits abgeholt worden.

Daraufhin denunzierte sie Don Ramón Balandrán de las Céspedes. Und jetzt ging sie gerade nach Hause, ins Salamanca-Viertel, und schmiedete Pläne. Sie würde zu ihrer

Schwester ziehen, nach Barcelona, obwohl sie ihren Schwager, einen unbedeutenden Mann, Geschäftsführer einer Großhandlung für pharmazeutische Produkte, nicht sonderlich mochte.

Sie wohnte in der Calle del Príncipe de Vergara, fast an der Ecke zur Calle Ramón de la Cruz. Weil der Fahrstuhl nicht in Betrieb war, stieg sie in den dritten Stock hinauf und lief erschöpft ihrem Mann, den man soeben freigelassen hatte, geradewegs in die Arme. Er war die letzten Tage in einem anarchistischen Ateneo inhaftiert gewesen, und dank der Tatsache, daß er Vegetarier war, hatte er sie verhältnismäßig gut überstanden – der verantwortliche Leiter war es nämlich ebenfalls, und so waren sie ausgezeichnet miteinander ausgekommen. Diese gastronomische Vorliebe hatte allerhand dazu beigetragen, daß er wohlauf und am Leben war, wenn auch Don Ramón B.'s Einsatz nicht ganz umsonst gewesen sein mochte. Doña Blanca brachte nicht den Mut auf, ihrem Mann zu sagen, woher sie kam. Ihre Ruhe war ihr wichtiger.

Nach Don Ramón B. erkundigte sich niemand.

(Cuartero und Templado auf der Plaza de la Concepción Jerónima)

»Und was glaubst du? Werden wir gewinnen?«

»Natürlich. Du etwa nicht?«

»Ich weiß nicht.«

»Also wirklich: Ich stelle mir diese Frage gar nicht.«

»Wieso, bist du ein bißchen beschränkt?«

»Nein, aber ich komme gar nicht auf den Gedanken. Wie sollte ich. Mit dem, was die Aufständischen da treiben, habe ich nichts zu tun, es liegt außerhalb meines Horizonts. Als ob sich das alles auf dem Mars, dem Saturn, oder noch weiter weg abspielen würde. Ich habe nichts mit ihnen gemeinsam.«

»Und wenn sie gewinnen?«

»Was soll das, wenn sie gewinnen, wie sollen sie denn gewinnen! Ausgeschlossen.«

»Ziehst du denn die Möglichkeit noch nicht einmal als Hypothese in Erwägung?«

»Nein.«

Schweigend gingen sie weiter; in der Ferne hörte man Kanonendonner.

»Wir haben eine Regierung in Madrid, einen stellvertretenden Regierungsausschuß in der Levante, eine Regierung dort, eine andere in Katalonien, eine im Baskenland, eine in Aragonien und ... noch eine in Burgos.«

»Die vielen Spanien ...«

»Die Kommunisten auf der einen Seite, Caballero auf der anderen, die CNT.«

»Die Zersplitterung in Taifas.«

»Findest du das etwa nicht schlimm?«

»In gewisser Hinsicht: nein.«

»Du weißt doch, wie so etwas immer ausgeht, überall.«

»Ja. Ein katholischer König ...«

»Oder Lenin.«

»Wer nimmt uns den Schwung?«

»Du bist wahnsinnig.«

»Ja. Besser gesagt, wir sind ein Haufen Wahnsinniger. Na und? Sind wirs oder sind wirs nicht? Gibt es uns oder gibt es uns nicht? Bin ich nicht genauso aus Fleisch und Blut wie du? Warum sollen wir nicht eines Tages mal auf unsere Kosten kommen? Weil es nicht Bestand haben würde? Was hat schon Bestand? Die katholischen Könige? Wenn du wirklich hinter die Geschichte Spaniens kommen willst, glaubst du nicht, daß die maurischen Teilreiche, daß die Taifas bis heute für die Ausprägung des Spanischen genauso wichtig gewesen sind wie Fernando und Isabel? Die Leute sind nur so unaufmerksam und darum achten sie eher auf das in sich Geschlossene, das Einheitliche – daher der Erfolg dieser Läden, die alles zu einsneunundneunzig verkaufen. Aber das Leben ist nicht so einfach. Der Gedanke eines Zusammenschlusses ist nett, klingt gut: Vertrag über den Zusammenschluß von UGT und CNT. Einigkeit macht stark. Möglich, das will ich gar nicht abstreiten. Aber noch habe ich nicht gesehen, daß sich Korkeichen und Birnbäume vereinigen, nur zum Beispiel. Wenn du dem Leben die Mannigfaltigkeit nimmst und sie der Disziplin opferst, was bleibt dann noch übrig? Eine riesige Kaserne. Dir erscheint das vielleicht begehrenswert, mir nicht. Genau genommen ist das der Grund, warum ich gegen das Militär bin. Und so wie mir geht es vielen, auch wenn sie es nicht laut sagen. Und du bist der erste.«

»Schwachsinn.«

»Von mir aus ... Fändest du eine Welt erträglich, in der es keinen Schwachsinn gäbe? In der wir alle nichts anderes machen würden als das, was wir müßten? Wenn man das haben wollte, müßte man sich zum Monotheisten erklären, entweder zum katholischen wie du, oder zum kommunistischen.«

»Leb wohl, Manichäer.«

»Nein, zwei Grundmuster sind zu wenig. Mir gefällt die Welt wie sie ist: mannigfaltig und unübertragbar. Voller Überraschungen und ein Kind des Zufalls.«

»Wenn die Aufständischen gewinnen, wird es also ein Zufall sein!«

»Vielleicht, vielleicht auch nicht. Hätte Franco nicht die Straße von Gibraltar überquert und seine ersten Truppen in Algeciras gelandet, wer weiß, was dann geschehen wäre. Hätte die *Alcalá Galiano* damals die *Dato* versenkt ... was die Sache eines Kanonenschusses gewesen wäre, vielleicht wäre alles ganz anders gekommen.«

»Glaubst du, wir sind den irrationalen Gesetzen der göttlichen Vorsehung ausgeliefert? Was sind wir dann? Ein paar armselige Insekten? Wozu sollen wir uns dann verteidigen, weshalb wollen wir dann kämpfen?«

»Genau das habe ich mich oft gefragt.«

»Und zu welchem Ergebnis bist du gekommen?«

»Siehst du mich nicht hier vor dir, du Großmaul?«

Die Nacht hüllte alles ein, kroch in jede Ritze. Vicente spürte, wie ihm die Tränen über die Wangen liefen. Er dachte nicht darüber nach, daß er nie in seinem Leben geweint hatte und daß es ihn jetzt, innerhalb nur weniger Stunden, schon zum zweiten Mal überkam. Neben ihm Asunción, sie schwieg. Sie standen im Hof, an das Gebäude gelehnt, in dem sich die Alianza befand. Dumpf, von weit weg, drangen die Stimmen einer Unterhaltung zu ihnen. Man sah nichts; die Straße, ein paar Schritte weiter, verlassen. Die Nacht in der Stadt wie die Nacht auf dem Land. Überall das Nichts: keine Lichter, keine Geräusche. Wenn man die Ohren spitzte: der Wind in den Bäumen der Castellana.

»Ich muß dir etwas sagen.«

Asunción, riesig ihre blauen Augen, ihre Stimme ernster als sonst.

»Gehen wir raus.«

Und sie hatten sich an die Wand gelehnt. Vicente hatte versucht, sie zu küssen.

»Nein Vicente, nein.«

Er hatte von ihr abgelassen, ein paar Sekunden vergingen. Vicente hatte nicht die geringste Vorstellung, was sie ihm sagen würde, und war über ihren plötzlichen Ernst überrascht. Ohne Umschweife brach es aus ihr heraus:

»Neulich bin ich bei Santiago gewesen. Er war allein zu Hause. Ich weiß nicht, was mit mir los war. Aber es ist geschehen.«

Alles in ihm zog sich zusammen. Er hätte sie am liebsten umgebracht, sie zusammengeschrien, alles kurz und klein geschlagen und unter alles einen Schlußstrich gezogen. Aber er rührte sich nicht, und idiotischerweise begannen ihm die Tränen über die Wangen zu laufen. Dann hörte er, wie er sie, ohne es eigentlich zu wollen, fragte:

»Wirst du ihn heiraten?«

Warum sprach er im Futur? Warum dieser versteckte Drang zu verzeihen, wo er doch gar nicht verzeihen wollte? Warum diese verdeckte, diese schmutzige Hoffnung?

»Nein. Wir haben seitdem nicht mehr miteinander gesprochen.«

Was für ein Wahnsinn! Was für eine Welt! Vicente denkt an die Ruinen, die der Krieg hinterläßt, er sieht ein zerstörtes Haus vor sich, ein Mauerrest als einziges Überbleibsel, er erinnert sich nicht, wie das Dorf hieß, auf dem Weg von Toledo nach Aranjuez. Nichts war übriggeblieben, nichts außer diesem Stück Mauer, von Staub bedeckt, und dem Schutt, und jener Alten. Eine Alte in Schwarz, mit einem schwarzen Kopftuch. Starr stand sie da, fluchend reckte sie ihre knöchrige Faust zum Himmel, wo sich drei Bomber im Glanz der Abendsonne allmählich entfernten.

Asunción fühlt sich leer, ausgehöhlt, wie eine fortgeworfene Schale.

Es gibt ein Schweigen, das kann man nicht brechen.

Knarrend öffnet sich das Tor zur Straße. Enrique Díez-Canedo tritt ein, die Kamera um den Hals. Fast stößt er mit ihnen zusammen.

»Hallo.«

»Hallo.«

»Woher kommst du?«

»Aus Carabanchel.«

»Und die anderen?«

»Vor Alcorcón. Ist jemand in der Dunkelkammer?«

»Keine Ahnung.«

»Ich muß die Aufnahmen sofort entwickeln.«

Der Fotograf geht ins Haus.

Carabanchel. Aber sie werden nicht durchkommen. Überrascht stellt Vicente fest, daß ihn sein früherer Pessimismus nicht von neuem überkommt, obwohl er nicht im Traum daran gedacht hat, daß er in einem noch tieferen Graben versinken könnte. Denn er versinkt in Kummer und Tränen. Er spürt, wie das gräßliche Bild, das er nicht sehen will, vom Bauch in die Kehle aufsteigt. Er spürt, wie Santiago Peñafiel Asuncións Hüfte von hinten umfaßt, er spürt, wie er sie umarmt. Und er ballt die Fäuste, wie ein kleiner Junge, besiegt. Am liebsten würde er sich auf den Boden fallen lassen. Schluchzen. Und Asunción packen, sie prügeln, windelweich prügeln, bis sie erledigt war. Wie hatte das geschehen können? Wie war das möglich gewesen? Was hatte sie getrieben?

Asunción weiß nicht, was sie tun soll. Am liebsten würde sie Vicente küssen, ihn zärtlich küssen, so hingebungsvoll sie konnte, und ihm mit der Hand durch sein zerzaustes Haar fahren. Aber sie ist wie versteinert, bringt kein Wort heraus. Und die Nacht breitet sich vor ihnen aus: unendlich. Beide gäben ihr Leben dafür, daß sie etwas aus ihrer Betäubung herausholen würde, daß irgend etwas Unerwartetes geschähe, an dem sie sich festhalten könnten. Aber nichts: kein Geräusch, kein Lichtschein. Und sie trauen sich nicht, ins Haus zu gehen, denn sie wissen nicht, was man ihren Gesichtern ansieht, was in ihnen, untilgbar, geschrieben steht.

(Cuartero und Templado, während sie in die Calle de Toledo einbiegen.)

»Sei nicht so störrisch. Wenn es darum ginge, sich für eine Religion zu entscheiden, müßte man keine Sekunde zögern.«

»Darin sind wir uns einig.«

»Nein. Wir sind uns gar nicht einig: Ich würde Mohammedaner.«

»Um Gottes willen! Und warum?«

»Hast du dir nie überlegt, was sich die Mohammedaner alles ersparen? Sie sind für nichts verantwortlich. Alles ist vorherbestimmt und im voraus entschieden. Und wenn du dich anständig aufführst, mit deinen verschiedenen Dienstmädchen, dann kommst du ins Paradies – durch die rechte Pforte –, und dort erwarten dich die herrlichsten Jungfrauen, nach der heutigen Mode gekleidet. Was hingegen hast du mir zu bieten? Keuschheit und Himmelsmusik! Außerdem ist der Beweis erbracht: Ihr kommt gegen die Konkurrenz nicht an. Warum haben die Juden wohl die Erbsünde erfunden? Entsprechend ist es ihnen ergangen, und das geschieht ihnen ganz recht.«

»Du bist ein Ketzer.«

»Ketzer? Wieso? In welcher Beziehung? Wer wäre das nicht? Der Katholik ist es für den Protestanten, der Orthodoxe für den Juden, der Jude für den Katholiken. Der Baptist für den Mormonen und umgekehrt. Glaub mir: Der Mensch mag das eine oder das andere sein, doch Ketzer, Ketzer ist er in jedem Fall. Des Rätsels Lösung besteht darin, es zu begreifen. Ketzer aller Länder, vereinigt euch! Und da das nicht geht, weil die Crux bei der Ketzerei ist, daß immer jemand mit ihr aufräumen will, halte ich mich heraus und sehe zu.«

»Und was siehst du?«

»Dasselbe wie du: die Nacht.«

Sie blieben einen Augenblick stehen, um sie zu spüren. Templado fuhr fort:

»Merkst du nicht, wie begrenzt deine Sichtweise ist? Was sieht der Mensch? Nur einen Teil dessen, was es gibt. Es gibt Farben, die er nicht wahrnimmt, Größen, Formen, die ihm durch die Anlage seiner Sinne verwehrt sind. Auf sie gründet sich deine Behauptung, die Wissenschaft sei nicht in der Lage, den Ursprung des Lebens zu erklären. Einverstanden. Aber willst du denn abstreiten – bestimmt willst du das abstreiten –, daß es in dieser unermeßlichen Welt, die wir nicht überblicken können, möglich wäre, den Ursprung der Energie – als Bestandteil der Natur – zu entdecken? Die Biologie sieht sich außerstande, die Mathematik greift zu kurz, die Wahrscheinlichkeitsrechnung bringt es nicht fertig, den Ursprung als Möglichkeit auch nur zu denken. Angesichts dessen sucht ihr wie Kinder eure Zuflucht bei Gott. Auf diese Weise regelt sich alles. Daß wir nach seinem Bilde geschaffen sind … das wäre zu einfach. Wenn es Gott gäbe – diesen Antizufall – warum dann diese ungeheure Menge von Samen, bei den Fischen, bei dir und bei mir? Einer wäre genug.«

Im Ministerium wird General Miaja vor einer Landkarte von seinem Stabschef ausgefragt:
»Warum sind sie nicht heute einmarschiert?«
»Aus Angst. Sie haben Angst bekommen. Wahrscheinlich glauben sie, wir hätten mehr Leute. Und sie haben alles nach dem Lehrbuch machen wollen. Und jetzt ist es aus: Sie werden nicht einmarschieren. Sehen Sie mich nicht so an: Sie werden nicht einmarschieren.«

Als Cuartero und Templado in die Calle de Toledo einbogen, veränderte die Nacht ihr Gesicht. Auf einmal war alles anders. Als ob ein Fluß nach oben fließen würde, in seinem Bett bergan. In der dichten Dunkelheit schleppte sich ein langer Zug aus Karren, Tieren und Menschen voran, mühselig, in Richtung Stadtzentrum. Flüchtlinge, Geflohene. Hin und wieder hörte man ein »Hüh!«, ein »Vorsicht!«, ein »Luis!«, »Rafael!«, »Kind!« oder »Los, weiter!«. Sie zogen aus der Furcht ins Ungewisse, kein anderes Licht als die Nacht und die eine oder andere Laterne, die zwischen den Rädern eines Karrens hing und lange bewegliche Schatten warf: langsam, eine Speiche nach der anderen, warfen sie sich zuerst auf den Boden und stiegen dann an den Wänden hoch, wie das Rad des Schicksals. Verdammte Seelen, im Fegefeuer. Paulino Cuartero denkt an Goya. Sie bleiben stehen. Ein untersetzter Mann mit dunklem Gesicht kommt auf sie zu.

»Entschuldigen Sie, wo werden hier die Gewehre ausgegeben?«

»Kein Ahnung«, antwortet Templado. »Zu welcher Organisation gehörst du?«

»Zu keiner.«

»Zu welcher Partei?«

»Zu keiner.«

»Was bist du?«

»Landarbeiter.« Er berichtigte sich: »Bauer.«

Sie zeigten ihm den Weg zum Volkshaus. Er bedankte sich und wollte schon gehen, als Cuartero ihn fragte:

»Sag, Kamerad. Wozu willst du ein Gewehr?«

Der Mann sah ihn an. Im Licht des Streichholzes, das Cuartero anzündete, um sich eine Zigarette anzustecken, sah man deutlich seine fünfzig Jahre und seine blauen Augen.

»Ich will mein Land verteidigen.«

»Hat man es dir weggenommen?«

»Mir? Ich hatte keins, sie haben's mir gegeben.«

Cuartero blies das Streichholz aus, und der Mann ging weiter. Sie mußten eine Lücke in dem Elendszug abwarten, bis sie weitergehen konnten.

»Ich möchte nur einmal Gott sein«, sagte Templado, »um all denen, die hier kämpfen, klarzumachen, daß sie verlieren werden. Wie viele würden dennoch bleiben? Fast alle; und bei der gleichen Probe auf der anderen Seite? Fast keiner.«

»So ist es.«

Das Telefon klingelte, und Rivadavia hob ab. Es war García Oliver.

»Die Regierung verläßt heute nacht die Stadt. Largo Caballero ist schon auf dem Weg nach Valencia. Ich habe einen Platz für dich frei. Komm um zwei zum Ministerium.«

»Heute nacht?«

»Ja.«

»Steht es so schlecht?«

»Laut Asensio, ja. Mola wird innerhalb von zwei oder drei Tagen einmarschieren. Sag keinem Menschen ein Wort.«

»Aber wie ist das möglich?«

»Was soll ich sagen? Ich weiß es selbst nicht. Unter den Soldaten und bei der Führung ist die Panik ausgebrochen. Wir geben Stellungen auf, Stunden bevor der Feind erscheint.

Rivadavia sah sich etwas gegenüber, das ihm gar nicht recht war. Was er seit Monaten hatte kommen sehen. Er selbst nannte das seine Beschränktheit, obwohl er im Grunde wußte, daß es keine Beschränktheit war, und er war überzeugt, daß er letztlich immer mit heiler Haut davonkommen würde. Es fehlte ihm nicht an Freunden unter den Rechten – darunter die Marquesa de Miraflores, die ihn häufig von der Botschaft von Panama aus anrief und ihn drängte, sich Papiere für die Ausreise nach Frankreich zu beschaffen. Aber er hatte so getan, als ginge ihn das alles nichts an. Sein ganzes Leben lang war er den Weg des geringsten Widerstandes gegangen. Aber jetzt ... Die Aufständischen in Madrid! Was könnte ihm schon zustoßen? Sie würden ihn verhaften, ihn erschießen. »José Rivadavia, erschossen.« In gewisser Hinsicht war das gar keine so schlechte Aussicht. »Sie haben José Rivadavia erschossen.« Kein sehr angenehmer Tod, und wie sein ganzes Leben: nutzlos. Nie hatte ihm eingeleuchtet, warum er geboren worden war, also machte es ihm nicht viel aus, von der Welt zu scheiden. Er lebte aus Trägheit und glaubte, daß aus Trägheit auch alles weitergehen würde. Er war liberal, weil das am wenigsten Mühe kostete.

»Ist da nichts zu machen?«

»Angeblich doch: Es soll leichter sein, Madrid wiederzuerobern als zu verteidigen.«

Einen Augenblick überlegte er, ob er beim Gericht vorbeigehen und einige Papiere holen sollte, doch da er befürchtete, damit Aufmerksamkeit zu wecken, ließ er es bleiben. Vor zwei Monaten war er zum Sonderrichter ernannt worden, und ihm war nichts anderes übriggeblieben als anzunehmen. Der Aufstand hatte ihn in Madrid überrascht, seine Stelle war eigentlich in Santiago.

Er fühlte sich niedergeschlagener als gewöhnlich. Er war nie ehrgeizig gewesen, und dem Leben konnte er einzig als Schauspiel etwas abgewinnen, an dem er selbst gar nicht beteiligt war. Der Sieg der Militärs schmerzte ihn. Da er sich in der Geschichte auskannte, blieb ihm nicht verborgen, welch ein Unglück dies für sein Vaterland bedeutete – das einzige, wofür er sich begeisterte, still, aber leidenschaftlich.

›Fliehen. Sonderbar: ich, dem alles egal ist.‹

Nein. Nichts war ihm egal. Rivadavia betrachtete sich selbst mit einem gewissen Erstaunen. Nein, es war ihm überhaupt nicht egal. Sich aus dem Staub machen, weil die Faschisten näherrücken … Es stört ihn einfach, daß sie über ihn bestimmten. Er hat keine weitere Verpflichtung hier, aber es mißfällt ihm, daß sie ihm seinen Weg vorschreiben, mißfällt ihm weit mehr als wenn sie ihm auftragen würden, was er zu tun hätte. Er begreift, daß es menschlich ist, so zu empfinden, aber ausgerechnet er! Und trotzdem, er spürt es, ganz deutlich, dieses dunkle Gefühl. Sich aus dem Staub machen. Die Regierung haut ab. Was für eine Schande. Wenn alles verloren ist, sollen sie doch bleiben und sterben.

Das würde einleuchten. Er wird nicht fortgehen. Er ist auf alles gefaßt. Wozu nach Valencia fliehen und dann Gott weiß wohin? Nein. Dennoch, es wäre idiotisch, die günstige Gelegenheit, die ihm da geboten wurde, nicht zu nutzen. Er hat noch zwei Stunden Zeit. Mal sehen. Nichts ist schlimmer als Entschlüsse zu fassen, sie vermiesen einem das ganze Leben.

Um zwei Uhr war er im Ministerium. García Oliver erwartete ihn. Sie fuhren sofort ab. Unmittelbar nachdem sie Tarancón hinter sich gelassen hatten, traf dort die Order ein, keinen anarchistischen Minister mehr durchzulassen. Die FAI hatte angeordnet, daß sie in Madrid bleiben sollten. Aber die Meldung kam zu spät, es konnte nur noch der Außenminister aufgehalten werden, und der war Sozialist. Bis auf Federica Montseny, die in Madrid zurückblieb, waren alle bereits in Valencia.

(Templado und Cuartero auf der Plaza de la Cebada.)

»Es gibt keinen anderen Geist als die Vorstellungskraft, so weit die Vorstellungskraft reicht, so weit reicht der Geist, weiter nicht.«

»Und der Mensch ist der Ursprung seines eigenen Untergangs. Einzig die Natur treibt sich nicht selbst in den Untergang, weil sie keinen Fortschritt kennt. Sie kennt allenfalls den Wandel, wenn du so willst.«

»Was willst du damit sagen?«

»Daß sich jeder seiner selbst bewußt ist. Wer weiß, warum er handelt, ist frei. Jede andere Freiheit ist nur Gefasel. Die Mathematik trägt das Gebot der Freiheit in sich. Die Welt«, versichert Cuartero, »wird von den Leidenschaften regiert, und nicht von den Notwendigkeiten. Die Notwendigkeiten gehören in den Bereich der kleinen Dinge, des Konkreten. Vor lauter Bäumen seht ihr den Wald nicht mehr.«

»Seit es Flugzeuge gibt, trifft dieses Bild nicht mehr zu. Man kann die Bäume und den Wald gleichzeitig sehen.«

Auf der Plaza de la Cebada fanden sie ein geöffnetes Lokal. Sie traten ein, um eine Flasche Wein zu trinken und sich noch etwas zu unterhalten. Templado hatte beschlossen, am nächsten Tag abzureisen. Wer weiß, wann sie sich wiedersehen würden!

»Gott selbst ist gefallen – und dabei in tausend Stücke zersprungen. Seitdem ist es niemandem gelungen, ihn wieder zusammenzusetzen, so sehr sich die einen oder anderen auch herumbemühen. Ist er gestolpert? Hat er sich zu weit hinausgebeugt? Wer soll das wissen. Jedenfalls ist er gestürzt. Tausende haben sich daran gemacht, ihn wieder zusammenzubauen, aber da jeder nur seine eigene kleine Scherbe besitzt und es immer jemanden gibt, der seine nicht rausrücken will, ist es den Menschen nicht möglich, die einzelnen Teile wieder anständig zusammenzufügen.«

»Das hat Platon gesagt: Dank des Sinnes für Gerechtigkeit können wir in Freundschaft leben.«

»Aber da wir hier nicht in Freundschaft leben, sondern im Krieg, kann uns die Gerechtigkeit den Buckel runterrutschen. Und Platon gleich mit. Es ist kaum zu glauben, wie ein dermaßen verheerender Irrtum so viele Jahre überdauern und jahrhundertelang die Menschheit vergiften konnte. Die Gerechtigkeit als Grundlage des Zusammenlebens und des Friedens! Dieses sich Laben an der Heuchelei, am Wegsehen und an der Selbstbefriedigung, während man danach dürstet, das Unendliche zu erlangen, den Himmel in Händen zu halten! Wo sind denn der Friede, die Gleichheit, die Güte, auf die sich der Sinn für Gerechtigkeit stützt, oder umgekehrt? Oh, ihr Schleimscheißer! Söhne Platons, des Vaters so vieler Feiglinge.«

»Willst du abstreiten, daß es Helden gibt?«

»Und Märtyrer des Glaubens. Na und? Es ist doch leicht, im Glauben an die göttliche Barmherzigkeit zu sterben. Versuche aber einmal, dich auf das Nichts zu stützen! Auf das wahre Nichts, auf den Menschen allein, den Menschen allein, der inmitten eines Haufens Abschaum sitzt, eines idealistischen Abschaums, dann werden wir ja sehen, wer der Held ist … Ihr seid von der Vergangenheit geblendet, ihr verwechselt die Gerechtigkeit immer noch mit der Tugend oder irgendwelchen alten Herren mit weißem Bart. Jemand, der das Recht auf seiner Seite hat, ist automatisch tugendhaft, nicht? Platon: Das ist der Feind.«

»Und nicht Aristoteles.«

»Der war ein Gauner. Ein verdorbener Mensch, kann der im Recht sein? Warum soll ein Mörder nicht im Recht sein? In Griechenland gab es keine Kunstkritiker, dort hat man Gerechtigkeit mit Unparteilichkeit verwechselt. Die Gerechtigkeit und ihre Ausgeburt, das Gesetz.«

»Wenn du recht hättest, recht in einem ursprünglichen Sinn, dann müßte die Welt untergehen.«

»Wenn Gott existiert, ist auf kein Gesetz Verlaß. Dann leben wir in völliger Abhängigkeit von seinen Launen. Er wäre das Urbild des Anarchisten. Und wenn dich das nicht überzeugt, denk an die Wunder. Ist dir klar, was ein Wunder ist? Der Umsturz alles Althergebrachten. Wenn Gott existiert, steht nichts dagegen, daß – wenn er seinen Spaß daran hat – die Gegenstände schwerelos werden, die Elefanten fliegen und die Ameisen die Museen verschlingen. Wenn das so wäre, was zum Teufel tun wir dann hier?«

Von weit her aus der Ebene – woher genau? – drang der schrille Pfiff einer Lokomotive.

»In manchen Augenblicken, zum Beispiel wenn man in der vollkommenen Stille der Nacht das erbärmliche Heulen eines Zuges hört, glaubt man, man sei kurz davor, das Leben, das Warum, zu verstehen; da fühlt man sich beschwingt, berauscht, auf einmal glaubt man, den Grund des Seins begriffen zu haben. Aber nein: Die Stille kehrt zurück, und dann das Morgengrauen.«

Sie bestellten eine zweite Flasche Wein bei dem Wirt, der Bienvenido hieß.

Luis Barragán sitzt vor dem Nordbahnhof und streichelt zärtlich sein Gewehr.

Er findet es unsinnig, Wache zu stehen. Er ist mit seinen Gedanken beim Umbruch der Zeitung. Aber da ist nichts zu machen, er ist als Wache eingeteilt, vor ein paar Stunden war im Druckhaus das Los auf ihn gefallen. Auf ihn und auf Timoteo. Seit vorgestern abend ist er stellvertretender Direktor.

»Letztlich kämpft der Mensch gegen den Zufall. Alle seine Anstrengungen laufen – seitdem es ihn gibt – darauf hinaus. ›Der Zufall besitzt weder Bewußtsein noch Erinnerung‹, hat irgendwer mal gesagt. Aber den Menschen zeichnet gerade das aus: sein Bewußtsein, und das hat er, weil er ein Gedächtnis besitzt. Der Mensch kann auf ein *Vorher* zurückgreifen. Das ist sein eigentliches Vermächtnis, die Wurzel seiner Größe. Er kann sich auf sich selbst stützen, alles läßt in ihm etwas zurück. Die Treue ..., du liebst deinen Hund, weil er dich erkennt. Wir haben nichts anderes, woran wir uns festklammern können, als die Geschichte. Alle, die ihr Verständnis von der Welt auf etwas anderem aufbauen wollen, sind unverbesserliche Idioten. Nicht auf Gott nehme ich Rücksicht, sondern auf die Kirche. Ohne den Zufall wäre die Welt schrecklich langweilig.«

»Das mußt ausgerechnet du sagen.«

Sie rauchten schweigend. Es war kalt.

»Mein Vater ...«

»Was ist mit deinem Vater?«

»Ach nichts.«

Sie kannten sich kaum. Beide arbeiteten sie in der Druckerei der *Estampa*. Das Verlagsgebäude lag hinter ihnen. Von Zeit zu Zeit hörte man die Kanone. Die Nacht war klar. Timoteo Gutiérrez übte sich außerdem als Torero. Luis Barragán war um einiges älter:

»Wenn die Menschen kein Gedächtnis hätten ... «

Er brach in Gelächter aus.

»Glaubst du, daß sie einmarschieren werden?«

»Wenn die Leute kein Gedächtnis hätten, selbstverständlich.«

»Du gewinnst.«

Rolando Garcés kam auf sie zu.

»Bis wann steht ihr Wache?«

»Bis sechs.«

»Wer löst euch ab?«

»Zwei von *La Voz*.«

»Poindal und Mustieles?«

»Ja.«

»Die sind beide verwundet.«

»Schwer?«

»Keine Ahnung.«

Barragáns Frau brachte heißen Kaffee. Sie tranken ihn schweigend. Dann hörten sie Schüsse. Die Frau stieß zwei, drei Flüche aus. Ihr Mann sah sie erstaunt an.

»Geh nach Hause.«

»Ich habe keine Lust.«

Sie mochte um die fünfzig Jahre alt sein. Mager und unansehnlich. Schwarze Kleidung. Barragán sah sie verblüfft an.

Er dachte, daß der Krieg eine merkwürdige Sache war: diese Duckmäuserin, die nie gewagt hatte, ihm zu widersprechen ... Er überlegte einen Augenblick, ob er es mit einem Machtwort versuchen sollte. Doch dann fand er, die Sache sei es nicht wert. Er lehnte sich über die Brüstung, um zu sehen, ob er in der Ferne vielleicht etwas erkennen könnte.

Hier und dort, wo die Soldaten zusammengezogen worden waren, sah man einzelne Lichter. Er wunderte sich, daß diese Orte nicht unter Beschuß genommen wurden. In Madrid würden sie nicht einmarschieren, denn da war er vor. Niemals war es ihm in den Sinn gekommen, daß sie ihn töten könnten. Er glaubte an das, was ihm eine Zigeunerin vor über dreißig Jahren auf einem Volksfest vorhergesagt hatte. Außerdem hatte er eine sehr lange Lebenslinie, rings um beide Daumen. Er war Korrektor und wie die meisten von ihnen sehr belesen. In allem.

Sie war seine zweite Frau. Wäre sie doch wie die erste! Das war eine Frau gewesen, nicht so ausgemergelt wie sie. Abgesehen davon, machte es ihm wirklich etwas aus zu sterben? Es würde ihn höchstens ärgern, daß die Rebellen ihn umbrächten. Wer hatte ihnen befohlen, sich in Dinge zu mischen, die sie nichts angingen? Immer, wenn er an die Faschisten denken mußte, kochte er vor Zorn: Diese verdammten Hurensöhne! Konnte man denn in Spanien niemals etwas Anständiges aufziehen, ohne daß sich Militärs und Priester einmischten? Vollkommen schleierhaft aber blieb ihm – soviel er auch darüber nachdachte – die Haltung Frankreichs. England mit seinen Konservativen, das konnte man noch verstehen. Aber Blum! Er war überzeugt, daß dann, wenn man am wenigsten damit rechnete, hunderte von Flugzeugen und Artillerieeinheiten nach Madrid kämen, geführt von wie auch immer verkleideten Franzosen.

»Duck dich, sonst treffen sie dich.«

»Mich?«

Vorsichtshalber setzte er sich wieder hin.

»Was hast du von Luis gehört?« fragte Gutiérrez ihn ins Ohr.

»Nichts.«

»Wo ist er?« wollte er wissen.

»In Arganda.«

Der eine hier, der andere dort. Luis war der Bruder seiner Frau. Ein Faulenzer, der alles getan hatte, um nur nicht arbeiten zu müssen: Selbst als Banderillero in Dorfstierkämpfen hatte er sich versucht, und daher kannte ihn Timoteo Gutiérrez.

»He du, wird die Zeitung denn erscheinen?« fragte die Frau.

»Natürlich erscheint sie! Unsere und alle anderen auch. Auf jeden Fall.«

Alle Setzmaschinen in Madrid, alle Rotationsmaschinen arbeiteten. Fast überall waren neue Chefredakteure im Amt. Die eigentlichen, wie immer gut informiert, hatten sich aus dem Staub gemacht und waren der Regierung gefolgt. Die Redakteure, die geblieben waren, ließen sich nicht lange bitten und setzten sich in die leeren Sessel.

Bienvenidos Kneipe ist eine Kaschemme wie viele andere, mit sechs Holztischen, einer Theke an der Rückwand des Schankraums, hinter der ein mehr oder weniger glänzender Spiegel hängt, auf den früher einmal mit Kreide das Tagesgericht geschrieben wurde – das allerdings nur am Sonntag wechselte, an dem man gebratene Vögel essen konnte. Die Spezialität des Hauses waren Schnecken. Jetzt aber gab es zum ersten Mal seit vielen Jahren keine Schnecken. Der Wirt hatte sie immer von Verwandten aus Boadilla bezogen. Jetzt war niemand mehr in Boadilla.

»Nicht einmal die Schnecken«, sagte Bienvenido.

Jesús Herrera, Hope und Gorov traten ein. Herrera trug jetzt Uniform. Er war Hauptmann. Er begrüßte Cuartero, und die anderen stellten sich gegenseitig vor. Sie wollten Kaffee trinken, bevor sie an die Front gingen. Cuartero, der die Taverne gut kannte – er wohnte gleich um die Ecke –, empfahl ihnen Spiegeleier mit Bratkartoffeln. Da konnten sie nicht widerstehen.

»Die Leute denken immer, bei Spiegeleiern könne man nichts falsch machen. Aber da irren sie sich gewaltig. Genauso bei Bratkartoffeln. Alles im Leben hat sein gewisses Etwas, erst recht in der Küche. Aber nichts ist so schwierig wie das, was einfach aussieht. Das Eiweiß muß braten und sich goldgelb wie Brotrinde färben, während der Dotter weich bleiben muß, unter einer zarten weißen Hülle, und die Ränder müssen wie eine barocke Plastik aussehen.«

»Eine von Churriguera«, präzisierte Templado.

»Mit den Kartoffeln verhält es sich anders: innen weich und außen kurz davor, an den Rändern von Goldgelb in Sienabraun überzugehen ...«

In dem schummrigen Licht sah Gorov noch viereckiger aus: der Kopf, die Schultern, der Brustkasten, die Hände, alles viereckig. Nichts ragte heraus. Kleine blaue Augen, durchdringender, boshafter Blick. Außerordentlich kräftig, kurzgeschorenes Haar und das verschlossene Lächeln seines breiten Mundes. Er sprach sehr gut Spanisch. Er wohnte im *Palace* und stand in enger Verbindung zur sowjetischen Mission. Er rauchte viel und trank nicht minder, trotzdem sah man ihn nie fröhlicher als er von Natur aus war. Seinen Freunden schlug er so kräftig auf die Schulter, daß seine Hände Abdrücke hinterließen. Herrera und er waren ein Herz und eine Seele. Hope und Gorov waren von den Kartoffeln, den Spiegeleiern und dem Valdepeñas, den Bienvenido rausrückte, völlig hingerissen. Wenn man den Worten des russischen Schriftstellers glaubte, war er ursprünglich von Beruf Bäcker, hatte später die Universität besucht und sich für Mechanik zu interessieren begonnen, und in der Armee seines Landes – er sagte nicht, welches – hatte er es zum Offizier einer Panzereinheit gebracht.

»Die beiden da sind Intellektuelle«, sagte Herrera zu ihm und deutete auf Cuartero und Templado.

»Das tut keinem weh ...«

Gorovs Optimismus brachte die Unterhaltung auf den Frieden und das, was aus Spanien würde, wenn die Faschisten erst einmal besiegt waren.

Herrera ließ sich hinreißen, über die Nordamerikaner herzuziehen, ohne zu wissen, daß Hope einer war.

»Wir wünschten«, sagte Gorov, »wir hätten manches, was sie haben. Verachten ist einfach. Aber was ihre Hygiene angeht, ihre Sozialversicherung, ihre Ernährung, da kann man sich eine Scheibe abschneiden. Sie, die Spanier, neigen dazu, das Mittelmaß geringzuschätzen. Doch die Welt der Extreme ist bald Geschichte. Der Siegeszug des Bürgertums, mit dem müssen wir es aufnehmen.«

Hope lächelt.

»Die Qualität«, setzte Templado an.

»Die Qualität, für wen?«, unterbrach Gorov. »Für die auserlesenen Minderheiten? Nein, Genosse. Die Qualität wird schon noch kommen. Falls sie kommt. Man kann sie opfern zugunsten einer neuen Welt, eines halbwegs neuen Menschen, des Menschen überhaupt. Das Erlesene hat seine Zeit gehabt. Jetzt wird die Intelligenz den anderen dienen müssen. Jetzt wird Nützlichkeit großgeschrieben.«

»Aber die Zivilisation entwickelt sich dank ihrer Fortschritte weiter.«

»In der Wissenschaft, sicherlich, denn in der Wissenschaft wird nichts erfunden, man macht sich das, was man weiß, zunutze und baut darauf auf. Das Gute ist wichtiger als das Schöne. Im übrigen ist das Schöne immer aus dem entstanden, was nützlich war.«

»Die Herrschaft des Mittelmaßes«, folgerte Templado leise.

Gorov widersprach ihm lächelnd, während Hope nichts anderes tat als seinen Valdepeñas zu schlürfen.

»Warum nicht, Genosse, wenn das Proletariat dieses Mittelmaß noch gar nicht erreicht hat? Und außerdem müssen wir uns einigen, was unter Mittelmaß zu verstehen ist. Ihr mögt das Wort nicht, auf ähnliche Art, wie den Romantikern das Wort ›bürgerlich‹ verhaßt war. Aber sie haben den Bürgerlichen gedient.«

»Weil sie selbst Bürger waren«, sagte Hope.

»Aber sie wehrten sich dagegen.«

»Und was hatten sie davon?«

»Immerhin gibt es einige Werke, die gar nicht so übel sind.«

»Damit wir uns richtig verstehen: Puschkin, ja, Dostojewski, nein. Ihr Spanier sagt Dostojewski, als gäbe es nichts anderes. Ebenso wie ihr die Mystiker überschätzt und Cervantes womöglich nicht den Platz einräumt, der ihm gebührt. Uns geht es in erster Linie darum, den Lebensstandard zu heben, so wie in Nordamerika, den Lebensstandard der breiten Massen. Die Eliten nützen nur sehr wenig, Genosse. Das mit den Auserwählten ist ein Märchen. Es kommt auf die Masse an. Und darauf, daß sie so gut wie möglich lebt. Die Vorhut eines Heeres ist schon sehr wichtig, aber was ist sie neben dem Heer an sich, neben dem Gros des Heeres? Und die Intellektuellen, sehr auf ihre Wirkung nach außen bedacht, bilden sich ein, – und reagieren erbost und eingeschnappt, wenn die anderen nicht denken wie sie – die Vorhut sei alles.«

Hope trank und schaute gelangweilt auf seine Uhr. Er rief Bienvenido und trug ihm auf, zwölf Flaschen des gleichen Tropfens ins Hotel *Florida* zu bringen.

»Gehen wir?«

»Wir haben noch eine Stunde Zeit.«

»Wohin wollt ihr?«

»Nach Carabanchel. Und wenn ich daran denke«, sagte der große, fette, rote Nordamerikaner, »daß ich schon alles vorbereitet hatte, um den Winter auf Hawai zu verbringen ...«

»Du konntest es dir immerhin aussuchen«, sagte Herrera.

»Wir können uns aussuchen, einer bestimmten Klasse von Menschen anzugehören, aber nicht, Mensch zu sein: Das sind wir, und zwar unter Bedingungen, die wir uns nicht aussuchen können.«

»Auch das wird alles noch werden«, sagt Gorov.

»Alles ist zuviel. Bist du, was du bist, weil du es sein willst? Hast du dir dein Gesicht, deine Stimme, deine Intelligenz ausgesucht? Nein. Du hast alles so bekommen. Und da kommst du mir damit an, du würdest es dir aussuchen. Du gehorchst und basta.«

»Wem? Was?«

»Dem Scheißzufall! Wenn dein Vater meine Mutter geheiratet hätte?«

»Aber abgesehen von diesem Zufall: Willst du bestreiten, daß ich eine Wahl habe?«

»Eine Wahl? Wozu? Und was zählt das schon neben dem, was du alles gezwungenermaßen tust?«

Offensichtlich war es nicht Herzlichkeit, die Hope und Gorov verband.

»Laß uns ein andermal darüber reden. Wirt, was macht das?«

Cuartero bestand darauf zu bezahlen.

Als sie aus der Kneipe traten, dämmerte es bereits. Templado blieb stehen und lächelte. Cuartero, der mit den anderen bereits ein paar Schritte vorausgegangen war, kehrte zu ihm zurück.

»Was ist los?«

»Heute ist doch der Siebte, nicht wahr?«

»Schon den ganzen Tag lang.«

»Komisch.«

»Wie?«

»Heute vor genau einhundertunddreizehn Jahren wurde hier, an dieser Stelle, Riego erhängt. Am 7. November 1823. Falls heute diese Hurensöhne von Fernando VII. einmarschieren, wird es eine Art Gedenkfeier sein.«

Und mit gedämpfter Stimme fügte er hinzu:

»Und wenn sie nicht einmarschieren, dann auch. Was für ein Jahrestag!«

Cuartero erzählte es den anderen.

»Sie schleiften ihn in einem großen Korb vom Gefängnis zum Schafott. Überall standen Pikeniere der französischen Kavallerie. Sie haben ihn geviertelt. Kennt ihr nicht den Vertrag von Verona, der den Herzog von Angoulême nach Spanien gebracht hat? Eine lohnende Lektüre. Er könnte von heute sein.«

Gorov merkte auf.

»Wenn ihr einen Augenblick mit zu mir raufkommt, zeige ich ihn euch, die drei Treppen sind es wert. Außerdem habe ich Cognac.«

»Welche Marke?« fragte Hope.

»González Byass.«

»In der Not ...«

Cuartero wohnte an der Puerta de Moros. In einem großen kalten Mietshaus.

»Sag mal, stören wir auch nicht?«

»Meine Familie ist nicht in der Stadt.«

Paulino Cuarteros Arbeitszimmer war nicht gerade ein Vorbild an Ordentlichkeit.

»Ihr müßt entschuldigen.«

Er holte den Cognac, die Gläser, und zog ein grün eingebundenes Buch hervor. Er schlug die Seiten auf, zwischen denen ein Lesezeichen lag, und las:

»GEHEIMABKOMMEN VON VERONA

GESCHLOSSEN ZWISCHEN DEN BEVOLLMÄCHTIGTEN ÖSTERREICHS, FRANKREICHS, PREUSSENS UND RUSSLANDS AM 22. NOVEMBER 1822

Die Unterzeichneten sind von ihren Souveränen dazu ermächtigt, Zusätze zum Vertrag der Heiligen Allianz zu beschließen. Nach Kenntnisnahme ihrer gegenseitigen Vollmachten haben sie folgende Bestimmungen vereinbart.

ARTIKEL 1

Die hochgeachteten Vertragspartner sind der festen Überzeugung, daß ein demokratisches System so wenig mit der Monarchie vereinbar ist, wie die Volkssouveränität mit dem Prinzip der Erbnachfolge. Sie verpflichten sich aufs feierlichste, mit allen Mitteln und vereinten Kräften jede demokratische Regierung, in welchem europäischen Staat auch immer sie auftreten möge, zu beseitigen, und jede Entstehung eines solchen Systems in den Staaten, in denen es noch nicht bekannt sein sollte, von vornherein zu unterbinden.

ARTIKEL 2

Es besteht kein Zweifel darüber, daß die Pressefreiheit das wirksamste Werkzeug der sogenannten Verteidiger der Rechte des Volkes ist, um die Macht der Fürsten zu beeinträchtigen. Die hochgeachteten Vertragspartner versprechen einander, alle Maßnahmen zu ergreifen, um die Pressefreiheit nicht nur in ihren eigenen Staaten, sondern auch in allen übrigen betroffenen Staaten in Europa zu unterdrücken.

Artikel 3

Die Religiosität ist das beste Mittel, um das Volk in dem Zustand passiver Hörigkeit zu halten, den es ihren Fürsten schuldet. Die hochgeachteten Vertragspartner erklären daher, daß ein jeder in seinem Staat die Voraussetzungen dafür erhält, daß die Kirche auch in ihrem eigenen Interesse ermächtigt bleibt, die die Autorität des Fürsten betreffende Maßnahmen vollstrecken zu können. Alle Vertragspartner entbieten dem Papst ihre Dankbarkeit dafür, daß er in diesem Sinne bereits tätig geworden ist, ersuchen um seine dauerhafte Mitwirkung an der Unterwerfung des Volkes.«

Cuarteros Stimme zitterte.

Artikel 4

Da die gegenwärtige Situation in Spanien und Portugal zu ihrem Unglück all die Umstände vereint, auf die dieses Abkommen Bezug nimmt, vertrauen die hochgeachteten Vertragsparteien es Frankreich an, diesen Zustand zu beseitigen, und sichern zu, diese Aufgabe in der Weise zu unterstützen, die sie bei ihrem und bei dem französischen Volk am wenigsten kompromittieren kann. Dies soll durch Zahlung einer Summe von alljährlich 20 Millionen Franken einer jeden Vertragspartei vom Tage der Ratifizierung dieses Abkommens an für die gesamte Dauer des Krieges gesichert werden.

Artikel 5

Zur vollständigen Erfüllung des Vertragsgegenstandes, und um auf der Halbinsel den Zustand wiederherzustellen, der vor der Revolution von Cádiz bestanden hat, verpflichten sich die Vertragsparteien bis zu seiner Durchsetzung gegenseitig, jeglichem Gedanken des

Nutzens oder der Vorteilhaftigkeit zu entsagen, und allen Obrigkeiten und Gesandten ihrer Staaten die entschiedensten Weisungen zu erteilen, damit zwischen den vier vertragsschließenden Mächten die vollkommenste Übereinstimmung hinsichtlich dieses Abkommens gewährleistet werde.

ARTIKEL 6

Dieses Abkommen wird bei einem erneuten Kongreß oder am Hofe einer der vertragsabschließenden Partner entsprechend der Umstände erneuert werden, sobald der Krieg in Spanien beendet ist.

ARTIKEL 7

Das vorliegende Abkommen wird ratifiziert. Die ratifizierten Urkunden werden in zwei Monaten in Paris ausgetauscht.

Für Österreich: METTERNICH
Für Frankreich: CHATEAUBRIAND
Für Preußen: BERNSTORFF
Für Rußland: NESSELRODE

Gegeben zu Verona am 22. November 1822.«

Es herrschte Schweigen.

»Diese Dreckskerle!«

»Was sonst!«

Templado brauste auf.

»Das sollten die Kinder in der Schule beigebracht bekommen, damit sie lernen, wer sie sind!«

»Wer?« fragte Gorov. »Glaubst du, das ist eine Ausnahme? Die politischen Systeme beweisen ihre Vollkommenheit durch die Gewalt, ausschließlich durch die Gewalt. Alles andere sind Kindereien. Und wenn dich das nicht überzeugt, sieh dir eure Republik von 1931 an. Das beste Beispiel … Um recht zu haben, muß man mit den Feinden aufräumen. Mit allen. Der Stärkere … und die übrigen.«

Gorov machte eine verächtliche Handbewegung und sah zu Hope.

»Oder nicht?« fragte er ihn.

Hope starrte in sein Glas und leerte es in einem Zug.

»Und wenn alle Feinde beseitigt sind?« fragte der Nordamerikaner zurück. »Was machst du dann? Schießt du dir dann eine Kugel durch den Kopf?«

In der Ferne hörte man das dumpfe Grollen des Geschützfeuers. Herrera und die beiden Journalisten verabschiedeten sich.

»Ich nehme an, Riego hat anders gedacht«, merkte Cuartero an, als er wieder hereinkam.

»Entsprechend ist es ihm ergangen.«

Sie traten auf den Balkon, von dem aus man den ganzen Stadtteil überblickte.

»Schau, dort die Faschisten, hier unsere Leute. Die dort sind rückständig; diese hier fortschrittlich. Die dort verkörpern eine tote Vergangenheit; die hier eine lebendige Zukunft. Die dort sind die Lüge; die hier die Wahrheit.«

Templado ließ das Gespräch ins Leere laufen:

»Und weißt du, wer gewinnen wird?«

Cuartero antwortete nicht, er sah ihn einfach nur an.

»Der Stärkere. Der, der zuerst losschießt. Alles andere ist Quatsch.«

Darauf sagte Templado nichts. Es war ein häßlicher Morgen, drückend, grau, bedeckt, mit Dunst und Nebel, ohne Horizont.

»Man könnte meinen, die Welt geht unter.«

»Die Sehnsucht nach einem besseren Leben, das Ideal von Tausenden von Menschen, in den Händen eines Herrn wie Largo Caballero ...! Denn wenn es nicht gutgeht und die anderen gewinnen und heute oder morgen in Madrid einmarschieren, dann trittst du ab, dann trete ich ab, dann treten Hunderte ab. Was im Grunde belanglos wäre, wenn nicht die große Erwartung, der Schwung von Tausenden und Abertausenden ...«

Madrid, ruhig wie am vorherigen Tag, nahm eine aschgraue Färbung an.

»Der Stärkere ... Und die übrigen ...«

Er ahmte Gorovs wegwerfende Geste nach und lehnte sich vor, um auf die Straße hinunter zu sehen.

»Wenn die Leute, die jetzt zur Puente de Toledo ziehen, das so glauben würden, wie er es gesagt hat, glaubst du, sie würden noch länger mitmachen?«

»Manchmal frage ich mich, ob ich nicht doch an die Moral der Gefühle glaube und ausschließlich von ihnen allein gelenkt werde. Das heißt, ob meine Sehnsüchte Gott unterliegen und nur die Ideen mir allein gehören.«

»Wenn er an die Moral der Gefühle glauben würde, wäre er kein Kommunist«, antwortete Templado und dachte dabei an Gorov.

»Was die Menschen über die Dinge denken ist wichtiger als die Dinge an sich. Nicht auf die Tatsachen kommt es an, sondern auf die Ideen, die ihnen zugrunde liegen.«

»Die Ideen entstehen aus den Tatsachen.«

»So kommen wir doch nicht weiter, wenn wir mit allem beim Römischen Reich anfangen, oder gleich bei Adam und Eva. Der Stärkere. Das sagt sich so leicht. Aber wer ist der Stärkere? Der Schwache von gestern, der Reinfall von morgen? Mit wem soll man es halten? Mit dem, der das Sagen hat? Dahin führt doch diese Art der Weltanschauung. Für dich ist der Stärkere derjenige, von dem du glaubst, er sei im

Recht ... Aber ›Es ist kein Zeichen von Größe, zu glauben, daß die Steine und die Hölzer der Gebäude einstürzen und daß die Sterblichen sterben‹, wie der Heilige Augustinus gesagt hat. Was willst du? Man kann nicht wissen, wohin wir steuern, nicht einmal, woher wir kommen. Jeden Augenblick wehren wir uns mit Händen und Füßen gegen die Leere. Wie willst du dem vorbeugen? Die gleichen Ereignisse ziehen nicht zwangsläufig die gleichen Folgen nach sich, sondern andere. Und du selbst kannst dich nicht sehen, außer in den Verhaltensweisen der anderen, die immer wieder anders ausfallen. Blindenführer. Was wir schreiben und wie wir leben ist für unsere Nachkommen klar ersichtlich, während es für uns selbst verschlüsselt bleibt.«

»Willst du nicht schlafen?«

»Ich will's versuchen.«

»Ich gehe, mein Lieber. Auf bald!«

»Auf bald ...«

Sie umarmten sich.

»Du fährst nun also doch nach Barcelona?«

»Ja.«

»Mach's gut.«

Templado trat auf die Straße. Es war schon Tag.

7. November

Carlos Riquelme macht seine morgendliche Visite in dem Saal, in dem die Schwerverletzten nach ihren Operationen liegen. Vierundzwanzig Betten. Zweiundzwanzig Verletzte; zwei, für die es keinen weiteren Tag mehr geben wird, sind gerade abgeholt worden.

Francisco Sigüenza, beide Beine fast vollständig amputiert, am 18. September in der Sierra am Alto del León verwundet, Maurer:

»Doktor, was glauben Sie, werde ich arbeiten können?«

»Alles, was im Sitzen geht, mein Junge. Morgen wirst du nach Onteniente evakuiert.«

Ramiro Muñoz, achtzehn Jahre alt, Student. Ein Auge weniger, was nicht so schlimm wäre, wenn er nur seinen Verstand wiedererlangen würde. Seine Mutter, Besitzerin einer Plättstube, tupft ihm den Schweiß von der Stirn, seit drei Wochen, wiederholt in einem fort den Namen des Jungen, vergeblich.

»Wie steht es, Doktor?«

»Unverändert, Señora.«

Miguel Altura, Bäcker, vierzig Jahre alt, hat durch einen Schuß in den Mund die Zunge verloren. Alles Leben in den Augen, schaut er seine vier kleinen Kinder an, die nebeneinander am Fußende seines Bettes stehen.

Wer wird für diese Verbrechen bezahlen?

Florencio Alcalá. Gepäckträger vom *Delicias*-Bahnhof, hat den rechten Arm verloren, bettelt in einem fort um eine Flasche Rotwein, die man ihm nicht geben kann.

»Doktor, seien Sie kein Faschist ... Wie soll mir der Wein schaden, wenn ich doch mein ganzes Leben lang nie etwas anderes getrunken habe. Lieber krepiere ich. Wenn es so ist, wär ich besser gleich in Palomeque abgekratzt. Diese Scheiß-granate! Ich will gerade eine Schluck nehmen, da sehe ich sie plötzlich mit meinem Arm durch die Luft sausen: Ich hab sie nicht losgelassen. Finden Sie nicht auch, daß man darauf einen Liter Rotwein gurgeln muß?«

Riquelme wirft einen Blick auf seine Fieberkurve und ordnet an, daß man ihm den Wein bringt. Die Kranken-schwester sieht ihn verwundert an.

»Gott vergelt's Ihnen«, sagt der Verwundete.

»Vergessen Sie nicht, ihn daran zu erinnern«, murmelt der Arzt, während er an das nächste Bett tritt, zu Agripina Pérez.

Zweiundzwanzig Jahre alt und liegt im Sterben: Eine Maschinengewehrgarbe, vorgestern, in Villaviosa de Odón, als sie unsere Fahne hissen wollte, die von der Druckwelle einer Detonation vom Balkon eines Hauses gerissen worden war. Eine alte Frau in Trauerkleidung sitzt bei ihr, stumm und verschlossen starrt sie auf das Fußende des Bettes. Die kleinen Augen der jungen Frau sind geschlossen, ihre Lippen sieht man gar nicht, so bleich sind sie. Volles, feines brünet-tes Haar. Aus Asturien. Aus dem Innern des Landes; nicht nur, weil es vom Meer weit entfernt ist, sondern auch, weil es von seinem Innern, den Bodenschätzen lebt. Der Vater ist Tischler gewesen, die Mutter versorgt das Haus, in dem seit dem Tod ihres Mannes mehrere Bergarbeiter in Pension leben. Agripina, die Mutter, ist eine anständige Katholikin, wie es sich gehört. Sie änderte ihre Einstellung, als der Herr

Pfarrer das Mädchen nachmittags hin und wieder allein zu sich bestellte, um sie, im Dämmerlicht, im heiligen Katechismus zu unterweisen.

Das Dorf ist trostlos und von diesem schwärzlichen Grün beherrscht, das Asturien umso stärker prägt, je näher man den Gruben kommt, dort sind die Sträucher und Waldeslichtungen düster von den unzähligen Regen- und Nebeltagen. Die Bergarbeiter, die bei ihnen im Haus wohnen, sind rauhe und liebenswürdige Männer, und das Mädchen unterhält sich gerne mit ihnen; sie erzählen ihr von ihrem Elend und ihrem Trübsinn, ihrer Sehnsucht nach einem besseren Leben: das teilen sie. Die Bergarbeiter haben die Bergwerksgesellschaften darum gebeten, an den Förderschächten Waschkauen einzurichten, damit sie sich nach Ende ihrer Schicht säubern können. Die Gesellschaft weigert sich, es wird zum Streik aufgerufen, ein Steiger wird von der Guardia Civil festgenommen und grün und blau geschlagen: so ist es üblich. Diesmal aber sind sie über das gewohnte Maß hinausgegangen: drei gebrochene Rippen. Der Arbeiter kennt die Männer, die ihn so zugerichtet haben. Als er freigelassen wird, spricht er mit seinen Freunden und diese wiederum mit dem Mädchen.

Am Eingang des Dorfes liegen einige Maisfelder. In der Abenddämmerung tauchen zwischen den grünen Lanzen die Gewehre auf, die sie schon kennen. Agripina pfeift, sobald sie die Streife der Guardia Civil herankommen sieht.

Sie machte weiter. Niemand verdächtigte sie. Sie verteilte Waffen und Flugblätter. Gerade siebzehn Jahre alt.

Es kam der Oktober 1934. Sie war in Trubia. In Taberga half sie nach besten Kräften beim Überfall auf die Kaserne. Sie versteckten sie in einem kleinen häßlichen Dorf, wo sie sich furchtbar langweilte. Ihrer Mutter versicherten allen, sie habe nichts getan, und da sie minderjährig und allen bekannt sei, könne ihr nichts passieren. Die Mutter fuhr zu ihr und nahm sie mit. Noch in derselben Nacht ihrer Ankunft im Dorf nahm Doval sie höchstpersönlich fest. In dem großen Hof waren zweihundert Leute, und man schlug ohne Erbarmen auf sie ein.

›Auf mich waren sie besonders wütend, weil ich ihnen geantwortet hatte. Sie haben mich in einen winzigen Raum gesteckt, zwanzig Männer und mich; wir konnten uns nicht rühren. Später führten sie uns in einen großen Raum der Kaserne. Wir waren sechsunddreißig. Sie prügelten uns, einen nach dem anderen. Sie wollten wissen, wo die Waffen waren. Dann schleppten sie einige in den Hof und machten kurzen Prozeß mit ihnen. Wir waren noch zwölf. Von den sechsunddreißig haben nur zwei gesungen. Vor allem erinnere ich mich an Fombona. Fombona war ein großartiger Kamerad. Er war schon älter als fünfzig, sehr gebildet, darum hatten sie es auf ihn besonders abgesehen. Er hatte immer Schmerzen im Bein, das er nach fünf Operationen kaum noch bewegen konnte; sie packten es und zerrten es in alle Richtungen, zogen es lang, verrenkten es und drehten es um. Dann fingen sie an, ihn auf den Kopf zu schlagen, und rissen an seinem Schnurrbart, bis er blutete. Und schließlich quoll ihm das Blut aus den Augen, dem Mund und den Ohren. Er trug einen Ring mit drei Edelsteinen, an dem er sehr hing. Sie rissen ihm die Finger aus, und der Ring fiel zu Boden, ohne daß er ihn aufheben konnte. Da sagte er mir: ›Gib ihn meiner Familie.‹ Ich hob den blutverklebten Ring auf, später haben sie ihn mir weggenommen, und als ich bei meiner Entlassung aus dem Gefängnis nach ihm fragte, lachten sie nur. Sie haben ihn an Ort und Stelle totgeschlagen, vor unseren Augen. Das matte Knallen der Riemen auf dem Fleisch, dem Körper mit den gebrochenen Knochen. Dann schleiften sie ihn in den Hof hinaus. Ich werde das nie vergessen.

›Wo ist González Peña?‹

›Wo sind die Waffen? Ihr werdet schon noch auspacken, Kanaille!‹

Und sie schlugen weiter. Ja, mich auch, als wäre ich ein Mann. Später haben sie alle, die noch übrig waren, nach Gijón gebracht, aufs Schiff, und mich anschließend ins Nonnenkloster. Nach sieben Monaten haben sie mich aus dem Gefängnis entlassen, weil ich minderjährig war, obwohl sie mich zu zwanzig Jahren verurteilt hatten.

Damals haben wir im Dorf die Partei gegründet. Ich habe den Ausweis Nummer zwei. Und so kam der Juli dieses Jahres. Ich war Sekretärin des Frauenkomitees der Provinz. Als man Gerüchte von einem möglichen Aufstand hörte, fuhr ich nach Oviedo. Alles schien ruhig. Man versicherte uns, Aranda sei der Republik treu ergeben. Da benachrichtigte uns plötzlich ein Freund, die bekanntesten Faschisten kämen alle in die Kaserne. Die Genossen aus Oviedo konnten unmöglich selbst prüfen, was dort geschah: Sie waren zu bekannt. So gingen ein Schutzmann und ich, Arm in Arm, als wären wir ein Liebespärchen. In dem Viertel fand gerade ein Volksfest statt. Wir sahen bestätigt, was man uns gesagt hatte, und die entsprechenden Befehle wurden ausgegeben. Aber es war schon zu spät: die Truppen waren auf der Straße. Wir versteckten uns, bis man uns mitteilte, Trubia sei in unseren Händen. Und dorthin begaben wir uns, einer nach dem anderen.

Kurze Zeit später, an der Front; zwei Monate lang lag ich mit meinem Gewehr in Sograndio. Mit der Angst bin ich schon fertiggeworden. Bis die Partei mich rief. Es hat mir sehr leid getan, die Front zu verlassen, weil sie mich zum Sergeanten ernannt hatten. Ich wollte nicht gehen. Aber man zwang mich. Man rief mich zu einer Versammlung des Nationalkomitees Antifaschistischer Frauen. Und so kam ich nach Madrid. Und von hier haben sie mich dann nicht mehr weggelassen. Ich will zurück nach Asturien, Doktor. Machen

Sie, daß ich gesund werde und dorthin zurück kann. Man hatte es mir versprochen. Ich konnte sie davon überzeugen, daß man mich dort mehr braucht als hier.«

Das gab sie von sich, als sie eingeliefert wurde. Sie redete und redete, im Fieberwahn. Jetzt schweigt sie, und sie ist nicht mehr zu retten.

Der Arzt wendet sich an die Frau.

»Sind sie ihre Mutter?«

Die Alte sieht ihn an, mit blauen Augen, so hell und hart, daß sie stechen.

»Ich weiß Bescheid. Sie erkennt mich schon nicht mehr. Aber jemand mußte die Fahne ja retten. Wenn sie stirbt, gehe eben ich.«

Carlos Riquelme findet keine Worte. Er legt ihr die Hand auf die Schulter, drückt sie leicht, spürt nur Haut und Knochen. Dann geht er weiter zum nächsten Bett.

»Kochendes Wasser. Jawohl. Kochendes Wasser. Oder wollt ihr etwa schlapp machen? Hier kommen sie nicht durch. Die Matratzen vor die Fenster, und Platz für die Kochtöpfe.«

»Mein Großvater hat ein Jagdgewehr. Es ist schon alt, aber ich glaube, daß es noch zu was taugt.«

»Bring es her. Ein hübscher Schrotschuß ist nicht zu verachten. Los!«

»Und glühende Kohlen …?«

»Auch, nur zu!«

Die Frauen.

»Wir wissen uns schon zu helfen, wenn ihr Männer nicht wißt, worauf es jetzt ankommt! Und wenn sie in Madrid einmarschieren, sollen sie keinen Stein auf dem anderen finden!«

Señora Romualda hat das Kommando der halben Calle de Embajadores übernommen. Endlich weiß sie, wozu sie gut ist: fünfhundert Frauen zu befehligen. Sie nimmt alles in die Hand, das Rote Kreuz, die Bewaffnung, die Begeisterung. Sie redet und redet. Und alle gehorchen ihr.

»Können wir auch Küchenmesser gebrauchen?«

»Kaum, aber besser als gar nichts. Jetzt müssen wir vor allem den Männern im Casa de Campo Essen bringen, denn die können wir sehr wohl gebrauchen. Und die Kinder, die ihre Eltern verloren haben, brauchen etwas zu Essen. Bringt sie zur Garage von Nummer 23. Aber Flora und fünf andere sollen bei ihnen bleiben, damit sie keine Dummheiten machen. Du gehst zu Don Rómulo, dem vom Puerto del Ferrol, und richtest ihm aus, er soll dir alle Kondensmilch geben, die er noch hat. Ich werde ihm eine Quittung schreiben. Und wenn er nicht will, sag ihm, ich würde persönlich anrücken, mit zehn oder zwölf Frauen. Dann kann er was erleben! Worauf wartet ihr noch, verdammt, ich werde euch ...«

Es ist nicht mehr wie im Juli und im August, als man noch jeden Tag mit irgendeinem Lastwagen in die Sierra fuhr und abends zum Schlafen wieder nach Hause kam. Und wie die Mädchen auf den Lastwagen vor Begeisterung jauchzten! Jetzt ist alles ganz anders, jetzt ist etwas da, was von innen kommt. Die Wut, und die Entschlossenheit. Die Freude auf ein neues Leben ist verhallt, jetzt hält man an dem fest, was man hat, was man hinzugewonnen hat: auf Gedeih und Verderb.

»Hierher, du Drückebergerin, geh zum Bahnhof Lista. Ja, los, zur Metrostation, dort haben sie eine Munitionsfabrik eingerichtet. Die selbstzündenden Patronen werden dort gemacht. Sieh zu, ob sie uns etwas von ihrem Bestand geben können. Von den Siebenern. Nimm einen Schein mit. Sie kennen mich schon. Aber wen sie nicht kennen, diese Burschen aus der Calle de la Aduana, das sind die Madrilenen. Na, die werden sich wundern.«

«Sag mal, es heißt, daß die selbstgemachten Patronen von ihnen platzen und den Gewehrlauf sprengen ...«

»Dann zieht man den Abzug mit einem Bindfaden.«

»Und wie zielst du?«

»Hauptsache man schießt. Du triffst genausogut oder genausoschlecht, ob du zielst oder nicht. Und du, du kannst zum Volkshaus gehen, zum Komitee der Heimarbeiterinnen, und nach Jodtinktur fragen. Wenn sie keine haben, sollen sie sehen, wo sie welche herbekommen. Du bringst so viele Fläschchen wie du tragen kannst. Sag Concha, daß ich dich schicke. In der Kirche werden wir ein Hospital einrichten, ein Lazarett. Bringt alle Matratzen, die ihr nicht für die Fenster braucht, dorthin. Du, Fidela, darum kümmerst du dich. Geh von Haus zu Haus. Und wenn sie dich fragen, wo sie schlafen sollen, antwortest du ihnen, daß in Madrid ab heute nicht mehr geschlafen wird, und daß sie sich, wenn sie vor Müdigkeit umfallen, mit dem Fußboden und den Matratzen, die sie behalten haben, begnügen sollen. Los, genug geredet.«

»Du, Galápaga, oder wie du heißt, komm her! Du gehst jetzt zur Ronda runter, meldest dich bei Leutnant Reyes und baust Barrikaden. Vorher gehst du bei Don Antonio vorbei und nimmst alle Schaufeln mit, die er noch hat. Er hat welche. Falls er sich weigert, bringst du ihn zu mir. Mir macht keiner was vor, mir kann keiner was erzählen. Sag auf dem Weg dem Arzt Bescheid, der etwas unterhalb des Waisenhauses wohnt, Don Isóstenes oder wie der heißt, er soll kommen und alles mitbringen, was er an Verbandszeug hat. Wir brauchen hier fünf oder sechs Ärzte. Die Krankenhäuser platzen ja schon aus allen Nähten. Lauf, oder muß ich dir Beine machen! Keine Widerrede, du Gans! Und vergeßt nicht, das Wasser aufzusetzen. Soviel wie möglich. Nehmt die Fässer von Don Anastasio. Wie ihr sie herschaffen sollt? Im Auto, nicht zu fassen! Du hast sie doch nicht alle. Was machst du denn da? Männer können wir hier nicht gebrauchen. Geh runter, zur Puente de Toledo. Sag mal, und dein

Onkel? Nimm ihn mit, und sein Rheuma auch. Wenn er keine Waffe hat, soll er einfach warten, bis dein Vater stirbt. Dann fällt schon eine für ihn ab. Keine Widerrede, oder du kannst was erleben. Zum Teufel mit dem Kameraden! Was macht der da? Nein, verdammt nochmal, nein! Die Kneipe ist zu. Ah, du bist schon wieder da? Jetzt hast du's nicht mehr eilig, was? Und die Flaschen? Wieviele hast du? Zweitausend? Gut. Bringst sie in die Garage, du und Teresa, schnappt euch noch fünfzehn und füllt sie mit Benzin. Und Vorsicht, ja? Sind denn keine Korken dabei? Scheiße! Ihr taugt aber auch zu gar nichts! Korken! Jetzt streng dein Hirn an! Nimm Putzwolle, du blöde Kuh! Putzwolle! Woher du sie nehmen sollst? Mannomann! Im Palast wird man dir schon welche geben! Lauf, oder es setzt was auf deine dumme Schnauze, die du von deinen Eltern hast! Und ihr wollt Frauen sein! Los! Du, Teresa, und fünfzehn andere. Sobald ihr sie gefüllt habt, verteilt ihr sie in den obersten Stockwerken der Häuser und auf den Dächern. Wir werden diesen Drecksäcken die Haare versengen ...! Und zwar jetzt sofort!«

Romualda hält einen Augenblick inne: Ihr ist gerade eine Idee gekommen, eine vorzügliche Idee.

»Wieso bin ich nicht gleich drauf gekommen? Warum ist mir das nicht eingefallen? Manchmal ist man richtig doof, saudoof. Wo bin ich nur mit meinen Gedanken gewesen? Man vergißt einfach ... He, Gloria, Paloma, kommt her! Ihr geht auf der Stelle nach Cuatro Caminos, zu meiner Tante Teodomira, du kennst sie ja, die mit der Meierei in Canillejas. Sie muß noch ein paar Rollen Maschendraht haben, den sie für die Hühnerställe verwendet. Bringt alles, was sie davon hat. Und wenn ihr bis nach Canillejas rausfahrt! Und sie soll die Hühner ins Haus nehmen, wenn sie überhaupt noch welche hat. Vor allem aber brauchen wir den Maschendraht, für die Barrikaden ist der hervorragend. Damit diese maurischen Hühner nicht durchkommen, und wenn sie durchkommen, schnappen wir sie uns und essen ihre Leber. Zum Teufel! Was glotzt ihr so! Geht beim Volkshaus vorbei, sie sollen euch einen Lastwagen geben. Einen vernünftigen. Los, macht schnell. Oder hat euch der Blitz getroffen?«

Gloria protestiert, wegen ihres Kindes.

»Verflucht! Soll ihm doch deine Oma die Brust geben!«

Sie gehen los, und die Sirenen heulen.

»Jetzt kommen diese Schweine schon wieder. Mal sehen, wohin sie diesmal kacken …!«

Fünf dreimotorige Flugzeuge am Himmel.

»Wo sind unsere?«

Don Alberto, der Gelähmte aus Hausnummer 80, steht in der Tür und spielt den Sachverständigen: Weil die Front so nah sei, würde die republikanische Luftwaffe immer erst aufsteigen, wenn sich die Feinde schon wieder auf dem Rückflug befinden.

»Dann soll'n sie gefälligst die ganze Zeit über aufpassen!«

Alle blicken in den grauen, toten Himmel, auf die fünf schwarzen Kleckse, die sich langsam von der Stelle bewegen.

»Ihr Mistviecher … stürzt doch ins Meer!«

Es bleibt keine Zeit: das Pfeifen und die Explosion. Alles rot. Staub. Man sieht nichts. Und gleich darauf das Wehgeschrei, die Verwünschungen. Der bittere Geruch der aufgerissenen Erde, der eingestürzten Wände, der zerfetzten Körper.

Sobald Herrera Hope und Gorov nach Carabanchel gebracht hatte, erhielt er den Auftrag, die englische Kommission in das bombardierte Stadtviertel zu begleiten. Er holte die Engländer aus dem Bett und führte sie durch die Calle de Aravaca, die Calle del Sombrerete, die Calle del Amparo, die Calle de Embajadores, die Calle de Benito Gutiérrez und die Calle de Fray Ceferino González.

Noch immer lag Staub in der Luft. Wie jedesmal hatten sich die Fassaden in Sekundenschnelle in Trümmerhaufen verwandelt; Scheiben zu tausend Scherben; die sauberen Straßen zu einem unvorstellbar schmutzigen Schlachtfeld; Höfe zu Brachland; Wände zu Schuttbergen; der Himmel zu braunem Dunst; die Stimmen zu Wehgeschrei oder Schweigen; Körper zu Fetzen; Ziegelsteine zu Geröll; Telefonleitungen zu unnützem Drahtgewirr; ein Klavier zu einer absurden Tastatur auf dem Straßenpflaster. Überall Flecken auf den Steinplatten: Körper mit einer Aureole aus violettem Blut. Ein Stück weiter, auf dem Platz, neben dem halb niedergerissenen Zeitungskiosk, ein Bombentrichter, das abgerissene Sonnendach, die verbeulten oder zerfetzten Blechfiguren; auf einem der Bilder hält noch immer eine Augustina von Aragonien die brennende Lunte an die Laffette einer Kanone, ein Splitter hat die Unterschrift ›Feuer!‹ beschädigt. Nebendran kündigt ein Marionettentheater noch immer seine Vorstellung an: »Das Grab der Helena.« Auf einem zerstückelten Ladenschild ist mühsam zu entziffern: »Fleischerei«. Ein Stück weiter, von Splittern durchbohrt, eine Aufschrift, die über die ganze Fassade reicht: »Renten- und Sparkasse.« Daneben, beim Fotografen, im Schaufenster, aus dem die Scheiben herausgebrochen sind, mit Reißnägeln an einem verblichenen rosa Hintergrund befestigt, Fotografien von der Bombardierung Irúns und eine mit Schönschrift geschriebene Tafel: ›Spezialist für Erstkommunionen‹. Mitten auf der Straße drei Ambulanzwagen, die Sanitäter lesen Leichen in große Weidenkörbe, schmutziggrau von geronnenem Blut. Eine Frau klagt:

»Mein Mann wollte gerade bei mir eine Laus suchen.«

Die erlauchten Besucher würgt der Brechreiz. Herrera erspart ihnen nichts: eine Leiche ohne Kopf, aus der noch das Blut quillt; ein Kind mit zersplittertem Schädel, ein Arm, der an einem Balkon hängt, der selbst nur noch von seinem

Kragstein gestützt wird. Das Wehgeschrei der verletzten alten Frauen, der Todeskampf von Romualda, aus deren Mund Blut und Verwünschungen sprudeln.

Die erlauchten Besucher sind – ohne Ausnahme – kurz davor, in Ohnmacht zu fallen. Sie wollen nichts mehr sehen. Es reicht ihnen. Jetzt werden sie doch Telegramme schicken, in denen steht, daß Francos Bombardements ein Angriff auf die Zivilisation sind.

»Und was waren dann die von gestern?« fragte Herrera, als fiele er aus allen Wolken.

»Man kann sich das gar nicht vorstellen …«

»Bis man es mit eigenen Augen gesehen hat, nicht wahr?«

»So ist es.«

»Sie haben überhaupt noch nichts gesehen.«

»Wir wollen nichts mehr sehen.«

»Sie werden nicht umhin kommen, meine Herrschaften.«

»Wir weigern uns.«

»Wenn heute nicht, dann morgen.«

»Morgen? Aber wissen Sie denn schon, was sie morgen bombardieren werden?« fragt die Lady argwöhnisch.

»London.«

Den erlauchten Gästen gefällt dieser Sarkasmus gar nicht.

Auf der einen Straßenseite stellen die Leute sich wieder nach Kohlen an. Dem Blut auf dem Bürgersteig weichen sie aus, es gibt freie Stellen. Eine Alte, die zweite in der Schlange, sagt zu der Frau hinter sich:

»Die Letzten werden die Ersten sein.«

»Wenn Remigio nicht krank wäre und ich ihm nicht eine Tasse Tee hätte kochen müssen, wäre ich nicht mehr am Leben. Dreckskerle! Aber sie werden es schon noch büßen! He, wer sind die denn?«

Sie meint die Delegation, die bereits auf dem Rückweg ist.

»Hmm …«

»Ziehn Gesichter wie Kutscher, die zur Arbeit müssen …«

Ihr Blick wandert über die in sich zusammengefallene Fassade vor ihnen, und während sie den staubigen Schutthaufen ansieht:

»Wie Brotkrümel ...«

General Miaja und Oberstleutnant Rojo vor siebzehn Telefonen.

»Verstärkung? Sofort.«

»Verstärkung? Ich schicke Ihnen zweihundert Mann.«

»Verstärkung? In einer halben Stunde.«

»Verstärkung? Sofort.«

»Verstärkung? Gleich.«

»Verstärkung? Wir warten nur noch auf eine Transportgelegenheit.«

»Verstärkung? Bereits unterwegs.«

»Sie sind schon auf dem Lastwagen.«

»Sie sind gleich da.«

»Sie sind so gut wie da.«

»Sofort.«

»Halten Sie noch ein bißchen durch.«

»Sie müssen gleich da sein.«

»Ein bißchen Geduld.«

»Sie kommen schon.«

Verstärkung, Verstärkung, Verstärkung. Woher nehmen? Aus der Luft? Ja, aus der Luft. Aus den Kasematten Madrids. Aus der Geschichte. Vom 2. Mai 1808. Aus Goyas Erschießung, von dem Mann, der mit ausgebreiteten Armen dasteht und schreit: »No pasarán!«

»Rückzug kommt nicht in Frage!«

»Rückzug kommt nicht in Frage!«

»Rückzug kommt nicht in Frage!«

»Wenn Sie zurückweichen, komme ich selbst und schlage Ihnen den Schädel ein!«

»Rückzug kommt nicht in Frage!«

»Halten Sie die Stellung! Ich komme sofort! Ja, ich selbst!«

»Wer zum Rückzug befiehlt, begeht Verrat!«

»Verstärkung? Schicke ich sofort.«

»Nein, General; wir haben keine 7-mm-Patronen mehr.«

»Sie sollen alle leeren Patronenhülsen auflesen und neu laden! Man wartet schon auf sie: Heiß lassen sie sich besser bearbeiten.«

»Das wird nicht ausreichen.«

»Wenn es keine Kugeln mehr gibt, sollen sie welche herzaubern. Außerdem behauptet Trigo, seine Siebener seien genauso gut oder sogar besser ...«

»Sie explodieren in den Läufen.«

»So schlimm wird es schon nicht sein. Und die Pfarrer sind mit dem Sakrament jederzeit zur Hand.«

»Wir haben viertausend 7,7-mm-Patronen, aber keine Gewehre von diesem Kaliber. Es gibt keine 7-cm-Granaten, und wir haben nur noch neunundvierzig Schuß 7,5er.«

»Und 10,5er?«

»Keinen einzigen mehr.«

»Morgen bekommen wir einhundertsechsundneunzig, ferner vier Schuß pro Geschütz vom Kaliber 7,5. Sind Sie jetzt zufrieden? Nein? Ich auch nicht, aber ich tue weiter mein bestes. Und wenn ich mein bestes tue, sollen die anderen auch ihr bestes tun. Hier weicht keiner zurück! Handgranaten?«

»Vierzig Eierhandgranaten und fünfzig Laffite.«

»Sie sollen sie nur gegen die Panzer einsetzen. Und der Bombenangriff?«

»Etwa hundertfünfzig Tote und dreihundert Verletzte.«

»Und die Leute?«

»Tapfer.«

»Je mehr sie bombardieren, desto mehr Leute werden sich zu den Schützengräben aufmachen.«

Der Verteidiger Madrids hat keine Verstärkung zur Verfügung, aber die Leute gehen an die Front. Zu Fuß, auf Lastwagen, in der Straßenbahn – in der Calle de Ferrari ging
es ein wenig drunter und drüber, weil der Weichensteller
umgekommen war. Jugendliche, Alte, Frauen. Auf den Bou-
levards, auf der Calle de Atocha, der Calle de Toledo und
der Gran Vía. Leute, immer mehr Leute ziehen los, ohne
Waffen, um zu verteidigen, um sich zu verteidigen, wie auch
immer; sie suchen Waffen. Ganz Madrid auf dem Weg zum
Kriegsschauplatz, zu seinem großen Welttheater. Reserve
ohne Reserve. Nachhut ohne Vorbehalt. Was immer da kommen möge.

Templado, den Koffer in der Hand, in der Calle de Campomanes im Eingang seines Hauses. Er ruft nach der Portiersfrau:
    »Würden Sie bitte den Koffer raufbringen?«
    »Wollte der Herr nicht abreisen?«
    »Noch nicht.«
    Und dann geht Julián Templado, mit seinem lahmen Bein,
zum Campo del Moro, in der Hoffnung, daß man ihm ein
Gewehr gibt. Er weiß nicht warum. ›Ich begehe eine Dummheit‹, sagt er sich. Und begeht sie. Überall wird geschossen.
Und es regnet.

Vor seinem mittendurch gespaltenen Haus fragt sich Cuartero, ob das wahre Wesen der Dinge das ist, was er jetzt
sieht, oder das, was er gestern noch dafür gehalten hatte.
Was ist das Endgültige: das mit Arbeit und Verstand Errich-
tete, oder die Ruinen?
    Villegas, der ihn begleitet, um zu retten, was noch zu ret-
ten ist, räumt seine Zweifel aus. Sie werden die Häuser wieder aufbauen, hier oder an einer anderen Stelle. Cuartero
glaubt ihm nicht, vielleicht unter dem Eindruck des Verlusts:

Vom Wohnzimmer ist nur das Handelsschuldiplom seiner Frau geblieben, es hängt an der unversehrten Wand, unter freiem Himmel. Er sieht es von der Straße aus, hoch oben, im dritten Stock. Da ist nichts zu wollen, die Treppe ist vollkommen zerstört. Sie begnügen sich damit, ein paar Bücher aufzulesen, die hier und da herumliegen.

»Eine Stunde früher, und ich wäre nicht mehr am Leben.«

»Manche Leute haben Glück, andere nicht. Wie die Völker. Die einen gehen in die Geschichte ein, andere verschwinden einfach.«

»Pah!«

»Glauben Sie das etwa nicht? Dem Zufall kommt man nicht auf die Spur.«

»Ja sicher, aber das Schicksal wirkt nur auf die Art und Weise ein, nicht auf die Dinge in sich.«

»Geht denn das eine ohne das andere?«

»Ohne jeden Zweifel.«

»Sind Sie Fatalist, als guter Nachkomme der Araber?«

»Nein.«

»Dann verstehe ich Sie nicht.«

»Ihrer Ansicht nach kann man offenbar nur an den Zufall oder an Mohammed glauben. Ich glaube an den Zufall, aber auch an den Frühling und an den Tag, der – und bestimmt nicht aufgrund der Willkür des Schicksals – auf die Nacht folgt.«

»Morgen ist ein anderer Tag.«

»Genau, die Nacht ist eben nicht ewig. Und ob ich jetzt sterbe oder in zehn Jahren, spielt überhaupt keine Rolle. Manche Dinge allerdings geschehen einfach oder folgen unerbittlich aufeinander, ohne daß das Schicksal sie aufzuhalten oder abzuwenden sucht.«

»Das ist eine beinahe katholische Auffassung von der Schöpfung, du alter Anarchist.«

»Mag sein; ich glaube an den freien Willen.«

»Aber nur innerhalb einer allumfassenden, unumstößlich vorgegebenen Richtung.«

»Von den Menschen vorgegeben.«

»Können wir nicht stehenbleiben oder umkehren?«

»Nichts ist rückgängig zu machen. Wir bewegen uns immer nach vorne, wie in einem Räderwerk. Ja, verzahnt, verknüpft, aneinandergefesselt, verkettet. Dazu das, was in dem Wörtchen ›Korn‹ steckt: Same, Frucht.«

»Mutterkorn.«

»Ja, Sie alter Katholik, das auch. Und jetzt hören Sie damit auf, und wir gehen irgendwo etwas Warmes essen.«

Cuartero wirft einen letzten Blick auf seine Wohnung. Wenigstens kann ihm Pilar diesmal nicht die Schuld in die Schuhe schieben für das, was geschehen ist.

Beim Betreten der Kneipe trafen sie auf Fajardo, in der Uniform eines Hauptmanns der Miliz. Er war auf der Suche nach Cuartero und hatte gehofft, ihn hier zu finden.

»Ich dachte schon, du wärst tot.«

»Nur aufgestiegen.«

»Weißt du, wer gestern abend hier gewesen ist? Templado.«

»Und wo steckt der alte Prophet?«

»Er ist zurück nach Barcelona.«

»Das wundert mich nicht.«

»Naja. Und wo treibst du dich rum?«

»Siehst du nicht? In der Sierra, seit wir uns damals verabschiedet haben. Mit Mangada.«

Cuartero traute sich nicht, weiter zu fragen. Und die Geschichte von Fajardo, der am 22. Juli an die Front ging und sterben wollte, gehört auch nicht hierher. Der Krieg und die Kommunistische Partei haben ihn gerettet. Er ist gekommen, um Munition zu holen, und kehrt nach wenigen Stunden zu seiner Stellung zurück: mit leeren Händen.

Das Wetter war wirklich hundsmiserabel, eine Zumutung. Eine lausige Kälte. Durch die offenen Fenster pfiff nur so der Wind, und es war gar nicht daran zu denken, sie zu schließen, unter anderem, weil die Scheiben in tausend Stücke zersprungen waren. Die Hände am Gewehr, ohne Handschuhe, steif von der verfluchten Kälte. Tatsächlich hatte keiner in diesem Raum daran gedacht, sich welche zu besorgen. Und dabei wäre es gar nicht schwierig gewesen: Eine halbe Stunde entfernt gibt es geöffnete Handschuhläden. Aber jetzt können sie hier nicht weg. Das Schlimmste ist, daß sie nicht schießen können, weil es zu wenig Munition gibt und nichts, worauf sie zielen könnten. Die Faschisten dagegen schießen. Sie kennen diese Probleme nicht.

Im oberen Stockwerk steht Major Trucharte am Fenster und beobachtet mit seinem Feldstecher den Frontabschnitt, von Pozuelo bis Villaverde. Er befehligt ein paar Schützen und einige Milizionäre vom Marineministerium: Portiers, Laufboten, Amtsdiener. Die Hälfte von ihnen ist bewaffnet; die anderen warten auf den Tod ihrer Kameraden. Und sie können noch zufrieden sein: Im Stadtpark Casa de Campo soll das Verhältnis noch schlechter sein: auf die Waffe eines Gefallenen warten drei.

Dort drüben, Getafe; dort, der untere Teil von Carabanchel; dort, Júmera; da, Leganés. Was wohl aus den Verrückten wird? Wahrscheinlich sind sie evakuiert worden. Und wenn nicht? Für einen Augenblick stellt er sich das Innere des Irrenhauses vor, im Hagel von Kugeln und Granaten: wie man sie auch jetzt pfeifen hört, zwischen Krachen und Heulen. Sie nehmen die Friedhöfe unter Beschuß. Vom oberen Carabanchel bis zur Puente de Toledo, die Friedhöfe im Süden Madrids, rechts und links von der Landstraße. Sie verringern die Schußweite. Auf die Müllhalden.

Die Artillerie der Faschisten schießt aus allen Rohren. Ein Artillerieeinsatz nach allen Regeln der Belagerungskunst. Zweihundert Feuermündungen gegen nichts. Die Häuser im oberen Carabanchel öffnen ihr Inneres, brechen auseinander und stürzen unter der Gewalt ein. Staub steigt auf und sinkt zu Boden, um von neuem aufzuwirbeln, unentwegt. Die Fassaden reißen auf, Träger fallen herab, Dachterrassen brechen ein. Die Straße ist mit Schutt und Splittern übersät. Der einzige Farbtupfer an diesem grauen Tag, vor den schmutzigen Wänden und dem Braun der Erde, ist das Blut, noch aufsehenerregender, wenn es mit Taschentüchern oder Leinenfetzen gestillt werden soll. Vereinzelt eilen Flüchtlinge Richtung Madrid, treiben ihre friedlichen Esel und Karren an. Ein paar Kinder rennen auf die Straße hinaus, sammeln auf, was verstreut daliegt, und wundern sich über die Trümmer. Sie begutachten die Toten.

Über das offene Feld, zwischen Gruben, ärmlichen Häusern, Morast, und über die Landstraße nach Extremadura, rücken in zwei Gruppen sieben Panzer vor, selbstsicher, schildkrötenhaft, ohne Deckung. Vier voran, und hundert Meter weiter hinten noch einmal drei. Als erste haben zwei Kinder sie entdeckt, die zehn Meter vor den ersten Barrikaden nach Patronenhülsen suchten. Schon haben die Männer etwas, worauf sie schießen können. Aber die Zaubermaschinen rücken weiter vor, unbeirrt: Ihre Kanonen machen sich noch nicht die Mühe zu antworten. Die Panzerketten fressen Meter um Meter Land, fügen sie den vielen hinzu, die sie in den vergangenen Monaten gewonnen haben.

Sie zerschlagen die erste Barrikade: Tonnen, zwei umgekippte Karren, Pflastersteine. Die Handvoll Männer, die sie besetzt hielten, sind davongerannt. Die Panzer legen einen anderen Gang ein und rollen hintereinander die Straße entlang, durch eine zweite Barrikade hindurch. Für sie ist das wie eine Spazierfahrt. Sie haben nichts zu befürchten. Sorglos rücken sie vor.

Antonio Coll, Amtsdiener des Marineministeriums, sieht den ersten kommen; da steht er mit seinen Handgranaten am Straßenrand. Er erinnert sich an die Regeln aus dem Büchlein, das man ihm zu lesen geben hatte. Worauf wartet er noch? Jetzt, los! Und er wirft eine unter den Bauch des Ungetüms aus Eisen und Ketten. Sie geht los und bringt es zum Stehen. Dann eine zweite, gegen den Turm. Der Panzer, tot, hält die anderen auf, die kaum noch Zeit haben zu bremsen, und auf diesen Haufen von Stahlplatten hageln jetzt die Handgranaten seiner Kameraden, ein sicheres Ziel. Die Maschinengewehre rattern. Der letzte Panzer der ersten Gruppe versucht umzudrehen, er dreht sich auch, aber nur zur Seite hin, er kippt um und geht in Flammen auf. Die anderen drei, die nun aufrücken, schießen, was sie können, aber schon sitzen sie in der Falle. Die Milizionäre springen aus ihren Verstecken, die Granaten in der Hand, begeistert:

»Jetzt sind wir die Angreifer!«

Und sie hauen die sieben ineinander verkeilten Panzer kurz und klein.

Die Toten werden nicht gezählt. Major Trucharte durchsucht die feindlichen Gefallenen. Die Leichen von Antonio Coll und acht weiteren werden zur Seite geschafft und an die gekalkten Wände gelegt. In der Tasche des Kommandanten der feindlichen Einheit findet Trucharte einen Plan. Einen Operationsplan. Er traut seinen eigenen Augen nicht. Er übergibt einem Leutnant das Kommando und macht sich mit einem Motorrad auf den Weg zum Kriegsministerium.

Man will ihn nicht einlassen. Trucharte besteht darauf und läßt nicht locker: Er will unbedingt General Miaja persönlich sprechen.

Als der General den Operationsplan liest, kommt sein verschmitztes Bauerngrinsen zum Vorschein. Es ist acht Uhr abends. In dem Raum sind außer ihm Oberstleutnant Rojo, Major Matallana und Major Fontán versammelt.

Sie können ihr Glück nicht fassen. Sie können nicht mehr daran glauben. Sie diskutieren. Die Rückschläge haben sie mißtrauisch gemacht. Sie wittern ein Täuschungsmanöver. Miaja ist überzeugt, daß der Plan für den folgenden Tag bestimmt ist. Seine Untergebenen glauben, daß der Feind das Verschwinden des Dokuments bemerken wird, daß sie die Befehle, falls sie wirklich echt sind, ändern werden. Der General hält das für ausgeschlossen. Woher sollten sie wissen, daß der Gefallene den Plan bei sich trug? Außerdem ist es dazu schon zu spät. Miaja spricht ein Machtwort:

»Wer befiehlt hier?«

Und so teilen sie die Streitkräfte ein, die vorhandenen Truppen, die noch übrig sind, und das, was das Volk aufbringt. Es bleibt noch eine zehn Kilometer lange Bresche zu schließen, von der Puente de Extremadura bis zu den Schlachthöfen. Wer soll dort dem Feind entgegentreten? Die Straßenfeger? Die Männer vom grafischen Gewerbe? Die Telefonisten? Die Straßenbahner? Die Leute von der Gewerkschaft für Verschiedene Berufe? Die Briefträger? Die Männer vom Baugewerbe?

General Miaja hält ein Papier in der Hand versteckt, auf dem neben dem Siegel jeder Gewerkschaft die Anzahl der verfügbaren Männer und Gewehre angegeben ist. Wenn es nicht so tragisch wäre, müßte man lachen. Miaja wählt die Friseure aus und die Angestellten der Kolonialwarenhandlungen. Das Bataillon ›Fígaro‹ und das Bataillon der ›Roten Löwen‹. Seine Mitarbeiter sehen ihn immer noch skeptisch an.

»Wollt ihr lieber die Eisenbahner oder die Studenten? Sie sollen sich zwischen der Casa del Guarda und der Puerta del Ángel verteilen. Und dort steht dann Escobar.«

Wenn sie heute auf der Landstraße nach Fuenlabrada nicht durchbrechen konnten, werden sie es morgen auf der Landstraße nach Extremadura versuchen. Da bleibt keine andere Wahl, als ihnen die Einwohner von Madrid entgegenzustellen. General Miaja ist in Panik. Daraus macht er keinen Hehl:

»Kann ich mich auf Sie verlassen oder nicht?«

Denn heute, das war nicht mehr als ein erster Versuch. Es gilt abzuwarten. Wenn sie durchkommen, ist alles verloren.

Im Rekrutierungsbüro des Fünften Regiments bemühen sich Peñafiel, Josefina, Sanchís und Jover vergeblich zu erfahren, wo Asunción und Vicente sich aufhalten.

Sie hatten die Alianza verlassen und wollten eigentlich gleich wieder zurück sein. Seitdem hat man sie nicht mehr gesehen. Alle denken an den Bombenangriff, keiner traut sich, das auszusprechen.

Sie werden der Kolonne von Galán zugeteilt und marschieren zum Nordbahnhof. Trotz ihrer Proteste muß Josefina im Büro zurückbleiben, um Gonzalo Hernández zu ersetzen, der beim Verlassen seines Hauses von einer Kugel getötet worden ist. Die fünfte Kolonne wittert schon Morgenluft.

Welcher Hauch bewegt die Luft am Morgen dieses kalten Novembertages, nachdem der Wind der besiegten Nacht erstorben ist? Sonntag. Alles ist tot, bis auf die Luft, Bäume ohne Blätter; alles ist verloren, sogar die Farbe. Wo ist noch Halt? Der bloße Stein, der bloße See. Die scheinbar leblosen Zweige treten wie Adern aus dem grauen Himmel hervor. Das nach dem Angriff bloßliegende Spanien, verraten. Alles ist verstummt. Es gibt nichts mehr zu sagen. Die Wahrheit, angewiesen auf die Gnade der Stärke. Nur die Stärke, nur der Tod können an diesem Novembermorgen der Wahrheit zur Seite stehen. Nur die Stärke in den Herzen, nur die Willensstärke, die in den Händen und Herzen liegt. Nur die Stärke, nur der Tod, im Angesicht eines anderen Todes. Nun muß sich zeigen, wer stärker ist! Die Zweige am Himmel, das bleiche und ruhige Wasser, die Finger am Abzug, die Gewehrkolben an den Schultern, die Augen auf den Horizont gerichtet. Wäre es allein eine Frage der Fäuste!

Die Männer marschieren, die Wahrheit geschultert – verkrustete, schwarze, verschlossene Gesichter –, zusammengebissen die Zähne. Schritt um Schritt, ohne zu schwanken, mit der Aussicht, vor den Steinen ihrer Stadt zu sterben. Unbeirrbar. Sie fühlen sich wie eine Mauer, wie aus Eisen, das Zentrum, im Rausch. Sie sind nicht mehr sie selbst, sie sind ihre Wahrheit. Durch und durch. Alles andere haben sie abgestreift. Sie sind eine einzige Mauer, vor den nackten Zweigen am rauchfarbenen Himmel. Selbst die Luft stirbt, fällt, und alles fährt zusammen, um das stille Klagen des Regens in sich aufzunehmen.

Es regnet, ein feiner Regen, ruhig, weich, still. Sanfte Stiche überall auf dem Wasser des Sees. Zweige und Stämme schimmern stärker. Überall Wasser. Die nassen Gesichter der Männer wirken wie benetzt von Schweiß und von den Tränen ihrer kalten Wut. Sie warten. Sie zählen nur noch auf sich selbst, verraten. Zusammengerückt wie nie zuvor.

Ein nicht endender Trauerzug von Menschen, die dem Tod ins Gesicht sehen werden, aus eigenem Willen, weil sie ihn der Lüge vorziehen. Ihre Wahrheit geschultert, Schulter an Schulter, wahrhaftig. Ernst und schweigend. Ein Schweigen, das alle hören, von außen nach innen, von innen nach außen.

Vicente Dalmases hat sich wieder seiner Truppe angeschlossen, der gemischten Brigade von Líster, am Frontabschnitt von Entrevías. Er hatte sie nicht dazu bewegen können, ihn gehen zu lassen. Weder seine Worte, noch sein schneller Schritt hatten sie überzeugen können. Weder die Kälte, noch der Regen. Das Mädchen sagt kein Wort.

»Geh. Komm nicht mit. Wozu? Ich liebe dich. Die Vergangenheit, was geschehen ist, nichts zählt. Bleib. Am Abend sehn wir uns wieder. Geh schon. Bring dich nicht unnötig in Gefahr. Es ist nicht nötig, und woanders wird man dich brauchen. Es ist doch verrückt. Glaub mir: Ich liebe dich, Asunción. Aber laß mich gehen. Warum willst du mit? Das hat keinen Sinn.«

Sie schien ihn nicht zu hören, achtete nicht einmal auf ihn. Sie folgte ihm. Da konnte er so schnell gehen wie er wollte: Sie folgte ihm, zwei Meter hinterdrein.

»Du kannst verwundet werden. Geh zurück. Ich verspreche dir, daß ich heute abend zu dir zurückkehren werde. Wir werden jetzt alle gebraucht, und wenn du mit mir kommst, nützt das niemandem.«

Die Straße fast menschenleer, das bläulich blasse Licht der Gaslaternen, die man heute vergessen hat zu löschen, kläglicher Überrest der Nacht. Und der kalte Morgenwind.

»Du wirst dich erkälten ...«

Sie antwortet nicht, scheint ihn nicht zu hören. Vicente dreht sich um und packt sie bei den Schultern. Sie weicht seinem Blick nicht aus, aus ihren Augen spricht eine solche Leere, leblose Starre und felsenfeste Entschlossenheit, daß es dem jungen Mann die Sprache verschlägt. Er küßt sie. Hinter ihren Lippen bleibt Asunción unbewegt. Und sie gehen weiter, weiter, ohne ein Wort.

Jacinto Bonifaz frag sich, wie er in diesen Schlamassel hineingeraten konnte. Wer hat ihn dazu gebracht, sich da einzumischen? Er könnte jetzt, genau zu dieser Stunde, in aller Ruhe vor seiner Ladentür sitzen und *La Libertad* lesen. Nein, doch nicht, es ist noch zu früh, und Roma würde gerade das Wasser aufsetzen, damit er sich, wie sich das gehört, zuerst rasierte, bevor er seinen Milchkaffee zu sich nahm und dazu ein halbes getoastetes Brot aß, anstatt hier zu stehen, an einen Baumstamm gekauert, mit einem Gewehr in der Hand. Wenn es Gott gefällt. Im Casa de Campo. Wer hätte das gedacht! Das schreit doch zum Himmel! Aber gut, die Rede von heute früh, das kann ihm niemand mehr nehmen. Du warst einsame Spitze. Dort liegt der See, spiegelglatt, Nebelschleier kriechen über ihn hin. Wie lange war er nicht im Casa de Campo gewesen! Er verliert sich im Dunkel der Zeit. Früher durfte man den Park nicht betreten. Später ja, da ist er dann zweimal oder dreimal mit Romualda hier gewesen. Wirklich, ein hübscher Park. Das Licht der Dämmerung in den nackten Baumkronen. Und ein Gewehr in der Hand. Jagen; richtig auf die Jagd gegangen ist er nie. Damals, in Galicien, als er noch ein kleiner Junge war, mit einem Karabiner, den ihm Onkel Luis geschenkt hatte. Was sie mit ihm wohl gemacht haben? Aber wer denkt jetzt schon an Galicien! Dennoch, er denkt an Galicien zurück. Nebliger, feuchter als jetzt. Die Holzschuhe, schmutzig vom Morast der Feldwege. Und ein Kaninchen, das blitzschnell davonsprang; er sieht noch den weißen Schwanz, die Hinterläufe, den Feuerblitz und seine Enttäuschung. Wie alt war er? Sechzehn? Ja, sechzehn. Wenige Monate später kam er nach Madrid, im Bummelzug, mit dem Pfarrer. Ab da ist alles Madrid. Madrid, hier, hinter ihm, Madrid, das ihm Halt gibt, das seinem Leben die Farbe gibt, die dem fahlen Morgen fehlt. Widerliche Kälte: Wenigstens läßt sich der Tag gut an: Karacho! Er war ja auch noch in Marokko: drei Monate. Er erinnerte sich schon gar nicht mehr. Es ist so viele Jahre her! Galicien noch länger, und trotzdem ... Hinter ihm liegt ein Mann, den er schon einmal gesehen hat, im Volkshaus. Er wartet darauf, daß sie ihn töten, um an sein Gewehr ranzukommen. Oder um es ihm wegzunehmen, sobald er Angst bekommt, denn so haben sie's ausgemacht. Angst? Angst wovor? Vor den Faschistenschweinen? Das wäre ja noch schöner. Hier läßt sich niemand einschüchtern. Rechts von ihm steht Sindulfo Zambrano, vom Gewerkschaftsvorstand, links von ihm Don Pedro Gandarias, von der Plaza de la Cebada. Und hinter ihm liegen der Pinto und der Hinkende Juan. Und dahinter kann er noch Juan Pérez und Valeriano Monzón aus der Calle de Atocha erkennen, allesamt unrasiert. Wann hat man das schon mal gesehen? Unrasierte Friseure! Andererseits, wann hätte man je so viele Friseure auf einem Haufen gesehen, die noch dazu ein Bataillon bilden? Das Figaro-Bataillon: hört sich gut an, ein guter Name. Vierhundert sind es, sie haben einhundertfünfzig Gewehre und einhundertfünfzig Patronen pro Bart. Guter Ausdruck, pro Bart. Es heißt, sie würden durchs Campo de Tiro kommen. Sollen sie kommen.

Und sie kommen. Es ist sieben Uhr morgens. Es sind Tabores, Eliteeinheiten der Afrikaarmee.

Heute ist Samstag. Freitag oder Samstag? Der Tag von Don Gumer, Don Ramón Cruz, Don Nemesio Grajales. Don Gumer kommt nur zweimal pro Woche zum Rasieren. Der wird ein Gesicht machen, wenn er den Frisiersalon leer vorfindet! Dafür hat er dann bald einen Vollbart ... Um Don Ramón mache ich mir keine Sorgen, der kommt nie im Leben auf den Gedanken, sich von jemand anderem im Gesicht herumfuchteln zu lassen. Außerdem, wo würde er schon einen offenen Salon finden? Wir sind alle hier. Und er würde es nie im Leben zulassen, daß andere Finger über sein Gesicht fahren, daß ein anderer Pinsel ihn einseift oder ihn ein anderes Messer rasiert, wie scharf es auch geschliffen sein mag. Erste Sahne, der Stahl aus Solingen, vor allem der mit den ›Zwillingen‹ drauf. Warum nur die Deutschen den Faschisten helfen? Womöglich sind die Kugeln, mit denen sie auf uns schießen, in Solingen hergestellt.

Von den Klingen kommt er auf die Ausstattung seines Salons; von seinen Sesseln zum warmen Wasser; vom Rasiernapf auf Romualda. Was Romualda wohl gerade macht? Ich schätze, sie steht mal wieder Schlange.

Es beginnt zu regnen. Prudencio Gómez, Führer einer anderen Gruppe, kommt auf ihn zu.

»Hören Sie, Señor Jacinto, ich glaube, hier, am Seeufer, wo die uns hingestellt haben, können wir verdammt wenig ausrichten. Die Schweinebande wird wohl kaum durch den See schwimmen, da ist es besser, wir verstärken die Flanken.«

»Welche Flanken?«

»Rechts und links vom See.«

Señor Jacinto zwirbelt seinen Schnurrbart. Möglich, daß dieser Milchbart recht hat ... Aber die kleine Mauer am Seeufer eignet sich hervorragend als Stellung.

»Ihr könnt doch auch von der Seite auf sie schießen ...«

Sie kommen nicht mehr dazu, eine Entscheidung zu treffen. Schon werden sie beschossen.

»Feuert nur, wenn ihr auch sicher seid zu treffen!«

Drei Tabores der Afrikaarmee. Und wie sie grölen, die Schweinehunde! Sie bilden sich wohl ein, sie könnten uns damit erschrecken.

»Los, Kameraden, wir können noch lauter schreien als die!«

Und Jacinto Bonifaz beginnt, sich mit wüsten Flüchen die Seele aus dem Leib zu schreien.

»Scheißkugeln«, hört er hinter sich jemanden sagen.

»Was können denn die Kugeln dafür, Kamerad? Die, die sie abfeuern, sind die Schweine ...«

In einem Schützengraben bei Usera diskutierte Templado mit einigen Männern, die er nicht kennt:

»Hier stehen wir, alle, die, die du siehst und die, die du

nicht siehst, bereit, für eine Idee zu sterben. Für den wissenschaftlichen Sozialismus ...«

»Der Kommunismus ist keine Idee, sondern eine Wissenschaft«, berichtigte Justo Fernández, sehr von sich überzeugt.

»So ist es, genau das wollte ich sagen.«

Er lachte.

»Ihr werdet zugeben, daß das ziemlich amüsant ist.«

Sie sahen ihn vorwurfsvoll an.

»Nehmt es mir nicht übel. Ich bin Marxist aus Sympathie, ein Sympathisant. Bisher nannte man die, die für eine Idee starben, Idealisten. Letzten Endes ist das der einzige Idealismus, der zählt. Die Güte der Idee an sich ist eigentlich das wenigste.«

Hierauf schaltete sich Mercantón ein, ernst, mit der ihm eigenen Schläfrigkeit, die er nur im Schlaf ablegte, wenn er die Brille abzog und schnarchte. Vor über zwanzig Jahren war er für acht Tage nach Madrid gekommen.

»Das gilt dann aber auch für manche auf der anderen Seite.«

»Stimmt«, sagte Templado.

Sie schwiegen einen Augenblick. Piferrer, ein kleiner Mann, der sicher keine fünfzig Kilo wog, sagte mit scharfer Stimme:

»Dann weiß ich nicht, was du hier willst.«

»Dasselbe wie du: kämpfen.«

»Das glaube ich dir sogar, aber ohne gewinnen zu wollen. Von deiner Sorte habe ich einige kennengelernt. Du willst doch nur kämpfen, der Ausgang des Krieges ist dir nicht so wichtig. Und bei uns bist aus Sympathie, aus einer unbestimmten Sympathie heraus. Vielleicht, weil du glaubst, wir verteidigen die ... Wie sagt ihr doch? ... ›die gesetzmäßige Ordnung‹.«

Dann kam er auf den Punkt:

»Das hat alles keinen Wert.«

»Und darf man wissen, warum?«

»Du suchst doch bloß dein Vergnügen. Nichts als dein Vergnügen. Wie wenn du dir einen runterholst: völlig nutzlos. Hast du Kinder?«

»Nein.«

Piferrer wandte sich an die anderen.

»Der Genosse hier ist ein Liberaler. Einer von denen, die wollen, daß alle Anschauungen geachtet werden, einer der bereit ist, alles zu geben, auch wenn ihn keiner darum bittet.«

»Radikalsozialist, wie?«

»Nein«, antwortete Templado. »Arzt.«

»Von hier?«

»Aus der Calle de Campomanes.«

»Und wie kommt es, daß du nicht im Krankenhaus bist?«

»Ich lebe in Barcelona. Ich bin gestern angekommen.«

Wieder begann die Schießerei.

»Schießt nicht. Es lohnt nicht. Wir werden schon noch genug Gelegenheit haben.«

Mercantón hob den Kopf, um Ausschau zu halten, zuckte zurück und schlug der Länge nach zu Boden, eine Kugel in der Stirn.

Alle schossen, außer Piferrer: Er glaubte nicht an das Glück. Er wollte sichergehen, sicher zielen, zielen und danach die Treffer zählen.

Der Himmel begann, den Regen aufzusaugen. Templado schleifte den Körper des Franzosen beiseite. Er wog schwer.

»Wer schafft ihn fort?«

»Laß ihn da liegen. Sie werden schon kommen .... Wenn sie kommen.«

(Fajardo, Cuartero und Villegas, als sie die Carrera de San Jerónimo hinuntergehen.)

Fajardo: »Das Böse ist immer undurchschaubar. Und wenn es nur darum ginge: Wir, die wir wissen, was wir wollen, und klaren Weisungen gehorchen, haben immer recht. Verwirrung ist Verrat. Verräter: Der, der nicht weiß, was er will. Eine bessere Welt braucht nicht unbedingt eine klare Sache zu sein, aber die Wege zu ihr müssen es sein.« (Fajardo schien nach einer Erklärung zu suchen, um die ihn Cuartero nicht gebeten hatte.) »Die Politik ist für uns das, was im Mittelalter für gewisse Geister die Theologie gewesen ist: die Politik in ihrer wahren Bedeutung, der Sinn des Lebens, die Rettung des Menschen.«

Cuartero: »Wir treiben es zu weit, der eine übertreibt, der andere untertreibt – um uns besonders schlau zu fühlen. Gegen die Verirrung im endlosen Für und Wider kommt keiner an. Deswegen ist die gegenseitige Achtung hier ein ernstes Problem. Ich bin ich, was soviel heißt wie: Ich bin der erste.«

Farjardo: »Sieh mich an, du erkennst mich nicht wieder. Wo ist der, der ich gewesen bin? Warum soll das nicht mit tausend anderen geschehen?«

Cuartero: »Heute. Aber willst du schon für die Kommunisten von morgen antworten, du Quälgeist?«

Villegas: »Die Amnestie bietet die Lösung. Don Miguel de Unamuno hat gesagt – womit er, wie in so vielen Dingen, ausspricht, was alle empfinden –: ›Die Ohrfeige, die man dem gibt, der einen beleidigt hat, ist menschlicher, edler, und auch gerechter als die Anwendung eines Paragraphen aus dem Strafgesetzbuch.‹ Wir sind nicht nachtragend. Das Volk vergißt alles, wenn man es nur in Frieden läßt.«

Cuartero: »Aber in der Hauptsache muß ich widersprechen: Man vergißt nicht im Frieden, sondern im Krieg. Es gibt kein größeres Vergessen als den Tod. Wenn du kämpfst, komm an meine Seite, stoß an, Bakunin.«

Villegas: »Ausgerechnet jetzt.«

Fajardo: »Ich durchschaue dich.«

Cuartero: »Du irrst.« (Jetzt ist es Cuartero, der sich zu rechtfertigen sucht.) »Mich beflügeln der Wille und die Entschlossenheit, mit der die Mehrheit zu einem besseren Leben drängt. Eine gewaltige Menge, die nach Weisheit hungert. Auf diesen Eifer kommt es mir an, nicht auf die Ergebnisse. In diesem Umfeld ist weder Platz für Neid, noch für Haß oder Engstirnigkeit. Für sie ist Wissen gleichzeitig Besitzen. Für die Bourgeoisie mit ihrem Drang nach klaren Verhältnissen gilt das keineswegs. Für sie, die Bourgeoisie, bedeutet besitzen, etwas wirklich zu haben, und Wissen ist nichts weiter als barocke Schnörkelei. Mir kommt es auf die Anstrengung an.«

Fajardo: »Nach dem Himmel greifen.«

Cuartero: »Ja.«

Cuartero bemüht sich, alles, was Fajardo sagt, ernst zu nehmen, aber er kann nicht: Immer bleibt in ihm ein Zweifel an den Vorstellungen seines Freundes. Er denkt an all die Gelegenheiten zurück, bei denen sich der jetzige Offizier von seinen Sehnsüchten hat hinreißen lassen und seine Vermutungen als Tatsachen ausgegeben hat. Anschließend ließ er sich dann jedesmal so lange nicht blicken, bis er annahm, der Betrug sei vergessen. Beide erinnerten sich an die Lüge und schwiegen, aber sie lastete auf ihnen. Manches Mal hatte Cuartero es ihm ins Gesicht gesagt: »Du lügst«, und Fajardo erfand die unsinnigsten Geschichten, um sein Märchen aufrechtzuerhalten. Inzwischen war er ein komplett anderer Mensch geworden, aber obwohl er jetzt offensichtlich ehrlich, beherzt, mutig und aufrichtig war, kam Cuartero über irgend etwas nicht hinweg. Das Vergessen ist nicht eine Frage von Krieg oder Frieden, sondern eine Sache des Glaubens, dachte er, während er den eleganten Hauptmann betrachtete. »Wenn er nicht lügt, lebt er nicht«, hieß es im Café *Henar* über ihn. Cuartero machte sich Vorwürfe: »Er ist ein anderer geworden.«

Am Neptunbrunnen verabschiedeten sie sich. Fajardo stieg auf einen Lastwagen, der in die Sierra fuhr.

»Die neue Idee der Arbeit: die sozialistische Arbeit! Arbeit mit einem Ziel, Arbeit für alle, Arbeit für ein besseres Leben in der Zukunft. Scheiße! Was soll ich mich zu Tode schuften, nur damit meine Ururgroßenkel sich einmal auf die faule Haut legen können und nicht zu arbeiten brauchen! Schon gut, immer mit der Ruhe! Aber die Arbeit wird nie weniger, also sollten wir uns die Tage erst einmal besser einteilen. Außerdem ist diese Haltung, wie ein Ochse für eine sichere Zukunft zu schuften, so was von bürgerlich. Deine Großeltern – die und meine auch, denn zweifellos hatte ich welche, wenn auch Gott allein weiß, wer sie gewesen sind – hatten genau diese Einstellung. Waren sie nicht Krämer? Um sieben Uhr morgens haben sie den Laden geöffnet und um zehn Uhr abends haben sie ihn geschlossen. Der reine Stachanovismus, Genosse, auch wenn dich das zur Weißglut bringt. Was habe ich von einem solchen Leben?« schrie Amorín, um das Motorengeräusch zu übertönen. Er war Portugiese, klein und mager. Sein Spitzname war Barbitas.

Mit spitzer, gellender Stimme:

»Was habe ich davon? Wir sind uns einig: Morgen in der Fabrik werde ich statt für Don Veremundo Casas y Casas für den Staat – großgeschrieben – arbeiten, das heißt für mich – kleingeschrieben. Das ist alles. Und weiter? Merkt ihr nicht, daß die Idealisten ihr seid und nicht ich? Ich habe nur den einen Wunsch: weniger zu arbeiten und mehr zu verdienen. Und so denken Tausende und Abertausende. Das wollt ihr nicht sehen: Euch geht es einzig und allein um die Theorie. Darum kommt ihr vor allem bei eingebildeten Schnöseln gut an. Aber wir, die Anarchisten, haben die Masse hinter uns, von der ihr so viel und so vergebens schwatzt und vollmundig daherredet. Los, zählen wir; aber nicht die Anzahl, denn

450

die kennt ihr, und ihr versichert ja, daß euch das nicht kratzt. Nein, wir wollen einmal zählen, wer hier Kommunist und wer Anarchist ist! Wollen wir doch mal sehen, junger Mann, wer hier das Proletariat ist!«

»Das ist doch alles Unfug.«

»Kneifen gilt nicht!«

Geduld war nicht Fajardos Stärke. Er wollte Amorín gegenüber kein Spielverderber sein und fragte die anderen auf dem Lastwagen, der sie zur Sierra de Guadarrama fuhr:

»Was bist du?«

»Ich? Maschinensetzer.«

»Kommunist?«

»Ja.«

»Du?«

»Maurer.«

»Kommunist?«

»Nein, um Gottes willen!«

Von den zwanzig Männern, die dort dicht gedrängt nebeneinander saßen, waren drei Kommunisten, vier Anarchisten und sechs Sozialisten.

»Euch kommt es nur auf eure Wahrheit an, auf eure kleine beschränkte Wahrheit, der Rest ist euch egal. Ihr wollt die Herrschaft des Guten, ohne das Schöne zu berücksichtigen. Aristotelisch wie ihr seid, verwechselt ihr das Gute und das Schöne.«

Amorín war Literat und Maler. Fajardo, der am Instituto in Alcoy Literatur unterrichtete, kannte er von den Gesprächsrunden im Café.

Paulino Cuartero spricht von Stagirit und macht Villegas Vorhaltungen, während sie bei der Verladung von drei Tizians und zwei El Grecos den Himmel nach feindlichen Flugzeugen absuchen. Den Kanonendonner hörte man jetzt ununterbrochen. Von Zeit zu Zeit bebte alles – dann feuerten

451

die republikanischen Batterien, die unweit Stellung bezogen haben mußten.

»Das Glück liegt in der Tat, wie Aristoteles sagt, und es gibt keine erhabenere Tat als die, die einen zur Wahrheit führt. Nur die Wahrheit zählt, aber keiner von euch glaubt an sie. Ihr glaubt, daß ihr nicht an sie glaubt. Du wirst mir jetzt damit kommen, daß es dir um die Ethik geht. Ich bitte dich! Als ob es möglich wäre, daß ein Mensch, dessen sittliches Empfinden, dessen Gesinnung sich auf moralische Prinzipien stützt, nicht an Gott glaubt. Du kannst mir sagen, was du willst, aus diesem Dilemma kommst du nicht heraus. In dem Augenblick, in dem du zugestehst, daß du dich nach einem Licht richtest, das dir in deiner Vorstellung leuchtet, glaubst du an Gott. An einen Gott, der zugleich dein und allumfassend ist, und laß die Freimauerergötzen aus dem Spiel: Das Wahrheitsempfinden läßt sie nicht gelten. Du überlegst nicht, ob das gut ist oder nicht. Aber es ist ausgemachte Sache. Entweder gehörst du zu denen, die auf Moral nichts geben, ob nun Faschisten oder Kommunisten, oder zu denjenigen, die sich an der Macht des Himmels orientieren. Dieser Zwang, zwischen zwei Extremen wählen zu müssen, schmerzt mich mehr als dich: Die Nazis und die Marxisten haben nichts miteinander gemein, außer, daß sie nicht an Gott glauben. Die einen wollen die Menschen Stück für Stück mit stählerner Knute niedermachen, ohne ein wirkliches Ziel; die anderen wollen sie in die erhabenen Gefilde des Sozialismus führen, wozu sie eine völlige Negation voraussetzen, von der aus man Schritt für Schritt der Utopie näherkommt. Aber das ist unwichtig. Wichtig ist die Wahrheit, und die Welt entfernt sich immer weiter von ihr. Die Wahrheit jagt ihr immer mehr Furcht ein, weil sie immer ferner ist. Wie ein Schwimmer, der sich, von der Strömung fortgerissen, immer weiter vom Ufer entfernt. Und dann ist man auch noch so primitiv, die Wahrheit mit der Verleumdung zu verwechseln. Wenn er aufsteht und zu rufen wagt: ›Ich will die Wahrheit sagen‹, läuft es darauf hinaus, daß er seinen Feinden Greuelgeschichten anhängt. Der Faschismus hat uns mit einer enormen Welle an geistigem Dreck überschüttet, einer Schmutzflut sondersgleichen. Der Faschismus ist eine einzige Lügenkonstruktion; seine Fundamente sind die Denunziation, und die ist die verwerflichste Form der Lüge, weil sie zu feige ist, etwas Böses zu erfinden, und die Wirklichkeit einfach nach ihrem Bedarf auslegt. Der Denunziant rächt sich nicht: In neunundneunzig von hundert Fällen kennt er sein Opfer nicht und hat keine Vorstellung davon, was er ihm Böses zufügt. Denn er glaubt, in das Geheimnis der Wahrheit eingeweiht zu sein. Aber die Wahrheit hat keine Geheimnisse. In ihrer Vorstellung gibt es so etwas wie ein großes Mysterium, das hinter der Tür lauert. Sie denunzieren, um die Götter herauszufordern. Anschließend kneifen sie und die Bürde ihrer verlogenen Wahrheit bedrängt sie, sie lassen den Kopf hängen oder tragen ihn zu hoch, je nachdem ob das Gewicht ihrer Lüge vorn oder hinten auf ihnen lastet. Aber die Denunziation ist die Grundlage, die Stütze, das tägliche Brot jeder Diktatur. Die zur Verwaltung, zur Regierung gewordene Polizei. Sie verlassen sich einzig und allein auf die Denunziation. Sie leben von Denunziationen. Jeder gute Faschist ist ein Denunziant. Ist er ein guter Faschist, wird er denunzieren, und wenn er nicht denunziert, denunziert man ihn, weil er nicht denunziert. Kennst du die Geschichte von der Mutter eines Piloten aus Burgos? Man hatte ihr mitgeteilt, ihr Sohn sei gefallen. Nun hörten seine Freunde aus dem Radio, der junge Mann befinde sich in Gefangenschaft. Sie liefen los, es der Mutter zu erzählen. Die Mutter aber zeigte sie an, weil sie feindliche Sender gehört hatten, und sie wurden erschossen. Und die Faschisten selbst machten es mit großen Lobeshymnen publik.«

›Nein. Nicht töten. Ein Soldat tötet nicht, er leistet Widerstand. Ein Soldat tötet nicht? Wenn ich getötet werde, hat mich dann niemand getötet?

Der Krieg erlaubt keine Rache. Wenn der Frieden unterzeichnet wird, ist Schluß. Das stimmt doch, oder nicht? Ich weiß es nicht. Das kümmert mich nicht. Das darf mich nicht kümmern. Sie dürfen hier nicht durchkommen. Und damit sie hier nicht durchkommen, habe ich dieses Gewehr. Wenn sie unbedingt hier durchstoßen wollen, schieße ich. Wenn ich töte, töte ich. Kurzum: Meine Überzeugung, meine Beweggründe – und die desjenigen, der hier durch will –, tragen nichts Verbrecherisches in sich. Die Sachlage und der Glaube rechtfertigen sie. Ich kann in Frieden töten, und sie können mich ebenso töten. Ein triftiger Grund gilt für alles und wird respektiert. So bin ich ein wenig beruhigt. Das stimmt auch wieder nicht. Immer die gleiche Frage, was zum Teufel mache ich hier? Immer dasselbe, die Erinnerung an Sganarelle. War es nicht Sganarelle, der dieses berühmte Wort über die Galeere gesagt hat? Ich tue immer das, was ich nicht will, weil ich nicht weiß, was ich tun soll. Und ich lasse mich auf solche Geschichten ein, weil ich mich von den anderen beeinflussen lasse. Ich sollte längst wieder in Barcelona sein. Aber immerhin werde ich zu meiner Genugtuung sagen können, daß ich an der Front gewesen bin, daß ich auf die Faschisten gefeuert habe, daß ich den einen oder anderen getötet habe. Im Krankenhaus habe ich schon genug geheilt. Und diese Männer hier? Sie sind hier, weil man sie angegriffen hat. Daran besteht kein Zweifel. Aber da ist noch etwas anderes. Natürlich ist da noch etwas anderes. Die Würde, natürlich. Es ist schon merkwürdig: die Würde eines Arztes, die Würde eines Angestellten des Finanzministeriums, die Würde eines Eisenbahners, die Würde desjenigen rechts von mir, die Würde desjenigen links von mir.‹

Templado lächelt. Nein, er wird nie erzählen, daß er in Usera gewesen ist, ein Gewehr in der Hand. Er spürt, daß es – falls er es je einmal sich selbst erzählen wird – ein kleiner, geheimer und ganz persönlicher Trost sein wird, für spätere Zeiten.

›Daß sich die Menschen seit eh und je auf diese Weise umbringen … Zwischen all der Zivilisation, ob primitiv oder hochentwickelt, immer der Krieg. Töten, sich gegenseitig abschlachten, aus diesem oder jenem Grund. Und dann auch noch immer besser und immer gründlicher, je mehr Menschen es gibt. Um der Macht willen. Einzig um der Macht willen. Mögen sie es nennen, wie sie wollen. Um der Macht willen. Um tun zu können, was sie für richtig halten, was sie allein für richtig halten. Ohne ein anderes Gesetz. Für die Macht der Arbeiterklasse, für die Macht der Mächtigen, für die Macht der Maurer, für die Macht der Makedonier, für die Macht der Malermeister, für die Macht der Militärs, für die Macht der Macht. Für die Möglichkeit, etwas machen zu können. Einfach für diese Möglichkeit. Bis nichts mehr zu machen ist, bis zum Tod. ›Ich mache es nicht mehr‹, und das war's. Die Macht einzig aus mir heraus. Die unbegrenzte Macht. Gegen die Macht das Wunder, und das ist für gewöhnlich die Idiotie der anderen. Du kannst nicht leugnen, daß du Positivist bist, dennoch …‹

Sie wurden jetzt pausenlos beschossen, und Templado spürte seine zerschundene Schulter, und er lag so unbequem, daß ihm alle Glieder weh taten. Er gab sein Gewehr und seine Munition – zwei Magazine – einem jungen Burschen, der ihn schon eine Weile beobachtet hatte.

»Du hast jetzt genug geschossen, laß für die anderen auch noch was.«

»Das steht in meiner Macht«, entgegnete Templado und gab ihm die Waffe.

Warum wird Madrid verteidigt? Weil es Madrid ist. Und weil den Arbeiter, den Angestellten, den Studenten bewußt ist, daß sie Madrid sind. Und weil sie nicht wollen, daß die Dreckskerle gewinnen.

»Für was halten die sich denn?«

»Jetzt werden sie sehen, mit wem sie es zu tun haben ...«

Nicht, weil sie Kommunisten sind, oder Anarchisten, oder Republikaner. Nein, sondern weil die Kommunisten, die Anarchisten und die Republikaner Madrilenen sind, auch wenn sie nicht aus Madrid stammen. Die Angreifer kommen aus der Ebene, und Madrid liegt auf einer Anhöhe, so können sie sich an die Mauern Madrids lehnen und haben etwas hinter sich, wenn sie sterben, sie können sich an etwas ausruhen, an etwas, das ihnen gehört, das sie geschaffen haben: eine berühmte Zitadelle. Umkehren können sie gerne, aber rein kommen sie hier nicht, hier kommt niemand durch.

Gorov hatte sich in Carabanchel ein Gewehr besorgt. Er stand nun hinter einem ausgebrochenen Fenster und schoß. Hope kehrte, zusammen mit einigen Verwundeten, nach Madrid zurück: Wie jeden Tag um diese Uhrzeit mußte er der Nachrichtenagentur, für die er arbeitete, telephonisch Bericht erstatten. Während er neben dem Fahrer im Ambulanzwagen saß, stopfte er mechanisch seine Pfeife.

»Sie werden nicht durchkommen«, sagte er.

Der Fahrer, Mariano Peláez, achtzehn Jahre alt, Mechaniker in der Calle de Alcobendas, sah ihn befremdet an:

»Natürlich werden sie nicht durchkommen. Das wäre ja noch schöner!«

Hope zündete sich seine Pfeife mit einem Sturmfeuerzeug Marke Dunhill an und schwieg. Im Straßengraben lag eine Leiche, wie ein Andreaskreuz. Hope dachte: ›Eine überwältigende Vorstellung, daß es einen ersten Menschen gegeben hat, dem bewußt wurde, daß ein anderer gestorben war. Was geschah dann? Es zählt doch einzig das, was wir zurücklassen: unsere Überreste, unser Kot, unser Müll. Und darauf wird fortlaufend aufgebaut. Dasselbe gilt für unsere Vorstellungen.‹ Und damit gab der Nordamerikaner einer Figur Gestalt, Tom Stivell, der Hauptfigur seiner nächsten Erzählung, die er jetzt endlich schreiben mußte, weil Mapel, drüben in Philadelphia, Geld brauchte und man ihm für eine Geschichte dreitausend Dollar zahlte. ›Ich beginne da, wo es mir paßt. Nicht die Dinge, sondern ihre Entwicklung. Warum sich mit dem Ursprung der Dinge abgeben, wenn es darum geht, mit den Dingen selbst zu kämpfen? Auf einen Züchter kann der Stierkämpfer fluchen, so viel er will, aber kämpfen muß er nunmal gegen das Tier, nicht gegen den Züchter ... Ich werde Tom Stivell in einen durch seinen Vater verursachten Gewissenskonflikt verwickeln. Eine Geschichte wie die von Jorge Mustieles, die mir kürzlich erzählt wurde. Ich kann sie in Virginia spielen lassen. Ein alter Schwachkopf, der behauptet, das Ewige sei der Geist, nicht das Fleisch, während ihn selbst die Flamme der Geilheit verzehrt. *Und in der gleichen Weise, wie der Geist dem Menschen die Sprache gegeben hat, wird er die Sprache schön und der Erinnerung würdig machen.* Ich glaube, das stammt von George Moore. Ich werde es auf den Kopf stellen.‹

Was sich beinahe auf den Kopf stellte, war der Ambulanzwagen. Unmittelbar vor ihm war eine Granate eingeschlagen. Sie fielen durcheinander, aber es geschah weiter nichts, als daß einer der Verwundeten starb und Hope sein Telefonat verpaßte. Ein Hund, der ein Bein verloren hatte, floh jaulend querfeldein. Einer der Verwundeten verwünschte Gott nach Leibeskräften. Das ist es, was uns von den Tieren unterscheidet, denkt der Nordamerikaner, nicht die Intelligenz, auch nicht der Schmerz, sondern die Phantasie.

Die Sirenen heulten, und sie stiegen in die Keller hinab, um zu sehen, ob alles in Ordnung war.

»Sie werden nicht wagen, das Museum zu bombardieren.«

»Wenn Sie es sagen, Villegas.«

An den Wänden standen eine Reihe Altargemälde, an denen wiederum andere Gemälde lehnten. Cuartero blieb vor dem Bildnis Philipps IV. mit seinem Hund stehen:

»Vor genau dreihundert Jahren wurde es gemalt.«

Er betrachtete die Landschaft im Hintergrund, die gleiche, durch die jetzt die Aufständischen auf Madrid vorrückten, mit Gewehren in den Händen, Gewehren, die sich von dem, was der Monarch hält, gar nicht so sehr unterschieden. Villegas griff ein altes Thema auf:

»Der Unterschied zwischen Natur und Kunst besteht darin, daß die Kunst nach menschlichem Maß gemacht ist und die Welt nach einem Maß, das wir nicht kennen. Das ist die Erklärung des Mysteriums des Lebens: Dieses Leben, das den Menschen derzeit auf so kindliche Weise beschäftigt, unterliegt einem anderen Maßstab, das ist alles. Ist es irgendwie denkbar, daß diese gemalte Gestalt eine Seele bekommt und zum Leben erweckt wird? Wenn wir nach dem Ebenbild Gottes geschaffen wären, warum eigentlich nicht?«

»Gott gewinnt man täglich im kalten Schweiße seiner Seele. Ich könnte nicht leben, wenn ich nicht an Gott glauben würde. Oder besser: Ich glaube an die Furcht vor Gott. Jetzt, mit zunehmendem Alter, entdecke ich allmählich, was es wert ist, eine Zuflucht zu haben.«

»Gott, der größte aller Mythen.«

»Und der Mensch, der Mythos der Mythen.«

»Glauben Sie nicht an die Wirklichkeit ihres Körpers?«

»Nein.«

»Was wäre für Sie das Menschheitsideal?«

»Wenn jeder eine gewisse moralische Autonomie besäße.«

»Das riecht nach Naphthalin.«

»Naphthalin ist nicht das Schlechteste.«

»Aber meinen Sie, die Menschheit wäre ohne den Glauben an Gott überhaupt denkbar?«

»Warum nicht? Wenn Gott will. Aber kann man an den Fortschritt glauben, wenn jeden Tag, mit jedem neuen Menschen wieder bei Null angefangen werden muß? Oder ist der Samen etwa kommunistisch oder faschistisch?«

»Der Samen nicht, aber kommunistische Zellen gibt es«, scherzte Villegas.

»Jeder Tod ist ein Peitschenhieb Gottes. Nicht, um uns an unsere Bedeutungslosigkeit, sondern an unsere Torheit zu erinnern. Wie bei den Würfelspielen, mit denen sich meine Kinder die Zeit vertreiben: Spiele, bei denen ein bestimmter Zug dazu zwingt, wieder von vorn anzufangen.«

»Aber eines Ihrer Kinder gewinnt am Ende immer.«

»Das war ein schlechtes Beispiel, aber die Sache liegt auf der Hand. Der Mensch ist eine Last, die die Welt aus dem Gleichgewicht bringt. Wir streben nach Gleichgewicht, nach Ausgeglichenheit. Sobald wir uns dicht am Ziel glauben, fallen wir auf die Nase und zerbrechen uns die Seele.«

»Mit einer Balancierstange in der Hand, oder einem Regenschirm wie Chamberlain. Manche neigen sich immer zur gleichen Seite hinüber, andere überkommt der Schwindel. Diejenigen, die aus dem Gleichgewicht geraten, lästern über die, denen es gelingt, sich über den Abgrund hinweg zu retten und das Ziel zu erreichen; um sich zu retten, gibt es keinen anderen Weg als auf dem Seil zu tanzen.«

»Wir alle sind in gewisser Weise Seiltänzer.«

»Oder Zirkusakrobaten.«

»Zirkus, Zirkel, Kreis, eingekreist: Ich sehe, worauf Sie hinauswollen.«

Was sie nicht sahen, waren die Brandbomben, die auf das Dach des Museums niedergingen. Sie eilten nach oben.

»Sagten Sie nicht, sie würden es nicht wagen?«

Die Tabores der Afrikaarmee greifen wieder an, diesmal schon ohne Geschrei. Hauptmann César del Campo brüllt seinen Fähnrich an:

»Was ist denn da los? Nehmen Sie diesen verfluchten See! Über die Mauer! Über die Mauer! Ich gebe Ihnen eine halbe Stunde.«

Mit aufgepflanzten Bajonetten rücken die jungen kräftigen Berber vor. Es kann nicht mehr davon die Rede sein, aus sicherer Entfernung wahllos zu töten, jetzt heißt es, sich dem Feind stellen, von Angesicht zu Angesicht, und ihm den Stahl in den Leib zu jagen.

Madrid ist dort, dort oben. Das Königliche Schloß, was für eine Beute, was für ein Stützpunkt! Es fehlten nur noch ein paar Schritte, zum Greifen nah. Direkt vor ihnen.

Über den Manzanares springen, auch nichts weiter als ein Wadi, und an nichts mehr denken. Los. Und vorwärts, mit aufgepflanztem Bajonett. In drei Reihen, zwischen den Bäumen hindurch. Jetzt kommen sie wieder auf die Wiese, über die sie schon zweimal gelaufen sind. Aller guten Dinge sind drei. Beim dritten mal der Sieg? Da ist der Feind, da steht er. Los! Das wäre doch gelacht!

Den Stahl in den Leib rammen. Der Krieg wird wieder wahrer Krieg, der Krieg der Lanzen, der Krieg der Schwerter, der Krieg Mann gegen Mann. Vorwärts! Vorwärts! Die Waffe fest in den Händen. Und keinen entkommen lassen. Zähne zusammenbeißen, bis zur Schmerzgrenze. Schließlich sind sie Berufssoldaten, und zwar die besten.

Ihnen gegenüber stehen nur noch zweihundertfünfzig Friseure, die übrigen, etwa hundertfünfzig Mann, können sich nicht mehr rühren. Aber es bleiben zweihundertfünfzig auf diesem Abschnitt von dreihundert Metern. Und sie schießen, ohne zu zielen zwar, aber ununterbrochen. Die Marokkaner fallen, einer nach dem anderen, wenn auch nicht unbedingt die, die man aufs Korn genommen hat.

»Ein Schuß ins Schwarze«, sagt Sindulfo Zambrano, der auf das Training unzähliger Volksfeste zurückgreifen kann. Ihm kann man nichts vormachen! Schließlich ist er am Paseo de los Melancólicos aufgewachsen, gegenüber der Festwiese. Aber die Marokkaner rücken über die Gefallenen hinweg vor.

Santiago Bonifaz zielt sorgfältig auf den Fähnrich und trifft.

»Glück muß man haben.«

Das war das Letzte, was er sagte, eine Kugel traf ihn in den Mund und trat zum Hinterkopf wieder heraus. So konnte er noch nicht einmal mehr ein »Ai!« ausstoßen. Ramiro Hinojosa nimmt sein Gewehr und pflanzt das Bajonett auf. Das braucht er nicht mehr. Ein Maschinengewehr, das plötzlich aus dem Nichts auftaucht, stoppt den Vormarsch der Eliteeinheiten. Aufatmen.

»Pause«, sagt Fabián Lapena, »ein Jammer, daß man nicht rausgehen und ein Bier trinken kann.«

»Du wirst sehen, es dauert nicht lange, und die Vorstellung geht weiter«, erwidert Carrasco.

Aber sie stehen noch an der gleichen Stelle, an der man sie bei Morgengrauen aufgestellt hat. Und es ist zwölf.

In Alcorcón versteht niemand, was los ist. Warum ihre Truppen sich nicht aus den Stellungen lösen.

»Die sind verrückt. Was haben sie davon … «

General Varela beißt sich in den Daumen und hält sich mit den anderen Fingern den Kopf, während er mit Magenschmerzen auf eine Karte starrt, die ausgebreitet vor ihm auf dem Tisch liegt.

Eine Granate schlägt auf der Plaza de Santa Cruz ein, wo Templado auf einen Wagen des Außenministeriums wartet, der ihn zusammen mit einigen Beamten des Hauses nach Valencia bringen soll. Er unterhält sich mit Hope, der hergekommen ist, um einige Unterlagen abzuholen. Sie sehen, wie der Ambulanzwagen vorfährt und zwei Männer in grauen Kitteln sich der Überreste einer alten Frau annehmen. Eine weitere Granate schlägt ein, bei der Calle de Toledo. Alle drei Minuten eine.

»Eine weniger. Sie hätte auch uns treffen können.«

»Wie im Lotto. Jetzt atmen eine Million Madrider hundertachtzig Sekunden lang auf. Der dicke Treffer ist an ihnen vorübergegangen.«

Auf dem Boden lag ein Notizbuch. Templado bückte sich und hob es auf. Mit Bleistift unbeholfen hingekritzelte Rechnungen.

»Willst du es?«

»Ja, gib her. Zuletzt bin ich im April hier gewesen. Auf der Durchreise zur Feria von Sevilla ... Wer hätte das gedacht!«

Im Schimmer des Morgenlichtes erscheint Hope Madrid, die Calle de Alcalá, klar und rein, in das Rosa und Rosenrot der Landschaften Beruetes getaucht. Ein heiteres Madrid. Ein Madrid ohne Hintergedanken, ohne böse Absichten, derb und fröhlich. Madriz, mit Zet. Unverwechselbar, echt. Zapfbier mit Tapas. Die Calle de Arlabán. Eine gesunde Stadt, auf achthundert Meter Höhe. Stolzer auf die Cibeles als auf den *Prado;* stolzer auf das Schloß – als es noch stand – als auf die Nationalbibliothek, um ein Beispiel zu nennen. Und jetzt ...

»Nun, die Wirklichkeit wird mit allem fertig.«

Templado sieht ihn verdutzt an.

»Von was redest du?«

»Davon.«

Das Haus war in der Mitte gespalten, wie von Teufelshand. Die eine Hälfte eingestürzt, ein Trümmerhaufen, der Rest unversehrt: mit allen Lampen, Bildern, und im

462

Schlafzimmer im zweiten Stock ein Nachttopf unter dem Bett.

Cuartero ging mit Riquelme zum Mittagessen.

»Kommen sie nicht durch?«

»Nein.«

»Was ist geschehen?«

»Ein Wunder.«

»Es gibt keine Wunder. Das Wunder ist, daß es keine gibt.«

»Wie sonst willst du etwas nennen, das eigentlich gar nicht hätte geschehen können, etwas, das geschieht, obwohl alles darauf hindeutet, daß cs nicht sein soll? Zufall? Nein, das würde die Sache verharmlosen. Schicksal? Das läuft auf dasselbe hinaus.«

»Dann leben wir also durch ein Wunder.«

»Du sagst es.«

»Durch den Zusammenstoß von Elektronen, und kein Gott vermag das vorauszusehen.«

»Den generellen Verlauf aber schon ...«

»Ach was, glaub doch nicht an irgendeinen Verlauf, und an die Generäle schon gar nicht.«

»Du meinst also, daß nichts mit Sicherheit existiert. Alles wird oder ist im Werden?«

»Nein, du verstehst mich nicht. Natürlich existiere ich, existierst du, existieren die Faschisten, zum Beispiel. Alles hängt von allem ab, ist Gottes Herrlichkeit, und wenn du so willst, ein Wunder. Die Kugel trifft dich oder trifft dich nicht, je nachdem, ob du einen Schritt mehr oder weniger getan hast. Diese Bombe dort, die Granate hier ... Eine Frage der Meter. Wer soll das voraussehen?«

»Die Propheten.«

»Hör doch damit auf! Die Leute sind vor den maurischen Truppen geflohen, vor den deutschen Flugzeugen, vor den

463

italienischen Panzern, von Algeciras bis hierher. Und hier sitzen sie dann fest und lassen sich umbringen. Aus reiner Willkür, und nicht aus irgendeinem Willen. Plötzlich sagt einer: ›Bis hierher und nicht weiter!‹ Und tausend antworten: ›Bis hierher und nicht weiter!‹ Und das Glück wendet sich zu ihren Gunsten.«

»So kann man unmöglich eine Welt aufbauen.«

»Nun, ich habe den Eindruck, in den letzten zwanzig bis dreißig Jahrhunderten ist sie alles in allem – und das ist nicht wenig – ein gutes Stück vorangekommen.«

»Ach ja?«

»Warum willst du nicht zugeben, daß wir es einem Wunder verdanken, daß man lebt. Nach und nach häufen sich die Wunder und nehmen Gestalt an. Niemand ist in der Lage, die Form eines Stalaktiten vorauszusagen, und dennoch hängt sie nur von einem einzigen Wassertropfen ab. Willst du deshalb die Existenz von Stalaktiten abstreiten?«

»Bleiben wir bei deinem Beispiel: Kann man den Wassertropfen denn nicht lenken?«

»Selbstverständlich, man kann Stalaktiten herstellen. Aber das sind dann künstliche. Auch in der Orthopädie stellt man künstliche Arme und Hände her. Eines Tages werden wir möglicherweise alle künstliche Gebisse haben.«

»Werden wir deswegen schlechter essen?«

»Nein. Aber die Würze wird fehlen.«

»Das ist genau der Fortschritt, den du verteidigt hast.«

»Der äußerliche Fortschritt. In seinem Innern ändert sich der Mensch nicht.«

»Zu köstlich, daß ausgerechnet du das sagst! Vor kurzem noch hast du behauptet, die äußeren Bedingungen veränderten am Ende die Sinne! Jawohl, in deiner Arbeit über Geschwüre.«

»Na und? Der Mensch ist ein so kompliziertes Wesen, daß wir niemals alle seine Reaktionen voraussehen können.

Und gelobt sei er dafür. Denn anders wäre kein Fortschritt möglich, da wir dann ja an eine Grenze stoßen müßten.«

»Gibt es denn etwa keine?«

»Vielleicht jenseits unserer Wahrnehmung, das kann niemand sagen. Aber für unsere Sinne, auch wenn sie hundertmal empfindlicher wären, nein, für die gibt es sie nicht.«

»Dann leben wir also in einem Magischen Labyrinth.«

»Begrenzt durch unsere fünf Sinne.«

»Glaubst du an das Jenseits?«

»Ich glaube an ein Jenseits dessen, was wir wahrnehmen können. An einen Ursprung. Der Mensch vergrößert die Welt immer weiter. Und dank der Wissenschaft wird er sie immer weiter vergrößern. Wir stehen erst am Anfang.«

Eine heftiger Knall ließ sie zusammenzucken.

»Hier hast du deinen Fortschritt.«

»Ist es etwa kein Fortschritt, aus der Distanz töten zu können?«

»So einen Fortschritt kannst du dir an den Hut stecken.«

»Nichts existiert ohne sein Gegenteil. Erst dadurch wird etwas; ohne es existierte es nicht. Man kann das eine nicht ohne das andere haben. Auch Mädchen werden Matronen.«

»Und die gefallen dir.«

»Ich gestehe meine Schwäche: Es kommt mir nicht auf die Jahre an, alle haben ihr Gutes.«

»Ich beneide dich.«

Ein Ambulanzwagen fährt vor; noch einer, und noch einer, der einem entgegenkommt, der gerade wieder fortfährt.

»Warum ist gerade der und nicht ein anderer gestorben? Der alleinige Grund ist die Flugbahn einer auf gut Glück abgeschossenen Kugel. Möglich, daß der Feind auf seinen Nachbarn gezielt hat. Nichts ist festgelegt. Jetzt überleg mal, welche Veränderungen dieser Tod nach sich zieht: bei seiner Frau, bei seinen Kindern. Bei den Angehörigen, die er vielleicht gehabt hat. Wie will man das lenken? Wie kann man Gesetze machen, solange es den Tod gibt? Manche betrachten das Leben, als wäre es ein Theaterstück, glauben schließlich, daß es wirklich so ist, und verteidigen die vierte Wand, ohne zu merken, daß wir alle Schauspieler sind und daß sich vor uns dieser fürchterliche Schlund befindet, der uns am Ende alle verschluckt, ob wir wollen oder nicht. Tut man so, als gäbe es ihn nicht – wie ihr Katholiken – heißt das nicht, auf dem Nichts aufzubauen – auf dem Nichts baut niemand etwas auf –, aber es bedeutet zu negieren, was wir wissen und was wir nicht wissen.«

»Wie sollen wir wissen, was wir nicht wissen?«

»Es reicht, sich dessen bewußt zu sein.«

Sie tranken schnell ihren Kaffee. Cuartero begleitete Riquelme in den Waschraum, und während der Arzt sich die Hände desinfizierte, setzten sie ihre Unterhaltung fort. Eine Krankenschwester erwartete ihn, über dem Arm einen sauberen weißen Kittel.

»Glaubst du, daß der Mensch Mensch ist, weil er an Gott glaubt?«

»Vielleicht.«

»Beschämt dich das nicht? Das war gut, solange die Wissenschaft nichts hatte, woran sie sich halten konnte.«

»Die Wissenschaft! Vielleicht im letzten Jahrhundert, als Mathematik und Physik für unanfechtbar gehalten wurden, aber heute! Die Physik scheint heute ebenso unsicheres Terrain zu sein wie die Philosophie.«

»Ach was!«

»Du wirst jetzt mit der Eisenbahn oder mit dem Radio ankommen. Aber was hat eine Matratze mit dem Menschen zu tun, mit dem Innern des Menschen? Merkst du nicht, daß du mit deinem vagen Deismus zu Voltaire und zu Rousseau zurückkehrst?«

»Red keinen Unsinn.«

»Oder zu Unamuno. Ich will nicht sterben! Herr X und Herr Y wollen auch nicht sterben und hoffen, ihr Ausruf würde sie unsterblich machen. Das ist kindisch: Ich greife nach den Sternen.«

»Einfaltspinsel …«

»Nein, Alter, ganz im Gegenteil. Faß dir ein Herz: Glaube an Gott und die Jungfrau Maria und gibt dich zufrieden.«

»Leicht gesagt!«

Sie fuhren fort:

»Es gibt nur zwei Möglichkeiten: Entweder du bist Materialist und demzufolge Pessimist, oder du glaubst an Gott – nenn ihn, wie du willst.«

»Wer hindert mich, Materialist und Optimist zu sein?«

»Niemand, wenn du der Materie die Eigenschaften Gottes gibst.«

»Kurz und gut, wenn ich glaube, daß die Materie Energie ist und daß diese zufälligerweise den Menschen geschaffen hat.«

»Das ist völlig unmöglich. Das beweist dir jeder Mathematiker mit Hilfe der Wahrscheinlichkeitsrechnung.«

Riquelme nahm seinen Gedanken wieder auf:

»Der Mensch verdankt sein Wesen seiner Existenz. Und die moralischen Werte – für dich und für mich an erster Stelle – sind in ihrer Existenz und ihrem Wesen ein Werk der Natur. Ein Hund ist treu, ein Baum schön, der Mensch vernunftbegabt.«

»Und die Kunst?«

»Es gibt immer das Beste vom Besten. Die Kunst bildet da keine Ausnahme. Sie ist nach menschlichem Maß gemacht, vom Menschen, für den Menschen. Das Beste sorgt immer für Überraschung. Aber es ist müßig, dafür Erklärungen irrationaler Art zu suchen.«

»Doktor, die Patientin von Bett 46 …«

»Schon?«

»Ja.«

»Da hast du es, du unverbesserlicher Katholik. Sie war zweiundzwanzig Jahre alt. Laß dir das von deinem HErrn erklären. Wenn seine Absichten verborgen sind, ist der Tod von Agripina Pérez ...«

Er schlägt mit der Faust auf den Marmortisch und stößt die schlimmste Gotteslästerung aus seinem nicht gerade kleinen Repertoire aus. Tränen treten ihm in die Augen.

»Sie bringen einen soweit, daß man am liebsten alles hinwerfen würde.«

Paulino Cuartero sieht ihn mitfühlend an. Die Sirenen heulen.

»Da hast du sie, die Verteidiger deines Gottes! Auf viertausend Meter Höhe, und sie kacken Tod.«

»Nein, mach dir doch nichts vor, sie sind wie sie sind. Es kommt der Augenblick, an dem das Volk nein sagt. Und Schluß. Und jetzt hat das Volk von Madrid nein gesagt. Und Schluß.«

In einem Auto fährt Templado zusammen mit vier anderen Richtung Valencia. Achter November 1936. Wird er eines Tages nach Madrid zurückkehren? Kanonendonner. Arganda. Plötzlich bleibt der Wagen stehen: Eine nicht enden wollende Kolonne von Lastwagen kommt ihnen entgegen. Auf ihnen, dicht gedrängt, Männer und noch mehr Männer in Uniform. Der Glanz der letzten Abendsonne auf ihren Gesichtern, sie singen. In welcher Sprache singen sie? Es sind keine Spanier. Nein, keine Spanier! Woher kommen sie? Der Fahrer schreit:

»Das sind Franzosen! Die Franzosen! Ich hab's ja immer gesagt, daß Frankreich uns nicht im Stich lassen kann!«

Lastwagen und noch mehr Lastwagen.

Was singen sie? In welcher Sprache singen sie? Auf französisch, ja. Aber diese hier nicht. Diese hier singen auf italienisch. Ohne Zweifel italienisch. Und die dort? Ist das Russisch? Deutsch? Tschechisch? Und die hier, auf englisch!

Julián Templado hat – zum ersten Mal in seinem Leben – Mühe, seine Tränen zurückzuhalten. Er umarmt seine Reisegefährten, die er kaum kennt, so fest, daß er ihnen weh tut.

Er fühlt, wie alles in ihm ruft: Wir werden gewinnen! Gewinnen! Denn die ganze Welt ist von der Gerechtigkeit unserer Sache überzeugt. Seiner Sache, der Sache, die er im Herzen trägt und die jetzt in seinen Augen leuchtet. Das liberale Spanien, das Spanien der Arbeiter ... Und die Brücke, der Fluß und das im Abendlicht tiefviolette Feld, und die Landstraße – die schönste Landschaft der Welt.

Die Soldaten der Internationalen Brigaden fahren hinauf nach Madrid.

Vicente Dalmases liegt an einem Eisenbahndamm. Die Stahlbänder erscheinen aus seinem Blickwinkel riesengroß und laufen am Horizont zusammen. Müllplätze, ärmliche Hütten. Blasses Rosa, Grautöne, aschgrau, maulbeerbraun.

Das Gewehr in der Hand, und ein Büschel trockener, noch aufrecht stehender Halme zwischen der Schwelle und dem Gleis. Dem toten Gleis. Ein totes, jetzt lebendiges Gleis. Dort drüben die Weiche, die Weichenzunge, die Signalscheibe, rot und weiß. Die Telegrafenmasten und die Drähte. Und an der ganzen Strecke nur ein einziger Vogel, ein Spatz, wie ein Punkt.

Vicente kann an nichts Bestimmtes denken, seine Gedanken kreisen um Worte, die der Anblick der Bahnstrecke ihm eingibt, aus allen hört er einen Doppelsinn heraus, den der lauernde Tod ihm enthüllt: Schwelle, Übergang, Weiche, Rad, Achse, totes Gleis, umladen, Anschluß, Verbindung, Reise, totes Gleis, zurückbleiben, umsteigen. Diese Gleise, die zum Meer führen. Nach Cádiz – in der Hand der Feinde. Aber auch nach Cartagena, nach Valencia.

Schüsse krachen, Maschinengewehre rattern. Der Spatz fliegt davon. Die Telegrafendrähte sind jetzt nackt.

Hinter ihm liegt Asunción. Er dreht sich um und sieht sie an.

Regungslos, mit geschlossenen Augen und leicht geöffnetem Mund, so daß der Rand ihrer gleichmäßigen oberen Zahnreihe hervorblitzt, ihr entspannter Gesichtsausdruck, während sie die Arme über der Taille verschränkt hält und die Beine ein wenig angezogen hat, um nicht die Böschung hinunterzurutschen, ihr Haar hat sich gelöst, fällt in goldenen Locken über ihre rosige Wange und gibt den Blick auf ihr fleischiges Ohrläppchen frei, dotterweich. So friedlich und ruhig sah sie aus, daß sie eingeschlafen schien.

Vicente dachte einen Augenblick, eine verirrte Kugel hätte sie getroffen, und er meinte zu spüren, wie sie seine eigene Brust durchdrang. Aber nein. Asunción, erschöpft, atmete gleichmäßig, versunken in tiefem Schlaf. Vicente sammelte die Patronen auf, die verstreut auf der Erde lagen, und kauerte sich, mit neuem Leben erfüllt, wieder hin. Von Zeit zu Zeit wandte er sich um und betrachtete seine Geliebte.

Und er sehnte sich nicht nach Liebe, sondern nach einem neuen Leben. Nach einem Leben, das sich hinter dem Tod, hinter dem Kampf, hinter den Schüssen vor ihm auftun würde. Ein neues Leben, das ihm eine neue Liebe geben würde, dieselbe und dennoch anders. Reiner. Durch und durch neu. Er würde nicht mehr studieren, was er vorher studiert hatte, sondern etwas anderes. Er würde nicht mehr tun, was er vorher getan hatte, sondern etwas anderes, neues. Wie auch der neue Tag, der überall anbrechen würde, derselbe war und zugleich neu; jetzt und für immer.

Und so fest er konnte, hielt er den Kolben seines Gewehrs umklammert.

México, 1948–1950

ANHANG

Anmerkungen

von Mercedes Figueras

Seite 15

El Pueblo – Tageszeitung in Valencia (1894–1939). Von dem
Schriftsteller Vicente Blasco Ibáñez (siehe Anm. zu Seite 77)
gegründet, war sie ein wichtiges Sprachrohr der Radikal-Repu-
blikaner. Bekannt für ihre polemischen Artikel sowohl gegen
monarchistische als auch gegen gemäßigt-republikanische Zeitungen. Am Anfang des Bürgerkrieges das Hauptorgan der Partei *Unión Republicana.*

Seite 16

Zwischen der UGT und der CNT –

UGT: *Unión General de Trabajadores,* eine 1888 von Pablo
Iglesias (siehe Anm. zu Seite 249) in Barcelona gegründete Gewerkschaft marxistischer Prägung. Die UGT besaß während
der 2. Republik einen starken politischen Einfluß, insbesondere
in Madrid. Die Gewerkschaft arbeitete eng mit der 1879 ebenfalls von Pablo Iglesias ins Leben gerufenen marxistischen Partei *Partido Socialista Obrero Español* (PSOE) zusammen, die
während der 2. Republik erstmals an der Regierung beteiligt
war. UGT und CNT standen sich oft feindlich gegenüber.

CNT: *Confederación Nacional del Trabajo,* eine anarchistische
Gewerkschaft, die 1911 gegründet wurde. Seit 1931 stärkste Gewerkschaft Spaniens mit dem Ziel der Verwirklichung eines freiheitlichen Kommunismus. 1936 war die CNT stärkste politische
Kraft in Katalonien.

Das *Retablo* – Retabel, Altaraufsatz. Im 16. Jahrhundert waren einige Altaraufsätze aus mechanisch bewegbaren Gelenkfiguren gebaut. Deshalb wurden später alle Arten von Puppentheater *Retablos* genannt. Mit der Wahl dieses Namens signalisiert die Theatergruppe in erster Linie ihre Bescheidenheit. Desweiteren könnte der Name auf zwei bekannte Retablos der spanischen Literatur anspielen: Das *El retablo de Maese Pedro* aus Kapitel 25 und 26 des zweiten Teils des *Don Quijote,* das der spanische Komponist Manuel de Falla am Anfang dieses Jahrhunderts zu einem gleichnamigen Singspiel verarbeitet hat. Ebenfalls von Miguel Cervantes ist der Einakter *El retablo de las maravillas.*

Seite 17

Zarzuelas – Die Bezeichnung »Zarzuela« für die spanische Operette stammt aus ihren frühen Aufführungen unter Philipp IV. (Ende des 17. Jahrhunderts) in einem eigens für Theatervorstellungen vorgesehenen Raum des Pardo-Palastes – *La Zarzuela.* Die Zarzuela erlebte ihre Blütezeit in der 2. Hälfte des 19. Jahrhunderts.

In Richtung Grao – El Grao ist der Hafen und das Industriegebiet im Osten Valencias.

Seite 18

mit Federico García Lorca und Alejandro Casona –

Federico García Lorca (Fuente Vaqueros 1898 – Víznar 1936, beide in der Prov. Granada) ist einer der bekanntesten und zugleich komplexesten Dichter der spanischen Moderne. Sein vielschichtiges Werk umfaßt alle literarischen Gattungen; zudem besaß er als Musiker und Zeichner ein ausgeprägtes Talent. Wie kaum einem anderen spanischen Dichter seiner Generation ist es ihm gelungen, Tradition, Moderne und Politik im weitesten Sinne zu vereinen. García Lorca wurde am 18. August 1936 von Faschisten hingerichtet.

Alejandro Casona (Tineo, Asturien 1903 – Madrid 1965) wurde als Dramatiker und Leiter der Theaterabteilung der *Misiones Pedagógicas* (siehe Anm. nächste Seite) während der 2. Republik bekannt. Casonas Theateridee war zunächst stark von der Ästhetik der Avantgarde, von geistreichem Witz sowie der Verschmelzung von Phantasie und Wirklichkeit geprägt. In den späten 30er Jahren und im amerikanischen Exil gewannen seine Werke an sozialkritischem Gehalt.

Aufführungen von *La Barraca* und der Theatergruppe der *Misiones Pedagógicas*

La Barraca war eine studentische Wanderbühne unter dem Patronat der *Misiones Pedagógicas,* die von *García Lorca* und *Eduardo Ugarte* gegründet und geleitet wurde. Ihr Ziel war es, das klassische wie das moderne Theater in die Städte und Dörfer Spaniens zu bringen. *Barraca,* eigtl. Wohnhütte, ist zugleich die übliche Bezeichnung für die mobilen Markt- und Messebuden.

Die Misiones Pedagógicas (1931–1938) gehörten zu den wichtigsten pädagogischen Institutionen der 2. Republik. Zu ihren Zielen gehörten die Einrichtung von Volks- und Wanderbibliotheken, die Organisation öffentlicher Vorträge und Lesungen, die Erwachsenenbildung, etc. Ein Wandertheater und ein Wandermuseum mit Reproduktionen diente der populären Verbreitung der spanischen Klassiker bzw. berühmter Kunstwerke.

Seite 19

Sainetes – Das Sainete ist eine Komödiengattung, deren Figuren volkstümliche Typen darstellen. Das Sainete war ursprünglich ein Zwischenspiel, das im Theater des 17. Jahrhunderts zwischen den einzelnen Akten eines Theaterstückes aufgeführt wurde. Viele Zarzuela-Libretti beruhen auf Sainetes.

Izquierda Republicana – Manuel Azaña (siehe Anm. zu Seite 23) gründete im April 1934 die Partei *Izquierda Republicana* (Republikanische Linke), die sich aus der Partei *Acción Republicana* und dem linken Flügel der *Partido Socialista Radical* (Radikalsozialistische Partei) zusammensetzte. *Izquierda Republicana* bildete 1936 die Hauptachse der Volksfront, die die Wahlen vom 16. Februar 1936 gewinnen konnte.

Seite 20

Komitee für öffentliche Veranstaltungen UGT-CNT – Im August 1936 beschlagnahmte die Schauspielergewerkschaft der CNT alle Theater und Kinos und gründete die Gewerkschaft des Vergnügungsgewerbes. CNT und UGT arbeiteten in diesem Bereich zusammen; ihnen unterstanden fast alle Theater und Kinos in der Republikanischen Zone. Das Komitee entschied, welche Truppen welche Stücke an welchen Orten aufführen durften. Trotz dieser Kontrollinstanz gab es im Theaterbereich große Handlungsfreiheit.

Er wird ›Fallero‹ genannt – Falleros/Falleras werden Menschen genannt, die große, groteske Figuren aus Pappmaché herstellen (sog. *Fallas*), die einen kritischen Bezug zur Lokalpolitik besitzen. Die Fallas werden in Valencia während des »Feuerfestes«, dem Fest der Frühjahrssonnenwende, verbrannt. *Falleros* nennt man auch die Besucher des einwöchigen Festes.

Es heißt, ... El Greco ... Hand auf der Brust – Domenikos Theotokopoulos (Candia, Kreta 1541 – Toledo 1614), genannt *El Greco*. Seit 1577 in Toledo. Trotz anfänglicher Schwierigkeiten mit Philipp II., der den manieristischen Stil des Malers nicht billigte, wurde er zu einem der anerkanntesten Künstler der spanischen Renaissance. Die Textstelle spielt auf ein berühmtes Porträt an, das El Greco von einem Unbekannten malte: *»Der Ritter mit der Hand auf der Brust« (»El caballero de la mano en el pecho«).*

Seite 23

Manuel Azaña y Díaz – (Alcalá de Henares 1880 – Montauban 1940), ein linksliberaler Intellektueller mit republikanischdemokratischer Gesinnung. Azaña gründete 1930 die Partei *Acción Republicana* und war Mitglied des Revolutionskomitees. Als Kriegsminister der republikanischen Übergangsregierung versuchte er 1931 durch eine Heeresreform, die Loyalität des Militärs gegenüber der neuen Regierung zu sichern. Von Oktober 1931 bis November 1933 war er Ministerpräsident. Seine Partei verwandelte er in die *Izquierda Republicana* (siehe Anm. zu Seite 19). Mit Hilfe der Sozialisten wurde er erneut Regierungspräsident; im Mai 1936 wurde er zum Präsidenten der Republik ernannt.

Seite 24

General Sanjurjo – José Sanjurjo (Pamplona 1872 – Estoril, Portugal 1936) nahm am Kubakrieg (1894–98) und mehrmals am Marokko-Krieg teil. 1925–1928 war er Generalkommissar des in Afrika stationierten spanischen Heeres. Als entschiedener Gegner der Republik unternahm er 1932 mit Hilfe einiger Offiziere und karlistischer Führungskräfte einen Putschversuch gegen die republikanische Regierung, der mißlang. Das Todesurteil gegen Sanjurjo wurde von Azaña in eine lebenslängliche Haftstrafe abgemildert. 1936 sollte er die Führung der aufständischen Generäle übernehmen, starb aber bei einem Flugzeugunglück.

Rivera und Ribalta –

Luis de Rivera, spanischer Maler des 16. Jahrhunderts, der vor allem in Quito arbeitete.

Francisco Ribalta (Solsona, Lerida 1562 – Valencia 1628), spanischer Maler, dessen Stil für den Übergang vom Manierismus zum spanischen Frühbarock *(naturalismo tenebrista)* typisch ist. Anfang des 17. Jahrhunderts trat er mit Caravaggio in Berührung. In Valencia gründete er mit seinem Sohn eine bedeutende Werkstatt.

Seite 26/27

»So auch träumt mir jetzt, ... ein Traum« – Textauszug aus *Das Leben ein Traum* von Pedro Calderón de la Barca (Madrid 1600 – 1681), Zweiter Aufzug, 19. Szene, Verse 2.178 – 2.187. Der polnische Prinz Segismundo lebt seit seiner Geburt unter Aufsicht eines königlichen Vertrauten in einem geheimen Turmverlies. Ein Horoskop hatte dem Vater Basilio prophezeit, daß sein Sohn ein grausamer, ungerechter Herrscher sein und den eigenen Vater demütigen werde. Rosaura, eine junge Moskowiterin, folgt in Männerkleidern einem treulosen Liebhaber nach Polen, wo sie zufällig Segismundos Gefängnis entdeckt. Sie wird Zeugin seiner Freiheitsklage. Rosaura setzt sich für seine Befreiung unter der Bedingung ein, daß er durch seinen freien Willen seine negativen Eigenschaften beherrschen und somit das Horoskop Lügen strafen werde. Im Schlaf bringt man Segismundo in den Palast, um ihn auf die Probe zu stellen. Die berühmte Textstelle stammt aus Segismundos Monolog des Erwachens, in dem er sich des Trugspiels zwischen Traum und Wirklichkeit bewußt wird.

Seite 27

»Ha, schimmert nicht ... von lebend'gen Leichen ...« – Textauszug
aus *Das Leben ein Traum,* Erster Aufzug, 2. Szene, Verse 85–94.
Rosaura hat das Turmverlies betreten und Segismundos Freiheitsklage gehört. Sie spricht diese Worte zu ihrem Diener Clarín,
dem Narren des Stückes.

Seite 34

Plaza Wilson ... Príncipe Alfonso ... Peris y Valero –
Thomas Woodrow Wilson (Staunton, Virginia 1856 – Washing-
ton D.C. 1924) war von 1912 bis 1920 Präsident der Vereinigten Staaten. 1919 bekam er den Friedensnobelpreis. In den 30er
Jahren war es in Spanien üblich, Straßen und Einrichtungen den
Namen dieses demokratischen Präsidenten zu geben.
Príncipe Alfonso, Alfonso XIII., König von Spanien (1886–
1931).
José Peris y Valero (Valencia 1821–1877), spanischer Politiker
und Journalist. Im 1. Karlistenkrieg (siehe Anm. zu Seite 60)
kämpfte er auf Seiten der Liberalen in der Nationalmiliz. 1854
leitete er die liberale Zeitung *La Justicia;* später die Zeitung *Los
dos Reinos* (Die zwei Königreiche), die seit 1868 das Organ der
Fortschrittlichen Partei (Partido Progresista) war. 1868–1870
war er Zivilgouverneur von Valencia.

Seite 36

Horchata – Ein Getränk aus zerstampften Erdmandeln (chufas).
Das erfrischende Getränk, das in ganz Spanien üblich ist, stammt
ursprünglich aus Valencia.

Seite 38

In den letzten Julitagen – Der Bürgerkrieg begann am 18. Juli 1936.
In den letzten Julitagen wurde der größte Teil der Bevölkerung
zur Verteidigung der Republik mobilisiert.

Seite 39

Prieto – Indalecio Prieto (Oviedo 1883 – Paris 1950) war Journalist
und einer der wichtigsten Führer der UGT sowie der Sozialistischen Partei. Als Verteidigungsminister der Regierung Negrín

spielte er bis 1938 in der Kriegsführung während des Bürgerkrieges eine wesentliche Rolle.

Aranda in Oviedo – Oberst Antonio Aranda Mata hatte den Ober-
befehl in Oviedo, der Hauptstadt Asturiens, und genoß bis Juli
1936 das Vertrauen der Republik. Bereits vor Ausbruch des
Krieges aber hatte er sich der Verschwörung angeschlossen. In-
folge seines Doppelspiels fiel Oviedo früh in die Hände der
Aufständischen.

Seite 47

Falange – Eine rechtsgerichtete Gruppe von zunächst untergeord-
neter Bedeutung, die sich zunehmend radikalisierte. Sie wurde
1933 von José Antonio Primo de Rivera gegründet und schloß
sich 1934 mit den JONS *(Juntas de Ofensiva Nacional Sindica-
listas)* zusammen. Die neue Partei hieß *Falange Española Tradi-
cionalista* (FET) *y de las JONS* und bezeichnete sich explizit als
nationalistisch, zentralistisch, antimarxistisch, sozial gerecht,
imperialistisch, korporativ, antiliberal und wirtschaftsreforme-
risch. 1936 unterstützte sie den Militäraufstand, der zum Bürgerkrieg führte. Die fusionierte FET y de las JONS hieß dann
als Einheitspartei *El Movimiento* (Die Bewegung). José Antonio
Primo de Rivera, ein junger Rechtsanwalt von charismatischer
Ausstrahlung und Sohn des Generals Miguel Primo de Rivera,
war der Führer der Falange. Am 20. November 1936 wurde er
von den Republikanern in Alicante verurteilt und hingerichtet.

Seite 53

In *Zwanzig Jahre danach* die Stelle über Athos' Tod – *Vingt ans
après* von Alexandre Dumas d. Ä. erschien als Fortsetzung zu
Die drei Musketiere 1845 in Frankreich.

Seite 56

Fuenteovejuna ... Esteban ... Laurencia –

Fuenteovejuna (ca. 1614) ist eines der populärsten Theaterstücke von Lope de Vega (Madrid 1562–1635). Das Stück handelt von dem Leid, das das Dorf Fuenteovejuna (Kastilien)
durch einen tyrannischen Komtur des Calatrava-Ordens zu er-
dulden hat, und von dem Aufstand der mutigen Dorfbewohner,

479

die schließlich den Komtur töten. **Esteban,** ein älterer Bauer, ist
der Bürgermeister von Fuenteovejuna. **Laurencia,** seine Tochter,
wird am Tag ihrer Hochzeit mit dem Bauern Frondoso vom
Komtur geraubt. Frondoso wird gefangen genommen und soll
gehängt werden. Die vorliegende Szene entstammt dem III. Akt,
3. Szene, Vers 1.716 – 1.728: Laurencia wirft ihrem Vater und
den anderen Dorfbewohnern vor, sich nicht genügend für sie und
Frondoso gegen den Komtur eingesetzt zu haben.

Seite 60

Von den Karlistenkriegen – Karlisten wurden die Anhänger des
dynastischen Zweigs von Carlos de Borbón (1788–1855) genannt, der die Thronnachfolge seines Bruders Ferdinand VII. antreten sollte. Nach dem *Ersten Karlistenkrieg* wurde Isabell II.,
die Tochter Ferdinands VII., zur Königin ernannt. Carlos de Borbón kam nicht zum Zug. *Karlistenkriege* werden auch zwei weitere innerspanische Kriege genannt, bei denen die ursprüngliche
Frage der Thronfolge aber nur noch der äußeren Legitimation
diente. Politisch gesehen stand der Karlismus für eine konservative Agrargesellschaft. Hochburg der Karlisten war Navarra. In
Aragón, Katalonien, Valencia und dem Baskenland hatten sie
aufgrund ihrer scheinbar antizentralistischen Einstellung viele
Anhänger.

Cucala – Pascual Cucala (Bajo Maestrazgo, Prov. Castellón 1816 –
Portvendres, Frankreich 1892), Bauer. Nachdem die Regierung
sein Land konfisziert hatte, schloß er sich Karlistenguerillas an
und übernahm während des 3. Karlistenkrieges die Führung
einer Bergeinheit. Cucala war für seine Grausamkeit bekannt.

Seite 63

Casas Sala – Abgeordneter der Partei *Izquierda Republicana* für
Castellón.

Nach Teruel – Diese Stadt in Aragón lag in der franquistischen
Zone. Die Republikaner haben immer wieder versucht, Teruel
einzunehmen, was ihnen erst im Januar 1938 unter großen Verlusten gelang.

»Ein Hauptmann der Guardia Civil Republikaner?« – Die spanische Gendamerie Guardia Civil wurde 1844 gegründet. Ihre

Haltung war 1931 entscheidend für die Ausrufung der Republik. 1932 unterstützte sie jedoch mehrheitlich den Aufstand des Generals Sanjurjo, genannt *La Sanjurjada*, (siehe Anm. zu Seite 24) gegen die Republik. Während des Spanischen Bürgerkrieges (1936–1939) war sie auf beiden Seiten vertreten.

Seite 64

»**auf den Sieg der Confederación …**« – Mit der Confederación ist hier die Zusammenarbeit von CNT und FAI gemeint.

CNT – Siehe Anm. zu Seite 16.

FAI *(Federación Anarquista Ibérica)* – Diese radikale anarchistische Organisation wurde 1927 im Untergrund gegründet. Sie versuchte zu verhindern, daß die CNT den Weg des echten Anarchismus verließ. Die FAI hatte 1931 einen starken Einfluß auf die CNT, besonders über Verteidigungskomitees der CNT sowie die Vereine in Stadtteilen und Unternehmen.

Seite 65

Rafael López Serrador – Der Bauernjunge Rafael López Serrador ist der Protagonist des ersten Bandes *Nichts geht mehr* des Romanzyklus' *Das Magische Labyrinth* von Max Aub.

Seite 70

Pablo Iglesias – der »Großvater« (siehe Anm. zu Seite 249).

Seite 71

Reales, Pesetas, Duros –

Real, die in Spanien heute noch volkstümliche Bezeichnung für 25 céntimos; als Münze nicht mehr im Umlauf. **Peseta,** seit 1868 Hauptrechnungseinheit in Spanien: 1 Pta = 100 céntimos. **Duro** ist eine Fünf-Peseten-Münze.

Seite 72/73

Escuela Moderna … Francisco Ferrer –

Francisco Ferrer Guardia (Alella, Barcelona 1809 – Barcelona 1859), Politiker und Pädagoge. Er gründete 1901 die *Escuela Moderna* in Barcelona, eine laizistische, koedukative Schule, in der versucht werden sollte, das Potential eines jeden Kindes ohne Konkurrenzdenken zu fördern. 1906 wurde die Schule per Dekret geschlossen. Ferrer wurde des Attentatsversuches auf Alfons XIII. angeklagt, 1907 aber für unschuldig erklärt.

Als angeblicher Anstifter einer blutig niedergeschlagenen Revolte gegen den Marokko-Krieg (sog. »Tragische Woche«) wurde er von einem Militärgericht zum Tode verurteilt und am 9. Oktober 1909 in der Festung auf dem Montjuich erschossen.

Seite 77

Eliseo Reclus ... Felipe Trigo –

Elisée Reclus (Sainte-Foy-la-Grande 1830 – Thourout 1905), französischer Geograph und Autor einer *Weltgeographie* (1875 – 1894). Er war militanter Anarchist und Mitglied der Pariser Kommune (1871).

Blasco Ibáñez (Valencia 1867 – Menton 1928), Romancier und von Jugend an militanter Republikaner. Blasco Ibañez gründete die in Valencia erscheinende Tageszeitung *El Pueblo* (siehe Anm. zu Seite 15).

Max Nordau, eigtl. Simon Südfeld (Budapest 1849 – Paris 1923), war Arzt und Schriftsteller sowie Verfasser von kultur- und zeitkritischen Studien auf rationalistisch-materialistischer Basis. 1880 ging er nach Paris. Gemeinsam mit Theodor Herzl war er einer der Begründer des Zionismus.

Pío Baroja y Nessi (San Sebastián 1827 – Madrid 1956) gehört zu den wichtigsten Romanciers der »Generation von 1898«, deren Namen sich auf die selbstkritische Haltung der spanischen Intellekuellen nach dem Verlust der letzten spanischen Kolonien bezieht.

Jules Vallès (Le Puy 1832 – Paris 1885), französischer Schriftsteller und Journalist, Verfechter revolutionärer Ideen. 1871 war er Mitglied der Pariser Kommune. Nach einigen Jahren des Exils in London kehrte er 1883 nach Paris zurück.

Die Brüder Margueritte – Paul Margueritte (Laghouar, Algerien 1860 – Hosbegor, Frankreich 1918), französischer Romancier. Er arbeitete eng mit seinem Bruder **Victor Margueritte** (Blida, Algerien 1866 – Monestir, Frankreich 1942) zusammen.

Henri Barbusse (Asnière 1873 – Moskau 1935), französischer Schriftsteller. Er wurde bekannt durch seinen Roman *Das Feuer*

(1916), der die Brutalität und Sinnlosigkeit des Krieges schildert und sich seinerzeit deutlich von anderen Texten zu dem Thema abhob. Barbusse war literarischer Direktor der französischen Zeitung *L'Humanité* und des Magazins *Monde*.

Camille Flammarion (Montigny-le-Roi, Haute-Marne 1842 – Juvisy 1925), französischer Astronom, dessen Anliegen es war, u.a. durch sein Buch *Astronomie populaire* (1880) astronomische Kenntnisse zu popularisieren.

Alberto Insúa, eigtl. Alberto Galt y Escobar (Havanna 1885 – Madrid 1963), lebte seit 1900 in Spanien, wo er als Journalist und Schriftsteller tätig war. Er schrieb hauptsächlich erotische Romane.

Felipe Trigo (Villanueva de la Serena 1865 – Madrid 1916). Schriftsteller, der seine Erfahrungen als Militärarzt im Philippinenkrieg (1898) in dem Roman *Cuatro generales* (Vier Generäle) schilderte. Naturalist, Vertreter eines leidenschaftlichen Pansexualismus sowie eines eigenwilligen Sozialismus. Seine Popularität verdankt er seinen erotischen Romanen.

Seite 78

Pérez Galdós – Benito Pérez Galdós (Mallorca 1843 – Madrid 1920), einer der bedeutendsten spanischen Schriftsteller des 19. Jahrhunderts sowie der Zeit der Jahrhundertwende. Sein Gesamtwerk umfaßt über 100 Titel, in der Mehrzahl Romane und Erzählungen, darunter ein episches Monumentalwerk über die spanische Geschichte: *Episodios Nacionales* (46 Bde.)

die Anhänger Largo Caballeros ... Anhänger Prietos –
Francisco Largo Caballero (Madrid 1869 – Paris 1946), Politiker und Gewerkschafter. Er trat 1890 in die UGT ein, 1894 in die PSOE (siehe Anm. zu Seite 16). 1917 wurde er Generalsekretär der UGT, 1918 Abgeordneter. Während der Diktatur Primo de Riveras war er Staatsrat, 1930 Mitglied des Revolutionskomitees. Während der 2. Republik war er Arbeitsminister (1931–33). Seine Auffassungen wurden zunehmend radikaler, weshalb man ihn den »spanischen Lenin« nannte. Generalsekretär der PSOE (1932–1935). Während des Krieges war er Regierungschef (Sept. 1936 – Mai 1937), mußte dann aber zurücktreten. Als er 1939 die Grenze nach Frankreich überquerte,

wurde er von der französischen Regierung festgenommen und 1943 ins KZ Sachsenhausen deportiert. Er starb 1946 in Paris.

Prieto siehe Anm. zu Seite 39.

Die Geheimnisse von New York ... Graf Hugo, Die Hand des Würgers – *Mysteries of New York* (1916), Film des amerikanischen Regisseurs William Christy Cabanne. *Graf Hugo* (1914) war einer der populärsten amerikanischen Serienfilme. *Die Hand des Würgers* (1920), Film des deutschen Regisseurs Bruno Eichgrün.

Seite 79

Lliga Catalana ... Unión de Rabassaires –

Lliga Catalana, auch *Lliga regionalista* (gegründet 1901), war eine politische Partei, die in ihren ersten Jahren die katalanische Befreiungsbewegung stark polarisierte. Konservative Partei, die vor allem das Großkapital und die Großindustrie vertrat. Obwohl sie für die Autonomie Kataloniens plädierte, zögerte ihr Gründer und Führer Cambó nicht, mit der Zentralregierung in Madrid zu kollaborieren.

Unión de Rabassaires – Die katalanischen Winzer gründeten 1934 diese Partei, eine Art Winzerbund, um ihren Besitz vor den Grundbesitzern zu schützen. Sie war stets im Parlament vertreten.

Seite 84

die Volksfront – Wahlbündnis der Republikanischen Linken mit der Arbeiterschaft. Obwohl weder die FAI, die CNT (Siehe Anm. zu Seite 16 und 64) noch die *Sindicatos de Oposición* (Gewerkschaften, die aus der Opposition zu CNT und FAI entstanden sind) der Volksfront angehörten, unterstützten sie bei den Parlamentswahlen im Februar 1936 dieses Bündnis und trugen damit entscheidend zu seinem Wahlerfolg bei.

Seite 88

Fray Luis de Granada ... Menéndez y Pelayo ... Vázquez de Mella – **Fray Luis de Granada** (Granada 1504 – Lissabon 1588), spanischer Schriftsteller, Mitglied des Dominikanerordens, hochangesehener religiöser Redner, eloquenter Autor der spanischen Prosa und einer der einflußreichsten Schriftsteller seiner Zeit.

Marcelino Menéndez y Pelayo (Santander 1856–1912), Gelehrter und Historiker, Professor der Geschichte in Barcelona, dann Leiter der Nationalbibliothek Madrid. Er widmete sich vor allem der Erforschung der kulturellen Vergangenheit Spaniens aus einer nationalistischen, konservativen, katholischen Perspektive.

Juan Vázquez de Mella war Karlist (siehe Anm. zu Seite 60). In den 90er Jahren des 19. Jahrhunderts entwickelte er ein Reformprogramm, das sich gegen den Absolutismus wandte und für eine Monarchie mit einem vom König gewählten Rat plädierte, der aus Vertretern aller Gesellschaftsschichten bestehen sollte.

Seite 91

Er trug einen Blaumann – Die traditionelle Arbeiter- bzw. Mechanikerkleidung aus blauem Stoff wurde zur Uniform der republikanischen Miliz.

Seite 93

Die Romane von Pío Baroja – Siehe Anm. zu Seite 77.

Soriano und Blasco Ibáñez –

Rodrigo Soriano (San Sebastián 1868 – Santiago de Chile 1944) war spanischer Politiker und Journalist. Gemeinsam mit Blasco Ibáñez arbeitete er an der Umgestaltung der Republikanischen Partei von Valencia. Als Abgeordneter (1901–1923) fiel er durch seine Aggressivität und seine demagogischen Reden auf. Während der 2. Republik war er nochmals Abgeordneter und Botschafter in Chile, wo er sich nach dem Bürgerkrieg niederließ.

Blasco Ibáñez – Siehe Anm. zu Seite 77.

Graf Romanones – Álvaro Figueroa y Torres, Graf von Romanones (Guadalajara 1863 – Madrid 1950) war einer der schillerndsten konservativen Politiker Spaniens. Bürgermeister von Madrid und während der Monarchie mehrmals Minister. Seine erfolgreiche Manipulation der Kommunalwahlen 1910, durch die es ihm gelang, die Teilnahme von Sozialisten und Republikanern am Stadtrat zu verhindern, wurde ihm vom König mit den höchsten Ehren gedankt. Im April 1919 trat er aus Protest gegen die gewaltsame Unterdrückung eines friedlichen Streiks in Barcelona als Premierminister zurück. Alfons XIII. band ihn allerdings immer wieder in das politische Geschehen ein.

Derecha Nacional Valenciana – auch *Derecha Regional Valenciana* (DRV). Die Partei wurde 1930 in Valencia gegründet und hatte bald einen beträchtlichen Einfluß in der Region. Während der Republik wurde sie die zweitstärkste Partei in Valencia. Ihre Mitglieder kamen hauptsächlich aus dem katholisch-konservativen Lager um die Zeitung *El Diario de Valencia*. 1933 schloß sich die DRV der CEDA an (siehe Anm. zu Seite 296).

Seite 94

UHP – steht für »¡Uníos hermanos proletarios!« (Proletarische Brüder vereinigt euch!); Motto, unter dem die Bergarbeiter während der Oktoberrevolution 1934 in Asturien kämpften, um die Kräfte aller Linksparteien und -gruppierungen zu vereinigen. Während des Krieges wurde das Motto wiederbelebt.

in die Arme der Radikalsozialistischen Partei – Die Radikalsozialistische Partei *(Partido Radical-Socialista* oder *Socialista Radical)* war eine linksrepublikanische Partei, deren Mitglieder – ähnlich der *Acción Republicana* (siehe Anm. zu Seite 23) – zum Großteil aus dem unteren und mittleren Bürgertum stammten und die viele Intellektuelle und Bildungsbürger in ihren Reihen zählte. Sie vertrat eher reformsozialistische als revolutionäre Ideen.

Seite 94/95

Marcelino Domingo, Álvaro de Albornoz, Fernando Valera –

Marcelino Domingo (1880), Grundschullehrer und Pädagoge. Er gehörte zu den bedeutendsten Mitgliedern der *Radikalsozialistischen Partei*. Während seiner Amtszeit als Erziehungsminister versuchte er mit großem Einsatz, die Erziehungs- und Bildungsvorhaben der Republik in die Tat umzusetzen. Wie viele seiner republikanischen Kollegen war er Freimaurer.

Álvaro de Albornoz (1879–1954) war ebenfalls Freimaurer, Mitglied der *Radikalsozialistischen Partei* und mehrmals Kabinettsmitglied der republikanischen Regierung. Im Juli 1936 wurde er Botschafter in Paris.

Fernando Valera, ebenfalls Mitglied der *Radikalsozialistischen Partei.* Als im November 1936 die Regierung nach Valencia übersiedelte, war Valera als Vizesekretär für Post und Telekommunikation einer der wenigen Politiker, die zusammen mit dem Komitee zur Verteidigung Madrids in der Hauptstadt blieben.

Seite 97

Sindicato Blanco – Span.: *Weiße Gewerkschaft,* die wie die *Gelbe Gewerkschaft* von den Arbeitgebern geschaffen wurde, um die Forderungen der Arbeitnehmer in kontrollierbare Bahnen zu lenken. Die *Weiße Gewerkschaft* stand der katholischen Kirche nahe.

Seite 104

Acció Catalana – Dieser radikale Bund wurde 1922 mit dem Ziel gegründet, die Abmachungen der *Conferencia Nacional Catalana* (Katalanische Nationalkonferenz) vom 10. Juni 1923 durchzusetzen, d.h. die Zentralregierung in Madrid zu bewegen, die Rechte Kataloniens anzuerkennen.

nach Pedralbes gefahren ... (Sein 18. Juli ... Neue Welt) – Die Truppen aus der Kaserne von Pedralbes, einem Stadtteil im Südwesten Barcelonas, die sich der Militärrevolte angeschlossen hatten, marschierten am 19. Juli 1936 um halb fünf Uhr morgens in Richtung Stadtmitte, wo sie an einer Kreuzung mit republikanischen Kräften zusammenstießen. Nach einiger Zeit flohen die meisten Aufständischen oder ergaben sich; die Anführer wurden gefangen genommen. Die Militärrevolte hatte am 18. Juli in Melilla (Marokko) begonnen und sich von dort aus im spanischen Mutterland ausgebreitet. Madrid und Barcelona aber auch die anderen Städte wehrten sich mit allen Kräften. In der beschriebenen Szene sieht Pedro Carratalá im Kampf gegen die Franquisten die Möglichkeit, eine »Neue Welt« mitzugestalten.

Estat Català – war eine von Francesc Macià gegründete Jugendbewegung, deren Mitglieder hauptsächlich Arbeiter, Abenteurer und Verfechter des Separatismus waren. Sie stand in radikaler Opposition zu den Anarcho-Syndikalisten. Nachdem Macià sich von dem gewalttätigen Radikalismus der Organisation distanziert hatte, übernahm der faschistisch geprägte katalanische Nationalist José Dencás die Führung.

6. Oktober – Gemeint ist der 6. Oktober 1934. An diesem Tag begann vor dem Hintergrund des Rechtsrucks in der Republik die Rebellion Kataloniens gegen die Zentralregierung in Madrid. In Asturien erhoben sich die Berg- und Industriearbeiter gegen die rechte Regierung. Diese Ereignisse sind als »Oktoberrevolution« bekannt.

Seite 106

Generalitat – *Generalitat de Catalunya,* Autonome Regierung Kataloniens, die 1931 provisorisch gegründet worden war. Seit 1932 hatte sie sich mit dem Autonomiestatut endgültig etabliert. Der erste Präsident war Francesc Macià, sein Nachfolger Companys (1933–1940). Nach der Besetzung Kataloniens durch Franco ging die Generalitat ins Exil.

das Zentralkomitee der Antifaschistischen Milizen Kataloniens wurde am 21. 7. 1936 mit der Absicht gegründet, die anarchistischen Kräfte Barcelonas mit den anderen Linksparteien Kataloniens zu koordinieren. Companys, der von den Anarchisten als Führer der katalanischen Regierung anerkannt wurde, brachte nach langen Verhandlungen die verschiedenen Gruppierungen zusammen; jede einzelne sollte in der Generalitat vertreten sein.

Unión de Rabassaires – Siehe Anm. zu Seite 79.

García Oliver – Juan García Oliver (Reus 1901 – Jalisco, Mexiko 1980) war einer der wichtigsten Anarchistenführer sowie Präsident des Zentralkomitees der antifaschistischen Milizen. Im November 1936 wurde er Justizminister der Regierung Largo Caballero (siehe Anm. zu Seite 77).

Durruti – Buenaventura Durruti (León 1896 – Madrid 1936), der bekannteste Anarchistenführer Spaniens. 1920 wurde er Mitglied der CNT. Sein politisches Ziel war die Soziale Revolution, zu deren Verwirklichung er vor dem Mittel der Gewalt nicht zurückschreckte. Durruti verbrachte etliche Jahre seines Lebens im Gefängnis oder auf der Flucht (Frankreich, Südamerika). 1931 war er zunächst gegen die Konsolidierung der parlamentarischen Republik; nach dem Rechtsruck der Wahlen 1933 plädierte er jedoch für die aktive Teilnahme an den Februarwahlen 1936. Der Einsatz der Anarchisten zur Verteidigung der Republik kennzeichnete vor allem die ersten Monate des Bürgerkrieges. Durruti wurde von der Regierung an die Front von Aragón geschickt; später nach Madrid, wo er unter ungeklärten Umständen starb.

Seite 107

Aurelio Fernández – Aurelio Fernández, ein bekannter Anarchist, war einer der FAI-Vertreter im Zentralkomitee der Milizen.

Seite 108

der den Scharfrichter von Barcelona umgebracht hat – General Arlegui wurde als »Scharfrichter von Barcelona« bezeichnet. Er war Zivilgouverneur von Barcelona und verantwortlich für den politischen Mord an führenden Gewerkschaftern und linken Politikern. Er wurde am 7. Mai 1924 ermordet. Die Regierung antwortete mit unnachgiebiger Verfolgung der Anarchisten, von denen viele ins Exil nach Frankreich gingen.

Duros – Siehe Anm. zu Seite 71.

Seite 114

Generalkapitanat – Hauptquartier des Oberbefehlshabers der Region.

Seite 115

während der ›Zwei schwarzen Jahre‹ – Die Zeit von Ende November 1933 bis zu den Wahlen im Februar 1936 wird »Bienio Negro« (Zwei schwarze Jahre) genannt. Die Bezeichnung bezieht sich auf den Rechtsruck in der Republik nach den Wahlen 1933. Die Koalition der Rechtsgruppierungen hatte insbesondere für die Landbevölkerung und die städtischen Unterschichten verheerende Folgen: Die Agrarreform wurde zurückgenommen und das Streikrecht eingeschränkt. Die politische Situation spitzte sich aufgrund der extremen Repressionsmaßnahmen gegenüber jeder Art öffentlicher Opposition stark zu. Der Spanische Bürgerkrieg wurde in diesen zwei Jahren ideologisch und materiell vorbereitet.

Seite 121

Játiva – Neben dem *Exekutive(n) Volkskomitee der Levante* mit Sitz in Valencia gab es in anderen Städten weitere Komitees auf lokaler Basis, u.a. in Játiva, einer kleinen Stadt 50 km südlich von Valencia.

Seite 124

José Benlliure – (Cañamelar 1855 – Valencia 1937), spanischer Maler. Er wurde vom historizistischen Realismus wie vom Impressionismus beeinflußt und bearbeitete vor allem religiöse Themen.

Seite 130

Guzmán der Gute – Alfonso Perez de Guzmán (León 1256 – Sierra de Gaucín, Malaga 1309), Aristokrat und Soldat im Dienste der Könige von Kastillien Sancho IV. und Ferdinand V. Mit seinem Einsatz in der Schlacht bei Tarifa verhinderte er, daß die wiedereroberten Gebiete Andalusiens erneut in islamische Hände fielen.

La Verbena – *La Verbena de la Paloma* des Komponisten Tomás Bretón (Salamanca 1850 – Madrid 1923), wahrscheinlich die bekannteste Zarzuela (siehe Anm. zu Seite 17), wurde 1894 in Madrid uraufgeführt. Es handelt sich dabei um ein Eifersuchtsdrama im volkstümlichen Milieu von Madrid.

Seite 131

La Revoltosa – Zarzuela (siehe Anm. zu Seite 17) des spanischen Komponisten und Dirigenten Ruperto Chapí (Alicante 1871 – Madrid 1909). *La Revoltosa* gilt als sein Meisterwerk: Die Heldin flirtet mit allen Männern der Umgebung. Daraufhin beschließen die Ehefrauen, sich während eines Festes an ihr zu rächen. Der Plan gelingt nicht, da *La Revoltosa,* mit Namen Mari Pepa, dem Fest fernbleibt und einen langjährigen Liebhaber heiratet. Span. *revoltosa:* aufrührerisch.

Seite 133

›spazierenfahren‹ – Span. *dar el paseo:* einen Spaziergang machen.
Während des Bürgerkrieges Euphemismus für ›jemanden zum
Exekutionsort bringen‹. Der Exekutionsort lag in der Regel außerhalb der Stadt bzw. des Dorfes. Die Fahrt fand meist während der Nacht statt.

Seite 136

Pascual Tomás – Gewerkschafter, Mitglied der UGT und Anhänger
Largo Caballeros (siehe Anm. zu Seite 77).

als neuen Castelar der neuen Republik – Emilio Castelar y Ripoll
(Cádiz 1832 – San Pedro del Pinatar, Prov. Murcia 1899), spanischer Schriftsteller und Politiker, seit 1869 Abgeordneter der
Cortes (des spanischen Parlaments). Während der 1. Republik
(1873–1874) war er Außenminister, später Ministerpräsident. In
der Restaurationszeit unter Alfons XII. (1875–85) vertrat er im
Parlament einen eher konservativen Republikanismus. Castelar
war als einer der hervorragendsten Redner seiner Zeit bekannt.

Seite 138

Prieto – Siehe Anm. zu Seite 39.

Seite 139

Die isabellinische Gotik – Übliche Bezeichnung des spätgotischen
Stils, wie er sich in Spanien während der Regierung Isabellas I.
von Kastilien (1451–1504) durchsetzte. Im sog. *Isabellastil* ver-
binden sich flämische und deutsche Einflüsse mit der maurischen
Vorliebe für flächenbezogene Dekorationsprinzipien.

Seite 140

Calvo Sotelo … umgebracht, Sanjurjo … umgekommen –
José Calvo Sotelo (Túy, Galicien 1893 – Madrid 1936) war während der Diktatur Primo de Riveras (1923–1931) Finanzmini-
ster. Während der 2. Republik Propagandist und Wortführer der
Rechten. Calvo Sotelo gehörte zu den feurigsten Befürwortern
eines Militäraufstandes. Er wurde am 13. Juli 1936 von republikanischen Sicherheitskräften als Vergeltung für ein Attentat
auf einen republikanischen Offizier ermordet. Die aufständi-

schen Generäle nutzten die Ermordung Calvo Sotelos zur Legitimation ihres Militärputsches gegen die Republik, der dann zum Bürgerkrieg führte.

Sanjurjo – Siehe Anm. zu Seite 24.

Seite 142

Azaña – Siehe Anm. zu Seite 23.

Romanones – Siehe Anm. zu Seite 93.

Mola ... Queipo ... Franco –

General Emilio Mola Vidal (1887–1937), ein überzeugter Antidemokrat, war zweifellos der wichtigste Drahtzieher des Militäraufstandes. Nach der Ausrufung der Republik wurde er wegen seiner Haltung als Chef des Sicherheitsdienstes aus dem Heer entlassen, nach dem Regierungswechsel 1934 jedoch rehabilitiert. Er wurde nach Pamplona versetzt, von wo aus er am 18. Juli 1936 den Aufstand gegen die Republik steuerte. Mola starb auf dem Weg nach Burgos, der Hauptstadt der Aufständischen, bei einem Flugzeugunglück.

Gonzalo Queipo de Llano y Serra war neben Mola und Franco einer der für den Putsch verantwortlichen Generäle. Queipo hatte sich von einem begeisterten Republikaner zu einem entschiedenen Faschisten entwickelt. Er war als äußerst verschlagen und aggressiv bekannt: Unter schwierigen Bedingungen konnte er Sevilla erobern und dort die Macht der Aufständischen befestigen; bereits Ende Juli standen weitere Hauptstädte Andalusiens (Cádiz, Córdoba, Granada) unter aufständischer Kontrolle. Auf den Befehl Queipos geht die Ermordung des Dichters García Lorca (siehe Anm. zu Seite 18) zurück.

Francisco Franco Bahamonde (El Ferrol 1892 – Madrid 1975) hatte sich bereits 1934 bei der blutigen Niederschlagung des Aufstandes in Asturien (siehe Anm. zu Seite 104) profiliert. 1935 wurde er zum Generalstabschef ernannt, nach dem Wahlerfolg der Volksfront allerdings auf die Canarischen Inseln versetzt. Am 20. Juli ersuchte er von Tetuán aus, wo er die Führung der afrikanischen Eliteeinheiten übernommen hatte, Mussolini und Hitler um Hilfe. Er erhielt zunächst Unterstützung in Form von Flugzeugen, um von Afrika aus Truppen nach Spanien zu transportieren. Am 26.9.1936 wurde Franco zum *Oberste(n) Be-*

fehlshaber des spanischen Heeres ernannt und konzentrierte damit im aufständischen Lager alle Macht auf sich. Am gleichen Tag gelang den Aufständischen die Eroberung Toledos; die Grausamkeit gegenüber den Besiegten war unbeschreiblich. Franco war vom Ende des Bürgerkrieges im April 1939 bis zu seinem Tod 1975 der Diktator Spaniens.

Seite 146

die Torres de Cuarte, links der Tros Alt –
Torres de Cuarte heißen die zwei Türme eines der alten Stadttore im heutigen Zentrum von Valencia.
El Tros Alt (katalanisch: der hochgelegene Teil) ist der Name einer Straße in der Altstadt von Valencia.

Seite 147

Arroz y Tartana – *Reis und Planwagen* (1894) ist der Titel eines Romans von Blasco Ibañez (Siehe Anm. zu Seite 77). Valencia, insbesondere die Albufera, ist eines der wichtigsten Reisanbaugebiete Spaniens.

Sorolla – Joaquín Sorolla (Valencia 1863 – Cercedilla 1923), spanischer Maler. Er begann mit historizistisch-realistischen Gemälden, entwickelte aber allmählich einen eigenen, charakteristischen Stil, in dem das Licht das wesentliche Element ist: Es läßt die Konturen von Menschen und Gegenständen verschwimmen. Mit dem Meer verbundene Motive spielen in Sorollas Malerei eine wichtige Rolle.

Mercantil Valenciano – *El Mercantil Valenciano* war eine seit 1872 in Valencia erscheinende Tageszeitung. Ihre Tendenz war deutlich republikanisch. 1882 wurde sie das Organ des *Partido Demócrata Progresista* (Demokratische Fortschrittspartei). *El Mercantil Valenciano* erfreute sich in der Mittelschicht großer Popularität; viele wichtige spanische Intellektuelle der 20er und 30er Jahre schrieben für diese Tageszeitung.

Seite 151

wie Machado sagt – Antonio Machado y Ruiz (Sevilla 1875 – Collioure 1939) gilt als einer der bedeutendsten spanischen Dichter der Moderne. Sein Werk reicht vom Symbolismus bis hin zu einer poetisch-philosophischen Reflexion, die sich in scheinbar beschreibenden Gedichten über die Geschichte und Landschaft Kastilliens niederschlägt. Sein Witz, sein philosophisches Denken, sein politisches Engagement für die Republik werden vor allem in seinen Apokryphen (z.B. *Juan de Mairena*) und seinen Essays deutlich. Er starb bei Kriegsende während der Flucht über die Pyrenäen.

Seite 154

das Ateneo – von griech. *Athenäum*. Die Ateneos haben als kulturelle Einrichtungen seit der Mitte des 19. Jahrhunderts eine wichtige Rolle in den Städten Spaniens gespielt. Dort fanden Vorträge und Lesungen statt; sie besaßen eine eigene Bibliothek.

Seite 157

bei den Nationalen – Die Aufständischen nannten sich die Nationalen (span.: *los nacionales*).

Seite 160

die Bewegung – Hier ist der Militäraufstand gemeint.

Seite 164

San Miguel de los Reyes – Das Gefängnis ist nach dem Dorf benannt, in dem es sich befand. Heute ist San Miguel de Los Reyes ein Stadtteil von Valencia.

Seite 165

Sturm auf die Paterna-Kaserne – Paterna, heute ein Stadtteil im Westen von Valencia, war in den 30er Jahren noch ein Dorf vor der Stadt. Dort lag (und liegt) eine der größten Infanteriekasernen der Region.

Seite 166

Confederación – Vgl. Anm. zu Seite 64. In dieser Szene bezieht sich *Confederación* nur auf die CNT, zu deren Führung der erwähnte Juan López gehörte. Er war einer der Unterzeichner des »Manifests der Dreißig« (siehe Anm. zu S. 261), trat aber 1936 wieder der CNT bei.

Seite 167

in Bata war er auch – Am 18. Januar 1932 riefen die anarchistischen Bergarbeiter von Berga und Sallent im Gebiet des Nord-Llobregats und der Stadt Manresa den »freiheitlichen Kommunismus« aus. Nach drei Tagen wurde der Aufstand niedergeschlagen; mit Hilfe eines Notstandsgesetzes wurden 104 Anarchisten nach Bata (damals Spanisch-Guinea, heute Äquatorialguinea) deportiert.

Seite 170

Guardias de Asalto – Die Guardia de Asalto wurde 1933 als ein bewaffnetes Polizeicorps für die Städte gegründet. Sie stand den Republikanern nahe. Ähnlich der Guardia Civil (siehe Anm. zu Seite 63) war sie allerdings auf beiden Seiten vertreten.

Seite 184

José Antonio – José Antonio Primo de Rivera y Sáenz de Heredia (Madrid 1903 – Alicante 1936), siehe Anm. zu Seite 47.

Seite 198

Sánchez Mazas, Alfaros, Mourlanes, Peláez –

Rafael Sánchez Mazas (Madrid 1894 – 1966), Intellekueller und Journalist bei der monarchistisch-konservativen Tageszeitung *ABC*. Er gehörte zu den Anregern der Falange (siehe Anm. zu Seite 47).

José Maria Alfaro, Schriftsteller und Mitarbeiter bei den in der nationalen Zone wichtigen Zeitschriften, u.a. bei der Intellektuellen-Zeitschrift *Vértice*.

Pedro Mourlane Michelena, zunächst Mitarbeiter der Tageszeitung *El Liberal,* später gemeinsam mit anderen Intellektuellen der nationalen Zone bei der Falangisten-Zeitschrift *El Escorial*.

Augustín Peláez, Intellektueller, seit der ersten Stunde Mitglied der Falange.

Seite 199

die Calle de Valverde – Eine ruhige Straße im Zentrum Madrids. *La Calle de Valverde* lautet der Titel eines Romans von Max Aub über das intellektuelle Leben im Madrid der 20er Jahre.

Seite 202

Allianz Antifaschistischer Schriftsteller – eigtl. *Allianz Antifaschistischer Intellektueller.* Während des 1. Schriftstellerkongresses in Paris (1935) wurde der Internationale Schriftstellerverband zur Verteidigung der Kultur gegründet. Er sollte die wichtigste Einrichtung fortschrittlicher europäischer Kultur sein. Die *Allianz Antifaschistischer Intellektueller* wurde im Juli 1936 als die spanische Sektion dieses internationalen Kulturbundes gegründet. Ihr Präsident war José Bergamín, ihr Sekretär Rafael Alberti. Zu den bedeutsamsten Leistungen der Allianz gehörte die Herausgabe von insgesamt 47 Nummern der politisch-kulturellen Zeitschrift *El Mono Azul* (Der Blaumann).

Bergamín, Gustavo Durán ... Chabás –

José Bergamín (Madrid 1895 – San Sebastián 1983) war einer der herausragendsten Schriftsteller und Intellektuellen Spaniens. 1933 gründete er die Kulturzeitschrift *Cruz y Raya* (bis 1936); 1936 wurde er Präsident der *Allianz Antifaschistischer Intellektueller.* Bergamín schrieb vor allem Prosa, seine bevorzugte Gattung war der Essay. Nach dem Krieg ging er ins Exil nach Mexiko.

Gustavo Durán, Komponist. Kurz vor dem Bürgerkrieg wurde er Mitglied der *Motoristierte(n) sozialistische(n) Jugend* und Anhänger Prietos (siehe Anm. zu Seite 39). 1936 trat er in die Kommunistische Partei ein. Nach dem Krieg ging er ins Exil nach Mexiko und arbeitete bei der UNO.

Enrique Díez-Canedo (Badajoz 1879 – México 1945), spanischer Dichter und einer der scharfsinnigsten Literatur- und Theaterkritiker seiner Zeit. Er schrieb u. a. für die Tageszeitung *El Sol.*

Rafael Alberti (Puerto de Sta. María, Cádiz 1903), Schriftsteller. Nach Anfängen als Maler widmete er sich der Lyrik und dem Drama. Seine Lyrik umfaßt sowohl traditionelle als auch avantgardistische Formen. Mitglied der Kommunistischen Partei.

María Teresa León (Logroño 1903 – Madrid 1988), Mitglied der Kommunistischen Partei. Sie gründete 1933 gemeinsam mit Alberti die Zeitschrift *Octubre* (bis 1934). León und Alberti sind während der Kriegsjahre mit den *Guerrillas de Teatro*

(Theaterguerillas) denkwürdige Inszenierungen an der Front gelungen.

Prieto – Siehe Anm. zu Seite 39.

Juan Chabás y Martí (Denia 1898 – Santiago de Cuba 1954), republikanischer Intellektueller, Romancier, Lyriker und Literaturkritiker.

Seite 214

Operation gegen Mallorca … Yagüe in Talavera de la Reina – Am 4. September 1936 endete der Kampf um Mallorca mit der Niederlage der Republikaner. Im August wurde im Gredosgebirge nahe Madrid gekämpft; im September eroberte General Juan de Yagüe Blanco (1891–1952) Talavera de la Reina, unweit von Toledo, für die Aufständischen.

Álvarez del Vayo und Araquistáin –

Julio Álvarez del Vayo (Villaviciosa de Odón, Asturien 1885 – Genf 1975), spanischer Politiker und Journalist. Er studierte in England und verbrachte einige Zeit in Deutschland, wo er in engen Kontakt zu Rosa Luxemburg trat. Seit 1915 Mitglied der PSOE, bald Führer ihres linken Flügels. Während der Republik war er Botschafter in Mexiko und in der UdSSR, 1936–39 Staatsminister und enger Vertrauter Largo Caballeros. Nach dem Krieg ging er ins Genfer Exil.

Luis Araquistáin Quevedo (Bárcena de Pie de Concha, Santander 1886 – Genf 1959) war seit seiner Jugend Mitglied der PSOE und einer ihrer führenden Intellektuellen. Während der Republik war er Abgeordneter im Parlament, Vizesekretär im Arbeitsministerium, Botschafter in Berlin (1932) und Paris (1936–37). Politischer Vertrauter Largo Caballeros.

Seite 215

El Sol **und** *La Voz* – *El Sol* war eine seit 1917 in Madrid erscheinende Tageszeitung. Trotz des hohen Niveaus der Beiträge und dem ausgewogenen Linksliberalismus erreichte *El Sol* nur eine begrenzte Leserschaft. Ähnlich verhielt es sich mit ihrem abendlichen Pendant *La Voz,* 1920 gegründet.

Seite 224

die Salesianer – Es handelt sich um eines der Klöster, in diesem Fall das der Salesianer, die Treffpunkt unterschiedlicher politischer Gruppierungen geworden waren.

Seite 227

Tribunal de las Aguas – *El Tribunal de las Aguas* ist ein Gericht (spanisch: *tribunal)*, das es nur in Valencia gibt: Es versammelt sich jeden Donnerstag Vormittag vor der Kathedrale von Valencia, um die Konflikte unter den Nutzern der Bewässerungsanlagen der *Huerta Valenciana* (des bewässerten Anbaugebietes von Valencia) zu schlichten. Das Gericht besteht aus acht gewählten Mitgliedern. Es hat in Zeiten der Trockenheit unbegrenzte Befugnisse, um das vorhandene Wasser gerecht zu verteilen. Wassermißbrauch wird mit hohen Bußgeldern bestraft.

Seite 228

Entremeses – Zwischenspiele innerhalb der Theateraufführungen (bzw. zwischen den einzelnen Akten.) Die wichtigsten *Entremeses* der spanischen Literatur stammen von Miguel de Cervantes Saavedra (Alcalá de Henares 1547 – Madrid 1616), dem Autor des *Don Quijote*.

Cervantes ... Torres Villarroel ... Alberti –

Miguel de Cervantes Saavedra – Siehe Anm. oben.

Torres Villarroel – Diego Torres de Villarroel (Salamanca 1693 – ca. 1770), spanischer Schriftsteller. Er gehörte zu den bedeutendsten satirischen Dichtern der spanischen Literatur und wurde vor allem durch seine Autobiografie berühmt. Er steht in der Tradition zwischen Barock und Aufklärung.

Alberti – Siehe Anm. zu Seite 202.

Seite 230

Romero de Torres – Julio Romero de Torres (Córdoba 1880 – 1930), spanischer Maler. Seine Malerei war anfänglich einem strengen, konventionellen Realismus verhaftet; später erhielt sie einen sinnlich-mythischen Charakter.

Seite 232

Caballero – Gemeint ist Largo Caballero (siehe Anm. zu Seite 77)

Seite 238

Renau – José Renau (Valencia 1907 – Ostberlin 1982). Angesehener spanischer Maler und Graphiker, berühmt vor allem durch seine Fotomontagen und Plakate. Während des Bürgerkrieges war er als Generaldirektor der Abteilung *Schöne Künste* verantwortlich für den Schutz aller Kunstschätze auf spanischem Boden sowie für den Aufbau des spanischen Pavillions bei der Weltausstellung in Paris 1937.

Seite 240

Alianza de Intelectuales Antifascistas – *Allianz Antifaschistischer Intellektueller,* siehe Anm. zu Seite 202.

Seite 242

Carlos Arniches ... der Saineteschreiber – Carlos Arniches (Alicante 1866 – Madrid 1943) begann als Librettist für Zarzuelas (siehe Anm. zu Seite 17). Später spezialisierte er sich auf das Sainete (siehe Anm. zu Seite 19).

Seite 243

Don Julián Besteiro – (Madrid 1870 – Carmona 1940). Besteiro hatte den Lehrstuhl für Logik an der Universität Madrid (1912 –1936) inne. Er war Präsident der PSOE (1928–1931), der UGT (1928–1933), und der *Cortes* (des spanischen Parlaments) (1931–1933). Er gehörte zum gemäßigten Flügel der Sozialisten und stand oft in Konflikt mit Largo Caballero. 1939 war er Mitglied des Nationalen Verteidigungsrates. Nach dem Sieg der Franquisten wurde er gefangengenommen und zu lebenslanger Haft verurteilt. Er starb 1940 im Gefängnis.

Seite 249

so viele Murates – Anspielung auf Joachim Murat (1767–1815), französischer Marschall, General der Napoleonischen Truppen. 1808 war er der Befehlshaber des Napoleonischen Invasionsheeres in Spanien. Am 2. Mai 1808 hatte Murat die Erhebung der Bevölkerung Madrids gegen Napoleon mit brutaler Gewalt unterdrückt.

den Leuten von Daoíz und Velardes – Luis Daoíz (1767–1808), spanischer Hauptmann, übernahm am 2. Mai 1808 zusammen mit Pedro Velarde (1779–1808), ebenfalls ein spanischer Militär, die Führung der Volkserhebung gegen die Truppen Napoleons in Madrid. Beide ließen dabei ihr Leben.

Pablo Iglesias – (El Ferrol 1850 – Madrid 1925), spanischer Politiker und Führer des spanischen Sozialismus; von Beruf Setzer. Er gehörte zu den Mitbegründern der PSOE (1879), der UGT (1888), und war Leiter der ab 1886 erscheinenden Zeitung *El Socialista*. Mehrmalige Gefängnisaufenthalte ließen ihn älter erscheinen als er war, daher sein Spitzname »der Großvater« (»el abuelo«). 1910 errang er als erster sozialistischer Abgeordneter einen Sitz im spanischen Parlament.

Don Paco sogar Ministerpräsident – Gemeint ist Francisco (»Paco«) Largo Caballero (siehe Anm. zu Seite 77).

Seite 252

aus den *Episodios Nacionales* von Don Benito – Die *Nationale(n) Episoden* von Benito Pérez Galdós (siehe Anm. zu Seite 77) erschienen zwischen 1873 und 1912 und umfassen insgesamt 46 Romane. Sie behandeln die spanische Geschichte von den Befreiungskriegen gegen Napoleon bis zur Rückkehr Alfons XII. und dem Beginn der Restauration 1875.

Salvador Monsalud – ist der fortschrittliche Held der zweiten Serie der *Episodios Nacionales,* die in der Regierungszeit Ferdinands VII. vor Ausbruch des Ersten Karlistenkrieges spielt. Monsalud ist liberalen Gedanken aufgeschlossen; sein Rivale verkörpert das reaktionäre, traditionalistische Spanien.

Gabriel Araceli – übernimmt in der ersten Serie der *Episodios Nacionales* die Rolle des Erzählers. Er hat als Soldat an allen wichtigen Kämpfen gegen die Truppen Napoleons teilgenommen.

Seite 254

die Puente de Toledo – eine Brücke, die kurz vor dem Stadttor *Puerta de Toledo* liegt und die vom Süden her nach Madrid führt.

Seite 257

Zur Amtsübernahme von García Oliver – Am 5. November 1936 stellte Largo Caballero ein neues Kabinett vor, in dem auch zwei Mitglieder der FAI vertreten waren: Federica Montseny als Gesundheitsministerin und Juan García Oliver als Minister für Justiz. Zu García Oliver siehe Anm. zu Seite 106.

die FAI dagegen – Seit dem Ausbruch des Bürgerkrieges gab es Verhandlungen zwischen Largo Caballero und der CNT, um diese zahlenmäßig stärkste Organisation der Arbeiterbewegung in die Regierung zu integrieren. Es war ein schwieriger Weg, bis es zur Beteiligung der Anarchisten an einer ›bürgerlichen‹ Regierung kam. Die Regierungsbeteiligung der Anarchisten stellte ein historisch noch nie dagewesenes, sensationelles Ereignis dar, das im demokratischen Ausland wie von der anarchistischen Bewegung in Spanien und Europa stark kritisiert wurde.

Seite 260

berühmte Geschichte in Vera de Bidasoa ... 1924 – Im November 1924, ein Jahr nach dem Beginn der Diktatur Primo de Riveras, war die politische Lage sehr angespannt. In der Nacht vom 6. zum 7. November kam es in Vera de Bidasoa (Baskenland) zu einem Scharmützel zwischen Anarchisten und der Guardia Civil, bei dem drei Anarchisten getötet wurden. Die Anarchisten hatten von Frankreich aus den Sturz Primo de Riveras geplant.

Baroja hat sich damit aufgespielt, ein schlechtes Buch ... schreiben zu wollen – Gemeint ist der Roman *La Familia de Enrotacho* aus der Trilogie *La Selva Oscura* (1932).

Seite 261

Gruppe der Dreißig – Angel Pestaña (siehe Anm. zu Seite 266), 1932 Sekretär der CNT, wurde zum Verlassen der Metallarbeitergewerkschaft in Barcelona gezwungen, weil er sich öffentlich gegen den Aufstand der Bergarbeiter im Llobregattal geäußert hatte. Eine Anzahl von berühmten Anarchisten, unter ihnen Peiró (siehe Anm. zu Seite 266) und Juan López unterstützten Pestaña und verfaßten ein Dokument gegen den autoritären Führungsstil der FAI. Weil die Unterzeichner dreißig Personen waren, wurden sie als *Gruppe der Dreißig* bekannt.

Marcelino Domingo ... Ortega y Gasset ... Unamuno –

Marcelino Domingo – Siehe Anm. zu Seite 94/95.

Eduardo Ortega y Gasset, Schriftsteller. Unamuno nannte ihn »el bueno« (»der Gute«), da Ortega y Gasset ihm ohne Widerspruch zuzuhören pflegte. Nicht zu verwechseln mit José Ortega y Gasset (siehe Anm. zu Seite 335).

Miguel de Unamuno (Bilbao 1846 – Salamanca 1936), Essayist, Romancier, Lyriker, Dramatiker und Philosoph; herausragender Vertreter der »Generation von 1898«. Er war Professor für Griechisch und Rektor der Universität Salamanca. Unamuno zeigte zunächst Symapthien für die Aufständischen. Im November 1936, einen Monat vor seinem Tod, wurde er jedoch seines Amtes enthoben, da er sich in einer denkwürdigen Rede in der Universität öffentlich und in Anwesenheit ranghoher Militärs für die Republik ausgesprochen hatte.

Seite 262

Atarazanas – Eine wichtige Kaserne nahe der alten Werft am Hafen von Barcelona.

Seite 264

Ascasos Bruder – Domingo Ascaso, Bruder des berühmten Anarchistenführers Francisco Ascaso und wie dieser Mitglied der Gruppe *Los Solidarios,* die auf direkte Aktion spezialisiert war. Er war einer der 2500 Anarchisten, die am 24. Juli 1936 mit Durruti an der Spitze an die Front nach Aragón zogen. Francisco Ascaso (Almudévar 1901 – Barcelona 1936), der viele wichtige Aufgaben in der CNT ausgeführt hatte, starb am 19. Juli 1936 im Kampf um Barcelona.

Seite 265

die Glanzzeit der Herren Herriot and Briand –

Edouard Herriot (Troyes 1872 – Saint-Genis-Laval 1957), französischer Politiker, Mitglied der Radikalen Partei. 1924 war er französischer Außenminister; später hatte er verschiedene Ministerialposten inne. Herriot sprach sich im Mai und im Herbst 1936 entschieden gegen den Verkauf von französischen Waffen an die republikanische Regierung aus. Léon Blum, der damalige Regierungschef Frankreichs, tendierte eher zu dieser Hilfe, geriet aber unter innenpolitischen Druck. Versuche, das Waffenembargo zu unterwandern, blieben meist erfolglos.

Aristide Briand (Nantes 1862–Paris 1932), französischer Politiker, Mitglied der Sozialistischen Partei und ab 1902 Abgeordneter. Briand übte großen Einfluß auf das politische und diplomatische Leben Frankreichs aus. Sein Engagement galt dem friedlichen Zusammenleben der europäischen Staaten. 1926 erhielt Briand zusammen mit Gustav Stresemann den Friedensnobelpreis.

Seite 266

Pestaña und Peyró –

Angel Pestaña (Sto. Tomás de las Ollas, Prov. León 1886 – Begas, Barcelona 1937), Arbeiterführer und Leiter der CNT-Zeitung *Solidaridad Obrera* (1917–1919). 1917 übernahm er die Führung der CNT. Nach einem Aufenthalt in Moskau wurde er ein entschiedener Gegner des Bolschewismus. 1927 wehrte er sich gegen die Zusammenarbeit mit der eben gegründeten FAI. 1933 verließ er die CNT, trat aber nach Ausbruch des Bürgerkrieges wieder ein.

Juan Peyró (Barcelona 1887 – Valencia 1942) war Generalsekretär der CNT im Untergrund (1927–29). 1931 unterschrieb er das »Manifest der Dreißig« (siehe Anm. zu Seite 261) und wurde Mitglied der *Sindicatos de Oposición* (siehe Anm. zu Seite 84). 1936 trat er wieder der CNT bei. Er wurde von den Franquisten erschossen.

Ascaso ... Regiment in Aragón – Joaquín Ascaso, Präsident des Verteidigungsrates von Aragón und Mitglied der CNT, hatte in Aragón, wo er die Kollektivierung des Bodens durchsetzte, als Vertreter der republikanischen Regierung alle Macht an sich gezogen. Er galt als größenwahnsinnig, gewalttätig und skrupellos, was die Kollektivierungsbewegung viele Sympathien kostete.

Seite 268

Revista de Occidente ... El Sol –

Die *Revista de Occidente* wurde 1923 von Ortega y Gasset (siehe Anm. zu Seite 261) in Madrid gegründet. Sie führte in Spanien die bedeutendsten Vertreter der europäischen Intelligenz, insbesondere der Geistes- und Kulturwissenschaften, ein. Trotz der kleinen Auflage erlangte die *Revista de Occidente* immense Bedeutung.

El Sol – Siehe Anm. zu Seite 215.

Die Männer von 1793 ...? Oder die vom 2. Mai? –

1793 – Anspielung auf den Terror der französischen Revolution ab 1793.

2. Mai – Siehe Anm. zu Seite 249.

Seite 273

Alcalá Zamora ... Alfonso XIII. –

Niceto Alcalá Zamora (Córdoba 1877 – Buenos Aires 1949), Mitglied der Liberalen Partei; bekannte sich 1930 zur Republik. In den ersten Wochen der Republik war er Präsident der Übergangsregierung. Aus Opposition zum Laizismus der Verfassung legte er jedoch das Amt nieder. Im Dezember 1931 wurde er dennoch zum Präsidenten der Republik gewählt. Linke wie Rechte waren mit seinem politischen Eklektizismus unzufrieden. Es gelang ihm aber, die repressive Wut der Rechten nach dem Aufstand im Oktober 1934 etwas zu bremsen. 1936 wurde ihm die Präsidentschaft entzogen.

Alfons XIII. (Madrid 1886 – Rom 1941), 1902–1931 König von Spanien. Nachdem die Republik ausgerufen worden war, ging er zunächst nach Frankreich, dann nach Italien ins Exil. Vom Ausland aus unterstützte er den Militäraufstand von 1936.

Seite 275

»Es lebe der Tod und nieder mit der Intelligenz!« – Diese Parole rief der faschistische General Millán Astray während eines Festaktes in der Aula der Universität von Salamanca am 12. Oktober 1936. Seine Äußerung war eine Reaktion auf die kritischen Worte des Rektors Miguel de Unamuno gegenüber den Aufständischen (siehe Anm. zu Seite 261).

Pseudofranzosen – Span. *afrancesados*. Seit dem 18./19. Jahrhundert abschätzige Bezeichnung für die Spanier, die den Ideen der französischen Aufklärung nahestehen.

Barral – Emiliano Barral (Sepúlveda 1896 – Madrid 1936), spanischer Bildhauer und Maler. Bekannt sind seine Büste von Antonio Machado und das Grabmal von Pablo Iglesias.

Die Weinlese – Wahrscheinlich ein Bild von Barral.

Seite 276

Die *Chanson de Roland*, der *Cantar de Mío Cid* –

La Chanson de Roland (Das Rolandslied) ist das bedeutendste Beispiel der altfranzösischen Heldenepik.

El Cantar de Mío Cid (Der Cid) ist das einzige vollständig erhaltene altspanische Heldenepos. Es entstand um 1140. Das Epos nimmt historische Vorgänge am Hofe des Königs Alfons VI. von Kastilien auf.

Seite 280

FUE – Die *Federación Universitaria Escolar* (FUE) war die wichtigste linksgerichtete studentische Gewerkschaft. Sie wurde 1927 gegründet.

Onésimo Redondo – (Quintanilla de Abajo, Valladolid 1905 – Labajos, Segovia, 1936), Rechtsanwalt. Redondo gründete eine Gruppierung mit betont spanisch-kastillischem Charakter und gehörte zu den Befürwortern der Zusammenlegung der Falange (siehe Anm. zu Seite 47) und der JONS. Er starb an der Front kurz nach Ausbruch des Krieges.

Saliquet – Andrés Saliquet, General, Gegner der Republik. Er war Gründungsmitglied der Nationalen Verteidigungsjunta, dem Führungsgremium der aufständischen Generäle, das am 24. Juli 1936 in Burgos ins Leben gerufen wurde.

Seite 281

Alberti und María Teresa – Siehe Anm. zu Seite 202.

Numancia – Siehe Anm. zu Seite 365.

Líster – Enrique Líster (Ameneiro, la Coruña, 1907 – Madrid, Anfang der 90er Jahre) war spanischer Politiker, Militär und Mitglied der Kommunistischen Partei. Einer der herausragendsten republikanischen Offiziere während des Bürgerkrieges. Er hatte als Oberst die Führung des Fünften Regiments und der Elften Division inne, die den Namen »División Líster« trug.

Seite 290

Benito Juárez – Benito García Juárez (San Pablo Guelatao, Oaxaca 1806 – Mexiko 1872), mexikanischer Reformpolitiker indianischer Abstammung. 1861–1871 Präsident von Mexiko.

Seite 291

Gemälde der *Römischen Schule* – auch: *Schule der Via Cavour*, nach einer Ausstellung, die 1928 in Rom stattfand. Allen Malern dieser Schule war ein gewisser Expressionismus und eine Leidenschaft für die Kunst des Barock gemein. Sie bevorzugten ›warme‹, v. a. rötliche und braune Farbtöne.

Gorov – Eine fiktive Figur. Sie erinnert an Michail Kolzow, den russischen Politagenten und Spanienkorrespondenten der *Prawda* während der Zeit des Bürgerkrieges.

Guillermo de los Santos – Ebenfalls fiktiv. Obwohl das äußere Erscheinungsbild nicht übereinstimmt, ist anzunehmen, daß Largo Caballero (siehe Anm. zu Seite 77) Modell gestanden hat: Michail Kolzow interviewte Largo Caballero und Indalecio Prieto am 24. und am 25. August 1936 in Madrid.

Seite 292

Carrillo – Wenceslao Carrillo (Valladolid 1889 – Charleroi 1963), sozialistischer Abgeordneter und Journalist, Führer der UGT. 1928 wurde er Redakteur des PSOE-Organs *El Socialista*. 1939 gehörte er gemeinsam mit Julián Besteiro (siehe Anm. zu Seite 243) zum Verteidigungsrat von Madrid. Er starb im französischen Exil. Sein Sohn **Santiago Carrillo** (Gijón 1915) nahm als Generalsekretär der sozialistischen Jugend an der Oktoberrevolution 1934 in Asturien teil. Er organisierte die Vereinigung der sozialistischen und kommunistischen Jugendorganisationen. Später distanzierte er sich von Largo Caballero und trat der spanischen kommunistischen Partei (PCE) bei. Nach dem Krieg ging er nach Frankreich und nach Lateinamerika ins Exil, und kehrte 1977 nach Spanien zurück.

Seite 296

Gil Robles – José María Gil Robles (Salamanca 1898 – Madrid 1980) war 1933 Mitbegründer und Führer des katholisch-kon-servativen, rechtsgerichteten Parteienbündnisses CEDA *(Con-federación Española de Derechas Autónomas)*, das vom indu-striellen Großbürgertum und von den Großgrundbesitzern unterstützt wurde. Bei den Novemberwahlen 1933 wurde die CEDA stärkste Partei im Parlament.

Alcalá Zamora, Miguel Maura –

Alcalá Zamora – Siehe Anm. zu Seite 273.

Miguel Maura (1887 – ?) war Innenminister der republikani-schen Übergangsregierung (April 1931) mit Alcalá Zamora als Präsident. Er galt als konservativer Republikaner und hoff-te, den aufgeschlosseneren Teil des katholisch-konservativen Bürgertums für die Republik zu gewinnen. Im Herbst 1936 zogen sich Maura und Alcalá Zamora aus der Regierung zu-rück.

Pasionaria – Dolores Ibárruri (Gallarta 1895 – Madrid 1989), we-gen ihrer leidenschaftlichen Reden *La Pasionaria* genannt. Sie entstammte einer baskischen Bergarbeiterfamilie und gehörte seit 1930 zum Führungskader der PCE (Kommunistische Partei Spaniens). Sie beteiligte sich aktiv am Aufstand der Bergarbeiter in Asturien im Oktober 1934. Berühmtheit erlangte sie durch die Worte »No pasarán!« (»Sie werden nicht durchkommen!«), die sie erstmals 1936 im Kampf um Madrid formulierte.

Seite 297

Jesús Hernández – Gehörte den Führungskadern der PCE (Kom-munistische Partei Spaniens) an. Bildungsminister im Kabinett von Largo Caballero.

Miguel – Miguel Hernández (Orihuela, Alicante, 1910 – Alicante 1942), Dichter. Der Ziegenhirte wurde bekannt durch leiden-schaftliche Gedichte, in denen er seinen Zorn über das Leid der Menschen zum Ausdruck brachte. Zu seinen Förderern und Bewunderern gehörten Dichter wie Pablo Neruda und Vicente Aleixandre. Hernández wurde mehrmals verhaftet und von Franco zu lebenslanger Haft verurteilt. Er starb 1942 im Gefäng-nis von Alicante.

Seite 300

La Cierva – Juan de la Cierva y Peñafiel (1864–1938), spanischer
Politiker. Er war der berüchtigste Kazike der Region Murcia.
1896–1923 war er Abgeordneter; bis 1931 hatte er verschiedene Ministerialposten inne. Berüchtigt für seine Wahlfälschungen.
Er war verantwortlich für die gewalttätige Verfolgung der an-
geblichen Anstifter der »Tragischen Woche« 1909 in Barcelona
(siehe Anm. zu Seite 72/73).

Seite 302

das Theater Calteróns – Pedro Calderón de la Barca (Madrid 1600
–1681) war neben Lope de Vega der bedeutendste Dramatiker
des spanischen Barock. Der Widerspruch zwischen dem im
Prunk lebenden Hof und dem Zerfall des Reiches waren der Aus-
gangspunkt für die Theateridee Calteróns: Die Welt als Schein
und die ganze Welt als ein von Gott inszeniertes Theater.

Seite 310

die Cibeles – ist eine berühmte Statue vor der Hauptpost und eines
der Wahrzeichen Madrids. Sie stellt die Göttin Kybele dar, Spen-
derin von Leben und Fruchtbarkeit.

Seite 311

den Kolonnen Varelas – José Enrique Varela Iglesias (1891–1951),
General. Im Herbst 1936, nachdem er für die Aufständischen
Siege in Südspanien und in Toledo errungen hatte, führte er
fünf Heereskolonnen in Richtung Madrid. Für die Verteidigung
Madrids standen zwar ebensoviele Menschen zur Verfügung
(u. a. die *Kolonne Durruti* und zwei der *Internationale(n) Brigaden)*, die allerdings oft ohne militärische Ausbildung kämpften.

Seite 315

schon 1808 so gewesen – 1808 setzte Napoleon seinen ältesten
Bruder Joseph auf den spanischen Thron. Kurz darauf begann
die nationale Erhebung Spaniens gegen Napoleon (1808–1812)
(siehe Anm. zu Seite 249).

Seite 319

die sich zum Fünften Regiment melden – Das Fünfte Regiment der Kommunistischen Partei war die eindrucksvollste republikanische Truppe. Die Kommunisten versuchten von Anfang an, in diesem Regiment straffe Disziplin einzuführen. Zur Struktur des Fünften Regiments gehörten sog. Politkommissare, die ähnlich denen der Roten Armee im Russischen Bürgerkrieg die Soldaten über den Sinn ihres Kampfeinsatzes aufklärten. Führer des Regiments war der spanische Kommunist Enrique Castro Delgado.

Seite 322

Asensio – José Asensio Torrado (1892 – ?), General. Er führte einen Teil der republikanischen Kolonnen gegen Varela (siehe Anm. zu Seite 311). Unter Largo Caballero war er Vizesekretär im Kriegsministerium. Asensio folgte der Regierung nach Valencia.

Seite 323

das Gespenst des 2. Mai – Siehe Anm. zu Seite 249.

Seite 327

Sender ... Bergamín? –
  Ramón José Sender (Alcolea de Cinca, Huesca 1901 – San Diego, Kalifornien 1982), spanischer Schriftsteller und Journalist. Bekannt sind vor allem seine Romane über den Bürgerkrieg, sowie seine zahlreichen Reportagen zu diesem Thema. Seine Frau und seine Brüder wurden von Franquisten erschossen. 1938 floh er nach Frankreich, 1942 in die USA.
  Alberti – Siehe Anm. zu Seite 202.
  Bergamín – Siehe Anm. zu Seite 202.
El Mono Azul – Siehe Anm. zu Seite 202.
Barral – Siehe Anm. zu Seite 275.

Seite 328

San Juan de la Cruz – eigtl. Juan de Yepes y Álvarez (Ávila 1542 – Ubeda 1591), spanischer Mystiker und Lyriker, Karmeliter, Ordensreformer und Begründer der strengen Richtung der *Unbeschuhte(n) Karmeliter*. Sein schmales lyrisches Werk gilt als ein Höhepunkt der spanischen Dichtung.

Seite 334

Don Ramón del Valle Inclán – (Villanueva de Arosa, Pontevedra 1866 – Santiago de Compostela 1936), spanischer Schriftsteller, berühmter Bohémien Madrids. Er gehörte zum festen Kern der Literaten- und Intellektuellenrunden *(Tertulias)* in den Cafés und wurde bekannt durch seine grotesken Theaterstücke *(Esperpentos)*.

Seite 335

José Ortega y Gasset (Madrid 1883 – 1955), einer der wichtigsten spanischen Philosophen des 20. Jahrhunderts. 1910 wurde er Professor für Metaphysik an der Universität Madrid. Seine elitäre Kunst- und Gesellschaftsauffassung, letztere in der 1929 erschienenen Abhandlung *Der Aufstand der Massen* dargelegt, war von Anfang an umstritten. Er gilt jedoch nach wie vor als einer der brilliantesten Essayisten der spanischsprachigen Welt.

Der *Vulgo* bei Lope de Vega – Span. *el vulgo:* das gemeine Volk (in der Gegenwartssprache abwertend gemeint). Für Lope de Vega bedeutete *el vulgo* allgemein das Theaterpublikum, das in den Spielhöfen (sog. *Corrales)* saß bzw. stand. Lope Félix de Vega Carpio (Madrid 1562–1632) ist einer der großen Autoren des spanischen Barock. Anders als der Hofdichter Calderón (siehe Anm. zu Seite 302) feierte Lope de Vega seine Triumphe mit dem Volkstheater.

Seite 336

Roces – Wenceslao Roces war Vizesekretär des Bildungsministers Jesús Hernández (siehe Anm. zu Seite 297). Roces war wie Hernández Mitglied der Kommunistischen Partei.

León Felipe – (1884–1968), spanischer Dichter und leidenschaftlicher Republikaner. War seine Lyrik zunächst dem *Modernismo* und der Avantgarde zuzurechnen, wandte er sich während des Bürgerkrieges politischen und gesellschaftskritischen Themen zu. 1939 ging er ins Exil.

Velázquez – Diego Velázquez de Silva (Sevilla 1599 – Madrid 1660), spanischer Maler, v. a. Genrebilder und Porträts. Für sein Porträt Philipps IV. wurde er 1623 zum Hofmaler berufen; ebenso berühmt ist sein Porträt *Prinz Balthasar Carlos zu Pferde* (1634).

Seite 337

Sorolla ... Velázquez ... Picasso ... Ribera –

Sorolla – Siehe Anm. zu Seite 147.

Velázquez – Siehe Anm. zu Seite 336.

Picasso – Pablo Ruíz Picasso (Málaga 1881 – Mougins, Alpes-Maritimes 1973), spanischer Maler, Graphiker und Bildhauer, lebte ab 1904 in Paris. Mit Braque und Juan Gris entwickelte er den Kubismus. Im Auftrag der republikanischen Regierung malte er für den spanischen Pavillion der Weltausstellung 1937 in Paris das berühmte Gemälde *Guernica,* unmittelbar angeregt durch die Bombardierung der baskischen Stadt Guernica durch die deutsche Legion Condor.

José Ribera (Játiva, Valencia, 1591 – Neapel 1652), spanischer Maler. Er gehörte zur Werkstatt des valencianischen Malers Ribalta (siehe Anm. zu Seite 24) und wurde später von Caravaggio beeinflußt. Seine Gemälde zeigen v. a. religiöse Themen.

Seite 338

Vasconcelos – José Vasconcelos (Oaxaca 1882 – Mexiko 1959), mexikanischer Politiker und Essayist. Nahm aktiv an der Mexikanischen Revolution teil (1910). Nach seiner Rückkehr aus dem US-amerikanischen Exil (1920) prägte er als Rektor der Universität und durch seine Arbeit im *Ministerium für öffentliche Bildung* die Kulturpolitik des Landes.

Atl, Orozco, Siqueiros, Rivera –

Gerardo Murillo Atl (Guadalajara 1875 – Mexiko 1964), mexikanischer Maler und Schriftsteller. Nach einem Aufenthalt in Europa (1896–1904) eröffnete er in Mexiko eine Werkstatt. Er hatte starken Einfluß auf die junge Malergeneration, indem er sie mit den Wandmalereien der italienischen Renaissance sowie den Impressionisten und Fauvisten der Pariser Moderne vertraut machte. Gemeinsam mit Orozco, Siqueiros, Rivera gründete er die *Bewegung der revolutionären Maler,* die politisch engagiert bevorzugt monumentale Wandbilder schufen.

José Clemente Orozco (Ciudad Guzmán 1883 – Mexiko 1949), mexikanischer Maler.

David Alfaro Siqueiros (Chihuaha 1896 – Cuernavaca 1974), mexikanischer Maler.

Diego Rivera (Guanajuato 1886 – Mexiko 1957), mexikanischer Maler.

Seite 341

Pedro Mata – (Reus 1811 – Madrid 1877), spanischer Arzt und Schriftsteller, dessen Romane in den 30er Jahren recht populär waren. Sein ›galanter‹ Naturalismus fand vor allem in der Arbeiterschaft und im Kleinbürgertum Gefallen.

Pérez de Ayala – Ramón Pérez de Ayala (Oviedo 1881 – Madrid 1962), spanischer Schriftsteller, Jurist und Botschafter der Republik in Berlin (1931–1936). Er gilt in Spanien als einer der bedeutendsten modernen Autoren philosophischer Romane.

Seite 350

Sánchez Albornoz – Claudio Sánchez Albornoz (Madrid 1893 – Ávila 1984), spanischer Historiker und Politiker, Professor für Geschichte in Barcelona und Madrid. Er gehörte der Partei *Acción Republicana* (siehe Anm. zu Seite 19) an. Während der Republik war er Abgeordneter, Präsident der *Kommission für öffentliche Bildung* (1931–1933), Staatsminister (1933), Botschafter in Portugal und Vizepräsident der *Cortes* (1936). Im Juli 1936 ging er nach Bordeaux, 1940 nach Argentinien, wo er das Institut für Spanische Geschichte gründete. 1959–1970 war er Präsident der spanischen Republik im Exil. 1983 kehrte er nach Spanien zurück. Autor bedeutender Werke über das spanische Mittelalter wie etwa *España, un enigma histórico* (Spanien, ein historisches Rätsel) (1957). Das Buch ist die polemische Antwort auf Américo Castros (Cantagallo, Brasilien, 1885 – Lloret de Mar 1972) epochales Werk *España en su historia* (Spanien in seiner Geschichte) (1948), das die These vertritt, die spanische Kultur habe sich aus dem Zusammenwirken der jüdischen, islamischen und christlichen Kulturen entwickelt. Sánchez Albornoz dagegen schreibt dem germanischen Element die bedeutendere Rolle zu.

General Weyler alias Sultan Boabdil – Valeriano Weyler y Nicolau (Palma de Mallorca 1838 – Madrid 1930), spanischer General und Politiker, der auf Kuba, Santo Domingo, den Philippinen und den Kanarischen Inseln tätig war.

1896 wurde er von der spanischen Regierung erneut nach Kuba geschickt, um die Aufständischen zu unterdrücken. Er setzte eine Taktik des totalen Kriegs ein und erleichterte dadurch die Intervention der Vereinigten Staaten. Seine Gewalttätigkeit war sprichwörtlich. Seine repressiven Maßnahmen als Oberhauptmann *(Capitán General)* von Barcelona während der »Semana Trágica« erlangten traurige Berühmtheit.

Sultan Boabdil – eigtl.: Muhammad (Granada ? – Marokko 1527), letzter arabischer König von Granada (1482/83 und 1487–1492) aus der Nasriden-Dynastie. Nach der Eroberung Granadas durch das »Katholische Königspaar«, Isabella I. von Kastillien und Ferdinand II. von Aragonien, ging Boabdil nach Fes in Marokko.

Seite 351
Líster – Siehe Anm. zu Seite 281.

Seite 364
General Miaja – José Miaja Menant (Oviedo 1878 – Mexiko 1958), General im Dienst der Republik. Bevor Largo Caballero mit der Regierung am 6. und 7. November 1936 von dem belagerten Madrid nach Valencia umsiedelte, wurde die *Junta de Defensa de Madrid* (Verteidigungsjunta von Madrid) gegründet. Sie bestand aus neun Mitgliedern verschiedener Parteien. Zum Vorsitzenden der *Junta* wurde der kaum bekannte General Miaja ernannt. Die Vorstellungen Largo Caballeros und der *Verteidigungsjunta* mit Miaja an der Spitze wichen oft voneinander ab.

Seite 365
»Sagt ... erwürgtet?« – Auszug aus *Die Belagerung von Numancia (El Cerco de Numancia)* von Miguel de Cervantes (1580), Dritter Aufzug. Die Tragödie handelt vom Widerstand und der Selbstvernichtung der Stadt Numancia: Nach heldenhaftem Kampf gegen die Römer, die die Stadt wochenlang belagern, entscheiden sich die Bewohner zur Selbsttötung und zur Zerstörung der Stadt, um der Eroberung zu entgehen. Rafael Alberti bearbeitete das Stück und widmete es der Verteidigung Madrids.

Seite 368

mit den Stieren Guisandos – Es handelt sich hierbei um eine Gruppe von vier archaischen Tierplastiken, die man als Stiere (evtl. auch Schweine) interpretiert hat. Die Plastiken stehen unter freiem Himmel bei Guisando (Prov. Ávila); ihre Entstehungszeit wird ca. 200 v. Chr. angesetzt.

»Erhabener Himmel ... Fahnen nimmer?« – Auszug aus *Die Belagerung von Numancia,* Erster Aufzug (siehe Anm. zu Seite 365).

Seite 369

Die junge Garde – Hymne der fusionierten kommunistischen und sozialistischen Jugendorganisation, die sich *Die junge Garde* nannte.

Seite 371

Rouget de l'Isle – Claude Joseph Rouget de Lisle, eigtl.: Auguste Hix (Lons-le-Saunier 1760 – Choisy-le-Roi 1836), französischer Lyriker, Verfasser von Opernlibretti. Er wurde durch das *Chant de guerre pour l'armée du Rhin* bzw. die *Marseillaise* berühmt.

Seite 372

die Jota ... die Zorcicos –

Jota ist ein Zwei-Personen-Tanz, ursprünglich aus Aragón, bei dem das Paar sich gegenüber steht. Die Jota wird auch in Einzeldarbietung gesungen.

Cante Jondo ist ein andalusischer Volksgesang, der bei den Zigeunern Andalusiens entstand. Er besitzt eine tiefe, hochdramatisch verzerrte Melodie. (Nicht zu verwechseln mit dem *Flamenco.*)

Sardana ist ein katalanischer Reigentanz mit komplizierter Schrittfolge bei häufigem Taktwechsel. Die musikalische Begleitung ist in der Regel rein instrumental.

Zorcico (baskisch: *Zortziko)* ist ein baskischer Volkstanz, der nur von Männern getanzt wird. Früher wurde dazu gesungen; die meisten Texte dazu sind heute nicht mehr erhalten.

Velázquez ... Goya –

Velázquez – Siehe Anm. zu Seite 336.

El Greco – Siehe Anm. zu Seite 20.

Francisco José de Goya y Lucientes (Fuentedetodos, Zaragoza 1746 – Bordeaux 1828), spanischer Maler, Radierer und Lithograf, der bereits zu Lebzeiten Weltruhm erlangte. Goya gilt als ein entscheidender Vorläufer der modernen Malerei. Berühmt ist sein Gemälde *Die Erschießung der Aufständischen vom 3. Mai 1808*, ein beeindruckendes Zeugnis der historischen Vorgänge in Madrid (siehe Anm. zu Seite 249).

Seite 382

requiescat in pace – Latein.: Ruhe in Frieden!

Don Alejandro Lerroux – Alejandro Lerroux García (La Rambla, Córdoba, 1864 – Madrid 1949), Redakteur verschiedener republikanischer Zeitungen, Mitbegründer der *Partido Republicano Radikal* (Radikal Republikanische Partei) (1908) und von 1933 bis 1935 Regierungspräsident. Seine politischen Auffassungen wurden zunehmend von Rechts beeinflußt. Die Beteiligung der CEDA (siehe Anm. zu Seite 296) an seiner Regierung löste 1934 die Oktoberrevolution in Asturien und Barcelona aus. Eine Spielbankaffäre brachte die Regierung Lerroux zu Fall.

Seite 383

Rubén Darío ... Alfonso Reyes –

Rubén Darío (Metapa-Ciudad Darío 1867 – León, 1916, beide Städte in Nicaragua). Mit Rubén Darío, José Martí (Kuba) und Julián del Casal (Argentinien) begann der lateinamerikanische *Modernismo*. Beeinflußt von den französischen Symbolisten brach diese Kunstrichtung mit der prosaisch-nüchternen realistischen Literatur des 19. Jahrhunderts zugunsten einer ästhetisch bestimmten Kunst des l'art pour l'art. Rubén Darío hat der modernen Lyrik in Spanien wesentliche Impulse gegeben.

Enrique Gómez Carrillo (Guatemala 1873 – Paris 1927), Schriftsteller und Journalist aus Guatemala. In Madrid leitete er von 1916–1917 die Tageszeitung *El Liberal*. Als Schriftsteller war er ein Vertreter des *Modernismo*.

Francisco de Asís Icaza (Mexiko 1863 – Madrid 1925), mexikanischer Dichter, Literaturkritiker und Diplomat in Deutschland und Spanien. In Spanien entstanden seine Bücher über Cervantes und Lope de Vega.

Enrique González Martínez (Guadalajara, Mexiko, 1871 – Mexiko Stadt 1952), mexikanischer Dichter, Präsident der Intellektuellengruppe *Ateneo de México* (1912). Er arbeitete als Lehrer, Politiker und Diplomat. Seine Lyrik ist weniger der ornamentalen als vielmehr der impressionistischen Richtung des *Modernismo* zuzuordnen.

Alfonso Reyes (Monterrey 1889 – Mexiko Stadt 1959), mexikanischer Schriftsteller und einer der prägenden Intellektuellen seines Landes, Mitglied des mexikanischen diplomatischen Corps (seit 1914). Er lebte bis 1924 in Spanien, wo er mit dem spanischen Philologen Ramón Menéndez Pidal zusammenarbeitete. Nach seiner Rückkehr nach Mexiko wurde er u. a. Leiter des bedeutenden *Colegio de México*.

Seite 391

Die Zersplitterung in Taifas – Taifas hießen die verschiedenen unabhängigen islamischen Königreiche der Iberischen Halbinsel, die sich ab dem 11. Jahrhundert gebildet hatten. Sie existierten bis zur Eroberung der Halbinsel durch die Christen.

Seite 392

Franco ... Algeciras – Franco selbst hat die Straße von Gibraltar nicht mit dem Schiff überquert, sondern auf dem Luftweg. Die ersten Einheiten der Afrika-Armee trafen allerdings per Schiff in Algeciras und in Cádiz ein.

die *Alcalá Galiano* ... die *Dato* – Namen zweier Kriegsschiffe. Die *Alcalá Galiano* gehörte zur republiktreuen Flotte und wurde nach dem Politiker Antonio Alcalá Galiano (Cádiz 1789 – Madrid 1865) benannt, der zu den fortschrittlichsten liberalen Politikern des 19. Jahrhunderts zählte. Die *Dato* war ein Schiff der aufständischen Marine, benannt nach dem konservativen Politiker Eduardo Dato (A Coruña 1856 – Madrid 1921).

Seite 394

Enrique Díez-Canedo – Siehe Anm. zu Seite 202.

Seite 401

Federica Montseny – (Madrid 1905 – Barcelona, Mitte der 90er Jahre), spanische Anarchistenführerin, Vorstandsmitglied des katalanischen Regionalkomitees der CNT sowie des Komitees der FAI, Ministerin für Gesundheit und Soziales in der Regierung Largo Caballero (November 1936 bis Mai 1937). Montsenys Jugend, Eloquenz und Engagement machten sie zu einer bekannten Rednerin. 1939 ging sie ins Exil nach Frankreich.

Seite 406

Aber Blum! – Léon Blum (Paris 1872 – Jouy-en-Josas 1950), Mitbegründer und späterer Generalsekretär der *Parti socialiste française* (Sozialistische Partei Frankreichs) (1902), französischer Ministerpräsident (1936/37 und 1938). Als Präsident der Volksfront-Regierung hatte er bedeutende soziale Reformen durchgeführt und das Verbot der faschistischen Wehrverbände durchgesetzt. Seine Position gegenüber der spanischen Republik und der Frage einer möglichen Hilfe im Bürgerkrieg war zwiespältig: Er persönlich wollte die Republik unterstützen, aber als Ministerpräsident mußte er sich dem innen- und außenpolitischen Druck fügen und das Nichteinmischungsabkommen einhalten.

Seite 408

Eine von Churriguera – José Benito Churriguera (Madrid 1665 – 1725), Architekt und Bildhauer, bedeutender Vertreter des nach ihm benannten *Churriguerismus*. Dieser in ganz Spanien verbreitete Barockstil ist vor allem in der Plastik anzutreffen. Er zeichnet sich durch reiche, oft überladenen Ornamente und Dekorationen aus.

Seite 412

wurde … Riego erhängt … Fernando VII. – Rafael del Riego (Santa María de Tuñas, Asturias 1785 – Madrid 1823), spanischer Militär, glühender Verfechter des Konstitutionalismus. Riego stand an der Spitze der Truppenrevolte in Cabezas de San Juan, Sevilla (1.1.1820), die zur liberalen Revolution in Spanien und zum *Trienio Constitucional* (1820–1823) führte: Ferdinand VII. sah sich daraufhin gezwungen, die liberale Verfassung zu akzeptieren. Als die französische Armee in Spanien einmarschierte, um die »Verfassungsregierung« zu stürzen und Ferdinand VII. als absoluten Herrscher wieder einzusetzen, führte Riego das spanische Heer an. Nach dem Sieg der Franzosen übte Ferdinand VII. harte Vergeltung: Riego wurde festgenommen, des Hochverrats beschuldigt und erhängt.

Seite 429

Augustina von Aragonien – Agustina de Aragón, spanische Volksheldin, die an der Spitze des Widerstands gegen die napoleonischen Truppen in Aragón kämpfte.

Seite 431

»No pasarán!« – »Sie werden nicht durchkommen!« – Siehe Anm. zu Seite 296.

Seite 433

zu seinem großen Welttheater – *El gran teatro del mundo (Das große Welttheater)* (1675) ist eines der bekanntesten Theaterstücke von Calderón (siehe Anm. zu Seite 302).

Seite 435

Mit Mangada – Oberstleutnant Julio Mangada, ein alter Republikaner, kämpfte Ende Juli 1936 gegen die aufständischen Truppen in der Sierra nördlich von Madrid, an der Spitze der nach ihm benannten Kolonne.

Seite 444

Plaza de la Cebada – (span.: Platz der Gerste), ein Platz im Zentrum der Altstadt von Madrid.

Campo de Tiro – (Schießplatz) – Ein Areal im Westen Madrids nahe dem Fluß Manzanares. Hier wurden Tauben geschossen.

Seite 451

Cuartero spricht vom Stagiriten – Anspielung auf den griechischen Philosophen Aristoteles (Stagira, Thrakien, 384 – Euböa, bei Chalkis 322), der nach seinem Geburtsort auch »der Stagirit« genannt wurde.

518

Seite 454

Sganarelle – *Sganarelle ou le cocu imaginaire (Sganarelle oder der vermeintliche Hahnrei),* Verskomödie von Molière, eigtl. Jean Baptiste Poquelin (Paris 1622 – 1673).

Seite 457

George Moore – (Moore Hall, Mayo, Irland 1852 – London 1933), irischer Schriftsteller, der sowohl vom franz. Naturalismus als auch vom franz. Symbolismus (Beaudelaire) beeinflußt wurde.

Seite 458

Bildnis Philipps IV. mit seinem Hund – 1635 von Diego Velázquez für den von Philipp IV. bevorzugten Jagdpavillion im Schloßpark gemalt.

Seite 462

Landschaften Beruetes – Aureliano de Beruete (Madrid 1845 – 1912), spanischer Maler. Seine Landschaftsgemälde sind dem Impressionismus zuzurechnen.

wie von Teufelshand – Anspielung auf den Schelmenroman *El Diablo Cojuelo* (Der hinkende Teufel) (1641) von Luis Vélez de Guevara (Écija 1579 – Madrid 1644). Der Protagonist landet auf der Flucht vor der Justiz in der Dachkammer eines Astrologen. Dort befreit er den hinkenden Teufel *(Diablo cojuelo)* aus einer Phiole. Aus Dankbarkeit deckt dieser die Dächer von Madrid ab, um die wahren Verhältnisse der Menschen zu zeigen.

Nachbemerkung von Max Aub

zur Erstübersetzung von
Campo Abierto durch
Helmut Frielinghaus, 1961

Der Spanische Bürgerkrieg begann am 18. Juli 1936 mit einem Militäraufstand, der vom Italien Mussolinis, vom Deutschland Hitlers und vom Portugal Oliveira Salazars unterstützt wurde.

Die legale republikanische Regierung hatte die große Mehrheit des Volkes hinter sich: die liberalen bürgerlichen Parteien und die Syndikate, die damals trotz ihrer Spaltung in die sozialistische »Allgemeine Arbeiter-Union« (UGT) und die anarchistische »Nationale Arbeiter-Konföderation« (CNT) sehr mächtig und mehr oder weniger gleich stark waren. Sie schlossen sich bei Kriegsausbruch zur »Union Proletarischer Brüder« (UHP) zusammen. Die wichtigsten republikanischen Parteien, die sich bei den Wahlen im Februar 1936 mit den Arbeitern verbündet hatten, waren die »Republikanische Linke« (Izquierda Republicana) und die »Radikalsozialistische Partei« (Partido Radical Socialista), die ähnliche französische Parteien der Dritten Republik zum Vorbild hatten. Sie waren zur Zeit der Militärerhebung an der Macht. Ihr eigentlicher Führer, Manuel Azaña, ein bedeutender Schriftsteller, war Präsident der Republik. Die »Sozialistische Spanische Arbeiterpartei« (Partido Socialista Obrero Español) trug die Hauptlast der Kriegsführung.

Die damals noch sehr kleine »Kommunistische Partei« wuchs im Laufe des Krieges im gleichen Maße, wie die westeuropäischen Demokratien die liberale Regierung, zu der sie ausgezeichnete Beziehungen hatten, im Stich ließen und mit der Erfindung der sogenannten Nichtintervention den Rebellen in verhängnisvoller Weise Vorschub leisteten.

Der Beitrag der »Internationalen Brigaden«, die sich keineswegs ausschließlich aus Kommunisten zusammensetzten, belebte von November 1936 an den Widerstand des spanischen Volkes.

So spielte sich in Spanien der erste Akt des Zweiten Weltkriegs ab, mit denselben Elementen, wenn auch mit entgegensetztem Resultat. Eine wahrhaft dramatische Exposition des Themas. Als am 10. April 1939 der Vorhang fiel, hatte Spanien die Demokratie und eine Million Menschen verloren.

Die bitteren Träume, mein erster Roman, der ins Deutsche übersetzt wird, erscheint in München, der Geburtsstadt meines Vaters. Wer hätte das gedacht!

Max Aub, México D. F., 7. November 1961

Nachwort

Von der Studentenbühne
ins Welttheater
Max Aubs
Theater der Hoffnung

Drei Monate im Sommer 1936 schildert Max Aubs zweiter
Band des Magischen Labyrinths, drei Monate, die aus einem
Militärputsch einen Bürgerkrieg werden lassen und aus
einem liberalen Rechtsstaat ein zweigeteiltes Land, in dem
täglich Tausende ermordet werden. Zu Beginn des Aufstandes der Generäle im Juli gab es in Spanien nicht einmal Munition für einen einzigen Kampftag, und die Ausrüstung der
meisten Truppenteile war völlig veraltet. Anfang November
bekämpften sich Aufständische und Republikaner beim
Entscheidungskampf um Madrid mit modernstem Kriegs-
gerät aus deutscher, italienischer und russischer Produktion:
Aus einem innenpolitisch motivierten Putsch war ein Ab-
nutzungskrieg geworden, dessen Fortgang sich nach strate-
gischen Erwägungen in Berlin und Rom, Moskau und London entschied. Den Wettlauf um ausländische Hilfe gewann
General Francisco Franco, dessen Emissäre Hitler schon am
25. Juli trafen (am Rand der Bayreuther Wagnerfestspiele).
Als erstes erhielten sie die Flugzeuge, mit denen Franco
Ende Juli seine Eliteeinheiten der Afrikaarmee von Nord-
afrika auf die spanische Halbinsel übersetzen konnte. Bereits
eine Woche später lief das erste Schiff mit deutschem Kriegsmaterial in Cádiz ein, Ende August bombardierten Junkers-
Bomber Madrid. Nur diese schnelle Unterstützung durch

die faschistischen Mächte ermöglichte die Fortführung des gescheiterten Putsches, vor allem machte erst diese Militärhilfe Franco zur Schlüsselfigur. Vorbei an ranghöheren Offizieren stieg er Ende September zum Oberkommandierenden und zum Staatsoberhaupt in der »nationalen Zone« auf und nannte sich fortan »generalísimo«. Und weil Hitler und Mussolini um ihren Einfluß auf Franco konkurrierten, erhielt er weiterhin kriegsentscheidende Unterstützung: Waffen wurden auf Kreditbasis geliefert, die deutsche »Legion Condor« sicherte die Luftüberlegenheit der Aufständischen, und Mussolini schickte ein komplett ausgerüstetes Armeekorps mit schließlich 40 000 Soldaten.

Genau spiegelverkehrt war die Entwicklung in dem Teil Spaniens verlaufen, der formal der gewählten Regierung unterstand. Dort war die Autorität des Staatsapparates schon in den ersten Kriegstagen zerfallen, weil die gewerkschaftlich organisierten Arbeiter und nicht die zögerliche Regierung den Sieg der Militärs in den Großstädten und Industriezentren verhindert hatten (Aub schildert die Vorfälle in *Nichts geht mehr*). Von da an fühlten sich die meist von Sozialisten oder Anarchisten dominierten Komitees an Weisungen aus Madrid, wo sich in den Sommermonaten 1936 drei Regierungen verschlissen, nicht mehr gebunden. Es gab keine organisierte Armee mehr und kein funktionierendes Oberkommando, und vor allem stockte die militärische Unterstützung aus dem demokratischen Ausland. Das katholische Frankreich empörte sich über Ausschreitungen gegen Kirchen und Geistliche, und in den Augen englischer Diplomaten galt die Republik als wenig vertrauenswürdige Brutstätte des Kommunismus. Einzig aus der Sowjetunion erhielt die Republik nennenswerte Lieferungen an modernem Kriegsmaterial. Es traf ab Oktober ein und ermöglichte die erfolgreiche Verteidigung Madrids. Der Preis war allerdings hoch. Die Goldreserven der spanischen Nationalbank wurden nach Moskau verschifft, und täglich wuchs der Einfluß der kommunistischen Partei, die vor dem Krieg noch unbedeutend gewesen war. Anfang November schließlich schien alles verloren: Die von der Regierung seit Wochen herbeigeredete Militärhilfe der demokratischen Staaten war ausgeblieben, die Faschisten standen vor dem Sturm auf Madrid, deutsche Flugzeuge bombardierten die Wohngebiete der Stadt, und dann setzte sich auch noch die republikanische Regierung nach Valencia ab. Die scheinbar aussichtslose Verteidigung der Hauptstadt überließ man dem unbekannten General Miaja, kein anderer Offizier wollte die sichere Niederlage verantworten müssen. In dieser Situation waren es die Madrilenen selbst, leidlich organisiert in Stadtteilkomitees oder Gewerkschaften, die die Verteidigung ihrer Stadt in die Hand nahmen. Sie hielten durch, bis die Internationalen Brigaden und reguläre Armeeeinheiten nachrückten.

Und mittendrin Vicente Dalmases und Asunción Meliá, Schauspieler einer Studentenbühne, denen die revolutionäre Dynamik des Sommers 1936 ein richtiges Theaterhaus zugespielt hat. Sie proben Lope de Vegas Revolutionsdrama *Fuenteovejuna,* das den Freiheitskampf eines Dorfes gegen seinen Lehnsherrn idealisiert, doch zum Spielen kommen sie nicht. Asuncións Vater fällt unkontrollierten Säuberungen konkurrierender Milizen zum Opfer, die Front rückt immer weiter nach Norden, die Gruppe wird getrennt. Dieser erste Teil von *Theater der Hoffnung* spielt in Valencia, wo Max Aub selbst zur Schule gegangen war und in den 30er Jahren das Studententheater »El Búho« geleitet hatte. Aus den Beschreibungen der Stadt ist die Wehmut zu spüren, mit der sich der Autor aus dem Exil heraus ihre mediterrane Atmosphäre vergegenwärtigt; wie Vicente, der sich im staubigen kastilischen Schützengraben an »die zarte grüne Note« im Duft der fruchtbaren Huerta von Valencia erinnert.

Aub hatte die Niederschrift von *Theater der Hoffnung* 1948 im mexikanischen Exil begonnen und unter schwierigen äußeren Umständen 1950 abgeschlossen. Finanziell ging es ihm schlecht, von den unregelmäßigen Einkünften als Theaterkritiker, Drehbuchautor und -übersetzer konnte die Familie kaum leben. Literarisch ist er produktiv, aber seine Stücke werden so gut wie nie gespielt, seine Romane sind eine Zuschußgeschäft, und seine Zeitschrift *Sala de Espera* finanziert er aus eigener Tasche. In diesen Jahren ist Aub ein Autor ohne Publikum. Am 4.7.1951 notiert er bitter in sein Tagebuch: »Mehr denn je nagt an mir das Fehlen des Publikums, letztlich: mein Scheitern. [...] Ich sehe schon das allgemeine Desinteresse, mit dem *Theater der Hoffnung* aufgenommen werden wird.« Hierin sollte er sich täuschen. Denn Aub provoziert mit dem Buch die moskautreuen spanischen Exilkommunisten, etwa wenn Vicente Farnals seine humanistische Position vertritt und das Gut der Freundschaft gegen den doktrinären Pragmatismus seines Genossen Gaspar verteidigt. Aub wird vorgeworfen, er schade der Sache der Linken, indem er die Verbrechen der Milizen in den Vordergrund stelle, etwa in der Person des kriminellen Uruguayers oder des schwächlichen Sozialisten Jorge Mustieles, der seinen eigenen Vater zum Tode verurteilt. Aub hält dagegen: Die Zeit der Propaganda sei vorbei, nun müsse die ganze Wahrheit ausgesprochen werden. »Um nicht zu schweigen, habe ich Spanien verlassen, und meine Wahrheit werde ich nicht verschweigen« (1.3.1952). Für ihn ist *Theater der Hoffnung* ein Teil des Kampfes gegen Franco, »und auf lange Sicht gibt es keine Waffe, die so mächtig ist wie die Wahrheit« (13.6.1952). Aber im Umfeld des kalten Krieges steht Aub mit seinen freiheitlichen Idealen und seiner Vision eines dritten Weges zwischen den Fronten. Die Kommunisten denunzieren ihn als Kleinbürger und »Agenten des amerikanischen Imperialismus'«, während er in der mexikanischen Zeitung *Excelsior* als »gefährlicher Agent Moskaus« tituliert wird.

Max Aubs Roman endet, noch bevor die entscheidende Schlacht um Madrid beginnt. Hält Madrid stand, bleibt die Hoffnung auf den Sieg gewahrt. Gewinnt Franco, ist die Republik verloren. So liegt Vicente hinter dem Bahndamm, als warte er darauf, daß sich der Vorhang hebt zum letzten Akt. *Die Belagerung von Numancia* hatten seine Freunde zuletzt geprobt, jenes schicksalsschwere Nationaldrama von Cervantes, das den Widerstandswillen der von den Römern belagerten Stadt feiert. Nun spielen sie nicht mehr die Belagerung, nun sind sie die Belagerten. Aus Akteuren auf der Bühne sind Kämpfer auf dem Schlachtfeld geworden, aus dem Studententheater Welttheater. Getrieben von jugendlichen Hoffnungen auf ein besseres Spanien kämpfen Vicente und seine Freunde gegen den Feind, während bei Cervantes die Bewohner Numancias ihre Ehre nur um den Preis des kollektiven Selbstmordes retten konnten. Wie nah Spanien diesem Ende nach zweieinhalb Jahren Bürgerkrieg kommen sollte, ahnte am 7. November 1936 noch keiner der Beteiligten.

Albrecht Buschmann
Mercedes Figueras

SERIE PIPER

Max Aub

Die besten Absichten

Roman. Aus dem Spanischen von Eugen Helmlé. 272 Seiten.
SP 2703

»Max Aub war ein Kartograph des menschlichen Unglücks. Sein Roman ›Die besten Absichten‹ beweist, daß er Meere voll trockener Tränen ausgelotet und eisige Wüsten der Einsamkeit vermessen hat. Natürlich brauchte Aub dazu jede Menge Humor. Wie hätte er sonst diese großartige Metapher für dieses unvergleichliche Jahrhundert gefunden: ›Man kann getötet werden, wenn man im falschen Moment vom Weinen rote Augen hat.‹«
Der Spiegel

Der Mann aus Stroh

Erzählungen. Aus dem Spanischen von Hildegart Baumgart, Albrecht Buschmann, Susanne Felkau, Stefanie Gerhold und Gustav Siebenmann. 279 Seiten. SP 2786

Max Aub ist eine der interessantesten literarischen Entdeckungen der letzten Jahre. Seine Meistererzählungen bieten ein aufregendes Kaleidoskop menschlicher Grundbedingungen, die er mit tiefsinnigem Humor, oft lakonisch und sarkastisch wie unter dem Mikroskop seziert. Menschenschicksale und die mystischen Landschaften Mexikos und Spaniens verschmelzen zu existentiellen Bildern, wie sie ähnlich nur Albert Camus heraufbeschwören konnte.

»Für mich ist Aub der größte, der von mir am meisten bewunderte und beneidete Schriftsteller, derjenige, von dem ich am meisten gelernt habe.«
Raffael Chirbes

Jusep Torres Campalans

Aus dem Spanischen von Eugen Helmlé und Albrecht Buschmann. Nachwort und biographische Notiz von Mercedes Figueras. 448 Seiten mit zahlreichen Abbildungen und einem farbigen Bildteil. SP 2787

Die Kunstwelt stand Kopf, als 1958 in Mexiko, begleitet von einer Ausstellung, die Biographie des bis dato völlig unbekannten Malers Jusep Torres Campalans erschien. Kunsthändler meinten, sich an den vergessenen Weggefährten Picassos zu erinnern, für seine Bilder wurden Höchstpreise geboten. Nur – es hat ihn nie gegeben. Wie der Maler eines kubistischen Gemäldes verbindet Max Aub Fiktion und Realität zu einem großen Roman über das Leben und die Kunst.